Abseits des Himmels

Margitta Raps

Abseits des Himmels

Familiensaga aus dem Allgäu

Dieses Buch ist ein Roman, der überwiegend auf historischen Fakten beruht. Die Lebensdaten der meisten Personen stimmen, aber ihre Lebensumstände und Schicksale entsprangen der Phantasie der Autorin und sind reine Fiktion. Ähnlichkeiten mit verstorbenen wie lebenden Personen sind rein zufällig.

Alle Rechte vorbehalten
ISBN 978-3-86389-019-3
1. Auflage Oktober 2014
© 2014 Brack Verlag GmbH
Zugspitzstraße 2a, 87452 Altusried
www.brack-verlag.de
Umschlagfoto: Hannes Raps
Druck: AZ Druck und Datentechnik GmbH, Kempten
Printed in Germany

„Wer sich nicht an die Vergangenheit erinnern kann, ist dazu verurteilt, sie zu wiederholen."

George Santayana

Vorwort

Wie weit lassen sich die Wurzeln der eigenen Familie zurückverfolgen – kann man dem Leben und den Geheimnissen der Vorfahren auf die Spur kommen?
Eines Tages stellte ich mir diese spannende Frage und fand nach eingehenden Nachforschungen heraus, dass mein Urgroßvater im Mai 1865 in Oberstdorf geboren wurde, genau in dem Monat, in dem „der große Brand" 146 Häuser in Schutt und Asche gelegt hatte.
Ich versuchte, mich in die Lage der Menschen zu versetzen und stellte mir vor, was sie damals alles durchleben mussten. Von da an ließ mich der Gedanke, einen Roman mit geschichtlichem Hintergrund zu schreiben, nicht mehr los.
Die Handlung dieses Buches wird geleitet von geschichtlichen Büchern, Erzählungen von wahren Begebenheiten und historischen Überlieferungen, die zum Teil aus alten, unveröffentlichten Chroniken und privaten Unterlagen bestehen. Wenn meine Recherchen an Grenzen stießen, ließ ich meine Phantasie walten.
In diesem Buch wird das Leben von Personen, die in Oberstdorf und Umgebung gelebt haben, so dargestellt, dass wir deren Schicksale kennenlernen und uns in sie hineinversetzen können.
Vieles, was im Buch beschrieben wird, ist in Vergessenheit geraten. Es ist mir deshalb ein Anliegen, dass die Menschen, die in der heutigen Zeit leben – egal ob Einheimische oder Feriengäste – erfahren dürfen, wie unsere Vorfahren, die hier im Allgäu gelebt und gearbeitet haben, unsere geliebte Heimat zu dem gemacht haben, was sie heute ist.

1880 Reichenbach

Im tiefsten Winter im Jahre 1880 kam Anna, die 17-jährige Tochter von Sefa und Michl Buhl aus Reichenbach, nach Oberstdorf, um für ihre Mutter Arznei in der Apotheke zu besorgen. Sie kam bei Genovefa Kling, der Freundin ihrer Mutter vorbei und sagte bedrückt: „Mama schickt mich zu dir, sie will dich noch einmal sehen. Es geht ihr nicht gut, ihr Herz, sie bekommt kaum mehr Luft. Der Doktor meint, sie werde bald sterben." Bei diesen Worten begann Anna bitterlich zu weinen. Das erschreckte Genovefa so sehr, dass sie alles liegen und stehen ließ. Sie zog Wintermantel und Stiefel an, nahm ihr blaues Kopftuch in die Hand und schrieb ihrem Mann Ulrich eine Nachricht auf ein Blatt Papier. „Bin in Reichenbach. Sefa ist sehr krank. Otto soll für euch beide heute Mittag die Suppe heiß machen, die ich bereits vorbereitet habe." Danach gingen Genovefa und Anna so schnell sie gehen konnten nach Reichenbach. Es war sehr mühsam, da sie im Schnee immer wieder ins Rutschen kamen. Endlich dort angekommen, machte Seppi, Annas ältester Bruder, gerade Feuer im Kamin, weil die kranke Mutter ständig fror. Ihr Vater und die Buben Hansi und Michi waren bereits bei der todkranken Mutter in der Schlafkammer. Als Anna eintrat, brachte sie kaum ein Wort über ihre Lippen und lief rasch ans Krankenbett. „Mama, ich habe dir Genovefa mitgebracht." Sefa begann mit schwacher Stimme zu sprechen: „Genovefa, komm her zu mir, setz dich, ich muss mit dir reden." Dabei zeigte sie mit ihrer Hand auf den Stuhl, der vor dem Bett stand. Genovefa war erschrocken, wie blass und schlecht ihre Freundin aussah. Die Haare waren ganz zerzaust und nicht wie sonst ordentlich hochgesteckt. Ihr war bisher nie aufgefallen, dass sie schon so graues Haar und ein faltiges Kinn hatte. Michl ging inzwischen mit den Buben und Anna hinaus aus dem Gaade[1] zu Seppi. Die Kranke sprach ruhig, aber gefasst: „Genovefa, ich weiß, mir bleibt keine Zeit mehr, ich werde sterben. Michl war mir ein guter Mann, aber um die Kinder habe ich mich gekümmert. Dafür hat er kein Gespür und auch keine Zeit. Um die beiden Großen mache ich mir keine Sorgen, aber der Michi und die Anna sind erst 13 und 17 Jahre alt. Kannst du wenigstens ein bisschen nach den beiden sehen?

---
[1] Elternschlafzimmer

Kochen und Waschen, das kann die Anna, aber sonst? Ich wünsche mir, dass rechtschaffene Menschen aus den beiden werden. Die Anna ist ein sehr empfindsames Mädchen. Sie erinnert mich manchmal an dich. Bitte pass auf sie auf, damit ihr nicht auch so etwas Schreckliches geschieht wie dir damals vor vielen Jahren. Sprich du mit Anna, ich habe es versucht, aber ich bin mir sicher, auf dich wird sie hören. Ich wünsche mir für sie später einen guten Mann, so wie deinen Sohn Otto." Genovefa konnte seit dem Satz, „was damals geschah", ihrer kranken Freundin nicht mehr in die Augen sehen. Es überkam sie ein Gefühl von Scham über längst Vergangenes vor 34 Jahren, über das sie nie mehr mit jemandem gesprochen hatte.

Als sie sich wieder einigermaßen gefasst hatte, antwortete sie: „Sefa, ich werde mich um deine Kinder und vor allem um Anna kümmern. Wenn Ulrich damit einverstanden ist, werde ich irgendwann deiner Tochter von mir und meinem damals verstorbenen Kind erzählen. Selbst Otto weiß nichts von seinem Stiefbruder. Ich denke, auch er hat irgendwann ein Recht darauf, dies zu erfahren."

Die sterbende Sefa reichte Genovefa die Hand und sagte: „Danke für deine Freundschaft. Du bist so stark, brich dein Schweigen über dein dunkles Geheimnis, damit unsere Nachkommen daraus lernen können." Genovefa beugte sich zu Sefa hinab und gab ihr zum Abschied einen Kuss auf die Stirn und nickte ihr mit Tränen in den Augen zu. Genovefa ging hinaus, um die Familie zu holen. Als sie wieder in der Schlafkammer waren, setzte sich Michl zu seiner Frau und wollte ihr mit einem Löffel die Arznei einflößen. Sie wehrte ab, indem sie seine Hand ergriff und mit kraftloser Stimme sprach: „Nein Michl. Jetzt wird alles gut. Jetzt kann ich …" Ein tiefes Röcheln war zu hören und ihr Kopf fiel leicht zur Seite. Ihr krankes Herz hörte für immer auf zu schlagen. Genovefa blieb über Nacht bei Buhls, um ihnen in den schweren Stunden beizustehen. Bevor die Leichenstarre einsetzte, band sie ihrer toten Freundin mit einem alten Leinentuch den Unterkiefer über dem Kopf fest, damit am nächsten Tag, wenn die Leichenstarre nachließ, ihr Mund geschlossen war und sie nicht entstellt aussehen würde. Danach wusch sie zusammen mit Anna die Mutter. Sie zogen der

Toten ihr Brautkleid an, das auch Genovefa selbst zu ihrer Hochzeit von Sefa geliehen hatte. Anna kämmte Mutters Haar und steckte es hoch, so wie sie es zu Lebzeiten immer getragen hatte. „Schön soll sie dem Herrgott gegenübertreten", so hat es sich der Witwer für seine Frau gewünscht. Seppi und Hansi legten ihre Mutter in den Sarg, den sie inzwischen beim Zimmermann geholt hatten. Der kleine Michi pflückte ein paar Christrosen, die er seiner Mutter geben wollte. Genovefa und Michi legten den Strauß zusammen mit Tannenzweigen in die wie zum Gebet gefalteten Hände der toten Mutter. Es war für alle furchtbar traurig, diese Stille, keiner sprach ein Wort. Sie weinten und ihre Gesichter waren mit Tränen überströmt. Ohne Mutter ist es im Haus so still geworden. Allen war klar, dass sie ihre Stimme nie wieder hören werden. Das Schlimmste von allem war für Genovefa der Augenblick, als der Sarg geschlossen werden musste. Michl, der Witwer, und Hansi, der Älteste, legten ganz behutsam den Deckel auf den Sarg und sahen dabei auf ihre geliebte Verstorbene. Ihnen war dabei bewusst, dass Hansi seine Mutter und Michl seine Frau nie wieder sehen werden. Deshalb schämten sie sich ihrer Tränen nicht. Als Hansi mit dem Hammer einen Nagel zum Verschließen ins Holz schlug, schrie der kleine Michi in seiner Verzweiflung los: „Lasst das! Seid ihr verrückt geworden? Die Mama kann nicht mehr raus. Sie kriegt keine Luft." Er schlug mit seinen Füßen und Fäusten gegen die beiden. Genovefa versuchte den Buben zu beruhigen. Sie redete auf ihn ein und schließlich verließ sie mit ihm das Zimmer. Sie gingen hinaus in die Küche und setzten sich zusammen auf die alte hölzerne Bank neben dem Ofen. Der Bub schlang seine Hände um den Hals von Genovefa, und so weinten beide eine ganze Weile. Genovefa versuchte dann, Michi zu beruhigen, und erklärte ihm: „Deine Mama ist tot, aber nur ihr Körper, ihre Seele geht zum lieben Gott in den Himmel. Sie wird dir immer von dort oben zusehen, damit du nie alleine bist und ein guter Mensch aus dir wird." Sie erklärte ihm auch, warum seine Mama auf der Schöllanger Burg auf dem Friedhof beigesetzt werden musste. Danach hatte sich Michi ein wenig gefangen.
Zur Beerdigung kamen viele Verwandte und Freunde, darunter waren

auch Genovefas Mann, der Ulrich, und ihr gemeinsamer Sohn Otto. Einige Freunde aus Oberstdorf, wie Baptist mit Maria sowie Pius und seine Frau Mathilde. Aus Fischen waren der Gastwirt mit seiner Frau Kreszenz und der Tochter Rosalia, einem hübschen Mädchen, gekommen. Während der Beisetzung stand Michl mit seinen drei Buben und Anna vor dem offenen Grab eng beieinander. Genovefa stand ihnen genau gegenüber und sah sorgenvoll auf den Jüngsten. Sie war sehr abgelenkt und konnte sich gar nicht auf sich selbst und ihre Trauer besinnen. Ihre Gedanken waren bei dem kleinen Michi. Hoffentlich steht er die Beerdigung so einigermaßen durch, ohne wieder so zu weinen oder gar zu schreien. Weder sein Vater, noch seine Schwester Anna oder Genovefa selbst hätten im Moment die Kraft, ihn zu besänftigen. Sie waren allesamt mit großer Trauer überschwemmt und mit sich selbst beschäftigt, um die eigene Fassung zu bewahren. Michi war sehr tapfer und riss sich zusammen, als er wie versteinert am offenen Grab seiner Mutter stand. Als der Sarg bereits im Boden versunken war, drückten die vielen Trauergäste mit einem Händedruck oder einer ehrlichen Umarmung dem Witwer und den Kindern ihr Beileid aus. Michl lud die Trauergesellschaft zum Leichenschmaus in den Gasthof Hirsch nach Reichenbach in der Nachbarschaft seines Anwesens ein. Als am Schluss, durchgefroren vom eisigen Winter, die engsten Hinterbliebenen mit Genovefa, ihrem Mann und Sohn sowie dem Herrn Pfarrer am offenen Grab zurückgeblieben waren, waren auch sie froh, endlich den Gästen ins warme Gasthaus folgen zu können. Genovefa fiel auf, dass Rosalia, die Tochter des Wirts, zwei Mal während des Essens hinauslief, um sich zu übergeben. Anna sah den erstaunten Blick von Genovefa und fragte sogleich: „Kann ich dich nächste Woche zusammen mit Rosalia besuchen? Sie ist schwanger und weiß nicht mehr, wie sie weiterleben soll. Ich habe ihr angeboten, dass sie mit dir reden darf. Mama hat gesagt, du seist eine starke Frau und hättest so etwas Ähnliches auch schon einmal durchgemacht." Genovefa war sichtlich schockiert, sammelte sich aber gleich wieder und antwortete mit einem gezwungenen Lächeln: „So, das sagte deine Mama über mich? Aber sag mir, wie soll ich Rosalia dabei helfen?"

„Ich weiß es nicht, aber vielleicht helfen ihr deine Worte. Ich habe Angst, dass sich Rosalia etwas antut. Sie weint immerzu und sagt, dass sie ohne ihren Freund nicht mehr weiterleben will."
„Gut, dann kommt halt zu mir. Am Mittwoch hätte ich Zeit für euch, da wären wir ungestört. Nur wir Frauen unter uns."
„Dafür bin ich dir dankbar, dann bis Mittwoch." Die beiden verabschiedeten sich voneinander und Anna sagte zum Abschied: „Ich wollte mich mit Mama darüber unterhalten, aber sie hatte keine Kraft mehr. Da hat sie mir geraten, wenn ich Probleme habe, soll ich mich an dich wenden."
„Ja, das kannst du auch. Wenn es in meiner Macht liegt, dann will ich euch gerne behilflich sein."
„Ich danke dir, Genovefa, auch dafür, dass du zu Mama so gut warst."
Genovefa verabschiedete sich von der Familie und bot auch Michl ihre Hilfe an.
Danach fuhr sie im Pferdeschlitten mit ihrem Mann Ulrich und Otto, ihrem Sohn, der seit einem schweren Unfall ein steifes Knie hatte, heim nach Oberstdorf.

Am Mittwochvormittag backte Genovefa für Anna und Rosalia einen feinen Apfelkuchen. Die letzten Lageräpfel vom Herbst waren besonders schmackhaft und dadurch war ihr der Kuchen gut gelungen. Als die beiden jungen Mädchen am Kaffeetisch saßen, wurde Rosalia sehr unruhig und sagte, schon bevor sie den Kuchen zu essen begann: „Genovefa, ich muss mit dir reden. Ich bin schwanger von einem Mitarbeiter aus der Fabrik."
Genovefa sah Rosalia verwundert an: „Und wo liegt das Problem? Das Alter für einen Mann und ein Kind hast du doch?" „Nein, daran liegt es nicht. Er ist einer anderen Frau versprochen und er behauptet jetzt, ich hätte ihn verführt und wolle ihm ein Kind anhängen. Er sagt, er sei sich nicht mal sicher, ob er überhaupt der Erzeuger sei. Er stellt mich hin, als wenn ich leichtfertig mit jedem ins Bett ginge. Dabei war er doch mein erster Mann. Ich war sehr verliebt in ihn und dann ist es einfach so geschehen." Sie weinte bitterlich und konnte kaum

mehr reden. „Ich war doch nur einmal mit ihm zusammen. Ich bin so verzweifelt, ich weiß nicht mehr weiter. Die Hebamme gab mir Kräuter. Die haben aber nicht gewirkt." Genovefa war zutiefst erschrocken und erhob sich von ihrem Sitz und sah beunruhigt aus dem Fenster, während Rosalia weitersprach: „Es war ein Teufelszeug und schmeckte bitter. Danach ging es mir mehrere Tage schlecht, denn mir war ganz übel und ich hatte fürchterliche Bauchschmerzen. Nun bin ich im vierten Monat schwanger und alles war umsonst. Bald wird man mir die Schwangerschaft ansehen."

Genovefa holte tief Luft, sammelte sich einigermaßen und versuchte allen Mut zusammenzunehmen. Dann nahm sie Rosalia liebevoll in ihre Arme und beruhigte sie: „Schau, Rosalia, so verzweifelt wie du heute bist, war ich vor über 30 Jahren auch. Ich kann dich gut verstehen und weiß wie du fühlst. Du hast Angst vor der Zukunft, fragst dich, ob du das mit dem Kind alleine schaffen wirst. Du hast auch Kummer, dass deine Freunde sich von dir abwenden und dich verachten und mit dem Finger auf dich zeigen. Aber am schlimmsten ist die Enttäuschung und die große Wut auf den Mann, der dir dies angetan hat. Ich habe mich immer wieder gefragt, wie ein Mensch nur so gemein sein kann, und mir Gedanken gemacht, ob ich je einem anderen Mann wieder vertrauen kann."

Rosalia schaute erstaunt auf und entgegnete mit gefasster Stimme: „Genauso geht es mir. Warst du vor Otto auch schon einmal schwanger? Was hast du dann gemacht?"

Genovefas Gedanken überschlugen sich: Ich kann ihnen doch nicht gestehen, was ich getan habe. Dafür schäme ich mich zu sehr. Denn ich habe damals große Schuld auf mich geladen. Nein, meine eigene Wahrheit kann und will ich den beiden heute nicht offenbaren. Bedächtig nickte sie und ihre Stimme klang traurig, während sie auf die mit Holzintarsien eingelegte Tischplatte an ihrem Bauerntisch hinabsah: „Rosalia, glaub mir, nach Regen werden wieder Sonnentage kommen. Das weiß ich, seit ich Otto, meinen Zweitgeborenen, habe."

Dabei nickte Genovefa verunsichert: „Ich hoffe, mit Gottes Hilfe wirst du dein Kind behalten und wünsche dir, dass es gesund ist. Dafür werde ich beten. Aber ich bin mir ganz sicher, du wirst dein Kind liebhaben und es wird dir einiges an Glück zurückschenken. Ich habe damals gegen Ende meiner ersten Schwangerschaft viel mit meinem Säugling geredet und mir selbst über meinen Bauch gestrichelt. Manchmal hatte ich das Gefühl, der Kleine wurde dabei wach und drückte ein Füßchen an meine Bauchdecke. Wenn ich an dieser Stelle mit meinen Fingerspitzen kitzelte, zog er es wieder zurück. So lernte ich mein Kind kennen und liebhaben. Nach der Geburt war es dann ganz schlimm. Anton war so schwach, ich konnte ihn nur für ein paar Minuten in meinen Armen halten, dann ist er gestorben." Als Anna und Rosalia dies hörten, waren sie zutiefst erschüttert, so dass sie nicht einmal zu fragen wagten, wer sein Vater sei.

Nach kurzem Schweigen sprach Genovefa leise weiter: „Dann habe ich zufälligerweise gehört, wie eine angeblich fromme Kirchgängerin aus der Nachbarschaft zu meiner Mutter sagte: Genovefa kann von Glück reden, dass das Kind gestorben ist. Vielleicht kriegt sie ohne den Balg wenigstens noch einen Mann. Diese taktlose Aussage tat mir besonders weh. Ich war sehr unglücklich und zog mich für viele Jahre in die Einsamkeit zurück. Heute weiß ich, dass dies ein großer Fehler war. Ich habe nie mehr mit jemandem, außer mit Sefa", sie sah dabei zu Anna hinüber, „deiner Mutter, darüber geredet. Aber ich bitte euch, versprecht mir, dies alles niemandem zu erzählen, denn selbst mein Sohn Otto weiß nichts, und ich will, dass es im Moment so bleibt." Dabei konnten die Mädchen in Genovefas Stimme ein wenig Reue, dass sie darüber gesprochen hatte, hören. Beide nickten und versprachen, ihr Wissen über Genovefas erste Schwangerschaft für sich zu behalten.

Genovefa stand auf und ging ins Schlafzimmer neben der Stube. Nach einer Weile kam sie mit einer handgeschnitzten Holzschatulle wieder zurück. Sie öffnete das Kästchen, das mit weinrotem Samt ausgeschlagen war. Darin befand sich ein dickes altes Buch. Anna fragte verwundert: „Was hast du denn da für einen Schatz?" Genovefa antwortete voller Stolz: „Ja, du hast recht, das ist wirklich ein wert-

volles Buch. Es ist ein Schatz von deiner und auch meiner Familie."
„Aber warum sagst du, von unseren beiden Familien?"
Sie sah Anna liebevoll an und antwortete ihr: „Johanna, die Mutter deines Vaters und Barbara, meine Mutter, waren Geschwister." Anna war sichtlich erstaunt darüber. „Ich habe immer geglaubt, du warst nur eine Freundin von Mama?"
„Ja, das stimmt auch, aber dein Vater ist mein Cousin. Dieses Buch kam von Ulrichs Familie, er hat es mir nach unserer Hochzeit gegeben. Seitdem schreibe ich alles, was sich so zuträgt, hinein. Ulrichs Mutter ist 1820 gestorben und schrieb bis dahin ins Buch." Die beiden Mädchen waren fasziniert von diesem geheimnisvollen Fund. „Wie alt ist das Buch?", wollte Anna wissen.
„Innen auf dem Deckblatt steht es geschrieben":

Oberstdorf, den zwölften Dezemberii im Jahre des Herrn Anno Domini 1620
geschrieben von Uotz Kling
„Es ist mein Wunsch, dass dieses Buch von meinen Nachkommen weitergeführt wird.
Damit auch die Menschen, die nach mir im Allgäu leben, sich auf die vergangene Geschichte zurückbesinnen und von unserer schweren Zeit erfahren.
Nichts, was in Oberstdorf und Umgebung geschehen ist, darf vergessen sein."

Sie blätterte auf die erste Seite und sagte: „Seht, hier steht es, er begann rückwirkend, was er noch von seinen Vorfahren mündlich überliefert bekam."
Anna war Feuer und Flamme über dieses geheimnisvolle Wissen.
„Genovefa, darf ich das Buch einmal lesen?"
„Gerne Anna, wenn es dich interessiert. Aber ich will es nicht aus der Hand geben. Du musst es hier bei mir lesen. Es ist zu wertvoll, es darf nicht verloren gehen oder gar gestohlen werden."
Beim Abschied rief Genovefa den Mädchen bis zum Gartentürchen

nach: „Ich wünsche euch viel Glück, und wenn ihr Kummer habt, kommt zu mir, wir werden dann über alles miteinander reden. Durch Gespräche sieht man manches Problem etwas klarer und es kann sich dann manchmal auflösen oder in etwas Positives verändern."
Dankbar für ihre Offenheit, gingen Anna und Rosalia wieder heim nach Reichenbach.
Ein paar Tage später tauchte Anna unerwartet wieder bei Genovefa auf und erzählte ihr, wie froh Rosalia war, dass sie mit ihr sprechen konnte: „Seit Rosalia bei dir war, freut sie sich auf ihren Säugling. Der Vater ihres ungeborenen Kindes kam noch einmal bei ihr vorbei. Da hatte sie so viel Kraft, dass sie selbst vor ihren Eltern dem Kerl gesagt hat, er solle verschwinden, sie wolle ihn nie wieder sehen und sie werde dafür sorgen, dass er sein Kind nie zu Gesicht bekommt. Darüber war der junge Mann sehr ärgerlich, denn das hätte er von ihr nicht erwartet. Insgeheim freuen sich jetzt auch die werdenden Großeltern, der Done und die Kreszenz, dass ihre Tochter nun endlich mit ihrer Lebenssituation fertig wird.
Genovefa, ich habe zwar viel Arbeit, jetzt wo Mama tot ist. Aber ich will trotzdem mit dir ins Buch reinlesen. Die ganze Woche über habe ich an meine Vorfahren gedacht. Wirst du auch Mama da reinschreiben?"
„Das habe ich bereits gemacht. Wir beginnen von der ersten Seite an zu lesen. Es ist vieles sehr traurig und bedrückend und ich bin mir nicht einmal ganz sicher, ob es für deine jungen Ohren nicht noch zu früh ist. Denn es ist nicht immer jugendfrei geschrieben. Obwohl ich deiner Mama versprochen habe, dass ich dich aufklären werde. Es wird dich erschüttern, was unsere Ahnen alles durchmachen mussten. Aber wenn es dich zu sehr belastet, dann komm zu mir und wir werden darüber reden."

Anna drehte sich ans Tageslicht zum Fenster und begann Genovefa in der Stube vorzulesen.

Erster Teil

Uotz Kling von 1587 bis 1672

Auf 1140 Höhenmetern im hoch gelegenen Dietersbachertal bei Oberstdorf im oberen Allgäu liegt Gerstruben. Seit Mitte des 15. Jahrhunderts besiedelten Walser Familien dieses kleine Bergbauerndorf. Deren Herkunft ist auch der Grund, dass die Häuser in einer typischen Walser Konstruktion gebaut worden sind. Es waren sogenannte Zwiehöfe, das Wohnhaus und der Stall sind voneinander getrennt. Die Weideplätze lagen zum Teil oberhalb der Baumgrenze und waren vor Lawinen und Murenabgängen fast sicher. Dieser Ort liegt in unmittelbarer Nachbarschaft der Grafschaft Tirol. Damals wurden die hintersten Orte vieler Hochtäler nicht über die schwer zugängliche Talschlucht, sondern über die leichter begehbaren Weideplätze besiedelt. Deshalb waren die wenigen Einwohner Tiroler Untertanen. In ihrer Steuer- und Wehrpflicht gehörten sie noch lange zu Tirol. Später wurden diese Tiroler Einwanderer Untertanen der Herrschaft Rettenberg, Bestandteil des Hochstiftes Augsburg, der weltliche Regierungsbezirk des Bischofs. Die Angehörigen der hochstiftischen Pflege Rettenberg-Sonthofen bildeten in Oberstdorf die Mehrheit. Sie waren hochstiftische Steuerzahler an den Bischof von Augsburg.

1587 Hexenverfolgung

Im Jahre 1587 an einem sonnigen Frühlingstag war es friedlich und still. Die gesamte Familie Kappeler saß in Gerstruben weit hinten im Tal bei Oberstdorf beim Mittagessen. Es gab „Brenz", ein angeröstetes Haferschrot mit Wasser aufgegossen und heißem Butterschmalz und Käse darüber. Barbara, die älteste Tochter, hatte es mit viel Liebe gekocht. Alle aßen aus einer großen Pfanne, die die Mutter mitten auf den Tisch gestellt hatte. Jeder in der Familie

hatte seinen eigenen Holzlöffel, seinen festen Platz am Tisch und in der Pfanne seinen eigenen Bereich. Es war eine klare Abmachung, dass jeder an der Stelle aß, die vor ihm stand und nicht an der gegenüberliegenden Seite sein Essen holte. Dort, wohin das Butterschmalz lief, war die beliebteste Stelle, und die Kinder stritten sich darum. Christian, der Vater, schaute seine beiden Buben Hans und Melchior scharf an und schlug mit seiner Faust auf den Tisch. Beiden war klar, dass das, was sie gerade getan hatten, unrecht war. Dann aßen sie wieder an der eigenen Stelle in der großen Pfanne weiter. Plötzlich waren draußen aufgeregte Stimmen zu hören und schon sahen sie vor dem Fenster vier Männer die Treppe hochkommen und hörten es ungewöhnlich laut klopfen, als ob man mit einem Stock an die Holztür schlagen würde. Barbara rief erschrocken aus: „Wer kann das denn sein?"
Vater war auch verwundert und sagte, während er zur Tür ging: „Das werden wir gleich wissen."
Der älteste der Männer sprach mit monotoner Stimme, wie auswendig gelernt, einen Satz herunter: „Wir sind Gerichtsknechte von Rettenberg und haben den Befehl, Eure Tochter Barbara und auch Eure Base, die Elsbeth, zum Verhör mit nach Sonthofen zu nehmen."
„Aber warum denn? Was wird ihnen vorgeworfen? Was sollen sie getan haben?", entgegnete Christian als Familienoberhaupt entrüstet.

„Es gibt einen Zeugen, den Stoeckhlin, der soll ausgesagt haben, dass Eure beiden Jungfrauen, die Elsbeth und auch die Barbara sowie die Bärbel Berchtold von der Spielmannsau, verdächtig sind, als Hexen mit dem Teufel im Bunde zu stehen."
Elsbeth, die jüngere der beiden, kam sofort zur Tür und schrie mit schriller Stimme: „Das ist eine Lüge, das ist doch alles nicht wahr! Ich werde nicht mitkommen." Schnell, bevor sie reagieren konnte, packten die Männer sie grob und drehten ihr gekonnt den Arm auf den Rücken. Elsbeth wehrte sich mit Händen und Füßen gegen die Gerichtsknechte und schrie: „Der Stoeckhlin Conrad, der

einfältige Rossknecht, ist ein Lügner! Was will er eigentlich von uns?" Aber schon hatten die beiden Männer in Uniform Elsbeth unter Kontrolle und hielten sie fest. Sie schrie verzweifelt: „Lasst mich los!", und versuchte sich weiter zu wehren. Aber schon banden die beiden starken Männer mit einem Strick ihre Hände auf dem Rücken fest. Inzwischen stürmten die beiden anderen Amtsleute in die Küche und ergriffen Barbara ebenfalls. Sie wehrte sich nicht, schaute ihrer Mutter in die Augen und sagte mit fast beängstigend ruhiger Stimme: „Mama, schau, es ist doch nur ein Verhör. Ich habe nichts getan und ich verspreche dir, in ein paar Tagen bin ich wieder bei euch daheim."

Mutter weinte und sprach mit angsterfüllter Stimme: „Dein Wort in Gottes Ohr." Dann besann sie sich, weil sie ihre Tochter nicht auch noch beunruhigen wollte: „Ja, Barbara, ich bete und hoffe, dass du damit recht hast." Sie gab ihr noch ihre selbstgestrickte graue Strickjacke mit auf den Weg, bevor sie ihren Finger in den Weihwasserkessel eintauchte und ihrer Tochter ein Kreuz auf die Stirn machte: „Barbara, mein Kind, Gott sei mit dir." An der Tür stand bereits ihr Vater wartend und drückte nochmals seine älteste Tochter, die Barbara, an sich und sagte voller Sorge: „Du musst wissen, wir haben dich gern." Und schon waren die Feela[2] mit den Gerichtsdienern, die ihre Pflicht taten, fort. Vater ging noch die Treppe seines Anwesens hinunter und schaute ihnen wortlos nach, bis sie links abbogen und den steilen Weg hinab in Richtung Dietersberg gingen. In der Stube war es jetzt ganz still, jeder hatte seinen Löffel weggelegt und keiner konnte mehr einen Bissen essen. Von Hexenverfolgung hatten sie noch nicht viel gehört, nur einmal hatte ein reisender Hausierer erzählt: „Es werden immer wieder Hexenprozesse geführt, bei denen schon mancher unschuldig auf dem Scheiterhaufen gestorben ist." Der Kleinste am Tisch, der Hans, das Nesthäkchen, fragte: „Was ist ein Schittrhüüfe[3]? Ist das mein Lieblingsessen?" Alle blickten verstört auf die Pfanne, aber keiner gab ihm eine Antwort.

Mutter fragte mit verbitterter, vorwurfsvoller Stimme: „Warum

---

[2] Mädchen
[3] süße Mehlspeise, Scheiterhaufen

denn ausgerechnet unsere beiden Mädchen? Und die brave Berchtold Bärbel, das ist doch eine ganz Liebe und Fleißige. Die kümmert sich seit dem Tod ihrer Mutter fürsorglich um ihren Vater, den Enderle, und Martin, ihren Bruder. Vor zehn Jahren war Enderle mit seinen zwei Kindern von der Spielmannsau nach Oberstdorf gezogen. Bärbel hatte so viel Arbeit, dass sie es nur selten geschafft hat, am Sonntag für ein paar Stunden uns und vor allem ihre Freundin, die Elsbeth, zu besuchen. Die beiden waren dann immer so ausgelassen und lachten viel miteinander. Ich habe mich gefreut, wie unbeschwert die beiden trotz der trostlosen Zeit waren. Unsere Barbara war immer viel ernster, besonnener und nachdenklicher gewesen."
Am nächsten Tag machte sich Christian mit seinem ältesten Sohn Melchior auf den Weg nach Oberstdorf. Sie wollten mit dem Ortsvorsteher und dem Pfarrer reden und anschließend beim Enderle Berchtold, der auch Gerichtsknecht war, vorbeischauen und mit ihm zusammen beraten, was zu tun ist. Als sie beim Ortsvorsteher Jäger ankamen, war Enderle bereits in seiner Amtsstube. Doch der Ortsvorstand nahm ihnen ein wenig die Hoffnung und sagte: „Da könnt ihr nichts tun. Der Conrad Stoeckhlin wurde schon im Juli letzten Jahres verhaftet und unter Folter verhört. Es wurden aus ihm die Beschuldigungen über eure Mädchen herausgepresst. Conrad sagte aus, Elsbeth sei vor acht Jahren nahe Oberstdorf bei Rubi an der Brücke, als er auf den Heuberg gefahren sei, auf einem schwarzen Bock reitend zu ihm gekommen. Sie seien dann beide miteinander auf den Heuberg gefahren. Er habe sie ungefähr fünfzehnmal dort gesehen. Ihr Buhl habe ein grünes Hääs[4], dunkle Strümpfe, ein schwarzes Wams und einen grünen Hut getragen, aber er wisse nicht, wie sein Name war."
„Wie kommt der Conrad nur dazu, so etwas zu behaupten?", fragte Christian entrüstet.
„Ihr müsst versuchen ihn zu verstehen. Nach mehreren Tagen Folter, als Stoeckhlin bereits völlig entkräftet war, fesselte man ihm schließlich seine Hände auf dem Rücken und zog ihn daran an einem Seil ganz langsam in die Höhe, bis sich seine wunden Füße

---
[4] Kleidung

vom Boden lösten und sein Körpergewicht an den verdrehten Schultergelenken zerrte. Als er fast oben an der Decke des Gewölbes hing, loderte sein Körper vor Schmerz. Ein lautes Knacken hallte durch das gemauerte Kellerverlies, als seine Schultergelenke heraussprangen und einige Sehnen und Bänder rissen. In dem Moment hatte er das Gefühl, keine Luft mehr zu bekommen und röchelte vor Schmerzen. Das war das Zeichen für den Folterknecht und er ließ das Rad, an dem er Conrad hochgezogen hatte, los, und mit einem dumpfen Schlag fiel der geschundene Körper Stoecklins auf den harten Boden auf, und er blieb mit verrenkten, gebrochenen Gliedern auf dem Rücken liegen. Ein anderer Folterknecht goss ihm einen Eimer kaltes Wasser über den Kopf. Keuchend nach Luft ringend kam Conrad wieder zu sich. Als er abermals auf seine durch andere Folterqualen zerschundenen Beine gestellt wurde und ein weiteres Mal in die Höhe gezogen wurde, nannte er mit letzter Kraft schließlich einige Namen und auch die eurer Mädchen und gab auch selbst zu, sich mit einer Buhlteufelin getroffen zu haben."
Der Ortsvorsteher sah Enderle zutiefst betroffen direkt an und sprach weiter: „Habt ihr das nicht mitbekommen? Damals wurden Michael Math, des Walsers Sohn, und auch der Mann deiner Cousine, der Conrad Stoecklin, erhängt."
Christian und sein Sohn Melchior waren zutiefst erschrocken über das, was sie da hörten, und hatten fürchterliche Angst, dass es Barbara und Elsbeth ebenso ergehen könnte. Am Abend gingen sie niedergeschlagen, beunruhigt und unverrichteter Dinge wieder heim, hinauf nach Gerstruben. Christians Frau, die Senz, ließ ihm keine Ruhe: „Ihr könnt doch die Mädchen nicht alleine im Gefängnis in Sonthofen lassen. Bitte, Christian, fahr nach Sonthofen und schau, wie es ihnen geht."
Er versprach es ihr, aber mit einem hoffnungslosen Ton in der Stimme: „Ja, Senz, gleich morgen früh werde ich wieder hinab ins Tal gehen, und wenn der Enderle mitkommt, dann leihen wir uns das Pferdefuhrwerk von seinem Verwandten, dem Jakob Kling, und werden gemeinsam nach Sonthofen fahren." Nach diesem

Versprechen gingen sie zu Bett, doch beide taten die ganze lange Nacht kein Auge zu. Senz quälte sich mit dem Gedanken, was mit dem Stoeckhlin und auch dem Math geschehen war. Den Math Michael, den Neffen ihrer Nachbarn, kannte sie flüchtig, weil dieser vor Jahren nach einem Lawinenunglück bei der Umsiedlung seiner Verwandten vom kleinen Walsertal hierher nach Gerstruben geholfen hatte.

Im Morgengrauen machte Senz ihrem Mann etwas Milch warm und er brockte das hart gewordene Brot hinein. Danach ging er, ohne die anderen zu wecken, den Stapfweg ins Tal hinab. Enderle war schon wach und Christian fragte: „Ich will nach Sonthofen, um nach unseren Feela zu sehen. Kommst du mit?"

„Ja, ich werde mit dir kommen, das habe ich mir heute Nacht auch überlegt. Geh du schon mal zum Jakob rüber, ich muss nur noch Martin, meinem Buben, sagen, was er heute zu tun hat, ich komme gleich nach."

Christian ging inzwischen zu seinem Freund, um von ihm sein Pferdefuhrwerk zu leihen. Denn wenn die Mädchen mit heimkommen dürfen und von den Befragungen entkräftet sind, würde ihnen der Fußmarsch zu beschwerlich sein.

Jakob wohnte nicht weit entfernt an der gemeinen Landstraße am späteren Dorfbach. Er hatte von dem fürchterlichen Vorfall und der Festnahme der Mädchen schon erfahren und meinte dazu: „Das ganze Dorf ist deswegen in Aufruhr und alle reden nur noch von euren Mädchen und was ihnen an Unrecht geschieht. Viele haben Angst und keiner weiß, ob die hohen Herren von Rettenberg nicht auch nach ihnen schicken, um sie zu holen. Ich rate euch, ihr müsst alles versuchen, um die Mädchen heimzuholen. So ein Schwachsinn, dieser Hexenwahn. Der Gedanke an Hexen setzt sich bei den Obrigkeiten wie eine Seuche im Gehirn fest und steckt auch die einfachen Bürger mit an. Eure Familie und vor allem eure Feela sind die Leidtragenden, weil sie zu Unrecht verdächtigt werden."

Er spannte ihnen, als wäre es eine Selbstverständlichkeit, sein Pferd ein und wünschte viel Glück für ihr Vorhaben. Nun kam auch

Enderle dazu und die beiden stiegen auf den Kutschbock auf und fuhren los. Inzwischen begann es schon etwas heller zu werden. Über dem Rubihorn blickten die ersten Sonnenstrahlen hervor. Christian sagte: „Gut, dass der Weg von hier nach Sonthofen breiter ist. Denn von Gerstruben bis hierher könnte kein Fuhrwerk fahren, es ist nur ein schmaler Fußweg vorhanden." Während der Fahrt waren beide sehr schweigsam und keinem war zum Reden zumute. Als sie bereits durch Altstädten kamen, brach Enderle das Schweigen: „Ohne meine Tochter, die Bärbel, wären der Martin und ich verloren. Wir müssen alles versuchen, um unsere Feela zu retten." Nach ihrem endlos lang erscheinenden Weg und der Anspannung waren sie endlich in der Stadt Sonthofen bei der Gerichtsbarkeit angekommen. Christian und Enderle waren sehr aufgeregt, als sie die Treppe zum Verlies hinaufgingen. Der Gerichtsknecht, ein gedrungener, rundlicher und ungepflegter Mann, fragte in einem unverschämt herablassenden Ton: „Was wollt ihr denn hier?"
Enderle versuchte ruhig zu antworten: „Mein Name ist Berchtold Enderle und ich komme aus Oberstdorf, bin ebenfalls Gerichtsknecht, und das ist mein Freund Christian Kappeler aus Gerstruben."
„Aha, ihr seid also die Väter der beiden Hexen?"
„Ja, – äh nein, unsere Feela sind keine Hexen."
„Und was wollt ihr hier?"
Christian fragte ungeduldig: „Dürfen wir zu ihnen? Geht es ihnen gut? Dürfen wir sie mit nach Hause nehmen?"
Der gedrungene Sonthofener Knecht fing zu lachen an: „Die Pfleger und Amtsleute von Rettenberg waren heute Morgen da und haben sie unter Folter verhört. Aber ich will ja nicht so sein, obgleich ich eigentlich keine Befugnis dafür habe. Weil ihr beide so einen weiten Weg hinter euch habt, damit es nicht umsonst war, werde ich euch einen kurzen Blick in die Zelle werfen lassen." Die drei Männer gingen einen langen, kalten Gang entlang. Es stieg ihnen ein unangenehmer Geruch von feuchtem modrigem Mauerwerk und Kot in die Nase. Dann hörten sie schon Weinen und Wehklagen. Barbara

und Elsbeth lagen mit geschorenem Kopf, zerrissenen Kleidern, fast entblößt, zum Teil blutüberströmt und zusammengekauert auf dem kalten Boden neben zwei fremden Mädchen und weinten. Christian rief erschrocken aus: „Barbara, Barbara, hörst du mich? Was haben die mit dir gemacht?"

Barbara hob ihren Kopf ein wenig und schaute ihren Vater mit leeren, starren Augen an und flehte mit letzter Kraft: „Ich kann nicht mehr. Papa, bitte hilf mir, keinen Feuertod." Und ihr Kopf fiel dabei erschöpft auf den Steinboden zurück.

Christian sah zum Gerichtsdiener und dieser lächelte ihn mit einem dreckigen Grinsen an: „So, jetzt habt ihr genug gesehen! Das reicht, kommt jetzt."

Elsbeth, Christians Nichte, hatte vor zwölf Jahren ihren Vater verloren. Seitdem wuchs sie elternlos bei ihm in der Familie auf. Ihre Mutter musste bei Elsbeths Geburt im Kindsbett ihr Leben lassen. Christian rief: „Elsbeth, Elsbeth", aber sie regte sich nicht, nur eine Ratte war an einem blutenden Zeh zugange. Enderle und Christian schauten wie erstarrt auf den reglosen Körper von Elsbeth und der Wärter sah verächtlich zu der Verletzten hinunter: „Ja, die da hat jetzt vier Stunden Marter mit Beinschrauben, Schere, Feuer und Ausreißen der Fingernägel hinter sich. Lang wird's nicht mehr gehen, aber ich muss zugeben, zäh ist die Kleine schon." Enderle war aufgebracht und in voller Panik: „Wo ist Bärbel, meine Tochter? Was habt ihr mit ihr gemacht?"

Der Gerichtsknecht antwortete ganz ruhig mit einem boshaft lächelnden Gesicht: „Wenn die Bärbel von Oberstdorf deine Tochter ist, dann muss ich dir sagen, deine Mühe war vergebens, denn die Hexe ist letzte Woche schon verbrannt oder gehängt worden. So genau kann ich mich nicht mehr daran erinnern."

Enderle war fassungslos und begann zu schwanken. Er konnte gar nicht glauben, was er da hören musste. Dann sprach er mit angsterfüllter und fast flehender Stimme: „Aber warum denn um Himmels willen? Sie hat doch nichts getan? Was werft ihr meiner Bärbel vor? Wo habt ihr sie hingebracht? Wenn das wahr ist, wo habt ihr sie begraben?"

„Das weiß ich doch nicht", antwortete der Gerichtsknecht verärgert und zog dabei gleichgültig seine Schultern nach oben.
Nun mischte sich Christian wieder ein: „Wir wünschen auf der Stelle eure Vorgesetzten, die Amtsleute von Rettenberg, zu sprechen."
„Ihr habt nichts zu wollen und zu wünschen, nun verschwindet von hier. Macht, dass ihr wegkommt! Sonst werde ich euch einsperren lassen." Enderle war sehr wütend und aufgebracht. Er wollte schon mit seinen Fäusten auf den Gerichtsknecht losgehen. Aber Christian konnte ihn im letzten Moment noch festhalten und beschwichtigte ihn: „Enderle, hör auf. Komm, das bringt doch nichts. Lass uns gehen." Dabei zog er seinen Freund in Richtung Ausgang. Der Gerichtsdiener schrie ihnen beim Hinausgehen nach: „Das ist jetzt euer Dank. Ich war so gütig und hab euch zu den Mädchen gelassen. Das war ein Fehler von mir. Da sieht man, was für Pack ihr Hexenväter seid. Und Vorgesetzte sprechen, dass ich nicht lache. Die sind in Augsburg beim Bischof, es gibt ja schließlich noch mehr Hexen als eure Mädchen." In dem Moment verließen die beiden das Gebäude des Grauens und Schreckens. Das schwere Tor fiel hinter ihnen ins Schloss. Christians Stimme bebte, als er sprach: „Was sind das nur für Menschen, die unschuldige Mädchen so quälen. Wo ist Gott? Warum hilft er nicht?" Sie blieben unschlüssig für einen kurzen Moment vor dem Gebäude auf den Treppenstufen stehen und überlegten, was zu tun sei. Enderle sagte: „Du musst versuchen, deine Barbara und auch Elsbeth zu retten."
„Aber wie? Sag mir, was soll ich tun?", schrie er laut und verzweifelt los.
Nun gingen sie zusammen zum dortigen Herrn Pfarrer und baten ihn um Hilfe. Dieser versprach, sich der Mädchen anzunehmen, machte ihnen aber keine große Hoffnung. Anschließend fuhren Christian und Enderle wieder unverrichteter Dinge zurück nach Oberstdorf.
Das war das letzte Mal, dass sie Barbara und Elsbeth sahen. Es war furchtbar für Christian, zu wissen, dass die beiden jungen Frauen wehrlos im Kerker liegen mussten und wahrscheinlich unter

Qualen auf den sicheren Tod warteten. Auf dem Heimweg sprach er zu Enderle: „Ich weiß gar nicht, wie ich es meiner Frau sagen soll, und wie soll ich es schaffen, in nächster Zeit weiterzuleben, als wäre nichts geschehen? Mit dem Wissen, dass mein geliebtes Kind, die Barbara, und meine Nichte Elsbeth, für die ich seit dem Tod meiner Schwester mit die Verantwortung übernommen habe, in jedem Moment, in dem es mir selbst gut ergeht, unter Folterqualen leiden und vielleicht hingerichtet werden. Es lähmt mich, dass ich so machtlos bin und gar nichts für die beiden tun kann." Enderle nickte zustimmend und sprach mit bedächtiger Stimme: „Das verstehe ich, ich weiß auch nicht, wie es weitergehen soll. Aber ich glaube, für mich ist es in nächster Zeit einfacher, damit umzugehen, als für dich, da ich die Gewissheit habe, dass mein Kind nicht mehr leiden muss. Aber ich darf gar nicht dran denken, was meine Bärbel unter Folter und Qual bis zu ihrem Tod durchmachen musste. Sie hatte bestimmt viele Schmerzen zu erleiden und große Furcht vor der Hinrichtung und dem Sterben. Sie muss sich doch einsam und von uns im Stich gelassen gefühlt haben. Sicherlich hat sie sich in den letzten Tagen nach Martin und mir gesehnt. Sie hätte sich bestimmt gewünscht, nochmals mit uns reden zu können, und dass wir ihr bis zum Schluss beigestanden hätten. Warum hat man uns nicht benachrichtigt. Es ist gut, dass meine Frau, die Josepha, dies alles nicht mehr miterleben muss. Die beiden werden jetzt im Himmelreich vereint sein." Auf der Heimfahrt fing es schon zu dämmern an. Sie kamen gerade noch rechtzeitig im oberen Dorf an und stiegen bei Klings Anwesen vom Pferdefuhrwerk ab, spannten das Tier aus und brachten es in den Stall. Jakob war noch an der Arbeit und war entsetzt, als die beiden vom Erlebten erzählten. Er sagte mitfühlend: „Geht heim, ich mache den Rest." Sie bedankten sich für das Fuhrwerk und gingen stillschweigend zu Fuß zu Enderles Hof, der auf dem Heimweg von Christian lag. Enderle bot seinem Freund an: „Heute kannst du nicht mehr nach Gerstruben hinauf, es ist viel zu spät und schon dunkel. Du kannst in Bärbels Bett schlafen." Dabei traten ihm Tränen in die Augen. Die beiden

Väter stützten sich wortlos in einer kurzen Umarmung, damit sie sich gegenseitig Kraft gaben. In dem Moment kam Martin schon aus dem Stall, er hatte ihre Schritte gehört. Er wartete schon seit Stunden auf seinen Vater und hoffte, dass seine Schwester mit dabei war. Als er seinen Vater mit Christian so beieinanderstehen sah, war er erschrocken und schrie wie von Sinnen: „Wo habt ihr Bärbel? Was ist passiert?"

„Martin, die Bärbel ist tot. Sie haben sie hingerichtet", sagte sein Vater und versuchte dabei seine Tränen zu unterdrücken.

Martin konnte es zuerst gar nicht fassen und wandte sich besorgt an Christian: „Und was ist mit deiner Barbara und Elsbeth geschehen?"

„Ich befürchte, diese mörderischen Bestien werden ihnen das Gleiche antun und die beiden werden in nächster Zeit deiner Schwester Bärbel folgen müssen", dies konnte er kaum aussprechen, so sehr bebte seine Stimme.

Martin war zutiefst betroffen und ratlos zugleich: „Aber das könnt ihr doch nicht zulassen. Es muss doch einen Ausweg geben. Oder?"

Enderle fasste seinen Sohn an der Schulter und sagte: „Nein, Martin, ich glaube nicht, wir haben alles versucht. Wir kamen nicht durch bis zu den Pflegern zu Rettenberg. Danach waren wir noch beim dortigen Pfarrer, aber auch er sah keinen Ausweg für die Mädchen. Er hat uns versprochen, dass er sich der Angelegenheit annehmen will und mit den Amtsleuten reden wird. Er meinte, wir sollten inzwischen abwarten und beten."

Alle drei waren zutiefst bestürzt und hilflos. Christian sah ein, dass es sinnlos wäre, heute Nacht noch auf den Berg hinauf zu gehen, und auch die schlechte Nachricht wollte er lieber am Morgen als am Abend seiner Frau und den Kindern überbringen. Martin deckte den Tisch mit Brot und Käse, aber keiner rührte etwas davon an. Sie gingen trotz ihrer Müdigkeit lange nicht zu Bett und beredeten, wie es nun weitergehen wird. Enderle sagte schließlich zu seinem Sohn: „Du, Martin, du musst dir bald eine fleißige Frau suchen, die sich um dich kümmert."

Christian bestätigte dies: „Da hat dein Vater recht, das stimmt. Wenn du meine Tochter, die Ursula willst, dann will ich sie dir zur Frau geben."
Martin war über dieses sinnlose Gespräch aufgebracht und sogar wütend. Er regte sich furchtbar auf: „Wie könnt ihr beiden nur so herzlos sein und heute, an so einem traurigen Tag, an so etwas denken. Die Ursula und ich sind doch kein Vieh, das ihr veräußern könnt, wie ihr wollt. Ich gebe ja zu, ich finde deine Tochter nett, aber an Heirat werde ich jetzt nicht denken." Die beiden gaben ihm recht, und im Grunde wollten sie sich in ihrer Verzweiflung nur ablenken. Gegen zwei Uhr waren sie müde und wollten dann doch zu Bett gehen. Christian hatte aber einen Wunsch und bat Enderle schließlich: „Ich würde lieber in der Stube auf der Ofenbank liegen. Ich kann nicht im Bett von Bärbel schlafen. Das wäre zu viel für mich, nach dem, was ich heute alles gehört habe. Die Trauer und all das Leid, ich könnte dort kein Auge zutun." Das verstand Enderle sofort, ihm würde es genauso gehen. Sie verabschiedeten sich schon in der Nacht, da Christian gleich am Morgen in aller Herrgottsfrühe das Haus verlassen wollte, um baldmöglichst die schlechte Nachricht daheim überbringen zu können.
Als er nach diesem langen Fußmarsch, in dem er in Gedanken immer wieder die zerschundenen Körper seiner Tochter und Nichte sah, endlich daheim ankam, waren seine beiden Buben schon im Stall und seine Frau Senz mit Ursula in der Küche zugange. Als Christian mit fahlem Gesichtsausdruck und hängendem Kopf eintrat, sah ihm seine Frau sogleich an, dass etwas Schlimmes passiert sein musste und sie rief angstvoll aus: „Sind sie tot?"
„Nein, Barbara und Elsbeth, sie leben beide."
„Geht es ihnen gut?" Christian konnte seiner Frau nicht in die Augen sehen und antwortete ihr: „Ja, ich glaube, es geht ihnen gut, ich habe sie nicht gesehen." Er dachte sich: „Jetzt belüge ich meine Senz, aber von der Qual soll sie nichts erfahren, denn das würde sie nicht ertragen. Es genügt schon, dass ich mich schlecht fühle. Das ist bestimmt eine Notlüge, die mir Gott verzeihen wird." Dabei

sprach er ganz leise weiter: „Es könnte sein, dass sie hingerichtet werden, es sieht nicht gut für die beiden aus."

„Aber wir müssen doch etwas unternehmen?", schluchzte die Mutter.

„Senz, das können wir nicht. Wir können im Moment gar nichts für unsere Mädchen tun. Nur beten. Sie werden verhört und kommen vor Gericht."

Nach ein paar Wochen kam der Kaplan Alexander Straub von Oberstdorf nach Gerstruben mit der Nachricht, dass Barbara und Elsbeth ebenfalls hingerichtet worden waren. In einem Antwortschreiben an den Pfarrer von Oberstdorf stand von den Herren zu Dillingen, die zwei Hexen betreffend: „Das Todesurteil gegen Kappeler Barbara und Elsbeth wurde besiegelt. Den Befehl der Hinrichtung führten die Rettenberger gewissenhaft aus. Im Beisein des Pfarrers zu Sonthofen, der mit ihnen gebetet hat, wurden sie vergangenen Montag vom Leben zum Tode durch Brand gebracht."

Christian schrie entsetzt auf: „Die Mädchen waren unschuldig und sind durch den wahnsinnigen oder gestörten Stoecklin in das Räderwerk der Hexenverfolgung geraten. Sie wurden nach langer Folterqual auf dem Scheiterhaufen hingerichtet. Was ist das nur für eine Welt, in der wir leben? Wie grausam können Menschen sein?"

Senz fragte traurig weiter: „Warum hat man uns nicht benachrichtigt? Wir hätten doch noch mit ihnen reden wollen! Sie waren ganz allein in ihrer Not. War es eine öffentliche Hinrichtung?"

„Nein, gesehen hat die Hinrichtung niemand, nur davon gehört haben alle. Weil von so einem Ereignis natürlich geredet wird."

Der Kaplan sprach weiter: „Aufgrund dieses Vorfalls bin ich extra nach Sonthofen zu meinem Freund, dem Enzensberger, gefahren und habe ihn ausgefragt. Das war ich meinen beiden ehemaligen Kommunikanten und Firmlingen schuldig. Ich habe erfahren, dass der Argwohn auf beide sehr groß war, insbesondere auf Elsbeth. Es wurde extra ein weiterer Richter aus Tettnang angefordert und dieser sagte: „Die beiden wären sehr vergiftete Teufelszauberinnen, denen wahrscheinlich der Teufel hilft, nicht zu gestehen." Barbara wurde so lange grausam gemartert und gefoltert, bis sie ausgesagt hat, was sie die vielen langen Jahre durch Verführung des leidigen Teufels getrieben hatte. Dies wollten die hohen Herren von ihr hören, dann hatte ihre Qual ein Ende. Danach wurde sie in Ruhe gelassen. Aber, wie der Sonthofener es nannte, die verstockte Elsbeth war trotz aller Folter zu keinem Geständnis zu zwingen gewesen. Sie bekannte, dass sie weder eine Hexenperson sei, noch dass sie irgendetwas Übles getan habe. Ihr wurde vorgehalten, warum sie sich so lange grausam martern lasse ohne ein Geständnis zu machen. Vor der Hinrichtung habe man die beiden untersucht, ob sie Amulette oder andere Zaubermittel an geheimen, verdeckten Körperstellen trugen. Dann wurden sie am ganzen Körper gewaschen und ihnen wurden andere Kleider gegeben. Dies war eine Anordnung etlicher Gelehrter."

Die Verbindung und Freundschaft zwischen den Familien Berchtold und Kappeler wurde intensiver. Ursula, Christians Tochter, hatte sich bereiterklärt, nach Oberstdorf zu gehen und den Zweimännerhaushalt für eine bestimmte Zeit zu führen und nach dem Rechten zu sehen. Ursulas Mutter war dies gar nicht recht; nach dem Tod von Barbara und ihrer Base Elsbeth nun auch noch die Unterstützung Ursulas zu verlieren. „Gut, dass mir die Marie, obwohl sie noch viel jünger ist, etwas bei meiner Arbeit daheim helfen kann." Doch Christian überredete seine Frau dazu und meinte überlegt: „Wir müssen die Ursula loslassen. Sie muss irgendwann einen guten Mann finden. Vielleicht werden sie und Martin sich anfreunden, wenn wir sie zu Enderle geben. Ich würde den Martin gerne als Schwiegersohn sehen, obwohl er um einige Jahre älter ist als unsere Ursula."
Mutter nickte: „Du hast schon recht damit, denn im Dorf sagt zwar jeder zu uns, Barbara sei keine Hexe gewesen und es war Unrecht, was ihr angetan wurde. Aber im Grunde wissen wir nicht, was hinter unserem Rücken gedacht und geredet wird. Ob Ursula und Marie je einen Mann bekommen werden, wenn die Leute

vielleicht doch denken, dass ihre Schwester eine Hexe gewesen sei?"
„Ja, leicht wird es nicht werden, aber der Martin hat ja das gleiche Schicksal zu tragen wie wir und ist ein patenter, fleißiger Mann. Die beiden würden schon zusammenpassen."

1880 Buhl Anna und Lipp Genovefa

Genovefa unterbrach Anna beim Lesen, nahm ihr vorsichtig das Buch aus der Hand und legte es auf den Stubentisch neben den Krug mit dem inzwischen kalt gewordenen Früchtetee und einer kleinen Schüssel Apfelkompott. Sie sagte: „Meine Liebe, ich denke, jetzt ist fürs Erste genug. Wir müssen das alles erst auf uns wirken lassen."
Anna nickte Genovefa zu. „Ja, das stimmt, wir sollten ein anderes Mal weiterlesen. Obwohl ich schon sehr gespannt bin, wie es in der Familie von Senz mit ihren Mädchen und dem Martin im Tal weitergeht. Aber ich muss jetzt auch heim zu Michi und Papa. Wenn ich darf, werde ich in ein paar Wochen wieder zu dir kommen. Vielleicht erlaubt Vater, dass ich dann bei euch für eine Nacht bleiben darf, dann hätten wir mehr Zeit zum Lesen." Die beiden verabschiedeten sich und Anna ging wieder heim nach Reichenbach.
Beim Morgenessen erzählte sie ihrem Vater, was sie zusammen mit Genovefa im Buch gelesen hatte. Über ihre Vorfahren und von der furchtbaren Hexenverfolgung und dem Unrecht, welches den Mädchen geschehen war.
Anna führte, seit ihre Mutter gestorben war, den Haushalt. Sie kochte für ihren Vater und ihre drei Brüder, sie flickte ihnen die zerrissenen Socken, Hosen und Hemden, kümmerte sich ums Gwiirzgäärtle[5], pflückte das Obst und ging Beeren sammeln. Sie kochte Johannis- und Heidelbeeren ein und versuchte so viele Wintervorräte anzulegen wie möglich. Am Dienstag hatte sie ihren Waschtag, an welchem die Wäsche der Familie gewaschen wurde. Auf den Freitag hatte sie ihren Putztag gelegt. Denn falls am Wochenende jemand von den Verwandten zu Besuch kam, sollte alles sauber sein. Nach der Schule machte sie mit Michi Hausaufgaben. Vater interessierte die Schule kein

---
[5] Gemüse- und Gewürzgarten

bisschen. Ihr Bruder tat sich mit Lesen und Schreiben viel schwerer als Anna vor Jahren. Dafür konnte Michi aber besser rechnen. Wenn Anna ihre Aufgaben erledigt hatte, spannte Vater sie auf dem Feld oder im Stall ein. Mit Rosalia, ihrer schwangeren Freundin, traf sie sich kaum noch. Dazu blieb ihr keine Zeit mehr. Hansi, der älteste ihrer Brüder, wollte in diesem Jahr heiraten. Aber jetzt, nach Mutters Tod, war Vater damit nicht mehr einverstanden. Er meinte: „Schon wegen der anderen Leute, was die sagen würden. Aber es ist auch meine Meinung. Das Trauerjahr müsst ihr abwarten. Erst dann, nach einem Jahr, dürft ihr heiraten. Ich will nicht, dass so schnell nach Mutters Tod eine neue Bäuerin auf meinem Hof ihren Platz einnimmt. Das müsst ihr verstehen. Ich weiß, auch für Anna wäre es eine Entlastung, aber darauf kann ich keine Rücksicht nehmen. Ein Jahr wird für euch schnell vergehen und dann könnt ihr immer noch den Bund der Ehe schließen." Vater war das Familienoberhaupt und es wurde gemacht, wie er es verlangte. Er duldete keinen Widerspruch.

Genovefa spürte, dass Anna kaum Zeit für die Dinge hatte, die sonst jungen Frauen in ihrem Alter Freude machen. Sie ging kaum mit ihren Freundinnen aus. Michl gab ihr nicht mal ein wenig Taschengeld zur Anerkennung für ihre Arbeit, damit sie sich etwas Nettes kaufen könnte. Selbst Zeit für Besuche, um weiterzulesen, blieb Anna nicht. Genovefa zeigte Mitgefühl für dieses fast erwachsene Mädchen. Sie sagte voller Bedauern während des Mittagessens zu Ulrich und Otto: „Anna ist so jung und muss, seit ihre Mutter gestorben ist, zu viel arbeiten. Das ist nicht gut für die Kleine. Wenn man jung ist, sollte man wenigstens ein bisschen Freizeit und Freude am Leben haben." Otto machte seiner Mutter einen gutgemeinten Vorschlag: „Rede du mit Michl, vielleicht lässt er sie mal übers Wochenende zu uns kommen, dann könnt ihr beide im Buch weiterlesen. Dann sollen die Buben halt mal selbst etwas zum Essen machen."

Genovefa fand dies eine großartige Idee. Sie sprach bald darauf mit Michl und er stimmte tatsächlich zu; am Wochenende durfte seine Tochter nach Oberstdorf kommen.

Als Anna bei ihnen angekommen war, ging Genovefa mit ihrem lieben

Gast nach oben in den ersten Stock und zeigte ihr die Schlafkammer über der Stube, in der sie nächtigen konnte. Anschließend aßen sie gemeinsam Abendbrot. Schon während des Essens bat Anna eindringlich: „Können wir heute noch ein wenig lesen?"
Otto lächelte verschmitzt und antwortete schneller als seine Mutter: „Ich glaube schon, denn wir wissen doch alle, weswegen du zu uns gekomen bist."
„Nicht nur deshalb, auch sonst bin ich wirklich gerne bei euch."
Nachdem die beiden Frauen in der Küche aufgeräumt hatten, setzten sie sich zusammen in die Stube und Anna fing zu lesen an. Ulrich und Otto gingen währenddessen noch mal in den Stall.

Berchtold Martin und Kappeler Ursula, Gerstruben
Im Frühjahr um 1600, einige Jahre nach dem Hexenprozess, ging Martin Berchtold mit seinem Vater aufs Feld, um Zäune zu reparieren. Plötzlich sagte Enderle: „Martin, mir ist ganz übel, ich kann meinen linken Arm kaum mehr bewegen und er schmerzt fürchterlich."
Martin legte seinen Vater vorsichtig auf die grüne Blumenwiese, zog seine Jacke aus und stützte damit seinen Kopf. Er sagte sorgenvoll zu seinem Vater: „Bleib ganz ruhig liegen, ich werde Hilfe für dich holen."
„Nein, Martin, bleib hier. Ich habe keine Zeit mehr zu warten und es ist auch gut so. Ich habe mein Leben gelebt und es war nicht immer leicht. Ich hatte viele Schicksalsschläge, manches war kaum zu ertragen. Deine Mutter ist bei der Geburt deines ebenfalls verstorbenen Bruders gestorben. Du warst damals noch ein Kind. Zuvor haben wir schon vier Kinder beerdigen müssen. Aber das Schlimmste war für mich, als deine Schwester Bärbel zu Unrecht hingerichtet wurde. Versprich mir, dass du die Kappeler Ursula heiratest. Ich habe doch Augen im Kopf, ich sehe wie ihr euch anschaut, wie verliebt ihr ineinander seid. Sie wird dir bestimmt eine gute Frau sein und ich denke, in ihrer Familie wirst du wie ein Sohn

aufgenommen werden. Denn vor einigen Jahren hat der Christian doch schon erwähnt, wie gerne er dich und die Ursula zusammen sehen würde."

„Ja Vater, das stimmt, aber wenn ich die Ursula nehme, dann müsste ich doch nach Gerstruben ziehen. Die brauchen mich wegen der vielen Arbeit, und hier haben wir doch auch unseren Hof."

„Nein, wenn du es wünschst, verkaufe unseren Hof und gehe zu deiner Braut nach Gerstruben. Ich werde jetzt zu meinem Herrn und Gott und zu meiner geliebten Josepha, deiner Mutter, und meinen anderen Kindern gehen. Jetzt ist es Zeit, mich um die zu kümmern, die mir vorausgegangen sind. Bald werde ich Bärbel wiedersehen, sie wird mir erzählen, was damals geschah. Du, Martin, bist jetzt alt genug, um alleine weiterzumachen. Ich weiß, dass du auf eigenen Füßen stehen kannst. Denk immer daran, ich werde dir vom Himmel aus zusehen und dir helfen, sofern es mir möglich ist. Ich habe immer die Kraft und den Beistand deiner Mutter gespürt. Über Bärbels Tod wäre ich ohne die Hoffnung auf ein Wiedersehen nie hinweggekommen. So wünsche auch ich mir, dich eines Tages im Jenseits erwarten zu dürfen." Enderle streichelte Martin mit seinem Handrücken über die Wange, und in diesem Moment tat er seinen letzten Atemzug und seine Augen starrten dann leblos vor sich hin. Sein Vater war tot. Martin beugte sich über ihn und weinte bitterlich. Zwei Tage später war die Beerdigung. Er war ein sehr beliebter Mann im Ort, dies zeigte sich bei seinem Begräbnis. Die Kirche war bis auf den letzten Platz gefüllt. Der Kaplan Alexander Straub hielt eine würdige Ansprache. Enderles Leichnam wurde gleich im Friedhof neben der Seiteneingangstür nach Süden bei seinen Lieben beigesetzt. Martin und Ursula standen am offenen Grab nebeneinander und Ursulas Eltern Christian und Senz neben ihnen. Martin kam der Gedanke: „Wenn das Vater sehen könnte, würde er sich freuen, wir stehen beieinander wie eine große Familie. Aber ich will noch eine Weile abwarten, bis ich nach Gerstruben zum Christian gehe und ihn um die Hand seiner Tochter bitte." Neben dem Grab stand Jakob mit seinem Sohn Uotz, dem wesentlich jüngeren

Freund von Martin. Uotz machte zurzeit eine Zimmermannslehre und hatte sich bereiterklärt, für Enderle den Sarg zu zimmern. Er reichte Martin die Hand und drückte sein Beileid aus. Zum Leichenschmaus gingen die meisten Trauergäste mit zum Mohrenwirt. Bierbänke wurden in den Garten gestellt, damit genug Platz für alle da war. Martin dachte sich: „Das Begräbnis war ein würdiger Abschied für meinen Vater. So hätte er es sich auch gewünscht." Auf den Grabstein ließ Martin dann auch den Namen von Bärbel schreiben, obwohl sie nie im Grab ihre letzte Ruhe fand. Er machte sich insgeheim Gedanken darüber, ob seine Schwester vollständig verbrannt wurde oder Reste ihres Körpers zurückgeblieben waren, und was man mit diesen wohl gemacht hat. Aber dies getraute er sich nie jemanden zu fragen. Das waren seine geheimsten Gedanken.

Martin ließ einige Wochen verstreichen, nahm dann allen Mut zusammen und fragte Ursula, als sie beim Essen beieinandersaßen: „Ich habe schon mehr als drei Jahrzehnte gelebt, und finde, es wird langsam Zeit, dass ich ans Heiraten denke. Ich freue mich schon seit Längerem, wenn ich heimkomme und du in der Küche stehst und ich dich sehe. Willst du dein altes Leben hinter dir lassen und mit mir zusammen deinen zukünftigen Lebensweg teilen? Vielleicht wird er steinig oder gar schmerzvoll sein, so wie es häufig bei unseren Eltern der Fall war. Trotzdem frage ich dich, willst du es wagen, mit mir die guten wie auch schlechten Zeiten zu gehen und mich heiraten?"

Ursula strahlte übers ganze Gesicht. Auf diese Frage hatte sie insgeheim immer gehofft. Aber dass ihr größter Wunsch nun eintrat, so viel Glück hatte sie nicht erwartet und sie dachte, sie habe dies gar nicht verdient. Sie antwortete mit einem glücklichen: „Ja, ich will mein Leben lang, Tag und Nacht mit dir zusammen sein und ich hoffe, dass wir eine glückliche Zeit zusammen verbringen dürfen." Er nahm sie zum ersten Mal in seine starken Arme und küsste sie zärtlich auf ihren weichen Mund.

„Weißt du was, morgen gehen wir zu deinen Eltern nach Gerstruben hinauf und fragen deinen Vater, ob auch er einverstanden ist."

„Ja, das machen wir." Als die beiden am nächsten Tag nach dem langen Fußmarsch bei ihren Eltern in Gerstruben angekommen waren, machte Senz ihnen gleich einen Tee gegen den Durst. Ihr war schon bei der Begrüßung aufgefallen, dass sich Ursula und Martin viel inniger ansahen als bisher und beide wirkten etwas unruhig. Ihr kam spontan der Gedanke, dass es sich diesmal nicht nur um einen normalen, sonntäglichen Besuch handelte und sie hoffte, dass die beiden ihnen etwas Erfreuliches mitzuteilen hatten. Als sie zusammen in der Stube auf der Eckbank beim Herrgottswinkel saßen, wurde Martin ganz feierlich. Senz ahnte gleich, was er vorhatte. „Ich habe eine Frage: Ich würde gerne um die Hand von Ursula anhalten." Er war froh, dass dieser Satz nun endlich ausgesprochen war. Vater schmunzelte zufrieden seine Frau an: „Senz, was meinst du dazu?" Sie lächelte zurück: „Ich finde es gut. Denn die Leute im Dorf reden schon schlecht über uns, weil die Ursula mit dir, einem Junggesellen, alleine in einem Haus wohnt. Auch Christian und mir ist es nicht ganz recht. Martin, wenn du nicht so viel durchgemacht hättest, dann hätten wir die Ursula sofort wieder heimgeholt. Doch das wollten wir dir nicht auch noch antun. Aber jetzt bin ich froh, dass du sie heiraten möchtest. Ursula, willst du auch?"
„Ja, Mama, ich will auch." Nach einer kurzen Pause fragte der Vater: „Und wo wollt ihr wohnen? In Oberstdorf auf deinem Hof, oder könntest du dir vorstellen, bei uns einzuziehen? Dies wäre mir am liebsten, denn Mutter und ich werden auch nicht jünger, und einen kräftigen Mann wie du im Haus zu wissen, würde vor allem uns und auch unserer Landwirtschaft guttun. Aber ich denke, auch für Ursula und dich wäre es hier oben allemal besser. Die Unruhen und die Plünderungen in letzter Zeit unten im Tal werden immer gefährlicher. Hier oben ist die Welt doch noch ein wenig besser."
„Ja, Christian, das stimmt schon, und meinem Vater wäre es auch recht. Dies hat er mir noch vor seinem Sterben gesagt."
Der Ältere sah seinen zukünftigen Schwiegersohn erstaunt an. „Darüber hat Enderle bei seinem plötzlichen Herztod mit dir geredet?" Martin lächelte ihn etwas verlegen an und fühlte sich ertappt. Ihm

selbst war schon länger klar, dass er Ursula gern hatte. Trotzdem brauchte er letztendlich den väterlichen Anstoß zur Heirat.
Im Mai, Monate später, wachte Martin frühmorgens zum ersten Mal in Gerstruben auf. Er lag in seinem neuen Bett neben seiner Frau und grübelte nach. „Gestern haben Ursula und ich geheiratet." Er spürte ein wenig Wehmut und Heimweh. „Es wird noch eine Zeit dauern, bis ich mich hier heimisch fühle. Früher, als ich in der Spielmannsau zusammen mit Vater, Mutter und den verstorbenen Geschwistern wohnte, war das meine Heimat. Ich hoffe, dass ich mich bald an das neue Leben in der Einöde, an das fünf Häuser zählende Bergbauerndorf gewöhnen werde. Meine Schwiegereltern nehmen mich mit offenen Armen auf und sind ganz nett zu mir. Aber im Grunde sind es fremde Menschen für mich." Vaters letzte Worte kamen ihm wieder in den Sinn, die ihm jetzt Trost gaben: Ich werde dir von oben aus beistehen. „Ja, so hat er es versprochen und ich hoffe, dass ich diese Kraft bald spüren werde."
Nachdem seine Schwiegereltern Christian und Senz vor zwei Jahren auch noch ihren ältesten Sohn, den Melchior, beerdigen mussten, wäre es für Ursula undenkbar gewesen, ihre Eltern alleine zu lassen. Ursula hatte Wochen vor der Hochzeit zu Martin gesagt: Meine Eltern brauchen uns. Sie können die Landwirtschaft mit der Viehzucht und dem Ackerbau nicht mehr alleine umtreiben. Sie wären nicht mehr in der Lage, so viel Ertrag zu erwirtschaften, dass es für ihr eigenes Überleben reicht.
Martin schlüpfte aus dem Bett und warf einen Blick auf seine hübsche junge Frau. Sie hatte goldblondes Haar, das ihr unter ihrer Betthaube hervor ins Gesicht fiel. Sie sah glücklich aus, als sie so schlief. Er ging aus dem Gaade hinaus zum Brunnen und wusch sich mit eiskaltem Wasser. Es war so ungewöhnlich still, er nahm an, dass die anderen im Haus noch schliefen. Es war ein wunderschöner Sonntag. Die ersten Sonnenstrahlen blinkten schräg über der Höfats[6] hervor. Sie schienen mit den Blättern und dem Morgentau in den Bäumen ein leuchtendes Spiel zu spielen. Die Felder und Wiesen waren in einem saftigen Grün, durchbrochen von gelbem

---

[6] Berg in den Allgäuer Alpen

Löwenzahn, der in den frühen Morgenstunden noch geschlossen war. Er lehnte sich an die große Oane[7], die neben dem Brunnen stand, und wurde nachdenklich. Was wird die Zeit wohl noch alles bringen. Die Hochzeit war ein schönes Fest, es gab Schweinebraten mit Knödel und Blaukraut, ein richtiges Festessen. So etwas gab es nur bei Hochzeiten. Alle konnten für ein paar Stunden ihre Sorgen vergessen. Es war gar keine so kleine Hochzeit, wie er es sich vorgestellt hatte. Seine Schwiegereltern Christian und Senz, die Geschwister von Ursula, die Marie und der Bruder Hans. Der Onkel Jakob mit den Cousins Uotz und Christoph. Die drei kamen von Oberstdorf herauf und hatten gleich den Kaplan mitgebracht. Dann waren noch die Nachbarn aus Gerstruben, Kappeler Daniel, Ursulas Onkel mit seiner Frau, Hindelang Christian mit Gattin, die Witwe von Math Michel und Wiestner Christian mit seiner Frau und alle Kinder aus dem Dorf mit dabei. Es wurde sogar getanzt. Keiner von ihnen konnte die Tanzschritte wirklich. Aber das Tanzen bereitete ihnen viel Freude.

Alle schmunzelten über Uotz. Er forderte Marie immer wieder zum Tanzen auf. Der kleine Hans kicherte übermütig und äußerte: „Die beiden passen doch auch gut zusammen, dann wird wieder eine Hochzeit mit gutem Essen gefeiert." Alle, die das hörten, mussten darüber lachen. Martin vermutete: „Diesen Ausspruch, den wird Uotz sich noch einige Zeit anhören müssen."

Jahre später übernahm Martin Berchtold, der Schwiegersohn, das Anwesen Haus Nr.10 in Gerstruben.

Die Bauern im Gebirge führten ein mühseliges und karges Leben. Sie waren von den Talbewohnern abgeschieden und lebten nur mit ein paar Nachbarn zusammen. Martins Haus stand etwas außerhalb des kleinen Dorfes in der Nähe des Hölltobels am Buindegg. Daneben stand noch ein kleines Haus ohne Hausnummer, das auch zu seinem Anwesen gehörte.

Das Haupt- bzw. Wohnhaus hatte einen einfachen und klaren Grundriss. Das Wirtschaftsgebäude, der Stall mit Heuschuppen, war davon getrennt. Für die Konstruktion des Dachstuhles wurde

---
[7] Ahorn

die Firstpfette von zwei Säulen getragen. Die Verzapfung für die Wände bestand als Schwalbenschwanz ausgebildete, verdübelte Verzinkungen. Das Wohnhaus war sehr einfach. Vor der Haustür war eine überdachte Laube. Anschließend konnte man über den Flur geradeaus in die Küche gehen. Links neben dem Flur war die Stube und anschließend gleich das Gaade. Im Dachgeschoss war ein Gang mit drei Schlafkammern.

Die Kleidung der Bergbauern war meist ärmlich und ihre Kittel bestanden überwiegend aus dunklem, grobem Stoff. Draußen in der freien Natur trugen sie meist Filzhüte zum Schutz vor der Sonne oder der Kälte. Ins Tal gingen sie meist barfuß. Doch bevor sie ins Dorf kamen, zogen sie ihre Bundschuhe an. Unten in Oberstdorf gab es auch reichere Bauern, die ein gutes Auskommen hatten und dann gelegentlich auf die ärmeren Nachbarn herabsahen. Die schon länger ansässigen Familien waren häufig besser dran als die später zugezogenen, wie die in Gerstruben.

Martin und die Mitbewohner im Bergbauerndorf standen zwischen vier und fünf Uhr auf und gingen, ohne gegessen zu haben, in den Stall, um sich ums Vieh zu kümmern. Zwischen neun und zehn Uhr gab es die Hauptmahlzeit, meist bestand sie aus schwarzem Brot zum Tunken oder Haferbrei. Zwischen vier und fünf Uhr nachmittags machte Ursula die zweite Mahlzeit, häufig Linsen- oder Erbseneintopf. Wasser, Molke und Tee waren oft das einzige Getränk für sie. Wenn es dunkel wurde, gingen sie ins Bett. Das Tageslicht war maßgebend für die Arbeit, da man weitgehend ohne Beleuchtung auskommen musste.

Martin und Ursula hatten große Sorgen. Mit Nachwuchs wollte es nicht so recht klappen. Beide wünschten sich zu sehr ein Kind. Ursula hatte zwei Fehlgeburten und jedes Mal brach für sie fast die Welt zusammen. Das zweite Mal lag Ursula stöhnend auf ihrem Bett, so, dass Martin davon wach geworden war. Obwohl nur das Mondlicht den Raum schwach beleuchtete, sah er gleich den großen Blutfleck auf ihrem Leinentuch. Martin setzte sich zu seiner geliebten Frau und umarmte sie tröstend. Danach nahm er den blutigen Klumpen Fleisch, an dem man schon die menschlichen Konturen erkennen konnte, wickelte ihn in ein Tuch und trug ihn schnellstmöglich hinaus. Am Morgen stand er frühzeitig auf und begrub sein Kind an der Stelle, wo er schon ein Jahr zuvor ein Geschwisterchen begraben hatte. Ursula war so traurig und sagte verzweifelt: „In mir wachsen Kinder nur für ein paar Wochen heran und sterben dann ab. Martin, du hast etwas Besseres verdient als mich." Dabei weinte sie bitterlich. „Warum vertraut mir Gott keine Kinder an." Martin nahm sie liebevoll in seine Arme und versuchte, sie zu trösten. Er machte sich Sorgen um seine Frau, denn sie verfiel immer mehr in düstere Grübelei. Zu allem Unglück kam dann noch dazu, dass Ursulas Mutter, die Senz, unerwartet starb. Ein halbes Jahr später folgte Christian seiner Ehefrau und somit verlor Ursula auch noch ihren Vater.

Ursula vertraute Martin eines Tages an: „Es schmerzt mich so sehr, wenn ich ein Kind verliere. Ich habe mein Selbstvertrauen dadurch verloren." Martin schwieg einen Moment und dachte über Ursulas Äußerung nach. Von draußen wurde die Stille durch die fröhlichen Rufe der spielenden Kinder aus der Nachbarschaft unterbrochen. In dem Moment schöpfte Ursula wieder neue Hoffnung und sprach zu Martin: „Wir haben doch gesagt, unser gemeinsamer Weg kann steinig sein. Aber wir werden ihn zusammen gehen. Martin, komm wir setzen uns draußen auf die Bank und schauen den Kindern beim Spielen zu." Es war ein wunderschöner Abend an einem der längsten Tage im Jahr. Die Grillen zirpten und die Bienen brachten ihren Honig in den Bienenkorb. Martin nahm Ursula in den Arm und die beiden küssten sich leidenschaftlich. Als es dunkel wurde, gingen sie zusammen ins Ehebett.

Seit die Zuwanderer aus dem Kleinen Walsertal dazukamen, gab es oben in Gerstruben eine dichtere Besiedelung. Es mussten wirtschaftliche Veränderungen vorgenommen werden. Bis dahin hatten sie dort oben überwiegend vom Ackerbau gelebt. Jetzt reichte dies nicht mehr aus. Sie taten sich zusammen und gingen zur Viehzucht über. Gerade Martins Nachbarn, die Walser, hatten bei der Gewinnung und vor allem beim Abtransport des Bergheus ihre eigene Perfektion entwickelt. So wurden auch die Buurda[8] anders gebunden als in umliegenden Alpengebieten. Uotz kam in diesem Sommer jede freie Minute herauf nach Gerstruben, um seinem Freund bei der Arbeit zu helfen. Er ging mit Martin, von dem er vieles lernen konnte, an die Grenze zur Dietersbacher Alp. Denn in einem Vertrag stand festgelegt, dass die Gerstruber jedes Jahr einen Zaun schlagen mussten, damit Vieh, Rösser und Geißen in die Alp getrieben werden konnten. Für Geißen wurde festgelegt, dass im Zaun eine Lücke gemacht werden musste, damit sie hindurch gelassen werden konnten. Diese Auflage war Arbeit für Tage und Martin war froh, dass ihm Uotz dabei zu Hilfe kam.

Er war sehr geschickt und konnte gut mit anpacken. Von Samstag auf Sonntag blieb er manches Mal sogar über Nacht. Bald war auch Martin klar, nur wegen der Freundschaft zu ihm und der Arbeit kam er nicht den beschwerlichen Weg hier herauf. Sein hauptsächlicher Grund war ein hübsches junges Mädchen mit dunkelblonden, gewellten Haaren, gerade mal 16 Jahre alt. Sie hieß Marie und war die Schwester von Ursula. Am Feierabend waren Uotz und Marie immer schnell verschwunden mit dem Vorwand, in der Natur sei es doch am schönsten. Sie wollten nach Blumen, Kräutern und Tieren sehen.

Im Sommer wurde vom Morgengrauen bis spät abends, wenn es zu dämmern begann, gearbeitet. Freizeit gab es kaum. Die vielen Steilhänge zu mähen und das Heu in die Scheune zu bringen, war mühevolle Arbeit mit vielen Entbehrungen, ein regelrechter Existenzkampf für die ganze Familie. Sobald ein Kind alt genug war, um mit anzupacken, wurde es eingespannt. Jede Hand wurde gebraucht, und wenn sie noch so klein war. Nur wenn alle zusammenhalfen, konnte der Hof mit der Landwirtschaft ordentlich betrieben werden. In den Wintermonaten wurde es meist ein wenig ruhiger im Berg-

---

[8] Heubündel

dorf. In manchen Jahren dauerte der Winter dort oben bis zu sechs Monate. Das Vieh brauchte sein Futter und der Stall musste ausgemistet werden. Der viele Schnee wurde von den Bauern jeweils ums eigene Anwesen herum weggeräumt. Für Notfälle machten Martin und sein Freund Christian Wiestner einen Stapfweg nach unten ins Tal. Es gab manchmal unerwartete Gründe, so dass entweder der Pfarrer, die Hebamme oder ein Arzt gebraucht wurde. Es war auch möglich, dass sonst ein Bewohner unerwartet nach unten ins Dorf musste. Im Haus wurde gemächelt und repariert, was so über den Sommer liegen geblieben war. Im Winter hatten die Familien auch mehr Zeit, sich auf ein Schwätzchen zu treffen. Bei einem Glas Beerensaft oder einer Tasse Kräutertee, die Zutaten dafür wurden übers Jahr gesammelt, getrocknet und dann gekocht, wurde viel erzählt von vergangenen Zeiten. Aber die Menschen dort oben lebten in ständiger Angst vor der Lawinengefahr. Sie hofften auch von Jahr zu Jahr wieder, dass es wenig Schnee geben wird. Die drei Familien Math, Wiestner und Berchtold hatten noch mehr Angst als die anderen. Ihnen saß noch der Schreck in den Knochen, als sie vor vielen Jahren, bevor sie hierher gezogen waren, einige ihrer Familienmitglieder mitsamt den Häusern im Walsertal verloren hatten. Für Besuche aus Oberstdorf und der Umgebung hatte man im Winter zwar mehr Zeit, dafür war es aber auch gefährlicher, da immer wieder Lawinen über den Fußweg abgingen.

Kling Uotz und Kappeler Marie

Uotz ließ es sich nicht nehmen, so oft wie möglich seine Marie zu besuchen. Sie war inzwischen 17 Jahre alt, ein hübsches, zierliches junges Mädchen. Sie hatte eine auffallend dunkle Haut und sah trotz des Winters sonnengebräunt aus. Im Vergleich zu ihren Geschwistern war sie klein gewachsen. Ihr hübsches Antlitz war engelhaft, ihre Stupsnase verlieh ihr einen besonderen Charme und ließ sie jünger wirken, als sie in Wirklichkeit war. Als die beiden alt genug waren, wurde wieder eine Hochzeit gefeiert. Marie

Kappeler von Gerstruben heiratete Kling Uotz. Dieses Mal wurde unten im Tal in Oberstdorf gefeiert. Der Vater des Bräutigams richtete die Hochzeit aus. Die Brautleute zogen in Uotz' Elternhaus nach Oberstdorf bei Jakob ein. Als Zimmermann konnte man in Gerstruben kein Geld verdienen. Da Uotz' Vater Witwer war, war es auch ihm mehr als recht, wieder eine Frau im Haus zu haben, die sich um den Haushalt kümmern konnte. Auch Marie war zufrieden, endlich im Tal zu wohnen. Den Winter dort oben in der Einsamkeit hatte sie immer schon gehasst. Am Hochzeitstag sagte Uotz zu Martin: „Es ist schon seltsam, wir sind immer schon weitschichtig verwandt gewesen und ich habe dich wie einen großen Bruder betrachtet und jetzt, da wir zwei Schwestern geheiratet haben, sind wir tatsächlich miteinander verschwägert." Sie prosteten sich mit einem Krug Bier zu und freuten sich herzlich. „Auf eine lebenslange Freundschaft, zum Wohl."
Für Ursula war es jetzt nicht leicht. Bestimmt würde ihre Schwester bald ein Kind bekommen. Nur ihr selbst war es nicht vergönnt. Sie hatte Angst davor, dann vielleicht ungerecht oder gar eifersüchtig zu werden.

Ein paar Jahre bevor der Dreißigjährige Krieg begann, bauten die Oberstdorfer gegen die immer wieder spürbaren Unruhen eine Bewaffnung auf und stellten gleichzeitig eine taktische Gliederung und Vorgehensweise für den Fall eines Krieges zusammen. Viele der Oberstdorfer gingen wie jeden Sommer als Saisonarbeiter in die Ferne, um im Herbst wieder zurückzukehren. Deshalb ersuchten die Einheimischen beim Bischof um Genehmigung, mit den militärischen Übungen der Miliz erst nach dem 20. September zu beginnen, da mindestens jeder Vierte der wehrpflichtigen Männer in der Fremde war. Diesem Ersuchen wurde stattgegeben. Die jüngeren Männer bildeten Gruppen aus 94 Musketieren, 43 Schützen, die leichte Gewehre besaßen und noch alle Zähne hatten, damit sie die Kapseln der Patronen öffnen konnten. Dazu meldeten sich auch Uotz, Martin, der Wiestner Christian, der Math Martin und

Daniel, der 20-jährige Sohn des Kappelers von Gerstruben. Die Männer mit Kampferfahrung und ihrer Bereitschaft, in der ersten Schlachtreihe zu kämpfen, waren die Doppelsöldner. Dafür, dass sie das größte Risiko trugen, bekamen diese Männer den doppelten Sold. Hierfür meldeten sich Christoph, der Bruder von Uotz, die Brüder Kappeler und der Schugg aus Gerstruben. Ebenso 56 ältere Männer als Hellebardiere. Unter ihnen war der bereits 82-jährige Conrad Schraudolph. Als Befehlshaber meldete sich Städer Ferdinand.

Im Jahre 1614 in Gerstruben
Nach vielen Ehejahren blieb die Monatsblutung bei Ursula wieder aus. Sie sagte es dieses Mal niemandem, nicht einmal Martin, da sie nicht wieder unnötig Hoffnung in ihm wecken wollte. Sie glaubte noch nicht an eine Schwangerschaft. Es könnte ja auch sein, dass die einfache Ernährung oder vielleicht ihr Alter für das Ausbleiben der Monatsblutung verantwortlich waren. Von Freundinnen hatte sie schon gehört, dass dies in ärmlicher Zeit vorkommen kann. Aber so genau kannte sie sich auch wieder nicht aus. Sie vermisste ihre Mutter, die hätte sie fragen können. Erst nachdem sich ihr Bauch mehr und mehr rundete, ging sie unter dem Vorwand, etwas besorgen zu müssen, nach Oberstdorf hinunter. Sie ging bei der Hebamme Anna Brack vorbei, um sich untersuchen zu lassen. Diese tastete vorsichtig Ursulas Leib ab. Es war alles in Ordnung. Sie sagte: „Du bist guter Hoffnung und bestimmt schon im fünften Monat schwanger. Die gefährliche Zeit, in der du bisher deine Kinder verloren hast, ist, soviel ich von meinem Fach verstehe, schon überstanden. Ich glaube, dieses Mal wird alles gut werden." Alle paar Wochen kam Ursula ins Tal, um sich zur Sicherheit von ihr untersuchen zu lassen. Jeden Tag betete sie: „Ach wenn nur dem Kind nichts passiert und dieses Mal alles gut geht. Mögen die Schutzengel und die heilige Jungfrau uns beistehen."
An einem regnerischen Montagabend um zehn Uhr bekamen

Ursula und Martin nach vielen Jahren Ehe endlich den ersehnten Stammhalter. Es war keine schwere Geburt. Nach kurzer Zeit stellten sich schon die Presswehen ein. Es war gerade noch Zeit, um bei der hageren Nachbarin, der Witwe Math, zu klopfen und sie um Hilfe zu bitten. Marie im Tal hatte ihrer Schwester mehrfach angeboten, sie solle in der Zeit, in der sie niederkommt, bei ihr im Dorf wohnen. Die Hebamme könnte dann schnell zur Hilfe eilen, was in Gerstruben nicht möglich sei. Aber auch dazu war keine Zeit geblieben und jetzt, wo alles gut gegangen war, war Ursula froh. Im Nachhinein war ihr die Geburt daheim sowieso am liebsten. Als Martin den Kleinen zum ersten Mal im Arm hielt, schaute er Ursula überglücklich mit Freudentränen in den Augen an und sagte: „Ich würde ihn gerne Ulrich nennen." Ursula gefiel der Name auch und somit wurde er am nächsten Morgen auf den Namen Ulrich getauft. In den darauffolgenden Jahren schien das Familienglück sich nun endlich zu erfüllen.

Ein Jahr nach Ulrich wurde wieder ein Sohn, der Christoph, geboren, dann Leni, wieder zwei Jahre später Eva und dann noch Martl. Das Haus war voller lachender, gesunder Kinder. So hatte sich das Ursula schon immer gewünscht. Sie lebten einfach, waren aber im Großen und Ganzen zufrieden mit ihrem Leben. Etwas Neues und Abwechslung vom Alltag gab es, aufgrund der anstrengenden Arbeit, allerdings wenig.

Pfarrer Frey

Im März des Jahres 1615 klopfte es mitten am Tag bei Uotz in Oberstdorf an der Haustür. Es stand ein unbekannter reisender Mann mit dunklem Vollbart und einem Gepäcksack auf dem Rücken vor ihm. „Grüß Gott, bin ich hier bei Kling Uotz?"
„Ja, ihr seid bestimmt der neue Herr Pfarrer, der Frey?"
„Richtig, mein Name ist Johann Frey. Man hat mir gesagt, Ihr seid der Kirchendiener und ich soll mich bei Euch melden, damit Ihr mir das Pfarrhaus zeigen könnt."

„Ja, so ist es, ich habe Hochwürden schon erwartet." Die beiden gingen gemeinsam ein paar Häuser weiter zum Pfarrhof. Auf dem Weg dorthin erzählte Uotz: „Der Herr Kaplan, Euer Vorgänger, ist plötzlich und unerwartet von uns gegangen. Wenn Ihr es wünscht, dann könnt Ihr im Maierhof in seinem Zimmer wohnen."
Pfarrer Frey bedankte sich bei Uotz und bat ihn gleich um einen weiteren Gefallen: „Würdet Ihr bitte bis zum Sonntag die Kirche herrichten. Ich möchte dann gleich meine erste Messe abhalten."
Uotz nickte zustimmend: „Hochwürden, bis Sonntag wird alles zu Ihrer Zufriedenheit vorbereitet sein."
Auf Uotz machte der neue Pfarrer einen guten Eindruck. Die beiden waren sich vom ersten Moment an sympathisch. Uotz dachte sich: „Mit ihm werde ich bestimmt gut auskommen."
Am Sonntag war die Kirche besonders voll, da alle neugierig auf den neuen Herrn Pfarrer waren. Bei seiner Begrüßungsrede in der Kirche sprach Frey klare Worte. „Ich habe eine wichtige Erneuerung, die ich von den Oberstdorfer Bürgern verlange. Jeder von euch muss sich, wenn ein Kind geboren wird und dies getauft werden soll, wenn ihr heiratet oder einen Sterbefall in eurer Familie zu beklagen habt, im Pfarrhof bei mir melden. Ich werde dieses Ereignis dann in das neu angefangene Kirchenbuch eintragen. Es handelt sich dabei nicht um eine Bitte von mir, nein, es wird eure Pflicht sein. Jeder von euch, egal ob arm oder reich, alt oder jung, jeder, ob er direkt in Oberstdorf oder in den Seitentälern, die zu Oberstdorf gehören, wohnt, muss angemeldet und eingetragen werden." Vor der Kirche, auf dem Marktplatz, und danach im Gasthof Hirsch am Stammtisch gab es nach dem Gottesdienst heftige Diskussionen. Einige schimpften los: „Was will so ein junger Pfarrer bei uns? Er kommt hierher und meint, er könne alles verändern! Was bildet der sich ein? Nur weil sein Vater hier wohnt, meint er, er könne sich alles erlauben?"
„So ein Kirchenbuch haben wir bisher nie gebraucht! Warum sollen wir uns heute eintragen lassen?" Wiederum andere waren nur skeptisch und sagten: „Jetzt warten wir erst einmal ab."
Jakob, Uotz' Vater, der inzwischen einer der älteren aus dieser Mitte

war, versuchte die Männer zu beruhigen und sprach: „Der hochwürdige Herr Pfarrer ist ein Gottesmann und sein Wort ist ernst zu nehmen. Es kann doch für uns nicht schlimm sein, wenn wir alle paar Jahre zu ihm ins Pfarrhaus gehen müssen, um uns ins Kirchenbuch eintragen zu lassen und unsere Buzele[9] anmelden."
Die Tür ging auf und der Herr Pfarrer kam mit Uotz herein. Er bestellte für seinen Begleiter und sich selbst einen kleinen Krug Bier. Die Männer im Gastraum waren erschrocken und ihre bösen Mäuler verstummten sogleich. Diese Stille, die sich dadurch breit machte, war fast unheimlich. Jeder versuchte zuzuhören, was der Kirchenmann mit Uotz zu reden hatte. Bis zur Mittagszeit kamen immer mehr und setzten sich zu den beiden an den Tisch, bis alle Plätze belegt waren.
Es dauerte nicht lange und der Herr Pfarrer Frey wurde von den meisten Kirchgängern geschätzt. Er konnte fesselnd predigen und fand stets tröstende Worte für die traurigen Anlässe, und außerdem war er selbst ein guter Zuhörer. Für Johann Frey war es ein großes Anliegen, dass die Kinder und auch Erwachsenen lesen und schreiben lernen konnten. Er beklagte sich, dass die zahlreichen Kinder nicht ausreichend unterrichtet wurden.
Uotz war ganz neugierig auf das Lesen. Obwohl er in seinem Alter nicht mehr zur Jugend gehörte, vertraute er eines Tages dem Pfarrer an: „Ja, lesen würde ich auch gerne können." Frey freute sich darüber und brachte seinem manchmal ungeduldigen Schüler das Lesen und Schreiben bei. Wenn Uotz keine Lust mehr hatte, überzeugte der Pfarrer ihn, weil er es gut mit ihm meinte, und sagte: „Du musst schreiben lernen, damit du mir bei den Kirchenbüchern helfen kannst. Es werden vielleicht andere Situationen kommen, in denen ich keine Zeit habe, vielleicht krank oder abwesend bin. Dann wirst du für mich einspringen und in das große Buch schreiben müssen." Bei diesem Gedanken fühlte sich Uotz geehrt. Von seinem ersparten Geld bestellte er beim Pfarrer für sich ein leeres Kirchenbuch. Uotz spitzte aus einer Adlerfeder eine Schreibfeder und die Tinte stellte er selbst für sich her. Zum Üben wollte er ein eigenes

---

[9] Säugling

Familienbuch führen. Der Pfarrer Frey lobte ihn für diese Idee. Die Kunst des Lesens wurde von den meisten Gemeindemitgliedern abgelehnt. Sie rechtfertigten sich: „Das brauchen wir doch nicht. Was sollen wir schon lesen? Und sollte doch ein persönlicher oder amtlicher Brief kommen, können wir ja zum Pfarrer oder zum Uotz gehen, damit sie es uns vorlesen können."
Nachdem Frey schon ein Jahr in Oberstdorf als Pfarrer tätig war, schrieb er an den Bischof zu Augsburg eine Klageschrift: „Der Maierhof mit seinen 36 Viertel Saat Ackerland, in dem er wohnt, sei wahrscheinlich der Schlechteste unter allen, zudem sei er viel zu klein." Der Bischof schlug vor: „Dem Maierhof mit dem Wohnhaus des Pfarrers sollen noch weitere 36 Viertel Saat Land und Wiesen auf den Pfarrhof übertragen werden." Weiter schlug der Bischof vor, auf dem Maierhof soll ein Pferd für den Pfarrer Frey gehalten werden, da er eine sehr ausgedehnte Pfarrei zu versorgen hat.

1616 Kling Uotz und Kappeler Marie, Oberstdorf

An einem Morgen im Jahr 1616 um halb sechs Uhr hatte Marie ihr erstes Kind, eine Tochter, geboren. Als nachts die Wehen einsetzten, hatte sich Uotz sofort auf den Weg gemacht, um Hilfe zu holen. Die Hebamme untersuchte Marie gründlich und sagte zufrieden: „Der Muttermund ist bereits ein Stück geöffnet, es ist nur noch eine Frage der Zeit und ich denke, in ein paar Stunden wirst du dein Kind im Arm halten können." Marie war tapfer und befolgte die Anweisungen der Hebamme sogleich. Als die Presswehen einsetzten, hatte sie selbst das Gefühl, es geht nicht mehr lange. Sie hauchte: „Ich kann nicht mehr." Mit der nächsten Wehe kam ein Schmerzensschrei und schon war ein kräftiges Kreischen der neuen Erdenbürgerin zu hören. Am nächsten Tag, als Martin und Ursula zum Wiise[10] vorbeikamen, staunten sie. Das Eheglück der beiden schien sich durch die Geburt ihres Kindes noch vertieft zu haben. Sie wirkten so glücklich. Als Uotz vor der Wiege stand und seine kleine Tochter mit ihren schwarzen Haaren auf dem Köpfchen

---
[10] zur Geburt gratulieren

zeigte, war er ganz stolz. Er streichelte mit seinem Zeigefinger über die samtweiche Wange der Neugeborenen. Sie hatten ihn noch nie so glücklich lächeln sehen. Sie freuten sich mit ihm. Ursula brachte ihrer Schwester Marie ein paar Wickeltücher und gab ihr gute Ratschläge fürs Stillen und Wickeln. Uotz nahm das Kind aus der Wiege und sagte zu Martin und Ursula: „Gut, dass ihr da seid. Wir gehen jetzt zum Pfarrer, um unsere Kleine anzumelden und ins Kirchenbuch eintragen zu lassen. Aber noch wichtiger ist, dass sie getauft wird. Marie und ich wollen ihr den Namen Magdalena geben. Und noch eines: Ich wünsche mir, dass ihr beide die Taufpaten seid." Als der Pfarrer Frey nach der Taufe vor seinem Kirchenbuch saß, sagte er zu Uotz: „Du kannst jetzt schon so gut schreiben, dass du heute dein eigenes Kind ins Kirchenbuch eintragen darfst." Die Paten waren begeistert über die große Ehre, die Uotz damit erwiesen wurde. Nur Uotz war im Moment unsicher, er übte zuerst auf einem Holzstück, bevor er seine Tochter ins Buch eintrug. Marie war nicht bei der Taufe dabei, sie musste zuhause im Bett bleiben, um sich von den Strapazen der Geburt zu erholen. Als Ursula ihr danach die Geschichte vom Kirchenbuch erzählte, war sie ganz stolz auf ihren Uotz.

Die ersten Wochen waren für Marie sehr anstrengend. Die Kleine musste alle paar Stunden gestillt und gewickelt werden. Uotz fand es ein gutes Zeichen, dass die Kleine einen guten Appetit hatte, dann würde sie gut gedeihen und wachsen. Aber Marie machte sich Sorgen, dass sie vielleicht zu wenig Milch haben könnte. Sie war in letzter Zeit häufig gereizt und ärgerte sich über jede Kleinigkeit. Einmal in der Nacht kamen halbtrunkene, laut grölende und polternde Spätheimkehrer auf dem Nachhauseweg aus dem Wirtshaus auf der Gasse vor ihrer Schlafkammer vorbei. In dem Moment bellte auch noch Nachbars Wachhund Cäsar. Durch die Geräusche wurde sie wieder aufgeweckt. Die sonst so gutmütige und ruhige Marie ging total genervt ans Kammerfenster und schrie mit ärgerlicher lauter Stimme hinaus: „Ist jetzt endlich Ruhe da draußen! Es ist mitten in der Nacht! Wie soll man hier schlafen können?"

Dadurch wurde der Säugling wieder geweckt. Jede Stunde hörte sie die Stimme des Nachtwächters: „Die Uhr hat eins geschlagen. Die Uhr hat zwei geschlagen." So ging es Nacht für Nacht über mehrere Monate hinweg. Uotz wunderte sich, so kannte er seine Frau bisher nicht. Doch nach einem halben Jahr fütterte Marie der Kleinen außer ihrer Muttermilch noch etwas Ziegenmilch dazu. Seitdem konnte Magdalena nachts durchschlafen. Dadurch fand Marie wieder ihren eigenen Schlaf und ihre schlechte Laune legte sich.

Als Uotz und Marie im Bett lagen und die Kleine nebenan im Weidenkorb selig schlief, flüsterte er zu seiner Frau hinüber: „Magdalena ist schon bald ein Jahr, ich denke, es wäre Zeit, dass wir wieder ein Kind bekommen." Sie konnte spüren, wie er mit seinen Händen unter ihre Decke kam und nach ihr tastete. Sie wich ihm zum ersten Mal aus und sagte abweisend: „Schon wieder?" Uotz wunderte sich und zog sich widerwillig zurück. Sie hingegen nahm ihre Decke ein Stück höher, rückte ihre Nachthaube zurecht, gähnte herzhaft und drehte Uotz den Rücken zu und flüsterte: „Ich wünsche dir eine gute Nacht." Sie dachte im Stillen für sich: „Was bin ich nur für eine schlechte Gattin. Aber ein weiteres Kind so bald nach Magdalena, das schaffe ich nicht." Einige Tage später legte Uotz sich zu seiner Frau ins Bett und küsste zärtlich ihre Fingerspitzen. „Ich weiß, du brauchst Zeit, aber ich sehne mich nach dir. Lass mich wenigstens bei dir liegen, um dich zu spüren." Marie waren seine sehnsüchtigen Blicke in den letzten Tagen nicht entgangen. In dem Moment spürte auch sie ein Verlangen nach ihrem Mann. Sie drückte zuerst ihre Hände, dann ihren Körper an ihn. Aus den gegenseitigen Streicheleinheiten wurde eine leidenschaftliche Nacht. Weitere Kinder waren dem Ehepaar nicht vergönnt. Magdalena blieb ein Einzelkind und wurde deshalb von der ganzen Familie, besonders vom Opa Jakob, sehr verwöhnt.

Auf dem Anwesen gab es für die Männer viel zu tun. Sie hatten inzwischen eine beachtliche Anzahl von sechs Stück Vieh im Stall. Auf den Feldern arbeitete Uotz mit seinem Bruder Christoph zusammen, der inzwischen auch geheiratet hatte und zu seinen

Schwiegereltern gezogen war. Jakob half seinen Söhnen, so gut es ihm noch möglich war. Uotz hatte als Zimmermann viele Kunden, die seine Holzarbeit schätzten. Im Haus, ums Haus, im Stall und der Scheune gab es vieles für einen Handwerker zu tun. Er hielt auch weiterhin seine Pflicht als Mesner aufrecht. Im Pfarrhof und in der Kirche war er häufig anzutreffen. Seinem Vater, dem Jakob, war es ganz und gar nicht recht, dass sein Sohn lesen lernte. Die Bauern waren in der Regel des Schreibens und Lesens unkundig. Er sagte mehrmals zu Uotz: „Lesen und Schreiben ist doch etwas Überflüssiges und sinnlos. Eine richtige Zeitverschwendung ist es. Was hast du denn davon? In dieser Zeit könntest du lieber aufs Feld gehen und richtige Arbeit tun. Etwas, wo du dann am Abend siehst, was du geschafft hast."

Uotz wurde ärgerlich: „Aber man muss doch auch mal etwas tun dürfen, was Freude macht und vom Frey kann ich einiges lernen. Wir können doch nicht nur arbeiten, schlafen und essen." Darüber waren die beiden stets anderer Meinung. Der Pfarrer wurde im Dorf immer beliebter. Es war ihm gelungen, einen großen Teil der Bürger, die während Pfarrer Freys Vorgänger der Pfründe den Rücken gekehrt hatten, wieder mit der Kirche zu versöhnen. Wie anders wäre es zu deuten, dass sich alle Oberstdorfer im Erwachsenenalter mit Ausnahme einer einzigen Familie, also 850 Personen, zur Kommunion gestellt haben.

Uotz beginnt das Buch zu schreiben

In den kalten Wintermonaten begann Uotz endlich, in sein eigenes Buch zu schreiben. Bisher hatte er sich immer wieder mit dem Vorwand, keine Zeit zu haben, davor gedrückt. Was er so genau aufschreiben werde, das war ihm selbst noch nicht ganz klar.
Er begann außen auf den festen Einband zu schreiben:

„Meine Familie väterlicher Seite, in Oberstdorf von 1396 bis …, … Jahrhunderte"

Er saß vor seinem Buch, sah aus dem Fenster und grübelte nach: „Mein Großvater Kling Enderlin hat mir früher einiges erzählt, was ich jetzt in mein Familienbuch niederschreiben werde."

Die ersten, mir durch Erzählung bekannten Vorfahren waren:

1396 Ändres Kling, „der Gugger"
Weber und nebenbei Landwirt aus dem Thannheim in Tirol. Den Einödberg am Haldensee hatte ihm der Bischof von Augsburg für eine besondere Tat verliehen. Was er an Gutem getan hatte, daran kann ich mich nicht mehr erinnern. Auf jeden Fall waren meine Vorfahren deswegen stolz auf ihn. Ändres hatte damals bereits Besitz in Oberstdorf.

1425 Countz hatte 1456 den Besitz seines Vaters Ändres in Oberstdorf übernommen und war hierher gezogen.
Meine Vorfahren waren seit Generationen, aber mindestens seit 1456 in Oberstdorf sesshaft. 1493 hatte mein Ur-Urgroßvater mitgeholfen die Appachkapelle südlich vom Ort zu erbauen.

1519 ist Enderlin Kling in Oberstdorf geboren.
1550 hatte sich mein Urgroßvater mit seinen Freunden Jakob Mutter, Stefen Zweng und Bernhard Kappeler stark eingesetzt, damit im Ort Schießübungen stattfinden konnten. Falls es in Zukunft zu Kriegen kommen sollte, wären sie dann nicht wehrlos. Er organisierte Treffen für die Männer im Ort, die daran teilnehmen wollten. Die jungen Männer waren aber nur dazu zu bewegen, wenn es neben dem Schießen auch gesellig zuging. Deshalb erbauten die Oberstdorfer westlich der Trettach eine Schießhütte. Dort wurden alle zwei Wochen Schießübungen durchgeführt mit anschließendem gemütlichem Beisammensitzen.
Einmal im Jahr hatten sie ein großes Schützenfest mit Preisschießen organisiert.

Sieben Jahre später, 1557, wurde der Schützenverein gegründet. Damals standen in Oberstdorf schon 156 Häuser, darunter auch die Pfarrkirche und die Toten- und die Beinhauskapelle.

1536 wurde wieder ein Kling, Enderlin der Jüngere, der Namensträger seines Vaters in Oberstdorf geboren.

1569 ist mein Vater, Kling Jakob in Oberstdorf geboren.
Er heiratete meine Mutter Anna und sie gebar ihm vier Kinder.
Uotz, das bin ich, der Älteste,
dann kam mein Bruder Christoph zur Welt.
Danach die Zwillinge Maria und Ursula.
Als meine Schwestern geboren wurden, ca. 1609, starb unsere Mutter kurz nach deren Geburt.
Mein Bruder und ich waren zu diesem Zeitpunkt schon fast erwachsen.

1570 im Dezember kamen in Mittelberg im Walsertal sechs Menschen durch eine Lawine ums Leben. Darunter Johannes Berktold, Johann Wiestner, Johannes Math mit seinen zwei Kindern und Rudolf Geiger. Damals sind die Hinterbliebenen obdachlos geworden. Daraufhin waren die Familien Wiestner, Math und Hindelang in Gerstruben eingewandert. Darunter waren auch Familienangehörige meiner Mutter und haben dort ihre Häuser neu aufgebaut.

Immer wieder wenn sich in Uotz' Familie oder in der Gegend etwas Freudvolles oder Trauriges ereignete, nahm er sein Buch zur Hand und schrieb dies hinein. Auch seine Gedanken und seine Gefühle versuchte er dort festzuhalten.

1880 Anna und Genovefa

Es vergingen Monate, bis Anna wieder zu Genovefa kommen konnte. Sie erzählte, dass Rosalia, ihre Freundin, ein gesundes Mädchen zur

Welt gebracht hatte. Sie gab ihr den Namen Aloisia. Genovefa war erleichtert und freute sich mit Anna über diese gute Nachricht. Sie sagte daraufhin zu Anna: „Ich hoffe, dass du aus Rosalias Geschichte etwas für dich und dein späteres Leben gelernt hast."
„Ich denke schon, eine Frau sollte bis zu ihrer Hochzeitsnacht warten, bevor sie … du weißt schon, was ich meine." Genovefa lächelte warmherzig: „Ich glaube, ich weiß was du meinst. Hoffentlich weißt du es auch?"
„Genovefa, hol doch bitte das Buch. Ich will doch wissen, wie es mit Uotz und Marie weitergeht." Während sie das Buch aus dem Schlafzimmer holte, lächelte sie immer noch.
„Genovefa, wenn ich darf, würde ich dir wieder vorlesen?"
„Ja gerne, aber nun fang schon an."

1620 Berchtold Ulrich, Gerstruben
Der älteste Sohn von Martin und Ursula in Gerstruben war Ulrich. Um 1620 herum zeigte er mit seinen gerade mal sechs Jahren großes Interesse am Lesen und Schreiben. Extra deshalb kam er immer wieder zu seinem Onkel Uotz herab ins Tal und bettelte mit seiner hellen Stimme: „Bitte, Onkel Uotz, lehre es mich. Ich will später auch ein Familienbuch schreiben können."
Uotz lächelte und versprach ihm: „Gleich heute Abend, wenn ich im Stall fertig bin, dann setzen wir uns zusammen und fangen das A zu üben an." Ulrich war begeistert, er strahlte übers ganze Gesicht. „Danke, Onkel Uotz, ich helfe dir im Stall, damit du schneller fertig wirst." In diesem Sommer blieb Ulrich für mehrere Wochen bei Uotz und seiner Familie im Tal. Es machte beiden Freude, Schreiben zu üben. Zu Uotz' großem Erstaunen lernte der kleine Ulrich schneller als er vor Jahren. Er hatte den Buben bald in sein Herz geschlossen, als wäre er sein eigenes Kind. Am Abend vertraute Uotz Marie an: „Ich glaube, Ulrich ist lieber bei uns als bei seinen Eltern, dem Martin und der Ursula."
„Das habe ich mir auch schon öfter gedacht. Er liebt dich wie einen

eigenen Vater. Aber Magdalena sieht das nicht gerne. Sie ist eifersüchtig auf ihn. Ich muss ihr zustimmen. Du unternimmst mehr mit ihm als mit ihr, deiner eigenen Tochter." Über diese Worte musste Uotz erst einmal nachdenken. Er glaubte selbst, dass seine Frau mit ihrem Vorwurf recht hat. Einen Sohn hätte er sich wahrhaft gewünscht. Ulrich war ein handwerklich begabtes und hilfsbereites Kind. Dadurch konnte er sich auch nützlich machen. Beim Lernen zeigte er viel Freude und war wissbegierig. Seine Eltern waren froh, daheim einen „Fresser", wie sie es nannten, weniger am Tisch zu haben. Seine Mutter hatte außer ihm noch vier weitere Kinder unter fünf Jahren, um die sie sich kümmern musste. Daher hatte sie kaum Zeit für ihn.

Das Lesen und Schreiben, das Uotz so wichtig erschien, interessierte Magdalena kein bisschen. Sie hatte mehr Freude daran, ihrer Mutter in der Küche und den Tieren im Stall zuzusehen. Am liebsten hatte sie ihre Katze „Muckele", die sie in kühlen Winternächten heimlich mit in ihr Bett nahm. Die Wärme tat der Katze und auch Magdalena gut.

Im Herbst 1629 starb plötzlich und unerwartet Magdalenas gleichaltrige Freundin Agathe Barsch mit 12 Jahren. Es stellte sich schnell heraus, dass sie das erste Pestopfer in Oberstdorf war. In diesem Jahr starben noch weitere 38 Personen an der Pest. Marie hatte große Furcht, dass sich ihre Tochter Magdalena von Agathe angesteckt haben könnte. Denn Tage zuvor hatte Agathe mit Magdalena draußen im Garten noch vergnügt mit Puppen gespielt. Einen Tag später ging Magdalena wieder zu ihrer Freundin. Dann sagte Agathes Mutter zu Magdalena: „Mein Agathele fühlt sich heute gar nicht wohl. Ich glaube, sie wird krank. Komm doch einfach in ein paar Tagen wieder, dann wird sie sich bestimmt über deinen Besuch freuen." Doch schon eine Woche später war Agathe gestorben. Zu diesem Zeitpunkt wusste noch niemand, dass es die Pest war.

Der Kampf gegen die Pest, Oberstdorf

Hans Speiser, der Dorfhauptmann zu Oberstdorf, hatte einen schweren Stand in seiner Ortsgemeinde. Als er durchs Dorf ging und am Pfarrhof vorbei kam, stand der Pfarrer Frey gerade unter der Haustür und winkte ihm zu. Jener ging hinüber und begrüßte ihn freundlich. Die beiden setzten sich in die karg eingerichtete Stube, in der es weder eine Tischdecke noch Vorhänge gab. Als Speiser dies sah, dachte er sich: „Hier im Haus sieht man gleich, dass die liebevolle Hand einer Frau fehlt." Dann begannen sie, über ihren Kummer zu klagen und wie betrübt sie wegen der furchtbaren Pest waren. Speiser erzählte: „Dreißig Kranke liegen heute im Dorf und niemand wagt es, gegen das große Unglück anzukämpfen." Frey antwortete schockiert: „Dann sind wir zwei die Einzigen, die sich gegen die Seuche wehren. Wir dürfen den Kampf und unseren Mut nicht aufgeben."

Speiser beklagte: „Stellt euch vor, man hat mich heute schon als Hexenmeister verschrien und mir einen Stein durchs Stubenfenster geworfen, knapp an meinem Kopf vorbei. Eine grauenhafte, schrille Weiberstimme übersteigerte meinen Schreck noch, als sie anschließend hereinschrie: „Meine Kinder sind tot!"

Der Pfarrer war ganz blass geworden. Jetzt fasste Speiser einen Entschluss. „Ich will morgen in aller Frühe um die Linde am Marktplatz die Männer zusammenrufen. Wir müssen unter freiem Himmel zusammen gegen den schwarzen Tod kämpfen. Bis Weihnachten muss die Pest aus dem Dorf sein."

Am Klausentag morgens um neun Uhr wunderte sich Uotz, dass die Glocke zur Versammlung geläutet wurde, und eilte sogleich mit einem unguten Gefühl in der Magengegend zum Marktplatz hinauf. Die männlichen Dorfbewohner hatten sich unter der großen Linde versammelt. Aus den Häusern, in denen nur Frauen lebten, hatten diese die Pflicht zu erscheinen. Speiser stellte sich hoch aufgerichtet vor den Steinsitz, auf dem er sonst als Landammann Platz nahm, und gab seinen Bürgern Ratschläge, wie sie sich zu waschen hatten. Einige Bewohner verschrien ihn wieder als fürchterlichen Zauberer.

Pfarrer Frey war auch gegenwärtig und ermahnte das Volk, sich zu beruhigen, damit der Amtmann weitersprechen konnte. In seiner Ansprache teilte er mit: „Die Wirtshäuser sind ab jetzt bis auf Weiteres geschlossen. Außerdem verwehre ich den Kranken und deren Pflegern, dem Totengräber und seiner Frau den Umgang mit anderen Menschen und den Zugang zu bestimmten Brunnen, bis das Elend vorbei ist." Er machte eine kurze Pause und die Bevölkerung sah ihn dabei erwartungsvoll an. Dann stellte er ans Volk eine Frage: „Wer von euch ist bereit, uns bei der Pflege der Kranken zu helfen?" Speiser nannte sich zuerst. Gleich darauf meldete sich Pfarrer Frey mit fester Stimme ebenfalls. Ansonsten wollte niemand mit ihnen zusammen den Kampf gegen die Pest führen. „Soll doch jeder seine eigenen Kranken pflegen wie bisher", schrie einer neben Uotz dem Amtmann zu. Uotz gingen Gedanken durch den Kopf: „Wie soll ich helfen, und Marie, meiner Tochter, und meinem Vater dann erklären, dass ich zu den Kranken gehe, mich dabei anstecken könnte und sie der Gefahr aussetze, die Pest mit nach Hause zu bringen?" So dachten die meisten Anwesenden auch. Da trat die alte Anna Schraudolphin schüchtern und verlegen mit hochrotem Kopf hervor und fragte: „Dorfhauptmann, wenn du mich altes Weib annimmst, will ich euch beiden helfen."

„Freilich, Schraudolphin", sagte der Speiser drauf. Die bescheidene Anna stand mit einem Mal zwischen den beiden Männern und sagte, bevor sie die Versammlung verließ: „Ihr werdet sehen, an Weihnachten können wir im Dorf wieder zusammen zur Mette gehen." Anschließend ging sie heim und tat so, als wäre die Pest bald überstanden.

Dieser Tag brachte noch eine Abweichung vom alten Brauch mit sich. Als es an diesem 6. Dezember Abend wurde und der Schatten der Nacht sich bereits in die verschneiten Winkel der Gassen legte, lebte die Erinnerung von wildem urstimmenhaftem Klausenlärm wohl in den Herzen der Dörfler auf. Aber es wagte sich kein Mensch aus seinem Heim hervor. Auf keinen Fall hätten die Mädchen an diesem Abend die Fensterläden geöffnet. In dieser Nacht hatte keiner der jungen Burschen Lust, sich zu verkleiden. Das wilde Treiben der Klausen fiel zum ersten Mal seit Menschengedenken aus. Ein wirkliches Gespenst, die Pest, ging um. Diese wollte keinen abergläubischen Brauch mit Lachen und Scherzen dulden. Anna Schraudolph wohnte in einem kleinen Häuschen an der Dorfgasse in der Nähe der Mühle. Der Müllersohn hatte sie vor Jahren zur Frau genommen. Er war inzwischen, wie auch ihre beiden gemeinsamen Kinder, längst gestorben. Anna war alleine und konnte es wagen, dem großen Leid entgegenzugehen. Die alten Leute erzählten sich, dass Anna in jungen Jahren mit dem Dorfhauptmann Speiser eine Liebschaft hatte, der dann aber die reiche Schallhasin heimgeführt hatte. Die Menschen entschuldigten ihre eigene Feigheit, indem sie sich gegenseitig vorsagten, die Anna könne es wohl wagen, mit den Pestkranken in Kontakt zu kommen, da sie im Gegensatz zu ihnen selbst niemanden mehr hatte, den sie vielleicht mit der Seuche anstecken könnte. Wenn nicht der Speiser die Klatschsucht unterbunden hätte, hätten die Bewohner aus ihrem schlechten Gewissen heraus weiter geschwatzt. Anna ging ihrer Pflicht gewissenhaft nach und hatte viel Mühe, mit den verängstigten und unerfahrenen Dorfbewohnern umzugehen. In der Pflege war sie ein erfahrenes Weib und es fiel ihr manches leichter als dem Pfarrer und dem Dorfhauptmann. In einer Familie saßen die Kinder in ihrer Stube und wagten es nicht, nach dem Klopfen der Helferin Anna zu öffnen. Die Furcht saß in ihren bleichen Gesichtern, aber bei diesen Kindern hatten der Speiser und die Schraudolphin ihren ersten Erfolg. Es bildeten sich Geschwüre, Beulen und schwarzblaue Flecken auf der Haut der beiden Kranken. Als ihnen der Speiser Fenum Grecum auflegte, brachen die Geschwüre auf und verbreiteten einen entsetzlichen Geruch. Die Salbe der Spinne heilte die Wunden, nachdem die üblen Säfte abgeflossen waren. Anna verstand es auch, die seelische Not der armen Menschen mit ihren trostspendenden Worten zu lindern. Anna und dem Speiser war klar, sie hatten zwei Menschen dem schwarzen Tod abgerungen. Der Totengräber bettete schon acht Tote in die schmale Grube, die er draußen vor dem Dorf auf einem Acker aufgeworfen hatte. Pfarrer Frey segnete den Pestfriedhof, damit auch diese Verstorbenen in geweihter Erde ruhen konnten. Die beiden Pesthelfer waren die Einzigen, die ihn dabei begleiteten. Der Heilerfolg der beiden Kinder gab dem Volk wieder etwas Mut. Sie erkannten, dass die Pest nicht immer tödlich verlaufen musste.

Aber trotz allem blieben die Straßen und Gassen leer, denn die Menschen trauten sich immer noch nicht aus den Häusern hervor. Kaum einer ging in ein Geschäft, um etwas zu kaufen. Deshalb wuchs der Hunger und die Not der Bewohner immer mehr. Es war eine übermenschliche Leistung, die die drei Pesthelfer in diesen Tagen vollbrachten. Sie waren jedoch vollkommen auf sich gestellt. Die Angst vor der schrecklichen Krankheit lähmte alle menschlichen Beziehungen. Die Wohltaten, die man anderen Menschen bereitete, könnte man leicht gegen das eigene Verderben eintauschen. Der Handel mit Weberwaren nach Immenstadt brach vollkommen ab. Denn selbst die Ärmsten behielten lieber ihre Ware und ihren Hunger, als sich die Krankheit und den Tod von anderen zu holen. Speisers Schwiegersohn, den jungen Unger, hatte inzwischen auch die Pest heimgesucht.

Alle wollten Weihnachten zu einem Fest machen und dachten an die Worte von Anna unter der Linde zurück. Hoffentlich hatte sie recht, dann könnten sie bald zusammen zur Christmette gehen. Tage später, als die drei Pesthelfer im Pfarrhof zusammenkamen, erzählten sie sich gegenseitig: „Seit acht Tagen ist keiner mehr an der Pest verstorben und es sind auch keine neuen Krankheitsfälle mehr dazugekommen." Da hatten sie die Gewissheit, dass die von der Pest befallenen Kranken außer Lebensgefahr waren.

Darüber waren sie sehr froh und erleichtert. „Mein Schwiegersohn, der Unger, ist heute zum ersten Mal wieder aufgestanden", berichtete Speiser mehr als zufrieden.

Die Anna Schraudolphin sprach von einer festlichen Mette nach solch schwerer Zeit. Sie wollte für die Kirche eine Krippe bauen, damit die Kinder aus dem Dorf ihre Freude hatten und den

Erwachsenen sollte sie zum Trost, zur Erbauung und zur Lehre dienen. Mit fieberhaftem Eifer arbeitete Anna weiter. Sie kleidete eine Anzahl schlichter Holzfiguren, die sie von ihrem Vater übernommen hatte, in bunte Kleider und richtete mit ihnen eine Krippe her. Der Speiser schmückte die verwaiste Kirche mit Tannengrün und der Pfarrer stellte Lichter auf. Uotz war den dreien dabei gerne behilflich. In der Heiligen Nacht kniete Anna mit fiebrigen Augen unter den Dorfgenossen. Die Glocken läuteten seit Wochen zum ersten Mal, um die Menschen in die Kirche zu rufen. Anna weinte vor Glück. Das Leben hatte ihr doch noch die Möglichkeit zu einer großen Liebestat geschenkt. Sie hatte immer von dieser Erfüllung geträumt und dankte Gott dafür. Am ersten heiligen Feiertag ging Anna nicht vor ihre Haustür. Als sie vom Speiser und dem Pfarrer Frey aufgesucht wurde, waren bereits schwarze und blaue Flecken auf ihrem Gesicht zu sehen. Am 4. Januar 1630 verstarb sie und ging heim zu ihrem Schöpfer. Ihre beiden Freunde konnten sie trotz Medizin nicht halten. Ihr Lebensweg hatte sich an diesem Weihnachtstag erfüllt. Anna Schraudolphin war mit ihren 55 Jahren das letzte Opfer dieser ersten Pest in Oberstdorf. Ins Sterbebuch schrieb Frey als ihren Beruf: „Gerichtsamännin." Die Bürger aus dem Ort waren ihr dankbar und sich dessen bewusst, dass Anna sich für sie geopfert hatte.

Der Dreißigjährige Krieg
Im Dreißigjährigen Krieg, nach dem Tode von Gustav Adolf im Jahr 1632, zogen zunehmend führerlose schwedische Söldnerhaufen durchs Land. Sie plünderten und verwüsteten viele Dörfer und weite Landstriche. Mit ihnen kamen der Hunger, das Elend, Krankheiten und der Tod ins Allgäu. Die Bauern im Walsertal, welche damals zum Teil zur Pfarrei Oberstdorf gehörten, errichteten mehrere Schanzen. Eine an der Straße über Söller und eine weitere auf der Moosalpe, die das ganze Jahr über bewacht wurden. Der Zwengsteg wurde über eine schmale Felsenschlucht über der Breitach an der

engsten Stelle von montfortischen Forstknechten in mühevoller und gefährlicher Arbeit als Schanze gegen die Schweden errichtet.

Mitte des Jahres erreichten die Schweden mit 600 Soldaten zu Fuß und 200 Mann zu Pferd zum ersten Mal Oberstdorf. Viele Einheimische waren auf die umliegenden Alpen geflüchtet. Uotz ging mit seiner Frau und Magdalena, seinem Vater und den ledigen Schwestern Maria und Ursi hinauf zu Martin, seinem Schwager, nach Gerstruben. Seinen Bruder Christoph hatte das Los getroffen. Er musste mit seiner Waffe unter der Führung des heimischen Befehlshabers Stöder den Soldaten entgegenziehen. In Oberstdorf, dem verlassenen Ort, wurde von den schwedischen Soldaten nahezu alles geplündert und vieles verbrannt. Selbst der Pfarrhof wurde ausgeraubt. Alles, was die Feinde finden konnten, ob Geld, Kleidungsstücke oder Nahrungsmittel, haben sie mitgenommen. Wenn sie etwas nicht brauchen konnten, zerstörten sie es mutwillig. Auch die Rösser und das Vieh wurden von ihnen mitweggetrieben. Selbst der Frau des Marschalls der kaiserlichen Truppen, Graf Gottfried Heinrich zu Pappenheim, die sich zu dieser Zeit aus Sicherheitsgründen in Oberstdorf aufhielt, wurde viel Geld und ihr gesamtes Silber gestohlen.

Der Schaden, den die Schweden in diesem Jahr in Oberstdorf, Jauchen und Reute verursachten, belief sich auf 78000 Gulden. Bei dieser Berechnung hatte man für ein Stück Rind 13 Gulden und für ein Ross 50 Gulden angeschlagen. Die grausamen Soldaten verbrannten 50 Häuser, und 16 Personen kamen dabei ums Leben. Nordwestlich von Rubi wurde eine gesamte Siedlung mit Namen Rubinger Berg am Fußweg zur Schöllanger Burg von den Schweden vernichtet.

Als die Soldaten abgezogen waren, ging Uotz mit seiner Familie wieder heim, hinunter ins Dorf. Sie waren froh, als sie sahen, dass ihr Haus nicht verwüstet worden war. Uotz ging sogleich zum Pfarrer Frey, um nachzusehen, ob bei ihm und in der Kirche alles in Ordnung war. Der Pfarrer stand in gebeugter Haltung vor seinem Schreibpult und reichte Uotz ein Stück Papier: „Schau, lies, ich

habe soeben eine Liste bekommen mit den Namen der Oberstdorfer Soldaten, die im Kampf gegen die Schweden gefallen sind." Der Pfarrer zeigte mit seinem Finger auf den Namen Kling Christoph, der als Musketier mit den Soldaten losgezogen war. „Dein Bruder ist im Kampf gegen die Schweden gefallen, es tut mir leid." Uotz war tief betroffen. Christoph hatte erst vor Kurzem geheiratet, er hinterließ aber noch keine Kinder. Als Uotz mit dieser traurigen Nachricht heimging, weinte Magdalena schon bevor er vom Tode ihres Onkels erzählen konnte. Sie schluchzte: „Papa, die Schweden haben Muckele, meine Katze getötet. Ich habe das abgezogene Fell neben dem Lagerfeuer gefunden." Er nahm seine Tochter in den Arm und die beiden trösteten sich gegenseitig in einer stillen Umarmung. Das Allgäuer Voralpenland war bald schon völlig ausgeblutet.
Zwei Jahre später, als die Schweden wieder eintrafen, flüchteten Uotz und seine Familie wieder zum Schutz hinauf nach Gerstruben zum Schwager. Schon am nächsten Morgen waren in Oberstdorf um vier Uhr erneut 300 schwedische Reiter eingefallen und hatten nochmals 500 Stück Vieh und 60 Pferde mitgenommen. Einige Bewohner rannten so schnell sie konnten über den Friedhof rasch in die Kirche, um sich in Sicherheit zu bringen. Dort stand Pfarrer Frey am Altar und betete mit den Menschen zusammen. Einer aus dem Volk rief: „Herr Pfarrer, ich will beichten, wir werden sterben." Frey versuchte die Menschen zu beruhigen. „Nein, heute stirbt keiner von uns. Hier im Gotteshaus seid ihr sicher vor den Schweden. Sie werden doch den heiligen Ort, die Kirche, nicht entweihen. So schlecht können auch die nicht sein." Daraufhin verbarrikadierten die Männer die schweren, hohen, mit Eisen beschlagenen Holztüren. Die Menschen, die sich in die Kirche retten konnten, blieben unverletzt. Die Schweden hatten versucht, dort einzubrechen, bekamen aber die massiven Türen nicht auf. Draußen vor der Kirche wurden drei Bauern getötet und zehn weitere Personen so schwer verwundet, dass sie an den schweren Verletzungen in der drauffolgenden Woche gestorben sind.
Dieses Mal kamen auch die Gerstruber in Berührung mit den

schwedischen Söldnertruppen. Diese hatten versucht, Gerstruben zu erreichen, um Vieh zu erbeuten, das im Allgäu inzwischen zur Rarität geworden war.

Die Bewohner des kleinen Bergbauerndorfes waren wirklich froh, dass jetzt einige Männer mehr da waren und geholfen hatten, das wertvolle Vieh frühzeitig übers Gerstruber Älpele zur Lugenalp zu treiben. Einige der Tiere waren im steilen Gelände verfallen. Am Tag, an dem die Schweden anrückten, konnten die fünf Familien aus Gerstruben die Angreifer am Stößle oben vor dem Dorf am schmalen Felsweg vertreiben, indem sie über den Felswänden oberhalb der Straße einen auf Balken gestapelten Steinhaufen aufschichteten. Als die Schweden mit Mann und Ross am Stößle ankamen, schlugen die Einheimischen die Balken los und die Steinlawine rollte mit donnerndem Getöse direkt auf den Weg, wo sich die Schweden befanden. Ein Weiterkommen war danach nicht mehr möglich. Gleichzeitig schossen die Gerstruber Männer gegenüber vom Burgegg mit ihren Gewehren auf die Angreifer. Diese kehrten, so schnell sie konnten, um und verließen fluchtartig das Gebirge und zogen sich nach Oberstdorf zurück.

Die große Anstrengung, die sich die Schweden durch den langen Anmarsch zu ihren Raubzügen machten, zeigte den Gerstrubern deutlich, dass die Schweden zum einen nichts mehr zu essen fanden, und es zum anderen in Oberstdorf auch nichts mehr zu holen gab. Beim Versuch des Viehraubes in Gerstruben konnten noch am gleichen Tag von den einheimischen Bauern einige Söldner erschlagen werden. Danach zogen die Plünderer unvollendeter Dinge aus Oberstdorf wieder ab.

Später kehrten die Schweden wieder zurück, um den Tod ihrer erschlagenen Waffenbrüder zu rächen. Als Wiedergutmachung verlangten sie 9000 Gulden von den Oberstdorfern. Sie blieben mehrere Tage stationiert und hatten somit wieder genügend Zeit, Raubzüge in die umliegenden Ortschaften und Alpen zu unternehmen. So versuchten sie es abermals in Gerstruben. Dieses Mal erreichten sie das Bergdorf. Aber die schlechten Wegverhältnisse

hinderte sie am Erfolg. Ihnen war es nicht möglich, das Vieh auf den Weg zu treiben. Martin, Ulrich, Uotz, sein inzwischen schon betagter Vater Jakob und weitere acht Gerstruber Bewohner waren als Wachposten an Ort und Stelle gewesen. Sie nutzten die Verwirrung unter den erfolglosen Viehtreibern aus. Sie ließen wieder Steine auf die Schweden herabrollen und schossen mit ihren Flinten auf die Söldner, welche daraufhin mit blutigen Köpfen abzogen. In ihrer Wut hatten die Schweden dann am Dietersberg ein Haus angezündet. Die Menschen in Gerstruben hatten großes Glück. Bei diesem Überfall war nur geringer Schaden von 150 Gulden entstanden. Durch ihre kluge Vorgehensweise konnten sie größeres Unheil verhindern. Martin und seine Nachbarn waren den Oberstdorfer Familien, vor allem seinem Schwager Uotz und dessen Vater Jakob, sehr dankbar. Martin umarmte Uotz zum Abschied und sagte: „Wir danken dir, ohne eure Hilfe hätten wir das nie geschafft."
„Ist schon gut. Wir sind euch zu Dank verpflichtet, weil wir bei euch sein durften. Wer weiß, ob wir die Angriffe unten im Dorf überhaupt überlebt und was die Unmenschen mit uns oder gar mit unseren Frauen angestellt hätten."

Die Zeit der Pest
Im Jahr 1634 wütete im ganzen Land die Pest erneut sehr stark. Es starben viele Menschen und es kamen auch Tiere dabei um. 1634 starben in Mittelberg und Riezlern 120 Menschen an der Krankheit.
Im Sommer 1635 brach die Pest zum zweiten Mal in Oberstdorf aus. Es war ein unbeschreibliches Leid, das die Pest über das ganze Dorf gebracht hatte. Diesmal starben bis zu 30 Menschen pro Tag in Oberstdorf. Es war ein Sterben ganzer Sippen innerhalb weniger Tage und Wochen.
Maria, eine der Zwillinge, war Schmids Sohn, dem Michael, versprochen. Im Frühjahr wollten die beiden heiraten. Der Totengräber kam vorbei und berichtete, dass er heute unter den Toten Marias

Verlobten beerdigen musste. In dem Moment beschlich Uotz eine fürchterliche Ahnung: Die Pest wird auch in unserem Haus nicht mehr aufzuhalten sein. Schon zwei Tage später konnte Maria im Haushalt keine Arbeit mehr verrichten. Sie war total kraft- und mutlos, wie sie Uotz zuvor noch niemals gesehen hatte. Marie, seine Frau, versuchte Uotz zu beruhigen: „Vielleicht ist es nicht die Pest, sondern die Trauer über den Tod von ihrem Verlobten, dem Michael Walch." Seine geschwächte Schwester Maria legte sich ins Bett. Aber schon am nächsten Tag hatten sie die Gewissheit, es zeigten sich die furchtbaren dunklen Pestbeulen im Gesicht und am Körper. Ursi, ihre Zwillingsschwester, versorgte zusammen mit Marie die Kranke. Wenn sie in ihr Zimmer mussten, trugen sie alte Leintücher als Schutz vor ihrem Mund und wenn sie das Zimmer wieder verließen, wuschen sie sich gründlich ihre Hände. Magdalena hatten sie verboten, ins Zimmer ihrer Tante zu gehen. Alle im Haus fürchteten sich vor der Seuche. Sechs Tage später war Maria tot. Die Pest hatte ihr erstes Opfer in Uotz' Haus gefordert. Ein paar Tage später bekamen Ursi, Marie und auch Magdalena innerhalb weniger Stunden dieselben Flecken im Gesicht. Magdalena lag mit ihrer Mutter im Ehebett. Ursi befand sich im oberen Stock in ihrer eigenen Schlafkammer. Jakob brachte ihnen immer wieder etwas Wasser, um ihren Mund zu befeuchten. Uotz betupfte ihre Wunden mit der Salbe, wie es vor Jahren die Anna Schraudolphin auch getan hatte. Als er abends aus dem Stall zurück ins Wohnhaus kam, lag seine geliebte Frau Marie in der Küche auf dem Holzboden und neben ihr ein zerbrochener Wasserkrug. Vermutlich hatte sie Durst und wollte ihn stillen. Ihrem Nachthemd entströmte ein ekelhafter Geruch nach fauligem Eiter. Er sah ihre Augen und wusste sofort, dass sie tot war. Aufgeregt und voller Sorge lief er in die Schlafkammer, um nach Magdalena zu sehen. Sie sah ihn an und sagte vollkommen kraftlos: „Papa, Durst!" Er lief wieder in die Küche und holte ihr einen Becher Wasser, was sicherlich seine Frau für Magdalena tun wollte. Sie trank einen Schluck und ließ sich wieder entkräftet zurück ins Kissen fallen. Doch innerhalb der

nächsten Stunde waren Magdalena und auch ihre Tante Ursi gestorben. Jakob hatte innerhalb weniger Monate drei seiner Kinder verloren. Christoph wurde von den Schweden getötet und seine beiden 26-jährigen Zwillingsfeela waren an der Pest gestorben, wie auch eine seiner beiden Schwiegertöchter und sein einziges Enkelkind Magdalena. Jetzt war nur noch Uotz als einziger Nachkomme am Leben. Die beiden Männer waren total verzweifelt.
Uotz versuchte, einen klaren Kopf zu behalten, trug seine tote Frau in die Schlafkammer und legte sie neben Magdalena ins Bett und sah die beiden noch eine ganze Weile stillschweigend an. Gut, dass sich Marie in letzter Zeit nicht mehr im Spiegel betrachten konnte. Sie war früher so eitel. Ihr schönes Haar war vom Eiter ganz verklebt und ihr Gesicht voller Flecken. So hätte auch er sie fast nicht mehr erkannt. Als Jakob plötzlich hinter ihm stand, sagte Uotz: „Vater, ich muss zum Totengräber, um ihm zu sagen, dass er sie abholen soll." Er nickte zustimmend, ohne ein Wort zu sagen. Nach Stunden kamen die beiden Leichenträger, wie immer sturzbetrunken, in ihren langen dunklen Umhängen herein. Sie wickelten Magdalena in ein mitgebrachtes Leichentuch. Bei Marie hatten sie Schwierigkeiten, da bei ihr bereits die Totenstarre eingesetzt hatte. Sie trugen seine Frau hinaus und warfen sie auf den schweren Leichenkarren, der bereits mit drei eingewickelten Toten beladen war. Ein Bein und ein Arm von Marie schauten unter der Decke hervor, die Uotz daraufhin vorsichtig zudeckte. Danach gingen sie ins Schlafzimmer zurück und trugen Magdalena hinaus. Sie warfen sein einziges Kind gefühllos und mit Schwung, ohne Achtung vor der Toten, auf den Karren. Als er sah, wie sie mit seinen geliebten Verstorbenen umgingen, schauderte ihm dabei. Uotz konnte nicht mehr mit nach oben gehen, er blieb wie versteinert vor der Haustür neben seinem Vater stehen. Nun schleiften sie seine verstorbene Schwester an den Haaren die Treppe herunter und warfen sie auf seine Frau und sein Kind. Er konnte es nicht mehr mitansehen und wollte sich nicht einmal von den Totengräbern verabschieden. Er dachte sich nur: „Gut, dass meine Lieben davon nichts mehr spüren können." Als

sie mit ratternden Holzrädern durch die holprige Gasse weiterfuhren, konnte Uotz das Geräusch noch eine ganze Weile hören. „Wo werden sie wohl hingebracht? Der Friedhof wird es nicht sein." Uotz öffnete danach alle Fenster und Türen zum Lüften. Es gab einen starken Durchzug, so dass der Krankengeruch nach einer Weile verging. Die beiden alleine zurückgelassenen Männer nahmen die Strohsäcke aus den Betten, verschiedene Tücher, Decken und die Kleider der Verstorbenen und warfen diese aus dem Fenster. Unten vor dem Haus zündete Uotz ein Feuer an, um alles, auch Liebgewonnenes seiner Familie, zu verbrennen.

Sein Vater bekam wenige Tage später mit 67 Jahren ebenfalls die Seuche. Auch er hat sie nicht überlebt. Das ganze Haus war durchtränkt vom fürchterlichen Gestank nach Fäulnis und Tod. Uotz war verzweifelt, er war jetzt ganz alleine im Haus. Ob er die nächsten Tage überleben würde, war sehr ungewiss. Nach Gerstruben konnte er im Moment nicht hinauf. Er wusste nicht, ob bei seinem Schwager auch die Seuche ausgebrochen war oder er selbst die Krankheit mit nach oben bringen würde, falls sie schon in ihm steckte. Die Menschen blieben lieber in ihren eigenen Häusern, da niemand wusste, ob die Nachbarn noch lebten, erkrankt oder verstorben waren. Als Uotz auf der Gasse war, um ein Zeichen zu geben, dass die Totengräber nun auch seinen Vater abholen sollten, sagte einer der Totengräber: „Wir können die Leiber der Toten gar nicht mehr einzeln begraben. An manchen Tagen sind es 30 Leichen. Wegen des üblen Geruchs müssen sie dann so schnell wie möglich zusammen in eine Grube." Er schimpfte: „Die Soldaten der Schweden haben die Krankheit eingeschleppt. Es ist eine Strafe Gottes, aber es trifft die Falschen." Da kam Barbara Bader, die Geigerin, vorbei. Sie erzählte: „Im oberen Markt, östlich der Kirche, da sollen ein Vater und eine Mutter an der Pest erkrankt sein. Sie haben von ihren eigenen Kindern verlangt, dass sie Bretter holen und sie damit in den nun leer gestohlenen Stall einnageln sollen. Die Kinder wollten dies zuerst nicht tun. Aber sie setzten die Kinder so unter Druck, dass sie es schließlich doch getan haben. Diese Eltern

haben sich selbstlos für ihre Kinder aufgeopfert. Zum Schutz, damit sie ihre Lieben nicht anstecken können. Die Kinder stehen nun schon tagelang vor der zugenagelten Tür und rufen immer wieder nach ihrer Mama. Das werden sie so lange tun, bis keine Antwort mehr kommt. Sie müssen abwarten, bis ihre Eltern entweder an der Krankheit gestorben oder verhungert sind."
Der Totengräber mischte sich ein: „Die beiden Alten sind inzwischen gestorben, die habe ich gestern abgeholt. Aber so viel ich weiß, sind die Kinder noch gesund." Die Geigerin, die Uotz dies erzählte, war dann ein paar Tage später auch krank geworden und mit 46 Jahren gestorben. Kaum einer im Ort kümmerte sich um andere. Jeder hatte Angst, die Pest selbst zu bekommen. Es gab nur noch Leid, egal, wo man auch hinsah. Dies alles war für die Menschen schwer zu ertragen.
Uotz räucherte das gesamte Haus samt Stall mit Thymian, Meisterwurz und Fichtenharz aus. Er ging von Raum zu Raum und betete, wie es sonst Marie einmal im Jahr zu den „Heiligen Drei Königen" getan hatte: „Herr, lass das Böse und alle Krankheit aus diesem Hause weichen und dein göttliches Licht soll uns hier erreichen."
Uotz stand in dieser Zeit, um sich von seiner Trauer um den Verlust seiner Lieben abzulenken, viel dem Pfarrer Frey bei. Dieser kam nicht mehr alleine mit der vielen Arbeit zurecht und war froh um Uotz' Unterstützung. Die Ansprache für die Beerdigung machte der Pfarrer einmal am Tag mit einem Tuch vor Nase und Mund. Der Geruch war unerträglich.
Für die Arbeit auf den Äckern reichten die Kräfte der gesunden Bauern nicht mehr aus, so dass unvermeidbar eine Hungersnot im ganzen Land entstand.
Seit die Pest Oberstdorf heimsuchte und einen Großteil der Bevölkerung hinwegraffte, tanzten junge, mutige Männer, von Kopf bis Fuß mit Tannenbart bedeckt, durch die Straßen.
In dieser Zeit war die Bergwelt in der Gegend noch sehr unerforscht und galt als tiefer Urwald. Sie flößte den Menschen deshalb Angst ein. Diese unheimliche Wildnis galt als ein Ort des Schreckens.

Darum wählten die jungen Männer das Gewand aus Tannenbart und hofften, damit die Dämonen der Pest zu vertreiben. Sie nannten sich selbst die „Wilden Mannen".

Als die Gefahr der Seuche endlich gebannt war, ging Uotz doch wieder zu seinem Schwager Martin und Ursula hinauf und berichtete ihnen, was sich im Tal Fürchterliches zugetragen hatte. Für Ursula war es arg, wieder eine Schwester und ihre Nichte verloren zu haben. Die Menschen in Gerstruben selbst hatten Glück, denn die größte Geißel der Menschen in jener Zeit, die Pest, hatte den Weg in das entlegene Dorf nicht gefunden. Gerstruben hatte keinen Pesttoten zu beklagen. Martin bot Uotz an: „Komm doch mit deinem Vieh für die nächsten Monate zu uns herauf, damit du nicht ganz alleine im Tal wohnen musst." Für dieses Angebot war er dankbar. Am darauffolgenden Tag ging Uotz zusammen mit Ulrich ins Tal, um das wenige noch verbliebene Vieh aus dem Stall zu holen und es zusammen nach Gerstruben hinaufzutreiben.

Zum Entsetzen aller kamen in dieser großen Not die Schweden wieder mit 900 Mann unter Oberst Kronfels nach Oberstdorf. Es war nur wenigen Leuten gelungen, noch in die Kirche zu flüchten. Aber dies war auch gut so. Denn die Soldaten hatten es diesmal geschafft, die Kirchentür aufzubrechen. Sie waren erstaunt, als sich niemand darin aufhielt. Ein paar Einwohner waren inzwischen mit Pfarrer Frey zusammen in den Kirchturm geflüchtet. Sie konnten hören, wie unten in der Kirche das große Plündern begann. Die Schweden hausten mehrere Tage darin. Die Menschen oben im Kirchturm waren dadurch eingeschlossen und hatten inzwischen Hunger. Aber essen erschien ihnen nicht so wichtig. Eine junge Mutter hatte ihren Säugling dabei. Die größte Angst aller war, das Kind könnte schreien. Dann hätten die Plünderer sie im Turm entdeckt, und das wäre bestimmt ihr Todesurteil gewesen. Ein Unbekannter, der nicht aus dem Ort war, hatte verlangt: „Das Kind muss getötet werden, damit es uns nicht verrät, so dass wir überleben. Pfarrer Frey stellte sich vor die Mutter mit dem schlafenden Kind und drohte: „Hier in der Kirche werdet ihr das Kind nicht ermorden. Zuvor müsst ihr mich töten." Die Mutter machte sich furchtbare Sorgen, dass ihr Kind schreien könnte. Ihr war auch klar, dass der unbekannte Mann recht hatte. Sobald das Kind wach wurde, gab sie ihm ihre Brust, damit es still war. Die Angst aller steigerte sich, als ihnen der Geruch von Feuer in die Nase stieg. Die Schweden hatten versucht, die Kirche anzuzünden, aber das Feuer war zur Erleichterung aller von selbst wieder erloschen. Durch eine Bezahlung von 6000 Gulden konnte Oberstdorf von der Einäscherung verschont bleiben. Erst nach Tagen konnten die Eingesperrten den Kirchturm verlassen. Als sie sahen, wie die Schweden die Kirche verwüstet hatten, zitterten ihnen nochmals ihre Knie.

Danach rückten die schwedischen Soldaten bis auf die Gerstruber Alpe vor. Die Bauern bewarfen sie mit Steinen und konnten erneut verhindern, dass sie ihr Vieh von dort oben mitnehmen konnten. Von der Gutenalpe trieben dann die Schweden doch noch eine große Herde Vieh in Richtung Sonthofen fort. Oberstdorfer Frauen hatten sich in der Rubinger Oy im Wald hinter der Brücke, die über die Trettach führt, versteckt. Sie warfen Bienenkörbe unter das Vieh. Dadurch konnten sie einen großen Teil der Herde von den flüchtenden Schweden wieder zurückerobern. Pfarrer Frey lobte die tapferen Frauen und entschied zusammen mit dem Bistum: „In Zukunft dürfen die Frauen aus Dankbarkeit in Oberstdorf den Rosenkranz vorbeten und in der Kirche auf der rechten Seite sitzen." Bisher hatte diese Ehre nur den Männern zugestanden. Es war für alle Dorfbewohner, vor allem aber für die Frauen, eine Umstellung. Im ganzen Land mussten die Frauen auf der linken Seite sitzen, nur in Oberstdorf war es seit diesem Tag umgekehrt. Auch die Männer teilten die Meinung des Pfarrers. Sie waren stolz auf ihre mutigen Weiber und hatten nichts gegen die neue Sitzordnung in der Kirche einzuwenden.

Als die Soldaten das südliche Allgäu wieder verlassen hatten, beschlossen die wenigen jungen Männer von der Schützengesellschaft, den Kirchenschatz und weitere 4000 Gulden in Silber in Sicherheit vor den Schweden auf die Alpe Birkartsgündle zu bringen. Sie ahnten schon während sie vor den anderen diesen Beschluss gefasst hatten, es könnte ein Verräter, „ein Judas", unter ihnen sein und das Versteck preisgeben. Deshalb ließen sie alle im Glauben, den Kirchenschatz dorthin zu bringen. Doch sie änderten ihre Absicht und beschlossen, ein anderes Versteck zu wählen, das keiner außer ihnen kannte.

Das erste Versteck, das Birkatsgündle im Warmatsgundtal, wurde tatsächlich von einem Mitwissenden an die Schweden verraten. Aber die konnten dort nichts finden. Es wurde gemunkelt, dass die Schützen die Wertgegenstände auf dem gleichnamigen Birkatsgündle im Oytal[11] versteckt hatten. Dieser Schatz war in der Höhle aber auch nicht mehr auffindbar. Es wurde vermutet, dass der Kirchenschatz von einem Einwohner aus Gruben gestohlen worden war. Aber so genau wusste das niemand und keiner hätte sich getraut, einen Unschuldigen zu verdächtigen. Der Schatz blieb für alle Zeit verschwunden.

Uotz wollte nach Oberstdorf hinuntergehen, um nachzusehen, ob daheim alles in Ordnung war. Er ließ aber zur Sicherheit sein Vieh noch auf Gerstruben zurück. Als er kurz vor dem Ort bei Scheiben ankam, stieg ihm Brandgeruch in die Nase. Er dachte sich: „Hoffentlich sind die Schweden nicht mehr im Ort." Bei der Appachkapelle traf er Thomas Bach. Er erzählte ihm zutiefst betroffen: „Die Schweden sind seit gestern fort. Sie haben wieder einige Häuser angezündet." Dabei sah er Uotz mitfühlend an. „Es tut mir leid, Uotz, dass ich es dir sagen muss, aber auch dein Haus haben diese Unmenschen abgebrannt."

Uotz ging heim und sah mit eigenen Augen das Elend. Sein Haus war fast vollständig verbrannt. Er war ganz verzweifelt und dachte: „Was kommt wohl noch alles auf mich zu? Wäre ich doch auch gestorben! Was wird aus mir? Was soll ich jetzt tun? Ich habe keine Familie mehr, kein Dach über dem Kopf, kein Geld, bin mittellos. Ich besitze gar nichts mehr und bin bettelarm. Ich will mich von

---

[11] heute Blattnergündle

niemandem aushalten lassen." Aus dieser Verzweiflung heraus verließ er Oberstdorf, seinen Heimatort und den Ort seiner Vorfahren, so schnell wie möglich.

Ohne ein Wort des Abschieds, weder beim Pfarrer, seinen Freunden noch bei seinen Verwandten oben auf Gerstruben, ging er in die Fremde. Ihm kamen auf seiner Wanderschaft durch die zerstörten Ortschaften Rubi, Reichenbach, Schöllang und Hinang einige Gedanken: „Ich habe nur noch die Kleider, die ich am Leib trage. Nicht einmal meine Tiere habe ich mitgenommen. Auch mein Familienbuch liegt oben bei Martin in Gerstruben. Ich habe es bewusst zur Sicherheit dort gelassen, falls ich auf die Schweden getroffen wäre. Sie hätten mir das Buch sofort abgenommen. Aber das wäre jetzt auch egal. Es ist alles so sinnlos geworden. Magdalena, mein einziges Kind, lebt nicht mehr. Das Glück, dass Marie mir einen Stammhalter schenkte, hatte ich nicht. Aber das ist jetzt im Nachhinein auch gut so, sonst wäre noch ein Mensch mehr gestorben, um den ich jetzt trauern müsste." Er machte sich selbst Vorwürfe: „Ich hätte mir mehr Zeit für Magdalena nehmen sollen. Erst vor Kurzem hat mir Marie erzählt, wie meine Tochter gelitten hat, weil ich ihr den Ulrich, meinen Neffen, manchmal vorgezogen habe. Von allem, was ich in letzter Zeit in dieser grausamen Welt erleben musste, will und kann ich nichts mehr hören oder darüber nachdenken, geschweige jemals wieder in mein Buch schreiben. Martin wird sich Sorgen um mich machen. Mir ist klar, dass mein Verhalten, einfach ohne eine Nachricht zu verschwinden, nicht in Ordnung ist. Martin hätte es anders verdient. Aber ich weiß ja selbst nicht, wo es mich hintreibt. Ich hätte mich vom Pfarrer verabschieden sollen, und er hätte dem Martin etwas von mir ausrichten können. Aber jetzt ist es schon zu spät." Uotz war schon viel zu weit von daheim entfernt, um nochmals umzukehren. Er grübelte weiter und nahm sich vor, sobald er wusste, wo er bleibt, eine Nachricht nach Oberstdorf zu schicken. Aber das unbeschreibliche Leid, die vielen Toten, die er gut gekannt hat, waren ihm jetzt einfach zu viel und er konnte dies alles im Moment nicht mehr ertragen.

1881 Anna und Genovefa

Anna hob ihren zum Lesen gesenkten Kopf und hatte feucht glitzernde Augen. Sie schaute Genovefa betroffen an und fragte: „Warum kehrt Uotz denn nicht um und zieht zu Martin und seiner Familie nach Gerstruben hinauf? Dann wäre er nicht so einsam und alleine und hätte dort Familienanschluss."

Genovefa erwiderte verständnisvoll: „Wir müssen versuchen, ihn zu verstehen und seine Entscheidung zu respektieren. Ich denke, in dem Moment seiner Verzweiflung konnte er nicht anders handeln. Er war wie gelähmt. Schau, Anna, durch dieses Buch werden unsere Verstorbenen für uns wieder lebendig. Nur wer vergessen ist, ist wirklich tot. Keiner hätte je von Magdalena erfahren, wenn nicht Uotz dies für uns irgendwann doch noch ins Buch geschrieben hätte. Wir Menschen haben ein Streben nach Wissen, besonders über unsere eigenen Wurzeln. Die Familie, aus der wir abstammen, kann einen Teil unseres Schicksals prägen und formt uns in verschiedener Hinsicht mehr als wir glauben. Was den Menschen damals Grauenvolles geschehen ist, hat auch Auswirkungen, nicht nur für die unmittelbar Betroffenen, sondern auch auf deren Nachkommen. Die Schicksalsschläge, die die Menschen durch Hunger, Krieg und Tod ertragen mussten, hat sie bestimmt verändert. Sie wurden dadurch vielleicht härter, eigenwilliger und misstrauisch dem Leben gegenüber. In ihnen wurde bestimmt das Vertrauen, dass Liebe etwas Dauerhaftes ist, zerstört. Das Leid der damaligen Zeit haben die meisten Menschen auch so erleben müssen wie Uotz. Einige hatten neben der Trauer auch Schuldgefühle, wie sie Uotz Magdalena gegenüber hatte. Manch einer haderte mit seinem Schicksal, warum gerade er an Stelle seiner Lieben überleben durfte. Anna, glaub mir, auch in der heutigen Zeit haben mehr Menschen, als du dir vorstellen kannst, irgendwann in ihrem Leben Schuld auf sich geladen, über die sie mit niemandem reden können, weil sie sich zu sehr für das, was sie in einer Notzeit getan haben, schämen. Sie tragen ebenfalls schwer an dieser Last."

„Genovefa, ich habe einmal gehört, dass Nachkommen bis ins dritte oder vierte Glied beeinträchtigt wären, wegen Ereignissen, die ihre

Vorfahren an Unrechtem begangen haben. Oder sie tragen etwas von unschuldigen Vorfahren, denen Unrecht angetan wurde und die viel Leid erfahren mussten, als Last mit sich."
Die Ältere dachte kurz über Annas Worte nach und antwortete ihr dann: „Ich glaube schon, dass es so etwas gibt." Sie nickte: „Ja Anna, so etwas könnte ich mir gut vorstellen." Anschließend verabschiedete sich Anna und ging wieder heim.

24 Jahre zuvor, im Jahre 1865, war die Pfarrkirche in Oberstdorf durch eine große Feuersbrunst abgebrannt. Seit dem Wiederaufbau der Kirche kamen immer wieder Gastarbeiter ins Oberallgäu. Meist waren es Maurer, die beim Aufbau der Kirche und bei verschiedenen Bauabschnitten wie bei der Befestigung des Illerdammes und dem Ausbau der Breitachklamm mithalfen.
Eines Tages brachte Otto einen großen, schwarzhaarigen Mann mit dunklen Augen, einem gedrehten Schnurrbart und kleinen Spitzbart mit nach Hause. Genovefa sah den Besucher erschrocken an: „Otto, wen bringst du uns da ins Haus?"
„Das ist ein Freund von mir. Romedios Guiseppe Giovane Alcer von Ronzone aus Tirol." Daraufhin lächelte der Fremde sie an und sprach in einem flüssigen Schriftdeutsch: „Sie können mich einfach Johann nennen." Genovefa war erstaunt, dass er so gut deutsch konnte. Sie musste zugeben, dass sie noch nie zuvor einen Mann gesehen hatte, der so schwarzes Haar und dunkle Augen hatte wie Johann, so gut aussah und so gepflegt war. Otto sagte zu seiner Mutter: „Johann ist erst seit ein paar Jahren hier und kennt außer seinen Landsmännern kaum jemanden. Deshalb will ich ihn heute mit zum Schützenfest nehmen."
„Dann trinkt aber nicht zu viel und um elf Uhr bist du wieder daheim."
„Ja, bis dann." Genovefa machte sich Sorgen um Otto und vertraute am Abend Ulrich an: „Hoffentlich ist so ein dunkler Mensch wie der italienische Maurer kein schlechter Umgang für unseren Buben." Otto kam pünktlich wie vereinbart heim. Genovefa war neugierig und fragte: „Wie war das Fest?"

„Es geht so, ach ja, es war ganz nett. Die Weiber sind allesamt hinter Johann her. Er will mit seinen dunklen Augen den Mädchen und den jungen Frauen imponieren." Mehr wollte Otto dazu nicht sagen und ging gleich darauf ins Bett.

Anna kam schon am nächsten Tag unerwartet wieder vorbei, um weiterzulesen. Genovefa fragte sie interessiert: „Warst du auch beim Schützenfest?"

„Ja, ich war mit Rosalia dort. Ihre Eltern gaben ihr gestern Abend frei, damit sie auch wieder einmal unter junge Leute kommt. Sie boten sich an, auf ihren Säugling aufzupassen. Otto habe ich auch gesehen. Er war mit einem Tiroler dort. Die meisten Mädchen werfen ein Auge auf ihn. Er scheint ein echter Frauenheld zu sein und er hat so einen frechen Schnurrbart."

Genovefa war voller Sorge um die Tochter ihrer verstorbenen Freundin und warnte sie: „Nimm dich bloß vor so einem Gigolo in Acht."

Anna lächelte vergnügt: „Da bin ich nicht in Gefahr. Er hatte nur mehr Augen für meine Freundin. Wir anderen Mädchen waren alle Luft für ihn. Bei Rosalia scheint er gut anzukommen, denn sie erzählte mir: Der Johann sei ein interessanter Mann, ein richtiger italienischer Charmeur."

Genovefa lächelte: „Komm, liebe Anna, hier ist das Buch, jetzt lesen wir weiter."

Uotz verlässt seine Heimat

Als Uotz 1636 in seinem Schockzustand Oberstdorf verlassen hatte und durch Sonthofen kam, fiel ihm sein Freund, der Zimmermann Haberstock Andreas von Stein bei Immenstadt, ein: Den könnte ich doch um Arbeit bitten. Hoffentlich leben er und seine Familie noch. Als er in Stein angekommen war, sah er das Haus unbeschadet stehen. Ihm fiel sofort die alte lotternde Haustür ein, mit der er Andreas schon mehrmals aufgezogen hatte, weil sie ganz und gar nicht dem handwerklichen Geschick seines Freundes entsprach. Doch gleich, als er in Richtung Eingang schritt, stellte er fest,

dass Andreas inzwischen eine neue Haustür mit wunderschönen Schnitzereien geschreinert hatte. Darüber schmunzelte Uotz und klopfte sogleich an. Catharina, die Frau von Andreas, öffnete und begrüßte ihn mit scheuem Blick. Uotz fiel auf, wie mager sie geworden war, aber das war ja kein Wunder in dieser Zeit. Sie wirkte auf ihn viel ernster und sogar trauriger, als er sie in Erinnerung hatte.
„Grüß Gott Catharina, ist dein Mann, der Andreas daheim?"
Sie fing sogleich zu weinen an: „Andreas ist tot. In meiner Familie hat die Pest furchtbar zugeschlagen. Ich habe Andreas und sechs meiner sieben Kinder verloren. Nur die Elsa ist mir noch geblieben. Aber sie hat vor Jahren geheiratet und ist zu der Familie ihres Mannes Melchior Bach nach Reichenbach gezogen. Das war wahrscheinlich ihr Glück, deswegen ist sie von der Krankheit verschont geblieben. Jetzt leben hier nur noch Mutter und ich. Die Schweden haben in Stein vieles verwüstet. Dass das Haus und die Werkstatt noch stehen, das ist das einzig Gute wofür ich dankbar sein kann."
„Catharina, das tut mir furchtbar leid für dich. Mir ist es so ähnlich ergangen. Aus meiner Familie sind alle tot. Auch ich habe fast alles verloren: mein Haus mit Stall und meine Scheune. Jetzt fällt mir ein, ich habe vier Rinder, ein Schaf und eine Ziege oben auf Gerstruben gelassen. Diese Tiere sind das Einzige, was mir noch geblieben ist. Ich bin ein mittelloser Mann. Ich kam zu euch, um den Andreas zu fragen, ob ich bei ihm in der Zimmerei mitarbeiten kann. Aber das ist ja jetzt nicht mehr möglich, weil auch er tot ist." Catharina schaute ihren Besucher nachdenklich an und sagte. „Doch, die Werkstatt ist ganz geblieben und für den Aufbau der zerstörten Häuser werden hier in Stein viele Zimmerleute gebraucht. Wenn du bei meiner Mutter und mir bleiben möchtest, werde ich dir im oberen Stock eine Schlafkammer herrichten. Ja, Uotz, wir machen es so, du bleibst heute über Nacht hier. Dann hast du wenigstens ein Dach über dem Kopf und kannst dich ein wenig ausruhen. Morgen sieht die Welt vielleicht ein kleines bisschen klarer aus. Dann können wir in Ruhe über alles reden."
„Ja, dafür wäre ich dir dankbar und bleibe gerne über Nacht." Ihre

Mutter machte ihm eine frische Suppe mit einem Stück Brot mit frischen Gartenkräutern zum Essen. Inzwischen hatte Catharina ihm in der oberen Schlafkammer ein Bett gerichtet. Trotz allem Kummer über den Verlust und Nachdenken über das Angebot von Catharina konnte Uotz dann doch noch gegen Morgen einschlafen. Um sechs Uhr in der Früh krähte ein Nachbarhahn. Davon wurde Uotz wach. Er ging hinunter, hinaus vors Haus zum Brunnen und wusch sich mit dem eiskalten Wasser sein Gesicht und seinen Oberkörper ab. Als er wieder in die Küche kam, war Catharina schon am Herd, um Feuer zu machen. „Guten Morgen Uotz. Hast du schlafen können?"
„Ja, ein wenig schon. Ich habe mir dein Angebot durch den Kopf gehen lassen und würde mich freuen, wenn ich auf eine bestimmte Zeit bei euch wohnen und arbeiten dürfte. Ich werde gleich heute mit der Arbeit beginnen. Aber eins will ich gleich sagen, in nächster Zeit möchte ich noch einmal zurück nach Oberstdorf. Keiner weiß, wo ich mich aufhalte und ob ich überhaupt noch lebe. Martin, mein Schwager, Ursula, seine Frau, und ihr Sohn Ulrich machen sich bestimmt Sorgen um mich. Ich bin es ihnen und dem Pfarrer Frey schuldig, mich zu melden."
„Das ist doch selbstverständlich. Komm du erst mal etwas zur Ruhe. Die Trauer über den Verlust, den du in den letzten Wochen erleben musstest, braucht seine Zeit." Es vergingen die Tage und Uotz hatte von morgens früh bis spät in die Nacht hinein gearbeitet. Das undichte Scheunendach hatte er geflickt und den Stall für neues Vieh wieder hergerichtet. In der Stube und im Wohnhaus waren Stühle und vieles andere mehr kaputt. Er sah die Arbeit selbst, ohne dass sie es ihm anschaffen mussten. Zur Mittagszeit konnte Catharina ihn nur mit Mühe und gutem Zureden von der Arbeit abbringen. Vom Fußmarsch nach Oberstdorf hatte er nicht mehr gesprochen. Am Abend saßen die beiden häufig bei Kerzenlicht noch ein paar Stunden zusammen und redeten viel miteinander. Der Mutter war das gar nicht recht, obwohl sie selbst auch froh war, zu ihrer beider Sicherheit einen Mann im Haus zu wissen,

falls wieder die Plünderer oder sonstige Diebe und Landstreicher durchs Land zogen. Sie mochte auch Uotz mit seiner ruhigen und besonnenen Art. Trotzdem schimpfte sie immer wieder mit Catharina: „In einem ehrenwerten Haus geht das nicht. Du als Witwe im mittleren Alter mit einem alleinstehenden Mann am Abend alleine in der Stube zu sitzen und dann auch noch fröhlich zu lachen. Das geht so nicht, dafür müsstest du dich schämen."
Catharina war wütend, ihre Stimme wurde lauter: „Von wegen der Leute. Mutter, ich glaube, durch das, was letztes Jahr alles geschah, hat sich vieles verändert. Es interessiert niemanden mehr, ob wir hier unter einem Dach zusammen wohnen oder nicht. Ich bin froh, dass der Uotz bei uns ist. Er ist für mich wie ein Geschenk des Himmels. Seit er hier ist, habe ich das Gefühl, es lohnt sich, wieder etwas aufzubauen. Ob es dir passt oder nicht, ja, er tut mir gut. Er sieht dazu noch gut aus und er gefällt mir. Zudem ist er gebildet, er kann sogar lesen und schreiben und seine Ansichten sind häufig auch die meinen. Wir können miteinander über unsere Nöte und unseren Kummer reden. Nach diesen Gesprächen geht es mir meist wieder ein bisschen besser."
In diesem Moment kam Uotz zur Tür herein. Er konnte den Rest dieses Gesprächs gerade noch mit anhören. Beide Frauen waren über sein unerwartetes Eintreten sichtlich erschrocken. Catharina wurde ganz rot im Gesicht. Uotz lächelte vergnügt und sah dabei Catharina selbstsicher in die Augen: „Ja, mir geht es mit dir genauso. Willst du mich heiraten?" Dabei sah er die erstaunte Catharina an und sprach weiter. „Ich weiß, es ist noch viel zu früh, aber ich denke, Andreas, dein verstorbener Mann und Marie, meine Frau, würden sich mit uns freuen. Marie würde mir wünschen, dass ich nach ihrem Tod mit dir zusammen glücklich sein darf."
Catharina war über seine Frage zuerst sprachlos. Sie musste sich erst einmal sammeln. Doch bevor sie etwas sagen konnte, rief Mutter energisch aus: „Und was ist mit dem Trauerjahr?" Beide lächelten sich verschmitzt an und Catharina antwortete überglücklich: „Ja, Uotz, ich will."

Er strahlte sie zufrieden an und bat: „Aber das Trauerjahr werden wir doch nicht abwarten?" Die beiden gingen noch am selben Tag zum Pfarrer und bestellten das Aufgebot.

Uotz und seine Familie gehörten seit Geburt wie die meisten Oberstdorfer Untertanen des Bischofs zu Augsburg zum Gericht Rothenfels der Herrschaft Rettenberg an. Seine Braut Catharina war Leibeigene der Grafen Montfort. Der Pfarrer riet ihnen mit folgenden Worten von dieser Eheschließung ab: „Die hohen Herren und eure Beschützer haben durch die Pest und die Kriegsjahre viele Leibeigene verloren. Ich denke, sie sind nicht bereit, freiwillig noch eine weitere Person abzugeben. Vom eigenen Freikauf würde ich euch abraten. Denn durch die Umstände einer eventuellen hohen Verschuldung durch Missernten, Feuer- oder Wassernot und die Drangsalierung durch Kriege wäre es ratsam, oder besser gesagt, unumgänglich für euch, euch unter den Schutz eines Herrn zu begeben, oder noch besser, dort zu bleiben. Auch wenn sie euch weiterhin mit hohen Steuerlasten drücken und ihr ihnen euren Besitz zum größten Teil übereignen müsst. Ich weiß, ihr werdet wie Sklaven gehalten und müsst euch mit Leib und Gut zum Eigentum eurer Herrn machen, aber ihr solltet verstehen, dass eure persönliche Hochzeit nicht mehr nur eure Angelegenheit ist. Die Leibherren und Obrigkeiten dürfen eine Eheschließung ablehnen, wenn sie euch dadurch an einen anderen Herrn verlören." Uotz und Catharina wussten, eine Entlassung aus der Leibeigenschaft kam für sie beide nicht in Frage.

Der hochwürdige Pfarrer hatte einen Einfall: „Eine Möglichkeit haben wir noch: Die Straubin aus Immenstadt, eine Rothenfelser Untertanin, möchte einen zugezogenen Montforter Leibeigenen heiraten. Die Männer könnten ihre Zugehörigkeit untereinander tauschen. Eine leibeigene Frau würden beide Adelsgeschlechter niemals freiwillig entlassen, da sie ihnen durch die Geburt von Kindern wieder neue Nachkommen bringt. Ich bin mir dagegen sicher, gegen einen Tauschhandel hätten selbst die hohen Herren nichts

einzuwenden. Die Hochzeit müsste aber am gleichen Tag in derselben heiligen Messe stattfinden. Diese beiden Trauungen könnte ich ohne schlechtes Gewissen mit Gottes Segen durchführen."
Uotz und auch der zukünftige Mann der Straubin waren mit dem Vorschlag des Pfarrers einverstanden. Somit würde Uotz mit seiner Hochzeit wie schon Catharina ein Montforter Untertan werden.

In Oberstdorf besaß Reichsgraf Königsegg-Rothenfels die Grundherrschaft. Das bedeutete aber nicht, dass alle Bürger seine Leibeigenen waren. Manche Menschen waren einem anderen Herren zinspflichtig. Ursache dafür war eine Regelung von alters her. Auch bei Wegzug oder einer Heirat wurden die Eigentumsrechte des bisherigen Herrn nicht aufgehoben oder auf den neuen Herrn übertragen. Die Leibeigenschaft übertrug sich auch auf die Kinder. Dies richtete sich immer nach dem Stand der Mutter, nie nach dem des Vaters. Die Steuern wurden willkürlich erhöht und mit Androhung von Gewalt eingetrieben. Wenn sich ein Bauer weigerte zu zahlen, konnte es passieren, dass er eingesperrt wurde und erst, wenn er seine Schuld beglichen hatte, kam er wieder frei. Da blieb dem Untertanen nur die Auswanderung zu einem gütigeren Herrn, sofern der Leibherr ihn gehen ließ. Ein hohes Gericht gab es nicht. Der Herr konnte nach Belieben seine Leibeigenen bestrafen. Die Fronarbeit hatte gegenüber der eigenen Arbeit grundsätzlich Vorrang. Aus seinem Stand konnte man nur entkommen, wenn man ein geistliches Amt angeboten bekam oder sich selbst freikaufte. Dies kam gar nicht so selten vor, weil die edlen Herren durch ihren gehobenen Lebenswandel viel Geld verbrauchten. Manchmal geschah es, dass die adeligen Herren aus religiösen Gründen, wenn sie es gar zu wild getrieben hatten, ihr Gewissen erleichterten, und um sich einen Platz im Himmel zu verschaffen, einigen ihrer Untertanen die Freiheit schenkten.

Catharina und Uotz waren zufrieden, als der Pfarrer diese Lösung für alle gefunden hatte. In vier Wochen sollten beide Brautpaare zusammen vor dem Traualtar erscheinen, um den Bund der Ehe zu schließen. Catharina verspürte ein bisschen Angst. Sollte doch noch ein Einspruch oder gar eine Ablehnung der adeligen Herren kommen? Würden die anderen Hochzeiter aus irgendeinem Grund nicht heiraten, wäre eine Eheschließung mit Uotz auch für sie selbst nicht möglich.

Am nächsten Tag gingen die beiden zu Fuß nach Reichenbach. Catharina blieb bei ihrer Tochter Elsa und den Enkelkindern, die sie schon länger nicht mehr gesehen hatte. Vreni, die zweitjüngste, würde in einer Woche zwei Jahre alt. Sie setzte sich bei der Oma auf den Schoß, lehnte ihr Köpfchen an ihre Brust, nahm den Daumen in den Mund und summte zufrieden vor sich hin, während Catharina sie leicht hin und her wiegte und ihrer Tochter von ihren Zukunftsplänen mit Uotz erzählte. Elsa machte kein Geheimnis daraus, dass sie es nicht gut fand, dass ihre Mutter wieder heiraten wollte. Uotz ging inzwischen alleine die restlichen fünf Kilometer zum Pfarrer Frey nach Oberstdorf, um zu berichten, was sich in letzter Zeit so alles ereignet hatte. Als er jedoch kurz nach Reichenbach über die kleine Kuppel kam, konnte er von Weitem den Oberstdorfer Kirchturm inmitten der Häuser stehen sehen. Sein Herz begann bis zum Hals zu pochen. Ganz kurz zögerte Uotz, entschied dann aber doch weiterzugehen. Als er mit Frey gesprochen hatte, bedauerte dieser, was sein Freund alles ertragen musste. Aber gleichzeitig freute er sich für ihn, weil er den Mut nicht verloren hatte und mit einer zweiten Ehefrau wieder ein neues Leben beginnen wollte. Er wünschte Uotz alles Glück und Gottes Segen auf seinem weiteren Lebensweg. „Hochwürden, ich habe noch einen Wunsch an Euch. Am Sonntag kommt bestimmt mein Schwager, der Martin von Gerstruben, zu Euch in die Kirche. Würdet Ihr ihm bitte von mir ausrichten, dass es mir gut geht und er am Samstag in vier Wochen am Josephstag mit seiner Frau Ursula nach Stein kommen soll. Ich hoffe, die beiden werden unsere Trauzeugen sein. Ich würde mich auch freuen, wenn sie den Buben Ulrich mitbringen, damit ich auch ihn wieder sehen kann." Frey versprach ihm, diese Nachricht am Sonntag weiterzugeben. Uotz lud auch den Pfarrer selbst als Gast zu seiner Hochzeit ein. Dies lehnte Frey aus Zeitgründen dankend ab. Uotz fragte zum Schluss noch: „Ich würde gerne das Grab von Marie, Magdalena, Vater und meinen Schwestern besuchen und dort für sie beten. Könnt Ihr mir sagen, wo sich die Sammelgräber befinden?" Aber über den Ort der Bestattung der Pesttoten wollte keiner im Ort reden, auch Hochwürden Pfarrer Frey nicht.

Danach ging Uotz den direkten Weg durch die Gassen, um zu sehen, was von seinem Haus noch übrig war. Die wenigen verkohlten Wände, die er nach dem Brand noch stehen sah, hatte ein Unbekannter inzwischen entfernt und den Rest des Hauses dem Erdboden gleich gemacht. Darüber war er froh, denn sonst hätte er dies jetzt selbst erledigen müssen. Er traf verschiedene Einheimische, Freunde und ehemalige Nachbarn, die die Pest und den Krieg auch überlebt hatten. Sie freuten sich gegenseitig, sich gesund wiederzusehen. Als Uotz erzählte, dass er in Stein heiraten und sesshaft werden wolle, bedauerten dies manche. Auch er selbst verspürte Wehmut. Seine Hochzeit bedeutete für ihn, für immer Abschied von den Oberstdorfern zu nehmen. Kaspar, ein ehemaliger Freund, klärte ihn auf: „Martin und Ulrich, deine Verwandten aus Gerstruben, haben für dich den Brandort sauber aufgeräumt. Du musst wissen, sie machen sich fürchterliche Sorgen und dachten, du seist vielleicht im Haus gewesen und mit verbrannt. Sie suchten in der Asche, ob sie Überreste von dir finden würden. Erst als der Thomas Bach ihnen erzählte, dass er dich draußen bei Loretto getroffen hat, wussten sie, dass du noch am Leben bist." Uotz schämte sich, weil es sonst nicht seine Art war, sich einfach ohne ein Wort davonzumachen. Ihm war damals nicht ganz klar, dass er sie mit ihrem Kummer so im Stich gelassen hatte. Als er sich dieses Mal von seinen Nachbarn und Freunden verabschiedete, bot er an: „Wenn ihr auf der Durchreise zur Residenzstadt seid, kehrt bei mir ein und besucht mich. Darüber würde ich mich freuen."

Ganze Sippen, die er gut gekannt hatte, waren durch die Pest ausgelöscht worden. Mancher Familienname war jetzt vollkommen ausgestorben. Wieder andere Männer und Frauen hatten sich einfach zusammengetan, um einen neuen Hausstand zu gründen und wieder aufzubauen. Der Sohn eines ehemaligen Nachbarn hatte mit seinen 19 Jahren eine 40-jährige Frau aus Kornau geheiratet. Beide hatten ihre Familienangehörigen verloren. Als Uotz dies hörte, dachte er für sich: „In dieser reiferen Frau sucht der junge Bursche bestimmt Ersatz für seine tote Mutter. Umgekehrt hat die Frau vielleicht ihren Sohn verloren." Beide waren froh, nicht mehr alleine zu sein, und diese Eheschließung gab ihnen ein wenig Sicherheit für die Zukunft. Inzwischen war die Frau guter Hoffnung und sollte ihm in vier Monaten ein Kind schenken. Alles hatte sich durch die Seuche verändert. Die Menschen mussten mehr zusammenhalten als früher, um weitermachen zu können. Uotz spürte, wie dankbar er war, in Catharina eine Frau, die er liebte, gefunden zu haben. Mit ihr hatte er wieder Hoffnung auf eine gemeinsame Zukunft. Auf dem Heimweg durch Reichenbach holte er Catharina bei Elsa und ihrer Familie ab.

Ein Fuhrmann mit seinem Ochsenwagen, der Schafe zum Schlachten bringen wollte, nahm die beiden ein Stück bis nach Altstädten mit. Catharina konnte vorne beim Bauern sitzen und Uotz setzte sich nach hinten zu den Schafen. „Lieber schlecht gefahren als gut gelaufen", dachte sich Uotz, als seine Beine eingeschlafen waren. Als sie ihr Ziel erreicht hatten, war er froh, absteigen zu können. Ab hier konnte er mit Catharina alleine zu Fuß weitergehen und mit ihr in Ruhe über den heutigen Tag reden. Spät abends waren sie wieder daheim und Catharinas Mutter richtete gleich eine Milchsuppe mit etwas Brot für die beiden her.

Eine Woche später kam der Wanderverkäufer Schöll mit einem Brief für Uotz in Stein vorbei. Dieser öffnete ihn und begann zu lesen:

Lieber Onkel Uotz,
haben uns große Sorgen um dich gemacht. Sind aber jetzt froh, dich wohlauf zu wissen und freuen uns auf ein Wiedersehen. Der Pfarrer

hat uns von deiner bevorstehenden Hochzeit erzählt. Kommen natürlich gerne zu deiner Trauung.
Bis bald
Dein Ulrich

Am Hochzeitstag kurz vor elf Uhr kamen Berchtold Martin, Ursula und Ulrich gerade noch rechtzeitig in die Kirche, weil sie zuvor heimlich das Vieh, das der Bräutigam auf Gerstruben zurückgelassen hatte, in den Stall von Uotz getrieben hatten. Aber darüber schweigen sie. Als die drei durch die Kirchentür traten, standen Uotz und Catharina bereits vorne am Altar und waren immer noch ohne ihre Trauzeugen. Die beiden anderen Brautleute hatten ihre Trauzeugen dabei. Als Uotz wieder einmal zur Kirchentür nach hinten sah, war er sehr erleichtert, und die Freude, sich wiederzusehen, war groß. Die Straubin und auch Catharina befürchteten schon, dass aus der Hochzeit heute nichts werden würde. Die Hochzeitszeremonie war schlicht und einfach. Der Pfarrer sprach: „Jeder Mensch ist zur Ehe berufen. Ihr sollt einander lieben und ehren, so wie es Gott von euch erwartet." Ursula saß in der ersten Reihe gleich hinter Uotz. Als sie die Braut erblickte, war sie erstaunt und irritiert zugleich. Sie dachte während der Andacht ständig nach und konnte der Predigt kaum folgen: „Ich habe mir eine ganz junge, bildhübsche Frau vorgestellt. Catharina ist bestimmt schon Ende dreißig. Sie hat ihr braunes Haar geflochten und trägt es um den Kopf zum Kranz gebunden. In die Haare hat sie sich Margeriten gesteckt. Sie trägt ein schlichtes schwarzes Mieder mit Rock und eine weiße Bluse. Optisch passen die beiden auch zusammen. Inzwischen sieht man Uotz sein Alter mit etwas über 40 Jahren auch schon an, denn in seiner noch vollen Haarpracht schimmern die ersten grauen Strähnen." Voller Wehmut und Trauer dachte sie an ihre verstorbene Schwester Marie zurück: „Warum hat sie die Seuche bekommen und musste sterben? Die beiden hatten damals eine große Hochzeit mit strahlenden Gesichtern. War Marie nicht hübscher und viel jünger als Catharina heute?" Sie hätte von Uotz nie erwartet, dass er sich so schnell, gleich nach Maries Tod, wieder eine neue Frau nimmt. Sie haderte und machte ihrem Schwager insgeheim Vorwürfe. Auf der anderen Seite wusste sie, wenn er weiter trauern und sich seinem Unglück fügen würde, dann würde Marie auch nicht wieder lebendig werden. Also musste sie ihm sein neues Glück gönnen.

In der Kirche ging alles sehr schnell. Am Schluss tauschten die beiden Bräutigame ihre Leibeigenschaft aus. Uotz besiegelte den Vertrag mit seiner klaren Unterschrift und der Ehegatte der Straubin setzte drei Kreuze unter den Vertrag. Nach der kirchlichen Andacht gratulierten die Brautmutter, die beiden Trauzeugen Martin und Ursula und auch der Ulrich dem frischvermählten Paar. Elsa stand kurz vor der Geburt ihres dritten Kindes und konnte zum großen Kummer ihrer Mutter nicht dabei sein. Anschließend gingen alle Anwesenden zusammen ins Haus der Familie Haberstock.

Zu sechst saßen sie am Mittagstisch. Es gab ein Stück Rindfleisch mit grünen Bohnen und etwas ganz Neues: Kartoffeln. Mehr war zu dieser Zeit nicht aufzutreiben. Zum Nachtisch gab es selbst gebackenen Zwetschgenkuchen mit einer Schüssel Schlagrahm. Nach dem Essen erzählte Ursula Uotz: „Durch die Pest hat Oberstdorf über 700 Menschen verloren, das ist die Hälfte unserer Bewohner." Martin sprach weiter: „Eine Verdichtung der Besiedlungen im Ort gibt es jetzt nicht mehr. Durch die abgebrannten Häuser wurden Freiräume geschaffen und die Bauplätze werden jetzt großzügiger neu aufgeteilt. Nun können die Häuser wieder erbaut werden. Die Ärmeren, die durch den Brand obdachlos geworden sind, sind nicht mehr in der Lage, ihre zerstörten Häuser wieder aufzubauen." Martin sah Uotz direkt an und fragte ihn: „Ich denke, auch du wirst dort nicht mehr bauen? Wenn du willst, kann ich dir dein Grundstück abkaufen, dann könntest du dich mit dem Geld hier vergrößern." Das fanden alle am Tisch einen guten Vorschlag und Martin bot seinem Schwager einen guten Kaufpreis an. Per Handschlag besiegelten sie die Überlassung.

Kurz vor drei Uhr nachmittags verabschiedeten sich die Hochzeitsgäste und machten sich auf den weiten Weg nach Gerstruben. Zum Abschied sagte Uotz zu seinem Neffen Ulrich: „Schreib mir bitte, wenn sich bei euch etwas Wichtiges ereignet. Ich werde dir auch schreiben."

Der Bub lächelte seinem Onkel zu: „Jetzt weißt du, warum ich immer lesen und schreiben lernen wollte. Das ist wichtig, damit wir in Kontakt bleiben können."

Martin bot an: „Wenn ihr Hilfe braucht, bin ich immer für euch da. Nicht wie letztes Mal, als du uns gebraucht hättest, aber einfach verschwunden bist."

Uotz hatte deswegen ein schlechtes Gewissen und die Anspielung empfand er als Vorwurf. Trotzdem feixte er darüber: „Dann hätte ich ja meine Catharina nicht kennengelernt, und das wäre doch schade." Er drückte seine Braut liebevoll an sich und küsste sie vor aller Augen auf ihren Mund.

„Ja, das kann stimmen." Martin, Ursula und Ulrich lachten erfreut darüber, denn Uotz schien ihnen hier glücklich zu sein, und sie brachen zufrieden zum weiten Heimweg in Richtung Süden auf. Als sie durch Rubi kamen, sahen sie am Ortsrand ein kleines Bauwerk entstehen, an dem noch ein Mann bei der Arbeit war. Martin fragte den Maurer interessiert: „Was wird denn hier gebaut?" Er putzte sich seine Hände an seiner Hose ab und sagte: „Wir bauen hier eine St. Anna-Kapelle auf."

Inzwischen wollte Uotz in den Stall gehen, um auszumisten, seine zwei Kühe zu melken und das andere Vieh zu füttern. Als er den Stall betrat, war er hingerissen; der sonst fast leere Stall war voller Tiere. Er hatte seine eigenen Kühe und Rinder aus Oberstdorf gleich wiedererkannt. Er freute sich unbeschreiblich über diese gelungene Überraschung von Martin und rief sofort Catharina zu sich, um ihr sein Vieh zu zeigen. Seine Tiere brachten ihm ein Stück seines früheren Lebens und einen kleinen Teil seiner Heimat zurück. Magdalena, seine Tochter, war damals dabei, als das Kälbchen, das heute ein ausgewachsenes Rind war, geboren wurde.

Ihm war, als würden alte Freunde, die er tot geglaubt hatte, wieder geboren sein. Er sprach mit seinen Kühen über seinen verstorbenen Vater und seine Tochter, als müssten die Kühe seine Erinnerung mit ihm teilen. Daneben standen zwei Geißen und Schafe, die er bisher noch nie gesehen hatte. Diese waren ein Hochzeitsgeschenk von Martin und seiner Familie, worüber seine neue Schwiegermutter als Einzige informiert worden war.

Nach der Stallarbeit aßen die Brautleute zusammen mit Catharinas Mutter ihr Abendbrot. Heute, zur Feier des Tages, gab es noch ein Stück Braten, der vom Mittagstisch übrig geblieben war. Als Catharina dann alleine mit ihrem frisch angetrauten Mann in ihrer Schlafkammer war, sagte sie geheimnisvoll: „Jetzt habe ich auch noch eine Überraschung für dich." Uotz schaute sie neugierig an. Sie lächelte ihn mit ihren strahlend blauen Augen an: „Stell dir vor, wir bekommen im Winter ein Kind." Nach einer von Liebe erfüllten und leidenschaftlichen Hochzeitsnacht schliefen die beiden aneinandergeschmiegt ein.

Die hohen Herren, wie auch der Fürstabt, hatten ein angenehmes Leben. Doch der niedere Adel, die unmittelbaren Vorgesetzten der Bauern, lebten auch nicht viel besser als ihre Untertanen. Diese Adeligen waren häufig Ritter. Sie lebten auf den Burgen und waren für den Krieg ausgebildet. Sie pflegten einen höheren Lebensstil und hatten den Ruf, sie seien edelmütig, tapfer und loyal. Sie gingen gerne auf die Jagd und übten sich im Umgang mit Waffen.

Ihre Ernährer waren die unfreien Bauern, die ihre Äcker, Wiesen und Wälder bearbeiteten. Der Ertrag in Form von Abgaben und Arbeitsfronen war für sie kläglich. Sie hielten sich teure Pferde und schafften sich Waffen an. Umgeben von ihrem teuren Gefolge, strebten sie einen hohen Lebensstandard an, den sie sich im Grunde nicht leisten konnten.

Auf größeren Burgen wurden mit Musikanten und Gauklern Feste gefeiert. Die sorgten für Abwechslung und dienten so ihrem

Zeitvertreib. Das Volk war der allgemeinen Annahme, dass das Leben auf einer Burg etwas besonders Schönes sei. Die hohen Herrschaften wurden deswegen vom gemeinen Volk beneidet. Eines Tages wurde Uotz auf die in der Gemeinde Stein stehende Burg Laubenbergerstein gerufen, um einen alten Holzbalken auszutauschen. Er war mehr als schockiert, als er die Burg von innen zu Gesicht bekam. Die Menschen dort oben mussten furchtbar gelebt haben. Es war sehr eng in den Räumen und die damaligen Bewohner mussten mit dem Vieh zusammengepfercht gewohnt haben. Ein alter Mann saß im Hof der Burg und erzählte Uotz, dem Zimmermann: „Ich arbeite hier schon seit über 50 Jahren als Stallknecht. Hier zu wohnen ist kein Vergnügen. Die edlen Herrschaften waren froh, als sie von hier wegziehen konnten. Diese Burg steht zwar hier auf dem Berg mit dieser wunderschönen Aussicht, sie war aber nicht zum angenehmen Wohnen, sondern zum Schutz gebaut worden. Der Raum im Innern der Burg war beschränkt durch die Stallung und das Vieh. Im Turm waren dunkle Gewölbe, weil sie zum Teil für das Geschütz mit Waffen und Kriegsmaschinen für Pech und Schwefel benutzt wurden. Wenn ich dran denke, steigen mir immer noch der Geruch vom Pulver und der Gestank nach Hundekot in meine Nase. Reiter kamen und gingen, darunter waren häufig auch Diebe und Landstreicher. Die Unruhe, das Geschrei der Schafe und Rinder und das Hundegebell, das Poltern und Knarren von Wagen und Pferdegespannen, die über den holperigen Weg fuhren, war manchmal unerträglich. Der Lärm und Gestank erschwerte den damaligen Bewohnern den Alltag. Die Wohnräume waren zugig und kalt. Es konnte im Wohngebäude kaum geheizt werden. Immer wieder waren Ratten und Mäuse in den Räumen zu finden. Hygienische Einrichtungen, wie Aborte, gab es nicht. Die Notdurft wurde einfach aus dem Fenster gekippt. Die Adelsfamilie war neidisch und untereinander mit den eigenen Verwandten und Schwägern zerstritten. Ich habe an Kain und Abel gedacht, denn auch bei ihnen geschah aus Gier der erste Mord auf unserer Erde. Wenn sich die Adeligen aus Neid zerstritten, dann müssen wir Kleinen wieder einen Krieg für sie austragen und unser Leben für sie geben. Als der Burgherr Kaspar von Laubenberg selbst einmal bei mir im Stall war, sagte er zu mir in einem verächtlichen Ton: Denkt von uns, was ihr wollt, aber gehorcht uns!"

Uotz war schockiert über das, was der alte Mann ihm geschildert hatte, und fragte ihn: „Wohnt ihr immer noch hier auf dieser verwahrlosten Burg?"

„Ja, ich bin der Einzige, der noch hier oben wohnt. Ich wollte nicht mit den Herrschaften gehen, weil hier meine Heimat ist. Die Herren von Laubenbergerstein waren damit einverstanden, dass ich hier nach dem Rechten sehe und deshalb habe ich euch bestellt, um diesen Balken auszubessern." Uotz machte sich an die Arbeit, und als er am Abend fertig war, ging er gerne heim zu seiner hochschwangeren Frau in ihr kleines, bescheidenes, aber gemütliches Heim.

Es war alles gut gegangen; am 24. März 1637 am Morgen um halb sechs Uhr hatte Catharina einen Sohn geboren. Als Uotz mit der kräftig gebauten Hebamme zurückkam und in die Schlafkammer eintrat, war das Kind bereits geboren und schrie laut. Sie schnitt die Nabelschnur durch, legte den Säugling zunächst nur in ein Tuch und gab ihn Uotz in seine Arme: „Ich muss mich zuerst um deine Frau und die Nachgeburt kümmern, bevor ich den Kleinen wasche." Inzwischen setzte Catharinas Mutter frisches Wasser auf. Uotz' Blick ging erleichtert zwischen Catharina und seinem Sohn hin und her. Er strahlte und fragte seine Frau: „Wie willst du ihn nennen?"

„Wenn du damit einverstanden bist, würde ich ihn gern Georg nach meinem Vater nennen."

„Ja, das gefällt mir, dann will ich ihn Georgi rufen." Wenig später war die Nachgeburt mit einer Wehe abgegangen. Die Hebamme untersuchte, ob sie vollständig war und versicherte beiden: „Sie ist komplett, es ist alles in Ordnung." Sie reichte Uotz einen Teller, auf den sie das leberartige Fleischstück gelegt hatte, mit den Worten: „Wenn ihr wollt, könnt ihr die Nachgeburt essen. Dieses Fleisch soll

sehr gesund sein und angeblich viele Nährstoffe enthalten, die auch der Wöchnerin wieder zu Kräften verhelfen können." Aber Uotz entschied, dass er sie gleich nachher draußen im Garten vergraben wollte.
Er bedankte sich bei ihr, und schon ging sie zur nächsten Wöchnerin weiter. Uotz sah sein Kind eine ganze Weile schweigend an und dachte: „Mein Sohn Georgi hat die Augen seiner Mutter und ist wunderschön. Allerdings hat er wenige Haare, nur einen hellen Flaum. Damals, als meine Magdalena geboren wurde, hatte sie dunkles, struppiges Haar. Vielleicht wird ein Teil von ihr in diesem Kind weiterleben." Er war dankbar, dass bei der Geburt alles gut gegangen war. Denn wenn er auch noch Catharina verloren hätte, das hätte er nicht überlebt.
Der Junge hatte einen gesegneten Appetit und entwickelte sich prächtig. Die beiden hatten sehr viel Freude mit ihrem Buben. Uotz gestand Catharina: „Dich zu verlieren, das wäre furchtbar für mich gewesen."
Wenn der Kaufmann Schöll oder sonst ein Bote einen Brief überbringen konnte, schrieben sich Ulrich und Uotz mindestens einmal im Jahr.
Nun kam wieder ein Brief von Ulrich, in dem er zur Geburt von Georgi gratulierte.

Lieber Uotz,
ich will versuchen euch bald zu besuchen.
In Gerstruben haben wir eine stattliche Anzahl von 78 Stück Vieh. Dies ist aber nur möglich, weil wir Bauern uns gegenseitig helfen und nur durch die zunehmende und intensive Nutzung der umliegenden Bergwiesen zum Heuen ist dies denkbar. Es grenzt fast an ein Wunder, dass die inzwischen sehr geschwächte Pfarrei Oberstdorf eine Pestkapelle erbauen konnte. Diese steht im Bachbett des Steinebaches unterm Gstad, Orts auswärts. Es wird vermutet, dass sich dort der Pestfriedhof befindet, aber wissen will dies im Grunde niemand. Da die Menschen den Namen Pestkapelle vermeiden

wollten, wurde die Kapelle in Vierzehn-Nothelfer-Kapelle umbenannt. Die Einweihung führte letzte Woche der Bischof von Augsburg durch.
Viele liebe Grüße von Ulrich

Uotz war stets dankbar für Briefe und Neuigkeiten aus seiner Heimat. Ein Jahr später erreichte ihn ein trauriger Brief aus Gerstruben.

Lieber Onkel Uotz,
Mutter ist gestern innerhalb weniger Stunden nach einem Schlaganfall gestorben. Vater und ich waren bis zum Schluss bei ihr, aber sie selbst konnte nicht mehr mit uns reden. Wir nehmen an, dass sie keine Schmerzen hatte. Vater nimmt dies sehr mit, mehr als wir alle vermutet haben.
Euer Ulrich

Georgi in Stein entwickelte sich zu einem fröhlichen und aufgeweckten Kind. Er machte allen viel Freude. Arbeit hatte die Familie mehr als genug. Uotz arbeitete als Zimmermann, um Geld für die Familie zu verdienen. Und die Landwirtschaft betrieben sie nebenbei, damit sie zur Eigenversorgung genug zu essen hatten. Catharina musste fleißig auf dem Feld und im Stall mithelfen. Sie hatte selbst einen Gemüseacker angelegt und kochte Gemüse und Beeren ein, damit sie für den Winter genug Vorräte hatte. Am Sonntag ging die Familie zum Pilze- oder Beerensammeln. Sie waren froh, dass sich ihre Mutter viel um den kleinen Georgi kümmerte. Uotz' Leben hatte sich nach dem Tod seiner ersten Frau und Tochter in Oberstdorf durch die Heirat mit Catharina wieder zum Guten gewendet.

Ulrich übernimmt den Hof des Vaters, Gerstruben
Wieder kam ein Brief aus Oberstdorf nach Stein:

Lieber Onkel Uotz,
seit Mutter tot ist, hat sich unser Vater nie mehr richtig erholt. Seine fürchterliche Atemnot setzte ihm sehr zu. Der Arzt hat eine Lungenkrankheit diagnostiziert. Gestern, am Abend des 23. März 1639, ist er mit den Sterbesakramenten versehen, keuchend und nach Luft ringend, in meinen Armen gestorben. Nun werde ich den Hof meines Vaters übernehmen müssen.
Euer Ulrich Berchtold

Es war Uotz nicht möglich, zur Beerdigung seines besten Freundes zu gehen. Die Arbeit und das Vieh konnte er nicht so einfach für zwei Tage verlassen. Dies tat ihm sehr leid. Aber er drückte in einem Brief an Ulrich sein Mitgefühl aus.

Ein paar Monate später kam wieder ein Brief von Ulrich.

Lieber Onkel Uotz,
bei uns in Oberstdorf ist eine große Armut und Hungersnot. Soldaten der kaiserlichen Kriegstruppen kommen immer wieder hierher, um sich ihre Verpflegung zu holen. Aber je mehr die Vorräte schwinden und das ausgeplünderte Volk verarmt, desto rücksichtsloser werden die Soldaten. Sie erlauben sich zur Erbeutung der Lebensmittel einfach alles. Ich will nicht klagen, denn ich denke, bei euch wird die Not genauso groß sein wie bei uns. Immer wieder kommt es vor, dass junge Frauen und Mädchen von so einem Barbaren überfallen und missbraucht werden. Nach neun Monaten kommt dann der Bastard auf die Welt, und sie werden ihr Leben lang durch dieses Kind an die schreckliche Schandtat erinnert. Diese Frauen werden nicht selten als Hure bezeichnet. Keiner will sie mehr heiraten. Die junge Briska unten im Ort konnte ihr Leid nicht mehr ertragen und hat ihren kleinen Buben getötet und dann sich

selbst anschließend erhängt. So eine Tragödie ist kein Einzelfall. Ich bin froh, dass wir hier oben auf der Alpe noch etwas mehr Sicherheit haben. Die Arbeit ist zwar durch die vielen Hänge, die gemäht werden müssen, anstrengender, aber das nehme ich für unseren Frieden gerne in Kauf.

Die reine Viehzucht und Milchwirtschaft mussten wir reduzieren und wieder mehr auf Ackerbau umsteigen. Die Milchwirtschaft war recht und gut, aber nicht so rentabel in unserer Größenordnung hier oben im Bergdorf. Wir mussten andere lebensnotwendige Nahrungsmittel wie Getreide vom wenigen Erlös der Milcherzeugnisse für uns dazukaufen. Das war für uns unmöglich geworden. Das Geld hatten wir nicht. Deshalb machen wir heute beides, Ackerbau und Viehzucht, damit wir für uns selbst die Menge an Getreide für Brot bekommen, die wir dringend zum Überleben brauchen. Auch der Flachsanbau ist ganz wichtig und darf nicht unterschätzt werden. Die Frauen können dadurch die für uns und unsere Kinder benötigte Kleidung weben und selbst nähen.

Das Schützenwesen ist durch die Kriegsjahre in Verfall geraten. Wir treffen uns momentan nicht mehr zum Üben.

Gruß Ulrich

1640: Das südliche Allgäu verzeichnete nach der Pest einen großen Zuzug. Es waren viele Häuser neu zu besetzen, in denen die vorigen Besitzer an der Pest verstorben waren. Einige Zuwanderer kamen mit ihren Familien aus Tirol, um hier im Ort sesshaft zu werden. Ihre erwachsenen Kinder heirateten häufig ein einheimisches Mädchen oder einen Buben. Der Doktor meinte, dies wirke sich positiv auf die Fortpflanzung aus, da wieder neues Blut ins Allgäu komme. Er lehrte uns schon Jahre zuvor: „Heiratet nicht unter der Verwandtschaft, das kann kranke und verkrüppelte Kinder geben. Bis zum dritten Verwandtschaftsgrad solltet ihr keine Kinder zeugen." Zustimmung und Ausnahmen über verwandtschaftliche Eheschließungen durften nur vom Landes- oder Kirchenfürsten gegeben werden. Es wurden in letzter Zeit immer mehr Kinder geboren, denen anzusehen war, dass sie entweder durch Sauerstoffmangel während der Geburt oder durch Inzucht behindert waren.

Uotz in Gerstruben
1642, drei Jahre nach Martins Tod, schrieb Ulrich, dass Pfarrer Frey gestorben ist. Uotz war zutiefst betroffen: „Ich habe ihm so vieles zu verdanken." Nachdem er diese Nachricht gelesen hatte, ging er zu seiner Frau Catharina und teilte ihr mit: „Zum Begräbnis meines damaligen Lehrmeisters und Freundes will ich unbedingt nach Oberstdorf."
„Selbstverständlich, das würde ich an deiner Stelle auch tun. Mach dir um uns keine Gedanken, Mutter und ich kommen mit dem Vieh und Georgi schon alleine zurecht."
Uotz zögerte etwas und sagte schließlich: „Catharina, wenn du nichts dagegen hast, würde ich anschließend noch für ein paar Tage nach Gerstruben hinauf gehen, um mit Ulrich einiges zu klären."
„Ja, das finde ich gut. Es freut mich, dass du endlich wieder in deine alte Heimat gehen willst." Catharina spürte, dass es ihrem Mann nicht leicht fiel, an den Ort seiner Herkunftsfamilie und seiner ersten Ehefrau Marie, mit allem, was er an Freude und Leid mitmachen musste, zu gehen. Es werden sicherlich wieder alte Erinnerungen in ihm hochkommen, die ihn dann bestimmt wieder plagen werden. Dieses Gefühl kannte sie sehr gut von sich selbst. Sie wusste es und auch Uotz war klar, es wird Zeit, dass auch er sich seiner schmerzhaften Vergangenheit stellt. Als Uotz frühmorgens um drei Uhr losging, nahm er sich vor, vom nächsten Geld ein Pferd für den Holztransport und solche Märsche zu kaufen. Bisher schob und zog er seinen schweren, mit Holz beladenen Karren zu den Baustellen. Die Gehzeit von Stein nach Oberstdorf betrug sieben Stunden. Er ging barfuß, um die teuren Schuhe zu schonen. Erst als er am Dorfeingang war, zog er – wie auch seine Freunde

aus Gerstruben – seine schon etwas ältere Fußbekleidung wieder an. Bei der Beerdigung des Hochwürdens Pfarrer Frey waren fast alle Bürger sowie auch viele Geistliche aus den umliegenden Gemeinden und einer sogar aus dem fernen Warth anwesend.
Aus Augsburg kam ein Abgesandter des Bischofs und hielt eine ergreifende Traueransprache über Frey: „Das Bistum dankt unserem Herrn Pfarrer Frey für alles, was er Gutes getan hat. Er war einer der Getreuesten unter den Getreuen. In Not und Tod hat er treu bei seiner Gemeinde ausgehalten und hat nicht einen Tag seinen Posten hier im Ort verlassen, wie so viele andere Pfarrer es taten. Getreulich hat er alle von den Schweden erschlagenen Personen aufgezeichnet und die Namen aller an der Pest Verstorbenen mit Sterbetag ins Matrikelbuch eingeschrieben."
Eine weitere Ansprache durfte der Pfarrer aus Warth halten. Er erwähnte: „Mein Freund Frey war 1611 zum Priester geweiht worden. Er war hier 21 Jahre als Pfarrer in der Gemeinde tätig. Sein Vater ist ebenfalls hier im Ort gestorben. Ihn hat sein Sohn selbst 1619 ins Sterberegister eingetragen. Euer Pfarrer war ein hochintelligenter Mann, er hätte bestimmt in Augsburg oder Dillingen Karriere machen können. Aber er blieb bei euch. Bestimmt aus Liebe zu seinem Vater und seiner hier ansässigen Familie und auch aus Liebe zu euch und zu seiner Heimat. Zu mir nach Warth schickte er mit einem Boten ein leeres Kirchenbuch. Auch ich habe durch ihn angefangen, die Taufen, Todesfälle und Eheschließungen ins Register einzuschreiben. Auch wir in Warth haben eurem Pfarrer Frey unsere Matrikelbücher zu verdanken."
Der Ortsvorsteher Speiser dankte Frey in seiner Grabrede: „Er hat in der Pestzeit für uns Übermenschliches geleistet. Er gab selbstlos hungrigen Kindern von dem Wenigen, das er hatte, etwas ab.
Über 780 Personen hat er ins Totenbuch geschrieben. Darunter, wie schon gesagt, seinen Vater, seine Brüder und Neffen, Freunde und weitere Verwandte. Den Schweden konnte er zwei Mal mit Mühe und Not entrinnen. Der Krieg brachte auch ihm eine furchtbare Zeit. Aber er hat immer auf Gott vertraut und war ihm

treu geblieben. Die meisten Oberstdorfer werden ihn vermissen, er hinterlässt eine große Lücke."
Anschließend im Pfarrgarten redete so mancher schon: „Was für einen Nachfolger wir wohl jetzt bekommen werden? So gut wie unser Frey wird bestimmt kein anderer Pfarrer sein." Ulrich war mit seinem Bruder Christoph auch zur Beerdigung herabgekommen. Die beiden freuten sich, trotz dieses traurigen Anlasses, Uotz wiederzusehen. Dieser bat: „Du Ulrich, ich würde gerne für ein paar Tage mit euch nach Gerstruben kommen. Wer weiß, wie lange ich in meinem Alter diesen steilen, beschwerlichen Weg gehen kann! Aber nur, wenn ich euch keine Umstände mache."
Ulrich war begeistert und lachte übers ganze Gesicht: „Ja, Onkel Uotz, darüber würden wir uns freuen. Die Leni, meine Schwester, wird dann bestimmt etwas Besonderes für uns kochen, da habe ich dann auch etwas davon." Uotz klopfte Ulrich verständnisvoll auf die Schulter: „Du bist ja immer noch der gleiche Kindskopf wie früher." Alle drei lachten vergnügt und gingen entlang der Trettach in Richtung Gruben, vorbei an Dietersberg. Hier wurde inzwischen das von den Schweden abgebrannte Haus wieder aufgebaut. Dann gingen sie den steilen Weg hinauf nach Gerstruben. Es war ein wunderschöner Herbsttag. Uotz dachte: „Hier in meiner Heimat, wo meine Wurzeln sind, ist es doch am schönsten. Aber das Schicksal wollte es anders mit mir und somit habe ich diesen schönen Flecken auf dieser Erde auf meine eigene Entscheidung hin verlassen." Er spürte, wie er Heimweh nach seiner verstorbenen Familie und dieser Gegend bekam. Er schaute sich die Wiesen, Berge und Häuser so bewusst an, wie er es noch nie zuvor getan hatte. Als er an dem wunderschönen Aussichtspunkt stand, leuchtete die Sonne golden durch die bunten Blätter, die sich schon leicht zu verfärben begannen. Oben in den Bergen lag bereits ein wenig Neuschnee. Von hier aus konnten sie übers ganze Tal, fast bis nach Spielmannsau hinein, und hinunter in die umliegenden kleinen Dörfer bis zum Grünten sehen. Uotz war von dem, was er da sah, stark ergriffen und sagte zu seinen beiden Neffen: „Die Heimkehr in mein

Heimatdorf, zu euch und meinen Freunden ist etwas ganz Besonderes für mich. Ihr glaubt bestimmt, dass ich mich durch meine Abwesenheit von euch entfremdet habe, so scheint das vielleicht. Doch in meinem Herzen bin ich und werde ich immer ein Oberstdorfer bleiben. Ich freue mich, wenn ich euch in meiner Kindheits- und Jugendsprache schwätzen höre. Einige Worte werden schon wenige Kilometer weiter entfernt anders ausgesprochen. In Immenstadt sagen sie beispielsweise Haus, in Fischen Hous, in Oberstdorf Hüs. Wenn ich nicht hier bin, sehe ich vor meinem inneren Auge oft Bilder unserer Berge mit dem Ort und seiner Kirchturmspitze. Ich hoffe, ich werde mich in die neue Dorfgemeinschaft in Stein auch irgendwann einfügen können, damit ich dort meine Heimat finden kann. Ich habe dies noch niemandem erzählt, noch nicht einmal meiner Ehefrau, aber ich habe mehr Heimweh als ihr glaubt."

Durch sein Nachdenken und die Erzählungen kam ihm der Weg heute gar nicht so lang vor, wie er ihn in Erinnerung hatte.

Für das Abendessen hatte sich Leni wirklich große Mühe gemacht. Es gab Khääskhnepfle[12] mit einem Becher Milch. Dass Leni an einem Weaftag[13] mit dem raren Käse und dem Butterschmalz nicht so sparsam umging wie gewöhnlich, war nur zu Ehren des Besuchs von Uotz.

Am Abend, als schon alle im Bett waren und Ulrich mit Uotz noch alleine in der Stube zusammensaß, fragte Uotz: „Ich habe vor vielen Jahren hier mein Buch gelassen. Weißt du, ob es dein Vater für mich aufgehoben hat und wo er es verstaut hat? Falls es noch da ist, würde ich es gerne wieder mitnehmen."

„Ja, Onkel Uotz. Es ist oben in der Schlafkammer bei den beiden Mädchen. Aber ich will die Feela heute nicht mehr wecken. Morgen früh will ich es dir holen." Uotz blieb noch zwei Tage auf Besuch bei der Familie Berchtold. Er traf auch die Nachbarn, mit denen er zusammen gegen die Schweden gekämpft hatte. Sie tauschten Erinnerungen aus der vergangenen Zeit aus. Auf dem Heimweg durch Oberstdorf ging er auf den Friedhof zum Grab seiner so früh verstorbenen Mutter und seiner Großeltern. Er legte ein paar

---

[12] Käsespätzle
[13] Werktag

Wiesenblumen, die er auf dem Weg gepflückt hatte, nieder. Marie, Magdalena und sein Vater waren nicht in diesem Grab. Aber er gedachte seiner Lieben so, als wären sie auch hier beigesetzt worden. Wie schön wäre es, wenn er mit ihnen reden und ihnen erklären könnte, warum er alles zurückgelassen hatte und jetzt in Stein lebte. Als Uotz später im Pfarramt vorbeiging, traf er bereits den neuen Dekan, Georg Mair, der an diesem Tag angereist war. Als Uotz sich vorgestellt hatte, bat er den Pfarrer: „Darf ich einen Blick ins Sterbebuch werfen. Ich will nachsehen, ob meine Frau und mein Kind eingetragen sind." Er konnte lesen, dass Frey wirklich alle eingetragen hatte. Seine Schrift war nicht mehr so schwungvoll und sicher, wie er es von ihm gewohnt war. Da bemerkte Uotz, dass ausgerechnet der Pionier und Kämpfer im Anlegen der Martrikelbücher, der Frey selbst, darin nicht erwähnt wurde. Es war wohl sein Schicksal, dass ausgerechnet er vergessen wurde. Uotz wollte den neuen Pfarrer nicht gleich belehren und machte sich, ohne ein Wort darüber zu verlieren, auf den Heimweg nach Stein. In Schöllang traf er Buhl Hans, einen Jahrgänger, der ihn mit seinem Pferdefuhrwerk ein Stück des Weges mit nach Sonthofen nahm. Daheim freute sich Catharina, dass Uotz wieder gut nach Hause gekommen war. Er berichtete ihr, was sich in Oberstdorf alles verändert hatte.

Kling Georgi, Stein
1645 saß Georgi, der inzwischen sieben Jahren alt war, mit seiner Großmutter, die für ihn ein Paar neue graue Socken strickte, in der Stube vor dem Kachelofen. Er war in einem wissbegierigen Alter, in dem jeder Satz mit „Warum", „Wieso" und „Was" begann. Urplötzlich stand er auf, ging ans Fenster und träumte eine Weile vor sich hin. Nun begann er mit seinem rechten Zeigefinger auf der beschlagenen Fensterscheibe herumzumalen. Seine Oma schimpfte: „Georgi, lass das. Du weißt, sonst muss die Mama oder ich wieder das verschmierte Fenster putzen." Er nahm seinen Finger von der Scheibe, schaute hinaus und fragte: „Was ist das für eine Burg, dort

oben auf dem Berg?" Seine Großmutter sah ihn liebevoll an und antwortete geduldig: „Das ist die Burg vom Ritter Laubenbergerstein. Sie ist über 400 Jahre alt. Jahre zuvor wurde an der engsten Stelle der ungestümen Iller eine Brücke gebaut. Das Wasser verließ immer wieder sein Flussbett und riss verschiedene Brücken mit sich fort. Deshalb wurde an dieser Stelle der Iller vom damaligen Bischof von Augsburg eine sichere Brücke erbaut. Über sie führt eine wichtige Straße, die ‚Via Salina' (Salzstraße), von Hall in Tirol an den Bodensee. Diese wird immer noch überwiegend für den Transport von Salz und anderen wertvollen Handelsgütern genutzt. Für das Passieren der Brücke verlangte der damalige Bischof Zoll. Zur Erleichterung für seine Geschäfte erbaute er auf unserer unbewaldeten Bergkuppe eine Burg. Die unangenehmen Nachbarn, die Grafen von Montfort, besaßen in der Nähe, nordwestlich von Immenstadt, die Burg Rothenfels und ließen vor vielen, vielen Jahren unsere Burg in Stein mehrmals plündern. Deshalb verlegten unsere Laubenberger Burgherren ihren Wohnsitz in ihr Schlösschen bei Rauhenzell. Seitdem wird unsere Burg auf der Anhöhe nicht mehr genutzt und verfällt immer mehr." „Oma, das finde ich schade, denn ich würde es schön finden, wenn der Ritter von Laubenberg noch bei uns dort oben wohnen würde." Da lächelte die Oma ihrem Enkelkind nachdenklich, aber irgendwie geheimnisvoll zu: „Ich bin mir nicht sicher, ob ich es mir nochmals wünschen würde, und trotzdem, der damals junge Herr von Laubenberg war ein schöner Mann." Anschließend brachte sie Georgi zu Bett, betete mit ihm und bekreuzigte seine Stirn, wie sie es fast jeden Abend tat. „Gute Nacht, kleiner Schlingel, und träum etwas Schönes."
„Gute Nacht, Oma", dabei drehte er sich zur Seite.
Am nächsten Morgen ist Catharinas Mutter nicht mehr aufgewacht. Uotz dachte: „Wie sie im Leben ruhig und zurückgezogen gelebt hat, so ist sie auch still und leise von uns gegangen."

Schweden Martl
Von 1643 bis 1650 kamen verschiedene Briefe von Ulrich nach Stein.

Lieber Uotz,
der neue Pfarrer Mair macht sich gut. Er kämpft dafür, dass hier im Ort ein Buß- und Wallfahrtsgang mit zehn Kreuzwegstationen von der Pfarrkirche bis zur Appachkapelle errichtet wird. Auch hier sagen die Älteren im Dorf wie damals bei Frey: „Das haben wir bisher nie gebraucht. So etwas Überflüssiges brauchen wir auch heute nicht." Warum halten die Menschen an alten Dingen so sehr fest und wollen nichts Neues wagen? Es wäre doch schön, wenn wir am Karfreitag den Kreuzweg in einer feierlichen Andacht gemeinsam gehen könnten.
Letzte Woche ging ich mit meinem Nachbarn, dem Math, ins Walsertal, um Verwandte von ihm zu besuchen. Stell dir vor, wir waren im Wald und konnten einen Wolf sehen, gleich drauf fielen Schüsse. Da hatten die Jäger einige Tiere erlegt. Sie erklärten uns, das musste sein, weil die Wölfe sehr viele Schäden bei Vieh und Wild verursachen.
Immer wieder kommen schwedische Soldaten, um unser Vieh zu stehlen und zu plündern. Hoffentlich ist der grausame Krieg bald vorbei.
Dein Ulrich

Lieber Uotz,
im August 1647 war Martin Schwägerle auf seinem in der Nähe der Appachkapelle liegenden Grundstück beim Heuen. Es war ein kleines Äckerle mit fünf Viertelsaat. Als der Martin mit einem Fuder Ohmaden vom Oesch heimwärts unterwegs war, begegnete er einem schwedischen Offizier. Der Schwede forderte ihn auf, er solle das schöne Ross ausspannen, er gebe ihm dafür seinen alten Gaul. Martin befolgte diesen Befehl. Der Schwede schwang sich auf den

Sattel des Pferdes und der Martin schlug ihn so schnell wie der Blitz mit seinem Zillschitt[14] vom Pferd herunter. Er warf das Heu auf den Dieb und fuhr inzwischen mit seinem Pferdefuhrwerk heim. Er ließ bis Sonnenuntergang alles draußen bei Loretto liegen. Des Abends, als es dunkel war, kehrte er zurück, um sein Heu wieder aufzuladen. Im Türkensattel vom toten schwedischen Offizier fand er sehr viel Geld. Dadurch wurde der ärmliche Martin Schwägerle ein reicher Bauer. Alle im Dorf nennen ihn seitdem nur noch Schweden Martl. Bei uns gibt es sonst nicht vieles zu erzählen. Es ist immer das Gleiche, wir arbeiten, um zu überleben. Unsere Not ist groß. Aber das Jammern und Klagen nützt nichts.
Dein Ulrich

Im Sommer, nachdem es ein paar Tage nicht mehr geregnet hatte, ging Ulrich mit seinen Brüdern Martinus und Christoph mit der Sense an den Steilhang hinters Haus und mähte die gesamten Wiesen. Sie dachten sich, dass das Heu am nächsten Tag trocken ist und sie es zusammen in die Scheune bringen können. Aber am drauffolgenden Nachmittag veränderte sich das Wetter unerwartet schnell. Kurz bevor das Heu trocken war, fing es zu regnen an. Christoph war verzweifelt und rief: „Das viele gute Heu wird nass, was sollen wir tun?"
Ulrich sah zum Himmel hinauf und überlegte sich: „Wenn wir es liegen lassen, dann können wir es zum Verfüttern nicht mehr brauchen und wenn wir es zu feucht einbringen, fault es oder noch schlimmer, es könnte durch den Gärungsprozess Hitze entwickeln und einen Schwelbrand entfachen. Wir müssen Huinze[15] aufstellen und das viele Gras zum Trocknen darüberhängen. Holt die Mädchen, die sollen uns dabei helfen." So arbeitete die ganze Familie zusammen und dadurch konnten sie das gute Heu fürs Vieh retten.

1648 dachten alle, dass die Schweden zum letzten Mal hier ins obere Illertal kamen, weil vermutlich der Krieg zu Ende war. Einen Sieger hatte es nicht gegeben. Der Augsburger Bischof legte unter

---

[14] Beim Einspänner das quere Waagscheid
[15] Fichtenstange mit drei Querhölzern zum Trocknen von Gras

anderem auch Protest gegen den Friedenbeschluss ein. Im Oberallgäu wurde der Getreideanbau zugunsten der Grünlandwirtschaft zurückgedrängt. Grund dafür war der Mangel an Arbeitskräften, an Geräten und nicht zuletzt an Saatgut.

Ein Jahr später kamen zum letzten Raubzug nochmals schwedische Truppen durch Oberstdorf. Die Einheimischen mussten viel Geld bezahlen, damit der Krieg endlich vorbei war und Friede geschlossen wurde.
Zur Berechnung der Steuerzahlung fand eine Zählung statt. In Oberstdorf wurden 227 Häuser mit 232 Mannspersonen und 17 Witfrauen registriert. Zusammen mit Kindern, ledigen und verheirateten Frauen, waren es ungefähr 1245 Menschen, die in Oberstdorf lebten.

1650 auf dem Reichstag zu Nürnberg sprach man wieder von einem Krieg. Dafür bräuchte das Land mehr Soldaten. Die Männer waren durch die vergangenen Kriegsjahre in der Minderzahl. Angesichts der Gefahr durch die Türken wurden ernsthafte Überlegungen angestellt, einem Mann die Heirat mit zwei Frauen zu erlauben. Damit hätten die Obrigkeiten wieder mehr Männer, die sie als „Kanonenfutter" in den Krieg schicken könnten.
Die kaiserlich Katholischen unter der Bevölkerung schimpften fürchterlich über die Zustände, dass die hohen Herren so etwas Verwerfliches überhaupt in Erwägung zogen. Die Ungläubigen unter ihnen argumentierten, dass dies eine gute Möglichkeit sei, den menschlichen Schwund, der durch die Pestilenz und Kriege entstanden war, wieder aufzufüllen. Ein gesunder Mann könne mit zwei Frauen doppelt so viele Kinder zeugen wie bisher. Sollte eine Frau wegen ihrer bestehenden Schwangerschaft oder im Wochenbett mit ihrem Mann nicht zusammen sein können, dann habe der Mann seine zweite Frau, die ihm zur Verfügung stände.

Lieber Onkel Uotz,
heute will ich dir mitteilen, wie wir zu einer zusätzlichen, aber nicht

ganz legalen Geldeinnahme kommen. Wenn wir sicher sind, dass keine Jäger auf dem Weg zu uns sind, stellen wir heimlich Wildfallen auf, um Marder, Wiesel und Füchse zu fangen. Die Wilddieberei ist zwar bei uns genauso verboten wie bei euch, aber die Füchse stehlen uns unsere Hühner und die Wiesel saugen ihnen das Blut aus und lassen sie dann liegen. Wenn wir die Wildtiere erlegen, wird unser Geflügel wieder sicherer sein. Wir schmuggeln die Tierfelle ins Lechtal hinüber, um sie dort zu verkaufen. Dafür bekommen wir schönes Geld, mit dem wir uns dann verschiedenes Handwerkszeug, das wir dringend brauchen, leisten können. Bei uns dürfen wir die Felle nicht verkaufen. Es ist zu gefährlich, erwischt zu werden. Wir müssten sie abliefern und bekämen nichts außer vielleicht eine hohe Strafe. Wir sind uns schon bewusst, dass das gefährlich ist, was wir da tun, aber den Zusatzverdienst brauchen wir dringend.
Dein Ulrich

Lieber Onkel Uotz,
im Jäänar[16] wollte ich dir schreiben und dich zu meiner Hochzeit einladen. Aber leider habe ich niemanden gefunden, der dir meinen Brief überbringen konnte. Weder der Schöll noch andere Kaufleute aus dem Ort kamen im Winter bei dir vorbei. Inzwischen bin ich schon drei Monate verheiratet. Meine Frau Ursel ist eine geborene Renn aus Oberstdorf. Sie ist sechs Jahre jünger als ich und ausgesprochen hübsch mit ihrem goldblonden Haar, ihrer hellen Haut und ihren dunklen Augen. Übrigens noch eine gute Nachricht. Wenn alles gut geht, werden wir im Oktober ein Kind bekommen. Wir freuen uns beide auf unseren Nachwuchs. Seit ich den Hof vom Vater übernommen habe, musste ich einiges verändern. Wir pflanzen jetzt mehr Gerste an. Denn bei unserem rauen Klima, in unserer hoch gelegenen Siedlung, ist Gerste am besten geeignet. Sie ist widerstandsfähig gegen Hitze und Kälte. Das ist bei unserer kurzen Vegetationszeit besonders wichtig und sie hat auch den geringsten Wasserbedarf aller Getreidearten. Für unsere schweren Lasten, die

---
[16] Januar

wir aus Oberstdorf herauf- oder hinabschaffen müssen, haben wir Bauern von Gerstruben uns zusammen drei Esel als Lastenträger gekauft. Den Weg mussten wir etwas ausgraben, damit die Esel gut gehen können. Im letzten Jahr war solch eine große Hungersnot. Wir backten unser Brot selbst aus getrockneten, zerstampften Silberdisteln, ausgedörrten Kräutern, mit etwas Wasser und ganz wenig Mehl. Es schmeckte nicht besonders gut, aber wir konnten unseren Hunger davon stillen.
Dein Ulrich

Uotz freute sich, dass Ulrich geheiratet hatte, und erzählte es gleich Catharina. Sie antwortete ihm erleichtert: „Endlich mal eine gute Nachricht aus deiner Heimat. Wir reden nachher drüber. Ich bin gerade in der Küche bei der Arbeit." Sie kochte Holdrsaft[17] ein und hatte schon ganz rot verfärbte Hände. Gestern war sie losgegangen, um Holunder vom Strauch zu pflücken, den sie seit heute Morgen von den Stielen abzupfte. Nun wollte sie ihn mit etwas Wasser aufkochen und danach die übrigen Beeren und Stängel absieben. „Was machst du da für eine Suppe?"
„Das ist keine Suppe. Das ist Holdrsaft. Das Rezept habe ich von meiner Mutter bekommen. Sie hat immer gesagt: Holdrsaft gehört in jeden Haushalt. Er ist die beste Medizin gegen Erkältung und Fieber."

Uotz schrieb einen Brief nach Gerstruben:
Lieber Ulrich,
Georgi ist inzwischen 14 Jahre alt. Er hat sich zu einem fleißigen jungen Mann entwickelt. Er hilft mir bei meiner Zimmermannsarbeit, im Stall und auf dem Feld. Aber am Lesen zeigt er wenig Interesse. Darüber haben wir schon einigen Streit hinter uns. Er sieht es nicht ein, lesen zu lernen. Irgendwann wird er es bereuen. Catharina konnte ich es ein wenig beibringen. Sie liest zwar noch nicht flüssig, aber Übung macht den Meister. Catharina hängt sehr an unserem Buben. Wenn er mal länger unterwegs ist, macht sie

---
[17] Holundersaft

sich gleich Sorgen um ihn. Mir geht es so ähnlich, aber ich will es mir nicht anmerken lassen. Durch die Schicksalsschläge, die Catharina und ich erleben mussten, haben wir mehr Angst, auch noch unseren einzigen Buben zu verlieren. Georgi ist viel bei Frau Jörg, einer Witwe in unserer Nachbarschaft. Sie ist immer froh, wenn er ihr auf dem Hof etwas repariert, was die Frauen selbst nicht können. Frau Jörg hat eine nette Tochter, die auch Magdalena heißt. Sie hat lange dicke Zöpfe und erinnert mich an meine kleine Magdalena, die jetzt schon seit einigen Jahren tot ist. Wenn Georgi ein paar Jahre älter wäre, würde ich denken, die beiden mögen sich. Aber dafür sind die beiden hoffentlich noch zu jung.

Im Frühjahr, wenn wir die Schafe scheren, wird Catharina auf ihrem neuen Spinnrad die Wolle spinnen. Dann kann sie für uns neue Khittl[18] und Socken stricken. Wir werden dann versuchen, im Herbst den Rest der Wolle auf dem Markt zu verkaufen.

Dein Uotz

Berchtold Ulrich und Renn Ursel, Gerstruben

Im Oktober 1650, als bei Ursel die Wehen einsetzten, lief ihr Mann Ulrich so schnell wie noch nie von Gerstruben nach Oberstdorf hinunter. Er wollte unbedingt, dass die Hebamme, die Bachin, bei der Geburt dabei ist. Das Risiko, dass seine Frau ohne ihre Erfahrung entbindet, wollte er nicht eingehen. Er hatte Angst, entweder Ursel oder das Kind zu verlieren. Wenn seine Mutter noch am Leben wäre, könnte sie ihnen beistehen. Ursel lag zwei lange Tage in den Wehen und Ulrich machte sich große Sorgen um sie. Die Bachin hatte viel Geduld mit der Gebärenden und redete ihr immer wieder aufs Neue gut zu.

Die Hebamme war vom langen Fußmarsch und den vielen Stunden am Entbindungsbett völlig erschöpft: „Ursel, es wird nicht mehr lange dauern, gleich hast du es geschafft." Ein letzter kräftiger Ruck und das kleine nasse Köpfchen samt Körper glitt auf ihre wartenden Hände. Endlich die Erlösung, das Kind war da. Die Bachin

---

[18] Jacke

sprach zu Ursel: „Ein gesunder Bub und kräftig ist er noch dazu." Sie nahm mit Zufriedenheit den Schrei des Neugeborenen zur Kenntnis und betrachtete die rosige Haut. Als Ulrich draußen in der Küche den Schrei des Kindes hörte, lief er, ohne zu klopfen, ins Schlafzimmer. Er schaute, ob bei Ursel alles in Ordnung war. Kurz vor dem Kind hatte seine Frau laut geschrien. Danach eine Pause, er konnte draußen nichts mehr hören. Es war ganz still im Zimmer. Er war fast verrückt geworden vor Kummer. Dann auf einmal schrie plötzlich das Kind. Ursel, die nass verschwitzt in ihrem Bett lag, schaute die Hebamme an und beide lächelten zufrieden. Sie freuten sich mit Ulrich, dass die Geburt endlich überstanden war. Er ging ans Bett, beugte sich über seine Frau, küsste sie auf den Mund und sagte: „Danke, du hast mir heute ein wunderbares Geschenk gemacht. Darf ich mir trotzdem einen Namen für das Kind wünschen?"

„Wie soll dein Sohn denn heißen?"

„Ich würde ihn gerne nach meinem Vater Martin nennen."

„Den gleichen Namen habe ich auch ausgesucht." Die Hebamme taufte den kleinen Martinus, obwohl sie ansonsten nur Nottaufen machte. Aber in diesem Fall, so weit oben, hatte es ihr der Pfarrer erlaubt. Der Weg herauf sei im Moment zu beschwerlich für ihn. Nach der Taufe legte die Hebamme den kleinen Martin an die Brust seiner Mutter und er begann sogleich daran zu nuckeln.

1653 wurde Christopher als zweites Kind und wieder ein Jahr später Tobias geboren.

Schließlich, nach drei Jahren, kam dann Maria als erstes Mädchen zur Welt. Danach 1658 Mathias und 1663 der jüngste Sohn, Johannes.

Kling Georgi und Jörg Magdalena, Stein

Im Jahre 1656 hatte sich die Witwe Jörg, die Nachbarin von Uotz aus Stein, gewundert, dass ihre Tochter schon einige Wochen ihre monatlichen Leinenbinden nicht zum Auskochen gebracht hatte.

Sie sah Magdalena mit besorgtem Blick an und fragte: „Hast du deine Leinenbinden im letzten Monat noch gar nicht benutzt? Wie lange hast du deine unreinen Tage nicht mehr gehabt?" Magdalena runzelte nachdenklich ihre Stirn und antwortete ihrer Mutter: „Das habe ich gar nicht bemerkt, aber es ist schon länger her, dass ich geblutet habe. Ich bin froh darüber, denn ohne Blutung ist es doch viel besser." Ihre Mutter machte sich deshalb etwas Sorgen, kam aber zunächst nicht auf die Idee, dass ihr Kind schwanger sein könnte. Als Magdalena dann in den drauffolgenden Tagen noch am Morgen anfing, über Übelkeit zu klagen, und sich mehrmals erbrochen hatte, vermutete sie, dass Magdalena schwanger sein könnte. Zunächst klärte die Jörgin ihre Tochter auf, wie Kinder entstehen, und hoffte, dass es noch nicht zu spät dafür war. Als Magdalena sich das angehört hatte, war sie ganz erstaunt und antwortete: „Mama, ich glaube, ich bekomme ein Kind von Georgi." Die Witwe fuhr in die Höhe und hielt sich ihre Hand vor den Mund, um einen Schrei zu unterdrücken. Magdalena war ebenfalls erschrocken: „Herr im Himmel, die Nacht mit Georgi im Schopf. Das kann doch gar nicht möglich sein. So leicht ist es, ein Kind zu machen?" Ihre Mutter merkte, wie naiv ihre Tochter noch war. Sie war ja mit ihren 17 Jahren selbst fast noch ein Kind. Georgi war ein gesunder junger Mann. „Ich sage dir eins. Ihr werdet heiraten. Wenn du dich ihm in deinem zukünftigen Leben, ohne nachzudenken, hingibst, dann wirst du noch viele Kinder gebären müssen." Die Witwe nahm sogleich ihre Tochter verärgert an die Hand und zog sie gegen ihren Willen zu Georgis Eltern. Magdalena weinte auf dem Weg dorthin und benahm sich wie ein störrischer Esel. Aber es half ihr nichts, sie musste mitkommen. Als die Jörgin kräftig an Uotz' Haustür klopfte und hämmerte, öffnete Catharina verwundert. Die Witwe schob Magdalena vor sich her in den Flur hinein und sprach mit barscher Stimme: „Ich muss mit euch über Georgi und Magdalena reden."
„Mein Sohn ist nicht daheim. Er ist nach Immenstadt gelaufen, um für mich Besorgungen zu machen. Aber wartet, ich werde meinen Mann rufen." Das, was die Witwe über ihren Buben er-

zählte, machte auch Uotz und Catharina betroffen. Aber sie hatten schon längst beobachtet, dass Georgi und Magdalena sich gern hatten. Auch sie waren sich einig und stimmten dem Vorschlag der Jörgin zu. „Ja, wenn sie schwanger ist, dann müssen beide so schnell wie möglich heiraten." Ob Magdalena und Georgi heiraten wollten, hatte keiner gefragt. Die Eltern hatten es bestimmt. Die Witwe drängte: „Sie müssen schnell das Aufgebot bestellen, damit man an der Hochzeit noch nichts von einer Schwangerschaft sehen kann. Ansonsten würde der Pfarrer unsere Kinder in der Hochzeitsandacht bloßstellen. Das wäre vor den anderen Leuten eine Blamage für unsere Familien. Auch für Magdalena wäre es eine Schande, vor Gott und der Kirche entjungfert in den heiligen Stand der Ehe einzutreten." Catharina war zwar in diesem Punkt nicht ganz der gleichen Meinung: „So eilig ist es nun auch wieder nicht, weil Georgi und Magdalena noch so jung sind, werden die Meisten sowieso vermuten, dass Magdalena schwanger ist."
Schon 20 Tage später fand die Hochzeit statt. Georgi war erst neunzehn und Magdalena gerade achtzehn Jahre alt. Uotz kam dies alles nicht ganz ungelegen, denn er freute sich darüber. Als Georgi geboren wurde, war er schon ein älterer Vater. Jetzt ging er schon auf die sechzig zu. Seine Arbeit fiel ihm manchmal schwerer als früher. Auch Catharina konnte eine Unterstützung in der Küche, im Gemüsebeet, beim Einkochen und zur Käseherstellung gebrauchen. Magdalena, die Braut, wirkte brav und schüchtern auf ihn. Aber Catharina hatte etwas Sorge und vertraute sich Uotz an: „Ich habe bei Magdalena das ungute Gefühl, dass sie nicht das liebe und brave Mädchen ist, das sie uns vorspielt. Denn ich habe in letzter Zeit beobachtet, wie sie mit unserem Georgi umgeht. Wenn etwas nicht nach ihrem Kopf geht, ist sie sehr schnell beleidigt und redet nicht mehr mit ihm." Catharina war nicht ganz zufrieden mit der Wahl der Schwiegertochter. Uotz fand: „Sie wird bestimmt eine gute Ehefrau sein und ich hoffe, dass sie fleißig ist." Die Trauung fand in der Kirche in Stein durch den Pfarrer von Immenstadt statt. Das Hochzeitsmahl gab es nach der kirchlichen Trauung im Gasthof

Lamm. An diesem Tag zog Magdalena bei ihrem Ehemann Georgi und seinen Eltern ein. Uotz gestand seiner Frau am Abend nach der Hochzeit: „Ich freue mich darauf, dass wir Großeltern werden, dann kommt wenigstens wieder junges Leben in unser Haus. Georgi ist unser einziger Sohn und wird dann einmal mit Magdalena zusammen den Hof übernehmen und die beiden werden uns dann im Alter versorgen."

Georgi und Magdalena bekamen sechs Monate nach der Hochzeit ihr erstes Kind. Magdalena bestand darauf, dass der Kleine den Namen Countz bekommt. Im gleichen Monat, aber zwei Jahre später, hat Magdalena ihren zweiten Sohn Franziskus geboren. Beide waren gesunde Buben. Mit der Zeit entwickelten sich die Kleinen zu lebhaften Lausbuben.

Die Enkelkinder waren ständig bei Catharina. Als die beiden Buben eines Tages an einem hitzigen Fieber mit bellendem Husten erkrankten, kümmerte sich ihre Oma wieder liebevoll um sie. Georgi war froh darüber, dass sich seine Mutter so viel Zeit für die Erziehung seiner Kinder nahm. Magdalena war häufig überfordert. Sie war ja selbst noch viel zu jung für die Kinder. In der Nacht war Countz unruhig und glühte wie ein heißer Bettstein. Er hatte wohl einen fürchterlichen Fiebertraum, denn mitten im Schlaf begann er lauthals zu schreien. Catharina schlich zu ihm ins Schlafzimmer und nahm Countz mit zu sich ins Bett. Dann konnte er endlich zufrieden einschlafen. Am nächsten Abend wollten beide Kinder bei ihrer Mama im Bett schlafen. Aber sie wehrte energisch ab: „Nein, zu mir dürft ihr erst, wenn ihr wieder ganz gesund seid, sonst steckt ihr mich womöglich noch an." Catharina saß aufopfernd die halbe Nacht am Bett der erkrankten Buben. Sie gab ihnen immer wieder Holundersaft und Lindenblütentee zu trinken und legte ihnen Brustwickel gegen den Husten auf. Frühmorgens, als es schon leicht zu dämmern begann, schlich sie aus dem Bubenzimmer und sagte zu Uotz: „Die beiden schlafen sich jetzt gesund, wir dürfen sie nicht stören." Magdalena war froh, dass ihre Schwiegermutter mit den Kindern so gut zurechtkam, denn sie beschäftigte sich lieber

in der Küche und mit Handarbeiten wie Flicken und Nähen. Eines Tages fand Magdalena in einer Kleidertruhe im hinteren Gang alte Leinenstoffe. Sie nahm sie heraus und sah, dass das Leinen Stockflecken hatte, feucht und muffig war. Sie fragte ihre Schwiegermutter: „Brauchst du den Stoff noch oder kann ich ihn haben?"
Catharina antwortete verwundert: „Der Stoff ist sehr alt, den hat meine Mutter selbst gewoben. Aber mit den Flecken nutzt er dir doch nichts." Sie wusste, dass Magdalena eine Begabung hatte, neue Kleider zu nähen. Aber selbst dafür wäre dieser fleckige Stoff nicht mehr zu gebrauchen. Magdalena blieb hartnäckig: „Meine Mama hat immer gesagt, zuerst müsse man den Stoff auskochen und zum Trocknen dann ins Gras in die Sonne legen. Wenn man ihn den ganzen Tag lang immer wieder mit klarem Wasser übergießt, würden die Stockflecken von der Sonne herausgeblichen." Catharina war gespannt, ob die Jörgin wirklich recht hatte. Als am Abend keine Flecken mehr zu sehen waren, freute sich Catharina darüber und schenkte Magdalena den jetzt wunderschönen weißen Leinenstoff. Magdalena nähte sich mit handwerklichem Geschick eine Festtagsbluse und eine schöne Mitteldecke für den Stubentisch.
Als Elsa eines Tages nach Stein kam, um ihre Mutter zu besuchen, erzählte sie: „Ich habe vor Kurzem mit meinem Mann in Gerstruben einen Besuch gemacht. Da lernten wir Uotz' Verwandte, den Ulrich und seine Frau Ursel, kennen. Sie haben vier Buben und ein Mädchen. Die beiden Jüngsten sind im gleichen Alter wie deine Enkel, der Countz und der Franziskus." Catharina sah zu Uotz hinüber und fragte ihn neugierig: „Möchtest du nicht mal hinauf nach Gerstruben, um Ulrichs Kinder kennenzulernen?"
„Ja schon, wenn wir es einrichten können, werden wir vielleicht in diesem Sommer mal zusammen auf einen Besuch zu ihnen nach Oberstdorf hinaufgehen."

Oberstdorf und Umgebung

1657, am längsten Tag im Jahr, gingen die Gerstruber Bewohner, die gut zu Fuß waren, samt Ulrich und Ursel zu Fuß nach Schöllang. Es wurde der Kreuzgang mit seinen Stationen vom Pfarrer Mair eingeweiht. Es war für jeden, der beim Bittgang dabei war, eine Ehre. Als die Prozession durch Reichenbach kam, beteten die Menschen für die beiden Feela vom Kreyer, die Elisabeth und Regina, die mit 17 und 18 Jahren ein paar Tage zuvor im Haus ihrer Eltern verbrannt waren.

Es kamen seit zwei Jahren immer wieder verschiedene Wallfahrer nach Oberstdorf in die Appachkapelle. Viele von ihnen waren vom benachbarten Lechtal über die Berge gekommen und andere kamen aus nah und fern zur wundertätigen Mutter Gottes zu Loretto. Das daneben liegende Benefiziatenhaus diente als Pilgerherberge.

Ein besonderer Gast war auch der Fürst Ferdinand I. Er kam hierher und begab sich vormittags mit großer Rüstung Richtung Nebelhorn. Er war so angetan von dieser schönen Gegend und besonders von der Seealpe. Er verlangte, dass man ihm auf die Schnelle dort oben ein Haus erbaut, denn er wollte in der Nacht bequem schlafen können. Die Buben aus dem Dorf und auch Martin, der älteste Sohn von Ulrich aus Gerstruben, wurden dazu verpflichtet, ihm die Bretter zur Seealpe hinaufzutragen. Diese regten sich über die Tyrannei furchtbar auf. Den Eltern hatte es auch nicht gepasst, denn sie hatten daheim viel Arbeit für die Jungen. Aber was sollten die kleinen Leute gegen den Befehl des Fürsten unternehmen?

Bis zum frühen Winter hatte es wenig Schnee. Die „Birger", so wurden die Menschen aus Lechleiten, Warth und Lech genannt, waren nach Oberstdorf zum Sebastianus Markt zur Winterkirbe gekommen, um sich mit Waren neu einzudecken. Auf dem Heimweg bei der Biberalpe, auf dem Weg vom Salzbichl zur Lechleitner Alp, waren die Birger in einen derartig heftigen Schneesturm geraten, dass dabei zwölf Männer und drei Frauen erfroren. Für die 15 Verstorbenen gab es eine große Trauerfeier. Der Zimmermann konnte gar nicht für jeden Verstorbenen einen Sarg herstellen. Einige der Verunglückten wurden deshalb in eine Decke gewickelt und beerdigt.

In Oberstdorf war ein Mord geschehen. Die Bürger waren allesamt schockiert. Hans Ess hatte aus Eifersucht im Suuff[19] seine 34-jährige Frau Maria Wiestnerin, gebürtig aus Gerstruben, nach 12-jähriger Ehe erschlagen. Die Familie der Ermordeten waren Einwanderer aus dem Walsertal. Der Täter wurde zwei Monate später wegen Totschlags in Sonthofen durch Enthauptung hingerichtet. Die beiden Brüder fuhren zur Hinrichtung des Mörders ihrer Schwester nach Sonthofen und hatten zugesehen, wie dem Ess der Kopf vom Körper getrennt wurde. Als sie wieder daheim waren, erzählten sie zutiefst betroffen: „Es war furchtbar für uns zuzusehen, weil wir Hans gut gekannt haben. Aber ohne Frage, verdient hat er es." Die Familie Wiestner nahm die beiden unmündigen Waisenkinder ihrer getöteten Schwester mit nach Gerstruben, um sie mit ihren eigenen Kindern aufwachsen zu lassen. Sie beschlossen, niemals vor den Kindern über dieses tragische Ereignis zu sprechen. Sie hofften inständig, dass die Kinder, der Richard und die Lisa, niemals die Wahrheit über den fürchterlichen Tod ihrer Eltern erfahren würden.

Uotz in Stein
Die Fürsten und Herrscher im Land verlangten auch im Jahre 1663 hohe Abgaben von den Bauern dafür, dass sie ihr Land bewirtschaften durften. Die Burgherren übten die Gerichtsbarkeit aus und legten die Steuern fest. Dafür unterhielten sie die Straßen, Brücken und Brauereien. Sie bestimmten Maße, Gewichtseinheiten und prägten Münzen. Sie sorgten für die Sicherheit ihrer Untertanen und versprachen ihnen in Notzeiten Schutz zu gewähren. Als Uotz am Abend mit Catharina zusammen in der Stube vor dem Kachelofen saß, klagte er bei ihr über die Grafen und Bischöfe: „Die Herren lassen es sich in ihren Palästen auf unsere Kosten wohl ergehen. Es ist nicht gerecht, wie sie mit uns Bauern umspringen. Sie sind wie Schäfer, die ihre Herden scheren und sie dafür vor Feinden

---
[19] betrunkener Zustand

beschützen. Trotzdem haben sie nicht das Recht, uns die Haut vom Leib zu reißen und uns so auszubeuten, dass wir fast verhungern müssen." Uotz glaubte manchmal: „Meine neuen Leibherren, das Montforter Adelsgeschlecht, ist noch weniger dem Volk zugeneigt als es die Herrschaft Rettenberg, Bischof zu Augsburg vom Gericht der Rothenfelser, waren."

Uotz arbeitete inzwischen merklich weniger als früher und hatte dadurch mehr Zeit, in seinem Buch zu blättern. Er begann wieder einmal darin zu lesen, was er in seinen jungen Jahren hineingeschrieben hatte. Über die Zeit der Hexenverfolgung und vieles andere mehr. Er dachte an seine Mutter, an den Vater und seinen Großvater. An vieles konnte er sich noch gut erinnern. Es faszinierte ihn, dass ihm bereits Vergessenes durchs Lesen wieder einfiel. Jetzt wurde ihm klar, dass er seine Lebensgeschichte aufschreiben und weiterführen wollte, was er damals vor Jahren begonnen hatte. „Mein Erleben unvorstellbarer Grausamkeit, Unterdrückung und Hilflosigkeit, Hungersnot und Pestzeit muss an die nachfolgenden Generationen weitergegeben werden. Diese werden später erschaudern, wenn sie erfahren, was wir mitmachen mussten. Das war inzwischen eine ganze Menge mehr als das, was ich damals über meine Vorfahren erfahren hatte."

Uotz nahm nach so vielen Jahren zum ersten Mal wieder Feder und Tinte zur Hand und schrieb über die furchtbare Pestzeit mit den vielen Sterbefällen, den Schwedenkrieg und den Verlust seines Hauses.

Nun begann er auch den Neuanfang in Stein einzutragen. Seine zweite Ehe mit Catharina und die Geburt seines Stammhalters Georgi. Er schrieb auf, was er in seinem bisherigen Leben an Gutem wie auch an Schlechtem erfahren musste und was sich so alles in der Umgebung zugetragen hatte.

Wenn ein Kapitel abgeschlossen war, las er dieses seiner Frau vor und sie redeten darüber. Catharina hat ihm so manches Mal von sich, ihrem ersten Mann und den verstorbenen Kindern erzählt. Er hat ihr stets aufmerksam zugehört, mit ihrem harten Schicksal mitgefühlt und mit ihr darüber geredet. Aber über das Leben

der Familie Haberstock hat er niemals etwas in sein Familienbuch eingetragen. Er begründete es so: „Dies ist ein Buch über meine Familie aus Oberstdorf und so soll es bleiben."
Aus Apfelholz fertigte er eine kleine Holztruhe und schnitzte ein Edelweiß, die Lieblingsblume seiner verstorbenen Frau, auf den Deckel. Als er damit fertig war, war es ein schönes Schmuckkästchen geworden.

1664 kam ein trauriger Brief aus Oberstdorf:

Lieber Großvetter Uotz,
ein furchtbares Unglück ist geschehen. Auf dem Weg vom Holzen nach Hause ist der Schlitten meines Vaters Ulrich, den er vielleicht zu schwer beladen hatte, in einer Kurve ins Straucheln geraten und hinab ins tiefe Tobel[20] gestürzt. Er wollte das Gefährt noch aufhalten, dabei hat es ihn erfasst und ungefähr zehn Meter mit sich hinunter in den Tod gerissen. Wir sind fassungslos. Es war nicht leicht für unsere Nachbarn, ihn und den Schlitten nach oben zu bergen. Uns Buben haben sie fortgeschickt, wir durften ihnen nicht dabei helfen. Martin, mein Bruder, ist zum Glück schon vierzehn Jahre alt und kräftig. Er muss ganz viel arbeiten. Noch mehr als ich, denn ich bin erst zehn Jahre alt. Gut, dass wir unsere Nachbarn haben. Sie sehen, was zu tun ist, und stehen uns auch bei. Papa hat mir das Schreiben beigebracht. Entschuldige bitte meine Fehler.
Grüße von Mama
und Deinem Großneffen Tobias Berchtold

Dieser Brief, die Nachricht über den furchtbaren Tod von Ulrich, hat Uotz sehr hart getroffen. Er sagte zutiefst erschüttert zu Catharina und Georgi. „Ulrich war wie ein zweiter Sohn für mich, auch wenn ich ihn in den letzten Jahren kaum gesehen habe. Ich will wissen, wie es seiner Witwe und den Kindern geht. Vielleicht brauchen sie meine Hilfe. Im Grunde kenne ich Ursel, seine Frau, kaum, und die Kinder habe ich auch nur zweimal gesehen. Ulrich würde

[20] Schlucht

sich wünschen, dass ich zu ihnen gehe. Zu meinem Bedauern habe ich ihn, solange er gelebt hat, nicht mehr besucht. Ich werde, sobald es mir möglich ist, zu ihnen ins Bergbauerndorf gehen. Vor Monaten habe ich mich entschieden, dass Ulrich nach meinem Tod das Familienbuch von mir erben soll. Es gehört nach Oberstdorf. Deshalb wollte ich ihn bitten, es später in meinem Sinne weiterzuführen. Ich könnte mir vorstellen, dass es vielleicht in ein oder zwei Generationen wieder in unsere Familie zurückkommt. Ich wollte es wie den Lebensfluss, ohne Planung oder Vorschrift, einfach fließen lassen. Zu wem es kommen wird, steht in den Sternen. Und jetzt ist Ulrich mit nur 50 Jahren so furchtbar verunglückt und noch vor mir gestorben. Es ist unfassbar für mich. Auf jeden Fall werde ich das Buch mitnehmen, wenn ich nach Gerstruben hinauf gehe. Ich muss seine Familie kennenlernen und vielleicht werde ich dem Buben, dem Tobias, der mir die traurige Nachricht geschrieben hat, das Buch geben. Ich will ihn mir ansehen und hoffe, dass er ein vernünftiger Bursche ist." Catharina spürte, wie wichtig ihm sein Buch war. Trotzdem war sie etwas irritiert und meinte: „Aber das ist doch jetzt noch viel zu früh. Der Tobias wird überfordert sein. Gerade eben ist sein Vater so plötzlich und unerwartet gestorben, dann kommst du mit diesem Buch daher. Du kannst doch selbst noch ein paar Jahre darin schreiben. Bis dahin wird Tobias dann erwachsen sein."

„Das stimmt schon, aber ich nehme es vorsichtshalber schon einmal mit."

Uotz saß am Abend mit seinem Sohn beieinander und fragte ihn geradeheraus. „Georgi, hast du Interesse an unserem Ahnenbuch und willst du es weiterführen?"

„Nein, Vater, sei mir bitte nicht böse, aber du weißt doch, ich mag nicht schreiben und das Buch bedeutet mir nichts. Die Pest ist vorbei und ich bin froh, wenn sie nicht mehr zurückkommt. Warum soll ich darüber schreiben und wer will so etwas lesen?"

„Georgi, ich möchte von dir wissen: Hast du was dagegen, wenn ich das Buch wieder nach Gerstruben gebe? Dorthin, wo es so

viele Jahre gelegen hat. Ulrich hat einen 10-jährigen Buben hinterlassen, der schreiben kann. Wäre es für dich in Ordnung, wenn er es weiterführt?"
Georgi war sichtlich erleichtert über diese Frage. Er hatte schon befürchtet, dass sein Vater von ihm verlangen würde, dass er lesen und schreiben lernen muss. Nur damit er Vaters „heiliges Buch" weiterführen könnte.

Ein paar Tage später hatte Uotz die Möglichkeit, mit einem Fuhrmann, der zur Leinenschau in Immenstadt war, wieder zurück nach Oberstdorf zu fahren. Kurz hinter dem Ortskern, in der Nähe von Loretto, stieg er ab und war froh, noch eine Weile alleine zu sein. Er wollte nachdenken und ging dabei zu Fuß über die Burgstallsteig nach Gerstruben. Als er müde oben angekommen war, spürte er die traurige Stimmung im Hause seines verstorbenen Neffen. Ulrichs Witwe, die Ursel, war von Kopf bis Fuß in schwarz gekleidet und wirkte viel älter als 43 Jahre. Sie war zutiefst betroffen über den tödlichen Unfall ihres Mannes. Sie erzählte und weinte bitterlich: „Durch den Sturz wurde Ulrich so zugerichtet, dass ihn selbst seine Freunde zuerst gar nicht erkannt haben. Sie gaben mir den Rat, Ulrich besser nicht mehr anzuschauen. Sie meinten, ich soll ihn so in Erinnerung behalten, wie er gelebt hat. Aber jetzt mache ich mir Vorwürfe deswegen. Denk dir, genau in der Minute, in der Ulrich gestorben ist, blieb bei uns daheim die Wanduhr in der Stube stehen. Glaubst du, das hat etwas mit seinem Tod zu tun?"
Uotz musste gar nicht viel sagen. Er war ein guter Zuhörer, und das tat Ursel in dem Moment gut. Als Uotz Tobias, ihren schreibtüchtigen Buben, zum ersten Mal sah, erschrak er fast ein wenig, wie ähnlich er seinem Vater sah. Ihm kam in Erinnerung, wie Ulrich damals im Sommer in Oberstdorf bei ihm im Stall und auf dem Feld mitgeholfen hatte und wie er ihm das Lesen beigebracht hatte. Die gleichen dunklen Locken und die großen braunen Augen. Er reichte dem Buben seine Hand und sagte: „Grüß dich Gott, Tobias, du siehst ja aus wie dein Vater, als er so alt war wie du."

„Grüß Gott. Ja, das meinen viele", antwortete der Bub selbstsicher und lächelte Uotz dabei freundlich an.

Ursel war stolz und nickte: „Oh ja, auch vom Charakter her ist er Ulrich am ähnlichsten."

Am späten Nachmittag, als die älteren Buben im Stall und die Frauen in der Küche arbeiteten, saß Uotz auf der Bank unter dem Vogelbeerbaum und sinnierte vor sich hin. „Du, Tobias, kannst du dich mal für einen Moment zu mir setzen. Ich will mit dir etwas besprechen. Ich habe vor 45 Jahren angefangen, ein Buch zu schreiben."

Tobias unterbrach Uotz verständig: „Ich weiß, das hat mir Papa oft erzählt."

„Hör zu, Tobias. Ich habe beschlossen, dieses Buch gehört mit allem, was darin steht, nicht nach Stein, sondern zu euch hier nach Gerstruben und Oberstdorf. Ich habe dies auch mit meinem Sohn, dem Georgi, besprochen und er ist damit einverstanden. Eigentlich wollte ich es deinem Vater nach meinem Tod vererben. Aber wegen des tragischen Unfalls ist es leider nicht mehr dazu gekommen. Du bist der drittgeborene Sohn meines Freundes und der Einzige, der in eurer Familie lesen und schreiben kann. Deshalb würde ich mich freuen, wenn du das Buch in meinem Sinne weiterführst. Ich hoffe und wünsche dir, dass du mehr Glück in deinem Leben hast, als ich es hatte."

Tobias war sprachlos. Er freute sich über das Angebot. „Ich bin bald elf Jahre alt und weiß, dass es eine große Ehre und Verantwortung für mich ist. Ich verspreche dir, ich bewahre es gut auf. Erst wenn ich 18 Jahre alt bin, werde ich ins Buch schreiben. Bis dahin übe ich, damit meine Schrift schöner wird. Was sich in den nächsten Jahren ereignet, das will ich mir alles in meinem Kopf merken." Das fand Uotz eine gute Idee und schmunzelte. Jetzt hatte er die Gewissheit, dass sein Lebenswerk bei Tobias in besten Händen sein wird.

Der Junge fragte unbeschwert: „Darf ich es jetzt schon lesen?"

„Nein, Tobias, für Kinder ist das nicht gedacht. Es ist zu grauenvoll, was hier in den letzten 90 Jahren geschehen ist. Unrecht, Hunger, Krankheit und Tod. Dafür bist du noch zu jung. Ich werde das

Buch in die Holztruhe legen und deiner Mama zur Aufbewahrung geben. Wenn sie denkt, dass du alt genug bist, um alles zu verstehen, dann soll sie dir das Lebensbuch geben." Uotz nahm zum letzten Mal sein Buch in die Hand und trug den Unfall seines Neffen Ulrich hinein. Danach legte er es in die Holzschatulle zurück und übergab diese wehmütig und schweren Herzens und gleichzeitig doch erleichtert, dass sein Lebenswerk, selbst nach seinem eigenen Tod, weitergeführt werden wird, an Ursel.
Zuhause in Stein erzählte er, was sich in Gerstruben alles ereignet hatte, und war dabei hingerissen vom kleinen Tobias. „Ich habe in ihm einen interessierten Nachfolger für mein Buch gefunden. Er sah dabei seinen Sohn an: „Georgi, ebenso bist du auf meinem Hof ein würdiger Nachfolger für mich, auf den ich ebenfalls stolz sein kann."

Kling Countz' Schulzeit in Stein
Uotz' erstes Enkelkind war Countz. Er war für seine 12 Jahre schon sehr intelligent und belesen. Während der Andacht durfte er häufig vorsprechen und die anderen Kinder beteten nach. Sein Lehrer, der Herr Maier, kam deswegen zu seinem Vater Georgi, um mit ihm darüber zu sprechen: „Countz ist der beste Schüler in meiner Klasse und den anderen weit überlegen. Daraufhin habe ich ihm angeboten, er darf im Klassenzimmer weiter nach hinten zu den größeren Kindern sitzen. Aber euer Sohn hat diese Ehre abgelehnt. Manchmal habe ich das Gefühl, er kümmert sich zu viel um die Schwächeren unter ihnen. Er lässt sie abschreiben und macht die Hausaufgaben für sie."
Georgi sah den Lehrer seines Sohnes fragend an: „Aber das ist doch ein edler Zug von meinem Buben. Was soll ich da als Vater dagegen haben?"
„Da habt Ihr recht. Aber er untergräbt meine Autorität. Er ist viel zu klug, er gehört auf eine höhere Klosterschule. Dort könnte er später studieren und Lehrer, Arzt oder Pfarrer werden."
„Nein, von meinen Kindern wird keiner studieren. Mein Sohn soll, wie es bei uns üblich ist, ein Handwerk erlernen und dann später

meinen Hof übernehmen." Der Lehrer regte sich über die Uneinsichtigkeit Georgis derartig auf, dass er in unangemessener Weise losschrie: „Jetzt weiß ich, woher der Bub sein Verhalten und seine Sturheit hat! Der Apfel fällt nicht weit vom Stamm. Ich habe es gut mit Euch gemeint und das ist Euer Dank dafür. Ihr werdet schon sehen, was aus Eurem Buben noch wird." Ohne ein Wort des Grußes verließ der Lehrer zornig Uotz' Haus. Nachmittags grübelte Georgi immer wieder über das Gespräch mit Countz' Klassenlehrer nach. Am Abend nach dem Essen vertraute er Uotz seine Sorgen an: „Vater, ich hoffe nur, dass sich der Lehrer nicht an meinem Buben rächt, nur weil ich ihm widersprochen habe und nicht das tat, was er von uns verlangt hat."

Seit diesem Ereignis wehte für Countz ein rauer Wind in der Schule. Denn der Lehrer piesackte ihn, wo immer er nur konnte, und machte ihm tatsächlich das Leben zur Hölle. Wieder einmal sagte der Lehrer: „Countz, steh auf, ich will dir eine Frage stellen. Wie viele Katholiken hat das Bistum Augsburg?"

Countz zog unsicher seine Schultern nach oben und antwortete mit bebender Stimme: „Ich weiß das nicht Herr Lehrer, davon haben wir im Unterricht noch nie gesprochen."

„Ach, du weißt es nicht und jetzt wird der junge Mann auch noch frech. Streck deine Hand vor." Den Kindern war klar, was jetzt kam. Der Maier nahm seinen Tatzenstock und schlug mit voller Wucht auf die Hand von Countz. Er machte eine ruckartige Bewegung und zog seine Hand zurück und rieb mit seiner Handfläche an seiner rechten Flanke, als könnte er damit den brennenden Schmerz lindern. Die Mitschüler sahen das schmerzverzerrte Gesicht ihres Kameraden. Als Countz mittags heimkam und alle beieinander am Mittagstisch saßen, fragte Uotz seinen Enkel unauffällig: „Wie war es heute in der Schule?" Auf seine Antwort war auch Georgi gespannt und schaute interessiert auf seinen Buben.

„Es war wie immer", log Countz. Er hatte insgeheim Angst, wenn er die Wahrheit gesagt hätte, dann würde bestimmt sein Vater ihn nochmals beschimpfen oder ihm gar eine Watsche verpassen. Denn er selbst nahm an, wenn ein Lehrer ein Kind straft, dann wird es einen Grund dafür geben. Deshalb verlor Countz nie ein Wort darüber, wie er inzwischen vom Lehrer gequält und ungerecht behandelt wurde. Seit jenem Tag machte die Schulzeit Countz keine Freude mehr. Der Lehrer blamierte und schikanierte ihn, wo er nur konnte. Maxi, ein Freund von Countz, hatte seine Schiefertafel daheim vergessen. Außerdem hatte er einen Sprachfehler und stotterte beim Vorlesen. Da zog ihm der Lehrer eine Eselsmütze über den Kopf und sagte: „Seht, da steht der dümmste Esel aus eurer Klasse." Maxi musste den ganzen Vormittag über in der Ecke stehen. Seine Schulkameraden kicherten über ihn. Countz sah, wie Maxi Tränen über die Wangen liefen, so sehr schämte er sich. Er aber hörte keinen Laut von ihm, denn das würde den Maier noch mehr in Rage bringen.

Countz war froh, als er dann nach zwei Jahren aus der Schule entlassen wurde, und lernte das Zimmermannshandwerk wie sein Großvater und sein Vater auch. Georgi freute sich darüber, dass die Familientradition fortgeführt wurde.

Uotz' Tod in Stein

1665, ein halbes Jahr nach Ulrich, war auch Uotz im Alter von 69 Jahren in Stein verstorben. Seit er in Oberstdorf war, war ihm häufig schwindlig, er war oft müde und hatte kaum mehr Energie. Früher stand er als Erster auf, um mit der Arbeit im Stall zu beginnen. Dies tat er in den letzten Monaten kaum noch. Im Spätherbst, mitten in der Nacht, weckte er seine Frau: „Catharina, ich kann meinen rechten Arm nicht mehr bewegen und mir ist furchtbar übel." Sie lief zu Georgi und schrie: „Hol schnell den Doktor! Papa geht es schlecht!" Bis der Mediziner eintraf, war es schon zu spät. Uotz war gestorben. Catharina sagte ganz ruhig und gefasst: „Ich glaube, er hat gespürt, dass er bald sterben wird. In den letzten Monaten hat er vieles so geregelt, wie er es nach seinem Tod haben wollte. Das Einzige, was ihn noch interessierte, waren seine Enkelkinder Countz und Franziskus." Zur Beisetzung kamen neben den Freunden aus Stein einige Bekannte aus Oberstdorf. Auch Ursel mit ihrem ältesten Sohn Martin und dem 11-jährigen Tobias erwiesen ihm die letzte Ehre. Elsa, Catharinas Tochter aus erster Ehe, kam mit ihrem Mann Melchior ebenfalls zur Beerdigung ihres Stiefvaters. Sie hatte nie ein Geheimnis daraus gemacht, dass sie es nicht gut empfunden hat, dass ihre Mutter so bald nach Vaters Tod wieder geheiratet hatte. Aus diesem Grund besuchte sie ihre Mutter nur selten und diese bekam auch ihre Enkelkinder kaum zu Gesicht. Nach der Beisetzung blieb Elsa über Nacht bei Catharina, um mit ihr in Ruhe zu reden. „Mama, komm doch zu uns nach Reichenbach. Melchior und ich würden uns freuen. Denn mit meinen acht Kindern könnte ich dringend Hilfe brauchen." Catharina freute sich über das Angebot ihrer Tochter und versprach, sich dies ernsthaft zu überlegen. Es hatte Catharina stets belastet, dass sich ihre Tochter seit der Heirat mit Uotz so sehr zurückgezogen hatte. Elsa war auch eifersüchtig auf ihren viel jüngeren Halbbruder Georgi, seine Frau Magdalena und deren Kinder. Natürlich galten Countz und Franziskus mehr bei ihrer Oma, denn sie hatte die Buben mit aufgezogen und lebte schließlich mit ihnen zusammen im Haushalt. Ihre Tochter hatte es nie verstanden, aber Uotz war wirklich ihre große Liebe.

Ein paar Tage waren seit der Beerdigung vergangen und schon bemerkte Catharina, dass sich ihre Schwiegertochter Magdalena veränderte und sie wie eine einfache Magd behandelte. Die beiden Frauen hatten sich noch nie besonders gemocht. Aber jetzt, wo Uotz, das Familienoberhaupt, nicht mehr da war, nutzte die junge Frau die Gelegenheit, und tat, als wäre sie die neue Hausherrin. Catharina vermisste Uotz sehr. Immer wieder wagte Magdalena ihrem Mann in der Öffentlichkeit zu widersprechen, was ihm dann ganz unangenehm war. Ständig saß Magdalenas Mutter, die Witwe Jörg, bei ihnen in der Küche herum. Eines Tages teilte Magdalena Georgi mit: „Meine Mutter will hier bei uns einziehen. Du hast bestimmt nichts dagegen?" Catharina wusste, dass es Georgi auch nicht passte, aber er traute sich nicht, seine Meinung offen zu sagen.

Catharina selbst wurde nicht gefragt. Sie überlegte sich, was sie falsch gemacht hatte, dass ihr Bub so weich, gutmütig und lasch geworden war. Sie setzte sich vors Fenster und dachte nach: „Eigentlich sollte ich ihm sagen, dass er seiner Frau gegenüber strenger sein muss, aber ich will mich nicht in seine Ehe einmischen. Ich weiß, ich bin auch nicht unschuldig daran, dass er so ist, wie er eben ist. Auch zur Heirat haben wir ihn mehr oder weniger gezwungen. Er konnte bisher niemals selbst etwas entscheiden. Weil ich ihn sehr lieb habe, muss ich ihn loslassen. Ich darf mich nicht mehr so sehr an ihn klammern. Mir ist jetzt erst richtig klar geworden, obwohl Uotz es mir oft genug vorgehalten hat, dass ich mir zu viele Sorgen um ihn gemacht habe. Ich hatte Angst, auch ihn noch zu verlieren. Einige Male hatten Uotz und ich seinetwegen Meinungsverschiedenheiten. Ich wollte den Buben verwöhnen und sein Vater wollte einen richtigen Kerl aus ihm machen. Inzwischen ist Georgi ein erwachsener Mann und es wird Zeit für ihn, dass er sein Leben selbst in die Hand nimmt. Er muss Entscheidungen treffen und sich hinstellen und sagen, wenn ihm etwas nicht passt. Weil Uotz tot ist und vielleicht auch ich bald sterben werde, muss er lernen, dass er jetzt der Herr im Hause ist. Deshalb wird es Georgi nicht schaden, wenn ich doch zu Elsa ziehe." Schweren Herzens teilte sie ihrem Sohn mit, dass sie nun nach Reichenbach ziehen wird.
Georgi, Countz und Franziskus versuchten Catharina umzustimmen. Aber ihre Entscheidung stand fest und sie packte ihre Sachen zusammen. Ihr war klar, dass es für Georgi hier mit den beiden Frauen, Magdalena und seiner Schwiegermutter, nicht leicht werden wird. Auch sie selbst wird ihren Sohn und die Enkelkinder sehr vermissen. Magdalena war beim Abschied sichtlich froh, dass die Männer Catharina nicht mehr umstimmen konnten.
In Reichenbach bei Elsa und ihrer Familie hat sich Catharina bald gut eingelebt. Über vier Jahre hatte sie sich um ihre Enkelkinder gekümmert und sie liebgewonnen. Sie half Elsa so lange bei ihrer Hausarbeit, bis sie selbst zu kränkeln begann. Ihre Beine waren in letzter Zeit häufig dick und angeschwollen. Sie musste ihren knorrigen

Stock benutzen, ansonsten hätte sie nicht mehr laufen können. Eines Tages kam Georgi mit den Buben Countz und Franziskus nach Reichenbach, um sie zu besuchen und erzählte, dass seine Schwiegermutter gestorben ist. Georgi erwähnte auch: „Jetzt, seit Magdalenas Mutter tod ist, kommen wir viel besser miteinander zurecht. Sie ist nicht mehr so bestimmend, wie sie es früher häufig war. Meiner Frau war dies selbst nie aufgefallen, aber ich denke, dass ihre Mutter viel von ihr verlangt hatte. Magdalena wollte stets ihre Wünsche erfüllen, um von ihr geliebt und gemocht zu werden. Jetzt, wo die Jörgin nicht mehr lebt, spürt sie trotz ihrer Trauer auch ein wenig Entlastung, weil sie sich selbst weniger Druck macht, um ihr zu gefallen."

Die Jörgin tat Catharina leid, aber trotzdem freute sie sich und vermutete, dass es ihrem Sohn mit ihr selbst auch so ähnlich erging. Den beiden tat es gut ohne ihre Mütter, die so viele Kinder verloren haben, zu leben. Ihr Sohn machte einen zufriedenen Eindruck auf sie. Das war das letzte Mal, dass sie Georgi und die beiden Buben gesehen hat. Kurz vor ihrem Tod war sie kraftlos, bleich und ausgezehrt von ihrer Krankheit. Elsa hat sie bis zu ihrem Tode 1670 liebevoll gepflegt. Am Abend sagte Catharina noch zu ihrer Tochter: „Ich bin so müde und freue mich, bald Andreas, Uotz und alle deine verstorbenen Geschwister wiederzusehen." Am Morgen lag Catharina tot in ihrem Bett.

Jagd und Wilderei

Allen Menschen im Land war bekannt, dass Wilddieberei verboten war. Es kam in dieser Notzeit immer wieder vor, dass ein Wilderer auf frischer Tat erwischt und gleich erschossen wurde. Nur wenn ein Jäger gnädig war, hat er den Dieb gefangen genommen und der Obrigkeit ausgeliefert. Dann hatten die Wilderer mit Geld- oder Sachstrafen zu rechnen. Wenn diese nicht bezahlt werden konnten, wurde ihnen entweder eine Hand abgehackt oder sie wurden in den Kerker geworfen. Im schlimmsten Fall konnte auch der Tod

durch Erhängen drohen. Die mildeste Strafe war, wenn der gefangen genommene Wilderer am Sonntag, wenn die Kirchgänger vorbeikamen, am Marktplatz an den Pranger gestellt wurde. Dies war eine furchtbare Schande für einen Einheimischen, da man sich gegenseitig kannte, und der Spott für den Übeltäter war groß.
Inzwischen war auch Tobias ein fast erwachsener Bursche geworden. Petrus Brack, der um einige Jahre älter als Tobias und somit ein fast väterlicher Freund war, kam häufig herauf nach Gerstruben, um mit ihm zusammen jagen zu gehen. Tobias konnte vieles von ihm lernen, was ihm sonst sein Vater, wenn er noch am Leben wäre, beigebracht hätte. Beiden war bewusst, dass sie sich in eine große Gefahr begaben, wenn sie verbotenerweise zum Wildern gingen. Das Töten eines Tieres machte Tobias nie Freude, aber er tat es für seine Mutter.
Ihr war es mehr als unrecht und bereitete ihr immer wieder aufs Neue Kummer, dass sie Tobias dieser Gefahr aussetzen musste. Aber was blieb ihr anderes übrig. Sie war verzweifelt und wusste nicht mehr, wie sie ihn und seine Geschwister ernähren sollte. Sie brauchten etwas zu essen, um zu überleben. Ursel hatte fürchterliche Angst, wenn Petrus mit ihrem Buben auf der Jagd unterwegs war. Wenn alles gut gegangen war und er unversehrt mit Wildbret heimkehrte, war sie erleichtert und froh. Dann hatte sie für eine Zeit lang ihre Sorgen los. Tobias war dann stolz auf sich, dass er zum Unterhalt der Familie etwas beitragen konnte. Für sie war es ein großer Vorteil, hier im abgelegenen Bergbauerndorf zu wohnen, denn das Wildbret im Dorf unten zu braten wäre nicht möglich gewesen. Weit im Umkreis hätte man den Festbraten gerochen. Deshalb hatte Ursel auch für Petrus mitgekocht und ihm dann den fertigen Braten für seine Familie mit ins Tal gegeben.

1669 waren in Oberstdorf im unteren Markt, nördlich der kleinen Pestkapelle, 20 Häuser innerhalb einer Stunde abgebrannt. Dies waren die Häuser der gesamten Gasse. Drei Kinder hatten gezündelt.

Wenn der Wind sich nicht gedreht hätte, wäre vermutlich der halbe Markt verbrannt. Erstens war kein Wasser zur Hand und zweitens waren die meisten Männer auf der Jagd am Entschen und die Übrigen beim Haage[21] außerhalb des Ortes. Die Kinder sagten zu ihrer Entschuldigung: „Wir wollten doch nur ein Feuerlein machen." Ihnen war nicht bewusst, was sie angerichtet hatten. Durch diesen Leichtsinn wurden einige Familien obdachlos. Die meisten Häuser die dadurch abgebrannt waren, wurden 1670 wieder neu aufgebaut.

Das Wetter in diesem Sommer war besonders schön. Aber es kam eine fürchterlich böse Tierkrankheit, die Viehpest genannt wurde. Nicht nur die Tiere im Stall waren davon betroffen, sondern auch viel Wild im Wald kam dadurch um. Tobias wusste nicht, ob es gefährlich war, die verendeten Tiere zu verspeisen. Er hatte Angst, dadurch könnten sich auch die Menschen anstecken und die Pest bekommen. Deshalb musste er das Jagen für eine längere Zeit aufgeben.

1881 Anna und Genovefa
Anna war verwundert und zeigte mit ihrem Finger aufs Buch und sagte zu Genovefa: „Sieh mal, jetzt ändert sich die Schrift, jetzt schreibt jemand ganz klar und schwungvoll. Ich glaube, dass jetzt ein junger Mensch begonnen hat, hier einzutragen. Vielleicht war es der Tobias von Gerstruben. Ich bin schon gespannt, wie es weitergeht."

Im Jahre 1672, noch bevor Tobias im „geheimen Buch" blätterte, ließ er eine Seite leer und begann, seinen ersten Eintrag zu machen.

„Heute, am 24.2.1672 ist meine Mutter, Renn Ursel, die 1621 geboren war, mit nur 51 Jahren in Gerstruben verstorben.
Sie war die Witwe von Ulrich Berchtold, meinem Vater.

Als Tobias diese Zeilen schrieb, dachte er sich: „Dies ist bestimmt der traurigste Eintrag, den ich je in meinem Leben machen werde."

---
[21] Einzäunen

Zweiter Teil

Tobias Berchtold schrieb das Buch von 1672 bis 1725

Ursel Berchtold, geb. Renn, Gerstruben
Ursel, die Witwe Ulrichs, war im Juli 1672 verstorben.
Ihr Bauch wurde immer dicker und dicker. Sie hatte Schmerzen, die sie kaum mehr ertragen konnte. Der Doktor sagte nach einer gründlichen Untersuchung: „Ursel, du hast ein großes Geschwür im Unterleib. Ich weiß nicht, wie schnell es wächst. Aber ich rate dir, kläre, wer sich um deine Kinder kümmern soll, wenn du nicht mehr da bist. Johannes ist erst neun Jahre alt, Mathias und Maria nicht viel älter. Sie brauchen eine mütterliche Hand an ihrer Seite bis sie erwachsen sind." Ursel war sehr tapfer. Sie sprach mit ihrer ledigen Schwägerin Leni, die mit ihnen zusammen im Haushalt lebte. Die beiden haben sich besser als manche Geschwister vertragen. „Leni, ich weiß, ich werde bald sterben. Bitte, würdest du dich dann um Ulrichs und meine Kinder kümmern? Mir ist klar, das, was ich von dir verlange, ist sehr viel. Du wirst dein Leben für meine Kinder opfern müssen und ich kann dir das nie mehr vergelten. Aber was soll sonst aus den Kindern werden?" Leni weinte bitterlich: „Ich verspreche es dir. Ich werde mich um sie kümmern, denn ich habe alle sechs deiner Kinder lieb. Schließlich bin ich ja auch 's Dettle[22]."
Ursel bat ihre Kinder einzeln in ihre Schlafkammer zu kommen. Sie sprach mit jedem ihrer Kinder und verabschiedete sich in Ruhe von ihnen. Dem ältesten, dem Martin, hatte sie ein Versprechen abgenommen: „Bitte kümmere dich zusammen mit Leni um die Kleinen. Leni muss auf Lebzeiten hier im Haus einen Wingkhl[23] bekommen."
Dem Tobias hatte sie das Buch gegeben und gesagt: „Jetzt bist du alt genug und ich weiß, du kannst Uotz' Buch verstehen. Bitte vergiss nicht, auch mich einzutragen", dabei lächelte sie ihren Sohn mit einem bleiernen Lächeln an. Die Gespräche waren für Ursel

---
[22] Taufpatin
[23] Wohnrecht auf Lebenszeit

anstrengend, aber es war ihr wichtig und ihre Kinder bedeuteten ihr alles. Danach konnte Ursel loslassen. Sie ist dann mit 51 Jahren in der drauffolgenden Nacht für immer entschlafen. Dass es so schnell gehen würde, hätte keiner gedacht.

Auf Leni und die Kinder kam eine harte Zeit zu. Das Vieh und die Ernte mussten versorgt werden. Seit letztem Jahr bauten sie zusammen mit ihren Nachbarn auf einem großen Feld Flachs an. Mit dem gesponnenen Garn und dem daraus gewebten Stoff konnten die Frauen für die eigenen Familien Blusen, Röcke, Leibchen und Hemden nähen. Auch Decken und Kissen für die Betten wollten sie herstellen und die Leinensäcke mit Stroh und Laub befüllen. Die ganze Hoffnung galt dem Acker und dem Gemüseanbau. Aber Leni überkam eine große Angst, wenn sie daran dachte, wie sie die ganze Familie im Winter durchbekommen sollte.

Berchtold Tobias bei Georgi in Stein

Im Herbst 1685 musste Tobias nach Kempten, um Samen für den Acker zu besorgen, dabei kam er in Stein bei Georgi vorbei. Magdalena, seine Frau, richtete den beiden eine deftige Brotzeit her. Danach ging sie nebenan in die Schlafkammer, um ihr Enkelkind zu versorgen. Die beiden Männer unterhielten sich angeregt, was sich so in den letzten Jahren zugetragen hatte.

„Stell dir vor, mein Sohn, der Countz, hat vor einem Jahr geheiratet. Seine Frau ist Viktoria Burkhard aus Immenstadt. Ich bin seit acht Wochen Großvater vom kleinen Baltasar, den Magdalena gerade füttert."

Tobias wunderte sich: „Du bist aber ein junger Großvater. Das hätte ich dir gar nicht angesehen."

„Danke, ich war erst 18 Jahre alt, als ich Vater von Countz wurde."
Aber unser Bub war gar nicht so früh dran wie dir scheint. Magdalena und ich befürchteten schon, dass er nie eine passende Braut finden würde. Bis vor drei Jahren hatte er sich nicht ernsthaft für ein Mädchen interessiert. Allerdings interessierten sich die Mädchen

auch nicht für ihn. Er saß viel vor Büchern, so wie es sein Großvater, der Uotz, auch gerne getan hat. Seine Ehe haben wir zusammen mit Viktorias Eltern arrangiert. Er selbst hätte nie freiwillig diesen Schritt getan. Countz und seine Frau Viktoria sind heute auf dem Feld. Ich hätte sie dir gerne vorgestellt. Wenn du etwas Zeit hast, kommen sie vielleicht noch rechtzeitig, damit du sie kennenlernen kannst."

Tobias sah auf die Uhr und nickte: „Wenn das klappt, das würde mich freuen."

Georgi erzählte stolz weiter: „Aus Countz ist ein richtiger Schreiberling geworden, ganz im Gegensatz zu mir. Stell dir vor, er hat vor Kurzem eine Beschwerde an den Bischof geschrieben: Er habe ebenfalls, wie auch ich, sein Vater, Besitz in Oberstdorf. Und sein Großvater Uotz Kling habe dort sogar eine Zeit lang gewohnt. Also seien er und unsere Familie nach dem Allgäuer Brauch Untertanen der Herrschaft Rettenberg des Bischofs zu Augsburg. Dann kam aber ein Brief vom Bischof Christian von Stadion zu Augsburg zurück, dass Countz' Klage mit folgender Aussage abgewiesen wurde: Diese Behauptung, dass er Untertan der Herrschaft Rettenberg ist, sei falsch. Das Geschlecht Kling gehöre überwiegend zu Montfort. Deshalb seien wir Leibeigene des Adelsgeschlechts Montfort."

Tobias fragte interessiert nach: „Dein Vater, der Uotz, hat ins Buch geschrieben, dass er die Leibeigenschaft an seiner Hochzeit getauscht und den Besitz in Oberstdorf an meinen Großvater Martin abgetreten hat."

Georgi war beeindruckt: „Du kennst dich aber gut aus. So hat es mir mein Vater Uotz auch erzählt. Aber wir hatten nicht nur den Boden, auf dem unser Haus abgebrannt war, das wir damals an euch verkauft haben, sondern wir haben immer noch die Wiesen und Felder im Ösch, die Uotz, bevor er fortgegangen war, mit meinem Großvater Jakob gemäht hatte."

Tobias überlegte sich, ob er vielleicht später einmal auf dem Grundstück, das sein Großvater Martin gekauft hatte, für sich ein eigenes Haus bauen sollte.

Magdalena kam vom Füttern des Säuglings zurück und sagte zu Tobias: „Wie schön, dich in unserer bescheidenen Stube zu sehen. Habt ihr es bei euch daheim auch schon gehört? Es mussten viele Klöster geschlossen werden und die Mönche seien in alle vier Himmelsrichtungen zerstreut worden. Mir ist zu Ohren gekommen, es sollen manche von ihnen sogar geheiratet haben."
„Durch Doktor Luther und seine Protestanten kam ein neuer Wind mit einem neuen Zeitgeist zu uns ins Land. Ob es einen Segen für die Menschheit bedeutet, ist im Moment noch nicht erkennbar."
Georgi war skeptisch und sprach weiter: „Manch einer fürchtet sich vor dem Zorn Gottes. Aber ich hoffe, er wird uns Menschen deshalb nicht verdammen." Tobias entgegnete ganz unbedarft darauf: „Aber unsere Pfarrer predigen doch immer: Fürchtet euch nicht vor Gott. Er ist ein gütiger, gnadenvoller Mann und ich hoffe, sie haben recht damit. Daran glaube ich."
Tobias stellte fest: „Trotz alledem, es hat sich in letzter Zeit schon einiges verändert. Die Unwetter werden selbst im Dorf immer stärker. Neulich hat der Blitz in den Kirchturm geschlagen. Das Kreuz ist mitsamt der Kugel heruntergefallen. Wenn die Kirche gebrannt hätte, wäre das furchtbar für alle Häuser gewesen. Die Gefahr, dass alle mit abgebrannt wären, darf ich mir nicht vorstellen. Damit wir bei zukünftigen Brandfällen schnell zu Wasser kommen, bauten wir zusammen von der Trettach bis hinunter durchs ganze Dorf nach Westen einen Bach. Das ist auch eine gute Lösung für die Frauen im Dorf. Sie haben das Wasser für den Haushalt und zum Waschen der Wäsche in der Nähe der Häuser. Für uns war das auf Gerstruben bisher nie ein Problem. Wir haben ja schließlich einen Brunnen vor dem Haus."
Georgi fiel auf einmal wieder ein: „Hier in Stein und, wie ich gehört habe, auch bei euch soll wieder eine Viehkrankheit ausgebrochen sein. Auf der Zunge haben die Tiere gelbe Bläschen bekommen. Die Seuche verbreitete sich rasch im ganzen Allgäu. Der Tierdoktor riet uns, die Zunge des Viehs mit Weinessig, Honig, Salz und einer Messerspitze blaues Vitriol so lange auszureiben, bis Blut kommt.

Dann mussten wir mit einem ungebleichten Leinentuch die Wunde auswischen. Das hat gut geholfen. Die Seuche haben wir wieder in den Griff bekommen."

Als sich Tobias nachmittags verabschiedete, kamen gerade noch Countz und seine junge Frau, Viktoria, vom Feld zurück.

Tobias war gleich bei der ersten Begegnung aufgefallen, dass Viktoria zwar eine gute Beobachterin war, aber sobald er sie anschaute, sah sie verstohlen weg. Es fiel ihr sichtlich schwer, anderen in die Augen zu sehen. Trotzdem waren sie sich gegenseitig sympathisch und hatten das Gefühl, sich vertrauen zu können.

Nach diesem interessanten Nachmittag ging Tobias zufrieden ins Bergbauerndorf heim. Er freute sich wieder auf seine ruhige Heimat.

Im darauffolgenden Winter gab es sehr viel Schnee. Die Lawinen in den Oberstdorfer Bergen richteten viele Schäden an. In der Spielmannsau hatte eine Lawine das Geburtshaus von Martin, Tobias' Großvater, und andere Häuser, Ställe und Heuschinden mit fortgerissen.

Einige Jahre später hatten sich Tobias und Georgis Schwiegertochter Viktoria zufällig in Immenstadt getroffen. Viktoria klagte über ihre Schwiegermutter Magdalena. „Neulich war Baltasar, mein Kind, fürchterlich gestürzt und hat sich seinen Arm gebrochen. Sie gab meinem Kind gegen meinen ausdrücklichen Willen einfach ein Schmerzmittel, damit er schlafen konnte. Meine Schwiegermutter nahm ihn dann zu sich in die Schlafkammer, und ich durfte ihn nicht einmal sehen, sie meinte, ich würde ihn nur stören.

Viktoria sah Tobias dabei nicht an, und er ahnte, dass sie weinte. Sie sprach weiter: „Ich war sehr zornig auf Magdalena. Zuerst bekam ich fast keine Luft mehr, aber dann schrie ich sie ganz laut, aber mit ironischer Stimme an: Da hast du wohl recht. Ich muss meine häusliche Pflicht zum Wohle aller erfüllen. Ich muss zum Krämer gehen und neuen Faden kaufen, damit ich dir deine aufgerissene

Naht an deiner Bluse flicken kann, weil du mit deinen Augen nicht mehr sehen kannst. Ich muss draußen vor den Leuten ein falsches freundliches Gesicht machen, damit du mit mir zufrieden bist. Es darf nur keiner denken, dass es bei uns daheim irgendein Problem zwischen uns beiden geben könnte. Aber nach deinem Empfinden soll mein einziges Kind, der Baltasar, für mich nicht so wichtig sein. Was bist du nur für eine Rabenmutter?
Meine Schwiegermutter schrie zurück: Wie respektslos redest du denn mit mir? Deine Eltern haben wohl versäumt, dir beizubringen, du sollst Vater und Mutter ehren? Ich bin schließlich die Mutter deines Mannes. Also gehöre auch ich dazu. Ich verbiete dir in Zukunft, mich so anzuschreien. Wirst sehen, heute Abend erzähle ich es Countz. Sie hat es meinem Mann wirklich gepetzt und er hat sich wie meist, neutral verhalten. Er wollte sich nicht in unseren Streit einmischen. Sein Verhalten belastet ebenfalls unsere Ehe.
Meine Mutter sagte damals, noch vor unserer Hochzeit, zu mir: Die besten Ehen sind die, die aus Vernunft geschlossen werden. Aber der Mann und die Frau müssen gut ausgewählt sein, damit sie zusammenpassen, um den gemeinsamen Lebensweg miteinander gehen zu können. Ihr war schon klar, so ganz ohne Liebe am Anfang wird es nicht einfach für mich werden. Sie war aber zuversichtlich für Countz und mich und hat stets für unser Glück gebetet, so wie sie mir erzählt hat." Viktoria machte eine kurze Pause und sprach dann mit gesenktem Kopf weiter: „Manchmal denke ich, wir hatten das Glück, dass sich die Liebe zwischen meinem Mann und mir entwickelt hat, und ein anderes Mal kommt es mir vor, als würde meine Schwiegermutter dann wieder alles zerstören. Ich weiß, eine gute, tugendhafte Ehefrau würde ihren eigenen Willen, ihre Bedürfnisse und ihre Überzeugungen für ihren Mann und die Familie zurückstellen, aber ich schaffe dies alles bei so einer Schwiegermutter nicht. Eine Freundin von mir wurde ebenfalls von ihren Eltern verheiratet, ohne dass sie ihren Mann vor der Hochzeit kannte. Bei ihnen blieb die Liebe für immer aus. Er schlägt und misshandelt sie. Manche Tage kommt sie schlimm zugerichtet vorbei und weint

sich bei mir aus. Ich weiß nicht, warum das so ist. Bei einer Verbindung zwischen Mann und Frau sollte Liebe im Vordergrund stehen. Trotzdem entsteht häufig ein fürchterlicher Hass in der Gemeinschaft zweier Menschen, egal ob zwischen Ehegatten, Schwiegerleuten oder sonstigen Verbindungen. Einer quält den anderen und sie machen sich gegenseitig das Leben schwer, bis beide vollkommen enttäuscht voneinander sind."

Tobias zeigte Mitgefühl und antwortete ihr: „Ich bin zwar Katholik, weiß aber, dass Luther einmal sagte: Ihr müsst beten, und auch der Mann und die Frau sollen in einer Ehe zusammen beten. Dann wird Gott den beiden beistehen."

Viktoria war völlig durcheinander und erhob ihren Blick für einen kurzen Moment: „Ich verstehe nicht ganz, soll das heißen, wenn meine Freundin wegen ihres Mannes betet oder ich wegen meiner Schwiegermutter bete und bitte, dann würde uns Christus Liebe, Harmonie und Zufriedenheit schenken?"

Tobias sah sie nachdenklich an: „Das ist eine gute Frage. Aber Viktoria, ich glaube, so einfach ist es leider nicht. Wir können vom Herrn nicht erwarten, dass er uns Glück, Reichtum und Gesundheit schenkt, und wir uns hier im Diesseits ein gemütliches Leben machen und ausruhen können. Wir sind hier auf Erden, um uns einen Platz im Jenseits, im Himmelreich, zu erarbeiten. Wenn es nicht so läuft, wie wir es uns vorstellen, dann müssen wir uns selbst ändern und die anderen Menschen so annehmen, wie sie sind. Vielleicht stellt dich Gott vor eine Prüfung, an der du wachsen darfst?"

Viktoria sah ihn ganz scheu und immer noch verunsichert an: „Also müssen wir Frauen auf dieser Erde mehr reifen als unsere Männer?"

Einige Jahre waren seitdem vergangen, dann kam ein Brief von Countz und Viktoria aus Stein.

Lieber Tobias,
meine Eltern, Georgi und Magdalena, sind kurz hintereinander

gestorben. Sie hatten beide hohes Fieber mit anschließendem starkem Husten. Der Doktor meinte, es sei eine hitzige Krankheit mit einer Lungenentzündung gewesen. Wir selbst sind davon verschont geblieben.
Euer Countz, aus Stein

Brack Petrus, Oberstdorf
Im März 1688 heiratete Petrus Brack, der Jagdfreund des Tobias, die Jungfer Maria Eberle in Oberstdorf. Tobias wurde von Gerstruben nach Oberstdorf zur Hochzeit eingeladen. Es war eine fröhliche Hochzeit mit Brautstehlen und Tanz, wie es bei großen Hochzeiten üblich war. Die beste Freundin der Braut war eine dunkelhaarige, mittelgroße junge Frau mit etwas kräftigerer Statur als die meisten Mädchen in dieser ärmlichen Zeit. Tobias hatte das Mädchen gesehen und beobachtete es unentwegt. Ihre Freunde nannten sie Kathi. Er nahm allen Mut zusammen und holte sie zum Tanz, damit er unauffällig mit ihr reden konnte. Er bat sie, während sie sich im Kreise drehten und das Tanzbein schwangen, um ein Wiedersehen. In der darauffolgenden Woche, am Tag des Herrn, am Sonntag, vereinbarten sie ein Treffen. Auch Kathi freute sich auf das Wiedersehen und war deswegen die ganze Woche über schon ein wenig aufgeregt. Sie schlüpfte in ihren weit geschnittenen, bis zum Knöchel hinunterreichenden, langen Rock, trug darunter ihre selbstgestrickten Socken und schnürte das passende Mieder über ihrer cremefarbenen Bluse zu. Es würde unangenehmes Aufsehen erregen, wenn bei einem jungen Mädchen, wie bei ihr, beim ersten Treffen mit einem Buben der Rock zu kurz oder ihr Ausschnitt etwas zu tief geraten wäre. Deshalb versuchte sie, sich von ihrer besten Seite zu zeigen, um bei ihrem Verehrer einen guten Eindruck zu hinterlassen.
Als Tobias das Haus ihrer Eltern vor sich sah, konnte er Kathi durchs Stubenfenster erkennen. Deshalb klopfte er an die Glasscheibe, um sie zu einem Spaziergang abzuholen. Sie öffnete ihm

die Haustür. Als er eintrat, sah Kathi ihn an und stellte fest, dass Tobias ein besonders gut aussehender, drahtiger junger Mann war. Dies war ihr auf der Hochzeitsfeier vor einer Woche gar nicht aufgefallen. Ihr Blick blieb an den Augen von Tobias hängen. Er wich ihrem Blick nicht aus. Er sah in Kathis Augen etwas Geheimnisvolles aufblitzen und er glaubte erkannt zu haben, dass ihm Liebe entgegenstrahlte. Etwas von ihr bohrte sich in sein Herz und in seine Seele ein. Für ihn war dieses Mädchen jemand ganz Besonderes, etwas bisher nicht Gekanntes. Kathi ging es genauso. Sie kannte so ein Gefühl bisher nicht und wunderte sich darüber. „Wie können sich zwei Menschen bei der ersten Verabredung so tief in die Augen sehen und dabei etwas fühlen, was sie vorher noch nie gespürt hatten? Ich glaube, so muss sich Liebe anfühlen."

Da es erst Ende März und noch kalt war, zog sie ihre Winterschuhe an und legte sich ein rot gemustertes Wolltuch über ihre Schulter. Nun gingen die beiden gemeinsam in Richtung Schießhütte. Kathi war bisher immer nur mit Mädchen unterwegs. Sie war erstaunt, wie gut sie sich mit Tobias unterhalten konnte. Als er Kathi nach dem Spaziergang wieder heimgebracht hatte, sagte sie zu ihm: „Willst du noch mit reinkommen? Ich könnte uns einen Becher heiße Milch zum Aufwärmen machen." Tobias freute sich und nahm das Angebot gerne an. In die heiße Milch tat Kathi einen großzügigen Löffel Honig hinein. Das kannte Tobias bisher nicht, aber es schmeckte ihm wunderbar. Als er sich verabschiedete, fing sein Herz stark zu klopfen an, so dass er sie schließlich fragte: „Wann werde ich dich wiedersehen?" Die beiden trafen sich in der nächsten Zeit immer häufiger.

15 Monate nach Petrus' und Marias Hochzeit hatte die junge Ehefrau Zwillinge, die Ursula und den Udalrikus, geboren. Es war eine sehr schwere Geburt. Maria starb vier Tage später im Wochenbett. Die beiden Säuglinge waren sehr schwach. Petrus fand trotz aller Bemühungen niemanden, der noch Zwillinge hätte stillen können. Nach 12 Tagen starb Ursula und 23 Tage später auch Udalrikus.

Wenn Säuglinge, die getauft waren, starben, wurde deren Eltern zum Engel gratuliert. Das gab ihnen etwas Trost und Zuversicht und sie konnten darauf vertrauen, dass das Buzele jetzt im Himmel weiterleben wird und seine Seele nicht verloren war. Die Menschen waren sich sicher, im Jenseits gab es keinen Hunger und keine Not. Die kleinen Wesen hatten das Leid auf Erden überstanden.
Drei Monate nach dem Tod seiner Frau und den Kindern hat Petrus wieder geheiratet. Seine neue Braut war Ursula Schraudolph aus Oberstdorf.

Berchtold Tobias und Brutscher Kathi, Oberstdorf
Tobias' ältester Bruder, der Martin, hatte inzwischen den Hof seines Vaters auf Gerstruben übernommen. Deshalb hatte Tobias vor, irgendwann ins Dorf hinunterzuziehen. Er hatte nur mehr Augen für Kathi. Er besuchte sie fast wöchentlich und sie träumten von einer gemeinsamen Zukunft. Sie beschlossen zu heiraten, sobald sie eine eigene Herdstelle gefunden hatten. Tobias wollte auf keinen Fall ins Haus seiner zukünftigen Schwiegereltern einziehen. Genauso wenig mochte er im Haushalt seines inzwischen verheirateten Bruders bleiben. Martin konnte sich ebenfalls, wie auch Tobias, daran erinnern, dass ihr Großvater, der Martin, den Boden von Uotz erworben hatte. Inzwischen war das Baugrundstück genau am Dorfbach gelegen. Martin, als älterer Bruder und somit Nachfolger seines Vaters, bot Tobias an: „Ich habe nichts dagegen. Wenn du willst, kannst du dort für euch ein Haus bauen." Tobias staunte über seine Großzügigkeit und war seinem ältesten Bruder sehr dankbar. Alle drei Brüder, der Martin, der Christoph und der Johannes, versprachen ihm, beim Bau seines kleinen Anwesens behilflich zu sein. Dafür versprach Tobias ihnen: „Wenn ihr mal in Oberstdorf seid und euch der Weg heim nach Gerstruben zu weit oder am Abend zu spät ist, könnt ihr immer bei uns wohnen."
Martin begann gleich mit der Bauplanung: „Wir müssen zuerst Holz schlagen und viele Steine aus einem Bachbett an den Bauplatz

befördern. Am besten machen wir diese Arbeit im Winter, dann können wir im Frühjahr mit dem eigentlichen Hausbau beginnen. An den Wänden, wo es durch den Regen feucht ist, mauern wir ein Stück hoch."

Tobias bekam die Bauverordnung von Schwaben, welche besagte, dass die neuen Häuser im Allgäu verputzt sein müssen. Zudem wollte Tobias unbedingt einen Erdkeller graben lassen, damit sie im Sommer einen kühlen Raum für Vorräte hatten, so dass Gemüse, Milch und Fleisch länger frisch blieben. Martin hatte Tobias empfohlen: „Beim Kalkbrenner besorgen wir uns den gebrannten Kalk, damit wir mauern können. Wir sollten es ihm früh genug sagen, damit er Zeit hat, für uns den Kalk herzurichten."

Martin hatte sich extra für diesen Bau eine neue Baumsäge in Kempten gekauft. Am Anfang machte ihm das Sägen Spaß. Doch als er einen dickeren Baumstamm durchsägen wollte, wurde die Arbeit beschwerlich. Das Sägeblatt ließ sich nicht mehr hin- und herziehen und klemmte sich immer wieder von Neuem im Holz ein. Sie entschieden dann doch lieber, die Axt zu nehmen. Sie waren sich einig, dies ging leichter und bestimmt auch schneller. Martin ärgerte sich über seine neue Errungenschaft. Das Geld hätte er lieber für etwas Sinnvolles ausgeben sollen.

Als das Haus bis auf wenige Kleinigkeiten fertig war, gingen Kathi und Tobias zusammen zum Pfarrhof, um das Aufgebot zu bestellen. Sie traten durch die schlichte Eingangstür. Geradeaus war eine Tür mit Schnitzerei zu sehen. Gleich linker Hand stand eine weitere Tür offen, die den Blick auf den Pfarrer hinter einem Stehpult freigab. Als er Kathi und Tobias im Flur stehen sah, bat er sie in seine Schreibstube. Rechts hinter ihm stand ein Regal mit in Leder gebundenen Büchern, einige sogar mit vergoldeten Blattkanten. Kathi war beeindruckt und vermutete, dass dies die Heilige Schrift sei. Der Geistliche begrüßte die beiden und fragte sogleich: „Wie lange kennt ihr euch schon?"

„Vor zwei Jahren haben wir uns auf der Hochzeitsfeier von Petrus und Maria kennengelernt."

„Ja, dem Petrus seine Frau, die Maria, ist seit sechs Monaten tot und er ist schon seit einigen Wochen wieder verheiratet. Aber nun zu euch, bitte nehmt Platz."

An Silvester 1689 hatten Tobias Berchtold und Kathi Brutscher in Oberstdorf in der Pfarrkirche geheiratet. Es war eine kleine, bescheidene Hochzeit. Mit allen Geschwistern waren es etwas über 20 Personen.
Als Tobias am Morgen nach der Hochzeit durch den Nachtwächter geweckt wurde: „Sechs Uhr hat's geschlagen", fiel ihm ein, dass es Sonntag war. Also konnte er noch ein wenig zu seiner Kathi unter die Decke schlüpfen. Nach zärtlichen Umarmungen, als die ersten Sonnenstrahlen ins Schlafzimmer schienen, sagte er: „Kathi, ich muss in den Stall gehen, um die Tiere zu füttern."
Daraufhin seufzte sie: „Schade. Wenn du dann im Stall fertig bist, habe ich für uns das Morgenessen vorbereitet."
Eine Kuh, zwei Geißen und einen Gockeler mit drei Legehennen mussten gefüttert und der Stall ausgemistet werden. Die Tiere waren Hochzeitsgeschenke ihrer Freunde. Ansonsten hätte er in seinem neuen Anwesen kein Tier im Stall. Petrus Brack kam mit einer ganzen Fuhre duftendem Heu zur Hochzeit und sagte: „Es ist in meiner Scheune noch mehr davon für dich zu holen." Kathi atmete erleichtert auf. Sie hatte sich gleich Sorgen gemacht: „Wie können wir im tiefsten Winter so schnell Futter für die Kuh beschaffen."
Von Tobias' Geschwistern bekamen sie zwei Bettdecken mit Kissen, die mit frischem Stroh gefüllt waren. Seine Familie hatte aus dem selbst angebauten Flachs Leinen gewoben und daraus Bettdecken für sie genäht. Tobias' Schwester, Maria, nähte für Kathi ein wunderschönes, schlichtes Nachthemd aus dem weißen Leinenstoff. Als Tobias dies sah, schmunzelte er: „Das Nachthemd ist zu schade fürs Bett. Es könnte fast ein Brautkleid sein."

Tobias hatte sich inzwischen in seinem eigenen Haus im Dorf gut eingelebt. Kathis Katze Boltes war zum Erstaunen aller mit ihrem Frauchen zusammen ins neue Haus mit umgezogen. Nachdem Tobias seinen Melkkübel in die Hand nahm und sich an die Seite seiner Kuh Resl setzte, begann er in aller Ruhe deren Euter mit streifenden Bewegungen zu massieren. Nun kam Boltes, die Katze, die wie jeden Morgen vor dem Stall auf ihn wartete. Sie bekam wie gewohnt auf einem alten Teller kuhwarme Milch, den ihr Tobias seit Wochen immer wieder hinstellte. In dem Moment rannte eine Maus durch den Stall. Aber die Katze sah dieser ruhig und zufrieden nach. Tobias wunderte sich: „Du fauler alter Kater! Warum rennst du ihr nicht nach und fängst sie? Du solltest auch selbst deine Arbeit tun und nicht immer nur faul aufs Fressen von uns warten." Als er mit dem Melken fertig war, zog er seinen blauen Melkkittel aus und hängte ihn an den Haken im Schopf neben der Seitentür, die ins Wohnhaus führte und ging zum Morgenessen.

Tobias trug dem Kaufmann Blattner, der seine Ware im Umkreis bis nach Stein anbot, auf: „Bitte richte Countz aus, dass ich Kathi geheiratet habe." Aber es kam nie eine Antwort aus Stein zurück. Tobias war ein wenig enttäuscht. Aber er tröstete sich selbst, indem er sich sagte: „Countz kennt mich kaum. Nur weil mein Vater und sein Großvater befreundet waren, brauchen wir ja keinen Kontakt halten."
Ihm fiel ein selbstgedichteter Spruch ein. Diesen trug er sogleich in sein Lebensbuch ein.

Die Zeit und die Menschen verändern sich.
Wie das Wasser im Flussbett,
es fließt und fließt und sucht seinen Weg, immerfort.

1881 Genovefa und Anna über Rosalias Kind
Anna legte Genovefas Buch wieder zur Seite und sagte: „Ich muss jetzt erst einmal aufhören und alles verdauen, was wir soeben gelesen haben."
Genovefa nickte zustimmend: „Ich schlage vor, für heute machen wir Schluss und gehen jetzt an die Arbeit."
Anna kam seit einem Jahr nur noch selten zu Genovefa auf Besuch und dann auch nur kurz für höchstens eine Stunde. Sie bedauerte, dass ihr im Moment die Zeit zum Lesen fehlte. Ihr Bruder, der Hansi, hatte geheiratet und ihr Vater meinte, für zwei Frauen reiche daheim die Arbeit nicht aus. Deshalb musste Anna seit ein paar Monaten auch noch in die Fabrik gehen.
Diesmal kam Anna zusammen mit ihrer Freundin Rosalia und deren Kind bei Genovefa vorbei. Sie freute sich aufrichtig, die drei zu sehen. Sie nahm sogleich die kleine Aloisia auf ihren Arm. „So ein nettes Mädchen, dafür musst du Gott besonders dankbar sein, denn es ist keine Selbstverständlichkeit, wie ihr wisst." Die Kleine lachte und fuhr mit ihren kleinen Händchen in Genovefas Haare, um mit ihnen zu spielen. „Wie alt ist Aloisia schon?"
„Sie wird nächsten Monat ein Jahr. Genovefa, du hast mir damals in meiner großen Verzweiflung so sehr geholfen. Dafür will ich mich nochmal bei dir bedanken. Schau, dafür habe ich dir etwas mitgebracht." Sie gab ihr ein wertvolles, cremefarbenes Halstuch, handbedruckt mit roten Röschen und grünen Blättern. Genovefa war erstaunt über dieses moderne Geschenk, das so gar nicht zu ihr passte, und fragte Rosalia verunsichert: „Bin ich für so ein buntes Halstuch nicht schon zu alt?" „Nein, du bist vom Denken her so jung geblieben. Ich dachte, das ist genau das richtige Geschenk für dich und ich finde, es steht dir ausgezeichnet. Dann können alle sehen, wie modern und aufgeschlossen du bist.
Übrigens, ich werde in zwei Monaten heiraten."
Genovefa sah sie besorgt an: „Um Himmels willen, wen willst du so schnell heiraten?"
Anna hatte das Wort ergriffen: „Du kennst ihn, er war damals bei euch und ging anschließend mit Otto zusammen auf das Fest. Du weißt, der

Mann mit dem kecken Schnurrbärtchen." Genovefa wurde auf einmal ganz blass und nachdenklich.
Rosalia aber sprach weiter wie ein Wasserfall: „Ich habe mich in Johann, einen Tiroler, verliebt, der sieht so toll aus, aber du hast ihn ja selbst gesehen. Er will mich trotz meines Kindes zur Frau nehmen. Meine Kleine und der Johann, die mögen sich. Die meisten denken sowieso, er sei ihr Vater. Dabei belasse ich es auch. Später wird auch Aloisia annehmen, dass Johann ihr Vater ist."
„Du bist doch nicht etwa wieder schwanger?", fragte Genovefa ehrlich besorgt.
Rosalia lächelte, drehte sich kokett um und sagte: „Kann schon sein." Dabei lenkte sie ab und erzählte weiter: „Aloisia wird seinen Namen tragen."
Wochen später traf Genovefa zufällig die Mutter von Rosalia beim Einkaufen. Sie klagte über ihre Tochter: „Stell dir vor, Rosalia will einen Einwanderer heiraten. Wir wissen nichts über ihn und seine Familie. Nur, was uns Rosalia und Johann selbst erzählen. Der Vater von ihrem Zukünftigen, der Giovanni, kam vom Mendelpass. Dort seien die Menschen so arm und haben weder Arbeit noch etwas zu essen. Aus diesem Grund habe sein Vater das Land zusammen mit seiner Ehefrau Crescentia und ihren drei Buben, dem Johann, Alois und Joseph verlassen. Sie kamen zu uns ins Allgäu. Alois ist Zimmermann, die anderen arbeiten als Maurer. Sie wollen hier ihr Geld verdienen und am Wehr beim Gaisalpsee bei Reichenbach arbeiten. Als sein Vater letztes Jahr gestorben ist, ging seine Mutter, die starkes Heimweh hatte, wieder zurück nach Tirol. Sie hat sich hier nie wirklich wohlgefühlt und konnte kaum Deutsch sprechen. Die Söhne, wie auch unser zukünftiger Schwiegersohn, der Johann, sind hiergeblieben. Done, mein Mann, ist auch nicht begeistert, aber wenn der Tiroler sie schon samt dem Kind heiraten will, dann soll es uns recht sein. Einen Einheimischen, der sie mit dem Kind nimmt, wird sie bestimmt keinen mehr finden. Ich denke, deshalb werden wir der Eheschließung zustimmen."
Genovefa schwieg dazu, dachte aber an ihre eigene Schwangerschaft zurück, als Mutter sagte: „Mit einem Kind wirst du nie mehr einen

Mann bekommen. Du verbaust dir dein ganzes Leben." Sie hatte so große Furcht vor ihrer Zukunft gehabt.

Genovefa erwähnte nicht, dass sie mit Rosalia in Kontakt war. Sie wunderte sich aber, dass Rosalias Mutter nichts über eine weitere Schwangerschaft erzählte.

In der drauffolgenden Nacht konnte Genovefa selbst lange nicht einschlafen. Ihre Vergangenheit holte auch sie wieder ein. Sie versetzte sich in die Lage von Rosalia. Auf der einen Seite war sie schockiert, dass das junge Mädchen scheinbar nichts gelernt hatte und sich schnell wieder mit einem Mann eingelassen hatte. Auf der anderen Seite bewunderte sie ihren Mut. Vielleicht heiratete sie auch nur, weil sie es als ledige Mutter mit einem Kind viel schwerer hatte. Genovefa dachte wieder über ihr eigenes Leben nach: „Wenn ich mich früher nicht zurückgezogen hätte, sondern weiterhin wie auch Rosalia unter Menschen gegangen wäre, dann hätten vermutlich Ulrich und ich viele Jahre früher geheiratet. Otto wäre dann unter Umständen kein Einzelkind geblieben. Aber einem Reuenden gibt man nichts zurück. So sagte schon 's Maale[24] immer. Es ist, wie es ist, und ich kann die Uhr nicht mehr zurückdrehen." Nach diesen Gedanken konnte sie loslassen und war endlich eingeschlafen.

Einige Wochen später kam Anna wieder alleine zu Genovefa und sagte: „Heute hätte ich den ganzen Nachmittag Zeit, wenn du es auch einrichten kannst, würde ich gerne die Familiengeschichte weiterlesen."

Genovefa überlegte kurz und antwortete dann: „Gut, aber ich will vorher noch mit dir über Rosalia reden. Für das Kind ist es ja im Moment ganz in Ordnung, dass es denkt, es habe wie alle anderen auch einen Papa. Aber später, wenn sie eine Jugendliche ist, finde ich es nicht gut. Meiner Meinung nach hat Aloisia irgendwann ein Recht darauf, die Wahrheit über ihren leiblichen Vater zu erfahren. Anna, stelle dir mal vor, Aloisia wurde als uneheliches Kind geboren. Ihre Mutter, die Rosalia verheimlicht ihr diese Tatsache. Gerade in so einem kleinen Ort wie Fischen wissen doch alle Bescheid, was geschah. Wenn Aloisia später die Wahrheit über ihren Vater von fremden Menschen

---

[24] Großmutter

erfährt, wird es nicht leicht für sie sein. Sie wird sich denken, wenn mich meine Mama bei so grundlegenden Dingen belogen hat, ist bestimmt mein ganzes Leben auf einer Lüge aufgebaut worden. Durch diese Lebenslüge könnte sie ihre Tochter für immer verlieren. Aloisia wird enttäuscht von Rosalia sein und wird ihr nicht mehr vertrauen können. Wegen der Tatsache, ein lediges Kind zu sein, wird sie beginnen, sich zu schämen. Sie wird nie mit ihren eigenen Kindern darüber reden können. Dies ist dann ein unausgesprochenes Familiengeheimnis. Es ist wie ein Ölfleck. Er enthält dunkle Bereiche, die immer größer und größer werden. Wiederholungen werden geschehen, ohne dass wir uns dessen bewusst sind. Diese dunklen Familiengeheimnisse müssen durchbrochen werden, das sagte schon deine Mutter zu mir, bevor sie gestorben ist.
Wenn Rosalia ihre Tochter in der Ungewissheit über ihre Herkunft lässt, wird sie ihr Leben lang Angst davor haben, dass ihr Kind dies von anderen erfährt."
Anna hörte gespannt zu, konnte aber nichts dazu sagen: „Darüber muss ich erst nachdenken. Aber da könntest du recht haben. In ein paar Jahren werde ich mit Rosalia darüber reden. Aber jetzt würde ich doch gerne zu meinen eigenen Wurzeln, zu Tobias und seiner Familie, zurückkommen", bat Anna.
Sie schlug das Buch auf und fing wieder zu lesen an.

Jagd in Gerstruben
Tobias Berchtold und Petrus Brack gingen an einem wunderschönen Sommertag im Juli 1690 wieder zusammen auf die Jagd. Die Bären verursachten immer wieder Schäden und waren zudem für Menschen und Tiere gefährlich. Petrus erzählte: „Stell dir vor, der Jäger bezahlt eine Abschussprämie von 24 Gulden für einen erlegten Bären." Tobias sah seinen Freund ungläubig an: „Was sagst du da? Ich dachte, das wäre Wilddieberei."
„Bisher schon, aber unsere Leibherren richten es doch so, wie es für sie selbst am besten ist. Die Bären sollen hier in der Gegend so

schnell wie möglich ausgerottet werden. Dann wird dieses Gesetz zum Schutz der Bären von ihnen einfach aufgehoben. Aber das tote Tier dürfen wir nicht behalten. Wir müssen es beim Jäger abliefern."
Tobias drauf: „Es ist ja auch gut, dass die Bären abgeschossen werden, denn die sind wirklich gefährlich für uns."
„Aber lieber noch Bären als Wölfe", entgegnete Petrus, „denn ich habe gehört, dass sich neulich im Walsertal ein Wolf herumgetrieben hat. Zwölf Männern wurde angeordnet, diesen zu schießen. Andreas Kessler hatte den ersten Schuss auf den Wolf gemacht, ihn aber nicht richtig getroffen. Es brauchte sieben Schüsse, bis der Wolf zu Boden fiel." Die beiden lachten darüber. In dem Moment begegneten sie einigen Jägern aus dem Ort. Tobias und Petrus erschraken zuerst und dachten sich: „Nur gut, dass wir unsere Gewehre noch unter einem Felsvorsprung in einem Versteck liegen haben. Hätten wir sie offen bei uns getragen, dann wären wir jetzt von ihnen beim Wildern erwischt worden." Nun war beiden klar, dass sie an diesem Tag nichts mehr jagen konnten, da dies zu gefährlich wäre. Die beiden fragten die Jäger ganz unauffällig: „Was macht ihr hier oben im Gerstruber Hochtal? Wollt ihr etwa hier auf die Jagd gehen?"
Einer der Jäger antwortete: „Wir haben hier heute schon einen Bären erlegt. Morgen wird er am Marktplatz ausgestellt." Petrus lenkte ab, indem er Interesse vortäuschte: „Den Bären will ich mir morgen unbedingt anschauen. Heute muss ich sowieso noch ins Dorf zurück. Meine Frau bekommt in diesen Tagen ihr erstes Kind." Nach der Jagd hatten Petrus und Tobias meist für eine Nacht bei Martin auf Gerstruben übernachtet, um das Fleisch zu versorgen. Tobias wunderte sich, wie locker sein Freund die Geburt seines ersten Kindes nahm. Als würde er sich keine Sorgen um seine zweite Frau machen. Petrus konnte seine Gedanken erahnen und meinte: „Ich bin zuversichtlich, es wird dieses Mal gut gehen."
Ein anderer Jäger erzählte weiter: „Habt ihr gehört, in Sonthofen sollen ein geistig behinderter Mann und eine Frau aus dem Spital entkommen sein. Sie seien sehr schnell nach Oberstdorf in die Altwiesen beim Weidachsteg, das ist die Brücke zum Karatsbichl,

geflohen. Dort habe er die Frau mit seinem Sakhmeassr[25] geschunden und anschließend umgebracht. Danach habe er ihr die Haut vom Körper abgezogen. Nach dieser grauenvollen Tat wurde er gefangen genommen und wieder in die Irrenanstalt eingeliefert. Der Platz am Karatsbichl wird jetzt Wieberschinders Brinnele genannt." Am drauffolgenden Tag bekam Petrus' Frau, die Ursula, ein gesundes Mädchen. Sie gaben dem Kind, nach der Mutter, den Namen Ursi.

Berchtold Tobias und Brutscher Kathi, Oberstdorf
Auch Tobias und Kathi freuten sich auf ihr erstes Kind. Im September 1691 wurde ihr Mädchen geboren. Sie gaben dem Buzele auch den Namen Ursula, nach der Großmutter. Tobias war glücklich, dass alles so gut verlaufen war. Nachdem Petrus' erste Frau und die Zwillinge bald nach der Geburt verstorben waren, hatte er Angst um seine Kathi. 1692 wurde dann die kleine Barbara, 1695 Elisabeth und 1696 Anastasia, das vierte Mädchen, geboren. Vor jeder Geburt hatten sie ein wenig Furcht. Doch dann, wenn Kathi samt dem Kind die Geburt gut überstanden hatte, machte die Angst der Freude Platz. Tobias wünschte sich insgeheim einen Sohn. Doch einen Stammhalter bekam er dieses Mal wieder nicht.
Eines Abends saßen Tobias, Kathi und ihre Kinder beim Abendessen beieinander, jeder bekam ein Stück Brot und zum Tunken einen Becher Milch dazu. Als sie mit Essen fertig waren, gingen die Mädchen zu Tobias und sagten: „Gute Nacht, Papa." Kathi ging mit ihren vier Töchtern in die Mädchenkammer. Sie flocht ihnen die Zöpfe und zog ihnen ihre Schlafhauben darüber. Danach küsste sie zuerst Anastasia, die Kleinste, dann Elisabeth, danach Barbara und am Schluss ihre Große, die Ursula. Die Kinder saßen im Bett und beteten zusammen: „Lieber Gott, mach mich fromm, dass ich in den Himmel komm, Amen." Ihre Mutter machte ihnen mit dem Weihwasser das Kreuzzeichen auf ihre Stirn. Dann flüsterte Kathi liebevoll: „Schlaft recht gut und träumt etwas Schönes. Gute

---
[25] Sack-, Taschenmesser

Nacht." Als sich ihr Mann Tobias bereits ins Bett zurückgezogen hatte, ging sie nochmals ins Zimmer ihrer Mädchen, um nach dem Rechten zu sehen. Sie schliefen bereits selig und fest. Kathi stand eine ganze Weile vor den Betten und sah ihre Mädchen an. Anastasia lag auf dem Rücken und beide Hände lagen neben ihren Wangen, zu kleinen Fäusten geballt. Elisabeth lag auf der Seite und drehte Barbara, der Älteren, den Rücken zu und hatte ihre Stoffpuppe, die sie ihrer Kleinen zu Weihnachten geschenkt hatte, im Arm. Sie war zusammengerollt wie ein ungeborener Säugling im Mutterleib.
Nun überkam auch Kathi eine gewisse Müdigkeit und sie begann, ihre hochgesteckten Haare zu öffnen, um sich anschließend gleich zu Tobias ins Bett zu legen.

1693 starben in Oberstdorf über 60 Personen an einer hitzigen Krankheit. Wahrscheinlich war dies eine Grippewelle. Die Menschen blieben vor Furcht daheim. Auch Kathi und Ursi Brack wollten nicht, dass ihre Kinder zusammen spielten, aus Angst, sie könnten sich gegenseitig anstecken. Beide Familien hatten Glück, denn die Krankheit hatte keinen von ihnen getroffen.
Tobias und Petrus gingen wieder zum Schießen zur Schießhütte an der Trettach, die ihre Urgroßväter vor vielen Jahren mit erbaut hatten.
Am Stammtisch erfuhren sie die Neuigkeiten aus dem Dorf und der Umgebung. „Stellt euch vor, das wohlverständige Gericht verlangt von uns, wer ein Pferd hat, muss an den Gundsberg zur Holzarbeit und diejenigen, die keines besitzen, sollen auf den Kühberg oberhalb von Oberstdorf, um zu arbeiten." Die Männer hatten entschieden, dies nicht zu akzeptieren, und sie lehnten diesen Befehl ab.
Als der Huber, der älteste Bewohner, dies gehört hatte, dass die einheimischen Bauern sich gegen den Befehl gestellt haben, sagte er zu ihnen: „Ihr jungen Männer habt recht. Ihr seid schlaue und

mutige Menschen und wehrt euch endlich gegen die Obrigkeit, die uns schon immer ausgebeutet hat. So mutig waren die meisten aus meiner Generation nicht. Wir hatten Angst vor Bestrafung, weil mancher Familienvater, der nicht gehorchte, ums Leben kam. Dadurch wurden ganze Familien zerstört und die Hinterbliebenen verloren häufig Haus und Hof. Merkt euch eins: Mut steht am Anfang, um etwas zu verändern, um dadurch ein besseres Leben zu haben. Haltet ihr mehr zusammen, dann wird euch Glück und Freiheit geschenkt werden."

Inzwischen war alles sehr teuer geworden. Die meisten Familien konnten sich kaum mehr etwas zu essen kaufen. 1 Pfd. Schmalz kostete 11 Kreuzer, ¼ Roggen 1 Gulden 24 Kreuzer, 1 Iime[26] Müesmeal[27] 17 Kreuzer, 1 Iime Weißmehl 18 Kreuzer, 1 Pfd. Käse 4 Kreuzer.

Der reiche Schweden Martl, der sich vor Jahren gegen den Schweden gewehrt hatte, war in diesem Jahr im Alter von 75 Jahren gestorben. Er war hier im Ort ein beliebter Schützenkamerad.

Insgeheim wünschte sich auch Kathi, ihrem Mann Tobias doch endlich einen Sohn zu schenken. Das wäre für alle ein Beweis, dass ihr Mann auch einen Buben zeugen konnte. Für sie selbst wäre es ein Zeichen für Kraft und Vitalität. Ferner passte reicher Kindersegen in das Bild einer angesehenen Familie. Nun erinnerte sie sich an die Bemerkungen und die mitleidsvollen Blicke auf ihre Eltern, weil sie nur eine einzige Tochter, sie selbst, hatten. Die Meinung der Nachbarn war für Kathi sehr wichtig. Nach den vier Mädchen war Kathi wieder schwanger. Dieses Mal hofften wieder alle auf einen Sohn. Auch Tobias machte kein Geheimnis daraus. Er sagte manchmal im Scherz: „Es ist egal, was es wird. Hauptsache gesund und ein Bub." Diesen Satz meinte er aber ernst. Diese Schwangerschaft verlief völlig anders als die bisherigen. Kathi sah dieses Mal blendend aus. Sie fühlte sich auch wohler. Ihr war kaum übel und

---

[26] altes Hohlmaß für Getreide
[27] Hafermehl

sie konnte bis zuletzt alle Arbeiten ausführen. Es war diesmal fast eine Sturzgeburt. So schnell konnte kaum die Hebamme geholt werden. Tobias war auf dem Feld unterwegs, um Steine auszulesen, und war deshalb nicht daheim. Zum Glück war Kathis 7-jährige Tochter, Ursula, bei ihr. Sie lief sofort zur Hebamme, um diese zu holen. Als Tobias von seiner Arbeit heimkam, war er mehr als überrascht, dass sein Kind schon geboren war. Als Kathi ihn sah, lachte sie und sagte: „Der Säugling ist gesund und ein Bub, unser Joannes, genau so, wie du es dir gewünscht hast." Drei Jahre später hat Kathi ihr sechstes Kind, Josephus, geboren. Als der Jüngste geboren wurde, kam die Hebamme wie immer mit ihrer dunklen Tasche vorbei. Ursula und Barbara waren im Garten und spielten zusammen. Als die Ältere der beiden die Hebamme erblickte, hielt sie das Gartentürchen zu und sagte: „Immer wenn die mit der Tasche kommt, bringt sie uns wieder ein verschrienes Buzele mit."

Kathi Berchtold und Ursula Brack freundeten sich immer mehr an. Sie liehen sich gegenseitig die Säuglings- und Kinderbekleidung. Manchmal, wenn es die Zeit zuließ, setzten sie sich in den Garten und unterhielten sich miteinander. Die meisten Gespräche, die sie führten, betrafen ihre Kinder. Aber Anfang Oktober freuten sie sich auf den bald stattfindenden Gallusmarkt mit seinem bunten Treiben und den vielen Marktständen und machten bereits Pläne, was sie sich in diesem Jahr kaufen wollten.
Ihre Kinder waren fast im gleichen Alter und spielten miteinander. Die Mädchen stellten sich im Kreis auf und hielten sich bei den Händen. Sie drehten sich und sangen dabei: „Ringel, Ringel-Reihen, Kinder sind wir fünfe. Hocken unterm Holderbusch, machen alle husch, husch, husch", und gingen miteinander in die Hocke. Die Kinder hatten viel Spaß miteinander. Sie lachten und kreischten vor Vergnügen.
Als die beiden Mütter auf einem Holzpflock unter dem Apfelbaum saßen und freudig den Kindern beim Spielen zusahen, erzählte Kathi: „Ich habe gehört, dass in Immenstadt die Pfarrkirche

St. Nikolaus vollständig abgebrannt ist. Die umliegenden Gebäude blieben trotz der großen Gefahr unbeschädigt. Nun muss der Gottesdienst für die nächsten Jahre in der Klosterkirche abgehalten werden. Über die Brandursache gab es drei Versionen: Die einen sagen, Graf Sigismund Wilhelm habe zu Ehren seiner Gäste Böller schießen lassen und dadurch wäre das Schindeldach in Brand geraten. Andere Zeitgenossen mutmaßen, dass der Tabak rauchende Turmwächter Schuld daran habe. Oder es sei ein Blitzschlag gewesen." Keiner weiß, was wirklich geschah, und warum die Kirche abgebrannt ist. Ursula und Kathi vermuteten, dass es der Nachtwächter gewesen war.
Ursula fragte auf einmal: „Hast du eigentlich schon von der Haneberg Barbara gehört?"
„Nein, was ist mit ihr?"
„Stell dir vor, sie ist mit ihren 38 Jahren während der Geburt gestorben. Da hat ihr eigener Vater, der Chirurg Haneberg Johann, seine eigene Tochter, nachdem sie tot war, aufgeschnitten und das Kind zur Taufe gebracht." Darüber war Kathi zutiefst bestürzt, sie hatte Barbara gut gekannt.
Als die beiden ins Gespräch vertieft waren, wurde es auf einmal ganz finster und kalt, so dass sie die Sterne am Himmel sehen konnten. Die Sonne wurde schwarz und die größte Dunkelheit dauerte über eine Dreiviertelstunde. Die beiden hatten furchtbare Angst und sie liefen mit ihren Kindern schnell ins Haus zurück. In dem Moment kam auch Tobias um die Ecke geeilt und sagte: „Im Wirtshaus mussten sie wegen der Dunkelheit ein Licht anzünden. Der Pfarrer Jäger meint, dies sei eine Sonnenfinsternis und nichts Gefährliches. Einige Bewohner rannten aus lauter Furcht vor dem vermutlichen Weltuntergang in die Kirche, um zu beten."

Mode und Tracht
Am 15. Oktober war der heißersehnte Gallusmarkt. Ursula und Kathi verabredeten sich am Mittwochmorgen, um zusammen

auf den Markt zu gehen. Als sie sich dort trafen, war das Treiben bereits in vollem Gange. Rund um die Pfarrkirche waren Stände aufgestellt. Die beiden Frauen mischten sich unter die zahlreichen Marktbesucher. Sie ließen sich in der Menschenmenge treiben und genossen die Abwechslung vom Alltagsleben. Der Geruch von Brot, Speck, Kräutern, Gewürzen, Käse, gebratenem Fleisch, aber auch der süßliche Duft von Seife und der herbe Geschmack von gegerbtem Leder stiegen ihnen in die Nase. Beide hatten vor, sich fürs Schützenfest einen neuen Stoff für ein Dirndl zu kaufen.

Auf dem Markt war ein Marktschreier, der eine deftige Rede vor allem für das Frauenvolk hielt. Er klärte es auf, was in den höheren Schichten und vom ordentlichen Volk getragen wird. Ursula und Kathi waren neugierig und blieben dort eine ganze Weile stehen und hörten seiner provokanten Marktschreierstimme zu: „Die Vertreter der höheren Schichten kleiden sich der modernen Zeit angepasst. Die bäuerliche und bürgerliche Bevölkerung geht meist nach den Sitten der einzelnen Landstriche, obwohl sich auch bei ihnen gewisse modische Einflüsse geltend machen. In eurer Grafschaft Rothenfels werden die Einwohner in Klassen mit verschiedenen Kleidungen eingeteilt. Seidene Stoffe, das Tragen von kostbaren Spitzen, Knöpfen und aufwendigem Halsschmuck steht dem gemeinen Volk wie euch nicht zu."

Ein Raunen ging durch das Frauenvolk. Der Redner hielt kurz inne, lächelte dabei frech und wartete ab, bis sich die Zuhörerschar wieder beruhigt hatte. Dann referierte er lautstark weiter: „Für den Alltag solltet ihr ein gewöhnliches, aber sauberes Arbeitskleid ohne Löcher tragen. Ihr könnt euch dies aus Wollstoffen oder Leinen selbst fertigen. Auch die Strümpfe könnt ihr euch aus Stoff nähen. Es schickt sich für eine verheiratete Frau nicht, ohne Kopfbedeckung, eine Haube oder ein Kopftuch, auf die Straße zu gehen. Wird von euch ein zu geringer Kleideraufwand getrieben und ihr vernachlässigt euch, wird dies von euren Standespersonen moniert.

Die Frau eines höhergestellten Mannes trägt meist einen fließenden, knöchellangen Rock, ein Schoßjäckchen mit eng anliegenden

Ärmeln und Aufschlägen. Eine Spitze schließt den Halsausschnitt ab. Auf dem Kopf trägt sie einen hohen runden Hut mit Bandrosette. Wenn ihr selbst neue Kleidung herstellt oder nähen lasst, solltet ihr euch an diese Vorgaben halten.

Diese Festtagskleidung dürft ihr euch an Sonn- und Feiertagen, zu Tanzfesten, Trauungen und Begräbnissen anziehen.

Ich erzähle euch, wie die Tracht auszusehen hat, obgleich sie auch den Modeeinflüssen unterworfen ist. Trachtenfrauen tragen einen schwarzen, in Falten gelegten Rock, der bis zu den Schuhen hinabreicht und eine weiße Bluse dazu. Darüber binden sie sich nach eigenem Wunsch farbig gestreifte Schürzen um. Sie dürfen am Leibchen, an Brust und Achselausschnitt farbig eingefasste Säume haben. Es sieht auch gut aus, wenn sie bunte Brustlätze und ein Schultertuch tragen. Der Kopf einer verheirateten Frau wird bedeckt mit einer runden Otterfellkappe. Darauf setzt sie einen breiten, flachen Hut mit zwei herabhängenden seidenen Bändern. Die Frauen tragen diese Fellmütze Sommer wie Winter und sagen, es sei die Perücke der einfachen Leute. Schließt man sich diesem Gedanken an, so wird verständlich, weshalb sie darüber noch einen Hut tragen.

Nun will ich euch noch sagen, dass sich auch eure Männer gut anziehen sollen. Denn wenn ein Mann schmutzig herumläuft oder Löcher in der Kleidung hat, wird dies immer auf euch Frauen zurückfallen. Man sagt üblicherweise nicht: Der Mann hat alte, schmutzige Kleidung an. Nein, man sagt: Die Frau ist schlampig, da sie ihren Mann so aus dem Haus gehen lässt. Es ist eure Aufgabe, dafür zu sorgen, dass euer Ehegemahl ordentlich gekleidet ist.

Der höhergestellte Mann, wie der Herr Chirurg da vorne, trägt häufig ein keckes Bärtchen. Ihr könnt ihn erkennen an seinem blütenweißen Hemd. Er hat Rüschen am Handgelenk und trägt eine weite, unter dem Knie abgebundene Hose mit weißen Strümpfen und verzierten Halbschuhen. Sein Überrock hat eine Knopfreihe und eine Schleife an der Schulter. Auf der Straße spaziert der gehobene Mann mit unbedeckter Lockenperücke umher. Seinen

Hut, den Dreispitz, trägt er meist unter dem Arm und seinen Degen nimmt er in die Hand.

Von den einfachen Männern werden in der Regel keine Hemden getragen. Eure Schuhe sind einfacher, entweder aus Holz geschnitzt oder aus Leder wie die Bergschuhe. Die Hüte der gemeinen Bevölkerung, so die der Bauern und der Handwerker, sind Schlapphüte aus Filz oder, im Sommer, aus Stroh. Diese Männer tragen einen Vollbart oder sie rasieren sich glatt."

Kathi und Ursula bemerkten bald, dass der Marktschreier mit dem Stoffhändler ein gemeinsames Verkaufsinteresse hatte.

Als die beiden sich beim Stoffverkäufer umsahen, nahm Ursula einen schwarzen Tuchstoff in die Hand. Kathi entgegnete ganz selbstsicher und bestimmend: „Nein, komm, lass uns etwas Farbenfrohes kaufen. Wie gefällt dir dieser rote Stoff?"

Ursula war zuerst skeptisch: „Sind wir dafür nicht schon zu alt? Was werden denn unsere Männer dazu sagen?"

„Sollten sie mit uns schimpfen, dann können wir den Stoff für unsere Mädchen aufheben."

Nach kurzer Überlegung sagte Ursula dann doch: „Der rote Tuchstoff ist wirklich etwas Besonderes. Du hast recht. Den leisten wir uns." Sie versuchten, mit dem Krämer einen günstigen Preis auszuhandeln. Dieser schlug vor: „Wenn ihr beide den gleichen Stoff nehmt, dann kann ich im Preis etwas heruntergehen und ihr bekommt von mir den passenden Faden und ein Band zum Einfassen des Leibchens kostenlos dazu." Die beiden freuten sich, einen günstigen und schönen Stoff ergattert zu haben. An einem anderen Marktstand kauften sie sich dann noch einen farbig gestreiften Stoff für eine Schürze. Geheimnisvoll beschlossen sie: „Wenn unsere Männer nicht daheim sind, nähen wir unsere neue Schürze und das Leibchen. Beim Schützenfest werden wir unsere Männer mit der neuen Tracht überraschen." Sie freuten sich schon drauf. „Da werden Tobias und Petrus Augen machen."

Die meisten Männer aus dem Dorf waren Mitglied im Verein der Schützen. Sie trafen sich jetzt wieder regelmäßig einmal die Woche. Die jungen Burschen fieberten dem 16. Geburtstag entgegen. Denn ab diesem Alter wurden sie per Handschlag in den Verein aufgenommen. Es ging ihnen nicht nur ums Schießen. Denn wer mit dabei sein durfte, der gehörte zu den erwachsenen Männern. Dadurch kamen sie abends oder am Wochenende an den Stammtisch und dort ging es häufig zünftig zur Sache. An diesem Tag trafen sich die Mitglieder zu einer Sitzung. Die Männer entschlossen sich, zum ersten Mal einen Vorstand zu wählen. An dieser Versammlung überredeten sie Tobias, diesen Posten anzunehmen. Dann, nach einer Bedenkzeit, hatte er sich dazu bereiterklärt und stimmte zu. In seiner ersten Rede bedankte er sich für das ihm entgegengebrachte Vertrauen. „Ich würde gerne die alte Schießhütte abreißen und an der Trettach wieder eine neue Schießstätte errichten." Alle applaudierten und versprachen ihm, an den nächsten Samstagen tüchtig mitzuhelfen, damit die Schießhütte bald fertig sein wird. Über 40 Männer, überwiegend Bauern und Handwerker, haben zusammen daran gearbeitet. Einige von ihnen spendierten dazu das Holz. Tobias war ihnen dankbar für die ehrenamtliche Tätigkeit und die gute Zusammenarbeit. Einmal mussten sie bei der Arbeit alles liegen und stehen lassen, da die obere Mühle, genannt die Schraudolphsmühle, brannte. Da die Helfer zum Glück gleich zur Stelle waren, konnten sie noch einige Mühlwerke vor der Feuersbrunst retten.

Die jungen Frauen und Mädchen sorgten fürs leibliche Wohl der männlichen Helfer beim Schützenhausbau und brachten in ihren Körben Brotzeit und Getränke zur Stärkung vorbei. Ihnen machte es Freude und die Burschen ließen sich gerne verköstigen und alberten so manches Mal verlegen herum. Tobias war dies aufgefallen und er versprach seinen Jungschützen, was er sowieso schon vorhatte: „Wenn unsere Schießhütte fertig ist, dann machen wir ein großes Schützenfest und laden die hübschen Mädchen, die euch so verwöhnt haben, mit ein." Bei der Arbeit hatte Tobias einiges erfahren, das er dann in sein Buch eintragen konnte.

Vor Kurzem waren in Hinang 27 Häuser und in Hindelang neun Häuser abgebrannt. Die Männer waren sich einig, wie gefährlich doch so ein Feuer war. Sie konnten es nicht begreifen, aber immer wieder brannten Holzhäuser ab.
Anschließend an den Schießabend, als die Männer noch gemütlich bei einem Krug Bier beieinandersaßen, wusste Alois, ein Schützenkamerad, etwas Neues zu berichten: „Habt ihr schon gehört: Es soll angeblich der Weber Matheis seine Mühle verkauft haben."
Tobias und die anderen waren schockiert: „Aber warum denn das?"
„Er soll angeblich zu viel Wein getrunken haben und deshalb hat er kein Geld mehr. Dann kam noch dazu, dass sein Obermüller, der Hansjörg Dornach, von hier verschwunden ist. Niemand weiß, wo er sich aufhält." Petrus und Tobias waren verwundert über das, was sie da hörten.
Alois erzählte ohne große Umschweife weiter: „Der Dornach wurde schon zum zweiten Mal erwischt, als er Ehebruch beging." Die Männer waren empört über Dornach.
Was die meisten am Tisch dachten, sprach Petrus endlich laut aus: „Da hat der Ehebrecher recht gehabt von hier zu verschwinden. Vor allem jetzt, wo die Prediger durchs Land ziehen und die Sünde des Ehebruchs anklagen. Nach so einem schändlichen Vergehen, seine Ehefrau zu betrügen, könnte er sich hier bei uns wirklich nicht mehr blicken lassen."
Tobias entgegnete: „Aber die Leidtragenden sind doch die Ehegattin mit ihren unmündigen Kindern und der Weber Matheis, weil er alleine seine Mühle nicht mehr bewerkstelligen konnte. Und jetzt ist die Mühle sogar verkauft worden."
Alois sprach weiter: „So ist es, und wie ich noch gehört habe, soll der Anton Brutscher aus Hindelang die Mühle mitsamt Inhalt von ihm günstig erworben haben."
Die Schützenbrüder wechselten nun das Thema und der Mesner erzählte: „Die Witwe vom Johann Jäger hat sieben Passionsbilder vom Maler Johannes Herz aus Fischen an die Kirche gestiftet. Sie soll dafür 150 Gulden bezahlt haben."

Über diese großzügige Spende von der sonst knausrigen Jägerin waren alle erstaunt.

Der Mesner berichtete den interessierten Männern weiter: „Darüber hat sich unser Pfarrer Jäger sehr gefreut. Denn er selbst hat vor Kurzem in unseren Hochaltar zwei Reliquien, die St. Felicita und St. Regeni, eingesetzt. Bald wird die Einweihung des Gnadenaltars durch den Oberstdorfer Abt, Herrn Hermann Vogler, stattfinden. Außerdem hat unser Pfarrer hier aus dem Ort dem Schreiner, Bildhauer und Maler Hans Schraudolph den Auftrag gegeben für 300 Gulden, für die Pfarrkirche eine Kanzel zu errichten."

„Das ist aber ein stolzer Preis, den Hans für diese Arbeit bekommen soll, um das viele Geld würde ich sie auch machen", meinte Alois darauf.

„In letzter Zeit kamen immer häufiger Bußprediger und Missionare ins Allgäu. Da muss der Herr Pfarrer schon einiges tun, damit die Leute und vor allem die Jungen bei ihm in der Kirche bleiben", warf Tobias ernüchternd in diese feucht-fröhliche Runde ein.

„Ja, stimmt schon, aber was der Pfarrer Jäger da wieder eingeführt hat, mit dem macht er sich bei uns keine Freunde. Jeden Abend um neun Uhr läutet er jetzt das Lumpenglöckle. Dann müssen alle die Gasthäuser und auch wir unsere Schießstätte verlassen und heimgehen."

Einige der Kameraden waren da anderer Meinung und fanden dies eine gute Idee. Darüber wurde eine ganze Weile weiterdiskutiert. Die Bauern unter ihnen machten sich schon Gedanken, weil der Schnee in diesem Frühjahr besonders lange lag. Das Vieh konnten sie erst spät, nämlich erst Ende des Wonnemonats[28] austreiben. Sie befürchteten: „Es wird in diesem Jahr weniger Weide fürs Vieh zum Fressen geben."

Einer der Jüngsten unter ihnen wusste auch noch eine Neuigkeit zu berichten. Er konnte es kaum erzählen, weil er dabei so sehr lachen musste: „Im Walsertal haben sich die ledigen Buben getroffen und sind dann ohne Leiter auf das Kirchendach hinaufgestiegen. Sie setzten sich alle nacheinander im Reitersitz auf den First des Kirchendaches. Es waren so viele, dass sie gerade eng sitzen

---

[28] Mai

konnten." Nach dieser fröhlichen Geschichte lösten sich die schwere Stimmung und die trüben Gedanken in der Gesellschaft wieder auf. Die jungen Burschen und die Männer wurden heiter und der Alkohol tat das Übrige.
Um neun Uhr, als das sogenannte Lumpenglöckle zum ersten Mal geläutet wurde, gingen alle mehr oder weniger angetrunken nach Hause. Petrus und Tobias freuten sich schon aufs Schützenfest in einer Woche.

Als sich Kathi fürs Schützenfest umgezogen hatte und aus dem Gaade kam, staunte Tobias. Sie trug zum ersten Mal keine Bibermütze, sondern nur ihren flachen schwarzen Hut. Er sah ihr schönes Haar, das sie geflochten am Hinterkopf zu einem Knoten hochgesteckt hatte. Er war überrascht und sagte: „Hast du eine neue Tracht? Du siehst gut darin aus, die Farbe Rot steht dir." Sie strahlte stolz übers ganze Gesicht: „Die habe ich mit Ursula zusammen genäht." Auf dem Tanzabend staunten die anderen Frauen über Ursula und Kathi. Die einen waren begeistert vom roten Leibchen und der auffallend bunt gestreiften Schürze. Andere wiederum straften sie mit neidischen Blicken und lästerten hinter ihrem Rücken über sie. Kathi warf ihren Kopf zurück und lachte zusammen mit Ursula über ihre Neiderinnen.

Lena-Dettle aus Gerstruben, die ihre Neffen sowie den Tobias und ihre Nichten aufgezogen hatte, war verstorben. Nach ihrem Tod haben sich die Brüder Martinus und Tobias entschieden, das inzwischen alt gewordene und im Schatten stehende Haus in der Nähe des Hölltobels am Buindegg abzureißen und das neue Haus an einem günstigen sonnigen Platz in Gerstruben wieder aufzubauen.
Zu Lebzeiten vom Lena-Dettle hätten sie es nicht übers Herz gebracht, sie in ein neues Haus umzupflanzen. Die inzwischen erwachsen gewordenen Neffen und Nichten waren ihrem Dettle stets dankbar, da sie sich für die Familie ihres Bruders aufgeopfert hatte. Sie war gut zu ihnen, als wären sie ihre eigenen Kinder gewesen.

Einmal, vor vielen Jahren, als sie noch ganz jung war und bereits die Kinder des verstorbenen Bruders versorgen musste, gestand sie ihrer Freundin: „Du denkst bestimmt, ich bin eine alte ledige Jungfer, die keinen Mann abbekommen hat. Aber ich hatte unten im Ort auch einen Liebsten, den Peter. Als er mich eines Tages besuchte, ging ich mit ihm in den Heuschuppen, um vor den Kindern ungestört mit ihm zusammen zu sein. Ich machte uns eine gemütliche Ecke mit einer weichen Decke zurecht. Durch das Vieh unten im Stall war es auch nicht so kalt, wie ich erwartet hatte. Wir konnten nicht anders. Wir wollten uns in dieser Nacht gehören. Als wir sicher waren, dass die Kinder im Haus schlafen und keine Gefahr mehr drohte, dass sie uns hier im Heu entdecken, begannen wir uns zärtlich zu küssen und zu streicheln. Dabei versuchten wir, uns gegenseitig langsam unsere Kleider auszuziehen, bis er stöhnte und ein inniges Glücksgefühl uns beide übermannte. Ausgerechnet in dem Moment kam unten Johannes, mein 9-jähriger Neffe, in den Stall und schrie: „Tante Leni, mir ist schlecht! Ich habe gerade gespuckt." Peter legte sofort seinen Zeigefinger vor seinen Mund und sagte: „Pssst." Um mir ein Zeichen zu geben, dass wir leise sein müssen, damit er uns nicht entdecke. Ich sprang inzwischen vorsichtig auf und rückte meinen Rock ordentlich hin und band meine Leinenbluse wieder zu. Als ich zu Johannes hinunterstieg, streifte ich noch Reste des Heus von mir ab. Dann ging ich mit dem Buben ins Haus und zog ihm ein sauberes Schlafhemd an. Ich wartete an seinem Bett, bis er wieder eingeschlafen war. Als ich dann eine Weile später wieder zu Peter ins Heu zurück wollte, war er verschwunden. Er kam nie wieder zu mir zurück. Später habe ich erfahren, dass Peter schon häufig mit anderen Mädchen leidenschaftliche Stunden im Heu verbracht hatte. Aber er hatte keine Lust, bei mir zu bleiben und ständig von sechs fremden Kindern gestört zu werden."

Jahre später, als Tobias bereits erwachsen war und selbst eigene Kinder hatte, freute sich Lena-Dettle, wenn er sie zusammen mit Kathi und ihren Kleinen besuchte. Denen backte sie Laible[29], spielte mit Tannenzapfen und Holztieren und manchmal gab sie ihnen sogar

---

[29] Plätzchen

ihre alte Baabl[30] zum Spielen. Die Kasperlegeschichten, die sie erzählte, liebte Tobias, und später liebten sie auch seine Mädchen.

1881 Genovefa und Kling Ulrich, Oberstdorf
Ulrich, der Mann von Genovefa, suchte seinem Sohn Otto wegen seiner Kniebehinderung eine Lehrstelle als Schuhmacher. Bei dieser Tätigkeit konnte er die meiste Zeit sitzend verbringen. Sein Lehrherr wurde der Schuhmachermeister Schratt. Ulrich und Genovefa war klar, die Landwirtschaft werden sie irgendwann aufgeben müssen, denn Otto würde nie die harte Bauernarbeit ohne sie bewältigen können. Noch bestand der Hausname „bim Büür"[31]. Genovefa dachte manches Mal daran, dass mit dem Tod von Ulrich auch der Name „bim Büür" aussterben wird. Es war zwar nicht wichtig, aber trotzdem stimmte sie der Gedanke daran ein wenig wehmütig.
Bald darauf kam Anna völlig verzweifelt bei Genovefa in Oberstdorf vorbei. Sie weinte bitterlich und sprach schluchzend: „Die Rosalia, meine Freundin, ist bei der Geburt ihres zweiten Kindes gestorben. Es wäre ein Bub gewesen. Er hatte die Nabelschnur um den Hals gewickelt und ist noch während der Geburt gestorben. Genovefa wurde kreidebleich und dachte, während sie sich setzen musste: „Die arme Rosalia, es wird doch nicht die Strafe Gottes sein." Aber Anna sprach weiter: „Rosalia hatte danach starke Blutungen, so stark, dass ihr Bett von ihrem Blut durchtränkt war. Einen Tag nach der Entbindung war sie so schwach, dass Johann, auf ihren Wunsch hin, nach dem Pfarrer schickte, damit er ihr das Sterbesakrament spenden konnte. Sie selbst ahnte, dass sie uns verlassen muss. Sie sagte noch zu Johann, er solle sich um ihr Töchterlein, die Aloisia, kümmern. Zwei Tage nach dem Buben ist sie dann auch gestorben. Johann ließ mich rufen und ich durfte Rosalia noch einmal sehen. Sie lag mit wachsweißem Gesicht in ihrem Bett und hat gelächelt. Sie war wohl gestorben mit der Zuversicht, dass jetzt ihr Leben bei Gott beginnen wird." Anna weinte bitterlich über den Verlust, den sie durch Rosalias Tod erlitten hatte. Genovefa war fassungslos: „Das arme Kind. Was wird nun aus Aloisia, ihrem Mädchen?"

---
[30] Puppe
[31] „beim Bauer", Hausname

1697 Kling Baltasar in Stein
Vor Jahren begann Baltasar, der Sohn von Countz, seine Lehre in der Leinenschau in Immenstadt. Sein Vater gab ihm den Rat: „Baltasar, du kannst später immer noch die Landwirtschaft weiterführen. Aber was du als junger Mensch lernen kannst, davon wirst du dein ganzes Leben lang profitieren." Auch sein Onkel Franziskus arbeitete dort als Leinenweber. Baltasar machte seine Arbeit Freude und unter seinen Kollegen hatte er einige Freunde gefunden. Nach ein paar Jahren, als Baltasar schon längst Geselle war, kam eine junge Frau, die Sofie hieß, in den Betrieb und bekam den Arbeitsplatz neben ihm zugewiesen. Baltasar sah sie und zum ersten Mal interessierte ihn ein Mädchen. Die beiden verabredeten sich häufig, um nach der Arbeit noch eine Weile zusammen zu sein. Mit der Zeit entwickelte sich ein Liebesverhältnis zwischen den beiden. Als Baltasar mit seinem Onkel Franziskus und Peter, seinem Freund und Arbeitskollegen, heimging, sagte Peter: „Ich denke, ich werde in ein paar Monaten heiraten, denn heute Abend will ich meiner Freundin einen Antrag machen." Darüber freuten sich die beiden und wünschten ihm viel Glück, ohne zu fragen, wer seine Zukünftige ist. Der gemeinsame Weg trennte sich, da Baltasar und Franziskus nach Stein mussten und Peter nach Rauhenzell. Auf dem weiteren Nachhauseweg erzählte auch Baltasar: „Onkel Franz, vielleicht werde ich auch bald heiraten. In drei Wochen, an Maria Himmelfahrt, werde ich meine Freundin Sofie fragen, ob sie mich will." Franz sah ihn verwundert an und fragte: „Was, Sofie? Du meinst doch nicht etwa Sofie Kegel aus Immenstadt?"

„Doch, genau die meine ich. Wen denn sonst? Sie arbeitet doch auch bei uns in der Weberei."

„Aber Baltasar, die kannst du doch nicht heiraten. Die Sofie ist zwar ein hübsches, fleißiges Mädchen, aber ..." Er sprach den Satz nicht weiter. Baltasar bemerkte den kummervollen Gesichtsausdruck seines Onkels. Sein Magen krampfte sich so zusammen, dass ihm speiübel wurde. Jetzt, in dem Moment, spürte er, dass seine Zukunft nicht so rosig war, wie er es sich erträumt hatte. Insgeheim hatte er schon längst eine Vermutung oder eine innere Ahnung, aber nun war die Zeit gekommen und er würde gleich die Gewissheit bekommen, dass etwas zwischen Sofie und ihm lag, was sein Glück zerstörte.

Sein Onkel riss ihn aus seinen Gedanken: „Hör zu Baltasar, es ist doch ein offenes Geheimnis und in der ganzen Gegend bekannt, dass Sofie einem anderen versprochen ist." Er vermied es, seinen Neffen dabei anzusehen.

Baltasar konnte in diesem Augenblick nichts sagen, denn seine Gedanken überschlugen sich: „Wenn ich in letzter Zeit mit Sofie zusammen war, reagierte sie häufig abweisend auf meine Berührungen und sie kam mir traurig vor und manchmal war sie mit ihren Gedanken weit fort, als würde sie etwas bedrücken. Ich war so dumm und dachte, es läge an ihrem Vater, weil er ihr den Umgang mit mir verboten hat, da er sich für seine Tochter einen besseren Mann als mich, einen einfachen Weber aus der Fabrik, wünscht. Auch wenn ich mich in meinem Innersten davor gefürchtet habe, dass sie einen anderen hat, wollte ich es nicht wahrhaben." Nach dieser fürchterlichen Mitteilung drehte Baltasar auf dem Absatz um und lief so schnell er konnte, ohne sich von seinem Onkel zu verabschieden, zurück nach Immenstadt, heim zu Sofie, um sie zur Rede zu stellen. Aber ihre Mutter, Frau Kegel, fertigte ihn wie einen lästigen Hausierer vor der Haustür ab: „Nein, Sofie ist nicht daheim und ich weiß nicht, wo sie sich ständig rumtreibt." Damit schlug die greise Frau die Tür bereits wieder zu. Baltasar blieb für einen Moment geschockt, fast regungslos stehen und dachte sich: „Vielleicht stimmt es ja doch und Sofie hat einen anderen. Zu mir sagte sie, sie müsse daheimbleiben, weil ihr Vater so streng ist. Mit wem treibt sie sich in letzter Zeit herum?" Baltasar brauchte Gewissheit, deshalb blieb er trotz der finsteren Neumondnacht in einem gewissen Sicherheitsabstand, um von der Familie Kegel nicht entdeckt zu werden, in der Nähe des Hauses sitzen, um abzuwarten, bis Sofie nach Hause kam. Mitten in der Nacht, kurz nachdem der Nachtwächter mit seiner Laterne durch die Straßen gezogen

ist und „11 Uhr hat's geschlagen" gerufen hat, wurde sie von einer männlichen Person heimgebracht. Baltasar konnte ihren Begleiter in der Dunkelheit nicht erkennen, aber so viel konnte er sehen, dass Sofie ihn mit einer liebevollen Umarmung verabschiedete und den Rest des Weges allein nach Hause ging. Baltasar schlich ihr nach und flüsterte: „Sofie, Sofie, bleib stehen! Ich muss mit dir reden!"
„Ach Baltasar, du bist es. Du hast mich aber erschreckt. Was willst du mitten in der Nacht von mir?"
„Wer war der Kerl, der dich heimgebracht hat?"
Sie erschrak bei seiner Frage und bat ihn: „Komm, wir gehen ganz leise in meine Kammer. Da kann ich dir alles in Ruhe erklären. Hier draußen ist es mir zu kalt."
Baltasar hatte dabei ein ungutes Gefühl, aber ihm blieb nichts anderes übrig. Er musste wissen, was los war, und hoffte auf eine logische Erklärung. Sie zündete unten im Flur eine Kerze an und die beiden schlichen in Sofies Schlafkammer hinauf. Sie setzte sich, bekleidet wie sie war, auf ihr Bett. „Baltasar komm! Setz dich zu mir." Er sah ihr dabei direkt in die vom Kerzenlicht leuchtenden Augen und fragte klar und direkt: „Liebst du mich oder hast du einen andern? Ich muss wissen, woran ich bei dir bin. Denn ich wollte dich fragen, ob du mit mir eine Familie gründen möchtest." Sie wirkte ernst und zog dabei langsam ihre Schultern nach oben. Trotz des finsteren Blickes verzog sie ihren Mund krampfhaft zu einem verlegenen Lächeln, was ihr aber nicht gelang, und sagte: „Das ist heute schon mein zweiter Heiratsantrag. Baltasar, glaube mir, ich habe vorhin zu Peter gesagt, dass wir es dir sagen müssen. Es ist nicht recht, dass wir dich belügen. Ich schäme mich so fürchterlich vor dir."
Baltasar schoss es durch den Kopf: „Peter soll ihr Zukünftiger sein! Die beiden haben häufig miteinander geredet und auch gelacht, aber ich habe mir nie etwas dabei gedacht. Wie blöd war ich nur, dass ich nichts davon bemerkt habe."
„Ich weiß, es tut dir heute weh, aber nach einiger Zeit wirst du mir doch verzeihen. Stimmt doch, oder?"

In dem Moment wollte er nichts mehr hören, nur noch fort von hier. Er versuchte, vom Bett hochzukommen, aber sie hielt ihn am Arm fest.

Er schüttelte wütend seinen Kopf und stieß sie unsanft von sich weg, um sich von ihrer Umklammerung zu befreien. In diesem Augenblick zerriss der Ärmelstoff an seinem guten Hemd. Sie flehte: „Baltasar, blieb hier! Ich kann es dir erklären. Bitte, bitte rede mit mir." Aber er rannte aus dem Zimmer, ohne die Tür hinter sich zu schließen. Er musste leise sein, da ihre Eltern unten neben der Stube in der Kammer schliefen. Außerdem schauderte ihm bei dem Gedanken, sie könnten ihn hier bei Sofie erwischen. Er wollte so schnell als möglich fort von hier und dies alles für immer hinter sich lassen, bevor er erwischt wurde. Er öffnete lautlos die Haustür und floh nach draußen. Sofie rief ihm leise mit weinerlicher Stimme aus dem oberen Stock etwas zu. Aber das war ihm jetzt egal.

Tage später traf Baltasar Bärbel, die Freundin von Sofie. Nun fiel ihm wieder ein, dass Sofie vor einer Weile zu ihm gesagt hatte: „Die Bärbel hat ein Auge auf dich geworfen und ist deinetwegen eifersüchtig auf mich." Aber das interessierte ihn damals ganz und gar nicht. Nun war er froh, mit jemandem offen über seinen großen Kummer reden zu können. Er erzählte Bärbel: „Stell dir vor: Sofie hat mich mit meinem besten Freund betrogen und ich wollte es nicht wahrhaben. Ich hatte wie ein Pferd Scheuklappen vor meinen Augen." Während er so sehr über Sofie klagte, tat Baltasar der Bärbel furchtbar leid und sie versuchte, ihn zu trösten. „Glaube mir Baltasar, ich habe häufig mit Sofie deinetwegen geschimpft. Sie soll reinen Tisch machen und dir die Wahrheit über Peter und sich erzählen. Aber sie wollte nicht auf mich hören, sondern hat mich deswegen verspottet und meinte, ich sei nur eifersüchtig auf sie." Baltasar bekam feuchte Augen und er sagte: „Weißt du was? Das Schlimmste an Sofie ist, dass sie mir nicht aus dem Kopf gehen will." „Ich verstehe dich. Aber ich verspreche dir, wenn du eines Tages die richtige Frau gefunden hast, dann wirst du sie wieder vergessen können."

Baltasar war seit Tagen schrecklich müde. Als er in dem Moment Bärbels liebevollen Gesichtsausdruck sah, wurde er auf einmal hellwach und spürte in sich neuen Tatendrang. Seine Augen begannen zu leuchten, was auch Bärbel gleich aufgefallen war.
Die beiden brauchten nicht weit zu gehen, um ein ruhiges Plätzchen hinter der Scheune zu finden, an dem sie alleine und unbeobachtet waren. Bärbel fühlte den ersten Kuss ihres Lebens auf ihren Lippen, der ihr Herz und ihren Körper in Aufruhr versetzte. Niemals hatte sie zuvor so etwas gefühlt. Er legte dabei seine Hände um ihre Schultern und beugte sich über sie. Er küsste weiterhin zärtlich ihre Lippen. Bärbel nahm ihn mit all ihren Sinnen wahr, als hätte sie bisher in ihrem Leben noch nie etwas gerochen, gesehen, gehört oder gefühlt. Seine Finger wanderten zu ihren Haaren, dann über ihr Gesicht und strichen nach unten zum Hals. Bärbel stöhnte auf. Ihre Hände umklammerten seinen Rücken, um ihn festzuhalten und nie mehr loszulassen. Sie konnte seinen Herzschlag spüren. Sie öffnete ihren Mund und ihre Zungenspitzen berührten sich dabei. In ihr war die Bereitschaft erwacht, so dass Baltasar alles mit ihr hätte anstellen können, was ihm beliebte. Plötzlich riss Baltasar seinen Kopf hoch und seine Augen starrten sie ungläubig an. „Ich weiß nicht, ob es richtig ist, was wir hier tun." In dem Moment, als er Bärbels fordernden und zugleich enttäuschten Blick sah, spürte er wieder Sehnsucht und die Lust nach dem weiblichen Geschlecht in sich erwachen.
Ein halbes Jahr nach ihrem ersten Zusammenkommen heiratete Baltasar Bärbel Grotz aus Stein. Ob es wirklich Liebe war, darüber war sich Baltasar zu Beginn nicht sicher. Er vermutete, dass das Verhältnis von Anfang an mehr von Leidenschaft als von Liebe beeinflusst wurde.
Schon acht Monate nach der Hochzeit hatte Bärbel einen gesunden Buben, den Johannes, geboren. Ihre Ehe hatte sich inzwischen gut entwickelt. Mit der Zeit entstand Liebe, auch von Baltasars Seite. Beide wussten, sie konnten sich immer aufeinander verlassen.
Ein Jahr später, 1699 wurde Baptisto geboren, 1700 Conrady,

1702 Maria, 1704 Viktoria, 1705 wieder ein Conrad, nach seinem früh verstorbenen Bruder benannt, und 1707 Barbara, die Jüngste. Das Ehepaar hatte sieben Kinder bekommen.

Bärbel und Sofie blieben trotz allem gute Freundinnen und auch Baltasar konnte ihr verzeihen, dass sie ihn betrogen hatte. Sofie hatte es mit Peter, ihrem Mann, und ihrer Schwiegermutter schwer getroffen. Die Alte lehnte ihre Söhnerin[32] selbst nach Jahren noch ab. Immer wieder, wenn Sofie kurz vor einer Geburt stand, musste sie zur Sicherheit, dass sie keine Flecken im Haus verursachte und durch ihr Schreien die eigenen Kinder nicht weckte, im Stall übernachten. Ihre Schwiegermutter wollte nichts mit den Geburten zu tun haben. Bärbel wohnte gleich nebenan und so versprach sie ihrer Freundin: „Sofie, du kannst mich zu jeder Tages- und Nachtzeit holen. Ich will dir gerne bei der Geburt beistehen, und sollte es nötig sein, werde ich für dich die Hebamme rufen." Dafür war Sofie ihr stets wieder aufs Neue dankbar. Zum Glück war Bärbel einfühlsam und hatte Erfahrung, was Geburten betraf. Sie benötigten die Hilfe der Hebamme nie. Der Gebärenden wäre es sowieso furchtbar peinlich gewesen, wenn die Leute aus dem Dorf erfahren hätten, dass die eigene Familie sie in den Stall verbannte, weil sie ein Kind bekam. Sofie hatte jedes Mal wieder von neuem Angst, alleine entbinden zu müssen, weil ihr vielleicht keine Zeit bleiben würde, Bärbel zu holen. Ins Haus zurück durfte sie erst wieder, wenn das Kind getauft und sie selbst, wie es üblich war in der Kirche, den Muttersegen des Pfarrers erhalten hatte, und so von der Unreinheit nach einer Geburt befreit worden war.

Tobias in Oberstdorf

1709 war ein eisiger Winter mit großer Kälte und viel Schnee. Viele Menschen waren in ihren eigenen Häusern in den Betten erfroren. Tobias übernachtete mit seiner Familie in mancher Nacht im Stall, damit sie die Wärme der Tiere nutzen konnten und weniger frieren mussten. Sie hatten bei der vergangenen Ernte großes Glück und in

---

[32] Schwiegertochter

diesem Jahr genug zu essen. Es gab Rüben, Weißkraut, Gerste und Bohnen. Diese gediehen auch in dieser kargen Gegend gut. Milch und Käse bekamen sie von ihren Ziegen und Kühen genügend. Somit konnten sie den übrigen Käse gegen das wertvolle Korn tauschen, damit Kathi im Winter genug Brot für ihre Familie backen konnte.

1712 kam durch die allgemeine Klimaverschlechterung, den lang anhaltenden Winter und den drauffolgenden nassen, verregneten Sommer eine harte Zeit auf die Bevölkerung zu. Es herrschte eine große Teuerung bei Lebensmitteln und die Hungersnot war groß. Viele Bauern aus der Herrschaft Königsegg Rothenfels mussten das Allgäu verlassen und dorthin auswandern, wo es genügend Arbeit und mehr zu essen gab.

Petrus Bracks Tochter Ursi, Oberstdorf
Die gerade mal 17-jährige Ursi Brack heiratete Ignatius Brutscher. Die Hochzeitsgäste nahmen an, dass die Braut bereits vor der Hochzeit schwanger war. Aber so war es nicht. Sie hatten im Januar geheiratet und im Dezember, kurz vor Weinachten, bekam sie ihr erstes Kind. Ursi hatte furchtbare Angst vor der Geburt, denn ihre Mutter hatte ihr erzählt: „Dein Vater Petrus war vor mir schon einmal verheiratet. Seine erste Frau ist bei der Geburt von Zwillingen gestorben." Ursi fürchtete sich, dass es ihr genauso ergehen könnte. Ihre Mutter sorgte sich: „Hoffentlich zieht sie durch ihre Angst das Unglück nicht an." Es waren Monate voller Bangen. Dann endlich kam Petrus mit der guten Nachricht zu Tobias und Kathi: „Ich bin Großvater geworden. Ursi ist mit der kleinen Maria niedergekommen. Mutter und Kind erfreuen sich beide bester Gesundheit. Tobias gratulierte seinem Freund zur Geburt seines ersten Enkelkindes.
Von 1707 bis 1737 haben Ursi und Ignatius 21 Kinder bekommen. Sie hatten großes Glück, dass 19 ihrer Kinder gesund waren. Nur

die kleine Johanna, das 13. Kind, kam sechs Wochen zu früh zur Welt. Sie war klein und zart. Sie wollte nicht trinken. Zwei Monate später ist sie dann verstorben. Auch das 17. Kind, die Rosa, bereitete ihren Eltern größte Sorgen. Sie war auch von Geburt an schwächlich gewesen. Ursi achtete darauf, dass sie ausreichend aß, aber sie nahm einfach nicht zu. Sie reagierte mit ihren sechs Monaten nicht auf ihre Geschwister, so wie Ursi es von den anderen Kindern kannte. Eines Morgens lag die kleine Rosa tot in ihrem Bettchen. Dies traf Ursi schwer und drückte auf ihren Gemütszustand. Zwei Jahre nach dem Tod von Rosa wurde wieder eine Tochter geboren und sie gab ihr ebenfalls den Namen Rosa. Als mit 46 Jahren ihre Monatsblutung längere Zeit überfällig war, vermutete sie erleichtert: „Jetzt bin ich in einem Alter, in dem das Kinderkriegen endlich vorbei ist." Aber sie täuschte sich. Nach der Untersuchung bei der Hebamme erfuhr sie, dass sie erneut schwanger war. Die Bachin gab ihr einen Rat: „Stell dich auf einen Stuhl und spring immer wieder hinunter. Vielleicht hast du Glück und das Kind geht ab."
Trotz dieses gefährlichen Versuchs brachte sie fünf Monate nach dem Besuch bei der Hebamme mit 47 Jahren ihr 21. Kind zur Welt. Sie sah es in der Wiege liegen und sagte: „Maria Crescentia wollte unbedingt zu uns kommen und nun werden wir sie gerne bei uns aufnehmen. Ich glaube sie ist gesünder und schöner als alle meine bisherigen Kinder." Von diesem großen Familienglück war der Pfarrer so beeindruckt, dass er einen zusätzlichen Satz ins Kirchenbuch geschrieben hatte: „Hier handelt es sich um die 21. Nachkommenschaft der Eltern Brutscher Ignatius und Brack Ursula." Ihre drei erstgeborenen Kinder waren Mädchen und zwar Maria, Elisabeth und Theresia. Keine von den dreien hat jemals geheiratet. Sie mussten der Mutter bei der Erziehung ihrer Geschwister behilflich sein. Als die Jüngste, Crescentia, geboren wurde, war Maria, die älteste Tochter, bereits 30 Jahre alt. Unter den 21 Kindern waren nur fünf Buben. Der Großvater Petrus starb völlig unerwartet kurz nach der Geburt seines ersten Enkelkindes.

Viehscheid

Damals schätzte man, dass eine Kuh oder ein Rind einen Menschen zu ernähren vermochte. Aber nur unter Einrechnung, dass einige Familienmitglieder durch ihre Nebenverdienste in der Fabrik oder durch die Saisonarbeit Geld dazuverdienten. In den Sommermonaten brachten Oberstdorfer Bauern und Unterländer ihr Vieh auch über Gerstruben nach Dietersbach. Jedem Stück Vieh wurde der Name des Besitzers in das Fell eingeschnitten. Falls ein Tier verfallen war oder an einer Viehkrankheit starb, konnte unverzüglich der Besitzer im Tal benachrichtigt werden. Meist wurden aus dem Dorf ein oder zwei Buben als Hirtebüe[33] zur Aufsicht fürs Vieh über den Sommer mitgeschickt, die dann dort oben in Gerstruben bei einer Familie wohnten. Zum einen waren die Eltern froh, dass sie den Buben in dieser Zeit nicht zu ernähren bauchten. Zum anderen war der Hirte froh, eine Hilfe zu haben.

Der Viehscheid fand meist am 13. September statt. Das Braunvieh wurde ins Tal getrieben und dort ausgeschieden, das heißt, an den Besitzer zurückgegeben. Wenn kein Vieh ums Leben gekommen war und alle gesund heimkehrten, durfte der Hirte beim Einzug auf den Scheidplatz am Ried seine Viehherde mit einem blumengeschmückten Kranzrind voran führen. Meist waren die Kränze aus Latschen mit bunten Blumen wie Alpenrosen, Silberdisteln oder Kräutern. In der Mitte des Blumenschmuckes, den das Tier auf dem Kopf trug, war ein Spiegel zur Abwehr gegen böse Geister befestigt.

Im Herbst wurde es in Gerstruben wieder ruhiger. Es blieben nur die eigenen Kühe, Rinder und Kälber zurück.

Zeit und Gelegenheit zum Rasieren hatten die Hirten den Bergsommer über nicht, deshalb ließen sie sich bis in den Herbst hinein einen stattlichen Vollbart wachsen. Nach dem Viehscheid kamen die Hirten zu einem Festabend zusammen und es wurde eine Bartprämierung durchgeführt. Der Bartkönig, das war der Hirte mit dem schönsten Bart, bekam vom Ortsvorsteher ein Fass Bier als Preis spendiert.

---

[33] Hirtenjunge

Ein großer Fortschritt war die neue Getreidemühle an der Brücke über die Trettach, die später Mühlenbrücke genannt wurde. Das Mahlwerk konnte mittels einer Wassermühle durch ein kompliziertes hölzernes Räderwerk betrieben werden. Die bisherige kraft- und zeitraubende Handarbeit wurde durch den Einsatz von Wasserkraft ersetzt.

Tobias' Besuch in Stein

Tobias wollte 1724 nun endlich einmal nach Stein zu Countz und Baltasar, um zu fragen, wie es ihnen geht. Sein 22-jähriger Sohn Josephus begleitete ihn. Darüber freute er sich, denn zu zweit war die weite Wegstrecke angenehmer. Die beiden gingen zum ersten Mal über die neu gebaute Brücke über die Breitach nach Langenwang, dann über Fischen und weiter bis Stein bei Immenstadt. „Weißt du, Josephus, ich habe es Uotz versprochen auch über seine Familie Buch zu führen. Deshalb habe ich Papier und Feder dabei, um mir die Daten aufzuschreiben. Als sie nach fünfstündigem Fußmarsch endlich in Stein am Haus anklopften, öffnete der 19-jährige Sohn Conrad die Haustür.

Tobias stellte seinen Sohn Josephus und sich selbst vor und fragte sogleich den Jüngling: „Sind dein Vater, der Baltasar, und deine Großeltern daheim?"

„Nein, meine Großeltern sind beide tot. Mein Opa Countz ist erst vor wenigen Monaten gestorben und Oma Viktoria schon vor einigen Jahren. Ich vermisse Oma immer noch, sie war eine Seele von Mensch. Meine Eltern Baltasar und Bärbel, sind mit meinen Geschwistern auf dem Feld. Ich kann sie nicht holen, weil sie beim Bearghoibe[34] in der Nähe vom Mittag sind. Das ist viel zu weit entfernt. Ich hatte eine Halsentzündung mit Fieber und darf mich noch nicht in der Sonne anstrengen. Deshalb bin ich heute alleine daheim geblieben." Tobias erklärte ihm, aus welchem Grund sie diesen weiten Weg gemacht hatten: „Ich habe damals, als ich ungefähr 10 Jahre alt war, deinen Ururgroßvater Uotz kurz vor seinem

---

[34] Heumachen auf dem Berg

Tod kennengelernt. Er gab mir sein Familienbuch, das ich seitdem weitergeführt habe. Deshalb bitte ich dich, mir einiges über eure Familie zu erzählen." Conrad lachte vergnügt: „Ich dachte immer, das sei eine erfundene Geschichte, die mir mein Großvater Countz manchmal erzählte. Ich habe nicht geglaubt, dass das wahr ist. Jetzt, wo ich euch leibhaftig vor mir sehe, bin ich ganz erstaunt. Aber bevor wir darüber reden, mache ich für uns eine Kartoffelsuppe warm. Ihr habt bestimmt Hunger." Die drei Männer setzten sich in die Küche an den Tisch zum Mittagessen. Als ihre Teller leer waren, fragte Tobias: „An was ist dein Großvater, der Countz, eigentlich gestorben?"
„Vor ungefähr einem Jahr, als er die Leiter hochgeklettert ist, um seinen Bienenstock zu reparieren, ist eine Sprosse gebrochen und er fiel auf seinen Rücken. Danach lag er über sechs Monate im Bett. Er wurde immer schwächer und schwächer. Da er sehr starke Schmerzen hatte, war es eine Erlösung, als er sterben konnte." Tobias fragte interessiert: „Wie war dein Opa? Erzähl mir doch bitte von ihm."
„Mit seinen Bienen war er in den letzten Jahren viel beschäftigt, die haben ihm Freude gemacht. Gerade im Alter als er in der Landwirtschaft kaum mehr helfen konnte. Den Honig hat er sehr gemocht. Seit er nicht mehr lebt, haben mein Vater und meine Brüder noch sechs weitere Völker dazugenommen. Heute steht die Hälfte der Bienenstöcke unterhalb der Burg Laubenbergerstein. Die anderen Bienenkörbe sind an der Außenwand, hinter unserer Schinde[35]. Mit unserem Honigertrag sind wir sehr zufrieden. Wir essen selbst davon, gehen aber sparsam damit um. Was übrig bleibt, verkaufen wir auf dem Markt in Immenstadt. Von diesem Geld können wir dann entweder Handwerkszeug oder Kleidung für uns kaufen. Manchmal tauschen wir unseren Honig auch bei anderen Bauern gegen ihr Gemüse oder frischen Salat. Überwiegend leben wir von unserem Acker- und vom Flachsanbau. Der Ackerbau ist zur Eigenversorgung gedacht. Was von diesem Ertrag übrig ist, wird von Mutter und meinen Schwestern eingekocht. Aus dem Flachs weben wir Stoffe. Wir haben auch noch zwei Kühe, ein paar Geißen, den Gockel

---

[35] Scheune

und die Hühner. Zu essen haben wir gerade so viel, dass es für uns reicht. Conrady, einer meiner Brüder, ist gestorben. Wenn du willst, kann ich es dir erzählen."

„Ja, es interessiert mich. Was ist mit deinem Bruder geschehen? Ist er als Säugling gestorben?"

„Nein, er war schon fünf Jahre alt und meine Mutter war damals im 5. Monat schwanger mit mir. Deshalb trage ich seinen Namen. Meine Oma, die Viktoria, hat mir häufig von meinem verstorbenen Bruder erzählt."

Tobias unterbrach ihn kurz: „Deine Oma habe ich auf dem Markt in Immenstadt einmal getroffen und ich hatte ein interessantes Gespräch mit ihr. Sie hatte gerade eine Meinungsverschiedenheit mit ihrer Schwiegermutter Magdalena hinter sich."

Conrad lächelte: „Oh ja, das war oft so, darüber hat sie mir auch manches erzählt. Ich glaube, sie hatte es nicht immer leicht. Aber jetzt will ich euch von meinem verstorbenen Bruder weitererzählen. Ich glaube, ihn hat meine Oma besonders gern gehabt:

Mein Bruder Conrady hatte kurz vor Weihnachten, als er beim Spielen auf der Boone[36] war, sein Holzspielzeug im Heu verloren. Beim Suchen fiel er rückwärts den Heustock auf den Boden hinunter. Conrady schleppte sich unter fürchterlichen Schmerzen durch den tiefen Schnee ins Haus zurück. Mama legte ihn gleich auf sein Bett und zog ihm die Kleidung aus, um ihn zu untersuchen. Sie sagte noch: ‚Ich glaube, du hast Glück gehabt, es ist nur eine oberflächliche Fleischwunde, dafür brauchen wir keinen Doktor zu bezahlen.' Mein Bruder jammerte und stöhnte die ganze Nacht vor Schmerz und immer wieder klagte er über sein verlorenes Bärchen mit dem Namen Bubi. Am nächsten Morgen durchsuchte meine Familie den Heustock, aber ohne Erfolg. Als Oma im Krämerladen in Immenstadt dringend Waschlauge, Getreide und Essen für den Heiligen Abend kaufen wollte, hat sie zufällig so ein ähnliches Bärchen gesehen und dieses gleich für meinen Bruder gekauft. Mama und Papa schimpften fürchterlich mit Oma, da dies zu teuer

---

[36] Heuboden

war und sie es sich nicht leisten konnten. Denn in diesem Jahr war die Ernte schlecht und sie hatten kaum genug zu essen. ‚Aber die Lauge ist jetzt nicht so wichtig, denn der arme Conrady braucht jetzt seinen Bubi', sagte Oma. Sie deutete vor Conrady an, dass das Christkind ihm vielleicht einen neuen Bubi Bär bringen könnte. Aber am Weihnachtstag bekam mein Bruder aus heiterem Himmel starkes Fieber. Mein Vater sagte noch zu meinen Geschwistern, dass das nur daher komme, weil er nicht immer brav gewesen sei und deshalb Angst habe, dieses Jahr vom Christkind nichts zu bekommen. Als dann am Heiligen Abend das Christkind einen neuen Bären brachte, sah er mit trüben Augen darauf, jammerte aber über seine starken Schmerzen. Oma fragte ihn, ob er sich denn gar nicht über das Geschenk vom Christkind freue. Er hüstelte mit schmerzverzerrtem Gesicht, denn sein Fieber war nochmals angestiegen. Mama dachte noch, dass er sich erkältet habe. Dann machte sie ihm einen Huflattichtee und Wadenwinkel. Danach fiel er in einen ruhigen und tiefen Schlaf. Als er so gleichmäßig atmete, dachten alle, dass er sich gesund schlafen würde, denn seine roten Fieberbäckchen verblassten.

Wegen ihm wurde extra ein Huhn geschlachtet. Nur mit Mühe gelang es Oma Viktoria, ihm etwas Hühnersuppe einzuflößen. Er sah sein neues Holzbärchen immer noch nicht an. In den darauffolgenden Morgenstunden bekam er starke Atemnot, so dass Mama nebenan in ihrer Schlafkammer ein ziehendes Geräusch hörte, worauf sie gleich aufstand und sich zu ihm ans Bett setzte. Sie wollte ihm aufhelfen, damit ihm das Atmen leichter fiel. Nun sah sie, dass er ganz weiß im Gesicht war, und in dem Moment kam ein starker schmerzhafter Hustenanfall und ein Schwall Blut spritzte aus seinem Mund auf Mamas Nachtgewand. Mama legte ihn schnell zurück ins Kissen und rannte zu Papa ans Bett und schrie: ‚Baltasar, Conrady hat Blut gespuckt! Alles ist voller Blut!' Papa sprang aus seinem Bett hoch und lief ins Zimmer zu meinem Bruder. Er lag inzwischen mit weit aufgerissenen Augen da, und immer noch sickerte Blut aus seinem Mund. Er starrte hilflos meine

Eltern und meine Geschwister, die im selben Zimmer schliefen, an, konnte aber nichts mehr sagen. Oma hatte sich inzwischen angezogen und lief rasch ein paar Häuser weiter, um den Doktor zu holen. Aber sie hatte kein Glück. Die Tür vom Arzt war verschlossen und seine Frau rief aus der Schlafkammer heraus. ‚Mein Mann ist zu einer schweren Geburt gerufen worden. Ich weiß nicht wohin. Es tut mir leid, ihr müsst warten, bis er zurück ist, dann werde ich ihn zu euch schicken.' Oma hat mir mehrmals erzählt, dass sie sich auf dem Heimweg immer wieder gesagt hat: ‚Lieber Gott, lass den Buben leben!' Als Vater dann am Morgen im Stall war, fand er Conradys geliebtes Bärchen nicht, wie vermutet, im Heustock, sondern beim Kälbchen, das erst ein paar Wochen alt war. Nun endlich kam zu aller Erleichterung der Doktor. Oma Viktoria nahm im Stall meinem Vater das Spielzeug aus der Hand und lief zusammen mit der erhofften Hilfe, dem Arzt, ins Haus. Sie gingen ans Bett des kleinen Conrady. Er lag regungslos darin. Sein Gesicht schien merkwürdig blass. Mama schaute den Doktor an und schüttelte den Kopf. Oma rief: ‚Aber das kann doch nicht sein. Er darf nicht sterben.' Der Arzt untersuchte Conrady und konnte nur noch dessen Tod feststellen. Mama zündete auf dem Nachtkästchen eine Kerze für meinen Bruder an. Die ganze Familie kniete sich vor das Bett hin und betete. Als Conrady in den Sarg gebettet war, holte meine Mutter ein schönes Leinentuch, das sie selbst gewoben hatte, und deckte den kleinen Kinderkörper damit zu. Oma schob ihrem Enkelkind das alte braune Bärchen in seine gefalteten Hände. Papa meinte zu seiner Mutter: ‚Muss das sein?'
‚Ja, das muss sein. Jetzt hat er wenigstens seinen geliebten Bubi bei sich und ist nicht ganz allein. Das ist das Einzige, was ich noch für ihn tun kann.'
Oma sagte oft zu mir, dass ich nicht nur den Namen meines verstorbenen Bruders bekommen hätte, sondern ihm auch sehr ähnlich sei. Das zweite Bärchen steht seitdem bei uns in der Stube zur Erinnerung an Conrady." Conrad zeigte auf die Fensterbank. Da sahen sie ein schon etwas abgegriffenes Holzbärchen stehen. „Wenn

sich Oma unbeobachtet fühlte, nahm sie häufig das Holzfigürchen in die Hand und dachte an Conrady, ihren so früh verstorbenen Enkel zurück, und hing im Stillen ihren Gedanken nach."
Als Baltasar mit seiner Familie am späten Nachmittag immer noch nicht vom Feld zurück war, hatte sich Tobias entschieden, nun nicht mehr zu warten. Denn sonst würde es zu spät und sie kämen in die Dunkelheit hinein. Tobias bat Conrad, seinem Vater einen lieben Gruß auszurichten. Dieser lief nochmals ins Haus zurück und brachte einen Tonkrug Bienenhonig mit. „Tobias, nimm das für deine Familie mit und grüße sie unbekannterweise von uns. Papa wird enttäuscht sein, dass er euch nicht mehr angetroffen hat." Mit einem vergnügten „Pfiedie!" verabschiedeten sich Tobias und Josephus von Conrad und gingen in Richtung Süden heim.

Berchtold Josephus, Oberstdorf

Ein paar Tage nach dem Ausflug nach Stein ging Josephus mit seinen Freunden Mathias Schädler und Michael Brack zum Freibergsee. Michael wollte seinen Freunden schon zum zweiten Mal, das Schwimmen beibringen. Trotz seiner Unsicherheit schwamm Mathias einfach ein Stück in den See hinaus. Michael und Josephus warnten ihn, aber er wollte nicht auf sie hören. Mitten im See begann er furchtbar zu husten. Er hatte vermutlich Wasser geschluckt. Er streckte schreiend seine Hände in die Höhe und rief zappelnd um Hilfe. Er ging unter und kam wieder kurz zum Vorschein. Plötzlich war er verschwunden. Der See war auf einmal unheimlich ruhig. Nur Michael und Josephus waren furchtbar aufgeregt. Michael schwamm schnell an die Unfallstelle. Er tauchte und zog Mathias an die Oberfläche. Inzwischen paddelte Josephus mit einem Fischerkahn hinaus zu seinen Freunden. Sie legten Mathias vorsichtig ins Boot, aber sie konnten ihm nicht mehr helfen. Ihr Freund war inzwischen ertrunken. Warum Mathias auf einmal keine Kraft mehr hatte und unterging? Sie wussten nicht, was geschehen war. Die beiden trugen ihren toten Freund ins Dorf zu seinen

Eltern hinunter. Josephus sagte am Abend zu seinem Vater: „Das war heute so furchtbar. Als seine Mutter den toten Mathias gesehen hat, schrie sie fürchterlich. Sie hat uns nicht geglaubt, dass er tot ist. Sie schüttelte ihn und schrie: ‚Mathias, mach die Augen auf!' Dabei schlug sie ihm immer wieder ins Gesicht, so lange, bis ihr Mann sie am Arm festhielt und von ihrem Buben wegzog. Sie warf sich dann an die Brust ihres Mannes und weinte laut und ungehalten. Ich habe das Schreien immer noch in meinen Ohren. Ihre Tochter, die Maria, sah dem allem zu und schluchzte vor sich hin. Ich glaube, ich werde diesen Tag nie mehr vergessen können. Dies war der schwerste Gang, den ich bisher in meinem Leben machen musste."
Josephus hatte das Sterben seines Freundes miterlebt und war dadurch in einen Schockzustand geraten. Seitdem konnte er sich vor anderen nicht mehr öffnen und sprach nie mehr mit jemandem über den Unfall. Insgeheim hoffte er, dass er dadurch das Geschehene ungeschehen machen konnte und es sich mit der Zeit auflösen würde. Michael und Josephus brachen, ohne dass es ihnen bewusst war, den Kontakt zueinander ab, denn beide fürchteten sich davor, sich stets gegenseitig an den Unfall zu erinnern.
Josephus zog sich, ohne es zu ahnen, immer mehr in sich zurück und baute eine Art Schutzmauer um sich herum auf. Er verschloss sich mit seinem Kummer und dachte: „Wie es mir geht und was ich fühle, geht niemanden etwas an. Außerdem will ich die anderen nicht mit meinen Sorgen belasten." Mit der Zeit fühlte er sich abgeschnitten und sich selbst entfremdet. Er flüchtete sich in seine Arbeit und hatte keine Zeit und Lust mehr, sich mit Gleichaltrigen zu treffen. Seiner Familie und seinen Freunden gelang es nicht, Josephus aus diesem Sumpf zu ziehen und ihm Trost zu geben. Auch als sie bemerkten, dass er es dringend gebraucht hätte. Josephus' Eltern, Tobias und Kathi, nahmen Rücksicht auf ihn und dachten: „Wir dürfen nicht mehr mit ihm über den Unfall sprechen. Das würde ihm stets wieder aufs Neue Kummer bereiten." In seiner Einsamkeit grübelte Josephus immer mehr und bekam Schuldgefühle. Er dachte sich, wenn er auf der Straße die Hinterbliebenen

von Mathias treffen würde, könnten sie durch ihn an das damals Geschehene erinnert werden. Denn auch für sie wird ihr verstorbener Sohn nicht vergessen sein. Josephus glaubte, dass der Unfall seines Freundes auch lange Schatten auf sein Dasein werfen werde.

Einige Monate später, im Jahre 1725, sagte Tobias freundlich zu seinem Sohn, dem Josephus: „Ich dachte, du wolltest den Kontakt nach Stein aufrechterhalten. Jetzt ist es schon länger her und du hast dich nie wieder bei Conrad gemeldet."
„Vater, du hast recht, aber ich habe es wirklich total vergessen."
„Ich weiß, mir ging es genauso wie dir, zuerst hatte ich den Vorsatz und dann kam es doch nie wieder zu einer Zusammenkunft. Ich denke, denen in Stein geht es ebenso. Wir können nicht wegen unserer Vorfahren, die schon über 100 Jahre nicht mehr leben, eine Freundschaft aufrechterhalten. Diese Zeit ist vorbei und wir müssen hier neue Freundschaften pflegen, andere als unsere Verwandten damals."
Tobias ging am Abend in den Stall, um seine Kühe zu füttern. Das Melken und Ausmisten erledigten Josephus und sein Bruder Joannes. Ihr Vater, der Tobias, war für seine 70 Jahre ein noch sehr rüstiger Mann und seine Arbeit tat er immer noch gern. Nur einmal in der Woche, am Schießabend, nahm er sich von der Stallarbeit frei. Joannes stellte an diesem Abend den Milchkübel, wie sonst auch innen bei der Schopftür ab. Tobias war in Gedanken versunken und sah den Eimer nicht. Er stolperte beim Rückwärtsgehen darüber und fiel mit voller Wucht auf den Boden. Ihm war sofort klar: „Ich habe mir etwas gebrochen." Seine erwachsenen Buben trugen ihn in die Stube aufs Kanapee. Bei jeder Bewegung schrie Tobias vor Schmerzen auf. Josephus lief zum Haneberg, dem Chirurgen, um ihn um Hilfe zu bitten. Der Doktor untersuchte den Verletzten gründlich und vermutete: „Es sieht nicht gut aus. Ich glaube, der Oberschenkelhalsknochen ist gebrochen. Da kann

man nicht viel tun. Tobias, du musst dich jetzt schonen und liegen bleiben. Wenn du großes Glück hast, wächst er von selbst wieder zusammen. Habt ihr Pulver von der Mohnblume da?"
„Nein, was ist das?"
„Ich werde euch davon etwas abfüllen. Geht sparsam damit um, es ist sehr stark. Auf lateinisch nennt man es Opium. Damit wird er etwas schlafen können und es nimmt ihm den Schmerz für ein paar Stunden. Er kann aber auch etwas Schwächeres wie getrocknete Beinwurzblätter zu sich nehmen."
„Beinwurzen haben wir da."
„Gut, dann kocht davon einen Tee für ihn. Tagsüber soll er ihn schluckweise einnehmen. Ihr könnt ihm aus Beinwell auch Umschläge machen. Ich gebe euch eine Flasche verschiedener Bitterkräuter, daran lasst ihn riechen. Das nimmt auch fürs Erste ein wenig den Schmerz. Mehr können wir im Moment nicht für ihn tun."
Er wünschte Tobias gute Besserung und verabschiedete sich. Vor der Haustür sagte der Haneberg zu Kathi: „Es sieht nicht gut aus. In seinem Alter ist dieser Bruch häufig das Todesurteil. Klär mit ihm, was es zu klären gibt."
Eine Woche später bekam Tobias eine schwere Lungenentzündung mit hohem Fieber. Nach Erhalten der Sterbesakramente durch den Pfarrer ist er dann drei Stunden später gestorben. Zu Lebzeiten hatte Tobias geregelt, dass Josephus, sein jüngster Sohn, den Hof übernehmen soll. Tobias war bis zuletzt Vorstand im Schützenverein gewesen. Seine Kameraden waren sehr betroffen über seinen schnellen Tod. Aus Mitgefühl kamen viele Bürger aus dem Ort zur Beerdigung. Auch die Mitglieder der Vereine von Hindelang, Sonthofen und Schöllang waren bei seiner Beisetzung anwesend. Tobias' Leichnam wurde ins Grab zu seinem Vater, dem Ulrich, der mit 50 Jahren bei einem Holzunfall plötzlich verstorben war, gelegt. Kathi setzte sich durch und sagte: „Dies war sein Wille, so hat er es mir immer wieder gesagt."
Nach der Trauerfeier auf dem Friedhof wurde vom Verein in die Schießstätte zum Leichenschmaus geladen. Die Vereinsmitglieder

bedienten und spendierten zur letzten Ehre ihres Schützenmeisters Tobias für die anwesende Trauergemeinde eine Brotzeit mit Würsten und die Getränke. Dafür bedankte sich Kathi, seine Witwe, recht herzlich.

Nach dem Essen erzählte Hans, Tobias' Neffe: „Nach dreimonatiger Bauzeit ist das Narrehiisle[37] mit ins Kornhaus am Marktplatz gebaut worden. Ihr habt es doch gerade vom Friedhof aus gesehen. Es steht westlich neben der Kirche. Bisher mussten Diebe und Wilderer nach Sonthofen gebracht werden. Jetzt können sich die Gendarmen diesen Weg sparen." Die meisten Einheimischen fanden es gut, hier im Ort ein Gefängnis für kleinere Strafdelikte zu haben. Ein anderer machte Späße darüber: „Es ist auch gut, nach zu viel Schnaps und Bierdurst zur Ausnüchterung ins Narrenhäusle zu kommen, um dort seinen Rausch auszuschlafen. Prost!" Die Männer lachten laut über diesen Kommentar. Kathi, Joannes, Stasia und Josephus spürten eine starke Trauer in sich hochsteigen. Ihnen war so gar nicht zum Feiern und zum Lachen zumute. Sie verabschiedeten sich und gingen gemeinsam noch mal an das Grab von Tobias, das die Totengräber inzwischen zugeschaufelt hatten. Anschließend ging Kathi mit ihren Kindern zusammen ins nun so leere Haus heim.

Josephus und Stasia wohnten weiterhin bei ihrer Mutter im Haushalt und waren ihr stets behilflich. Diese meinte es gut mit ihrem Sohn und redete ihm immer wieder von Neuem zu: „Josephus, geh doch auch mal auf ein Fest, um vergnügt mit jungen Menschen zu feiern." Doch meistens erwiderte er etwas zornig: „Lass mich doch damit in Ruh! Ich habe keine Lust darauf." Seine Mutter machte sich seinetwegen Sorgen, weil er seit dem Unglück am Freibergsee sehr zurückgezogen lebte. Sie versuchte es weiter: „Hör doch. Ich bin schon hoch betagt und werde nicht ewig leben. Such dir eine Frau, die später für dich da sein wird." Darüber lächelte er abwertend und war im Grunde verlegen.

„Du kannst nicht immer nur arbeiten. Das Leben geht so schnell vorbei und was hast du am Ende? Nichts, nur gearbeitet und gebuckelt. Nicht mal eine Familie bleibt dir dann."

---

[37] Ausnüchterungs-, Gefängniszelle

„Ja, Mutter, ich werde dir die Freude machen und dir zuliebe morgen zum Schießabend gehen und höre mir an, was es Neues gibt."
Sie war gespannt, ob er wirklich hinginge.
Dienstagabend um sieben Uhr staunte Kathi, weil ihr Sohn tatsächlich seine gute Jacke angezogen hatte und zum Schießabend ging. Als Josephus dort angekommen war, freuten sich die meisten, den Sohn vom ehemaligen verstorbenen Schützenmeister in der Schießstätte begrüßen zu können. Der neue Vorstand war ausgerechnet Schädler Johannes, der Vater seines vor Jahren ertrunkenen Freundes.
Dieser zeigte ihm, wie er sich am besten zum Schießen hinstellen sollte, und wies ihn in den Schießsport ein. Josephus hatte zu Beginn ein ungutes Gefühl. Er erinnerte sich wieder an den Tag, als er seinen toten Freund zum jetzigen Vorstand nach Hause bringen musste. Josephus war klar, es war ein Unfall. Er konnte nichts dafür, und trotzdem machte er sich insgeheim Vorwürfe, dass Mathias ertrunken war. Josephus hatte das Gefühl, dieser Vorfall stand zwischen ihm und den Angehörigen seines toten Freundes. Jetzt, beim Schießabend, sagte Mathias' Vater so freundlich wie früher: „Ja, Josephus, dass du zu uns kommst, darüber freue ich mich ganz besonders. Ich habe dich leider schon lange nicht mehr gesehen." Nun konnte Josephus spüren, dass der Vater von Mathias ihm nie eine Schuld gegeben oder gar einen Vorwurf gemacht hatte. Josephus war seiner Mutter für ihre Überredungskunst dankbar. Alleine wäre er sein Leben lang einem Zusammentreffen mit den Schädlers aus dem Weg gegangen. Jetzt konnte er Mathias' Vater wieder in die Augen sehen und ihm normal beggenen. Nun ging Josephus auch wieder mehr unter Menschen und auch das Schießen machte ihm Freude. Am Abend saßen die Männer noch gemütlich beieinander. Der Math fragte in die Runde. „Habt ihr schon gehört? In Loretto ist in die Sakristei eingebrochen worden. Die Kirchenräuber haben sakrale Gegenstände im Wert von 1000 Talern erbeutet. Der Pfarrer hat festgestellt, dass zwei silberne Ampeln und ein Leuchter, ein großes silbernes Kruzifix, vier vergoldete Opferkelche und vier

silberne Rosenkränze fehlen. Vom Dieb soll es keine Spur geben."
„Was sind das nur für Menschen, die es nötig haben, in einer Kirche etwas zu stehlen, das ist ein großer Schaden, was will der Dieb mit diesen Dingen machen?"
„Unser Pfarrer war vor Kurzem sehr spendabel. Er hat einen neuen Hochaltar in die St. Josefskapelle auf seine Kosten von einem Maler aus Reute herstellen lassen. Ebenso bekommen wir nächstes Jahr einen eigenen Palmesel im Ort. Diesen wird der Bildhauer Franz Schmädl für 50 Gulden fertigen."
„In Schöllang ist geplant, dass demnächst auch eine Kirche erbaut werden soll", wusste der Mesner zu berichten.
„Momentan bauen unsere ehrenwürdigen Pfarrer und Glaubensleute sehr viel. Auch südlich vom Gottsacker[38], wo sich jetzt noch die Arkaden befinden, wollen sie noch einen gemauerten Säulengang mit 14 Stationen errichten." An diesem Abend wurde überwiegend über kirchliche Baumaßnahmen geredet, ob sie für notwendig oder überflüssig befunden wurden. Unter den Bauern wurde noch über die neu herausgekommene Jagd- und Wildbann-Ordnung gesprochen. Das Jagdrevier in der Pflege stand wieder in vollem Umfange den Landesfürsten zu. Insbesondere wurde von ihnen befohlen, dass bei Festnahme eines Wilddiebes diesem das Gewehr und die Fallen mitsamt den Schlaufen abgenommen werden müssen. Je nach Schwere seines Vergehens sollte er bestraft werden. Hunde müssten an der Kette gehalten werden. Sollten sie frei laufen, sind diese durch die Jäger niederzuschießen. Jedermann, besonders den Hirten, sei es verboten, die Wildkälber von Reh und Gams sowie Hasen und das Feldwildbret zu fangen. Den Enten die Eier abzunehmen, diese heimzutragen, zu verkaufen oder selbst zu behalten, ist strengstens verboten. Hier und auch in Hindelang wurde eigens ein Forstjäger eingesetzt, um im Wald nach dem Rechten zu sehen. Die Jäger bekamen kein Forsthaus, sondern eine eigene Wohnung. Sie unterstanden dem fürstbischöflichen Forstmeister und Oberjäger in Burgberg. Dieser bewohnte ein herrschaftliches Jagdhaus.

---

[38] Friedhof

1737, zwölf Jahre nach Tobias' Tod, war auch Kathi, seine Witwe, verstorben. Es fand eine kleine Beerdigung im engsten Kreis der Familie und einigen Nachbarn statt. Joannes, der erstgeborene Sohn, hatte inzwischen geheiratet und kam mit seiner Frau zur Beerdigung. Josephus, der Jüngste, stand am offenen Grab zusammen mit seinen vier Schwestern neben ihnen. Die Trauergemeinde kondolierte den Hinterbliebenen.

Josephus ging am nächsten Tag zum Kaufmann Hansjörg und trug ihm auf: „Wenn du demnächst nach Stein kommst, gehe bitte zu Baltasar oder Conrad und berichte ihnen, dass meine Eltern verstorben sind."

„Habt ihr immer noch Kontakt miteinander?", fragte er verwundert.

„Nein, leider haben wir uns über 13 Jahre nicht mehr gesehen."

Hansjörg kam ebenfalls mit einer traurigen Nachricht aus Stein zurück. „Conrad lässt dir ausrichten: Sein Vater Baltasar sei ebenfalls vor zwei Jahren gestorben. Conrad selbst habe vier Wochen vor Baltasars Tod im November 1735 geheiratet. Seine Frau ist Franziska Wilhelm aus Hainberg, der Pfarrei Martinszell. Sie haben inzwischen eine Tochter, die Maria heißt." Josephus bedankte sich bei Hansjörg für seine Dienste als Kurier. Josephus war des Lesens und Schreibens nicht mächtig. Er ließ sich die Trauernachricht vom Pfarrer Jäger auf ein Blatt Papier schreiben. Damit er dieses Papier ins Buch seines Vaters legen konnte. Ich werde versuchen, bald jemanden zu finden, der es ins Buch übertragen kann und dann in Vaters Sinn weiterführen wird. Ein paar Tage später war der Herr Pfarrer völlig unerwartet verstorben. Josephus' Mutter Kathi war die letzte Verstorbene, die der Pfarrer Jäger beerdigt hatte. Josephus erinnerte sich. „Wie hat der Pfarrer an Mutters Beerdigung gesagt? Wir beten auch für den, der als Nächster der Verstorbenen folgt und als Erster vor ihr Antlitz tritt. In diesem Fall war es der Pfarrer Jäger selbst."

Flachsanbau

Josephus war dankbar, dass seine Schwester Stasia für ihn den Haushalt weiterführte und mit ihm zusammen auf einem Acker den Flachs anbaute und anschließend verarbeitete. Aus dem Ertrag spann Stasia das Garn. Danach saß sie von früh bis spät und manchmal zusammen mit Josephus im feuchten Webkeller, um Leinen, welches sie dringend für ihre Wäsche und Bekleidung benötigten, zu weben. Der Anbau von Flachs wurde hier im Ort kaum als Erwerbsquelle genutzt. Für den Großteil der Familien konnte nur wenig über den Eigenbedarf hinaus erzeugt werden. Die Landwirtschaft war für Stasia und Josephus das Wichtigste, um ihren Lebensunterhalt bestreiten zu können. Durch den Gemüsegarten konnten sie über den Sommer mehr recht als schlecht für ihr eigenes Essen sorgen. Dies war notwendig, um überleben zu können. Die Spinnerei musste deshalb mehr oder weniger in ihrer freien Zeit gemacht werden.

Josephus und Stasia gingen sonntags meist zusammen in die Kirche. Nachdem der Pfarrer Jäger verstorben war, kam ein neuer geistlicher Herr in den Ort. Es war Josef Schmid aus Hindelang. Nachdem sein erster Gottesdienst zu Ende war, bildeten sich kleine Grüppchen, um sich zu begrüßen und Neuigkeiten auszutauschen. Josephus stellte sich zu Maria Schädler, der Tochter des Schützenmeisters und Schwester seines verunglückten Freundes. Er hatte sie fast nicht mehr erkannt, so erwachsen, wie sie inzwischen geworden war. Sie sah ihm unauffällig ins Gesicht und bemerkte, dass er sich seit Tagen nicht mehr rasiert hatte. „Dieser Drei-Tage-Bart lässt ihn sehr männlich wirken. Trotzdem ist er der Gleiche geblieben und hat sich in den letzten Jahren äußerlich kaum verändert", dachte Maria. Nun bemerkte sie, dass er seinen Blick gar nicht mehr von ihr abwendete. Maria wurde ganz rot im Gesicht. Sie senkte ihren Blick zum Boden, sah dann wieder scheu auf und ihre Augen wanderten erneut zu Josephus. Dabei trafen sich ihre Blicke für einen winzigen Bruchteil einer Sekunde. Aber was war das für ein Blick? Er ging Josephus und Maria wie ein Blitz durch Mark und Bein.

Das Wetter an diesem Tag war so wunderschön, da hatte Josephus eine Idee. Er nahm allen Mut zusammen und fragte Maria, ob sie mit ihm ins Oytal wandern wolle. Sie antwortete: „Danke, für dein Angebot, aber ich würde gerne mit dir zusammen zum Freibergsee gehen." Josephus erschrak und bekam kaum Luft. Sie aber sprach gleich weiter: „Könntest du mir die Stelle zeigen, an der vor vielen Jahren Mathias ertrunken ist? Ich wollte immer mal dorthin, habe mich aber gescheut, dich zu fragen." Josephus war etwas irritiert, aber er willigte unsicher ein, um ein paar Stunden mit Maria zusammen zu sein. Nach einer kurzen Denkpause antwortete er: „Ja, gerne gehe ich mit dir dorthin und zeige dir die Stelle, wo es passiert ist. Du musst wissen, ich war selbst seit dem Unfall nicht mehr dort oben." Er fühlte sich nicht wohl bei dem Gedanken, an den tragischen Ort zurückzugehen. Die Erinnerung daran holte ihn wieder ein. Danach gingen beide getrennt zum Mittagessen heim. Maria erzählte ihrer Mutter: „Ich gehe nachher mit Josephus zum Freibergsee. Er zeigt mir den Platz, an dem Mathias gestorben ist." Josephus wiederum sagte zu Stasia: „Ich gehe mit ein paar Freunden auf eine kleine Bergtour, ich bin am Abend wieder daheim."

Um zwei Uhr nachmittags trafen sich die beiden wie abgemacht am Renksteg außerhalb des Ortes. Es war beiden recht, nicht gleich zusammen gesehen zu werden. Sie gingen zuerst der Stillach entlang und dann über den Ziegelbachweg zum Freibergsee hinauf. Es war ein steiler, steiniger Weg. Beide waren barfuß, aber Marias Füße waren viel empfindlicher als die von Josephus. Einmal hat er sie bei einem kleinen Bach an die Hand genommen und hinübergeführt. Er berührte versehentlich ihre rechte Brust. Wie ein Blitz fuhr diese Berührung durch Marias Körper. Sie schaute ganz verlegen auf den Boden. Josephus hatte diese Berührung gar nicht bemerkt, er war so vertieft in die zarten weichen Hände Marias. Er schaute ihr liebevoll in die Augen und fragte: „Ist alles in Ordnung mit dir?"

Sie erwiderte seinen Blick, lächelte ihn an und sagte: „Ja, alles in Ordnung. Ich hoffe, dass wir bald oben sind."

„Nur noch eine einzige Kehre, dann haben wir es geschafft." Der

See lag ruhig und friedlich, eingebettet in einen Kessel, inmitten der Berge. Rundum standen vereinzelte Bäume in den grünen Wiesen. Diese spiegelten sich zusammen mit der Sonne und den Bergen im glasklaren Wasser. So schön hatte Josephus diesen Bergsee noch nie gesehen. Er breitete seine mitgebrachte Decke im Gras aus und bot Maria an, sich neben ihn zu setzen. Sie sagte: „Jetzt bin ich froh, dass ich mich ausruhen kann." Beide bestaunten schweigend das ruhige Spiegelbild. Nur ein Entenpärchen schwamm auf dem See. Ansonsten waren nur die Stimmen der Vögel und das Zirpen der Grillen zu hören. Maria fragte scheu: „Hier, wo es so friedlich ist, soll Mathias ertrunken sein? Damals hat der Doktor vermutet, er könnte durch das kalte Wasser einen Wadenkrampf bekommen haben und konnte deshalb nicht mehr schwimmen." Josephus sah Maria direkt an und entdeckte, dass sich der klare See in ihren Augen spiegelte. Dann sagte er mit gedrückter Stimme: „Glaub mir, zu Beginn haben Michael und ich viel darüber nachgedacht. Wir wissen nicht, was damals geschah." Josephus bekam feuchte, brennende Augen vom Zurückhalten seiner Tränen. Maria spürte, dass es ihm selbst nach dieser Zeit immer noch schwerfällt, darüber zu reden. Sie sprachen miteinander über Mathias und was beide mit ihm erleben durften und wie er sie so häufig geneckt hatte. Wie schön doch Weihnachten war, als er noch bei ihnen war. Josephus fielen Lausbubenstreiche ein, wie sie den Pfarrer geärgert hatten und dafür bestraft worden sind. Dabei lachten die beiden miteinander und stellten fest, wie lustig es doch damals mit Mathias zusammen war. Beiden wurde klar, dass sie ihn immer noch vermissten. Josephus sprach nachdenklich: „Er war ein feiner Kerl, dein Bruder. So einen guten Freund habe ich nie mehr gefunden." Sie nickte zustimmend über Josephus' letzten Satz und sie sahen wieder stillschweigend ins Wasser und träumten vor sich hin.

Nach diesem Gespräch spürte Josephus eine Erleichterung in sich und es tat ihm gut, mit jemandem offen darüber reden zu können. Und auch in Marias Kopf war nun einiges klarer.

Nach einer Weile fragte Josephus: „Kannst du schwimmen?"

„Ja, meine Mutter hat darauf bestanden, dass ich es lernen muss, damit ich nicht ertrinke. Ich bin noch ihr einziges Kind."
„Aber deine Mutter hat doch mehrere Kinder bekommen?"
„Das ist richtig. Aber Franziskus, Anna und Joannes sind schon als Kinder gestorben und Mathias musste hier sein Leben lassen. Deshalb bin ich noch die Einzige, die ihr geblieben ist. Mein Onkel, der Bruder meiner Mutter, Georg Math, musste mir das Schwimmen am Moorweiher beibringen. Zum Schwimmen durfte ich verständlicherweise nie an den Freibergsee gehen."
„Dann hat sich meine Frage erübrigt. Ich wollte dich fragen, ob du ins Wasser möchtest, um zu baden."
„Danke, vielleicht ein anderes Mal. Heute will ich es nicht. Der See sieht so groß und dunkel aus. Ich denke er ist auch sehr tief."
„Ja, an manchen Stellen soll er über zehn Meter tief sein." Eigentlich war Josephus auch erleichtert, heute hier nicht baden zu müssen. Nach einer Weile standen sie auf. Maria schüttelte seine Decke aus und die beiden gingen gemeinsam hinunter in den Ort zurück.
Der freie Nachmittag mit Josephus ging Maria nicht mehr aus dem Sinn. Sie ertappte sich dabei, dass sie ein weiteres gemeinsames Treffen herbeisehnte. Am nächsten Sonntag, beim Schützenfest, hoffte sie auf eine Gelegenheit, ihn wiederzusehen, und darauf freute sie sich schon.
Josephus und seine Kameraden richteten schon sonntagvormittags die Tanzbühne und die Getränke her. Um zwei Uhr fing die Musik zu spielen an. Es verging die Zeit und auch Josephus hielt Ausschau nach Maria, konnte sie aber nirgends entdecken. Als er sich fast damit abgefunden hatte, dass sie heute nicht mehr kommen wird, stand sie plötzlich strahlend vor ihm. Sie trug heute kein Kopftuch und keine Haube. Sie hatte wunderbares dunkles, hochgestecktes Haar. Er lächelte zurück und sie entdeckte ein Grübchen an seiner rechten Wangenseite. Dies ließ ihn jünger und spitzbübisch aussehen. Er war braun gebrannt und deshalb leuchteten seine blauen Augen noch heller. Er fragte nicht lange, nahm sie bei der Hand und zog sie mit sich zum Tanzboden. Maria lachte dabei. Sie war

ganz anders als letztes Mal. Sie war gut gelaunt und sprühte vor Lebensfreude. Mit ihr zusammen machte Josephus das Tanzen viel Freude. Die beiden hatten einen riesigen Durst und tranken zusammen aus einem Bierkrug, dann fragte Josephus plötzlich: „Maria, wie alt bist du eigentlich?"

„Ich bin nicht mehr die Jüngste. Ich bin schon 27 Jahre alt. Und du?"

Josephus erschrak. „Ich traue es mich gar nicht zu sagen, denn ich bin 12 Jahre älter als du."

„Na und? Was soll's. Mit deinen Grübchen siehst du viel jünger aus als du bist." Beide lachten über ihre schlagfertige Bemerkung. Am Abend brachte er Maria heim und sie verabredeten sich für den nächsten Sonntag. Sie trafen sich immer häufiger. Den gemeinsamen Treffen fieberten beide sehnsüchtig entgegen.

Als Stasia abends beim Abspülen in der Küche stand, sah sie Josephus mit einer jungen Frau hinter der Scheune stehen. Irgendwie war sie erstaunt, wie fremd es für sie war, Josephus mit einem Mädchen zu sehen.

Es war später Frühling an einem Samstagnachmittag. Stasia war im Garten und nahm gerade die Wäsche von der Leine. Da kam ihr Bruder Hand in Hand mit Maria um die Hausecke gebogen. Als Maria Stasia sah, ließ sie schnell Josephus Hand los, denn es war ihr peinlich, von ihr so gesehen zu werden. Sie vermutete: „Wenn seine Schwester uns so sehen würde, wäre sie bestimmt empört über mich und fände es vielleicht unanständig von mir." Josephus ging locker auf seine Schwester zu und sagte: „Stasia schau, ich möchte dir Maria, meine Freundin, vorstellen." Sie sah von ihrem Wäschekorb auf und war sichtlich überrascht. Sie dachte sich: „Josephus und so eine junge hübsche Frau. In ganz Oberstdorf gibt es keine, die schöner aussieht als diese Maria." Josephus bemerkte, dass seine Schwester irritiert war und es ihr die Sprache verschlagen hatte. Nach einem kurzen Schweigen, nahm er ihren Wäschekorb in seine Hände und trug ihn ins Haus. „Jetzt kommt doch! Was ist los mit euch?" Die beiden Frauen liefen ihm wortlos hinterher. Drinnen im Flur sagte Stasia mehr zu ihrem Bruder als zu Maria: „Setzt euch in die Stube. Ich mache uns einen Malzkaffee. Kuchen habe ich keinen. Wir müssen Brot dazu essen. Du hättest mir ja sagen können, dass wir Besuch bekommen." Dabei lächelten sich die beiden Frauen schweigend, aber etwas unsicher an. Als Stasia wieder in die Küche ging, hörte sie gerade noch, wie Maria dem Josephus etwas ins Ohr flüsterte: „Ich glaube, sie mag mich nicht."

„Nein, mit dir hat das nichts zu tun. Meine Schwester dachte, ich bleibe immer ein Junggeselle. Sie muss sich erst an den Gedanken gewöhnen, dass ich mit dir zusammen sein will." Josephus hatte sich in seiner Schwester nicht getäuscht. Am Abend, als Maria wieder fort war, fragte Stasia: „Wie und wann habt ihr euch kennengelernt?" Er beantwortete alle ihre Fragen und erzählte offen, wie sie sich kennengelernt hatten.

„Was, ihr seid schon seit einem halben Jahr befreundet? Und ich habe nichts davon mitbekommen."

Schon beim nächsten Zusammentreffen hatte Josephus' Schwester Maria in ihr Herz geschlossen. Mit der Zeit blieb Stasia nicht verborgen, dass Maria ihrem Bruder offenbar guttat und er, seit er mit ihr zusammen war, viel offener geworden war. Er ging wieder mehr auf andere Menschen zu und sie fand, dass er jetzt wieder bessere Laune hatte als die Jahre zuvor. Im Sommer, als sie schon ein Jahr befreundet waren, machte Maria einen Vorschlag: „Komm wir gehen an den Freibergsee, wo unsere Freundschaft begonnen hat."

„Das finde ich eine gute Idee. Aber ich wünsche mir, dass wir dieses Mal schwimmen werden."

„Ja, das machen wir." Am See angekommen, waren beide verschwitzt, legten sich auf eine Decke und sahen dabei zum Himmel hinauf. Die Sonne war stechend heiß, so dass es kaum auszuhalten war. Schließlich sagte Josephus: „Was ist jetzt mit Schwimmen?"

„Ja, das haben wir doch ausgemacht. Du gehst erst rein, drehst dich aber nicht um. Dann komme ich nach. Erst wenn ich auch im Wasser bin und es dir sage, dann darfst du dich umdrehen."

Josephus schmunzelte, zog seine Jacke und die Hose aus und rannte ins Wasser. Sie hatte sich so lange umgedreht und sah ihm nicht dabei zu. Als sie das Wasser plätschern hörte, blickte sie vorsichtig über ihre eigene Schulter und sah ihn vom Ufer wegschwimmen. Sie ging hinter einen Haselnussstrauch und zog sich ebenfalls aus. Als sie bemerkte, dass Josephus sich wieder umgedreht hatte, rief sie: „Dreh dich weg, ich komme jetzt ins Wasser! Er tat, was sie von ihm verlangte. Erst als sie auch im Wasser war, schwammen sie aufeinander zu. Sie lachten und umarmten sich fröhlich. Maria alberte, spritzte und kicherte. Josephus bemerkte, dass sie dabei etwas verlegen war. Aber er fand, dies stand ihr gut. Als sie wieder in Richtung Ufer schwammen, überholte Josephus Maria, drückte sie ganz eng an seinen Körper. Beide waren sehr erregt. Sie sahen sich dabei in die Augen. Maria schlang ihre Arme um seinen Hals, er umschlang ihre Taille und er spürte ihre glatten festen Brüste auf seiner Haut. Er küsste sie sehr zart aber leidenschaftlich, und sie erwiderte seine Küsse. Nach einer Weile befreite sich Maria aus Josephus' Umarmung und schwamm ans Ufer. Sie lief schnell hinter den Haselnussstrauch und zog zuerst ihren Rock und dann die Bluse, ohne sich abzutrocknen, wieder an. Josephus hatte sich gleichzeitig wieder bekleidet. Maria hatte ein schlechtes Gewissen. Sie fürchtete: „Hoffentlich hat uns niemand beobachtet."
Er lächelte und beruhigte sie: „Aber wir haben doch nichts Unrechtes getan. Es ist doch nichts passiert wofür wir uns schämen müssten. Wir haben uns geküsst, weil wir uns mögen. Na und, das darf doch sein."
„Ja, wenn du es so sehen willst, hast du ja recht. Aber meine Mutter hat es mir verboten, bis zu meiner Hochzeit darf ich mich keinem Mann hingeben." Beide waren sich darüber einig. Damit wollten sie noch warten.
Am Heiligen Abend blieb Maria alleine bei ihren Eltern daheim, um mit ihnen das Weihnachtsfest zu feiern. Sie schmückte mit ihrer Mutter zusammen den Christbaum und zur Bescherung übergaben sie sich je ein selbstgemachtes Geschenk. Danach aß Maria mit

ihren Eltern gemeinsam ein Stück kalten Braten mit Krautsalat. Als Josephus mit seiner Schwester alleine daheim war, teilte er Stasia mit: „An Maria Lichtmess will ich Maria fragen, ob sie meine Frau werden will."
Stasia nickte: „Endlich. Ich freue mich für euch. Maria kriegt einen guten Mann." Ihre Stimme klang etwas melancholisch.
Er lächelte und sagte drauf: „Das hoffe ich doch."
„Was wird aus mir, wenn Maria als die neue Bäuerin hier einzieht?", fragte Stasia etwas bekümmert. „Sie ist schließlich 17 Jahre jünger als ich. Ich bin dann ihre Schwägerin. Aber vom Alter her könnte ich ihre Schwiegermutter sein."
„Darüber will ich mit Maria reden, wenn es so weit ist. Ich könnte mir vorstellen, dass wir hier mit dir zusammen wohnen oder Maria und ich werden nach Gerstruben ins Haus, das Vater damals gebaut hat, ziehen."
Am 2. Februar, als es am Abend nicht mehr ganz so dunkel war, wurde in der Kirche Lichtmess gefeiert. Nach dem Gottesdienst wartete Josephus vor der Kirche auf Maria. Er lud sie zum Löwenwirt auf ein Glas Wein ein. Dies kam Maria seltsam vor. Sie fragte zuerst etwas misstrauisch: „Wein trinken, wir? So mitten unter der Woche? Einfach so? Ja, wenn du meinst, dann will ich mit dir kommen." Als sich die beiden an den Tisch neben dem geheizten Kachelofen setzten, sagte Maria: „Sollen wir nicht lieber einen Krug Bier trinken? Wein ist doch viel teurer als Bier?"
„Nein, heute will ich das Geld gerne für dich ausgeben." Als sie vor ihrem Weinglas saßen, zog Josephus ein Lederband mit einem silbernen Anhänger aus seiner Tasche und sagte ganz schlicht und einfach: „Maria, ich möchte dich heiraten. Willst du meine Frau werden?"
Sie sah ihn zuerst ungläubig, dann freudestrahlend an und antwortete: „Ja, das will ich." Als Josephus sie ansah, dachte er: „Sie freut sich wie ein kleines Kind, das zum ersten Mal einen Christbaum sieht."
Sogleich gestand sie ihm ehrlich: „Darauf habe ich insgeheim schon lange gehofft."

„Wenn du es auch möchtest, würde ich gerne in unser Haus nach Gerstruben ziehen."
„Das können wir gerne versuchen, aber wenn ich Heimweh bekomme oder mir der viele Schnee im Winter dort oben zu beschwerlich ist, versprich mir, dass wir dann wieder ins Tal ziehen werden."
„Wenn du nur Ja sagst, dann will ich dir alles versprechen."
Sie lachte darüber und sagte ganz liebevoll zu ihm: „Alles? Wirklich? Das kann gefährlich für dich werden."

Berchtold Josephus und Schädler Maria, Oberstdorf
„Im Mai 1741 heiratet der ledige Josephus Berchtold die ledige Maria Schädler." So hatte der Pfarrer Schmid sechs Wochen vor der Trauung in der Pfarrkirche verkündet. Ab diesem Zeitpunkt durften sich die beiden in der Öffentlichkeit zusammen zeigen.
Im Jahr davor hatte sich Josephus, wie viele der ledigen Gesellen, Hosenträger besticken lassen, was als die neueste Mode für die Tracht galt. Dazu ließ er sich vom Jodok für seine Hochzeit neue Lederhosen machen. Dies war ganz und gar unüblich, denn bei Hochzeiten trug der Bräutigam normalerweise einen dunklen Anzug.
Aber Josephus dachte sich: „Eine Lederhose brauche ich sowieso und dann sollte ich mir wegen diesem einen Tag auch noch einen Anzug nähen lassen. Diese überflüssige Geldausgabe muss doch nicht sein." Maria fand dies auch in Ordnung, denn vor der Hochzeit gab es Wichtigeres, was sie sich für den neuen Hausstand anschaffen mussten. Maria hatte sich von ihrer ledigen Tante, ebenfalls Schädler Maria genannt, einen dunklen langen Rock und ein Oberteil aus feinem Leinen nähen lassen. Ihr dunkles Haar wurde von ihrer Mutter hochgesteckt und mit kleinen Maiglöckchen, die passend zum Brautstrauß waren, verziert. Die Blumen hatte Josephus am Tag zuvor im alten Moos westlich vom Ort für seine Braut gepflückt.
Josephus ging mit seinen Verwandten, die auch von Gerstruben

herab zur Trauung kamen, zu Fuß zu Maria und deren Eltern, um diese abzuholen. Anschließend gingen sie gemeinsam zur Trauung in die Pfarrkirche. Die Trauzeugen waren Josephus' Schwester Stasia und ein Jahrgänger der Braut, der Brutscher Johannes, ein Enkel von Petrus Brack. Links vorne neben dem Altar stand ein neuer Taufstein aus Marmor, den bisher noch keiner von den Anwesenden gesehen hatte.

Josephus und Maria standen in der Mitte, vorne am Altar. Die Festgäste freuten sich, dass die beiden so gut zusammenpassten, denn sie waren wirklich ein schönes Brautpaar.

Nach der kirchlichen Trauung blieben die Besucher vor der Kirche stehen und gratulierten den beiden ganz herzlich. Conrad aus Stein war mit seiner Frau Franziska auch unter ihnen. Danach ging die gesamte Gesellschaft zusammen zum Sonnenwirt. Das frischvermählte Paar hielt sich an den Händen und sie führten den fröhlichen Festtagszug mit leichtem Schritt an. Josephus und Maria schauten sich immer wieder in die Augen und machten einen glücklichen Eindruck, und alle konnten sehen, wie verliebt die beiden waren.

Einer der Hochzeitsgäste spottete laut in die Gesellschaft hinein: „Der neue Taufstein wird ein gutes Omen für euch sein. Ihr werdet viele Kinder bekommen." Alle ihre Freunde und Verwandten waren fröhlich und guter Stimmung. Das Hochzeitsmahl bestand aus gemischtem Braten mit einer kräftigen Biersoße. Dazu gab es grüne Bohnen und gut gewürztes schwarzes Brot. Zum Nachtisch servierten sie Zwetschgenkompott mit einem Löffel Schlagrahm. Anschließend gab es auf Wunsch zur Verdauung einen klaren Enzianer. Den Schnaps hatten Josephus' Freunde als Hochzeitsgeschenk für die beiden gebrannt. Zum Trinken standen auf den Tischen verschiedene Krüge mit Bier und Karaffen mit Wein. Franziska aus Stein und Maria, die Braut, sahen sich heute zum ersten Mal. Sie saßen eine Weile zusammen und redeten miteinander. Franziska erzählte von sich und ihrer Familie: „Ich habe inzwischen drei Kinder. Maria, meine Älteste, ist vier Jahre alt. Dann kamen

Monika und 18 Monate später unser Stammhalter, der Martin. Es ist mir nicht leicht gefallen, die Kleinen jetzt zwei Tage alleine bei meiner Mutter zu lassen. Ich freue mich schon auf morgen, wenn ich sie wieder sehen werde."

Um Mitternacht zogen sich die beiden Brautleute, wie es so üblich war, zurück. Stasia hatte ihnen in Josephus' Kammer das Bett frisch gemacht und das Zimmer nett hergerichtet. Auf dem Heimweg kicherte Maria unentwegt. Josephus dachte: „Sie hat wohl zu viel Enzianer erwischt. So etwas hat sie noch nie zuvor getrunken." Zuhause in der Schlafkammer angekommen, spürte sie durch den Alkohol eine unbekannte Leichtigkeit in sich und sie kicherte erneut. Sie bekam einen Lachkrampf und konnte kaum mehr aufhören. Dann sah sie, dass die Truhe und das Bett schwankten. „Warum stehen die Möbel nicht still?" Als er seine junge Braut ins Bett trug und sie entkleidete, war ihre Lockerheit immer noch da. Nichts schien ihr gefährlich oder gar unanständig zu sein. Ihr gefiel es, wie er sie liebkoste. Sie fand es unbeschreiblich erregend. So schlimm, wie sie es von anderen Frauen so häufig gehört hatte, war es ganz und gar nicht. So ein Gefühl hatte sie noch nie in ihrem Leben gehabt. Dann musste sie wohl eingeschlafen sein und lange geschlafen haben. Denn als Josephus sie weckte, war es bereits hell. „Hast du Kopfweh?" Als sie sich zur Seite drehte, um ihn anzusehen, spürte sie einen fürchterlichen Schmerz in ihrem Kopf: „So etwas habe ich bisher noch nie gehabt", klagte sie.

Josephus setzte sich zu ihr aufs Bett und stich ihr über die Haare und sagte liebevoll: „Komm, steh auf, Stasia hat uns zur Feier des Tages Bohnenkaffee gekocht. Dann wird es dir wieder besser gehen." Schon bei dem Gedanken an Kaffee wurde ihr übel und sie musste sich in ihren Nachttopf, der unter dem Bett stand, erbrechen. Zum Glück hatte sie, bevor sie eingeschlafen war, ihr Nachthemd angezogen. Sonst wäre sie am hellen Tag vollkommen nackt vor ihrem Mann gestanden.

Stasia fand es schade und bedauerte zutiefst, dass die beiden nach Gerstruben ziehen wollten. Sie versprach: „Ihr könnt immer wieder hier ins Haus zurückkehren." Die beiden Frauen waren inzwischen gute Freundinnen geworden und beim Abschied weinten beide.

Das Haus in Gerstruben war außer dem Schlafzimmer voll möbliert. Sie mussten zum Glück nur die Aussteuer von Maria, das Geschirr, ein paar Decken, Tücher, die Bett- und Weißwäsche, sowie Bekleidung, Nahrungsmittel und persönliche Gegenstände hinaufbringen. Die meisten Freunde und Nachbarn aus Gerstruben halfen ihnen beim Umzug. Sie liefen alle zusammen und jeder trug so viel, dass er noch gut laufen konnte. Als Dank gab es oben im neuen Haus Malzkaffee mit selbst gebackenem Zopfbrot. Maria und auch Josephus gewöhnten sich im neuen Heim bald ein. Genau ein Jahr nach der Hochzeit kam ihr erstes Kind, Hannes, zur Welt. Danach 1743 Maria, 1744 Catharina, 1746 Bärbel und 1748 Magdalena. Die ersten vier ihrer Kleinen, waren gesunde, aufgeweckte Kinder.

Doch Magdalena, das fünfte Kind, war zu früh geboren und konnte gerade noch zur Taufe gebracht werden. Der einzige Trost, den Maria hatte, war die Gewissheit, dass Magdalena noch getauft wurde und somit als Engel in den Himmel kam.

Maria war froh, dass sie eine gute Freundin in Gerstruben gefunden hatte. Es war Mariele Rietzler, die mit Joannes Huber verheiratet war. Beide Ehepaare hatten im selben Jahr geheiratet und ihre Kinder waren fast im gleichen Alter. Mariele hatte inzwischen acht Kinder geboren. Davon waren drei Buzele in den ersten acht Wochen gestorben. Nicht selten bekamen die Frauen ein Kind nach dem anderen. Viele Säuglinge starben, noch bevor sie ein Jahr alt wurden. Dies war für die damalige Zeit ein ganz normales Schicksal, das die Frauen zu tragen hatten.

Maria und Mariele konnten über vieles miteinander reden, sich gegenseitig Trost geben und sich in ihrer Not beistehen. Auch wenn sie sich Sorgen machten oder ein Kind krank war, wusste meist die andere einen gut Ratschlag. Die gesunden Kinder spielten fröhlich miteinander und verstanden sich gut.

Obwohl Maria wie auch Josephus von früh morgens bis spät abends viel arbeiten mussten, hatte sich an ihrer körperlichen Zuneigung nichts geändert. Bereits sechs Monate nach Magdalenas Tod war Maria wieder schwanger. Josephus wünschte sich: „Wenn es ein Mädchen wird, möchte ich ihr wieder denselben Namen, nämlich Magdalena, geben." Maria hatte Einwände und sagte ganz ruhig: „Es bringt kein Glück, wenn man ein Kind nach einem verstorbenen Geschwisterchen nennt." Deshalb hoffte sie auf einen Buben. Als das Kind geboren war, freute sich Josephus, dass es wieder ein Mädchen war und verlangte: „Zu Ehren der verstorbenen Magdalena will ich, dass unser Säugling ihren Namen tragen soll." Somit hatte er sich gegen den Willen seiner Frau durchgesetzt und das Kind bekam den Namen Magdalena. 1750 wurde Johanna, 1751 Crescentia, 1753 Georgius, 1754 Ignatius und als letztes und elftes Kind Maria Lucia geboren. Maria Lucia sah aus wie ein kleines Chinesenkind. Als die Hebamme die Kleine sah, sagte sie zu Maria: „Dein Kind ist krank und wird geistig nicht so reagieren, wie du es von deinen anderen Kindern kennst. Sie wird immer deine Hilfe brauchen." Als Maria Lucia mit 14 Monaten laufen konnte, kam sie häufig mitten in der Nacht, um unter die Decke ihrer Mutter ins Bett zu kriechen. Die Kleine nahm ihren Daumen in den Mund und saugte im Schlaf vor sich hin. Immer wieder schob sie ihre Kleine ein Stück zur Seite, damit sie selbst auch ein wenig Platz neben ihr hatte. Aber sofort drehte sich ihr Sorgenkind um und kuschelte sich zufrieden an den warmen Körper ihrer geliebten Mama. Maria freute sich über diese Regung und schlang ihre Hände um den kleinen Kinderkörper und war glücklich, den Herzschlag ihrer besonders liebebedürftigen Tochter zu spüren. Nach nicht einmal ganz drei Jahren ist die kleine behinderte Maria Lucia verstorben. Über den Tod ihres geliebten Kindes kam Maria nicht leicht hinweg. Josephus hat Maria eines Abends, als sie zusammen im Bett lagen, seine Gedanken unterbreitet. Er sei zufrieden, dass sie sich nach dem Tod von Maria Lucia wieder einigermaßen gefangen hat. Er finde aber, sie sollten eine neue Schwangerschaft in nächster Zeit vermeiden, damit sie sich nicht noch einmal diesem Risiko aussetzen muss, ein Kind zu gebären und dann vielleicht wieder zu verlieren. Seine Worte lösten in ihr ganz gegensätzliche Gefühle aus. Zum einen war sie froh und erleichtert, nicht mehr so schnell ein Kind austragen zu müssen. Aber andererseits war sie gerührt und etwas traurig zugleich: „Müssen wir dann auf unsere körperliche Liebe verzichten? Es ist schon seltsam, wenn wir zusammen im Bett liegen, werden wir von unseren Gefühlen füreinander überschwemmt und Weiteres lässt sich nicht mehr aufhalten." Josephus erklärte ihr: „Ich habe von meinen Freunden gehört, dass wir auf Zärtlichkeit nicht verzichten müssen." Er gab ihr einen Kuss auf die Wangen und strich ihr sanft mit seinem Zeigefinger eine Wimper vom Nasenrücken, die er ihr vor den Mund hielt und sagte: „Du darfst sie wegblasen und dir dabei etwas wünschen." Dies tat sie gleich, ohne etwas zu erwidern. Als er ihren ernsten und fragenden Gesichtsausdruck sah, sprach er weiter: „Ich weiß, was du denkst, aber nur zum Letzten dürfen wir es nicht mehr kommen lassen." Inzwischen hielten sie sich schon eine ganze Zeit lang an diese Abmachung und sie stellten fest, dass sie die lustvollen Liebkosungen, die sie nun austauschten, auch glücklich machten und Erfüllung brachten. Ein paar Jahre später blieb wieder Marias Blutung aus, aber dieses Mal war ihr klar, es war keine Schwangerschaft, es war ihr Alter.

1758 Kling Conrad und Wilhelm Franziska
Conrad in Stein wollte unbedingt mit seiner Frau Franziska zusammen Josephus nach all den Jahren wieder einmal in Gerstruben treffen. Nach dem langen beschwerlichen Fußweg waren die beiden todmüde im Bergdorf angekommen. Maria bereitete sogleich einen deftigen Bohneneintopf, in den sie zur Feier des Tages etwas Geräuchertes hineinschnitt. Franziska kam zu Maria in die Küche, um ihr behilflich zu sein. Dabei erzählte sie: „Ich mache mir fürchterliche Sorgen um meine jüngste Tochter, die Monika. Stell dir vor, sie ist mit einem Ungläubigen befreundet. Wir haben ihr mehrmals

verboten, ihn zu treffen, aber sie ist so widerspenstig und gehorcht uns nicht. Er führt ein liederliches Leben ohne Hemmung und Moral. Manchmal kenne ich mein eigenes Kind nicht mehr. Sie spricht, wenn sie über den hochwürdigen Pfarrer spricht, nur noch vom ‚Pfaffen.' Sie lacht mich aus, wenn ich sage, sie müsse sich für ihre Sünden schämen. Neulich kam ihr Freund aus Mittelberg zu uns ins Haus. Dann habe ich ihn zum Essen eingeladen. Stell dir vor, er hat kein Tischgebet mit uns gesprochen und auch Monika aß sofort, während wir noch dem Herrn für unsere Speise dankten. Als Conrad darüber genauso entsetzt war wie ich, sagte er zu ihnen, dass bei uns im Haus ein Tischgebet gesprochen wird, und er wünsche, dass sie mit dem Essen so lange warten, bis wir gebetet haben. Monika widersprach und meinte, dass sie ab heute auch nicht mehr vor dem Essen bete. Der Christoph, so heißt der junge Mann, fragte Conrad, was wir denn davon hätten, wenn wir für unser eigenes Essen, das uns viel Mühe gekostet habe, dem Herrn dankten. Was habe er damit zu tun? Christoph hat eine starke Abneigung gegen die Pfarrer." Inzwischen setzten sich die beiden Frauen in die vom Herd dunkel gebeizte Küche auf die alten, einfachen Holzstühle. Aber gleich sprach Franziska aufgeregt weiter:

„Die meisten aus seiner Sippe sind nicht einmal getauft. Christoph trauert der Zeit nach, als sie in Mittelberg noch keinen Pfarrer hatten. Es sei besser gewesen, als die Getauften noch die paar Stunden bis nach Oberstdorf oder gar bis Fischen liefen, als jetzt auch noch so einen Kirchenmann unterhalten zu müssen. Er behauptete, die ‚Pfaffen' predigten von Frieden und in Wirklichkeit würden sie Streit und Neid unter dem Volk säen. Wenn es nach den Katholiken ginge, müsste sich eine Frau fürchten, wenn sie unverheiratet schwanger würde und wenn dann die unschuldigen Kinder geboren seien, müssten auch diese darunter leiden. Wo bliebe da die Nächstenliebe? Seiner Meinung nach sei auch ein lediges Kind, wenn es gesund ist, ein Segen für die Mutter.
Bei diesem Gespräch fragte Monika ihn ganz offen und ohne Hemmung, ob Ehebruch bei ihnen eine Sünde sei. Er antwortete mit

Nein. Dies sei von unseren Pfarrern erfunden worden. Gott sage, ihr müsst euch fortpflanzen und Freude zusammen haben. Von Heirat spreche er nicht. Nun mischte sich Conrad ein, dass kein verheirateter Mann bei einer anderen Frau liegen dürfe und umgekehrt, derjenige betrüge den Ehepartner.
Christoph belächelte uns und verneinte, solange es den beiden Freude bereite, tun sie doch nichts Unrechtes. Ich konnte sehen, wie Conrads Gesicht vor lauter Wut ganz rot anlief und auch mein Herz begann vor Empörung zu rasen. Wie kann so ein dahergelaufener Kerl so respektlos mit uns reden, obwohl er doch Gast in unserem Hause ist? Maria, was sollen wir nur von ihm halten?"
Maria überlegte kurz und antwortete dann: „Ich glaube, er wollte euch provozieren. Im Grunde wissen wir alle, dass wir Erwachsenen das absolute Sagen über unsere Kinder haben. Monika hat kein Recht auf ihre persönlichen Wünsche und darf nicht einfach das tun, was sie will. Die Form unseres Familienlebens gründet auf einer Art Besitzverhältnis. Eine Frau gehört zum Besitzstand ihres Mannes und die Kinder gehören ihren Eltern. Also dürft ihr Monika den Kontakt mit Christoph verbieten und sie mit einem anderen Mann, den ihr für sie auswählt, verehelichen."
Franziska sah sie nach diesem Vorschlag stutzig an. Als Maria ihren unzufriedenen Gesichtsausdruck sah, sagte sie: „Nein Franziska, so war das nicht gemeint von mir. Ich weiß, das würdet ihr eurer Tochter niemals antun, aber das Recht dazu hättet ihr. Ich kann eure Sorge um Monika wirklich gut verstehen. Hör zu, unten im Ort gibt es auch eine ungläubige Familie. Manchmal habe ich das Gefühl, sie leben unbeschwerter und haben mehr Freude als wir. Unser Pfarrer spricht viel von Sünde und ewiger Verdammnis in der Hölle. Aber schon, weil ich dies jetzt gesagt habe, fürchte ich mich vor Gottes Strafe und werde am Samstag zur Beichte gehen müssen."
Franziska wurde unruhig: „Ich habe Christoph auch noch gefragt, was seiner Meinung nach eine Sünde sei. Und stell dir vor, er hat geantwortet, dass der Begriff Sünde nur in unseren Köpfen

vorhanden sei. Seine Leute benutzten dieses Wort nicht und haben trotzdem ein Gespür, was Recht und Unrecht ist. Unrecht sei, wenn sie einem anderen etwas antun, das ihm Schaden zufügt, zum Beispiel ihm etwas stehlen oder Falsches über ihn erzählen. Daraufhin sah Monika ihren Freund ganz selig an, tätschelte seine Hand und sagte liebevoll zu ihm, sie habe das Gefühl, er sei Gott viel näher als wir mit unserer Moral und den Angst machenden Geboten, die wir vorgeschrieben bekommen. Conrad und ich konnten in dieser Nacht kein Auge zutun. Was wird nur aus unserer Monika mit so einem Umgang? Sie ist ihm hörig und himmelt ihn regelrecht an. Am darauffolgenden Morgen, als die Sonne schon durchs Fenster schien, war ich bereits in der Stube und musste die ganze Arbeit alleine tun. Monika war immer noch in ihrem Bett und stell dir vor, mit Christoph zusammen. Ich wurde bei diesem Gedanken ganz unruhig. Endlich kamen die beiden zum Morgenessen. Vermutlich haben sie miteinander geschlafen. Was sollte ich dagegen tun? Ich hatte Angst, dass sie schwanger werden könnte und sie dann nicht heiratet. Am Abend, als Christoph wieder fort war, hielt ich Monika eine Moralpredigt und sagte zu ihr, dass sie sich in letzter Zeit gar schändlich mit zu tiefem Ausschnitt kleidet und Christoph unpassende Blicke zuwirft, für die sie sich schämen sollte. Monika saß herausfordernd mit verschränkten Armen vor mir und fixierte mich stillschweigend. Ich wunderte mich, dass sie sich gar nicht gegen meine Worte wehrte. Dann sprach ich weiter zu ihr. Ihr Verhalten ihm gegenüber sei zu offen, er werde sie deswegen nie standesgemäß heiraten. Ihr Vater werde sie wegen ihres Ungehorsams und Starrsinns bestrafen. Viel zu lange hätten wir uns von ihr auf der Nase herumtanzen lassen. Damit sei jetzt Schluss. Sie solle den Kontakt zu Christoph abbrechen und am Samstag zur Beichte gehen. Monika fragte mich, warum ich mich so aufregte. Sie sei doch so gut wie vergeben, sie sei schließlich schwanger von ihm und somit sei doch eine Verbindung zwischen ihnen da. Heiraten wollten die beiden im Moment nicht. Wozu müssten sie den Segen der Kirche haben? Darüber seien sie sich einig. Ihr Kind werde auch so zur

Welt kommen. Ich hatte fürchterliche Angst. Wenn das Conrad erfährt, er würde unsere Tochter aus dem Haus verbannen und fortjagen. Was soll ich jetzt tun?"
Maria konnte den Kummer ihrer Freundin gut verstehen und sprach dann: „Meine Mutter ist vor zwei Jahren gestorben. Gott, hab sie selig. Ihr zu Ehren bin ich am ersten Jahrestag nach Loretto gegangen und habe einen Rosenkranz für ihre Seele gebetet und eine Kerze gestiftet. Anschließend um elf Uhr habe ich für sie in der Pfarrkirche eine Messe lesen lassen. Auf dem Weg dorthin traf ich eine Protestantin aus dem Ort, die ich gut kenne, und fragte sie, ob sie glaube, dass meine Mutter wohl schon in der Herrlichkeit des Herrn im Himmel sein darf oder ob sie vielleicht noch für etwas büßen und dafür die Qualen des Fegefeuers ertragen müsse. Die Protestantin widersprach mir und sagte, dass es kein Fegefeuer, in welchem Verstorbene Qualen leiden müssten, gibt. Es sei auch sinnlos, wenn ich für Mutters Seele eine Messe lesen ließe. Kerzen stiften und die Heilige Jungfrau Maria oder andere Heilige anbeten, sei Aberglaube und Unsinn. Es gebe nur einen Einzigen, unseren gnadenreichen Gott. Die Lutherische warf mir weiter vor, ich wolle mein Herz doch gar nicht für den neuen Glauben öffnen. Für mich sei es doch einfacher, die alten Rituale der römischen Kirche weiterzuführen. Ich hinterfrage aus Furcht vor Gott nichts und ginge mit Scheuklappen mit all den anderen, die wie blinde Schafe unserem Hirten in die Kirche folgten. Glaube mir, nach dieser Unterhaltung war ich ganz aufgeregt. Ich habe später mit Josephus darüber geredet und er hat zu mir gesagt, ihm wurde schon als Kind beigebracht, er solle nicht mit Freunden über den Glauben oder die Religion diskutieren. Dies sei zu persönlich und die Menschen würden aufgeregt und laut. Er selbst sei der Meinung, dass die Anders-Gläubigen ihre eigene Religion leben sollten. Jeder müsse in seinem Leben das für sich suchen, in dem er Erlösung und Frieden findet. Franziska, vielleicht hilft dir das ein bisschen. Versuche auch du, Monika gehen zu lassen. Vielleicht braucht sie einen anderen Glauben als du."
In dem Moment betrat Josephus die Küche um nachzusehen, ob

das Essen fertig war. Als er die beiden beieinandersitzen sah, fragte er verwundert: „Gibt es für uns heute nichts zu essen?" Maria hatte das Kochen ganz vergessen. Als sie zusammen den Bohneneintopf mit einem dicken Butterbrot aßen, erzählte Conrad von ihrem inzwischen 19-jährigen Sohn Martin, der ihnen durch seinen Fleiß sehr viel Freude machte. Ihre älteste Tochter Maria war inzwischen verheiratet und zu ihrem Ehemann nach Fischen gezogen. Von Monika erwähnte er nichts.

Berchtold Josephus' Tochter Bärbel, Gerstruben

1771 war Josephus Berchtold von Gerstruben der weite Fußmarsch zu den wöchentlichen Schießabenden zu beschwerlich und deshalb kam er nur noch selten dorthin. Doch nun entschloss er sich, sich wieder einmal bei seinen Freunden sehen zu lassen und anschließend bei seiner Schwester Stasia im Ort unten zu übernachten. Als er auf dem Weg zur Schießhütte war, begegnete er Franziskus Brutscher. Dieser erzählte Josephus: „Seit letzter Woche haben wir einen neuen Schützenmeister im Verein."
„Wer ist es denn? Kenne ich ihn?"
„Klar kennst du ihn. Er ist ein langjähriges Mitglied, der 38-jährige Sepp Hindelang. Vor acht Jahren ist ihm seine Frau nach einer Fehlgeburt gestorben. Seitdem engagiert er sich immer mehr und mehr im Verein. Wir glauben, dass er den Posten gewissenhaft ausführen wird und auch mehr Zeit hat als wir, die noch eine Familie ernähren müssen."
„Ich denke auch, dass er es gut machen wird. Er ist selbstbewusst und wird sich durchsetzen, was für diesen Posten ja auch wichtig ist."
„Gerade wenn die jungen Burschen es mit dem Schießen übertreiben, muss er sie in ihre Schranken weisen." Als sie an der Schießstätte angekommen waren, trafen sie Ulrich Übelhör vom Kühberg. Die Männer begrüßten einander mit einem freundlichen „Grieß Gott."

Ulrich erzählte Josephus: „Hast du schon gehört, durch Murenabgänge gab es Hochwasser und dadurch ist die Mühlenbrücke mitsamt dem Wasserwehr weggerissen worden. Wir, die in Oberstdorf wohnen, müssen den ganzen Sommer über in jeder freien Minute, in der wir nicht heuen, zur Gemeinde gehen und dort arbeiten, um den alten Zustand wiederherzustellen. Jetzt fängt die Gemeinde auch noch an, ein Schulhaus zu bauen. Ich bin gespannt, ob wir Bauern auch dazu zum Arbeiten verpflichtet werden."
„Da habe ich ja Glück, dass ich so weit oben wohne", sagte Josephus und lächelte ein wenig schadenfroh. „Habt ihr das Erdbeben letzte Woche am frühen Morgen auch gespürt?"
„Ja Josephus, wir konnten es auch wahrnehmen. Es hat nicht länger als ein halbes ‚Vaterunser' gedauert."
Der Michael Jäger aus Rubi berichtete: „Ich habe bisher in meinem Leben 15 Bären erlegt. Vor Kurzem konnte ich auf der Alpe Käser im Oytal meinen wohl letzten Bären schießen. Jetzt habe ich mein Gewehr meinem Buben gegeben, er soll in Zukunft statt meiner auf die Jagd gehen. Er war schon mehrmals dabei und konnte von mir lernen, wie gefährlich das Tier im Pelz sein kann." Josephus war erleichtert über diese Nachricht seines letzten Abschusses. Denn über die Lugenalpe wäre es für den Bären nicht weit, um zu ihnen nach Gerstruben zu kommen. „Darüber bin ich aber froh! Der Bär hätte ansonsten mein Vieh oder noch schlimmer einen Menschen oder gar unsere Kinder töten können."
Ulrich unterbrach: „Wisst ihr schon, die Pfarrkirche hat eine neue Orgel bekommen. Sie kostete 474 Gulden und die alte Orgel musste dafür auch noch in Zahlung gegeben werden. Am Sonntag wird sie zum ersten Mal gespielt."
An diesem Schießabend zeigte der Schuhmachermeister Johannes Renn voller Stolz seine dreigenähten Schnallenschuhe. „Schaut her, das ist die neueste Mode für uns Männer." In Mittelberg tragen die ledigen Gesellen inzwischen silberne Hosenschnallen und Schuhe mit Silberspangen. Auch die Mädchen tragen silberne Gürtel und Halsschmuck. Der Renn nahm gleich ein paar Bestellungen für

neue Schnallenschuhe auf. „Zum Maßnehmen müsst ihr aber in meine Werkstatt kommen", sagte er. Josephus hatte für den nächsten Morgen gleich einen Termin vereinbart, damit er deswegen nicht extra noch mal ins Tal musste. Nachdem die Neuigkeiten ausgetauscht worden waren und das Schießen beendet war, hatte Sepp, der neue Schützenmeister, noch eine Mitteilung zu verlesen. Es war ein Schreiben von Joseph Ignaz Philipp Landgraf v. Hessen-Darmstadt und vom Bischof von Augsburg. Diese brachten eine neue Verordnung zum Schützenwesen heraus: „Es ist verboten, außerhalb der allgemeinen Schießstätten Schießübungen abzuhalten. Besonders auf kleinen Höfen und Weilern, die nahe am Wald liegen. Wegen der Störung des Wildes und Irreführung der Jäger ist dies verboten. Die Gewehre müssen von den Schützen offen getragen werden und sie sind angewiesen, auf geradem Weg ohne Umweg zur Schießhütte zu gehen."

Darüber regten sich die Schützenbrüder furchtbar auf. Denn viele von ihnen gingen schon manches Mal heimlich auf Jagd. „Ruhe, seid doch still! Darf ich endlich weiterlesen?"

„Alle tauglichen Männer ab dem 20. Lebensjahr müssen mindestens dreimal im Jahr bei uns hier eine Schießübung mitmachen, das sogenannte Herren- und Vortl-Schießen. Die Hälfte der Schüsse und der Tragschuss dürfen aufgelegt, die anderen Schüsse müssen freihändig gemacht werden."

Josephus fragte dazwischen: „Mein Sohn, der Hannes, ist jetzt weit über 20 Jahre. Den werde ich in Zukunft auch zu den Schießabenden mitbringen müssen."

„Ja, tu das, er muss dreimal im Jahr zu uns herabkommen."

Als Josephus am nächsten Tag wieder daheim angekommen war, hat er seinem Sohn von dieser Neuigkeit erzählt. Hannes freute sich darüber, dass er nun auch mit nach Oberstdorf zu den Schießabenden durfte. Bärbel, Josephus' drittälteste Tochter, äußerte auch einen Wunsch: „Dann will ich das nächste Mal auch mit ins Dorf, um Tante Stasia zu besuchen." Am Dienstag darauf gingen die drei gemeinsam ins Tal hinunter.

Als Stasia ihren Bruder sah, ging sie gleich in die Küche, um einen Brief, der vor ein paar Tagen gekommen war, zu holen. Josephus nahm ihn an sich und dachte, dass er bestimmt vom Conrad aus Stein war. Er rief: „Bärbel komm her. Lies mir den Brief vor!"
„Ja, der Brief ist von Conrad. Hör zu was er schreibt: Meine Frau Franziska ist verstorben. Ich lebe jetzt bei meiner Tochter Maria. Meine jüngste Tochter Monika hat zwei Kinder von Christoph aus dem Walsertal. Die beiden haben erst geheiratet, als der Große schon vier Jahre alt war und er immer wieder von anderen gehänselt wurde, weil er den Namen seiner Mutter trug.
Mein Sohn, der Martin, hat inzwischen auch geheiratet und meinen Hof übernommen. Seine Frau Anastasia Köberle kommt aus Fischen." Bärbel hörte auf zu lesen und stieß einen Freudenschrei aus. „Die Anastasia kenne ich, die hat doch vor zwei Jahren einen Sommer lang bei uns auf Gerstruben gewohnt und beim Heuen geholfen."
„Das stimmt, an die Anastasia kann ich mich auch noch schwach erinnern. Ich glaube, die war ganz nett."
„Ja Papa, das war sie. Anastasia ist so alt wie ich und wir haben uns bestens verstanden. Sollen wir sie nicht mal besuchen gehen?"
„Jetzt wart doch erst mal ab. Dies ist doch ein trauriger Brief, es ist Conrads Frau gestorben. Die Schwiegermutter deiner Freundin."
„Ich weiß, ich werde im Namen von dir zurückschreiben. Darf ich Anastasia und ihren Mann, den Martin, zu uns auf einen Besuch einladen?"
„Ja, wenn du willst, dann tu dies."
„Hannes und ich werden jetzt zum Schießen gehen und anschließend kommen wir wieder hierher, um bei Stasia zu übernachten."
Am nächsten Morgen machte ihnen Stasia ein dick eingekochtes Milchmus mit grobem Gerstenschrot dazu. Danach gingen die drei in aller Herrgottsfrühe wieder heim, hinauf ins Bergdorf. Bärbel hörte zu, wie sich ihr Vater mit ihrem Bruder über den neuen Schützenmeister, den Sepp, unterhielt: „Im Grunde ist er ein armer Tropf. Seine Frau ist ihm mit 31 Jahren verstorben. Er hat keine Kinder

und ist ganz alleine." Bärbel war verwundert und mischte sich ins Männergespräch ein: „Aber warum heiratet er denn nicht wieder?"
„Wird wohl die Richtige noch nicht gefunden haben", lachte Hannes über seine naive Schwester.
In den drauffolgenden Tagen dachte Bärbel immer wieder an Sepp und das Schicksal, das er erleben musste, obwohl sie ihn gar nicht kannte. Daraufhin machte sie ihrem Vater einen Vorschlag: „Lade doch den Sepp zu uns zum Huigaarte[39] ein, dann sitzt er am Sonntag nicht wie immer alleine zuhause."
„Das ist eine gute Idee von dir. Da hätte ich schon lange drauf kommen können. Dann kann ich in Ruhe mit ihm so manches bereden."

1882 Genovefa und Anna

„Genovefa, warum lesen wir jetzt über ein Mädchen, die Bärbel?"
Sie antwortete nachdenklich: „Falls Bärbel heiratet, werden ihre Kinder einen anderen Nachnamen tragen und sie kommt in die Sippschaft ihres Mannes und seiner Familie. Das heißt, für uns wäre dann der Name Berchtold nur noch in der Vergangenheit bei unseren Altvorderen vorhanden, nicht mehr für uns.
Eine Familie ist wie ein großer Baum mit vielen Ästen. Ganz unten ist, wie wir gelesen haben, im 16. Jahrhundert der Stammvater Berchtold Martin mit seiner Frau Ursel aus Gerstruben. Ihre Kinder bildeten wieder weitere Äste und Zweige. Durch seinen im Holz verunglückten Sohn Ulrich wurde damals der Nachname weitergeführt. Aber Ulrichs Schwester, die Leni, die sich niemals beklagt hatte und die Kinder ihres Bruders aufopferungsvoll aufgezogen hatte, ließ ein leeres Blatt an Vaters Baum zurück. Nach ihr endet für diese Familie ein Weiterwachsen. Mit den Söhnen von Ulrich bildeten sich weitere Verzweigungen. Der Baum ist gesund, wächst weiter und wird immer größer. Wenn ein Vater dagegen keine Söhne sondern ‚nur Töchter' zeugt, dann wird sein Zweig zu Ende gehen. Man sagt häufig, eine gute Frau

---

[39] sich unterhalten

solle ihrem Mann viele Stammhalter, also Söhne, schenken. Dann würden sich der Familienname und seine Sippe vervielfachen. Darauf sind die Männer besonders stolz."

Dritter Teil

**Bärbel Berchtold, verh. Hindelang,
schrieb das Buch rückwirkend von 1725-1772
und weiter von 1772 bis 1783,
danach Anastasia Köberle, verh. Kling, von 1783 bis 1820**

Hindelang Sepp und Berchtold Bärbel

Ende März 1772 folgte Sepp, der Schützenmeister, der Einladung von Josephus und kam zu Besuch nach Gerstruben. Maria, die Hausfrau, und ihre Tochter Bärbel deckten in der Stube zusammen den Tisch mit ihrem guten Geschirr. Bärbel pflückte ein paar Märzenbecher, die in diesem Jahr ausgesprochen früh blühten, und stellte diese in einer kleinen Vase auf ihre neue handgestickte Decke auf den Tisch. Als Bärbel Sepp zum ersten Mal sah, dachte sie sich: „Seltsam, dass er keine Frau hat. Er ist ein kräftiger, hochgewachsener junger Mann und sieht doch ganz passabel aus." Die gesamte Familie saß mit am Tisch. Sepp und ihr Vater unterhielten sich über den Verein, und was es im Dorf unten so an Neuigkeiten gab, und die Jugend hörte ihnen gebannt zu. Nach einer Weile sagte die Mutter: „Kommt Kinder, wir lassen die Männer allein." Und schon scheuchte sie ihre Buben und auch Bärbel hinaus in den Flur. Bärbel tat es leid, sie wäre gerne mit in der Stube geblieben, aber sie musste ihrer Mutter bei der Küchenarbeit behilflich sein. Die Buben gingen inzwischen in den Stall. Nach einer Weile rief Josephus seiner Frau Maria, sie solle in die Stube kommen. Bärbel wunderte sich darüber, dachte aber nicht weiter darüber nach und knetete den Brotteig. Plötzlich hörte sie Vaters Stimme: „Bärbel! Bärbel, komm in die Stube."
„Ja, Daidda[40], was soll ich euch bringen?"
„Nein, du sollst uns nichts holen, sei jetzt still und hör mir zu." Sie setzte sich nicht auf die Eckbank oder auf einen der beiden Stühle am Tisch, sondern gleich auf die Gütsche[41] neben der Tür

[40] Vater
[41] schmale Liege

und sah erwartungsvoll ihren Vater an: „Bärbel, der Sepp hat um deine Hand angehalten. Das heißt, er hat mich gefragt, ob du ihn heiraten möchtest."

Bärbel war fassungslos und wurde ganz bleich im Gesicht, sie zog ihre Beine unter die Gütsche und antwortete etwas vorlaut, was ungewöhnlich für sie war: „Was heißt wollen? Wir kennen uns doch gar nicht!"

Sepp sah sie ernst an und sagte mit freundlicher Stimme: „Wenn wir erst mal verheiratet sind, können wir uns doch kennenlernen. Meine Frau, die Anna, ist vor acht Jahren gestorben und seitdem lebe ich alleine. Ich würde mich freuen, wenn du ja sagst und meine Frau werden würdest."

Bärbel wusste erst gar nicht, was sie sagen sollte, antwortete schließlich doch: „Das kommt sehr überraschend für mich. Ich bitte Euch, darf ich es mir überlegen?" Sie blickte dabei verängstigt auf ihren Vater, der ein grimmiges Gesicht machte. „Gut, Bärbel, dann überleg es dir."

Nun sah Vater zu Sepp, der soeben einen Schluck getrunken hatte und seine Khafeeschissl[42] wieder auf dem Tisch abstellte. „Aber dir mache ich gute Hoffnung, ich verspreche dir, dass ich meiner Tochter gut zureden werde."

Sepp verabschiedete sich von Josephus und seiner Familie und lief etwas enttäuscht wieder ins Tal zurück.

Bärbel indessen war wütend und lief vorwurfsvoll zu ihrer Mutter: „Mama, warum hast du mir denn vorher nichts gesagt. Mich einfach so vor vollendete Tatsachen zu stellen und mich dann auch noch vorzuführen. Ihr habt mich hintergangen, ich kam mir wie eine dumme Kuh vor."

„Was soll ich dazu sagen? Du bist bald 26 Jahre alt und es wird Zeit für dich. Vater meint, der Sepp mag dich. Außerdem ist er ein tüchtiger und rechtschaffender Mann. Wenn erst deine Brüder verheiratet sind und eine neue Bäuerin im Haus ist, dann wird es für dich allemal besser sein, wenn du eine eigene Familie hast."

Bärbel wurde traurig und nickte: „Das kann schon stimmen. Auf

---

[42] Kaffeetasse

den ersten Blick gefällt mir Sepp nicht schlecht. Aber ich kenne ihn gar nicht. Er könnte ja ein Trinker oder, noch schlimmer, ein gewalttätiger Mann sein. Ich weiß doch gar nichts über ihn und was auf mich zukommen wird. Auch vor der Hochzeit und allem, was so kommt, habe ich furchtbare Angst."

„Das brauchst du nicht. Du siehst doch, wie Vater und ich zusammen leben. So wird es dann bei euch auch sein."

Als Josephus mit Maria am Abend, als ihre Kinder schon im Bett waren, noch in der Stube beieinandersaßen, hatte Maria ein ungutes Gefühl und sie sagte zu ihrem Gatten: „Josephus, hoffentlich tun wir das Richtige. Denk doch an uns damals zurück, wie glücklich wir am Freibergsee waren. Diese Möglichkeit, selbst einen Mann kennenzulernen, wird Bärbel durch unsere Entscheidung niemals haben."

Josephus sah seine Frau nachdenklich an: „Maria, versteh doch, der Sepp fühlt sich seit dem Tod seiner Frau einsam und denkt, er sei nicht ganz unschuldig daran. Gerade du musst doch verstehen, wie es mir damals ging, als dein Bruder im Freibergsee ertrunken ist und ich mich in die Einsamkeit zurückgezogen habe. Da hast du mir gezeigt, dass das Leben weitergeht und auch wieder lebenswert wird. Deshalb möchte ich auch Sepp helfen. Wirst sehen, die beiden lernen sich kennen und mögen sich dann irgendwann auch so wie wir."

„Josephus, dein Wort in Gottes Ohr. Ich wünsche mir, dass du recht hast."

Bärbel war seit dem Besuch von Sepp sehr verunsichert und nachdenklich geworden. Irgendwie hatte sie das ungute Gefühl, ihre Eltern würden sie loswerden wollen.

Trotzdem wollte sie ihnen nicht zur Last fallen. Aus dieser Sorge heraus willigte sie schließlich doch mit einem unsicheren Gefühl ein, Sepp zu heiraten.

Zwei Tage später ging Josephus mit seiner Tochter Bärbel trotz des vielen Schnees wieder ins Tal hinunter. Im Winter war der Weg viel beschwerlicher als im Sommer. Zum Glück war in diesen Tagen keine Lawinengefahr. Als die beiden im Dorf angekommen waren, gingen sie zuerst zu Sepps Haus. Er freute sich, die beiden so schnell wiederzusehen und begrüßte sie in großer Erwartung. Voller Stolz begann Josephus mitzuteilen: „Bärbel hat es sich überlegt und stimmt unseren Plänen zu." Sepp freute sich und reichte Bärbel seine rechte Hand und küsste sie vorsichtig auf ihre Wange.

Ein leichter Schwindel überfiel Bärbel und sie konnte in diesem Moment nichts antworten. Er bemerkte ihre Verlegenheit und sagte: „Verzeih, Bärbel! Ich wollte dir nicht zu nahe treten." Eine Unsicherheit und leichte Röte überzog ihre Wangen. Sie fürchtete, er könnte denken, sie wolle ihn nicht. Er zog seine Augenbrauen nachdenklich leicht nach oben. Das verunsicherte sie noch mehr. Als ihr Vater schon nach draußen schritt, fragte Sepp sie vorsichtig: „Gibt es einen anderen, den du heiraten möchtest und mir vorziehst? Wer ist es? Kenne ich ihn?"

Sie schlug ihre Augen nieder und antwortete: „Ich will niemanden vorziehen. Es gibt keinen anderen. Ich habe der Heirat doch zugestimmt."

„Ich danke dir, Bärbel, dass du mir dein Vertrauen schenkst. Ich verspreche dir, ich will dir ein guter Ehemann sein."

Als Bärbel ebenfalls das Haus verließ und sich draußen von Sepp verabschiedete, bestimmte ihr Vater: „Ich denke, ich lasse Bärbel bei ihrer Tante Stasia im Dorf. Da werdet ihr die Gelegenheit haben, euch bis zur Hochzeit kennenzulernen."

Sepp, der Bräutigam, machte einen weiteren Vorschlag: „Ich werde gleich heute das Aufgebot beim Pfarrer bestellen, dann könnte er am kommenden Sonntag unsere Eheschließung in der Messe verkünden."

Bärbels Vater nickte zufrieden: „Dem stimme ich zu. Dann könnt ihr schon bald heiraten, ich denke, dies wäre in gut vier Wochen und die Zeit bis dahin wird euch beiden auch ausreichen."

Bärbel erschrak bei dieser Vorstellung, traute sich aber nichts zu entgegnen und bat dann mit leiser, kaum hörbarer Stimme. „Bitte Vater, ich will lieber mit dir zusammen wieder heim nach Gerstruben hinauf."

Mit bestimmendem Ton, der keinen Widerspruch duldete, antwortete er: „Auf keinen Fall, wenn Lawinengefahr wäre, dann könntest du nicht zu deiner eigenen Hochzeit gehen. Das Risiko wollen wir nicht eingehen. Bleib du hier unten im Tal und lerne deinen zukünftigen Mann in Ruhe kennen."

Tante Stasia war am Abend von der Mitteilung über die Hochzeit völlig überrascht. Sie fragte ihre Nichte: „Willst du wirklich so schnell heiraten?" Bärbel spürte, wie sich ihre Kehle zuschnürte, so dass sie kaum mehr Luft zum Atmen bekam. Ihr Herz wurde dabei so schwer und eng, als habe es keinen Platz mehr in ihrem Körper, und es liefen ihr Tränen aus den Augen, die sie zu unterdrücken versuchte. Sie fragte Tante Stasia: „Was soll ich nur tun? Papa und Mama haben es so beschlossen. Sie wünschen es sich so für mich. Ich bin so unsicher und verzweifelt."

Tante Stasia verstand die Niedergeschlagenheit und die Furcht ihrer Nichte und versuchte, sie etwas zu beruhigen: „Der Sepp ist, so viel ich gehört habe, ein netter Kerl. Ich glaube, dass es seine erste Frau gut bei ihm hatte. Es spricht doch für ihn, dass er so viele Jahre nach ihrem Tod getrauert hat, bevor er sich jetzt erst eine neue Frau nimmt."

„Aber ich bin doch so unerfahren und weiß gar nichts über die Ehe."

„Das wird er dir schon beibringen. Er hat doch Erfahrung und ist kein Jüngling mehr. Ich bin selbst ledigen Standes und kann dir keinen Rat geben. Frag deine Mutter! Sie wird dir alles erklären, was du wissen musst. Wenn du ihn in den nächsten Wochen kennenlernen willst, kannst du dich für Gespräche mit ihm bei mir in der Stube treffen. Aber einen Ratschlag will ich dir geben. Gib dich ihm nicht vor der Hochzeit hin."

Am drauffolgenden Sonntagmorgen kam Sepp in seinem dunkelgrauen Trachtenanzug, mit grünem Hut und einer Hennenfeder darauf, vorbei, um seine zukünftige Braut zum Kirchgang abzuholen. Als Bärbel ihn so stehen sah, empfand sie, dass er heute noch besser aussah, als das erste Mal. Er bemühte sich, mit ihr ein Gespräch zu

beginnen, aber so richtig konnte er keinen Kontakt zu Bärbel aufbauen. Sie stapften zusammen durch den tiefen Schnee und gingen schweigend in die Kirche. Beim Eintreten tauchte Bärbel ihre Finger in den Weihwasserkessel ein, machte einen raschen Knicks und bekreuzigte sich dabei. Sie schlich getrennt von Sepp nach vorne und rutschte in eine der hölzernen Kirchenbänke rechts vor dem Seitenaltar. Jeder besser gestellte Bürger hatte in der Kirche seinen eigenen Platz, für den er Pacht für ein Jahr zu entrichten hatte. So fiel dem Pfarrer immer auf, wer nicht in der Andacht anwesend war. In der Kirche wurde die Heirat der beiden bekannt gegeben: „Der Witwer Sepp Hindelang von hier heiratet die ledige Bärbel Berchtold von Gerstruben. Am 27. März 1772 wird hier in der Pfarrkirche die Hochzeitsfeier stattfinden." Nach der Andacht wartete Sepp bereits vor der Kirche auf Bärbel, um sie zum Mittagessen einzuladen. Nun traute sie sich das erste Mal etwas zu fragen: „Herr Hindelang, warum ist Eure Frau so früh gestorben?"
Er sah sie freundlich aber verschmitzt an: „Zuerst will ich, dass du Sepp und Du zu mir sagst, dann werde ich auf deine Frage antworten. Anna, meine damalige Frau, hatte in unserer 13-jährigen Ehe vier Fehlgeburten erlitten. Das letzte Mal war sie bereits im fünften Monat schwanger und es setzte wieder eine Blutung ein. Sie hatte sehr viel Blut verloren und kam nicht mehr auf die Beine. Sie wurde immer schwächer und schwächer und ist dann zwei Wochen nach der Frühgeburt gestorben. Sie hatte sich so sehr ein Kind gewünscht. Wir dachten schon, dieses Mal würde alles gut gehen. Immer wieder, wenn sie ein Kind verloren hatte, ging es ihr längere Zeit nicht gut. Ich habe sie sehr geliebt. Aus lauter Furcht, dass ich ihr wieder dieses Leid antue oder gar sie selbst verliere, habe ich mich dann für Wochen oder gar Monate von ihr ferngehalten." Er sah auf seine Hände hinunter und wurde ganz nachdenklich und seine Gesichtszüge erschienen verbittert: „Dann am Ende ist Anna doch durch meine Schuld gestorben."
„Nein es war nicht deine Schuld", entgegnete Bärbel. „Es war Gottes Wille. Der Herr hat sie zu sich gerufen."

„Wer sagt, dass Gott so etwas will? Das sagen doch nur wir Menschen, um unser Gewissen zu beruhigen."
„Sepp, du versündigst dich. Wir wissen es nicht. Wir können es nur glauben."
Bärbel war tief beeindruckt von Sepp und hatte selbst Tränen in den Augen. Er hatte so viel empfunden für seine verstorbene Frau. „Ich hoffe, ich werde dir auch eine gute Frau sein, und wünsche mir, dass du mich irgendwann auch so lieb hast wie Anna." An diesem Abend ging sie zum ersten Mal seit Längerem wieder zuversichtlich und beruhigt zu Bett.
Stasia nähte für ihre Nichte ein ausgesprochen hübsches Hochzeitskleid aus weißem Leinenstoff und sagte: „An der Hochzeit trägst du es in weiß, dann färbe ich es schwarz, damit du es weiterhin Sonntags tragen kannst." Bärbel war begeistert von dieser guten Idee. Sie freute sich darauf, am Hochzeitstag so ein wunderschönes Kleid mit weißem Schleier zu tragen und dachte: „Vater und Mutter werden endlich stolz auf mich sein." In den Wochen vor der Hochzeit hatte Bärbel ihre Mutter nicht mehr getroffen. Sie konnten sich nicht einmal richtig voneinander verabschieden. Je näher der Hochzeitstag rückte, umso unruhiger wurde Bärbel. Ihr war es wichtig, dass sie vor der Hochzeitsnacht noch alleine mit ihrer Mutter sprechen konnte. Ihr war momentan nicht klar, wie sie ihre Mutter so peinliche Dinge fragen sollte. Sie fand es fürchterlich, dass sie in ihrem Alter immer noch nicht richtig aufgeklärt war. Sie erinnerte sich an eine Freundin, die einmal erzählt hatte: „Das Ding, das ein Mann hat, kann einer Frau so wehtun, dass sie daran sterben kann." Dieser Satz bereitete ihr Kopfzerbrechen. „Was muss ich dabei tun? Übermorgen wird die Hochzeit sein." Bärbel beruhigte sich damit: „Am Hochzeitstag werde ich bestimmt fünf Minuten ungestört mit meiner Mama unter vier Augen sprechen können." Aber es kam ganz anders. Seit zwei Tagen und Nächten hatte es ununterbrochen geschneit. Zur Hochzeit konnte keiner aus Gerstruben herab ins Tal kommen. Lawinen gingen an diesem Tag immer wieder ab, deshalb wäre es viel zu gefährlich gewesen, sich dieser Gefahr aus-

zusetzen. Bärbel war sehr traurig. Sie fühlte sich einsam und alleine. Es war ihr größter Wunsch gewesen, dass ihre Eltern sowie ihre Geschwister und die geladenen Nachbarn bei der Feier gewesen wären. Bärbels Freundin Anastasia aus Stein wurde zusammen mit ihrem Mann Martin zur Hochzeit eingeladen. Bärbel freute sich darüber, wenigstens sie dabei zu wissen. Als Trauzeugen mussten Anastasia und Sepps Bruder Thomas einspringen. Tante Stasia war die einzige Verwandte von Bärbels Seite, die anwesend war. Es kamen ansonsten nur Verwandte und Freunde von Sepp, wie Franziskus und Johannes. Es gab ein bescheidenes Festessen: Schweinebraten mit Sauerkraut und Kartoffelknödel. Dazu tranken sie Bier. Als Anastasia nach draußen zum Abort ging, lief ihr die Braut sogleich hinterher. „Anastasia, darf ich dich etwas Persönliches fragen?" Ihr wurde ganz heiß und sie spürte, wie die Röte ihr ins Gesicht stieg.
„Ja, frag mich, was dich bedrückt."
„Ich habe gehört, dass es schrecklich ist und furchtbar weh tut. Du weißt schon, heute Nacht, damit ein Kind entsteht." Bärbel stammelte diese Worte heraus und schaute dabei düster vor sich auf den Boden und sprach weiter: „Ich meine, was verheiratete Ehemänner mit ihren Frauen, wenn sie alleine in ihrer Schlafkammer sind, tun."
Die junge Braut tat Anastasia in dem Moment furchtbar leid, und sie versuchte, so ehrlich und offen zu antworten, wie es ihr nur möglich war:
„Manchmal kann es schmerzhaft sein. Wenn die Männer wild und grob sind und wenig Einfühlungsvermögen haben. Doch wenn sie einen dabei streicheln und liebkosen, kann es sehr schön sein und weh tut es dann nicht. Manche Frauen finden es wunderbar. Ich selbst habe auch nichts dagegen."
Barbara schüttelte sich vor Abneigung und wurde ganz verlegen: „Und das erste Mal?"
„Ja, da kann etwas Blut kommen, aber das ist nicht weiter schlimm."
Bärbel bedankte sich bei ihrer Freundin für ihre Offenheit.
„Glaub mir, es wird alles gut gehen. Lass deinen Mann machen

und vertraue ihm, denn er hat doch schon eine gewisse Erfahrung." Anschließend gingen die beiden Frauen wieder zur Hochzeitsgesellschaft zurück.

Das Hochzeitsmahl mit den Getränken wollte der Brautvater, wenn er das nächste Mal ins Dorf kommt, mit dem neu eingeführten Kupfergeld bezahlen. Dieses Geld bestand aus Kreuzer, Zweier, Pfennigen und Heller. Das bisherige alte Geld wurde eingezogen. Korn und Früchte waren in diesem Jahr günstiger als sonst. Das Vieh und das Schmalz dagegen kostete das Doppelte, als in den letzten Jahren.

Als das Brautpaar kurz nach Mitternacht von der Hochzeitsgesellschaft verabschiedet wurde, blickte Anastasia der Braut zuversichtlich in die Augen und nickte ihr Mut machend zu. Bärbel beruhigte sich etwas und dachte: „Anastasia hat nichts dagegen, dann werde ich es hoffentlich auch überstehen. Hand in Hand stapften die beiden frisch Verheirateten zu Fuß vom Gasthof heim durch den tiefen Schnee. In ihrem neuen Heim angekommen, gingen sie zusammen die Treppe zu ihrer Schlafkammer hinauf. Nun war Bärbel zum ersten Mal mit ihrem Mann, der im Grunde ein Fremder für sie war, alleine. Das Herz klopfte ihr bis zum Hals, doch sie nahm all ihren Mut zusammen und fragte: „Ich ziehe jetzt mein Brautkleid aus. Darf ich mein Nachthemd und meine Betthaube anziehen?" „Wenn du es willst", antwortete Sepp.
„Ja, das wäre mir lieber so." Als sie sich umgezogen hatte, legte sie sich bis zum Hals zugedeckt ins Bett. Sepp kam unter ihre Decke gekrochen. Sie bat, dass ihr Mann die Kerze auslöschte und dies tat Sepp dann auch. Er spürte ihr Unbehagen und sagte: „Bärbel, sei beruhigt. Ich habe nicht vor, dir weh zu tun. Hab keine Angst." Er beugte sich über sie, so dass sie seinen warmen Atem an ihrem Hals spüren konnte. Er gab ihr einen Kuss auf ihre weichen Lippen, streichelte ihre Brüste, ihren Hals und den ganzen Körper hinab. Überraschenderweise war es nicht so unangenehm, wie sie es erwartet hatte. Sepp legte sich vorsichtig auf den schlanken Körper seiner neu angetrauten Ehefrau. Sie konnte wahrnehmen, wie sein Atem

schneller wurde. Bärbel war ebenfalls erregt, so dass es ihr kaum wehtat, als sie in einer liebevollen Umarmung eins wurden.

Am nächsten Morgen weckte Sepp seine junge Frau mit einem Kuss auf ihre rosigen Lippen und flüsterte. „Gestern hatten wir Glück mit dem Wetter, dass es nur geschneit hat. Heute regnet es in Strömen, auf den Gassen liegt überall Matsch, da könnten wir kaum mit unseren neuen Schuhen laufen. Ich habe meine Stallarbeit für heute Morgen schon erledigt. Nun können wir zusammen Morgenessen." Im Schlafzimmer stand eine bereits mit Wasser gefüllte Schüssel, damit wusch sich Bärbel sorgfältig ab und zog sich anschließend ihren dunklen Rock und ihre weiße Bluse an. Es war ihr peinlich, dass sie gleich am ersten Morgen verschlafen hatte. Denn eigentlich wäre es die Aufgabe der Frau, ihrem Mann das Morgenessen zu machen. Nun ging sie rasch in die Küche, dabei stieg ihr schon der Geruch von Kräutertee in die Nase. Sepp war gerade dabei, den Tisch zu decken. Sie konnte noch den Rest von ihrem neuen Geschirr auf den Tisch stellen. Sie saßen über zwei Stunden zusammen am Frühstückstisch. Sepp erzählte ihr von seiner Kindheitsfamilie: „Als ich ein Jahr alt war, ist meine Mutter bereits gestorben. Vater hat mir erzählt, sie habe sechs Kinder geboren, zwei davon sind als Säugling gestorben. Mein Vater hat dann gleich nach Mutters Tod wieder geheiratet, damit meine drei Geschwister und ich versorgt waren. Unsere Stiefmutter war nicht nett zu uns. Deshalb habe ich schon mit 18 Jahren geheiratet, um von Zuhause weg zu kommen. Bald nach meiner Hochzeit ist Vaters zweite Frau dann auch gestorben. Danach hatte er ein drittes Mal geheiratet. Da war ich Gott sei Dank schon 25 Jahre alt und selbst schon aus dem Haus." So redeten sie den halben Vormittag. Am nächsten Tag fing der Alltag für beide an. Sepp musste den Schnee vom Hausdach und vom Stall hinabschaufeln, damit die Last nicht zu schwer wurde und die Dächer eindrückte. Bärbel hatte trotz der Kälte ihren Waschtag. Sie nahm die Wäsche mit einem Stück Kernseife in einem Weidenkorb mit zum Dorfbach. Am Wasser traf sie Tante Stasia, die ein leicht besorgtes Gesicht machte. „Kind, wie geht es dir? Ist er gut zu dir?"

„Ja, Sepp ist sehr zärtlich zu mir." Stasia war sichtlich erfreut über diese gute Nachricht. Bärbels Mutter Maria kam erst später, als die Lawinengefahr gebannt war, um den beiden nachträglich zur Hochzeit zu gratulieren und sagte: „Ich mache mir fürchterliche Vorwürfe, ich habe dich nicht einmal aufgeklärt, was ich mir immer vorgenommen hatte. Du armes Kind. Hast du dich sehr erschreckt, als dein Mann nachts zu dir kam? „Nein Mama. Es ist alles in Ordnung", erwiderte Bärbel.
Bärbel schrieb in den nächsten Tagen einen Brief nach Stein zu ihrer Freundin:

Liebe Anastasia,
ich danke dir nochmals, dass du mir mit deinen Worten so eine große Hilfe warst. Es war so, wie du es mir gesagt hast. Ich hoffe wir sehen uns bald wieder.
Grüße Martin von mir.
Deine Bärbel

Bärbels Monatsblutung blieb bald aus. Sie kam nach Gerstruben und erzählte dies ihrer Mutter. „Kind, ich glaube du bist schwanger. Geh zur Hebamme, die soll dich untersuchen." Als Bärbel wieder im Tal war, folgte sie dem Rat ihrer Mutter. Die Hebamme bestätigte ihre Vermutung. Bärbel war schwanger. Sie erzählte es gleich am Abend Sepp. Er freute sich darüber, dass sie so schnell Nachwuchs bekommen würden, hatte aber ebenso viel Kummer und Sorge um seine junge Frau und das ungeborene Kind. Bärbel konnte es kaum erwarten, ihrer Mutter diese freudige Nachricht zu überbringen. Aber ihr dies über einen Boten ausrichten lassen, wollte sie nicht. Sie wollte das Gesicht ihrer Mutter sehen, wenn sie ihr mitteilte, dass sie bald Großmama werden würde. Fünf Tage nach dem Besuch bei der Hebamme kam Bärbels Bruder Hannes mit der furchtbaren Nachricht: „Heute Nacht ist Mama ganz plötzlich gestorben. Sie ist einfach eingeschlafen. Am Abend hatte sie noch einen Kuchen für uns gebacken. Wir sind alle noch ganz fassungslos und tief betroffen über ihren Tod."

Bärbel weinte bitterlich: „Sie war doch erst 60 Jahre alt. Ich wollte ihr doch sagen, dass sie bald Oma werden wird. Mama wird mir fehlen." Sepp machte sich große Sorgen: „Hoffentlich spürt das Kind von ihrer Traurigkeit nicht allzu viel, damit kein schwermütiger Mensch aus dem Kleinen wird."

Josephus konnte den Tod seiner geliebten Frau niemals überwinden. Schon Monate später, am Weihnachtsabend im selben Jahr, um neun Uhr, ist auch Bärbels Vater, der Josephus, zusammengebrochen und an einem plötzlichen Herztod verstorben. Den Leichnam brachte Hannes, sein Sohn, mit einem Nachbarn zusammen in eine Decke gewickelt auf einem Schlitten ins Tal. Die Beerdigung fand am 27. Dezember statt. Fast alle Bewohner von Gerstruben, die im Winter diesen beschwerlichen Weg zu Fuß gehen konnten, kamen ins Dorf zur Beisetzung. Hannes brachte seiner Schwester Bärbel das Ahnenbuch von ihrem Großvater Tobias mit. „Wenn du willst, kannst du das Buch gerne haben. Ich lege keinen Wert darauf." Bärbel hatte dieses Buch noch nie zuvor gesehen und nahm es, ohne ihm Bedeutung beizumessen, an sich. „Ich danke dir dafür und werde versuchen, es zu lesen." Daheim legte sie die Holzschatulle mitsamt Inhalt in ihren Kleiderschrank. Bärbel bekam sechs Wochen nach Vaters Tod, in der Nacht nach Lichtmess, einen gesunden Buben. Die Wehen hatten eingesetzt, als Sepp noch im Stall bei der Arbeit war. Als er ins Haus kam und seine hochschwangere Frau so sah, lief er sofort los, um die Hebamme zu holen. Diese war nicht weit entfernt, gleich in der Nähe in einem Nachbarhaus. Gerade noch rechtzeitig kamen die beiden wieder zurück, um dem kleinen Buben auf die Welt zu helfen. Sepp wurde ins Zimmer gerufen und die Hebamme legte ihm den frisch gewaschenen Kleinen in den Arm. Er sah stillschweigend und zutiefst berührt seinen Sohn an: „Was für ein Wunder so ein Kind doch ist. Es ist schon alles dran." Bärbel unterbrach ihn mit sanfter Stimme: „Sepp, wie sollen wir ihn nennen?"

Der frisch gebackene Vater war überglücklich und fragte zufrieden: „Na, Bärbel, was für einen Namen willst du dem Kind geben?"
„Mir gefällt Ignatius oder Dionysius?"
„Was, Dionysius gefällt dir? Nein, sei mir nicht böse, aber dann wollen wir ihn lieber Ignatius nennen."
Der Pfarrer hatte Bärbel beim Schtüelfeschte[43] vor der Hochzeit erklärt: „Wenn ihr eines Tages Kinder bekommt, müsst ihr diese gleich nach der Geburt taufen lassen. Man weiß ja nie, wie lange so ein kleines Würmchen zu leben hat. Wenn ein Kind stirbt, bevor es getauft wurde, darf ich es nicht in geweihter Erde bestatten. Die Seele des Kindes wäre für immer verloren und es hätte nie die Hoffnung, in den Himmel zum Herrgott zu kommen."
Bärbel fragte über das, was sie da vom Pfarrer gehört hatte, verwundert nach: „Kann ein neugeborenes Kind etwas dafür, dass es die Taufe noch nicht empfangen hat, bevor es sterben musste? Hat denn so ein kleines Wesen in den wenigen Stunden überhaupt schon eine Schuld auf sich geladen, wofür es ewige Qualen in der Hölle leiden muss?" Ihren Kindern wollte sie dieses grauenvolle Schicksal jedenfalls ersparen. Egal, wann Gott ihren kleinen Ignatius zu sich rufen würde, er musste auf jeden Fall sofort am ersten Tag getauft werden.
1774, ein Jahr nach Ignatius, kam Maria zur Welt. 1775 wurde Joannes geboren. Er wurde, wie auch seine Geschwister, gleich nach der Geburt vom Pfarrer getauft. Joannes war schwächlicher als die anderen. Das spürte Bärbel sofort nach der Geburt. Als sie den Kleinen zum ersten Mal an ihre Brust legte, vertraute sie sich Sepp an: „Dieses Buzele will nicht bei uns bleiben." Joannes hat nur drei Tage gelebt und wurde als getauftes Kind von Gott zu sich genommen. Bärbel betete viel zu ihrer Mutter, dass sie sich um ihren kleinen Engel kümmern soll. Dass ihre Mutter bereits oben im Himmel auf ihren Kleinen gewartet hat, konnte ihr ein wenig Trost spenden.

Wochen später bekam sie von Anastasia aus Stein einen Brief:

---

[43] Ehevorbereitungsgespräch mit dem Pfarrer

Liebe Bärbel,
es tut mir leid, dass dein Buzele gestorben ist, aber sei getröstet, auch oben im Himmel werden kleine Engel gebraucht. Ich bete für Dich und dein Kind.
Ich selbst wünsche mir nichts sehnlicher, als auch endlich schwanger zu werden. Ich denke so manches Mal an deine Hochzeit zurück. Du hast mich gefragt, wie Kinder entstehen. Inzwischen hast Du zwei gesunde Kinder und ich habe immer noch keines. Vielleicht machen Martin und ich etwas verkehrt. Aber mein Mann behauptet, dass Gott andere Pläne für uns hat, und so tröste ich mich. Es wird schon einen Sinn haben, dass ich keine Kinder bekomme.
In tiefer Trauer
Deine Freundin Anastasia

Bärbel bekam ein Jahr nachdem Joannes gestorben war ein weiteres Kind, ein Mädchen, die Anna. Dann, wieder ein Jahr später, ihr fünftes Kind, einen Buben. Er sah wie die anderen Kinder wieder Bärbels Familie ähnlich. Er hatte ebenfalls blaue Augen, eine gerade Nase und braunes Haar. Sepp war wieder so stolz, als wäre er noch niemals zuvor Vater geworden. Er bestimmte selbstsicher schon während der Schwangerschaft: „Der Kleine soll den Namen Hannß bekommen." Die Entbindung war dieses Mal schwerer als bisher. Als Sepp die Qualen seiner Frau mitbekam, gelobte er für sich selbst, seine Frau in Zukunft nicht mehr anzurühren. Das Versprechen konnte er nicht halten, denn als Hannß ein Jahr alt wurde, stand Bärbel wieder eine weitere Geburt bevor. 1778, als die Zwillinge geboren wurden, hatte niemand damit gerechnet, dass es zwei Kinder waren. Nach der Geburt eines gesunden, aber etwas schmächtigen Buben haben die Schmerzen nicht nachgelassen. Die Hebamme und auch Bärbel selbst wussten nicht, warum die Schmerzen immer noch so stark waren. Die Nachwehen bei den anderen Kindern begannen erst viel später. Bärbel machte sich schon Sorgen um ihr Leben. Aber plötzlich kam noch ein kleines Köpfchen zum Vorschein. Die Hebamme eilte schnellstens herbei und half dem Kleinen auf die Welt. „Noch mal ein kleiner Bub. Es sind Zwillinge." Die Freude und das Erstaunen waren riesengroß. Dieses Mal waren sich Sepp und Bärbel über den Namen für ihr Neugeborenes nicht ganz einig gewesen. Aber jetzt hatte sich dieses Problem von selbst aufgelöst. Jeder durfte einen Namen geben. Bärbel gab dem erstgeborenen Zwilling den Namen Michael und Sepp dem Überraschungskind den Namen Claudius. Bärbel schickte sogleich nach dem Pfarrer: „Er soll schnell kommen und die beiden taufen. Ich habe schon einmal ein Kind verloren."

1779 kamen Barbara und 1780 noch Magdalena zur Welt.

Crescentia, Bärbels Schwester, erkannte, dass die achtfache Mutter nur noch zuhause bei den Kindern saß. Deshalb bot sie ihr an: „Ich passe heute Abend auf die Kinder auf. Geh du zusammen mit Sepp die Komödie der 12 Wilden Mannen[44] ansehen. Dieser freie Abend wird euch beiden guttun. Damit du auch wieder einmal etwas anderes als nur deine Kinder siehst." Bärbel freute sich riesig über das großzügige Angebot ihrer Schwester. Als sie dann zusammen mit ihrem Mann auf dem Weg zum Theater war, sagte sie: „Sepp, ich bin so froh, endlich sind wir mal ein paar Stunden alleine, ohne dass jemand an meinem Rockzipfel hängt."

Sinn des mystischen Tanzes, den es seit 615 nach Christi gibt, war es, Verbindung mit den geheimnisvollen Kräften der Natur, der Sternenwelt, der Sonne und den Göttern aufzunehmen, um diese Kräfte den Menschen gewogen zu machen. Im Stück kommt eine Art Opferfeier vor, bei der die Wilden Männer, bekleidet mit Tannenbart[45], zu einem Umtrunk vereint werden.

Danach saßen die Zuschauer gemütlich zusammen. Es gab Bier und Enzianschnaps. Der Ignaz Huber bezahlte der Gemeinde zehn Gulden jährlich, damit er Enzianwurzeln ausgraben durfte.

Der Enzianwurzelbranntwein in Oberstdorf war ein einheimisches Erzeugnis geworden und fand in den Wirtschaften großen Absatz. In Oberstdorf waren drei Bierbrauereien vertreten: Zum Mohrenwirt, das war die älteste, dann kamen die Löwenwirtbrauerei und das neueste Gasthaus Zum Sonnenwirt. Schnapsbrennereien gab

---

[44] der Oberstdorfer „Wilde Männle Tanz"
[45] graue Bartflechte, nur an Tannen vorkommend

es mehrere. Wobei auch in den einzelnen Haushalten für den Eigenbedarf, ohne Wissen der Behörden, selbst gebrannt wurde. An diesem Abend erzählten sich die Zuschauer, dass die Wilden Männer auch nach der Pestzeit durch die Straßen tanzten. Sie nutzten die Kräfte der Natur, um die Krankheit mit dem unheimlichen Tannenbarthääs einzuschüchtern und zu vertreiben.

Im Jahre 1788 hatte die Oberstdorfer Schule bereits zwei Lehrer. Diese wurden unmittelbar von der „höchsten Landesstelle", der Regierung in Dillingen, angestellt. Die Lehrer beklagten sich: „Die Erziehung der Jugend in Oberstdorf im Vergleich zu früheren Zeiten ist sehr vernachlässigt worden. Die Einwohner sind roh, ungesittet und unbeugsam. Sie haben einen ungeläuterten Verstand und dunkle Religionsbegriffe. Wenn sie in Dinge verwickelt sind, haben sie selten das Einsehen und Verständnis für andere. Unter den Männern ist kaum einer zu finden, der leserlich schreiben kann und unter den Weibern hingegen sehr wenige, die lesen können." Die Talbewohner schickten ihre Kinder im Winter für einige Monate zu Freunden oder Verwandten nach Oberstdorf, damit auch die Kinder der Seitentäler ein bisschen Lesen, Schreiben und Rechnen lernten. Vom siebten bis zum vierzehnten Lebensjahr sollten alle Kinder im Winter am Unterricht teilnehmen. Im Sommer durften sie ihren Eltern bei der Arbeit zur Verfügung stehen. Da wurden dann nur an Sonn-und Feiertagen und nach Beendigung des Gottesdienstes Wiederholungsstunden angeboten. Auch der Pfarrer schimpfte hernach: Wenn seine Jugend aus dem Katechismus auswendig lernen musste, habe er den Eindruck, als würden die jungen Menschen heutzutage nur ihren mangelhaften Verstand einsetzen und zeigten nicht sonderlich viel Interesse daran. So ganz im Gegensatz zu früher. Jedes Schuljahr schloss mit einer öffentlichen Prüfung ab, wobei die Kinder dem versammelten Volk das Erlernte vorzeigen sollten. Nach ihrem Fleiß und ihrem Wissen bekamen sie Geschenke, damit der Lerneifer gesteigert wurde.

Wenn es finanziell möglich war, sollten die Eltern für jedes Kind zwei Kreuzer Schulgeld an den Lehrer bezahlen.

In Rubi wütete ein furchtbarer Brand. Am Morgen, vor der Frühmesse, war in „Stepfelers Hüs" Feuer ausgebrochen. Innerhalb einer Stunde waren elf Häuser abgebrannt. Alle Bewohner aus Rubi und viele aus Oberstdorf halfen, das Feuer zu löschen. Die Helfer konnten nur wenig retten. Die drei kleinsten Häuser, von Jörg Hans, Maul Johann und Windbühler Johannes, sowie die Häuser von Schmid Michael und Papst Joseph sind vollkommen abgebrannt. Sie standen bei der Landstraße, wo es in die Hohlgasse ging.
Auch die Anwesen von Wörz Joseph, Papst Ernst, Mößmang Martin, Huber Martin, Klein Johannes und das Haus vom Wucherer Johann waren dem Brand zum Opfer gefallen.
Die übrigen neun Häuser in Rubi konnten durch Löscharbeiten gerettet werden. Die Männer, darunter auch der Hindelang Sepp, hatten während des Brandes Huinzen samt Heu vom Khappl-Acker[46] von Schratt Hans Michael in den Gaisalpbach geworfen. Somit war der Bach übergelaufen und das Wasser lief die Straße herab. Dieses konnten sie dann gleich zum Löschen benutzen. Im folgenden Jahr haben die Rubinger Bewohner, die ihre Häuser verloren hatten, in verschiedenen Ortschaften Häuser gekauft, diese dort abgebrochen und in Rubi wieder aufgestellt. Die Männer hatten alle tatkräftig zusammengeholfen.

Sepp und seine Frau Bärbel waren zufrieden, auch wenn es nicht immer leicht war, genug Essen für die Kleinen auf den Tisch zu zaubern. Sepp hatte nur zwei Kühe im Stall, die seine Familie ernähren mussten. In den Wintermonaten lebten auch die Kinder des Schwagers Hannes aus Gerstruben bei ihnen im Tal, damit sie die Schule besuchen konnten. Als Kostgeld bekamen sie dafür Käse und auch etwas Getreide. Am Anfang ihrer Ehe hatten sie durch Tante Stasia noch eine große Hilfe. Sie hatte sich gerne um die Bekleidung ihrer Großneffen und Großnichten gekümmert und bis zu ihrem Tod

---
[46] Khappl: Kapelle

Leinen für die Familie gesponnen, gewoben und etwas Nützliches daraus genäht. Sie war im Alter von 82 Jahren ziemlich schnell verstorben. Bärbel dachte viel an ihre verstorbene Tante, denn sie verdankte ihr einiges: „Stasia war eine Seele von Mensch. Erst hat sie sich um Vaters Haushalt gekümmert und später dann um mich und meine Kinder. Ich vermisse sie sehr. Gott wird ihr hoffentlich vergelten, was sie alles für uns getan hat."

Nun fiel Bärbel das Buch ein, das ihr Bruder ihr vor fast elf Jahren vor der Beisetzung ihres Vaters aus Gerstruben mitgebracht hatte. Sie holte es aus ihrem Kleiderschrank, wo sie es vor Jahren versteckt und total vergessen hatte. Als die kleine Barbara und Magdalena gerade ihren Mittagsschlaf machten, wollte sie kurz ins Buch reinlesen. Sie begann vorne auf der Innenseite des Umschlags und wunderte sich darüber: Dieses Buch hat nicht nur mein Großvater Tobias geschrieben. Es wurde schon vor über 150 Jahren begonnen und zwar von einem Uotz aus Oberstdorf. Sie durchblätterte es interessiert und entdeckte die Spur nach Stein zu Anastasia, ihrer Freundin, die Martin Kling, einen Nachkommen von Uotz geheiratet hatte. Bärbel war ganz aufgeregt und wollte das Familienbuch erst gar nicht mehr aus den Händen legen. Aber ihre Arbeit ließ es nicht zu. Abends war es zu dunkel und sie musste Kerzenlicht sparen. In den nächsten Tagen versuchte sie immer wieder ein paar Seiten zu lesen. Häufig war sie von den Schicksalen so bewegt, dass sie dabei weinen musste. Das Buch endete 1725, als ihr Großvater Tobias gestorben war. Das Letzte, was er mit zittriger Schrift geschrieben hatte, musste wohl kurz vor seinem Tod gewesen sein:

Das Leben unserer Vorfahren mitsamt ihrer Namen, der Tragik und deren Mut dürfen niemals vergessen werden. Deshalb bitte ich unbekannterweise Dich, der diese Zeilen liest. Bitte sorge dafür, dass dieses Buch in Uotz' und auch in meinem Sinne weitergeführt wird!

Als sie dieses gelesen hatte, war ihr klar, dass sie nun auch die Lebensgeschichte ihres Vaters rückwirkend ab 1725 und auch ihre eigene Vergangenheit ins Buch eintragen wollte. Dies tat sie fortan, wenn es ihre Zeit zuließ.

Nun schrieb sie einen Brief nach Stein:

Meine beste Freundin Anastasia,
seit einigen Jahren besitze ich ein Buch, und stell dir vor, erst jetzt habe ich gelesen, dass wir beide miteinander verwandt sind.
Eine weitere Neuigkeit, ich bin jetzt nach drei Jahren zu meinem Bedauern wieder schwanger. Es wäre schön, wenn ich Dich noch vor meiner Niederkunft sehen könnte. Mir ist es leider nicht möglich, Dich zu besuchen, da ich meine Kinder keinen Tag alleine lassen kann, und in meinem Zustand ist mir der Weg zu beschwerlich. Ich würde Dir gerne mein Buch zum Lesen ausleihen, es ist sehr interessant.
In der Hoffnung auf ein baldiges Wiedersehen
Deine Bärbel

Schon am drauffolgenden Sonntag, einem wunderbaren Herbsttag, folgte Anastasia der Einladung ihrer Freundin und kam von Stein nach Oberstdorf gelaufen. Sie war stark berührt von der Schönheit der Berge, dem blauen Himmel, den bunt gefärbten Laubbäumen und der Landschaft, an der Gott am Tag der Schöpfung etwas ganz Besonderes geschaffen hatte. Obwohl sie inzwischen nicht weit entfernt wohnte, hatte sie trotzdem immer wieder Sehnsucht nach ihrem Heimatort Fischen und den umliegenden Dörfern, in denen sie aufgewachsen war. Als Bärbel ihrer Freundin einen Sitzplatz am Stubentisch anbot, setzte sich Anastasia so hin, dass sie außer dem heißen Tee auch noch den wunderbaren Ausblick aus dem Fenster aufs Rubihorn und den Schattenberg genießen konnte. Nun begann sie zu erzählen: „Vor acht Wochen ist mein Schwiegervater, den ich über mehrere Jahre gepflegt hatte, gestorben. Es war

eine Erlösung für ihn, aber ich muss zugeben, auch für mich."
Bärbel sah sie erstaunt, aber mitfühlend an: „Ich wusste gar nicht, dass Conrad bei euch gewohnt hat, ich dachte, er sei zu seiner Tochter Maria gezogen?"
„Ja, damals, aber wir mussten ihn schon vor Jahren wieder zu uns nehmen, weil Martins Schwester sehr jung verunglückt ist. Aber zum Jammern bin ich nicht zu dir gekommen. Jetzt bin ich neugierig wegen des Buches, von dem du mir geschrieben hast. Bitte zeig es mir doch endlich."
Bärbel ging an ihren Bauernschrank und holte das Buch hervor und setzte sich wieder zu Anastasia an den Tisch. Die beiden blätterten es interessiert durch und sprachen über Vergangenes und was Anastasia im Buch zu lesen bekommen wird. Zum Abschied gab Bärbel ihrer Freundin die hölzerne Schatulle mitsamt ihrem Familienbuch mit nach Stein, damit sie es daheim in Ruhe lesen konnte. Anastasia umarmte sie zum Abschied und versprach: „Dein wertvolles Buch ist bei mir in besten Händen, ich werde gut darauf aufpassen."
Bärbel lächelte zustimmend: „Wenn du es mir nicht mehr bringen möchtest, dann soll es so sein. So steht es auch im Buch geschrieben. Ich denke, wenn es so wäre, dann würde es vielleicht in der nächsten oder übernächsten Generation wieder an uns zurückkommen. Ein Uotz Kling hat es vor über 150 Jahren begonnen und vielleicht ist es das Schicksal des Buches, dass du es jetzt mit nach Stein nimmst." Beide lachten vergnügt und Anastasia wiederholte: „Trotz allem, ich verspreche dir, beim nächsten Besuch bekommst du es wieder von mir zurück."

Als Sepp und Bärbel am Abend zusammen im Ehebett lagen und die kleine Magdalena daneben in der Kinderwiege fest schlief, sagte er zu seiner Frau: „Ich freue mich immer wieder auf ein Kind, aber mit der Zeit wird es für dich zu viel. Du konntest dich nie von einer Schwangerschaft bis zu nächsten erholen."
„Aber ich will dir doch eine gute Frau sein. So wie du es dir immer gewünscht hast."

Er nahm Bärbel in seine Arme und sagte: „Ja, das weiß ich. Du bist die beste Frau, die sich ein Mann nur wünschen kann. Aber ich habe bei jeder Geburt immer wieder Angst um dich."

„Es wird schon wieder gut gehen. Wir haben doch acht gesunde Kinder. Wenn nur das Kind nicht stirbt." So schliefen die beiden eng zusammengekuschelt ein.

Im März 1783 setzten die Wehen ein. Der 10-jährige Ignatius wurde zur Hebamme geschickt, um sie zu holen. Sie untersuchte Bärbel gründlich und wurde dabei ganz aufgeregt: „Das Kind liegt quer. Ich versuche es zu drehen." Die Geburt dauerte zwei Tage. Am 21. März, abends um neun Uhr, wurde das Kind unter furchtbaren Qualen geboren. Bärbels Unterleib war zerrissen und sie verlor viel Blut. Die Hebamme sah das Kind und rief: „Sepp, geh und hol schnell den Pfarrer, sonst muss ich eine Nottaufe machen." Bärbel konnte gar nichts mehr fragen. Sie war so sehr erschöpft. Das Nachthemd und ihre Haare waren klitschnass. Das Kind wimmerte schwach. Die Hebamme konnte nicht mehr auf den Pfarrer warten. Sie musste dem Kind die Nottaufe spenden. Zehn Minuten später war es dann gestorben. Als Sepp mit dem Pfarrer zur Tür hereinkam, sagte die Hebamme: „Der Kleine hat noch so lange gelebt, bis er die Taufe von mir erhalten hat." Bärbel war total entkräftet, aber dass ihr Kind noch getauft wurde, hatte sie mitbekommen. Sie schlief dann, noch bevor sie etwas sagen konnte, für ein paar Stunden ein. Sepp beerdigte inzwischen zusammen mit dem Pfarrer das Kind. Er gab ihm den Namen Fidelis. Sie legten ihn ins Familiengrab zu seinen Großeltern Josephus und Maria. Sepp fand es furchtbar, so ein kleines Wesen nur in einem weißen Tuch in die schwarze Erde zu legen. Als Bärbel aufwachte, saß er bereits neben seiner geliebten Frau am Bett. Sie war sehr schwach, wollte aber aufstehen und nahm die Bettdecke weg. Sepp sah, dass ihr Bett voller Blut war. Er rief: „Ignatius, lauf so schnell du kannst! Mama braucht die Hebamme."

Schon als die Geburtshelferin zur Tür hereinkam und das viele Blut sah, sagte sie zu Sepp: „Schick den Buben schnell zum Pfarrer.

Er soll kommen und ihr die Krankensalbung spenden. Sepp, du musst jetzt tapfer sein. Deine Bärbel wird die nächsten Tage nicht überleben. Sie hat so viel Blut verloren und ist zu schwach." Sepp saß bis zuletzt an ihrem Bett und entschuldigte sich bei Bärbel, dass es so gekommen ist. Sie sprach ganz leise, so dass er sie kaum verstehen konnte, weshalb er sich ganz nahe an ihr Gesicht herabbeugte. „Sepp, du hast keine Schuld. Es ist jetzt Zeit für mich. Ich muss gehen. Kümmere du dich um unsere Kinder, wenn ich nicht mehr da bin. Ich hätte sie so gerne aufwachsen sehen. Auch an den Hochzeiten meiner Kinder wäre ich gerne dabei gewesen, aber dieses Glück ist mir wohl nicht vergönnt. Ich hatte ein schönes Leben mit dir."

Sepp weinte bitterlich und legte seinen Kopf auf ihre Brust. Er spürte, wie Bärbel ihre Hand auf seinen Hinterkopf legte und ihm die Haare streichelte. Plötzlich fiel ihre Hand hinunter. Er hob seinen Kopf und sah sie an. Er schüttelte sie und schrie: „Bärbel, Bärbel, du kannst doch nicht gehen! Bleib hier!" Aber Bärbel atmete nicht mehr. Sie war tot. Mit 37 Jahren war sie gestorben. Sie hinterließ ihren Mann und acht Kinder im Alter von zwei bis zehn Jahren. Sepp, der schon zum zweiten Mal Witwer wurde, war sehr traurig. Wie erstarrt saß er nach der Beerdigung im Kreise seiner Lieben im großen Gastraum und schaute aus dem Fenster und sprach mit monotoner Stimme mehr zu sich selbst: „Ich weiß nicht, wie es weitergehen soll. Elf Jahre hat der Herr Bärbel und mir zusammen geschenkt. Es waren schöne Jahre mit ihr. Schließlich habe ich acht gesunde Kinder. Dafür muss ich dankbar sein. Selbst um der Kinder willen werde ich nicht noch einmal heiraten."

Bärbels jüngste Schwester Crescentia bot an, sich in nächster Zeit um die Kleinen zu kümmern. Sepp nahm dieses Angebot dankbar an. Crescentia bezog im ersten Stock neben den Kindern die kleine Schlafkammer zusammen mit ihrer ältesten Nichte Maria. Von seinen Freunden kam häufig die Frage, warum er denn seine Schwägerin nicht eheliche. Aber Sepp wollte auf keinen Fall wieder heiraten, damit nicht wieder eine Frau, diesmal vielleicht Crescentia, sterben würde.

Sepps Schwager, dem Hannes, waren im August durch den vielen Neuschnee auf Dietersbach über dem Wasserfall 50 Schafe durch eine Lawine umgekommen. Es war ein beschwerlicher Bergsommer, denn auch das Braunvieh stand im hohen Schnee und schien verloren zu sein. Sepp eilte sogleich nach Gerstruben hinauf, um seinem Schwager und den Hirten in dieser Notlage zu helfen, und um mit ihnen zusammen das Vieh ins Tal hinunterzutreiben. Hannes war dankbar für jede Hand, die ihm in dieser Zwangslage tatkräftig zur Seite stand und ihn unterstützte.

Es war für die Bauern im Dorf nicht leicht, auch noch für diese Zeit Heu und Futter beschaffen zu müssen. Aber was blieb ihnen anderes übrig? Oben auf dem Berg lag ein halber Meter Schnee. Dies bedeutete für alle wieder ein schweres Jahr mit Hunger und Verzicht. Viele Tiere mussten wegen Futtermangel geschlachtet werden. Deshalb war der Viehpreis stark gesunken. Auch der darauf folgende Winter war sehr kalt und der Holzpreis stieg enorm an. Auf dem Weg von Wien nach Salzburg sind in diesem Winter 80 Personen erfroren. Auch hier in der Gegend kamen immer wieder Menschen durch die Kälte um.

Kling Martin und Köberle Anastasia, Stein

Anastasia, die Frau von Martin, hatte erst vor zwei Jahren, im Jahre 1788, nach 18 Ehejahren im Alter von 42 Jahren ihren ersten Sohn geboren, dem sie den Namen Joseph gab. Sepp Hindelang aus Oberstdorf kam sieben Jahre nach dem Tod seiner Frau Bärbel wieder einmal nach Stein. Er war überrascht, denn vor vier Wochen, mit 44 Jahren, hatte Anastasia ihr zweites Kind, den Joan Michael, zur Welt gebracht. Sie freute sich, Sepp zu sehen und sagte: „Selbst nach so langer Zeit habe ich immer noch Heimweh nach Fischen. Martin, mein Mann, hat noch das Anwesen seines Urgroßvaters in Oberstdorf. Ich würde so gerne zu euch ziehen. Aber Martin will auf keinen Fall auf seine alten Tage noch umsiedeln. Vielleicht ziehen unsere Buben später einmal ins oberste Dorf zurück."

Sepp besuchte ab diesem Tag wieder häufiger seine Freunde Martin und Anastasia in Stein. Über seine Probleme konnte er stets offen sprechen und sein Herz ausschütten. Für ihn als Witwer war es nicht leicht, mit den Kindern ohne Ehefrau zu sein. Obwohl er stets nur Gutes über seine Schwägerin Crescentia erzählte, die für ihn und die Kinder alles tat. Wenn er in Stein sein Leid klagte, konnte er sicher sein, dass sie sein Erzähltes für sich behielten und nicht weitertratschten. Wenn es um die Landwirtschaft oder ums Handwerk ging, hatte Martin immer einen guten Rat für ihn. Er hatte ihm häufig mit verschiedenen Baumaterialien ausgeholfen. Anastasia war ihm bei Erziehungsfragen stets eine große Stütze.
Sepp schickte seinen zweitgeborenen Sohn Hannß, der inzwischen 18 Jahre alt war, für ein Jahr nach Stein, um das Weberhandwerk zu erlernen und die amtliche Leinwandschau in Immenstadt kennenzulernen. Dorthin brachten Martin und er zusammen häufig den Leinenstoff zur Beurteilung hin. Die bewerteten Stoffe wurden mit einem Qualitätsstempel versehen. Die Leinenschau zu Immenstadt wurde mehr oder weniger ein Monopol von St. Gallener Kaufleuten, die in Immenstadt eigene Vertreter hielten. Hannß war sehr geschickt. Er stellte in fünf bis sechs Monaten ein Stück Leinen zu 66 Ellen[47] her. Der Erlös je Stück betrug zwei Gulden. Anastasia erzählte dem jungen Hannß, als sie nach Feierabend zusammen vor dem Haus auf der kleinen Holzbank saßen: „Stell dir vor, ich habe noch immer das Buch von deiner Mutter bei mir in der Truhe aufbewahrt. Willst du es mitnehmen und deinem Vater bringen?"
„Ich denke, Vater wäre es lieber, wenn du es bei dir behältst und in Mutters Sinne weiter hineinschreibst, was du so erlebst und für wichtig empfindest."
„Ja, das mache ich gerne für deine Mutter, es ist mir eine Ehre. Doch irgendwann, wenn es dich oder deinen Vater interessiert, gebe ich es selbstverständlich an euch zurück."
„Danke, Anastasia, dann werden wir uns bei dir melden."
Einen Tag vor Fronleichnam war das Lehrjahr zu Ende und Hannß kam nach bestandener Gesellenprüfung wieder nach Hause. Er

---
[47] ca. 55 Meter

erfuhr, dass am nächsten Morgen zum ersten Mal eine Fronleichnamsprozession stattfinden wird. Der Pfarrer hielt seine Monstranz mit dem Allerheiligsten in seinen Händen und ging unter dem hellen, bestickten Baldachin, der von sechs würdigen Bürgern getragen wurde, hinter dem Kreuzträger und seinen Ministranten in den weiten Kutten her. Die gläubigen Bürger folgten ihm im schönsten Festtagsgewand. Nach dem Pfarrer gingen zuerst die Kommunionkinder, dann die ledigen Jungfern, die Männer und danach die verheirateten Frauen mit den Witwen. In der Mitte der Prozession ging die Musikkapelle. Der gesamte Ort war festlich geschmückt. Die Straßen waren mit frischen Birkenästen und die Häuser mit Fahnen und Fliederbüschen verziert. Es war ein sehr feierlicher, kirchlicher Feiertag. Am Schluss, als die Prozession wieder vor der Kirche angekommen war, wurde vom Pfarrer der Schlusssegen gespendet und alle miteinander stimmten in das Lied „Großer Gott wir loben dich" ein. Manch einer war zu Tränen gerührt. Welch Freude und Hoffnung in diesem Lied doch zu spüren waren. Dies alles war so feierlich, dass die Bürger für die weitere Zukunft diese Fronleichnamsprozession beibehalten wollten. Danach lud der Herr Pfarrer seine Pfarrgemeinde auf ein Getränk ein. Hannß freute sich, gleich am ersten Tag seiner Ankunft so ein Freudenfest miterleben zu dürfen und auch seine Freunde wiederzusehen. Er berichtete, was er alles in seiner Lehrzeit gelernt hatte. Er brachte seiner Familie und auch anderen Interessierten bei, wie die Bearbeitung von Flachs vom Anbau bis hin zum Spinnen und Weben funktionierte. Selbst seinem Vater, dem Sepp, hat er das Spinnen und Weben noch beigebracht. Sepp war inzwischen schon betagt und trotzdem war er froh, seiner Familie noch behilflich zu sein. Die Landwirtschaft und das Schuhmacherhandwerk fielen ihm inzwischen immer schwerer. So kam es immer häufiger vor, dass sich der Vater um den Flachs kümmerte und sein Sohn um die Landwirtschaft. Außerdem erlernte Hannß das Schuhmacherhandwerk. Mit der Zeit bemerkte Hannß, dass das Weberhandwerk nicht seine Bestimmung war. Mit Leder und Nägeln umzugehen, war eher etwas für ihn. Seine Schwestern

Maria, Anna, Barbara und Magdalena stellten sich beim Weben geschickter an und ihnen machte es auch bedeutend mehr Spaß als ihm selbst.

Später half Hannß nur noch beim Spinnen und Haspeln, beim Garntrocknen, Spulen und beim Vertreiben der Ware. Er eröffnete eine Sammelstelle, damit seine Freunde im Dorf das von ihnen selbst gewobene Leinen bei ihm abgeben konnten, das dann zusammen mit dem Leinen, welches von seiner Familie hergestellt wurde, mit einem großen Pferdefuhrwerk zur Leinenschau nach Immenstadt gebracht werden konnte. Der reichsgräfliche Ort Immenstadt war der Platz, an dem das gesamte Leinen im Allgäu zusammenfloss. Von November bis Juli konnte er jeden Montag die gewobenen aber noch ungebleichten Stoffe zur Leinenschau bringen. Die Ware wurde geprüft, beschaut und je nach Qualität zum Bedrucken eingestuft. Die Güte der Ware entschied über den Preis. Die Einnahmen im Dorf wurden dadurch deutlich aufgebessert. Sepp war stolz auf seinen Sohn, und Hannß wiederum war seinem Lehrmeister, dem Martin in Stein, von dem er so vieles gelernt hatte, dankbar. Wenn er in Immenstadt war und es ihm seine Zeit erlaubte, schaute er auf einen kurzen Abstecher bei seinem ehemaligen Lehrmeister und dessen Familie in Stein vorbei. Dieses Mal kam Martin aus dem Haus in den Hof gelaufen, als er Hannß kommen sah, und rief ihm besorgt entgegen. „Was ist denn mit dir geschehen? Dein Gesicht ist ja ganz dick und geschwollen?" Hannß antwortete: „Es war schlimm, ich hatte seit mehreren Wochen fürchterliche Schmerzen, die ich kaum mehr ertragen konnte. Selbst in der Nacht klopfte mein ganzer Kopf. Ich rieb mein Zahnfleisch mehrmals mit Nelkenöl ein, aber nichts hat mir gegen die Schmerzen geholfen. Gestern ging ich dann doch endlich zum Zahnarzt und er hat mir mit seiner Beißzange einen Stockzahn gezogen. Dieser war total vereitert. Nun sind meine Schmerzen fast vorbei und ich hoffe, die Schwellung wird auch noch zurückgehen."

1793 kam der Fürst von Dillingen, Bischof von Augsburg und Kurfürst von Trier, Clemens Wenzeslaus, nach Oberstdorf. Einige junge Männer aus dem Ort hatten ihm zu Ehren den Totentanz von den „Zwölf wilden Mannen" aufgeführt. Im Dorf nannten sie es den Wilde-Männle-Tanz. Für Hannß war es eine ganz besondere Ehre, da er als Jüngster auch schon bei den Wilden Männle mittanzen durfte. Die meisten der Burschen waren im Alter zwischen 20 und 30 Jahren. Es waren außer ihm auch noch Übelhör Wolfgang, Berchtold Georg, Kennerknecht Josephus, Seelos Johannes, Hindelang Ignaz, Berchtold Thaddäus, Kappeler Joseph, Thannheimer Sepp, Brutscher Martin, Huber Eustach und Math Michael dabei.

Der Bote Kling Johann wird ermordet
Kling Johann, ein Bote, der meist von Sonthofen nach Hindelang und manchmal auch nach Oberstdorf herauf kam und hier im Ort als nüchterner, bescheidener und ehrlicher Bote bekannt war, ist 1794 hinter Binswang zwischen Hindelang und Sonthofen ermordet worden. Die Menschen in der Gemeinde waren wegen der Geschichte durchweg aufgeregt und empört. Heute Morgen kam ein anderer Bote zu Hannß nach Oberstdorf. „Wenn ich Euch sehe, muss ich annehmen, dass an dem Gerücht über den Boten Kling etwas Wahres ist. Ansonsten wäre doch Johann heute zu uns heraufgekommen?"
„Ihr habt recht. Es ist kein Gerücht. Der Kling hätte am späten Nachmittag wieder in Sonthofen zurück sein sollen. Nachdem er am Abend und auch am nächsten Tag nicht nach Hause kam, schickte seine besorgte Gattin bei Tagesanbruch seinen Vetter Martin auf die Suche nach ihm. In der Nähe einer Brücke sah er Spuren von vergossenem Blut. Auch auf der Landstraße und auf den Viehweiden bis hin zur vorbeifließenden Ostrach fand er Blutspuren. Martin ging der Blutspur nach und fand die Leiche nahe am Ufer liegen, erstarrt und in grausamer Weise umgebracht. Johann hatte

18 Stiche in Leib und Kopf. Sein Körper war durch die Schläge des Mörders so entstellt, dass ihn sogar sein Vetter, der den Toten aus dem kleinen Bach geborgen hat, nur an seiner Bekleidung erkannte. Am Tatort fand man noch einen blutbefleckten Stock und einen silbernen Schlagring. Der Mörder hatte dem Boten die anvertraute Geldsendung von 348 Gulden geraubt.
Als Martin bei seinem toten Verwandten stand, kam ein Bauer mit seinem Fuhrwerk, das mit Salz beladen war, vorbei. Die beiden luden sogleich den Ermordeten auf den Wagen.
Johann Kling hinterlässt eine Frau und zwei Kinder. Der Mordverdacht war auf den Franz Antoni Geissler, einen 27-jährigen Sonthofener, gefallen. Dieser hatte sich schon vor drei Jahren an amtlichen Geldern vergriffen. Er war mittellos und bei der Bevölkerung unbeliebt. Dieser Diebstahl wurde aus Mitleid zu seiner Frau und seinen sechs unmündigen Stiefkindern niedergelegt. Durch seine unstillbare Leidenschaft, dem Würfelspiel, war er hoch verschuldet."
Wochen vergingen und der neue Postbote kam zum zweiten Mal bei Hannß vorbei und erzählte erneut: „Acht Tage nach der Ermordung von Johann wurde der frühere Gerichtsdiener und Mörder Geissler in Sonthofen eingesperrt. Nach Verkündigung des Urteils, das Geissler mit zittrigen Händen unterschrieb, hatte er noch drei Tage Zeit zur Buße und Reue. In dieser Zeit schrieb er ein Gedicht mit zwölf Strophen, in denen es unter anderem hieß:

,Adieu Sonthofen, ich muss scheiden;
O wie schreckt mich dieses Wort.
Gib mir Stärke, dass mein Leiden Gott gefalle immerfort.
Habt Mitleid mit mir Armen, betet für mich aus Erbarmen.
Das Gebet gibt Kraft und Mut, dass ich den Tod vollende gut.
Oh, was für Tränen mir entfließen, über meine schwere Tat.
Um doch endlich abzubüßen und Gott um seine Gnade bitte.'

Franz Antoni Geissler musste nach den drei Tagen zu Fuß die 1 ½ Stunden vom Sonthofer Rathaus bis zur Hinrichtungsstätte gehen. Der Tross wurde begleitet von 36 Angehörigen der Landmiliz-

kompanie von Sonthofen. Auf dem Weg dorthin soll Geißler dreimal aus Angst und Schwäche zu Boden gefallen sein. Hintendrein folgte eine von überall her zusammengeströmte Menschenmenge. Es sollen mehrere Hundert Personen gewesen sein. Der Pfarrer nahm ihm an der Hinrichtungsstätte nochmals die Beichte ab. Man schnitt ihm seine Haare kurz und verband ihm seine Augen. Vom Scharfrichter wurde dann die Enthauptung mit solcher Geschicklichkeit vollzogen, dass der Kopf durch einen fertigen und glücklichen Streich vom Körper getrennt wurde und dem Geißler selbst zwischen die Füße fiel. Nun wurde der Rumpf des Hingerichteten an Ort und Stelle verscharrt. Der Kopf soll auf einen 18 Schuh[48] langen Spieß neben dem Galgen als abschreckendes Beispiel aufgesteckt worden sein. Schon bald nach dieser Hinrichtung baten einige Einwohner, vor allem die im nahe gelegenen Hüttenwerk beschäftigten Arbeiter, die den Anblick des auf der Stange aufgesteckten Schädels nur schaudernd ertragen konnten, diesen wieder abzuhängen. Nach 14 Tagen konnten sie den Kopf abnehmen, da die Regierung in Dillingen dieser Bitte nachkam, und ihn bei den übrigen Gebeinen des enthaupteten Verbrechers begraben."
Hannß fragte schaudernd den Boten: „Wisst ihr, ob der Verwandte, der Martin, der den ermordeten Johann gefunden hat, aus Stein war?"
„Ja, es war Martin aus Stein, Kling Conrads Bue."
„Dies will ich gleich meinem Vater erzählen, denn wir kennen den Martin und auch seine Frau, die Anastasia, recht gut. Vielleicht können wir ihnen behilflich sein."

Sepp ging zusammen mit seinem Sohn Hannß nach Stein, um den Klings ihre Hilfe anzubieten. Dort trafen sie Anastasia. Sie erzählte: „Martin hat, seit er seinen Onkel gefunden hat, des Nachts manchmal Albträume. Es ist ja jetzt schon mehr als sechs Monate her, aber es muss wohl ein fürchterlicher Anblick gewesen sein, als er den Leichnam so schändlich zugerichtet aufgefunden hat. Ich denke, mit der Zeit wird er es überwinden. Die Kinder, die der Ermordete zurücklassen musste, sind erst drei und vier Jahre alt. Wir geben

---

[48] 5,2 Meter

ihnen, wenn möglich, etwas von unserem Essen ab. Seine Witwe hat vor, in nächster Zeit wieder zu heiraten. Das wäre für die Kinder und sie selbst das Beste."
Martin kam zur Tür herein und freute sich aufrichtig über den Besuch aus Oberstdorf. Er sagte: „Es geht mir gut. Ich habe den Schreck von damals recht gut überwunden. Tragisch ist es schon, dass der Johann so furchtbar zugerichtet wurde. Ich frage mich, wie ein Mensch nur so grausam sein kann und so etwas fertig bringt."
Martin erzählte sehr aufgewühlt und voller Emotionen, wie er damals Johann gesucht und dann auch gefunden hat. Plötzlich wechselte er abrupt das Thema und sprach weiter: „Unser gemeinsamer Freund, der Seppl Buhl aus Reichenbach, hat mir erzählt, dass seine Mutter kurz vor ihrem Tod der Pfarrei Grund und Boden gestiftet hatte. Diese baute auf dem Grundstück der Buhls in Schöllang einen Pfarrhof mit Garten, das Haus Nr. 25. Seitdem hat auch Schöllang einen eigenen Kaplan." Verwundert fragte Sepp: „Wieso hat seine Mutter das Grundstück der Pfarrei geschenkt?"
Martin zog seine Schultern nach oben: „Keine Ahnung, selbst ihr Sohn, der Seppl, wusste es auch nicht genau. Er vermutete, dass es mit seinem Bruder, dem Michl, zusammenhing. Er war mit zehn Jahren im Gaisalpbach ertrunken. Seine Mutter gab sich ihr Leben lang für den Tod ihres Buben die Schuld, nur weil sie an diesem Tag nicht daheim, sondern mit ihrem Mann auf dem Feld bei der Arbeit war. Sie ging immer wieder zum Pfarrer, um mit ihm darüber zu reden. Das Grundstück hat sie wahrscheinlich zur Vergebung ihrer Schuld als Ablass gestiftet. Oder, wie Seppl selbst meint, seine Mutter sei öfter schwanger gewesen und es könnte sein, dass sie die Kinder verloren hat, noch bevor diese getauft werden konnten."
Hannß, der Jüngere, mischte sich ein: „Ja, die Pfarrer bekommen schon einiges durch die Angst, die sie verbreiten, indem sie den armen, ängstlichen Menschen Hoffnung machen, nach ihrem Tod durch Ablass ins Himmelreich zu kommen."
Sein Vater sprach weiter: „Neulich hat der Blitz in Oberstdorf in unseren Kirchturm eingeschlagen und dadurch ist ein Feuer ausge-

brochen, so dass das Nachtwächterhäusle, das sich im Kirchturm befand, herunterfiel. Wir Bewohner hatten im Moment zu wenig Wasser zur Hand und haben das Feuer dann noch mit Milch gelöscht. Die Menschen fürchteten, es könnte wieder ein Zeichen Gottes sein."

Martin fragte seine beiden Gäste und vor allem sich selbst: „Warum haben wir denn immer Angst vor dem strafenden Gott? Wenn es Gott wirklich gibt, was wir nicht sicher wissen, aber glauben können, dann wird er doch ein gütiger Mann sein."

In diesem Augenblick kam Anastasia zur Tür herein und hatte gerade noch genug gehört, worüber sie vollkommen empört war: „Redet nicht so daher, ihr versündigt euch! Wenn Gott euch so hören kann, dann ...! Natürlich gibt es ihn."

„Siehst du. Das habe ich gemeint", entgegnete Sepp und lächelte dabei verschmitzt.

Krieg
1792 erklärte der französische König dem kaiserlichen Österreich den Krieg. Am 24. August 1796 kamen französische Truppen nach Immenstadt. Sie stürmten und plünderten die Stadt samt Umgebung aus. Es gab ein heißes Gefecht zwischen ihnen und den kaiserlichen Soldaten. Den ganzen Tag über schossen die französischen und die österreichischen Soldaten wie verrückt umher. Die Bewohner hatten furchtbare Angst und Anastasias Onkel, der Michael, meinte sogar: „Die benehmen sich, als ob sie die ganze Grafschaft zusammenschießen wollten."

Auch in Stein im Haus von Martin waren die Franzosen eingebrochen, als Anastasia alleine mit ihren beiden Buben, dem Joseph und dem Joan Michael, war. Die ungesitteten Soldaten hatten ihnen vieles aus dem Haus gestohlen. Als sie Anastasia und die beiden Buben im Keller entdeckten, hatten sie ihnen ihre Kleider und ihre Schuhe vom Körper gerissen und selbst diese mitgenommen. In dem Moment war Anastasia froh, dass sie keine Tochter hatte.

Wer weiß, was diese Bestien mit einem jungen Mädchen angestellt hätten. Außerdem war sie froh, dass ihr und den Buben nichts Derartiges widerfahren war.

Martin hingegen war zu diesem Zeitpunkt mit anderen Dorfbewohnern unterwegs, um zu ihrem Schutz Schanzen zu errichten. Als Martin abends wieder heimkehrte, bat Anastasia ihn: „Bitte bringe uns nach Gerstruben. Wenn du auch noch ausrücken und in den Krieg ziehen musst, dann bin ich mit den Buben ganz alleine. Heute hatten wir drei Glück! Aber wer weiß, wann die Barbaren wieder kommen. Martin, ich habe Angst, dass sie uns dann etwas antun werden." Ihm war unwohl bei diesem Gedanken und er überlegte kurz, sagte schließlich: „Glaub mir, es wäre viel zu gefährlich, jetzt zu fliehen. Denk nur, wenn sie uns auf offener Straße stellen, was uns dann blüht. Im Moment können wir nicht fort. Ich verspreche dir, wenn es wieder ruhiger wird, werde ich euch in Sicherheit bringen."

Zu diesem Zeitpunkt war es in Oberstdorf noch ruhig, aber Bärbel hatte von einem Späher erfahren, dass die Franzosen anrücken, weshalb sie mit ihren Kindern zu ihrem Bruder Hannes heim nach Gerstruben floh, um sich dort zu verstecken. Den Männern war es nicht erlaubt, mit den Frauen den Ort zu verlassen. Diese mussten ebenfalls rund um den Ort Schanzen bauen und die Stellung halten. Schon am nächsten Tag kamen tatsächlich französische Truppen nach Oberstdorf und plünderten ebenfalls alles, was sie finden konnten. Sie rissen aus den Truhen und Schränken, was ihnen brauchbar und wertvoll erschien; Stoffe, Geschirr und alle Vorräte nahmen sie mit. Wenn sie Frauen oder Mädchen entdeckten, zerrten sie diese mit sich in den Hof hinaus. Die Frauen klagten und flehten um Erbarmen und baten, ihnen nichts anzutun. Doch die Soldaten lachten nur und missbrauchten sie auf die übelste Weise. Beim Büchsenmacher soll sich die Tochter mit einem scharfen Messer gegen den Franzosen gewehrt haben, so dass sie diesen am Oberschenkel verletzte. Er schlug dem Mädchen mitten ins Gesicht, bis sie blutete. Sie funkelte ihn mutig mit hasserfüllten Augen an.

Wegen seiner Verletzung soll er so eine Wut auf die Familie gehabt haben, dass er ihnen den Stall mitsamt Haus niederbrannte.
Sie stahlen den Bauern und Wirten ihren Wein, Bier, Brot, Branntwein, Schnaps, Fleisch, Stoffe, Wäsche, Schuhe, Strümpfe, Geld und Uhren. Eben alles, was sie kriegen konnten.
Weinfässer, welche sie nicht mehr leeren konnten, ließen sie einfach auf den Gassen auslaufen. Die Franzosen waren allesamt meist sehr betrunken, weswegen die Bevölkerung des ganzen Allgäus während ihres Aufenthaltes sehr gelitten hat. Als dann die kaiserlichen Husaren kamen, war es nicht besser. Für die Bevölkerung war es gleich, ob sie vom Feind, den Franzosen, oder vom Freund, den kaiserlichen Truppen, heimgesucht wurde. Beide haben hier furchtbar gehaust und vieles gestohlen oder in übelster Weise zerstört.
Die Bauern mussten ihnen alles geben, wonach sie verlangten.
Auf dem Joch bei Hindelang hatten die Soldaten ein furchtbares Scharmützel. Es sind im Kampf viele Franzosen gefallen. Unter den Toten sollen selbst weibliche Soldaten gewesen sein.
Danach waren die französischen Truppen in Oberstdorf, Immenstadt, Blaichach, Seifriedsberg, Fischen, Tiefenbach, Rettenberg und Hindelang die Machthaber. Aus diesem Grund wurde der Viehmarkt in Sonthofen in diesem Jahr abgesagt. In Immenstadt hatten die französischen Soldaten ein Kruzifix und ein Muttergottesbild zerschlagen und daraus Feuer gemacht, damit sie ihren Kaffee kochen konnten. Als Martin und Anastasia davon erfuhren, waren sie fassungslos: „Was sind das nur für ungläubige Bestien, die selbst dem Herrgott so etwas Grauenvolles antun?"
Drei Tage später kamen 4000 Soldaten der kaiserlichen Truppen nach Immenstadt, um die Franzosen zu vertreiben. Diese nahmen die Bauern, die ein Fuhrwerk besaßen, als Gefangene mit sich.
Maria Fischer aus Immenstadt konnte sehen, wie auch Martin aus Stein gefangen genommen wurde, und erzählte dies Anastasia. Sie fing aus Verzweiflung bitterlich zu weinen an und trocknete sich mit ihrer Schürze die Tränen von den Wangen ab. Die Fischerin war ebenfalls verstört, da auch ihr Mann mit fortgeschleift wurde.

Beide waren ratlos, denn sie wussten nicht, was auf ihre Männer zukommen würde, und hatten Angst, dass sie vielleicht nie wieder heimkehrten. Zu jener Zeit kamen immer wieder Mitteilungen, dass so mancher Mann oder Sohn im Krieg getötet wurde.
Nach ein paar Tagen konnten Martin, der Fischer und ein paar Freunde in Stockach zu Fuß fliehen. Sie mussten zwar ihre kostbaren Pferde und die Wagen zurücklassen, waren aber froh, selbst mit dem Leben davongekommen zu sein. Ein paar Fuhrleute, Nachbarn von Martin, die Munition und Pulver mit ihren Wagen transportieren mussten, wurden stark bewacht und konnten nicht fliehen. Sie hatten Pech und kehrten nie wieder heim. Durch den Krieg kamen große Kosten auf das ganze Land zu. Auf dem Heimweg von Stockach nach Stein wurde Martin Augenzeuge, wie ein französischer Kommandant von einem kleinen Tiroler Buben erschossen wurde. Es war eine schlimme Zeit. Als Martin wieder heimgekehrt ist, war Anastasia glücklich darüber. In der Nacht kroch Martin zu seiner Frau unter die Decke und flüsterte ihr ins Ohr: „Ich bin so froh, dass ich dich wieder unversehrt in meine Arme schließen kann." Danach liebten sie sich und konnten für ein paar Stunden alles Leid um sie herum vergessen.
In dieser Zeit brannte in Oberstdorf das Haus Nr. 221 von Josef Schädler, einem Cousin von Bärbel, die vor zehn Jahren so früh im Kindsbett verstorben war, ab. Er hatte trotz des Unglücks noch ein wenig Glück. Von der Stube, dem Stall und von zwei Kammern waren noch Wände stehen geblieben. Sepp half zusammen mit seinen Buben, dem Ignatius und dem Hannß, dem Verwandten beim Wiederaufbau des Hauses.

Bald darauf kamen wieder kaiserliche Soldaten mit 12000 Reitern und 8000 Mann zu Fuß nach Kempten. Sie trieben die Franzosen und die Bürger, die französisch gesinnt waren, aus der Stadt. Hernach war in Tirol und auch im Allgäu eine fürchterliche Viehkrankheit ausgebrochen. Sehr viele Tiere kamen dabei um. Das gesunde Vieh kostete in dieser Zeit sehr viel Geld. In Sonthofen

wurde der Viehmarkt trotz der sich ausbreitenden Krankheit abgehalten. Oberstdorf hatte noch keinen einzigen Krankheitsfall zu beklagen und deshalb erließen sie hier ein Verbot: „Wer sein Vieh nach Sonthofen zum Markt bringt, soll bestraft werden."
Die Sonthofener behaupteten, dass kein Tier deswegen gestorben sei und sagten: „Wir lassen uns den Markt von euch Oberstdorfern nicht sperren." Einige Walser trieben aus lauter Geldgier trotz des Verbotes der Oberstdorfer einige Tiere durch ihren Markt. Das Vieh, das sie nicht verkaufen konnten, trieben sie dann auf dem Heimweg ins Walsertal wieder durch Oberstdorf. Daraufhin kam die Seuche auch in die südlichste Gemeinde. Auch Pferde und Fohlen waren zu dieser Zeit sehr teuer. Nur welsche Stiere, die aus Italien stammten, waren erschwinglich, alte Kühe wollte niemand kaufen. Es gab kaum mehr Futter für die Tiere, weil die Franzosen in der bischöflichen, gräflichen und auch der Kemptner Herrschaft fast alles Futter an ihre Pferde verfüttert hatten.
Der Pfarrer betete in der Sonntagsmesse zum Fürsprecher der Tiere, dem heiligen Wendelin, und die Bewohner knieten sich dabei andächtig hin und flehten um seinen Beistand.

Der Landesfürst besucht Oberstdorf

1774 hatte Johann Vogler von Gruben eine Bretterbude zur Bewirtung von Besuchern am Freibergsee gebaut. Es war ein Versuch, aber die Bewirtung stellte er bald wieder ein, da es zu wenig Bedarf gab.

19 Jahre später, an einem wunderschönen, sonnigen Septembertag, besuchte der Landesfürst nach längerer Zeit wieder einmal Oberstdorf. Die heimische Bevölkerung stand in voller Erwartung im besten Festtagsgewand in den engen Dorfgassen. Sepp und seine Familie banden wie die meisten Bewohner Kränze und Girlanden als Festschmuck an ihre Häuser. An diesem Tag wollte der Fürst auch den Freibergsee besuchen. Oben am See saß er unter dem

wunderbaren Laubdach eines schönen Ahornbaumes und speiste genüsslich, während die Bevölkerung sich durch ländliche Spiele, Gesang und Jodeln vergnügte. Er lud die Leute dann zum Feiern ein, damit sie durch den Weinumtrunk noch fröhlicher wurden. Über den See kam ein Fischer mit seinem Kahn gerudert, um die Obrigkeit zu einer Fahrt einzuladen. Als sie mitten auf dem See waren, konnte der Landesfürst vom grünen Ufer her erstaunliche Gesänge hören. Er war gerührt und nannte es: „Die Stimmen sind vermischt mit dem Echo der Berge und erklingen wie Flöten so süß, man könnte meinen, es sängen die Engel im Paradies." In Wirklichkeit war dies der geladene Oberstdorfer Kirchenchor, unter der Leitung des Hofmusikers Seitz. Es war ein ganz besonders stiller und klarer Sommerabend. Im spiegelnden Wasser des Freibergsees konnte der Fürst vom Seeufer her den herrlichen Ausblick auf die steilen Wände des Himmelsschrofens, nach Süden hinein die hohen Hänge des Einödsberges und die grauen Spitzen der Mädelegabel-Gruppe sehen. Dieses wunderbare Bergpanorama hatte einen unvergessenen Reiz auf den Landesfürsten ausgeübt. Als er sich wieder von den Einheimischen verabschiedete, war er sehr zufrieden mit dem, was er gesehen hatte, denn er mochte auch die Menschen selbst, die hier im Dorf lebten. Dafür bekamen die Oberstdorfer zum Abschied ein großzügiges Geschenk von ihrem Landesfürsten. Er überreichte ihnen einige Dukaten.

Seit Jahrhunderten führt ein Grenzübergang über Biberalp und Haldenwang ins Lechtal über einen 1800 Meter hohen Pass. Dieser war eine Lebensader für die Bevölkerung im Tannberg. Auf die Anregung des Pfarrers von Warth wurde 1794 durch die Felswand ein neuer Weg gebaut und von den Tannbergern eigenständig bezahlt. Für sie war es eine wichtige Verbindung übers Gebirge und stellte eine wesentliche Verbesserung und Verkürzung der Wegstrecke von Oberstdorf nach Warth dar. Als der Bau fertig war, wurden jährlich große Viehherden von 800 bis 1000 Ochsen über den neuen Schrofenpass ins Welschland nach Italien getrieben.

Bald nachdem das neue Jahrhundert angebrochen war, starb Sepp Hindelang im Alter von 68 Jahren nach einer Lungenentzündung. Ignatius, sein Erstgeborener, erbte den Hof seines Vaters. Hannß dagegen machte sich ernsthaft Gedanken, ob er sich den rebellierenden Tirolern und Vorarlbergern zusammen mit den drei Oberstdorfer Kompanien anschließen und gegen die Franzosen und die Bayern in den Kampf ziehen sollte. Die Alternative dazu wäre, sich jetzt nach Vaters Tod, mit seinen 23 Jahren ein eigenes Haus zu bauen und eine eigene Familie zu gründen. Geld war nicht sein größtes Problem, denn er hatte durch die Weberei etwas dazuverdienen und vor den Franzosen in Sicherheit bringen können. Er hätte auch genug Freunde, denen er häufig einen Gefallen getan hatte, indem er ihnen den Leinenstoff zur Leinenschau nach Immenstadt transportierte. Diese würden ihm bestimmt beim Bau seines Hauses behilflich sein. Aber um eine Frau hatte er sich bisher nie Gedanken gemacht, geschweige, sich nach einer umgesehen. Er sprach mit seinem Bruder über seine Gedanken.

Ignatius bat ihn: „Hannß, bitte bleib bei uns und zieh nicht in diesen unsinnigen Krieg. Dein Leben ist doch mehr wert, als was du für den Kampf bekommen würdest. Ich brauche dich doch dringend auf dem Feld und für den Flachs. Die Hausfrauen aus dem Ort wollen doch weiterhin das Leinen bei dir abgeben, damit du es nach Immenstadt bringst. Es wäre für viele furchtbar, wenn du diese Fahrten nicht mehr machen würdest. Auch deine Schuhmacherwerkstatt läuft gut wie nie zuvor." Hannß war dankbar für seine ehrlichen Worte.

„Ja, großer Bruder, du hast recht. Aber wenn ich hierbleibe und dir bei deiner Arbeit helfe, dann hoffe ich, dass du mir bei meinem Traum, ein eigenes Haus zu bauen, hilfst."

„Das will ich dir gerne versprechen. Zimmermannsarbeit und Hausbau sind nicht deine Stärken. Da kenne ich mich sowieso besser aus als du."

Darüber waren sich die beiden Brüder einig und Hannß zog nicht in den Krieg, er blieb daheim.

Ein paar Wochen später kam eine Nachricht von den Oberstdorfer Kompanien. Der Aufstand brach zusammen. Im Oberallgäu herrschte geradezu eine Friedenssehnsucht. Nacheinander zogen sich die Süddeutschen mehr und mehr aus der Kampffront zurück und beschlossen den Waffenstillstand. Für die kaiserlichen Truppen gab es in der Gegend kein Halten mehr und auch ihr Rückzug begann. Um ihren Feinden, den Franzosen, möglichst wenig Kriegsmittel zu überlassen, ließen die Kaiserlichen hier in der Gegend und in Kempten die Zeughäuser von den kostbaren Heeresgütern räumen und transportierten es in vollbeladenen, ratternden Wagen auf der Hochstraße in Richtung Hindelang ab. Auch Oberstdorfer Fuhrleute, wie Hannß, mussten ihnen dabei ihr Fuhrwerk zur Verfügung stellen. Einige der Wagen, und auch der von Hannß, waren zu schwer beladen. Die kaiserlichen Soldaten hatten Druck, da die Feinde immer näher rückten. So erleichterten sie die Fuhrwerke und warfen schwere eiserne Kanonenkugeln in die Iller.

Beim Friedensschluss war das Land wirtschaftlich vollständig ausgeblutet. Rohstoffe und Bargeld waren mehr als knapp. Nichts als gewaltige Steuerlasten blieben fürs Volk zurück. Die Oberstdorfer mussten wieder zu Geld kommen. Den damaligen Fuhrleuten kam die Idee, das Eisen aus der Iller zu bergen.

Hannß dachte: „Es war gut, dass ich nicht in den Krieg gezogen bin. War es ein Erfolg? Ich denke eher nicht."

Am 15. Juli 1800 wurde Waffenstillstand geschlossen. Einige umliegende Ortschaften und auch Hindelang machten aus Dankbarkeit einen Wallfahrtsgang nach Maria Loretto bei Oberstdorf.

1882 Genovefa und Anna
Während des Lesens kam Ulrich zur Tür herein und fragte seine Frau: „Was gibt es denn heute zu essen?" Anna hielt vor Schreck eine Hand vor ihren Mund, sah dabei die tickende Wanduhr, die zwischen den beiden Fenstern hing, an und entschuldigte sich: „Ulrich, es tut mir leid, wir haben die Zeit total vergessen."

Ulrich schmunzelte und sagte: „Ist schon recht, Anna. Aber jetzt wäre es schön, wenn ihr etwas kochen würdet, denn ich habe einen Bärenhunger." Genovefa ging sofort in die Küche und machte Feuer im Herd, damit sie die Milch erwärmen konnte. Inzwischen rührte sie in einem Topf etwas Milch und Mehl zusammen. Sie gab Butter in die Pfanne und goss diese mit dem Angerührten auf. Anna fragte interessiert: „Was kochst du da?"

„Heute gibt es etwas ganz Schnelles: ein Mehlmus mit Kirschen. Anna, du könntest inzwischen die Kirschen waschen und entkernen." Otto kam auch 15 Minuten später, genau in dem Moment, als das Essen fertig war und Genovefa die Pfanne auf den Tisch abstellte, von der Arbeit heim. Nun ließ sie noch die fertigen Kirschen in das weiße Mus gleiten und rührte vorsichtig um. Anna streute zum Schluss noch etwas Zucker darüber. Als Ulrich, Genovefa, Otto und Anna am Tisch beieinandersaßen, sprach Ulrich, bevor sie aßen, ein Tischgebet. Danach löffelte Anna das weiße Mehlmus, das ihr sehr gut zu schmecken schien. Plötzlich legte sie ihren Löffel weg und fragte nachdenklich: „Die Bärbel Berchtold hat den Sepp Hindelang geheiratet. Also haben sie den Nachnamen gewechselt. Vergangenen August ist doch der ledige Bauer von Gerstruben, der Viktorianus Hindelang, beim Edelweißpflücken an der Höfats abgestürzt. War er auch ein Verwandter von ihnen und dann natürlich auch von uns?"

„Ja, Viktorianus war auch ein Nachkomme von Hannß und seiner Familie und somit war er auch mit uns fruind[49]."

Anna war verwundert: „Sind denn alle hier miteinander verwandt?"

Genovefa lächelte die wissbegierige Anna an: „Die meisten schon. Da hast du recht."

Ulrich hatte nicht genau zugehört und erzählte etwas völlig anderes: „Der Pfarrer von Riezlern will mir seine Kirchenorgel im Tausch gegen ein Kalb geben. Otto, da habe ich an dich gedacht. Du wolltest doch immer Orgel spielen lernen? Wenn du es noch willst, dann machen wir das Tauschgeschäft."

Otto war begeistert und seine Augen leuchteten vor Freude: „Würdest du das für mich tun und ein Kalb dafür hergeben? Natürlich würde ich

---

[49] verwandt

mich darüber freuen." Mutter fand dieses Tauschgeschäft auch gut und sah glücklich zu ihrem Mann hinüber.

Ulrich war zufrieden: „Gut, dann sind wir uns einig. Wir nehmen die Orgel. Ich werde dem Pfarrer gleich morgen Bescheid geben."

Nach dem Viehscheid, als das Kalb gut genährt und kräftig wieder vom Berg zurück war, fuhren Ulrich und Otto zusammen mit einem Viehanhänger ins Walsertal, um das Kalb dem Pfarrer zu bringen. Dafür nahmen sie gleich die hölzerne, bunt bemalte Kirchenorgel mit heim. Ottos Augen strahlten, als er sich an die Orgel setzte und drauf spielte. Er stellte fest, dass zwei Orgelpfeifen kaputt waren. Diese ließ er sich vom Schreinermeister Huber reparieren. „Vater, ich werde Orgelunterricht beim Kirchenorganisten nehmen. Seinen Lohn bezahle ich von meinem Geld." Damit waren Ulrich und Genovefa einverstanden. Als die Orgel vollkommen überholt und repariert war, übte Otto viel und fleißig auf seinem Kircheninstrument, das sie in die gemütliche Stube daheim gestellt hatten. Schon nach kurzer Zeit machte er große Fortschritte. Durch seinen Musiklehrer kam Otto jetzt häufiger aus dem Haus. Er sollte am Samstagnachmittag in der Pfarrkirche für den Burschenverein ein paar Lieder spielen. Die Messe organisierte der heimische Pfarrer Heinle. Er hoffte, damit wieder mehr junge Menschen in die Kirche zu locken. Auch Feela wurden herzlich dazu eingeladen. Otto war vor dem Konzert sehr aufgeregt und hatte furchtbares Lampenfieber. Aber nach seinem Auftritt war er zufrieden und stolz auf sich. Nach der Messe traf er zufällig seine Großcousine Anna zusammen mit ihrer Freundin Mathilde. Anna war Otto gegenüber stets aufmerksam und behilflich, so als wäre er ihr drei Jahre jüngerer Bruder. In letzter Zeit nahm Otto häufiger seine Holzkrücke mit, weil er sich so beim Laufen leichter tat. Wenn Anna sah, dass ihm etwas schwerfiel, ging sie ihm ohne viele Worte selbstverständlich zur Seite. Zu viel Bemutterung konnte Otto nicht ausstehen, das wusste sie durch die Besuche bei ihm daheim. Anna fragte ihn: „Gehst du auch noch mit in den Pfarrgarten zum Feiern?"

Otto erwiderte froh gelaunt: „Ja, natürlich komme ich mit."

Der Pfarrer hielt eine kurze Ansprache: „Meine liebe Pfarrjugend, ich will euch kurz mitteilen, dass wir für unsere Pfarrgemeinde und vor allem für euch junge Menschen hier im Ort sehr vieles tun. Es werden auch in diesem Jahr wieder vier Märkte, und zwar der Agnesmarkt, der Johannismarkt, der Gallusmarkt und der Klausenmarkt, abgehalten." Einer der Burschen wollte vom Pfarrer wissen: „Hochwürden, was ist draußen bei der Lorettokapelle für eine Höhle gebaut worden?" Der Pfarrer antwortete besorgt: „Das ist keine Höhle, sondern vom Löwenwirt der Eis- und Bierkeller und womöglich eine Saufkneipe noch dazu. Das ist nichts für euch, meine lieben Buben. Ich verbiete euch, dort hinzugehen." Über seine Worte grinste das anwesende Jungvolk. Der Pfarrer bemerkte es und versuchte, sogleich vom Thema abzulenken, und erzählte stolz weiter: „An der Fronleichnamsprozession und an König Ludwigs Namenstag werden wir zusammen 42 Pfund Schwarzpulver verschießen. Ein Pfund kostet 60 Pfennig. Stellt euch vor, wie viel Geld das ist, das zu Ehren des himmlischen Vaters und des Königs in die Luft geschossen wird."

Als sie in dieser gemütlichen Runde so beieinandersaßen, ging der neue Bürgermeister, Franz Paul Brack, durch die Reihen und begrüßte seine Gemeindejugend. Er bat den Pfarrer Heinle, dass auch er ein paar Worte an seine Ortsjugend richten durfte: „Ich muss euch mitteilen, dass die Männer unter euch, die das 16. Lebensjahr vollendet haben, in den nächsten Tagen zur Musterung nach Sonthofen in den Gasthof Engel müssen, damit sie Rekruten werden. Der Karl Fischer von hier wurde zur Musterungskommission nach Sonthofen einberufen, was eine große Ehre für ihn bedeutet." Auf diese Worte hin wurde es unruhig unter dem Volk. Die jungen Männer waren ganz und gar nicht begeistert von dieser Mitteilung. Der Pfarrer spürte das Unbehagen der Jugend und lenkte von der Musterung ab, indem er den Bürgermeister Brack unterbrach: „Am Sonntag werde ich das Prinz-Luitpold-Haus einweihen. Wer Lust hat, kann gerne mit mir zusammen aufsteigen. Bald wird auch die Rappenseehütte ganz hinten, oben im Rappenalpertal gebaut. Kommt doch alle mit mir, es wäre doch schön, wenn ihr jungen Leute auch auf die Berge steigt." Der Bergführer Karl Brutscher sagte darauf etwas spöttisch: „Letztes Jahr hatten wir 2.353 Kurgäste hier im Ort. Dafür bekamen wir eine neue Bergführerverordnung. Diese besagt, dass wir, die Führer, bis zu 7 kg Gepäck dem Touristen kostenlos zu tragen haben. Bis 12 kg ist es dann Übergewicht. Dafür gibt es extra Geld für uns. Mehr Gepäck zu tragen, ist uns verboten worden. Wo geht es mit unserem Ort hin, wenn es immer wieder neue unsinnige Verordnungen gibt? Jeder soll doch tragen dürfen, was er will und kann."

Alle lachten darüber und der Huber spottete heiter dazwischen: „Ja, gerade ihr, die Bergführer, müsst jammern. Ihr habt eure Mulis und werdet vermutlich bald motorisiert sein, dann könnt ihr auch das Gepäck, egal wie schwer es ist, für eure Touristen hochfahren."

Otto ließ seinen Kopf hängen und wurde immer ruhiger, so dass es Anna auffiel. Daraufhin fragte sie: „Otto, was ist mit dir? Was hast du?"

„Nichts", erwiderte er knapp und war sichtlich erstaunt über ihre Frage. Dann sprach er doch weiter: „Auf eine Bergtour würde ich gerne mitkommen. Aber das kann ich wegen meinem blöden Knie nicht. Auf der anderen Seite muss ich zur Musterung. Aber ich weiß doch jetzt schon, die können mich sowieso nicht brauchen." Anna versuchte ihm gut zuzusprechen: „Das kann doch auch ein Vorteil für dich sein, falls es wieder zum Krieg kommt." Anna bemerkte, wie schwer es Otto fiel, mit seiner Behinderung umzugehen und er tat ihr in dem Moment furchtbar leid. Sie versuchte, ihn wieder etwas aufzuheitern: „Otto, ich würde am nächsten Samstag gerne in den Gasthof Mohren gehen. Der bisherige Besitzer Ernst hat die Gaststätte an eine Immobiliengesellschaft verkauft, deshalb veranstaltet er ein Abschiedsfest mit Musik. Papa würde es mir nie erlauben, alleine hinzugehen. Würdest du mich begleiten?" Otto war es zuerst nicht wohl, aber er wollte ihr diesen Wunsch erfüllen und sagte dann: „Ja, natürlich werde ich mitgehen. Aber abholen in Reichenbach kann ich dich nicht. Da musst schon du bei mir vorbeikommen und mich mitnehmen."

Am nächsten Morgen erfuhren die Einheimischen, dass nach dem Fest vom Burschenverein am 12. Oktober der 18-jährige Waffenschmied Martin Zobel vom Staiger erstochen worden war. Weshalb er ihn getötet hatte, war keinem bekannt. Fast alle aus dem Ort kannten und mochten den Buben. Deshalb waren die Bürger tief betroffen und konnten mit den Eltern mitfühlen. Trotz des Trauerfalles sollte das Mohrenfest stattfinden, und Otto konnte kaum erwarten, dass es Samstag wurde und er Anna wiedersehen würde. Aber schon drei Tage vor dem Treffen kam Anna bei Genovefa vorbei. An diesem Tag hatte Otto frei und er setzte sich zu den beiden Frauen mit an den Tisch.

Anna erzählte von ihrer verstorbenen Freundin Rosalia und deren Kind: „Ich gehe immer wieder zu Johann, dem Tiroler, um nachzusehen, wie es der Kleinen geht. Johann ist froh, wenn ich ihn entlaste, denn er hat jetzt eine Freundin. Er fragt dann häufig, ob ich ein paar Stunden bei seiner Kleinen, der Aloisia, bleiben würde und sie am Abend ins Bett bringen könnte, damit er sich ungestört mit seiner Liebschaft treffen kann. Die Kleine ist inzwischen schon fünf Jahre alt. Wenn sie mich sieht, rennt sie freudestrahlend mit ausgestreckten Armen auf mich zu und ruft: Anna, Anna bleibst du bei mir? Und wenn ich mich nach Stunden von ihr verabschiede, weint Aloisia bitterlich. Ich habe sie so sehr in mein Herz geschlossen und auch die Kleine hat mich gern. Am liebsten würde ich Johann fragen, ob ich sie ganz zu mir nehmen darf. Aber Papa schimpft mit mir und meint: So etwas geht nicht. Außerdem sei ich noch viel zu jung und selbst noch grün hinter den Ohren." Otto wunderte sich: „Was hat Anna nur für einen Narren an dem Kind gefressen? Ständig redet sie von der Kleinen."
Genovefa zeigte großes Mitgefühl: „Es ist wirklich tragisch, dass jetzt auch noch die Oma der Kleinen, die Kreszenz, gestorben ist. Das macht es für das Mädchen auch nicht leichter."
Als Anna am Abend wieder fort war, übte Otto an seiner Orgel und Genovefa saß daneben und stopfte Socken. Ulrich saß mit seiner rauchenden Pfeife da und sah den beiden eine Weile schweigend zu. Plötzlich fragte er: „Genovefa, heute war doch Anna da. Was gibt es Neues in Reichenbach?"
„Annas Vater, dem Michl, und ihrem Bruder geht es gut. Aber die arme Anna, sie sorgt sich sehr um Rosalias Kind. Sie hat mir heute erzählt, dass der Johann vorhat, wieder zu heiraten. Seine zukünftige Frau soll

Mina heißen. Die hat schon einen älteren Buben, den sie als Stiefbruder mit in die Ehe bringt. Nun soll die Kleine von einem Italiener und einer wildfremden Frau aufgezogen werden. Was hat das Kind nur verbrochen, dass Gott ihr so früh die Mama genommen hat? Anna und ich, wir machen uns Sorgen, wissen aber, dass wir im Grunde nichts dagegen tun können."

Ulrich nickte zustimmend und klopfte dabei seinen Tabak aus der Pfeife in den Aschenbecher und sprach zu Genovefa: „Ja, ich habe auch schon von seinen Heiratsplänen gehört. Wir können es ihm nicht verdenken. Er ist erst 30 Jahre alt und ein gesunder Mann. Er kann nicht in der Einsamkeit bleiben, nur weil seine Frau gestorben ist. Auch für das Kind ist es doch besser, wenn es ständig eine Mutter um sich hat."

„Ja, aber Anna hat den Verdacht, dass Mina bestimmt keine gute Mutter für Aloisia sein wird. Sie versucht ständig, mit Johann alleine zu sein. Eine gute Mutter würde sich freuen, wenn er das Kind mitbringen würde. Anna zerreißt es fast das Herz vor Kummer."

„Aber Genovefa, was regt ihr euch so auf? Es ist, wie es ist, und ihr verbraucht bloß eure Kraft für etwas, was euch nichts angeht und ihr sowieso nicht ändern könnt. Haben wir denn selbst nicht genug Probleme?"

Otto war mehr als verwundert. Wie konnte sein Vater nur so herzlos daherreden? Er hörte zu spielen auf und mischte sich ins Gespräch seiner Eltern ein. „Vater, die Anna ist so selbstlos und immer für andere Menschen da. Sie geht in die Fabrik und schuftet, um etwas Geld dazuzuverdienen, bis sie am Abend völlig erschöpft ist und dick geschwollene Füße und aufgerissene Hände hat. Sie führt dem Vater ohne Widerwort den Haushalt und kümmert sich um ihren jüngeren Bruder. Und jetzt macht sie sich Sorgen um ein kleines armes Kind. Warum sollen wir der Anna in ihrem großen Kummer nicht beistehen?"

Genovefa war erstaunt, wie sehr ihr inzwischen erwachsener Sohn, die Anna vor seinem Vater in Schutz nahm. Zum ersten Mal kam ihr der Gedanke: „Ich glaube, Otto hat die Anna gern."

Ulrich war sprachlos, dass sein Sohn mit ihm in so einem respektlosen Ton sprach. Daraufhin erwiderte er: „Wisst ihr was, ich gehe

jetzt lieber ins Bett, wenn ihr wollt, dann könnt ihr ja weiterreden."
Als die beiden alleine in der Stube zurückblieben, sagte Genovefa zu ihrem Sohn: „Otto, ich mag die Anna auch und würde ihr gerne helfen, sehe aber keinen Ausweg wegen Aloisia."
„Mutter, findest du nicht auch, die Anna ist zu bewundern. Sie ist trotz allem, was sie bedrückt, immer fröhlich und gut gelaunt." Otto konnte spüren, wie sehr er Anna mochte und wie gut sie auch ihm selbst tat, wenn er mit ihr zusammen war. Dieses bisher unbekannte Gefühl verschwieg er seiner Mutter und ging dann mit einem „Gute Nacht, schlaf wohl", ins Bett.

Am Samstag drauf kam Anna pünktlich wie besprochen um halb acht Uhr bei Otto daheim vorbei. Genovefa hörte das Klopfen und ging zur Tür, um zu öffnen. „Anna, was machst du denn so spät noch hier im Ort? Ist mit deinem Vater etwas passiert?"
„Nein Genovefa. Hat Otto dir nicht erzählt, dass er heute mit mir zum Mohrenwirt aufs Abschiedsfest geht?"
„Nein, davon hat er mir nichts gesagt."
Anna antwortete, als wäre es selbstverständlich: „Dann hat er es wohl vergessen. So wichtig ist es ja auch nicht."
Otto war beeindruckt, als er Anna in ihrem neuen, kornblauen Dirndl vor sich stehen sah. Er sagte auf dem Weg zum Mohren, als es seine Mutter nicht mehr hören konnte: „Anna, du siehst heute wunderschön aus."
„Otto, ich danke dir für dieses Kompliment." Dabei lächelte sie ihn ganz natürlich an. Als sie im Gasthof Mohren ankamen und die Tür zum Festsaal öffneten, spielte die Tanzmusik gerade den Schneewalzer. Otto war in dem Moment etwas betrübt und nachdenklich: „Ich weiß, die Anna würde gerne mit einem gesunden Mann tanzen, an dem sie sich festhalten und schwungvoll im Takt drehen könnte. Ich dagegen bin unsicher und wackelig auf meinem Bein und muss selbst beim Gehen aufpassen. Hoffentlich wird sie nicht ständig von anderen Männern zum Tanzen aufgefordert. Sonst sitze ich den ganzen Abend alleine am Tisch." Als die beiden in die Runde blickten, winkte

Mathilde, eine Freundin von Anna, und rief: „Kommt zu uns! Hier sind noch zwei Plätze für euch frei." Am Tisch saßen bereits Theresia, Paula, Annele, Martin und Josef Anton. Sie alle hatten Verständnis für Otto und immer, wenn einer von Annas Freunden sie zum Tanz auffordern wollte, fragte dieser zuerst Otto: „Ist es dir recht, wenn ich mit Anna tanze?" Otto schaute seine Begleiterin an: „Anna, willst du tanzen?"
„Ja, ich würde gerne tanzen, wenn es dir egal ist. Ich verspreche dir, ich komme gleich nach der Tanzrunde wieder zurück zu dir an den Tisch."
„Selbstverständlich, tanz wenigstens du. Es bringt uns beiden nichts, wenn auch du meinetwegen darauf verzichten würdest." Otto fiel es gar nicht so schwer, wie er befürchtet hatte und Anna kam immer wieder zurück und setzte sich dann neben ihn. Annas Freunde verabredeten sich für nächsten Sonntag zu einem Spaziergang. Paula fragte Otto: „Komm doch auch mit. Wir würden uns darüber freuen." Otto war wirklich dankbar für die Einladung und sagte: „Wenn ich Zeit habe, komme ich gerne mit euch." Er fand Annas Freunde sehr nett. Bisher war er es gewohnt, wegen seiner Behinderung ausgegrenzt zu sein. Bei Anna und ihren Bekannten hatte er das Gefühl: „Bei ihnen darf ich sein, wie ich bin und werde trotz meines kaputten Knies als gleichwertiger Mensch akzeptiert." Um zwölf Uhr verabschiedete sich Otto von ihnen und musste alleine heimgehen. Annas Vater hatte seiner Tochter erlaubt, eine Nacht bei Theresia zu übernachten. Zum Abschied sagte sie zu Otto: „Komm gut heim Otto und schlaf recht gut."
„Anna, kann ich dich bald wiedersehen?"
„Ich weiß noch nicht genau. Überlassen wir es dem Zufall."
Otto war enttäuscht über diese Antwort. Er konnte in dieser Nacht kaum ein Auge zutun. Er grübelte über die unerreichbare Anna nach und steigerte sich im Halbschlaf hinein: „Mir ist schon klar, Anna will mit mir nichts anfangen. Sie ist so nett. Warum soll sie ausgerechnet mit mir, einem, der ein verkrüppeltes Bein hat, zusammen sein? Sie will lieber einen gesunden Mann, mit dem sie alles, was ihr Herz begehrt, unternehmen kann. Sie war nur aus Mitleid so nett zu mir, und ich war so dumm und habe geglaubt, sie mag mich." In dieser Nacht

hatte er Albträume und steigerte sich in etwas hinein, was ihm am Abend zuvor ganz anders erschien. „Vielleicht wird sie meinetwegen von den anderen ausgelacht und schämt sich deswegen." Er wälzte sich im Bett hin und her, bis er schweißgebadet aufwachte und bemerkte, dass er schlecht geträumt hatte. Beim Morgenessen fragte seine Mutter: „Wie war es gestern Abend?"
„Gut. Anna hat nette Freunde. Sie nehmen mich sogar am Sonntag mit zu einem Spaziergang."
„Kommt die Anna dann auch mit?"
„Es wäre schön, aber sie weiß es noch nicht."
Genovefa wurde ganz ernst, sie trocknete ihre Hände an der Schürze ab und setzte sich neben ihren Sohn an den Küchentisch vor dem beheizten Kachelofen: „Otto ich weiß, dass du die Anna lieb hast."
„Woher willst du das denn wissen?"
„Eine Mutter spürt so etwas", sagte sie ganz ruhig zu ihm.
„Ich weiß es selbst nicht so genau. Ich hab sie halt gern."
„Hör zu, Otto. Die Anna mag ich auch. Sie wäre mir die liebste Schwiegertochter, die ich mir wünschen würde. Aber deine Großmutter Barbara und Annas Großmutter waren Geschwister, die Seelos Feela. Mach dir keine Hoffnung. Das will ich dir jetzt und heute sagen, bevor es zu spät ist. Ich glaube nicht, dass ihr beide zusammen sein dürft. Anna ist verwandt mit dir, sie ist deine Großcousine." Genovefa spürte, wie sehr ihr Sohn unter ihren Worten litt. Sie wollte ihm die Spannung etwas nehmen. Sie sah aber seinen Gesichtsausdruck, der dem eines geprügelten Hundes glich.
Otto sagte sich selbst: „Nach dieser schlimmen, unruhigen Nacht noch diese Botschaft." Irgendwie war ihm das Verwandtschaftsverhältnis schon klar, aber er hatte es wohl verdrängt. Mit einem kleinen Hoffnungsschimmer sagte er zu seiner Mutter: „Ich dachte, Großcousinen dürfen heiraten, nur Cousinen nicht."
„Ich weiß es nicht, aber wenn es dich wirklich interessiert, dann musst du den Pfarrer fragen. Er wird es dir beantworten können." „Ich kann doch nicht den Pfarrer fragen, nur weil ich sie nett finde. Es ist doch nichts zwischen uns. Ich denke, sie würde mich sowieso nicht wollen."

„Das ist auch gut so. Ich wollte es dir nur früh genug sagen, bevor es dann vielleicht einmal zu spät ist. Denn ein gebrochenes Herz kann einen Menschen krank machen."
Otto war seiner Mutter für dieses offene Gespräch dankbar und trotzdem wollte er hinaus in den Wald, um frische Luft zu schnappen und alleine zu sein. Seine düsteren Gedanken musste er vertreiben, denn sie lasteten wie schwere Steine auf ihm.

Als Anna am Morgen bei ihrer Freundin aufwachte, lächelte Theresia sie verschmitzt an: „Mir ist aufgefallen, wie du und der Otto euch immer wieder so tief in die Augen geschaut habt. Ich habe dann Otto beobachtet, als du mit meinem Martin getanzt hast. Er hat versucht, dich unauffällig zu beobachten. Sein Blick fiel so sehnsuchtsvoll auf dich. Ich glaube, ihr zwei seid verliebt ineinander."
„Theresia, kann ich mit dir reden, aber es muss unter uns bleiben. Mich quält seit Tagen ein Gedanke. Ich habe Otto wirklich gern, und wenn ich bei ihm bin, fühle ich mich wohl und verstanden. Wenn er mich ansieht, klopft mir das Herz bis zum Hals. Ich glaube, ich bin verliebt in ihn. Aber ich weiß, es darf nicht sein. Wir sind weitschichtig verwandt miteinander."
Theresia war erstaunt: „Das wusste ich gar nicht. Aber das wäre wirklich ein wichtiger Grund. Dann dürft ihr euch nicht wiedersehen. Du musst ihm aus dem Weg gehen. Beende es, bevor es richtig beginnt."
Anna fing zu weinen an: „Ich kann ihm doch nicht aus dem Weg gehen, dafür habe ich ihn zu lieb und seine Mutter, die Genovefa, ist wie eine Mutter für mich. Was soll ich nur tun? Ich bin so verzweifelt."
„Kannst du mit Otto oder seiner Mutter darüber reden?"
Anna zog ihre Schultern nach oben: „Ich glaube nicht. Genovefa weiß doch gar nicht, dass ich Otto gern hab. Selbst Otto hat keine Ahnung."
„Doch. Otto weiß es. Er hat dich auch gern. Das habe ich ihm angesehen. Ich könnte mir vorstellen, dass es für ihn genauso schlimm ist wie für dich."
Anna überlegte: „Ich kann heute nicht entscheiden, was werden soll. In nächster Zeit will ich Otto auf alle Fälle aus dem Weg gehen. Sollte

ich ihn zufällig treffen, dann werde ich versuchen, offen mit ihm darüber zu reden."

Theresia sprach weiter: „Ich habe mitgehört, dass Paula Otto zum Sonntagsausflug eingeladen hat. Ich denke, er wird mitkommen."

„Dann muss ich eben daheimbleiben. Richte den anderen einen schönen Gruß von mir aus und sag einfach, ich sei krank. Gott wird mir diese Notlüge verzeihen."

Auch Otto traf sich nicht mehr mit Annas Freunden. Es verging über ein halbes Jahr und er hörte nichts mehr von Anna. Selbst Genovefa wunderte sich, dass Anna nicht mehr vorbeikam und weiter im Buch lesen wollte. Anna dachte ständig an Otto. „Warum meldet er sich nicht bei mir? Er weiß doch gar nichts von meinen Problemen, dass ich mich ihm zuliebe von ihm fernhalte. Ich glaube inzwischen, Theresia hat sich getäuscht und er mag mich gar nicht." In ihrem Kopf drehte sich alles um ihren geliebten Otto. Sie hatte während der Arbeit ihren Kopf nicht bei der Sache. In der Fabrik unterliefen ihr immer häufiger Fehler. Der Vorarbeiter schimpfte mit ihr: „Was ist denn mit dir los? Das bin ich von dir gar nicht gewohnt. Wenn es so weitergeht, dann musst du dir eine andere Arbeit suchen." Am Abend erzählte sie ihrem Vater, dass sie geschimpft wurde. Sie fing dabei zu weinen an. Ihr Vater, der Michl, sagte: „Kind, was ist denn los mit dir? Das ist doch kein Grund zum Weinen. Du musst dich mehr bemühen, dann wird der Vorarbeiter auch wieder mit dir zufrieden sein." Anna spürte, dass diese Rüge ihres Vorgesetzten nicht der Grund ihrer Trauer war, sondern dass sie verzweifelt war, weil sie Otto nicht mehr sehen durfte.

Fast zehn Monate später im darauffolgenden Sommer wurde in Oberstdorf das neue Moorbad eröffnet. Otto traf zufällig Martin, der sagte: „Am Sonntag um zwei Uhr treffen wir uns und gehen zusammen zum Moorbad. Wir wollen uns das neue Bad ansehen und dort schwimmen. Wenn du Lust hast, komm doch einfach mit uns."

„Ich weiß noch nicht. Kommt Anna auch mit?" Martin kam die Frage seltsam vor. Er sagte: „Ich habe sie schon länger nicht mehr gesehen. Ich glaube, sie wird nicht dabei sein."

„Gut, wenn das Wetter mitmacht, werde ich kommen. Dann bis Sonntag." Oben am Moorweiher war eine schöne, flach angelegte Badeanlage inmitten der idyllischen Landschaft entstanden. Nachdem Otto sich in den extra dafür gebauten Kabinen umgezogen hatte, ging er über die Liegewiese, um seine Freunde zu suchen. Plötzlich riefen ihm Joseph Anton und Paula zu: „Otto komm! Hier sind wir!" Otto drehte sich um, und was sah er? Anna! Sie saß auf ihrer Decke neben Paula im Gras. Otto war zuerst erschrocken, als er Anna so unerwartet vor sich sitzen sah. Diesen Augenblick des Wiedersehens hatte er schon längst herbeigesehnt, sich jedoch gleichzeitig davor gefürchtet. Trotzdem fiel ihm gleich auf, dass aus dem damaligen jungen Mädchen in den letzten Monaten eine bildhübsche junge Frau geworden war. Sie wirkte wieder so liebreizend auf ihn. Die beiden sahen sich direkt in die Augen und waren wieder gefesselt voneinander. Beide empfanden diesen Moment als eine Ewigkeit. Dies alles wog mehr als die Enttäuschung darüber, dass sie sich nicht mehr bei ihm gemeldet hatte. Nun endlich hatte er sich wieder einigermaßen gefangen und ging auf die drei zu. Neben Anna war noch ein Platz frei und er setzte sich zögernd neben sie. Es fiel beiden sichtlich schwer, miteinander zu reden. Doch schon bald gingen Joseph Anton und Paula miteinander zum Schwimmen. Schließlich flüsterte Anna mit trauriger Stimme: „Otto, ein wenig habe ich gehofft, dass du mit den Freunden hier oben bist. Warum hast du dich nie mehr bei mir gemeldet? Ich dachte, du hast mich …"
„Anna, ich weiß, ich habe mir oft zurechtgelegt, was ich dir sagen will, wenn wir uns wiedersehen. Doch jetzt weiß ich nicht, wie ich anfangen soll." Damals, nach dem Abend im Mohren, habe ich mit meiner Mutter gesprochen und sie hat gesagt, dass wir beide miteinander verwandt seien. Es darf nichts zwischen uns sein. Deshalb bin ich dir aus dem Weg gegangen. Aber Anna, warum hast du dich nie mehr bei mir gemeldet? Du hast doch nichts davon gewusst. Ich dachte, du wollest dich nicht mit mir, einem Krüppel, in der Öffentlichkeit zeigen?"
„Nein, Otto, so war das nicht, von unserer Verwandtschaft habe ich gewusst. Auch mir hat Theresia geraten, dich nicht wiederzusehen

und glaube mir, es war ein schlimmes Jahr für mich, weil ich weder deine Mutter noch dich sehen durfte. Mit deinem kranken Bein hat das alles gar nichts zu tun. Deine körperliche Einschränkung darf dein Selbstwertgefühl nicht beeinflussen. Du musst versuchen, damit klarzukommen. Du darfst dir deswegen nicht immer wieder Gedanken machen. Es darf nicht von der Reaktion anderer abhängig sein, wie du dich wegen deines Beines fühlst. Die Menschen mögen einen anderen doch nicht nur, weil er gesunde Beine hat und deshalb gut laufen kann. Man mag einen Menschen so, wie er eben ist, ganz und gar, einen anderen wiederum kann man vielleicht nicht ausstehen. Wenn unser Selbstwertgefühl nur davon abhinge, wie andere auf uns reagieren, dann wäre es nicht mehr unser Selbstwertgefühl, sondern spiegelte nur die Bewertung anderer wider."

Otto sprach nachdenklich zu Anna: „Jetzt hast du es mir aber wieder gesagt. Aber ich verstehe es. Du hast recht damit. Komm Anna, wir versuchen, wenigstens gute Freunde zu bleiben, denn nur wirklich gute Freunde können die Wahrheit sagen, wie du es eben gerade getan hast." Anna war dankbar über diesen Vorschlag und antwortete: „Wir hätten schon lange miteinander offen reden sollen. Aber ich habe mich nicht getraut und wollte dir lieber nicht mehr begegnen." Die beiden wurden von Theresia, Annele und Martin in ihrer intensiven Unterhaltung unterbrochen, die sich zu ihnen stellten. Nun rief Mathilde aufgekratzt und voller Tatendrang: „Anna, komm mit, wir gehen jetzt ins Wasser zum Schwimmen." Und schon zog Mathilde Anna an ihrer Hand von der Decke hoch und die Mädchen liefen zusammen zum Schwimmbecken. Martin bat Otto: „Komm mit, wir gehen ihnen nach. Otto schmunzelte verschmitzt: „Ja, aber du wirst enttäuscht sein, denn die Frauen und die Männer haben getrennte Schwimmbecken." Wegen der Sittsamkeit war eine Holzwand aus festem Holz ohne Astlöcher im Becken aufgestellt worden, damit einige Beatnoggla[50] und selbst der Pfarrer beruhigt sein konnten. Darüber lachten die beiden und gingen sich dann abkühlen.

Am Abend, bevor sie heimgingen, bedankte sich Anna bei Otto für das offene Gespräch und sagte: „Jetzt bin ich froh, dass ich dich wieder

---

[50] Betschwestern

getroffen habe. Mir ist jetzt viel leichter ums Herz. Darf ich dich und deine Mutter wieder einmal besuchen?"
„Mutter und ich würden uns beide über deinen Besuch freuen. Das weißt du doch." Es verging nicht mal eine Woche, und Anna kam zu Genovefa, um wieder mit ihr zusammen zu lesen. Genovefa war über den plötzlichen Besuch verwundert: „Anna, warum hast du dich so lange nicht mehr bei uns blicken lassen? Ist etwas Unrechtes geschehen?"
„Nein Genovefa, der Otto und ich, wir haben uns gern. Aber ich dachte, wir gehen uns lieber aus dem Weg, denn es darf nicht sein."
„Das finde ich eine gute und reife Entscheidung von dir. Aber wenn es euch beiden wirklich so wichtig erscheint, dann geh zum Pfarrer und frag ihn, ob Verwandte dritten Grades zusammen sein dürfen."
„Genovefa, glaubst du, dass dies erlaubt sein könnte?"
„Das kann ich dir nicht sagen", dabei schüttelte sie ihren Kopf „Das weiß nur der Herr Pfarrer. Aber es wäre eine Möglichkeit. Fragen kostet nichts. Ich kann euch nur diesen Rat geben. Bevor ihr beide das ganze Leben lang unglücklich werdet. Klärt es ab."
Genovefa ging ins Schlafzimmer und holte das Buch, das sie bereits vor längerer Zeit wieder in ihren Schrank verstaut hatte.

Ende der Leibeigenschaft

Die Säkularisation, also die Verweltlichung des Kirchenbesitzes im Hl. Römischen Reich Deutscher Nation zugunsten weltlicher Fürsten wurde 1801 im Frieden von Lunéville beschlossen. Dies bedeutete das Ende der Leibeigenschaft und der Herrschaft zu Rettenberg des Hochstifts Augsburg. Die Grafschaft Montfort und all die anderen Adelsgeschlechter wurden mediatisiert, d. h. sie unterstanden seit 1803 nicht mehr dem Kaiser, sondern dem Herzogtum, später dem Königreich Bayern. Somit hatten Ignatius, Hannß und alle Familien, die seit Hunderten von Jahren Abhängige des Hochstifts waren, von einem auf den anderen Tag einen neuen Oberherrn. Unter dem gemeinen Volk wusste niemand, was das zu bedeuten hatte, und was auf sie zukommen würde. Einige hatten Angst, was es für jeden Einzelnen von ihnen für Neuerungen bringen würde. Viele stellten sich die Frage, ob es für ihre Zukunft eine Verbesserung geben würde. Dies konnte zu diesem Zeitpunkt kaum einer beantworten.

Oberstdorf wurde dem Kurfürstentum Bayern zugeschlagen.
In den umliegenden Orten und auch in Oberstdorf kamen im Jahre 1802 dreißig bayerische Soldaten an und wurden bei den Bauern einquartiert. Hannß bekam auch zwei Soldaten in sein Haus zugewiesen, hatte aber Glück, denn sie waren anständige und freundliche junge Männer. Mitte Mai hatte es so viel geschneit, dass die Bauern den Mist mit dem Schlitten ausfahren mussten. Zu einer Hungersnot kam es nun auch noch, da im Herbst durch den Wind und die Kälte das Obst kurz vor der Ernte an den Bäumen erfroren war.

Kling Joan Michael als Hirtenbub in Gerstruben

Hannß besorgte im Jahre 1802 für den 12-jährigen Sohn seines Freundes Martin aus Stein über den Sommer eine Stelle als Hirtebüe im Dietersbacher Tal bei seinem Onkel in Gerstruben. Der Bub Joan Michael war mit Leib und Seele Hirte und fürs Vieh hatte er eine gute Hand. Wenn die Tiere unruhig waren, konnte er durch seine Anwesenheit häufig Ruhe in die Viehherde bringen. Da Hannß sich gegenüber seinen Freunden in Stein verpflichtet fühlte, ging er im Sommer immer wieder auf die Alpe, um nach dem Buben zu sehen. Joan Michael war ein freundliches Kind und man sah ihm an, dass dieser Bergsommer für ihn das Schönste war, was er sich vorstellen konnte. Er sagte zu Hannß: „Ich will nicht mehr nach Stein zurück. Ich würde viel lieber bei euch in den Bergen wohnen."
Hannß erwiderte voller Sorge: „Aber das geht doch nicht. Du wirst über den Winter in Stein bei deinen Eltern gebraucht."
„Nein, meine Mama würde auch lieber hier oben wohnen. Das weiß ich genau."

„Das stimmt, das hat sie mir auch schon mal erzählt, aber sie kann auch nicht hierherziehen. Und du kannst es für dich erst entscheiden, wenn du erwachsen bist", entgegnete Hannß.
Joan Michael erzählte weiter: „Drüben im Stillachtal hauste ein Bär in den Bergen. Wir Bauern haben ihn mit Fackeln und Feuer zum Hochtannberg auf die österreichische Seite vertrieben. Die Bauern aus Lech und Warth haben den wilden Bären weiter ins Tirol hinüber verjagt." Hannß musste etwas schmunzeln, da der 12-jährige Bub von „wir Bauern" sprach. Er fühlte sich hier oben gänzlich heimisch und dazugehörig.
Nach dem Viehscheid verabschiedete sich der Bub und zog mit Tränen in den Augen wieder heim nach Stein zu seinen Eltern. Hannß fasste ihm zum Abschied an die Schulter und tröstete ihn: „Nimm es nicht so schwer. Wenn du möchtest, kannst du ja nächstes Jahr wieder zu uns kommen." Joan Michaels graugrüne Augen leuchteten vor Freude und er verabschiedete sich zuversichtlich auf ein Wiedersehen im kommenden Sommer.
Im selben Jahr kam der hochwürdige Herr Clemens Wenzeslaus, Bischof zu Augsburg, Kurfürst zu Trier und Fürst zu Dillingen, um in Oberstdorf die Gläubigen zu firmen. Selbst aus dem Walsertal kamen 200 Firmlinge, die durch die Kraft des Heiligen Geistes in die Gemeinschaft der Gläubigen mitaufgenommen wurden.

Immer wieder tauchten kaiserliche Soldaten in Oberstdorf auf, um die Bauern anzuhalten, ihre Arbeit zu tun. Dann kamen französische Truppen, um Unruhe zu stiften. Sie setzten wieder mehrere Häuser in Brand, zogen aber „Gott sei Dank" bald wieder über die Alpen ins Lechtal ab. Die Einheimischen fürchteten sich vor ihnen und standen unter großem Druck. Die Frauen und jungen Mädchen wurden vor den Franzosen versteckt gehalten und blieben daheim in ihren Stuben. Diese Männer waren unberechenbar. Als der Hartmann Josef Ignaz sein Stück Brot aß, kam so ein französischer Soldat mit einem Messer und hat ihn erstochen, um ihm sein Brot zu nehmen. Keiner im Ort hatte den Mut, diese Tat zu rächen. Wenn die Bewohner nicht das taten, was die Soldaten verlangten, drohten sie, das Dorf anzuzünden und alles zu zerstören. Die Furcht davor war riesengroß. Heu war genug da, aber das Vieh war knapp, und um neue Tiere zu kaufen, war kein Geld da. Die Landeskosten und Steuern konnte niemand mehr bezahlen. Diese mussten die Bewohner den neu Regierenden in Sonthofen schuldig bleiben.

Es zogen in Oberstdorf zwei österreichische Kompanien auf und brachten eine Kanone mit zwei Pulverwagen mit. Beim Schulhaus wurde eine davon aufgestellt und rund um die Uhr bewacht. Eine zweite Kanone mit Pulverwagen war auf dem Lorettoweg bei der Josefskapelle aufgestellt. Eine Wache postierte in der Riedbuind, eine auf dem Kühberg, eine weitere war im Unteren Markt im untersten Haus gegen die Schlechtengasse gerichtet. Die übrigen Soldaten wurden bei den Bauern einquartiert und mit Essen versorgt. Die Pikett-Hütten als Wetterschutz für die Wachposten wurden aus zölligen Brettern hergestellt und an folgenden Plätzen aufgestellt: Eine Hütte an der Steinmauer vor Loretto, eine an der Mühlenbrücke, eine weitere am Rennblock bei der Lucke und vorne am Weg zum Burgstall beim Riedbuindle. „Nachts zünden die Soldaten Feuer an, als wären sie Zigeuner", sagte Hannß' Tante Johanna. Auf diese Weise verschwendeten sie sinnlos viel wertvolles Holz. Die Bauern mussten im Winter immer wieder Nachschub in die Pikett-Hütten bringen, damit es die Soldaten warm hatten. Von den Gerichten im Land wurde beschlossen, dass das Volk dem gemeinen Soldaten für jeden Tag 24 Kreuzer und einem Offizier sogar 1 Gulden bezahlen musste. Die Abgaben wurden sehr ungerecht nach Gutdünken errechnet. Es wurde nicht nach dem Vermögen, sondern nach Gunst, Recht und Billigkeit entschieden. So hatten die Armen weit mehr zu bezahlen als die Reichen. Zu dieser Geldnot kam wieder eine grausige Viehkrankheit, in der über 900 Stück Hornvieh verendeten. Während der Seuche trieb man viele Tiere, darunter auch schöne Rinder und Kühe auf den Schindplatz südlich vom Karatsbichl. Hier schlug man sie tot und vergrub sie mit

Haut und Haaren. Es war ein fürchterliches Elend, und mit der Zeit entstand eine große Not, so dass die Bauern selbst das kranke Vieh geschlachtet und zum Eigenverzehr gebraten oder verwurstet haben.

Josef Renn, der Zimmermeister aus dem Ort, hatte ein Kreuz und die große Kugel auf die Spitze des Kirchturms hinaufgebracht und dort befestigt. Hindelang Ignatius, sein Zimmermannskollege, hatte ihm dabei geholfen.

Hannß Hindelang und Christina Berchtold, Gerstruben

Im Sommer 1802 hat Hannß viel Zeit bei seinem Onkel Georg in Gerstruben verbracht.
Das Bergheuen dort oben war viel mühevoller als unten im Tal. Georg war froh, dass ihm dieses Jahr sein Neffe, der Hannß, bei der Bearghoibat half. Die Bergwiesen, die gemäht werden mussten, waren an fast unzugänglichen Steilhängen hoch in den Bergen am Kegelkopf und an der Höfats, die selbst vom Alpvieh nicht erreichbar waren. Die beiden mussten zusammen die steilen, kaum erkennbaren Pfade hinauf bis an die Bergwiesen gehen. Georg mähte diese steilen Hänge schon seit vielen Jahren. Er nahm sein Reaf[51] mit, auf das er eine Pfanne, ein Messer, zwei Löffel, Trinkgefäße, einige Nahrungsmittel, wie Brot und etwas Geräuchertes, sowie Decken für die Nacht gebunden hatte. Hannß trug den Rechen, die Sense, zum Schärfen den Wetzstein im Khumpf[52] und das Dengelwerkzeug. Georg mähte quer zum Hang und auf dem Rückweg hat er mit dem Woarb[53] die Grasmahden ausgebreitet, damit es dörren konnte. Auf diese Weise hatte er die Berghänge bis unter die Felsen hin gemäht. Als das Heu trocken war, begannen sie an der höchsten Stelle, von oben nach unten abwärts zu rechen. Aus dem entstandenen Heuhaufen bündelten sie das Heu mit einem Seil zu einem Schochen[54]. Diesen trugen Hannß und Georg über dem Kopf zu einem lawinensicheren Platz. Hier wurde dann der Heuschober aufgeschichtet.

[51] hölzerne Lastentrage auf dem Rücken
[52] Holzbehälter für den Wetzstein
[53] Sensenstiel
[54] Heuhaufen

Im Winter, nachdem genügend Schnee gefallen war, ging Georg mit seinen Nachbarn zum Hoizuug[55]. Das Wetter musste beständig und lawinensicher sein. Noch bei Dunkelheit stapften die Männer zum Schoberplatz hinauf. Nun banden sie mit Seilen die Buurda von ungefähr drei bis vier Zentnern Bergheu. Diese Heubündel, nicht selten zwei oder drei zusammengebunden, zog Georg mit seinen Freunden dann auf dem Schnee über die steilen Wiesen, die Schluchten und Tobel ins Tal hinab.
Noch bevor die ersten Sonnenstrahlen in den Schnee fielen, mussten die Männer die gefährlichen Lawinenhänge hinter sich haben.

Wenn Hannß nach Gerstruben kam, freute er sich immer auf ein Wiedersehen mit seiner Jahrgängerin Christina. Wenn die beiden alleine in der Stube waren, alberten und lachten sie und zwickten sich in die Rippen oder machten einen Roßbiß[56], der gemein wehtat. Als die gesamte Familie beim Essen am Tisch saß, hatte jeder seinen Platz und seinen eigenen Holzlöffel. Hannß und Christina neckten sich beim Essen mit ihren Füßen unter dem Tisch. Sie dachten, dass die anderen nichts davon mitbekämen. Sie sahen sich dabei häufig schelmisch an. Als Christina an diesem Abend nochmal nach den Geißen schauen wollte, ging Hannß ihr in den Stall nach. Im Haus hatten sich die anderen bereits zur Ruhe gelegt. Christina lockte ihn, indem sie Hannß erneut in seine Rippen zwickte. Er kitzelte sie durch und warf sie sanft ins Heu. Sie balgten darin herum und Christina kicherte dabei unentwegt. Hannß ermahnte sie: „Sei leise! Nicht dass noch jemand wach wird." Er bemerkte, wie Christinas Hände ihn immer frecher betasteten, und schließlich streichelten sie sich gegenseitig. Er berührte unsicher und zaghaft ihre Brüste. Dabei flüsterte sie ihm etwas ins Ohr und zog ihn noch fester an sich. Sie überhäufte ihn mit ihren Küssen und zum ersten Mal kam er völlig aus der Fassung. Ihre Liebkosungen machten ihn fast verrückt. Es ließ nicht lange auf sich warten und die beiden verbrachten leidenschaftliche Stunden im Heu miteinander. Sehr spät nach Mitternacht trennten sie sich. Zuerst ging Christina und danach

---
[55] Winterlicher Abtransport des Heus
[56] übermütig ins Knie zwicken

Hannß, jeder in die eigene Schlafkammer. Am nächsten Morgen bemerkte 's Maale ein Strahlen im Gesicht ihrer verliebten Enkelin. Sie dachte an ihren leichten Schlaf in der vergangenen Nacht zurück. Sie wusste nicht mehr, ob sie geträumt oder wirklich Geräusche und Stimmen aus dem Heustock gehört hatte. Ihr kam der Gedanke: „Es wird doch nicht Hannß mit Christina darin gewesen sein!" Das wollte sie nachher mit ihm klären.

Kurz bevor Hannß wieder ins Tal zurück musste, rief 's Maale ihn auf ein paar Worte zu sich in die Stube: „Du Hannß, ich weiß nicht, ob ich heute Nacht Geräusche vom Heustock her gehört habe." Er wurde ganz rot im Gesicht. „Falls du dort warst, will ich dir eins sagen. Es ist ja gut, wenn du dein Jungsein genießt. Den Ernst des Lebens hast du ja schon kennengelernt. Was du jetzt Schönes erleben kannst, musst du voll auskosten. Denn was du in jungen Jahren versäumst, wird dir für immer verloren bleiben. Aber versprich einem Mädchen nicht, was du nicht halten kannst. Nutze Christina nicht aus! Sie ist ein anständiges junges Mädchen und soll erst nach der Hochzeit mit einem Mann zusammenkommen. Nicht, dass du sie benutzt und sie dann am Schluss mit einem Balg alleine sitzen lässt. So etwas hat Christina nicht verdient." Hannß schämte sich, dass Christinas Großmutter seine erste Liebesnacht mitbekommen hatte.

„Aber Maale, ich hab die Christina wirklich gern. Ich will in Oberstdorf nun endlich das Haus, das schon geplant ist, bauen. Danach, wenn es fertig ist, will ich sie heiraten. Glaube mir, ich meine es ernst mit ihr und ich denke, auch sie mag mich."

Großmutter lächelte ihn zufrieden an: „Dann ist ja alles gut. Das wollte ich nur von dir hören." Hannß verabschiedete sich von der Familie Berchtold, und Christina begleitete ihn noch ein Stück des Weges. Außer Sichtweite der kleinen Siedlung setzten sich die beiden nochmal zusammen ins Gras. Christina wollte ihn gerade wieder berühren, um ihn zu reizen. Aber Hannß hielt ihre Hände fest und unterbrach sie. Er erzählte ihr, was er mit Maale soeben besprochen hatte. Sie war genauso erstaunt und peinlichst betroffen, dass ihre

Oma diese Nacht mitbekommen hatte. Aber von den Heiratsplänen war sie überwältigt. Er sagte zum Abschied: „Wenn das Haus bald fertig werden soll, dann kann ich nicht mehr so oft zu dir herauf kommen." Die beiden verabschiedeten sich mit einem zärtlichen Kuss und er ging alleine ins Tal weiter. Am nächsten Tag erzählte Hannß seinen Brüdern von seinen Heiratsplänen. Gleichzeitig bat er sie um Mithilfe beim Hausbau, da er sich das Ziel gesetzt hatte, in einem Jahr mit dem Bauen fertig zu sein. Hannß wollte gleich den Stall ans Haus anbauen, damit das Vieh dem Wohnhaus Wärme spenden konnte und diese nicht verloren war. Im milden Januar gingen sie zum Holzfällen in den eigenen Wald ins Rote Moos. Es lag gerade genug Schnee, um die Baumstämme mit selbst zusammengezimmerten Schlitten an die Baustelle zu transportieren. Als das Holz dort lag, mussten sie bis zum Frühjahr warten, bis es mit der Arbeit weitergehen konnte. So war immer wieder Gelegenheit, Christina zu sehen. Aber sie gingen nicht mehr zusammen ins Heu. Als die Verwandten in Gerstruben von den Heiratsplänen erfuhren, boten sich nochmals vier junge Burschen an, beim Bau des neuen Hauses zu helfen. Den Sommer über gab es viel auf dem Acker, dem Feld und am Bau zu tun. Hannß war froh, dass das Vieh den Sommer über auf der Dietersbachalpe war. Jetzt musste er wenigstens nicht pünktlich in den Stall, um seinem Bruder beim Melken der Kühe zu helfen.

Hannß baute gleich neben dem Eingang seine kleine Schusterwerkstatt und einen Lagerraum für den Leinenstoff an. Er musste mehr Geld aufnehmen, als er am Anfang geplant hatte. Der Leinenpreis fiel unerwartet, und kaum einer hatte noch Geld, um es auszugeben. Der Verdienst war momentan sehr niedrig, egal ob es sich um Viehhandel, Nahrungsmittel oder um Stoffe handelte.

Im Herbst war Hannß' neues Haus mit der Hausnummer 128 bezugsfertig. Nun ging er zusammen mit Christina zum Benefiziat Johann Dauscher, um das Aufgebot zu bestellen. Der Geistliche war noch innerlich bewegt, weil er am Tag zuvor ein großes Lob vom Bischof für seine Kirche und die Kirchenmitglieder bekommen hatte. Er erzählte Hannß und Christina davon: „Der Bischof lobte unsere Pfarrkirche und auch die von Hindelang. Er beurteilte unsere Kirchen nach dem baulichen Zustand und der inneren Zierde als vorzüglich. Was das Volk und die Pfarruntergebenen anbelangt, dürften die in Oberstdorf und Hindelang noch immer als die christlichsten im Bistum angesehen werden, sowohl im Glauben als auch in der Sittlichkeit." Auf diese Aussage hin fragte der Benefiziat wissbegierig: „Ob eventuell die Braut schon schwanger sei?" Als Christina verneinte, lobte er das junge Paar, da dies sittsam war und zu den lobenswerten in seiner Pfarrei gehörte. Erfreut verkündete er: „In vier Wochen, am Samstag nach dem Drei-Königstag, wird die Hochzeit stattfinden." Nach Benefiziat Dauschers strengen Worten, rührten sich die beiden nicht mehr an, denn sie wollten ohne Schwangerschaft in die Ehe gehen.

Die Christmette mit Gottesdienst wurde in diesem Jahr durch den oberhirtlichen Befehl nicht mitternächtlich, sondern zum ersten Mal morgens um fünf Uhr abgehalten. Christina, die in Gerstruben wohnte, wollte unbedingt auch an der Christmette teilnehmen, durfte aber aus moralischen und sittlichen Gründen nicht bei Hannß übernachten. Deshalb bot Maria ihrer Freundin an, bei ihr im Tal zu nächtigen. Hannß hatte schon vor der Kirche sehnsüchtig auf Christina gewartet, nur um sie für einen kurzen Moment zu sehen. Doch schon innen in der Kirche mussten sich ihre Wege wieder trennen. Denn die Frauen saßen seit dem Schwedenkrieg immer noch auf der rechten Seite. In der Lesung aus der Heiligen Schrift war über die Geburt Jesu im Stall zu Bethlehem zu hören. Die Gläubigen beteten das Glaubensbekenntnis, das Vaterunser und sangen festliche Weihnachtslieder, darunter auch Christinas Lieblingslied „Stille Nacht, Heilige Nacht."
Nach der feierlichen Christmette wurde Christina von Hannß' Bruder Ignatius und seiner Frau Katharina zum Morgenessen eingeladen. Christina brachte ein selbst gebackenes Birnenbrot als Weihnachtsgeschenk mit.

Die Hochzeit wurde im Januar 1803 im kleinsten Kreise der Familie gefeiert. Nach der kirchlichen Trauung ging das frischvermählte Paar mit seinen Gästen heim ins neue Haus. Da gab es den vorbereiteten Rinderbraten mit deftiger Soße, Bohnen und Spätzle zu essen. Nach dem Hausbau, der Geldknappheit und der allgemeinen Hungersnot im ganzen Land war dies ein großes Festessen für die Familie.

Kurz nach ihrer Heirat wurde die Schulpflicht für alle Kinder eingeführt. Ausnahmen gab es im Sommer für die auf dem Feld Mithelfenden und die Hirtenbuben. Die Schulzeit war in den Wintermonaten täglich von 8 Uhr bis 11 Uhr und von 1 Uhr bis 4 Uhr. In den Sommermonaten fand der Unterricht nur zweimal in der Woche von 8 Uhr bis 12 Uhr statt. Christina war des Lesens ein wenig mächtig und fand die Schulpflicht eine gute Sache: „Wirst sehen, wenn wir Kinder haben, werden sie eines Tages besser lesen und schreiben können als wir."

Der vorläufig letzte Benefiziat von Loretto, Johann Dauscher, war im Alter von 72 Jahren als erster Geistlicher nach bayerischer Verordnung im Friedhof, wie alle anderen Leute auch, begraben worden, nicht unter dem Fußboden der Kirche, wie es bisher für Geistliche üblich war. Viele im Dorf regten sich darüber auf. Ein Pfarrer ist doch mehr wert als das gemeine Volk. Zählt dies denn heute nicht mehr? Andere wiederum fanden es gut, denn vor Gott seien doch alle Menschen gleich.

Königreich Bayern
Die Oberstdorfer hatten vor zwei Jahren ihren politischen Herrn gewechselt. An die Stelle des Bischofs von Augsburg war durch die Säkularisation des Hochstifts der Kurfürst von Bayern getreten. Dies wirkte sich zerstörend auf das religiöse Leben aus. Die bayerische Regierung in Ulm verlangte im Jahre 1804, die Wallfahrtskirche St. Maria Loretto, eine Stätte des Glaubens, zu schließen,

abzureißen und zu vernichten. Das Argument war, die Kapellen könnten eine Zufluchtsstätte des Aberglaubens sein. Dann würden sie in Widerspruch mit dem reinen Christentum geraten. Daraufhin hatte der neue Hochwürdige, Pfarrer Jäger, mit dem Mesner zusammen die Kirchenorgel ins Mesner-Haus gebracht und die Kapellen an die Gemeinde Oberstdorf verkauft.

Der engagierte Pfarrer Jäger schrieb eine Klage gegen die Schließung der Kapellen ans Ordinariat. Die Gründe für den Erhalt und die Kirchenöffnung seien folgende: „Mit großer Seelenfurcht werden an Sonn- und Feiertagen dort Messen gehalten. Es ist für die Gesundheit der Pfarrleute vorteilhaft, weil sie zwischen angenehmen Auen und Feldern gehen, dabei können sie Frohmut schöpfen. Die körperliche Bewegung ist höchst notwendig, da die Gläubigen während der Woche bei den Baumwollhaspeln sitzen müssen. Ansonsten vergeuden die Katholiken diese Zeiten mit Müßiggang und Spielen, Zechen und leichtfertigen Besuchen. Einige tief Gläubige könnten zu dem kaiserlichen Wallfahrtsort nach Fischen überlaufen. Auf dem Hin- und Rückweg sind sie gewiss nicht immer sittsam. Außerdem ist die Kirche in Fischen mit Wirtshäusern umgeben. Diese würden sie zur Einkehr einladen und Anlass zu Unsittlichkeiten geben. Die nächste Wallfahrtskirche im bayerischen Gebiet ist die Burg in Schöllang. Allein diese Kirche ist für das große Pfarrvolk nicht geräumig genug. Die Wallfahrt ist zum Wohle der Pfarrgemeinde erwünscht. Es kommen viele fremde Wallfahrer hierher. Bei dieser Gelegenheit haben Wirte, Krämer, Bäcker, Handwerker und Bürgersleute beträchtliche Einnahmen von über 100 Gulden jährlich."

Alle Bürger aus der Gemeinde standen einträchtig gegen die Barbarei des Abbruchs der Kirchen zusammen. Mit Hartnäckigkeit und Durchsetzungsvermögen erreichten sie doch endlich ihr Ziel. Die wunderschöne Andacht und glaubensfördernde Gotteshausgruppe bei Loretto blieb erhalten und war gerettet.

Noch im selben Jahr hatte Kempten 24 Mann aus Oberstdorf für das Militär angefordert. Ein jeder junge männliche Bürger musste am Sonntag nach der Andacht in der Kirche ein Los ziehen, das entschied, wer zum Militär verpflichtet wurde. Hannß und Ignatius hatten Glück. Das Los war im Moment noch nicht auf sie gefallen.

Bayern war ohne Gegengabe in den Besitz der Grafschaft Königsegg-Rotenfels gekommen und sie wurde Teil des Königreichs Bayern. Dies erfolgte durch die Proklamation des bayerischen Kurfürsten Max Joseph zum König.
Das geschlagene Österreich musste die Länder Tirol und Vorarlberg an Bayern als einem Verbündeten Napoleons abtreten. Bayern war nunmehr ein Königreich von Napoleons Gnaden. Nach französischem Vorbild wurde die allgemeine Wehrpflicht eingeführt. Napoleon hielt mit seinen Feldzügen die Völker in Atem. Die Bauern traf der Befehl, ihre Pferde zum Dienst in die Armee abzugeben. Die Familien hatten Angst um ihr Überleben, denn wie sollten sie die Felder ohne die eingearbeiteten Arbeitsrösser bestellen?

Christina hatte sich schnell unten im Dorf eingewöhnt, denn sie war gerne unter Menschen, mit denen sie sich unterhalten, scherzen und fröhlich sein durfte. Sie lernte von ihrer Schwägerin, wie sie das Spinnrad in Schwung bringen und damit den Flachs zu Garn spinnen konnte. Sie setzte sich auch gerne an den Webstuhl und schob mit ihren geschickten Händen das Schiffchen hin und her und versetzte es dabei in rhythmische Töne. Hannß war voller Stolz auf seine begabte Frau.
Erst nach drei Jahren hatte sie ihren ersten Sohn geboren. Zu aller Kummer war der Kleine sehr schwach und starb ein paar Stunden nach der Taufe.
Monate später kam der König von Bayern nach Oberstdorf. Die heimischen Männer aus dem gesamten Marktflecken bis zu einem Alter von 60 Jahren mussten seinetwegen das Exerzieren lernen und sich militärisch kleiden. Obwohl sich Christina seit der Geburt aufraffen musste, um überhaupt unter Menschen zu gehen, hatte sie,

wie die meisten Bewohner, auch dem Empfang des Königs auf dem Marktplatz zugesehen.

Hannß trug ebenfalls seine neue Uniform, die ihm gut stand und in der er stattlich aussah.

Mit einem großen Volksfest und einer ergreifende Vorstellung wurde dem König ein schöner Empfang präsentiert. Danach spielte Musik auf und es wurde groß gefeiert. Die Ablenkung tat Christina gut und sie war an diesem Festtag fröhlich mit dabei. Sie hoffte sehr, bald wieder schwanger zu werden. Aber durch die Kriegswirren und die Unruhe in letzter Zeit war sie angespannt und es wollte einfach nicht klappen.

Hannß war nach wie vor mit der Annahme des Leinens und den Fahrten zur Leinenschau nach Immenstadt beschäftigt. Aber hauptberuflich arbeitete er weiterhin in seiner kleinen Werkstatt als Schuster.

Christina und Hannß waren wieder einmal in Gerstruben und halfen dem Onkel Georg auf den Steilwiesen mit. Es war ein besonders schöner Sommertag und er neigte sich dem Abend zu. Christina und Hannß hatten heute schwer gearbeitet. Das meiste Heu wurde in die Scheune über dem Viehstall unters Dach gebracht. Deshalb setzten sich die beiden im Schein der wohltuenden Abendsonne auf ein Bänkchen am Holzhaus und genossen die letzten wärmenden Sonnenstrahlen auf ihrer Haut und den verdienten Feierabend. Viele Worte wechselten sie nicht, denn sie waren mit der Ruhe, die sie umgab, mehr als zufrieden. Erst am nächsten Morgen gingen sie wieder zusammen ins Tal. Onkel Georg bedankte sich für die geleistete Arbeit bei den beiden und gab ihnen noch Käse, Gemüse und etwas Fleisch mit heim.

Auf dem Heimweg erzählte Christina, dass sie wieder schwanger ist. Hannß schimpfte mit ihr: „Es ist leichtsinnig gewesen, dort oben beim Onkel Georg auf den Feldern so viel zu arbeiten." Aber es war Gott sei Dank alles gut gegangen.

's Maale wollte unbedingt in diesem Jahr wieder einmal zur Christmette gehen und aus diesem Grund bei ihrer Enkelin Christina und Hannß übernachten. Deshalb kam sie über die Weihnachtstage zu ihnen ins Dorf herunter. Christina ging zusammen mit ihr in die Pfarrkirche. Es hatte den ganzen Tag über geschneit und ein eisiger Wind wehte durch die Gassen. Zaghaft traten die beiden Frauen in ihren dicken Winterkhoze[57] vor die Haustür und gingen in den bereits von anderen Kirchgängern niedergetretenen tiefen Schnee. Die hochschwangere Enkelin ging neben ihrer betagten Oma. Die beiden hielten sich an den Händen, damit sie sich gegenseitig Halt geben konnten, nicht ausrutschten und zu Boden fielen. Als Hannß die beiden so unsicher wackeln sah, stellte er sich in die Mitte und legte beiden beruhigend seine Arme um die Schultern, um Sicherheit zu geben. Er sah Christina dabei lächelnd an und sagte: „Ich will nicht, dass du mein Kind schon vor der Geburt in den kalten Schnee wirfst." Die drei lachten über den Spaß und gingen dann doch andächtig den Weg weiter in die Mette. Als die beiden Frauen in der Kirche auf der harten Holzbank nebeneinandersaßen, flüsterte Christina ihrer greisen Oma, die einen grauen Dutt trug, zu: „Glaubst du, der Herr meint es dieses Mal gut mit mir?" 's Maale nickte stumm und zog ein Amulett aus ihrer Rocktasche: „Damit du ganz beruhigt sein kannst, schenke ich dir diesen Anhänger. Es ist die gnadenreiche Mutter Gottes. Trage dies während der Geburt, und wenn du sie gut überstanden hast, darfst du es behalten. Ich habe es von meiner Mutter bekommen bevor sie starb." Eine Woche später wurde die kleine Maria geboren. Sie sah aus wie eine Puppe, hatte ein zartes Gesicht und ganz schwarzes, strubbeliges Haar. Jeder, der Maria ansah, war angetan von ihr. Christina hatte Angst, dass ihr auch dieses Mädchen sterben könnte. Sie fragte 's Maale: „Woher weiß ich, ob die Kleine genug zu essen hat?"
„Wenn du volle Brüste hast und die Kleine friedlich daran saugt und wenig schreit, dann kannst du annehmen, dass sie genug bei dir zu trinken bekommt."
Ein Jahr später bekam Christina einen Sohn. Sie gaben ihm wieder

---

[57] Wintermantel aus Loden

den Namen Sepp, wie seinem zuvor verstorbenen Bruder. Aber auch er überlebte nicht. Hannß wollte unbedingt einen Sohn, dem er den Namen seines Vaters geben konnte. Aber beide männlichen Nachkommen wollten nicht auf dieser Erde bleiben. Zwei Jahre später, 1810, wurde wieder ein Bub geboren. Ihm gaben sie den Namen Josephus statt Sepp. Er war ein kräftiges, gesundes Kind mit blondem Flaum auf dem Kopf.
Hannß war erleichtert, als die Hebamme in die Werkstatt kam und ihm diese Nachricht überbrachte. Er zog sich gleich ein frisches Hemd an und ging ins Schlafzimmer zu seiner Frau. Josephus, der neugeborene Säugling, lag in seiner Wiege neben Christinas Fußteil. Als er den Kleinen sah, dachte er: „Er ist kein schönes Kind mit seiner großen Himmelfahrtsnase." Er sagte zu Christina: „Hoffentlich verändert er sein Aussehen noch, sonst kriegt er nie eine Frau." Maria, die Schwester des Neugeborenen, kam auch zur Tür herein. Sie konnte inzwischen schon ein bisschen sprechen. Als sie ihren Bruder zum ersten Mal sah, sagte sie: „Kleiner Vogel." Als Hannß dies hörte, dachte er: „Maria hat recht. Er sieht wirklich wie ein zu früh geschlüpftes Vögelchen aus." Aber er sprach zu seiner Tochter: „Hör zu Maria, Neugeborene sehen immer so aus, aber wirst sehen, bald ist er genauso schön wie du." Hannß' Freude war riesengroß, denn jetzt hatte auch er einen Stammhalter vorzuweisen und einen Nachfolger für seine Werkstatt, und er wusste, wofür er so hart arbeitete.
In dieser Zeit war es üblich, dass die Männer an hohen Feiertagen in militärischer Uniform zum Gottesdienst gingen. Selbst an der eigenen Hochzeitsfeier trugen die Bräutigame ihre Uniform.

Krieg gegen die Franzosen
Die Glocke rief die einheimischen Männer unter die Linde zur Versammlung. Der Gerichtsammann verkündete. „Auf Befehl der Obrigkeiten müsst ihr mit Ross und Wagen einrücken und die Straße ins Walsertal bauen, damit sie befahrbar wird. Wer von euch kein Arbeitspferd zum Einspannen hat, muss trotzdem kommen und

die Arbeit von Hand leisten." Ein Grölen ging durch die Massen. Die heimischen Männer ärgerten sich über diesen Befehl. „Wann sollen wir unsere eigene Arbeit tun? Alles bleibt liegen. Das Heu. Das Vieh. Wer hilft uns?" Aber sie folgten letztendlich dem Befehl und dachten sich: „Besser diese Arbeit zu leisten, als wegen Verweigerung zur Strafe in den Krieg geschickt zu werden. Also halfen sie ohne viele Widerworte, die Straße zu bauen.

Die Folgen des Napoleonischen Krieges waren Viehseuchen und Krankheiten. Hunger und Armut herrschte wieder in der gesamten Gegend. Nahrungsmittel wurden knapper denn je. Dem König war klar, die Menschen mussten sich selbst helfen. Vor 50 Jahren war so eine ähnliche Situation wie heute. Damals wurden die Bauern gezwungen, Kartoffeln anzubauen. Diese „Erdäpfel" waren inzwischen zum Hauptnahrungsmittel geworden. Jetzt kam wieder eine Anordnung der Obrigkeit. Die Bauern wurden verpflichtet, selbst Obstbau zu betreiben. Der Kaplan Joseph Anton Rauh und der Lehrer Brutscher bekamen Instruktionen, die Bauern in der Kunst des Obstbaues und der Bienenzucht zu unterweisen. Sie legten deswegen einen Schul-Baumgarten südlich vom Rathaus an.

Trotz der Kriegszeit fand weiterhin der Gallusmarkt in Oberstdorf statt. Schuhmacher, Seiler, Kurzwarenhändler, Spitzkrämer, Kupfer- und Eisenhändler, Händler mit Sensen und Wetzsteinen, Stroh- und Filzhutterer, Rot- und Weißgerber, Italiener mit Seidenwaren, Pelzwarenhändler und Tabakspfeifenhändler waren an den Marktständen zu finden.

Viele kamen über den Schrofenpass hierher. Wagen konnten sie nicht benutzen, weshalb sie Träger und Säumer anheuerten, um die Waren zu tragen. Weil viel Handel getrieben wurde, erregte dies die Aufmerksamkeit der Obrigkeit. Sie wollte etwas mehr von dem Gewinn der arbeitenden Bevölkerung abbekommen. Zollfrei sei das Vieh, das die Bauern für sich selbst kauften. Für den Wein und anderes, was auf dem Markt gekauft wurde, mussten sie Steuern und Zoll bezahlen.

Wieder einmal rief die Glocke die Einheimischen unter die Linde zur Versammlung. Die wissbegierige Menschenmenge war dichter als je zuvor. Einige tuschelten aufgeregt miteinander und andere machten finstere Gesichter. Der Gemeindeammann begann mit lauter Stimme: „Bekanntmachung …, Kriegserklärung …, Mobilmachung gegen …"
Unter den Menschen entstand eine große Unruhe und sie redeten wirr durcheinander. Somit konnte niemand die Worte des Vorstehers richtig verstehen. Eine Frauenstimme rief aufgeregt in die Menschenmenge hinein: „Gibt es Krieg?"
„Ja, die Schicksalsstunde unseres Volkes ist gekommen", rief eine Männerstimme zurück.
Christina vermutetet, wie viele andere auch: „Jetzt bricht ein schreckliches Unheil über uns herein."
Es war wieder ein neuer Krieg entfacht. Die Kaiserlichen kämpften gegen die Franzosen, denen sich die Württemberger und die bayerischen Truppen anschlossen.
Der Höhepunkt des Aufstandes war, als 5000 einheimische Bauern und Handwerker nach Kempten zogen. Alle Buben und Männer bis zum 60. Lebensjahr mussten kämpfen. Ob sie mit Gewehren, Gabeln, Spießen oder Schild und Speer loszögen, blieb ihnen selbst überlassen. Als in Oberstdorf der Hauptmann und alle tauglichen Männer versammelt waren, zogen diese mit ihren Waffen in Richtung Kempten. In den Gesichtern der Burschen und der Männer zeigte sich, dass sie Furcht hatten vor dem, was auf sie zukam.
Sie versuchten, dies zu verbergen, indem sie mit Späßen ihre Angst übertünchten. Unter ihnen waren auch Hannß und Ignatius. Am Dorfausgang standen viele Frauen und winkten ihren Söhnen und Männern mit Tränen in den Augen zum Abschied zu. Christina wünschte ihrem Hannß viel Glück, damit er wieder gesund zu ihr nach Hause heimkehren möge.
Auf dem Weg in Richtung Norden trafen sie dann zufällig Buhl Johannes aus Reichenbach und Kling Joan Michael in Stein, die auch zum Bürgermilitär befohlen waren. Aus dem Immenstädter

Bezirk stieß eine Truppe von ungefähr 120 Mann unter der Führung des Hauptmanns Seelos zu ihnen, die ebenfalls nach Kempten beordert wurden, um württembergische, bayerische und französische Truppen zu vertreiben. Die Männer kamen nur bis Rottach hinunter. Die Kemptener hatten versprochen, dass ihnen die königlich-kaiserlichen Truppen zu Hilfe kommen. Dieses Versprechen konnten sie nicht einhalten. Bald bemerkten die einheimischen Kämpfer, dass sie in einen Irrweg geleitet wurden. Sie zogen zusammen mit den Bürgerlichen wieder ab. Der Gemeindevorsteher Rietzler Ignaz von Oberstdorf und die Vorsteher der anderen Orte gingen zusammen nach Kempten und erklärten die Kapitulation. Es wurde ihnen von höchster Gnade verziehen und ein Versprechen gegeben, dass sie in Zukunft nicht mehr zu so einem „Narrenstück" befohlen werden. Diesen Aufruf hatte der Hauptmann Seelos zu verantworten. Er wurde nach dem Abzug der französischen Truppen aus Kempten gefangen genommen und nach Augsburg abgeführt und eingesperrt. Nach der Kapitulation wurde von den französisch-bayrischen Truppen, die in Immenstadt einquartiert waren, die Gewehre der Bürger eingezogen. Daraufhin haben Tirol und Vorarlberg die umliegenden Orte aufgefordert, zu rebellieren und sich diese Forderung nicht gefallen zu lassen. Franz Xaver Huber, der Ortsvorstand zu Oberstdorf, und Martin Brutscher wurden daraufhin gefangen genommen. Wochen später mussten wieder zwei Kompanien von Oberstdorf mit Gabeln und Spießen nach Kempten und Buchenberg losziehen. 176 Mann, darunter auch Hannß, hatten noch ihre eigenen Gewehre. Die meisten Männer standen bei Buchenberg mit ihren Gabeln und Spießen auf einer Hügelkuppe zum Kampf bereit. Einige Männer konnten spüren, wie ihre Knie zitterten und ihre Hände, die sie um die hölzernen Waffen klammerten, schweißnass waren. Sie hatten furchtbare Gedanken und Angst, diesen Tag vielleicht nicht zu überleben. Was sollten sie mit ihren minderen, einfachen Waffen gegen die Kugeln der Feinde ausrichten. Der Pfarrer hatte sie gesegnet, damit mit Gottes Hilfe alles gut gehen werde. Das war für die meisten Männer die einzige

Hoffnung, die sie im Moment etwas beruhigte. Unerwartet schrie der Hauptmann plötzlich aus voller Kehle: „Looos!" Der Lärm von vielen Hunderten von Männern war über die sonst ruhigen Wiesen zu hören und so rannten sie alle zusammen dem Feind entgegen. Das Herz klopfte auch Hannß bis zum Hals, als er seinem Anführer den Hügel hinab folgte. Es war mühevoll, durch das hohe Gras zu rennen. Hannß dachte an völlig absurde Dinge wie: „Nach diesem Kampf werden sie das Gras fürs Vieh nicht mehr mähen können!" Schüsse waren von überall her zu hören. Die in der Nähe liegende Kirche war kaum mehr zu sehen, da sie von den Rauchschwaden verdeckt wurde. Plötzlich spürte Hannß ein leichtes Brennen auf seiner rechten Wange. Er fasste hin und hatte Blut an seinen Fingern. Als der Kampf vorbei war, stellte er fest, dass es zum Glück nur ein leichter Querschläger war, der ihn am Gesicht gestreift hatte. Viele Menschen waren bei dieser Schlacht gefallen.

Fünf Männer von ihnen wurden als Geiseln ins Herzogtum Lüttich abgeführt. Es waren Johann Seeweg, der Müller von der unteren Mühle, Johann Spindler, der Löwenwirt, Martin Dauscher, sowie der Feilenhauer Antonie Math und der Bauer Thaddäus Übelhör. Johann Dauscher kam dabei ums Leben. Er wurde erschossen. Erhard Klein aus Rubi war ebenfalls im Kampf gefallen.

Alle anderen beteiligten Oberstdorfer konnten jedoch nach dem Kampf fliehen. Die Bauern waren in einer unbeschreiblichen Not und lebten in ständiger Angst. Auf einer Anschlagtafel auf dem Marktplatz stand geschrieben: „Wegen Aufstand gegen die Franzosen ist Christian Keller aus Rubi ein besonders gefährlicher Mensch und wird zur Festnahme gesucht."

Bei der Familie Math, am Dorfbach gelegen, haben französische Husaren im Heustock einen Spieß gefunden. Daraufhin fesselten sie den Math mit einem Seil und führten ihn nach Immenstadt in die Gefangenschaft ab.

Die Regierenden wollten wissen, warum das Volk gegen den bayerischen König aufgestanden war. Mit ein Grund für die Unzufriedenheit waren die hohen Kosten und die Steuern, die der König dem Volk abverlangte. Dieses Geld konnte von ihnen nicht mehr aufgebracht werden. Außerdem waren die Bürger nicht einverstanden, dass in Glaubensangelegenheiten von der neuen Obrigkeit so vieles verändert und das Gewohnte und Liebgewordene gestrichen wurde. Die Offiziere und Hauptleute wurden nach Lindau zitiert, um sie dort zu verhören, da sie das gemeine Volk gegen den bayerischen König aufgehetzt und eine Rebellion angestiftet hatten. Danach wurden sie nach Frankreich abgeführt. Hartmann Joseph aus Oberstdorf, Lecher Franziskus aus Maiselstein und Schmid Joseph Anton aus Ried wurden ebenfalls vom Militär wegen Aufstand gegen den König gefangen genommen.

Von einem General der Franzosen wurden die Gewehre vom Bürgermilitär aus Sonthofen, Immenstadt und Oberstdorf angefordert. Die Oberstdorfer kamen am Marktplatz zusammen und entschieden, die Gewehre nicht abzuliefern. Die Bayern führten als Besatzer ein hartes Regiment. Daraufhin beschlossen die heimischen Männer wie die Oberstdorfer, Immenstädter und Sonthofener sich mit den Vorarlbergern und den Lechtalern, den Birgern, den Bludenzern, Montafonern, Bregenzerwäldern und den Walsern zusammenzuschließen und gründeten ein Bürgerheer. Sie kämpften miteinander unter der Führung des Freiheitskämpfers Andreas Hofer.

Sie konnten gegen die napoleonischen Truppen die Schlacht am Berg Isel für sich entscheiden. Die Tiroler mit ihrem Bürgerheer hatten bayerische und französische Truppen in Tirol besiegt und viele Feinde gefangen genommen. Erneut rief Dr. Schneider die Oberallgäuer zur Revolte auf.
Als die Tiroler ihre Waffen und ihr Getreide aus dem Oberallgäu nach Reutte abtransportierten, ließ die Begeisterung unter der hiesigen Bevölkerung schlagartig nach.
Die Zustimmung zur Revolte war sehr gering und manch einer entschied sich dagegen. Die Menschen waren nicht mehr vom endgültigen Sieg über die Bayern und Franzosen überzeugt. Einige

Oberstdorfer waren inzwischen gute bayerische Staatsbürger geworden. Sie wollten sich lieber daheim erschießen lassen, als mit den Tirolern gegen das eigene Vaterland die Waffen zu erheben. So musste eine Zwangsrekrutierung die Kompanien der Tiroler füllen. Es war eine verrückte Zeit. Von drei jungen Männern von Gerstruben kämpfte jeder unter einer anderen Fahne in ständiger Angst, auf dem Schlachtfeld plötzlich einem Freund gegenüberzustehen. Der eine kämpfte für die bayerische Regierung, der zweite für die Tiroler-Freiheit und ein weiterer für die französische Truppe. Nachdem Österreich geschlagen war, wurde Oberstdorf immer wieder von französischen Besatzungstruppen heimgesucht. Die aufständischen Bauern mussten sich ihnen ergeben.
Die Bevölkerung hatte unter dem wirtschaftlichen Niedergang, den hohen Kosten und Steuern, den Einquartierungen der Besatzungstruppen und den Tiroler „Befreiern" zu leiden.
Im Februar 1810 wurde der 43-jährige Andreas Hofer in Mantua hingerichtet.

1812 überschritt Napoleon mit seinem gewaltigen Heer die russische Grenze. Bayern musste 32.500 Mann stellen, darunter waren auch Zwangsrekrutierte aus dem Oberallgäu, wie auch Hannß und sein Bruder Ignatius. Dieser fürchterliche Feldzug brachte Napoleons endgültigen Untergang. 30.000 bayerische Soldaten mussten ihr Leben lassen. Zwölf Oberstdorfer Männer sind dabei getötet worden und einige wurden noch vermisst.
Als die Liste der Verstorbenen bekannt gegeben wurde, war auch Christina sehr aufgeregt. Sie hatte große Furcht, dass der Name ihres Mannes Hannß verlesen würde. Er stand nicht auf der Liste. Aber Anton Wolf, ihr Cousin von Gerstruben, war unter den gefallenen Soldaten. Wie auch ihr Schwager Ignatius, der geliebte Bruder von Hannß, dem sie so vieles zu verdanken hatten. Er war stets hilfsbereit und eine wertvolle Stütze für sie. Christinas Tante, die Wolfin, die Mutter von Anton, und andere Frauen, die ihre Söhne im Kampf verloren hatten, weinten und schrien fürchterlich.

Christina nahm ihre Tante und ihre Schwägerin Katharina mit zu sich nach Hause und machte ihnen einen Baldriantee zur Beruhigung. Es war für Christina eine schwierige Situation. Wie konnte sie den beiden helfen? Jedes Wort wäre überflüssig gewesen. Sie mussten ihr Leid alleine tragen. Es gab für dieses sinnlose Sterben keinen Trost. Als die beiden am Abend wieder heimgingen, brachte Christina ihre beiden Kinder, die 5-jährige Maria und den 2-jährigen Josephus, ins Bett. Danach legte sie sich selbst ein wenig nieder, konnte aber nicht einschlafen, weil sie zu aufgewühlt war. Sie hörte in Gedanken immer wieder die Schreie der Frauen nach Bekanntgabe der Gefallenen. In den Familien der toten Soldaten entstanden große Lücken. Es war ein unsagbares Schicksal für die Hinterbliebenen. Auch Christina hatte großen Kummer, da noch einige Männer, darunter ihr Hannß, nicht heimgekehrt waren. Sie befürchtete, dass vielleicht auch sie selbst in den nächsten Tagen eine schlechte Nachricht erhalten könnte.

Drei Tage später, als sie Essen kochte, stand plötzlich ihr Mann neben ihr in der Küche. Er war unrasiert und hatte ein fahles, graues Gesicht und seine Augen waren stumpf. Sie schrie vor Freude: „Hannß", und dabei fiel sie ihm um den Hals. Die beiden lagen sich wortlos eine ganze Weile in den Armen und Tränen flossen über ihre Wangen. Danach gingen sie in die Stube und setzten sich auf die Eckbank beim Herrgottswinkel. Hannß brach das Schweigen und begann verstört zu erzählen: „Unsere Kompanie, darunter auch Ignatius, war in der Nähe der russischen Grenze, als es zum Kampf kam. Der Hauptmann trieb uns voran und noch bevor wir beim Feind ankamen, bebte der Boden unter dem Kanonendonner. „Vorwärts, schneller, ihr müsst laufen so schnell ihr könnt!", rief einer hinter uns. Während des Kampfes bekam ich nicht viel mit. Aber neben mir hat es einem Soldaten einen Arm abgerissen. Ein anderer presste sich seine Hände auf den aufgerissenen Leib, aus dem die Eingeweide hervorquollen. Ein Junge, fast noch ein Kind, kniete neben mir auf dem Boden und hielt seine Hände vor die Augen und schrie: „Mama, Mama! Wo bist du? Ich will heim, ich kann nichts sehen." Ich wollte dem Buben gerade zu Hilfe eilen, da schrie der Hauptmann neben mir schon wieder: „Kommt schnell, wir müssen aus der Schusslinie raus. Um die Verletzten kümmern wir uns später." In dem Moment fiel ein Schuss und der Junge sackte zusammen. Ich glaube, er war auf der Stelle tot. Viele meiner Freunde lagen schwer verwundet oder tot auf dem Kampfplatz. Nach diesem furchtbaren Gefecht wartete ich auf Ignatius. Aber er kam nicht wie die anderen über den Hügel zu uns. Auch einige andere unserer Männer fehlten ebenfalls noch. Wir, die nicht verletzt waren, gingen zurück auf das Schlachtfeld und suchten nach Überlebenden. Im nassen Gras sah ich meinen Bruder liegen. Er war blutüberströmt und hatte mehrere Verletzungen. Für ihn kam jede Hilfe zu spät. Seine Augen waren weit aufgerissen und er starrte ins Leere. Diesen Blick werde ich nie wieder vergessen. Ich schloss ihm seine Augen und trug ihn zu seinen toten Kameraden. Danach schaufelte ich mit meinen Händen ein Grab für Ignatius und legte ihn dann behutsam hinein und sprach ein Gebet für ihn. Ich war dankbar, dass mir die Zeit geblieben ist, ihn wenigstens noch zu beerdigen, bevor wir weiterziehen mussten. Auf dem langen Heimmarsch fielen mir immer wieder die Worte ein, die Ignatius vor Jahren zu mir gesagt hatte, als ich mich freiwillig zum Militärdienst melden wollte."

Christina schaute ihren Mann verwundert an: „Was hat er damals zu dir gesagt?"

„Hannß, bleib bei uns. Gehe nicht in den Krieg. Es lohnt sich nicht, dein Leben im Kampf zu verlieren. Eins musst du dir für immer merken. Die Männer sterben keinen Heldentod fürs Vaterland, wie uns vorgegaukelt wird. Nein, die meisten von ihnen verrecken elendig auf dem Schlachtfeld. Krieg ist immer schlecht, er bedeutet Tod und Elend unter dem Volk. Es gibt nie Sieger, sondern immer nur Verlierer. Im Krieg bezahlen die Kleinen, solche wie du und ich. Ja, so ähnlich waren seine Worte."

Christina konnte es kaum fassen und schüttelte ihren Kopf: „Es ist doch Wahnsinn, dass gerade Ignatius, der so gegen den Krieg

eingestellt war, selbst auf diese Weise sein Leben lassen musste."
Hannß sprach weiter: „Und dann auf dem Heimmarsch waren die Kriegsrufe verhallt und haben absoluter Stille Platz gemacht. Die Ruhe war fast unheimlich. Die Männer waren alle stumm und jeder musste das soeben Erlebte für sich selbst verarbeiten."
Christina sah, wie sich Hannß' Gesichtszüge verhärteten. Mit einer schnellen, heimlichen Bewegung wischte er sich die Tränen aus dem Gesicht und warf seiner Frau einen kurzen Blick zu. Christina dachte sich: „Mein armer Mann musste so vieles durchmachen, was ihn sehr bedrückt und ihn bestimmt noch eine Zeit lang belastet."
Hannß sprach weiter: „Ich habe den Tod noch nie so grausam erlebt. Die Kugeln und Kanonen rissen meine Freunde einfach in Stücke. Die, die Glück hatten, waren sofort tot. Andere lagen noch Stunden schreiend im eigenen Blut und warteten auf uns. Aber auch wir konnten für die meisten Verletzten nichts mehr tun."

Der Pfarrer ließ für die Gefallenen aus der Pfarrei Oberstdorf in der Kirche eine Tafel mit den Namen der Verstorbenen aufhängen. Dann wurde eine Schiiding[58] zu Ehren der Verstorbenen geläutet. Aus fast allen Häusern strömten die Menschen in die Kirche. Hannß ging zusammen mit Christina und den beiden Kindern zum Gottesdienst. Er konnte sich während der Andacht nicht auf die Worte des Pfarrers konzentrieren. Viele Gedanken gingen ihm durch den Kopf: „Trotz der Trauer um meinen Bruder bin ich wütend auf die Regierenden in diesem Land. Damals wollte ich mich freiwillig zum Militär melden, aber Ignatius hatte mir abgeraten. Dieses Mal war es nicht freiwillig. Wir waren machtlos und mussten auf Befehl des Königs einrücken." Nun nahm er auch die Trauer der anderen um sich herum in der Kirche wahr. So viel Kummer und Wehklagen. Viele Frauen hatten ebenfalls einen geliebten Menschen, entweder den Sohn, den Ehemann oder den Geliebten verloren. Auch die anderen Soldaten, seine Freunde, die inzwischen ebenfalls von den Kriegsschauplätzen heimgekehrt waren, trugen höchstwahrscheinlich wie er selbst fürchterliche Erinnerungen an

---

[58] Glockenläuten beim Todesfall

einen unbekannten, namenlosen Feind, der durch ihre Hand vielleicht verstümmelt oder gar verstorben war, in sich, und werden unter Umständen nie mit jemandem darüber reden können.

Die Menschen hofften, dass nun die Kriegsjahre endgültig vorbei waren und jeder in Ruhe seiner eigenen Arbeit nachgehen konnte. Ein Jahr nach Kriegsende gebar Christina wieder einen Sohn. Sie wollte Hannß eine Freude machen und sagte: „Lass uns das Kind nach deinem verstorbenen Bruder Ignatius nennen." Doch Hannß war dies zu früh, er wollte es nicht. Sie gaben dem Kind den Namen Thaddäus. Auch dieses Kind war gesund und robust, sah aus wie seine Schwester, mit dunklem, lockigem Haar. Im drauffolgenden Jahr wurde Johannes geboren. Er dagegen war von Anfang an kränklich und schwach. Er starb mit drei Monaten. Dann kam ein Mädchen, die Johanna, zur Welt. Auch sie wollte nicht wachsen und gedeihen. Sie starb mit neun Monaten. Für Christina war es furchtbar. Sie glaubte, dass ihre Kinder zu wenig zu essen hatten und deshalb gestorben sind. Aber was sollte sie tun, sie hatte ja selbst nicht genug und deshalb war das Stillen für sie nicht möglich. Am Abend konnte sie häufig nicht einschlafen, weil ihr der Magen vor Hunger knurrte. Manchmal hatte sie Brennnesseln gepflückt, um daraus ein spinatartiges Gemüse mit Kartoffeln zu kochen.
Im drauffolgenden Sommer spielten die Kinder im Garten mit einem selbstgebastelten Heuballen, der ihnen als Ball diente. Josephus, der älteste Sohn, warf den Ball zu seinem jüngeren Bruder. Dieser wollte ihn fangen und lief rückwärts, ohne nach hinten zu sehen, und fiel in den Dorfbach. Es war sehr viel Wasser darin und die Strömung riss den 4 ½-jährigen zarten Buben mit sich fort. Seine Schwester, die Maria, holte sogleich ihre Mutter, die beim Spinnen in der Stube saß. Aber als Christina herbeigeeilt war, kam jede Hilfe für ihren Buben zu spät. Der kleine Thaddäus war ertrunken.
1817, ein Jahr nachdem Thaddäus gestorben war, kam Henricus zur Welt. Christina hatte wieder zu wenig Milch und konnte den Kleinen ebenfalls kaum stillen. Sie hatte versucht, ihm Kuh- oder

Geißenmilch zu füttern, aber auch dieses nahm ihr Kind nicht an. Henricus war nach 14 Tagen ebenfalls, trotz dem Amulett, das ihm Christina um den Hals gehängt hatte, gestorben. Hannß machte sich Sorgen um seine Frau. Er hatte das Gefühl, dass seit dem Ertrinken von Thaddäus in Christina etwas zerbrochen war. Sie hatte sich vom Wesen her stark verändert und wurde ihm auf seltsame Weise immer fremder. Irgendetwas war in ihrem Innersten zerbrochen und dadurch konnte er seine Frau nicht mehr erreichen. Aber Hannß spürte, dass sich sein eigenes Leben ebenfalls durch die Toten im Krieg und den Verlust seines Buben verändert hatte. Er konnte die Bilder vom Krieg bis heute nicht vergessen. Christina war sehr traurig und sagte offen: „Ich will keine Kinder mehr. Ich habe nicht die Kraft, noch ein weiteres Kind auszutragen und wieder zu beerdigen. Von meinen acht Kindern sind mir nur die Maria und der Josephus geblieben."

Der Pfarrer stand nach dem Gottesdienst vor der Kirche und sprach mit den einheimischen Männern, darunter auch Hannß: „Ihr müsst wissen, wenn ihr mit euren Frauen schlaft, sollte außer eurer körperlichen Lust doch immer noch die Zeugung eures Nachwuchses im Vordergrund stehen. Mir ist zu Ohren gekommen, dass sich manches Weib ohne das Wissen von euch Männern von der Hebamme oder der Kräuterburgel etwas geben lässt, um dadurch ein Kind zu verhindern. Es ist eine Sünde, wenn ihr versucht, eine Schwangerschaft zu verhindern oder gar abzubrechen."
Nach dem Tode ihres jüngsten Kindes Henricus beschlossen Christina und Hannß dem Rat des Pfarrers zu folgen und enthaltsam miteinander weiterzuleben und auf körperliche Vereinigung zu verzichten, damit sie kein Kind mehr bekämen. Hannß tröstete Christina über den Verlust ihres Buben im Ehebett mit fürsorglichen Umarmungen. Diese zärtlichen Berührungen mündeten jedoch schon bald wieder in einer ehelichen Vereinigung. Die Lust und die Sehnsucht zueinander überkam sie. Schon am drauffolgenden Morgen hatte Christina panische Angst vor einer eventuellen

Schwangerschaft. Hannß beruhigte sie: „Falls du wieder schwanger bist, bin ich mir sicher, du wirst das Kind dieses Mal nicht verlieren. Schau, wir haben jetzt genug zu essen. Nicht so wie früher in den furchtbaren Hungersjahren." Insgeheim hoffte Hannß, dass seine Frau durch ein weiteres Neugeborenes wieder ihren früheren Lebenswillen zurückbekäme.

Eine weitere Vereinigung war nicht ohne Folgen geblieben. Christina wurde ein halbes Jahr später wieder schwanger.

Sie konnte gerade noch auf dem Feld helfen, das Handwerkszeug mit Hannß zusammen in den Stadel zu bringen, ehe ihre Wehen einsetzten.

Hannß brachte seine Frau schnell ins Schlafzimmer. Auch dieses Mal raubte ihr der Schmerz fast den Verstand. Als die Hebamme kurz in die Küche ging, um sich einen Kräutertee einzugießen, bekam Christina ihre ersten Presswehen. Danach dauerte es nur noch ein paar Atemzüge, bis der Säugling zur Welt kam. Es war ein gesunder Bub, der auf den Namen Baptist getauft wurde.

1882 Genovefa und Anna

Anna war traurig gestimmt und unterbrach. „Genovefa, darf ich dich etwas anderes fragen? Was ist damals mit Otto passiert? Warum ist sein Knie kaputt? Kann man gar nichts für ihn tun, damit es besser wird? Ich habe manchmal das Gefühl, dass er sehr darunter leidet. Er würde so gerne mit seinen Freunden in die Berge gehen."

„Ich weiß Anna, deshalb ist er auch meistens lieber daheim, als mit seinen Freunden unterwegs. Als 9-jähriger Bub saß Otto auf der Fensterbank oben in seiner Schlafkammer und schaute mir beim Jäten im Krautgarten zu. Ich habe ihn gar nicht bemerkt. Dabei bekam er das Übergewicht und fiel aus dem Fenster auf den harten Boden vor der Haustür. Ich war bleich vor Schreck und rief so laut ich konnte nach Ulrich. Ottos Knie blutete stark und ein Knochen schaute hervor. Ulrich trug unseren Buben ins Haus auf die Gütsche und rannte

anschließend so schnell er konnte zum Doktor, um ihn zu holen. Ich blieb währenddessen bei Otto sitzen und versuchte ihn zu beruhigen. Er weinte bitterlich und ihm wurde ganz übel. Als der Arzt das Knie untersuchte, bestätigte er unseren Verdacht. Ottos Knie war gebrochen. Er richtete es unter furchtbaren Schmerzen ein und danach schiente er es. Als der Doktor sich verabschiedete, ging Ulrich mit ihm vor die Tür. Da muss er wohl unter vier Augen zu Ulrich gesagt haben: „Das Knie ist zertrümmert. Wenn Otto Glück hat, wächst es von selbst zusammen, aber es wird für immer steif bleiben. Schlechter wäre es, wenn es nicht zusammenwächst, dann muss ich deinem Buben das Bein abnehmen. Dann wird er sein Leben lang ein Holzbein tragen müssen. Ulrich hat mir das erst einige Jahre später gesagt. Nun ist sein Knie unbeweglich, aber das ist allemal noch besser, als wenn er es verloren hätte. Der Arzt meinte, er könne nichts dagegen machen. Damit muss Otto leben, auch wenn es manchmal schwer für ihn ist."
Anna verabschiedete sich betrübt von Genovefa und ging heim nach Reichenbach.
Beim Abendessen erwähnte Annas Vater: „Morgen gehe ich zum Viehmarkt nach Immenstadt, um ein weiteres Rind zu kaufen."
Anna bettelte: „Papa, bitte darf ich mit dir kommen? Ich möchte so gerne das schöne Vieh anschauen und ein gutes Rind mit dir zusammen aussuchen."
„Wenn es dir Freude macht, dann komm von mir aus morgen mit."
Anna stand früh auf und nahm noch ihre Notgroschen mit, falls es für Vaters Geld kein vernünftiges Rind gab. Darüber erzählte sie ihm nichts und versteckte ihr Erspartes in der Rocktasche. Die beiden gingen vor Tagesanbruch los. Noch nie zuvor hatte Anna so viele Menschen auf einmal gesehen, wie auf diesem Markt. Gleich zu Beginn in der Nähe des Einganges sah Anna eine Kuh, die vor Kurzem erst gekalbt hatte. Der Viehhändler sagte: „Nehmt doch statt einem Rind lieber eine Kuh! Sie wird den ganzen Winter über genug Milch für eure Familie geben. Das Kälbchen schenke ich euch dazu." Vater war etwas unentschlossen und dachte laut vor sich hin: „Das sind zwei schöne Tiere, aber die Kuh kostet mir zu viel, auch wenn er fürs Kalb

nichts nimmt." Anna sah dem Kälbchen mit seinem weißen Sternchen auf der Stirn liebevoll in die Augen, drehte sich zur Seite und nahm ihr erspartes Geld aus der Tasche. „Hier Papa, ich lege Geld dazu, dann können wir beide kaufen. Ich denke, Heu haben wir genug. Es wird uns über den Winter reichen."

Michl war beeindruckt von seiner Tochter: „Gut wäre es schon, wenn wir beide nehmen. In einem Jahr können wir mit dem Kalb zum Stier gehen und werden dann weiterhin genug Milch für Butter und Käse haben. Das nächste Kalb können wir schlachten und das Fleisch verkaufen."

„Ja Papa, dann bekommen wir doch einen Teil unseres Geldes wieder zurück." Er fand es einen akzeptablen Vorschlag, nahm freudig Annas Geld und kaufte beide Tiere. Gleich anschließend trieben sie das Muttertier und das Kalb langsam nach Reichenbach heim. Das Kälbchen kam nur langsam voran, weshalb Michl und Anna gerade noch vor Einbruch der Dunkelheit heimkamen.

Neue Schuhe herzustellen, machte Otto weit mehr Freude, als die alten aufgerissenen Schuhe zu reparieren. Aber auch das musste getan werden. Den Sommer über gingen die Armen, die Jugendlichen und die Kinder meist barfuß, damit sie ihre Sohlen für den kalten Winter schonen konnten. Die angesehenen Bürger unter ihnen, wie der Herr Doktor, der Herr Pfarrer und der Herr Lehrer sowie einige Geschäftsleute, Wirte, Bäcker, Krämer und Metzger hatten meist Schuhe an ihren Füßen. Den Bauern und Handwerkern wurde dies auch immer wichtiger. Viele sparten ehrgeizig ihr Geld, um sich ein Paar leisten zu können. Denn wer keine Schuhe hatte, fühlte sich wie der Ärmste der Armen. Wenn die Schuhe löchrige Sohlen oder offene Nähte hatten, musste Otto diese flicken. Der Doktor bestellte am häufigsten neue Schuhe für sich und seine Ehegattin. Die alten, abgetragenen ließ er dann in der Werkstatt zurück. Wenn dann Einheimische zu Otto kamen, deren Schuhe kaputt waren und sie sich

keine neuen leisten konnten, schenkte Otto ihnen die noch relativ ordentlichen Schuhe vom Herrn Doktor.
Immer wieder, wenn Otto Anna sah, tat sie ihm leid, da sie seit Jahren die alten, abgetragenen Schuhe ihrer verstorbenen Mutter trug. Daraufhin fragte Otto seinen Meister, den Schratt: „Darf ich in meiner Freizeit in der Werkstatt ein Paar Schuhe als Geschenk herstellen?" Der Schratt erlaubte es ihm mit folgenden Worten: „Selbstverständlich, aber nur, wenn du dann die Werkstatt wieder aufräumst, und das Material musst du mir natürlich bezahlen."

Anna war ein paar Wochen zuvor zur Beichte in Oberstdorf. „Ich hatte unkeusche Gedanken", sagte sie zum Pfarrer, als sie im Beichtstuhl kniete. „Warum mein Kind? Was hast du gedacht?"
„Ich hab einen Burschen gern, aber es darf nicht sein, er ist mein Großcousin. Trotzdem träume ich immer wieder von ihm. Ich wäre so gerne mit ihm zusammen."
Der Pfarrer war erstaunt: „Ein Großcousin? Das heißt deine Großmutter und seine Großmutter waren Geschwister, also Blutsverwandte dritten Grades?"
„Ja, Hochwürden, so ist es."
„Ich bin mir nicht ganz sicher, aber ich denke, das wird kein Problem sein, dafür kann es eine Sondergenehmigung geben. Mein liebes Kind, wenn es dir wichtig erscheint, werde ich eure Namen, die eurer Eltern und der Großeltern nach Augsburg zum Bischof schreiben und um seine Zustimmung für eine eheliche Verbindung zwischen euch bitten."
„Wir wollten es beenden, bevor wir uns noch mehr lieb haben." Anna spürte, wie ihr ganz heiß wurde. Sie war in dem Moment froh, dass der Pfarrer ihr rotes Gesicht hier im dunklen Beichtstuhl nicht sehen konnte. Der Pfarrer sagte daraufhin: „Das ist sehr lobenswert von euch beiden. Leg mir einen Zettel mit den Namen ins Pfarrbüro. Ich werde mich darum kümmern und gebe dir Bescheid, wenn die Nachricht von Augsburg zurück ist."
„Herr Pfarrer, ich komme lieber in ein paar Wochen bei Euch vorbei, um nachzufragen."

„Wie du willst. Aber jetzt bete zur Buße für deine Sünden drei ‚Vaterunser' und drei ‚Gegrüßet seist du Maria'."
Anna bekreuzigte sich, während sie sich erhob, und verließ mit den Worten „Dank sei Gott dem Herrn" den Beichtstuhl.
Drei Wochen später, am Klausentag, ging Anna sehr aufgeregt ins Pfarramt um nachzufragen, ob der Bischof schon geantwortet habe. Der Pfarrer erkannte sie zuerst gar nicht. Erst als sie ihren Namen nannte, sagte er: „Anna, mein liebes Kind, setz dich. Das Antwortschreiben vom Bischof zu Augsburg ist eingetroffen. Ich lese es dir vor: In der Angelegenheit eines Dispenses wegen Blutverwandtschaft dritten Grades erteile ich meine Zustimmung für eine eheliche Verbindung zwischen dem in Eurer Pfarrei lebenden, ledigen Schuhmachergesellen Otto Kling und der Jungfer Anna Buhl aus Reichenbach. Gezeichnet Pankratius von Dinkel, Bischof zu Augsburg, den 1. Dezember des Jahres 1882."
Anna sah den Pfarrer mit großen, erstaunten Augen an und fragte unsicher: „Dann dürfen der Otto und ich uns wieder treffen? Unser Kummer war umsonst?"
„Ja, mein liebes Kind. So ist es. Trotzdem bleibt sittsam und keusch bis zum Hochzeitstag." Anna strahlte übers ganze Gesicht:
„Danke, Herr Pfarrer."
„Gott sei mit dir."
Als Anna heimwärts ging, war sie so erleichtert, als wären schwere Steine von ihrem Herzen genommen worden. Am liebsten wäre sie gleich mit der Neuigkeit zu Otto gelaufen, aber sie überlegte sich: „Wann und wie soll ich das Otto erklären? Irgendwie habe ich Angst. Was wird er von mir denken, weil ich wegen einer ehelichen Verbindung den Pfarrer gefragt habe?"
Am 13. Dezember, an ihrem 21. Geburtstag, ihrer Volljährigkeit, lud Anna einige Freunde nach Reichenbach ein. Als sie gemütlich in der warmen Stube beieinandersaßen, klopfte es unerwartet an der Tür. Anna öffnete und sah Otto davor stehen. Sie freute sich über seinen Besuch. Er gratulierte ihr herzlich und übergab ihr die in Papier eingeschlagenen Schuhe: „Dieses Geschenk ist für dich. Ich hoffe, sie

passen dir!" Anna machte vorsichtig das Papier ab und sah ein Paar braune Stiefel aus Rindsleder, die bis zum Knöchel reichten. „Otto, das sind ja wunderbare Schuhe! Hast du die für mich gemacht?"
„Ja, Anna, ich will ehrlich sein, deine alten Schuhe haben mir nie gefallen", dabei lächelte er spöttisch. Sie probierte die Schuhe sogleich an, und vor lauter Freude vergaß sie ihren Besuch in der Stube: „Otto, die passen wie angegossen und sind viel bequemer als meine alten! Ich danke dir." Dabei überkam sie eine große Freude und ihr Temperament ging mit ihr durch. Sie gab Otto spontan einen Kuss auf seine linke Wange. In dem Moment kam Mathilde aus der Stube heraus, um nachzusehen, wo Anna so lang blieb. Als Otto den finsteren Gesichtsausdruck von Annas Freundin sah, war ihm der Kuss furchtbar peinlich. Mathilde aber rief: „Anna, jetzt komm doch, das Essen wird kalt." Es gab Knackwürste mit Senf und einem selbst gebackenen, kräftig gewürzten Schwarzbrot dazu. Annas Vater spendierte ein paar Flaschen Bier für das Fest. Die Freundinnen hatten selbst gebackene Klousemännle, Apfelbrot und Nüsse mitgebracht. Anna freute sich über Ottos Besuch und ganz besonders über ihre neuen Lederstiefel. „So feine Schuhe hat keine von meinen Freundinnen."
Es war ein schöner Geburtstag in dieser fröhlichen Runde. Otto war aufgefallen, dass Anna ihn heute wieder so liebevoll wie früher ansah. Als er kurz vor der Tür im Flur war, um eine Flasche Bier zu holen, lief Anna ihm schnell hinterher. „Otto, ich muss dir etwas erzählen. Dafür möchte ich mit dir alleine sein und es wird eine Weile dauern."
„Jetzt bin ich aber neugierig! Was gibt es so Wichtiges?"
„Heute nicht, wann hast du Zeit?"
„Anna, jetzt sag schon, worum geht es?"
„Nein Otto, das kann ich so nicht sagen, wann können wir uns treffen?"
„Bis Weihnachten ist es schwierig. Ich arbeite die ganze Woche bis spät abends. Ich muss noch ein paar bestellte Schuhe bis Heilig Abend fertig machen."
Anna flehte: „Bitte, Otto, es ist sehr wichtig für mich. Ich kann nicht so lange warten. Es wird hoffentlich auch eine Überraschung für dich sein."

„Da bin ich aber gespannt. Wie wäre es am Sonntag? Ich meine morgen um zwei Uhr?"
„Gut Otto, das passt. Komm du bei mir vorbei, dann können wir ein Stück zusammen in Richtung Gaisalpe gehen und ungestört miteinander reden." Nach diesem Gespräch gingen die beiden wieder in die Stube zu den anderen.

Am Sonntag kam Otto, wie es Anna von ihm gewöhnt war, pünktlich bei ihr vorbei. Als er ihre alten Schuhe sah, fragte er: „Wo sind deine neuen Stiefel? Warum trägst du sie nicht?"
„Aber doch nicht im nassen Schnee. Das gibt Wasserränder, dafür sind sie mir zu schade."
„Ja, das sehe ich ein." Sie zog schnell ihren grauen Mantel über und schon gingen sie gemeinsam nach draußen. Die Sonne strahlte noch, aber es waren vom Bodensee her schon leichte Regenwolken zu sehen. Otto sah zum Himmel und dachte sich: „Es sieht nach Regen aus. Vielleicht geht der Regen heute Nacht in Schnee über. Dann hätten wir wunderbare Weihnachtstage mit frischem Neuschnee." Als sie ein Stück vom Haus entfernt waren, hörten sie bereits den Wildbach von der Gaisalpe her rauschen.
Otto fragte ungeduldig: „So, jetzt sag schon, ich bin neugierig auf dein Geheimnis. Anna, mach es nicht so spannend."
Sie wusste gar nicht so recht, wie sie beginnen sollte. Sie erzählte vom Erlebnis im Beichtstuhl und dass der Pfarrer und der Bischof einverstanden seien, wenn sie sich weiterhin sehen würden.
Otto blickte sie verwundert an: „Der Bischof ist einverstanden, wenn wir beide uns sehen wollen? Was soll das denn heißen?" Anna wurde unruhig und stammelte: „Wir beide sind, ich meine, doch äh ... Verwandte dritten Grades. Es spräche in unserm Fall nichts dagegen, wenn wir ..., nein, äh ..., ich meine, zusammen ... ein Paar werden wollten." Über die eheliche Verbindung schwieg Anna. Dies war ihr im Moment zu peinlich.
Otto freute sich über diese gute Nachricht. So eine Überraschung hatte er in seinen geheimsten Träumen nicht erwartet. Er fasste Anna

spontan um die Taille und wirbelte sie in die Luft, bis sie vor Schreck einen lauten Schrei ausstieß. Otto stellte sie zurück auf den Boden und fragte sie ganz offen: „Anna, das heißt, wir beiden dürfen ..., ich meine wir können ..., wenn du auch willst ..."
Sie strahlte ihn überglücklich an und lächelte erfreut: „Otto, langsam, was willst du mich fragen?"
„Wenn ich dich richtig verstanden habe, steht uns nichts mehr im Weg und wir dürfen uns ab heute wieder regelmäßig sehen. Und weil ich dich gerne habe, darf ich es auch zulassen. Also dürfen wir uns lieb haben?"
Beide lachten über seine Feststellung und Anna antwortete überglücklich: „Ja, du hast mich richtig verstanden."
Er nahm sie in seine Arme und sie umarmte ihn ebenfalls. In dem Moment kam Agnes, Ottos Nachbarin, aus Oberstdorf vorbei. Sie schaute entsetzt, als sie die beiden so eng umschlungen stehen sah. Als Otto am Abend heimkam, bemerkte Genovefa gleich, dass sich ihr Sohn verändert hatte. Seine Augen strahlten wie schon lange nicht mehr. „Otto, was gibt es Neues? Was hast du heute gemacht?"
„Nichts, ich war in Reichenbach und habe Michl und Anna besucht. Was soll es geben?"
„Agnes war heute bei mir, sie erzählte ganz aufgeregt, du hast wohl ein Mädchen in Reichenbach. Ich habe ihr widersprochen, das sei nicht möglich. Daraufhin sagte sie zu mir, dass sie euch mit eigenen Augen gesehen habe. Ihr habt euch umarmt und verliebt angesehen. Als ihr sie erblickt habt, seid ihr Hand in Hand weiterspaziert." Plötzlich fing Otto an zu lachen: „Agnes, dieses Tratschweib! Kann die denn nichts für sich behalten? Muss die denn immer alles gleich weitererzählen?"
„Otto, warum lachst du? Ich meine es ernst. Ich rate dir, lass die Finger von Anna. Ich habe dir schon vor einem Jahr gesagt, dass es bestimmt keine gemeinsame Zukunft für euch gibt."
„Doch Mama, es wird eine Zukunft geben, denn Anna und ich haben uns gern. Auch der Pfarrer und selbst der Bischof werden unserer Beziehung nicht mehr im Wege stehen."
Genovefa fing zu weinen an. „Mama, was ist mit dir?" Sie nahm Otto

in ihre Arme und sagte: „Mein Sohn, das sind Freudentränen. Ich habe mich noch nie in meinem Leben so für dich gefreut wie jetzt in dem Moment, wo ich dies erfahre. Es wird alles gut werden."

Anna erzählte indessen Mathilde und Annele, dass sie nun mit dem Einverständnis des Pfarrers mit Otto zusammen sei. Ihre Freundinnen freuten sich mit ihr. Mathilde und Martin waren auch schon seit Längerem enger befreundet. Inzwischen waren auch Annele und Joseph Anton ein Paar geworden. Seit Anfang des Jahres kam Anna in jeder freien Minute, die sie hatte, zu Otto.
Schon immer fand Otto, dass Anna ganz nett aussah. Aber jetzt kam sie ihm noch viel hübscher vor als früher. Sie war ungefähr 1,60 m groß, hatte tiefblaue Augen und dickes, dunkelblondes Haar, das sie, von einem Mittelscheitel aus nach hinten geflochten, zu einem Knoten hochgesteckt trug. Wenn sie ihn anlächelte, dann strahlten ihre Augen. Er konnte ein Glitzern und Funkeln darin erkennen. Sie trug meist die Ohrringe ihrer verstorbenen Mutter, die sie zu ihrer Volljährigkeit von ihrem Vater zum Geburtstag geschenkt bekommen hatte.

Genovefa wurde klar, dass Anna jetzt lieber mit Otto alleine sein wollte, als mit ihr zusammen im Buch der Altvorderen zu lesen.
An einem schönen Sonntag, als die Arbeit auf dem Feld bereits getan war, sagte Ulrich zu seinem Sohn: „Otto, heute kannst du frei haben. Unternimm etwas mit Anna! Sie wird sich darüber freuen." Die beiden gingen miteinander zum Moorbad hinauf. Hier trafen sie auch ihre Freunde. Doch schon nach einer Weile waren sich Anna und Otto einig, dass sie lieber alleine sein wollten. Sie gingen am Wasser entlang nach Süden, um den Weg nach Loretto einzuschlagen. Es war an diesem Tag so ruhig und friedlich dort oben, da hatten beide den gleichen Gedanken, sich hier eine Weile in die Sonne zu setzen. Sie legten sich nebeneinander auf Annas ausgebreitete Decke ins grüne Gras und träumten in die Sonne. Anna sprach ganz sentimental und nachdenklich: „Manchmal habe ich das Gefühl, dass ich nie alleine bin. Überall sind Blicke der Erwachsenen auf mich gerichtet, so wie

von Agnes damals. Wenn sie mich nicht beobachten können, wie jetzt gerade hier am Weiher, oder wenn ich durch den tiefen Wald gehe, dann sieht mich Gott. Werden wir Menschen ständig überwacht? Es gibt keinen Ort, an dem ich mich verstecken könnte, um mich zu entspannen und mit dir alleine zu sein, um zu träumen."
Otto legte einen Arm um Annas Schultern. Er konnte den süßen Duft in ihrem Haar riechen und fragte: „Wie fändest du es, wenn wir bald heiraten würden?"
Sie drehte sich erstaunt zu Otto hin: „Ist das ein Heiratsantrag?"
„Was meinst du denn? Möchtest du mich heiraten?"
Anna schlang ihre Arme um Ottos Hals: „Ja, das will ich."
Dabei verrutschte ihre Bluse und Otto konnte einen Blick in ihren Ausschnitt erhaschen. Als Anna es bemerkte, steckte sie sofort ihre Bluse wieder in den Rock und richtete sich wieder her. Beide lachten darüber und Otto gefiel, wie verlegen Anna war. Sie lagen sich in den Armen und küssten sich vorsichtig, bis sie Schritte auf dem weichen Waldboden vernahmen. Otto flüsterte ihr zu: „Bleib liegen, nur nicht aufstehen!", und drückte Anna wieder auf die Decke zurück. Er hob vorsichtig seinen Kopf und sah, dass sich ein Rehkitz angeschlichen hatte. Dies fanden beide recht lustig. Hand in Hand gingen sie beschwingt nach Hause und man konnte ihnen ansehen, wie glücklich sie miteinander waren. Seine Eltern freuten sich mit ihnen über die gute Nachricht ihrer baldigen Heirat. Am Abend sagte Genovefa erleichtert zu Ulrich. „Ich bin so froh, dass sich ihre Liebe jetzt endlich erfüllen darf." Als Otto und Anna beim Pfarrer das Aufgebot bestellten, nahm dieser das schon etwas ältere Schreiben des Bischofs aus der Schublade und sagte freundlich zu Otto: „Es ist ja schon alles geregelt. Der Bischof hat schon vor über drei Jahren seine Zustimmung zu eurer Eheschließung gegeben." Anna und auch Otto schwiegen auf seine Bemerkung hin. Als sie wieder auf dem Heimweg waren, wollte Otto wissen: „Du hast eigenmächtig einen Antrag für unsere Heirat gestellt? Noch bevor du mich gefragt hast?" Anna war verdattert. Sie wusste gar nicht, was sie antworten sollte. Otto musste über ihre Verlegenheit furchtbar lachen. Dann bemerkte Anna, dass er

sie auf den Arm genommen hatte. „Hör auf Otto, es ist mir so schon peinlich genug." Die beiden lachten auf offener Straße so laut, dass die vorbeigehenden Bürger ihnen nachschauten.

Otto arbeitete immer noch gerne mit seinen Kollegen in der Schuhmacherwerkstatt im Haus Nr. 121 der Firma Schratt zusammen. Inzwischen hatte er seine Meisterprüfung absolviert. Leo Dorn, ein Berufsjäger des Prinzregenten, hatte zusammen mit Joachim Schratt den neuen „Griefschuh" entwickelt und sich darauf spezialisiert. Sie nahmen sich den Fuß der Gämse als Vorbild. Gämsen können im steilen Gelände problemlos steigen. Eines Tages fuhr der Schuhmachermeister Schratt aus Oberstdorf mit seinem Fuhrwerk zum Schloss Linderhof, denn der Prinzregent Luitpold ließ sich von ihm ebenfalls Greifschuhe anfertigen. Deshalb kam diese Art von Schuhen bis nach Oberbayern und ins Tegernseer Gebiet. Der Oberstdorfer Schuhmacherbetrieb wurde als Hoflieferant bekannt. Er bekam immer mehr Aufträge und konnte dadurch seinen Betrieb vergrößern.

1886 wurde ein Bahnbaukomitee für die neue Bahnstecke nach Oberstdorf gegründet. Eine Reihe von Pferdebesitzern hatte Angst um ihre Existenz. Die älteren Einwohner waren überwiegend gegen das Bauprojekt eingestellt: „Die Bahn ist nicht notwendig. Was soll dann in Zukunft aus der Postkutsche werden?"
Einer der Fuhrleute von Sonthofen fragte Michl Buhl: „Was brauchen denn die Oberstdorfer außer Kropfsalben und Fresstabak jetzt auch noch die Bahn?"
Zwei Jahre später wurde die neue Bahnstrecke zwischen Sonthofen und Oberstdorf fertiggestellt. Der Festumzug fiel im wahrsten Sinne dem Wolkenbruch zum Opfer. Die jungen Einwohner waren sehr gespannt auf die drei Rollwagen und die Lokomotive. Als Michl zum ersten Mal das Dampfross erblickte, hatte auch er große Bedenken und sagte zu Anna: „Es ist bestimmt für unseren menschlichen Körper nicht gesund, uns dieser Geschwindigkeit auszusetzen. Außerdem, welcher Schutzengel kann so schnell fliegen, wie die Eisenbahn

fahren kann. Hoffentlich pfuschen die Bauherren damit Gott nicht ins Handwerk." Zwischen Immenstadt und Oberstdorf hatte die Bahn eine Fahrzeit von 75 Minuten.

1886 Anna und Genovefa
Im Jahre 1886 kam Anna zu Genovefa und klagte: „Ich habe gestern die kleine Aloisia, die Tochter von Rosalia, besucht und meine Befürchtungen haben sich bestätigt, sie hat immer noch keine schöne Kindheit. Ihr Vater hat zwei Jahre nach dem Tod von Rosalia wieder geheiratet. Gleich sechs Monate nach der Hochzeit bekam Mina, seine jetzige Frau, Zwillinge und bald danach ein weiteres Kind. Aloisia hat mir anvertraut, ihre Stiefmutter habe zu ihr gesagt, ihr Papa hat jetzt eigene Kinder, die er mag. Deshalb könne er sie nicht auch noch mögen. Dies solle sie sich für immer merken! Genovefa, wie findest du das? Die Kleine ist doch erst acht Jahre alt und dann sagt ihre Stiefmutter so etwas Gemeines zu ihr. Aloisia war sehr traurig darüber und ihr Selbstwertgefühl wird stark darunter leiden und sie wird diesen Satz bestimmt nie mehr vergessen können." Genovefa wusste auch keinen Rat, schlug aber vor: „Wenn du Zeit hast, hol die Kleine zu dir. Mach ihr einen schönen Tag und zeig ihr, dass wenigstens du sie gern hast. Was anderes kannst du nicht für sie tun."
Anna sah wieder klarer und war erleichtert: „Weißt du was, ich würde gerne im Buch lesen, hättest du eine Stunde Zeit dafür?"

1816 Kling Joan Michael, Stein und Oberstdorf
Joan Michael war inzwischen 26 Jahre alt. Sein Vater, der Martin, war während der Kriegswirren, als seine beiden Söhne einberufen und mit dem Militär unterwegs waren, im Alter von 75 Jahren verstorben. Er hatte sich während der Abwesenheit seiner Buben sehr viele Sorgen gemacht. Wenn die Bauern aus dem oberen Allgäu mit ihren Gewehren, Gabeln und Spießen in den Kampf zogen, hatte er es meist mitbekommen, weil sein Haus direkt an der Straße nach

Kempten stand. Gut, dass Anastasia, seine Frau, bis zum Schluss bei ihm war. In letzter Zeit konnte er kaum laufen und das Atmen fiel ihm sichtlich schwer. Der Doktor meinte: „Er hatte vermutlich wegen seiner Herzschwäche Wasser in der Lunge. Es ist ein furchtbarer Todeskampf für ihn gewesen. Martin ist buchstäblich erstickt. Der Tod war für ihn eine Erlösung."
Hannß kam häufiger als früher bei seinen Freunden in Stein vorbei. Als Joan Michael gerade auf dem Weg vom Stall ins Haus war, sah er Hannß mit seinem Pferdefuhrwerk heranfahren. „Mensch Hannß, welch Freude dich zu sehen. Ich wollte dir schon eine Nachricht zukommen lassen."
„Was gibt es denn so Wichtiges? Deinem Gesicht nach zu schließen, ist es etwas Erfreuliches."
„Ja, du wirst staunen." Er schmunzelte übers ganze Gesicht. „Stell dir vor, ich ziehe noch in diesem Sommer mit meiner Mutter zusammen nach Oberstdorf." Hannß war wirklich sprachlos. „Ist das wahr? Wie kommt es dazu?"
„Mutter freut sich auch darauf. Jetzt, wo Vater nicht mehr lebt, will sie doch lieber ihrer alten Heimat näher sein. Joseph, mein Bruder, übernimmt hier in Stein den Hof. Er zahlt mir etwas Geld aus. Davon werde ich mir in der Spielmannsau das Haus Nr.1 mit 2,48 Tagwerken Land kaufen. Johann Speitel aus dem Lechtal leiht mir noch Geld dazu."
„Warum diese Entscheidung? Und so plötzlich?", fragte Hannß.
„Die Entscheidung ist nicht plötzlich. Schau, Vater ist jetzt schon über ein Jahr tot. Mutter und ich hatten genug Zeit, uns dies in Ruhe zu überlegen. Oben bei euch auf Gerstruben war es wunderbar. Deshalb will ich auch nicht im Ort selbst, sondern lieber außerhalb, in der Spielmannsau, wohnen. Ich habe in Fischen ein nettes junges Mädchen gesehen. Ich könnte mir vorstellten, mit ihr eine Familie zu gründen. Aber dazu ist es noch viel zu früh. Ich habe sie erst zwei Mal gesehen und weiß noch nicht einmal ihren Namen oder ob sie schon einem anderen versprochen ist."
Hannß lächelte, weil er spürte, wie aufgeregt sein junger Freund bei

dem Gedanken an die junge Frau war und sagte: „Das wird ja immer besser. Nein, Spaß beiseite. Mit dem Geldaufnehmen, glaubst du, du kannst es schaffen? Es ist eine große Verantwortung. Ist dir klar, dass du Steuern zahlen, eine Familie ernähren, Vieh kaufen, das Haus umbauen und das Darlehen zurückbezahlen musst? Schaffst du das alles?"

„Ich denke, der Speitel ist ein ehrlicher Mann. Es wird schon gut gehen. Wer nichts wagt, der nichts gewinnt."

„Ich wünsche es dir auf alle Fälle." Anastasia hörte Stimmen und kam aus dem Haus, um nachzusehen, wer da war. Sie freute sich über Hannß' Besuch. „Kommt doch rein! Ich mache uns einen Beerentee. Hat dir Joan Michael schon von unseren Plänen erzählt? Was meinst du dazu?"

„Ihr seid beide sehr mutig, und das finde ich gut. Geld kann ich euch keines leihen, denn seit meinem Hausbau habe ich selbst Schulden. Aber bei der Arbeit und beim Umzug kann ich euch gerne behilflich sein."

„Danke für dein Angebot. Darauf kommen wir gerne zurück", erwiderte Joan Michael.

Anastasia fragte mitfühlend: „Wie geht es Christina? Hat sie sich wieder erholt?"

„Es geht so. Sie grämt sich immer wieder, weil uns sechs Kinder gestorben sind. Sie hadert, dass sie den Unfall von Thaddäus nicht verhindern konnte und trauert um die Säuglinge. Sie glaubt, es sei die Schwindsucht, die unsere Kleinen dahingerafft hat. Wenn sie während der Kriegsjahre mehr zu essen gehabt hätten, könnten die Kinder vielleicht noch leben. Diesen Vorwurf macht sie sich immer wieder. Es ist schon wahr, viele Säuglinge sterben, aber in dieser furchtbaren Hungersnot waren es noch mehr als sonst."

Anastasia horchte auf und erzählte: „Wir haben hier in Stein seit zwei Jahren einen neuen Pfarrer. Er ist ein bewundernswerter Mensch. Er teilt sein Essen mit den Armen und wo immer er einen Besuch abstattet, bringt er ein Stück Brot oder etwas Milch für die Kinder mit, obwohl er selbst im Pfarrhof kaum zu essen hat.

Nachts brennt häufig ein Licht in seiner Schlafkammer. Man sagt, da betet er Stunden für die armen Menschen im Land. Manchmal habe ich das Gefühl, sein Beten zeigt kaum eine Wirkung. Der Pfarrer schreibt oft seinem Bruder nach München, der dort Mediziner ist. So kommt es, dass unser Pfarrer in seiner Predigt immer wieder von Reinheit und Sauberkeit der Menschen spricht und wie wichtig dies für unser Überleben sei. Er sagt, dass die Schwindsucht, die Pest, die Cholera und viele andere Krankheiten im Schmutz beginnen. Rachitis, die Englische Krankheit, beginnt im Dunkeln. Ihr müsst eure Kinder hinaus an die frische Luft und ans Tageslicht schicken. Sie sterben nicht, weil sie frieren, sondern weil sie keine Sonne bekommen und das Haus voller Dreck ist. Die Kinder müssen viel Milch trinken, damit ihre Knochen und Zähne gesund sind und sie selbst wachsen können. Bei dieser Predigt verzogen einige das Gesicht und rümpften ihre Nase. Doch die jungen Mütter und wir Frauen horchten auf. Deswegen gab es in einigen Familien Streit. Die weiblichen Gläubigen, die dies in der Kirche gehört haben, konnten es nachvollziehen und verlangten von ihren Männern mehr Reinlichkeit. Sie forderten von ihnen, wenn sie aus dem Stall kommen oder vor dem Essen, die Hände zu waschen. Sie dürfen auch den Kautabak nicht mehr im Haus auf den Fußboden ausspucken. Einmal in der Woche sollen die Männer sich gründlich von oben bis unten waschen. Ich kann mir gut vorstellen, dass der Pfarrer dies von seinem Bruder, der Arzt ist, erfahren hat. Aber jetzt will ich weiter mit dir über Christina reden."

Hannß sagte voller Sorge: „Anastasia, glaub mir, manchmal habe ich Angst und denke, hoffentlich gehört Christina nicht zu denen, an deren Seele etwas zerbrochen ist. Etwas, das auf ihrer Seele lastet, das man weder sehen noch richten kann. Es wäre mir lieber, sie hätte ein gebrochenes Bein, das man flicken könnte und das dann mit der Zeit heilen würde."

Anastasia stimmte ihm zu und wünschte ihm und seiner Frau viel Kraft.

Joan Michael wollte unbedingt in nächster Zeit nach Fischen, um das Mädchen, das ihm so gefiel, kennenzulernen.
Er war kein Jüngling mehr. Er wurde vor zwei Jahren in Stein von einer Bedienung, der Blanka, verführt. Blanka hatte, nachdem alle Gäste am Stammtisch mit Trinken versorgt waren, nichts zu tun. Da kam sie zu ihm an den Tisch und flüsterte ihm ins Ohr: „Komm schnell mit mir an die Hintertür, ich muss dir etwas zeigen." Sein leichtes Nicken war für sie ein Zeichen, dass er sie verstanden hatte und er ihr nachkommen würde. Er ging unauffällig nach draußen in den Hinterhof und blieb bedächtig vor der Hintertür stehen, um abzuwarten. Er war neugierig, konnte aber ahnen, was Blanka mit ihm vorhatte. Für sie war er nicht der erste Mann, das wusste er von seinen Freunden: Bei der Blanka muss ein Mann aufpassen, dass sie einen nicht rumkriegt, hörte er neulich einige am Stammtisch sagen. Schon bei dem Gedanken daran begann sein Herz zu rasen. Hinter dem Scheunentor erblickte er in der Dunkelheit ihre Umrisse. Nun gab es für ihn kein Zurück mehr. Sie kam auf ihn zu und umarmte ihn stürmisch, nahm ihn an der Hand und zog ihn mit sich hinter das hohe, in dem Moment knarrende Scheunentor. Sie küsste ihn ungestüm und er war wie gefangen von ihrer Begierde. Joan Michael konnte an nichts denken und gab sich Blankas leidenschaftlichen Verführungskünsten hin. Als sie ihn mit ihrer Hand untenherum berührte, erwachten auch in ihm die Lust und der Wunsch, sie ganz und gar zu spüren. Sie zog schnell und ungeduldig ihren Rock nach oben und sie taten, was seine Freunde auch schon mit ihr getan hatten. Nach ein paar Minuten war alles vorbei. Sie richtete ihre Kleider sorgfältig, lächelte ihn zufrieden an und ging, ohne ein Wort zu sagen, zurück in die Gaststube und bediente weiter, als wäre nichts geschehen.

Kling Joan Michael und Rohrmoser Johanna, Spielmannsau
Joan Michael bat seinen Freund Johannes Buhl aus Reichenbach, der das Weberhandwerk in Oberstdorf erlernte, mit ihm zusammen

aufs Waldfest nach Fischen zu gehen. Die beiden verabredeten, sich dort zu treffen. Joan Michael hoffte inständig, das Mädchen, an das er so häufig dachte, wiederzusehen. Als er eintraf, erwartete Johannes ihn bereits. Die beiden gingen zusammen durch die Menschenmenge. Auf einmal entdeckte Joan Michael das Mädchen inmitten ihrer Freundinnen. „Johannes, kannst du mir sagen, wer die Blonde mit den Zöpfen und dem hellblauen Dirndl dort drüben ist?" Seine Augen glänzten, so dass es Johannes unmöglich übersehen konnte. Das Schmunzeln in seinem Gesicht verriet, was er dachte, und er antwortete: „Das ist Johanna, die Tochter vom Rohrmoser Nikolaus und Brigitta aus Untermühlegg. Ich kenne sie nicht näher. Man sagt, der Vater sei erst nach der Hochzeit hierher gezogen. Aber vielleicht ist die Mutter gebürtig von Untermühlegg."
„Weißt du, ob sie schon einem Mann versprochen ist? Sie gefällt mir."
Johannes lachte lauthals los: „Nein, so gut bin ich auch wieder nicht informiert, aber geh zu ihr und frage sie selbst."
„Also, Johanna heißt sie und ich schätze, dass sie ein paar Jahre jünger ist als ich. Die Moral in Fischen ist bestimmt genauso streng wie in Stein. Aber ich will sie trotzdem ansprechen. Ich kann ja nichts verlieren."
Er forderte Johanna zum Tanz auf. Während sie sich schwungvoll im Kreis drehten, war sie gut gelaunt und fröhlich. Joan Michael stellte sich vor und auch sie sagte: „Mein Name ist Johanna." Nach dieser Tanzrunde begleitete er sie wieder an den Tisch zu ihren Freundinnen zurück. Die Mädchen kicherten hinter vorgehaltenen Händen. „Wie dumme Gänse", dachte Joan Michael. Danach ging er wieder zu Johannes an seinen Tisch zurück. Ständig schaute er verstohlen zu Johanna hinüber. Auch sie erwiderte mit ihren wasserblauen Augen seinen Blick. Er sah mit der Zeit nur noch Johanna und er konnte auch spüren, dass er ihr augenscheinlich auch nicht gleichgültig war.
Als Johanna an ihm vorbeiging, glaubte er, seinen Augen nicht zu trauen. Sie blinzelte ihm frech zu und mit ihrem Kopf deutete sie in

Richtung Ausgang. Sofort konnte er ihr nicht folgen. Das wäre zu auffallend gewesen. Aber nach einer Minute ging er ihr nach. Sein Herz klopfte. Er wusste nicht, was sie von ihm wollte. Gedanken gingen ihm durch den Kopf: „Sie wird doch nicht wie die Blanka sein?" Angst überkam ihn: „Sie sieht doch wie ein anständiges Mädchen aus." Als er draußen Johanna antraf, sagte sie zu ihm: „Ich muss jetzt heim. Da ich nicht mal deinen Nachnamen, geschweige den Ort kenne, in dem du wohnst, habe ich meine Freundinnen gefragt, wer du bist, aber keine von ihnen kennt dich. Ich habe Angst, wenn du heute von Fischen weggehst, dann werde ich dich voraussichtlich nie wieder sehen." Joan Michael war erleichtert. Sie tauschten ihre Namen und Anschriften aus und sie verabredeten sich für ein neues Treffen. Immer häufiger, wenn es die Zeit erlaubte, trafen sie sich, und wenn es nur für wenige Stunden war. Schon nach ein paar Wochen fragte er Johanna, ob sie zusammen mit ihm und seiner Mutter in die Spielmannsau ziehen und dort sesshaft werden wolle. Sie freute sich über das Angebot, lächelte ihn zufrieden an: „Aber nur, wenn wir auch heiraten."

„Das ist sowieso klar." Schon im September, drei Monaten später, wurde die Hochzeit gefeiert und die Braut zog anschließend zusammen mit ihrem frisch Angetrauten und seiner Mutter Anastasia nach Spielmannsau. Im und ums Haus gab es viel zu tun. Hannß hatte, wie versprochen, beim Umzug mitgeholfen und stand seinem Freund tatkräftig mit seinen handwerklichen Erfahrungen zur Seite. Auch Johannes aus Reichenbach konnte gut mitanpacken und war eine ebenso große Hilfe.

Während Hannß in der Spielmannsau zugange war, besuchte Anastasia seine Frau in Oberstdorf. Christina zeigte kaum eine Regung, als sie sich seit Langem zum ersten Mal wieder sahen. Sie hatte sich sehr verändert und war so ernst und traurig geworden. Der Gemütszustand ihrer Freundin gefiel Anastasia ganz und gar nicht. Sie hatte keinen Auftrieb und verfiel mehr und mehr in Selbstvorwürfe, was sie in ihrem Leben hätte anders machen sollen. Anastasia schickte Christinas Tochter, Maria, sie solle Johanniskraut pflücken und daraus einen Tee für ihre Mutter kochen: „Diesen Tee muss deine Mama über mehrere Monate täglich trinken. Davon geht die Schwermut etwas zurück und du wirst sehen, danach wird es ihr wieder besser gehen. Viele Frauen trinken diesen Tee, um über das Leid, das sie durch die Kriegsjahre erfahren haben, die Hungersnöte und die Todesfälle hinwegzukommen. Dem Kraut wird nachgesagt, es erhelle die Seele und das Gemüt." Hannß war dankbar für diesen Rat und hoffte, dass sich der Seelenzustand seiner Frau dadurch verbesserte.

Anastasia ging danach wieder in ihr neues Zuhause in die Spielmannsau. Ihre Schwiegertochter hatte bald, zehn Monate nach der Heirat, ihr erstes Kind, die kleine Hilaria, geboren. Zu aller Leid ist sie jedoch nach zwei Monaten verstorben. Nun war Johanna wieder guter Hoffnung, hatte aber aus unerklärlichen Gründen ständig schlechte Laune. Joan Michael und Anastasia dachten, dass sie vielleicht Angst vor einer weiteren Geburt hatte. Im Grunde konnte Anastasia mit ihrer Schwiegertochter zufrieden sein. Sie war eine fleißige, adrette und ehrliche junge Frau, aber zu ihrem Leidwesen war sie immer wieder eifersüchtig auf sie.

Anastasia glaubte manchmal, dass es sich bei Johannas Verhalten um ein altes Muster einer Fehde zwischen den Walsern, die zum Teil später in Oberstdorf sesshaft wurden, handelte. Diese waren vor Jahrhunderten aus dem Wallis eingewandert, sie waren damals freie Bürger und sie durften nach Belieben auf die Jagd gehen. Den Fischingern als ehemalige Leibeigene hingegen war dies unter strengster Strafe verboten. Die Walliser Einwanderer sollen angeblich, als sie noch regelmäßig zur monatlichen Festmesse nach Fischen mussten, dies ausgenutzt haben und sie trugen absichtlich, um ihre Nachbarn zu ärgern, stolz ihre wunderschönsten Auerhahnfedern auf ihren Hüten.

Anastasia war inzwischen auch schon 70 Jahre alt und litt sehr unter dem Charakterzug ihrer Schwiegertochter. Diese Streitereien war sie nicht gewohnt. Die junge Frau belastete dadurch auch das Leben ihres Mannes. Ständig hatte sie neue Forderungen und Wünsche an ihn. Johanna war sogar eifersüchtig, wenn Joan Michael etwas für seine Mutter tat.

Nach neun Monaten, pünktlich wie erwartet, setzten die Wehen ein. Anastasia stellte gleich Wasser auf und stand ihrer Schwiegertochter bei der Geburt bei. Um eine Hebamme zu holen, war der Weg zu weit. Aber gemäß den Untersuchungen im Dorf durch die junge Hebamme Anna Brutscherin waren keine Komplikationen zu erwarten. So war es dann auch. Nach acht Stunden hatte Johanna ein Mädchen geboren.

Gleich am nächsten Tag wickelte Anastasia ihr erstes Enkelkind in Tücher und Joan Michael fuhr zusammen mit seiner Mutter und dem Säugling nach Oberstdorf zum Pfarrer, um die Kleine auf den Namen Agnes taufen zu lassen. Johanna blieb lieber im Bett, da sie noch zu schwach für diese weite Fahrt war. Auf dem Heimweg schrie die kleine Agnes und konnte es kaum erwarten, an Mamas Brust gelegt zu werden. So groß war nach diesen Stunden ihr Hunger. Die Taufe erschien den Erwachsenen weit wichtiger als das regelmäßige Essen des Kindes. Jetzt erst bemerkte Johanna, dass es ihre Schwiegermutter gut mit ihr meinte und bedankte sich herzlich. Anastasia freute sich darüber. Vielleicht wird ja noch alles gut, wenn erst mal ein paar Kinder da sind. So schnell wie Johanna wieder schwanger war, sah es aus, als würde ihnen Gott noch mehrere Kinder schenken. Sie selbst war schon viele Jahre verheiratet gewesen, ehe sie ihren ersten Sohn geboren hatte.

Neben einigen Altersgebrechen stellte sich nun bei Anastasia noch eine Zuckerkrankheit ein. Aufgrund der Krankheit brach ihr am linken Fuß die Haut bis aufs Fleisch auf. Sie bekam ein offenes Bein, das nicht mehr zuheilen wollte. Joan Michael ging mit einer leeren Flasche zum Freibergsee, um für seine Mutter Heilwasser zu holen, aber auch dies half ihr nicht. Im Gegenteil, innerhalb kürzester Zeit vergrößerte sich die offene Stelle zu einem hässlichen, übel riechenden Geschwür. Dazu kam eine Muskelschwäche, die es ihr unmöglich machte, das Bett ohne Hilfe von Johanna oder ihrem

Sohn zu verlassen. Anastasias Zustand verschlechterte sich von Tag zu Tag. Doktor Fischer machte Joan Michael keine Hoffnung und äußerte eine Vermutung: „Ihr müsst mit dem baldigen Ableben eurer Mutter rechnen." Anastasia lag im Bett und rief ihren Sohn zu sich: „Joan Michael, hör zu, hinten im Schrank, die Truhe, die du beim Umzug gesehen hast. Bitte bring sie mir." Sie öffnete den Deckel und gab ihm mit letzter Kraft das Buch in die Hand: „Ich habe fast alles, was ich erlebt und erfahren habe, hineingeschrieben. Das Buch gehörte Hannß' Mutter, sie gab es mir, kurz bevor sie gestorben ist. Ich wollte es einmal ihrem Sohn zurückgeben, aber er bat mich, es zu behalten. Ich würde mich freuen, wenn du oder später vielleicht eines deiner Kinder weiterschreiben würde."
Wenige Tage später wurde Joan Michael klar, dass es mit seiner Mutter tatsächlich bald zu Ende ging. Er saß an ihrem Bett und betrachtete sie eine Weile schweigend. Sie röchelte seit gestern und ihr Atem kam zaghaft und flach. Manchmal setzte er für einige Sekunden ganz aus, so dass er dachte, sie habe es überstanden. Dann kam wieder ein tiefer Seufzer und sie atmete weiter. Ihm war bewusst, dass sie am Abgrund des Todes stand, und trotz allem fand er, dass sie heute friedlich aussah. In diesem Augenblick bedauerte er, dass seine Mutter ihr Lebtag lang so viel arbeiten musste und er ihr dies zugemutet hatte. Er hätte noch so viele Fragen an sie. Nun spürte er die Verbitterung über ihren Zustand. Wenn Gott barmherzig wäre, würde er sie jetzt zu sich nehmen und sie von ihren Leiden erlösen. Er betete neben seiner todkranken Mutter mit lauter und deutlicher Aussprache: „Vater unser, der du bist im Himmel, vergib uns unsere Schuld ..." In dem Augenblick öffnete Anastasia ihre Augen, nickte ihrem Sohn zuversichtlich zu und schloss ihre Augen für immer. Am 22. Januar 1820, nachmittags kurz vor vier Uhr, war Anastasia gestorben. Im tiefsten Winter bei eisiger Kälte wurde sie im Oberstdorfer Friedhof beigesetzt.
Danach hatte Joan Michael das Familienbuch mehrere Jahre völlig vergessen.

Vierter Teil

Genovefa Lipp vh. Kling
schrieb rückwirkend von 1820 bis 1887

Kling Joan Michael, Oberstdorf

Nach dem Tod seiner Mutter drückten Joan Michael Kling die Schulden schwer. Er war ein armer Bauer und besaß nur ein kleines Anwesen in der Spielmannsau, das stark mit Hypotheken belastet war. Nun fehlte auch noch die Mithilfe von Anastasia. Mit dem wohlhabenden Nachbarn, Mathias Schraudolph, kamen er und seine Frau nicht zurecht. Dieser besaß in der Spielmannsau vier Häuser. Die Hs.Nr. 3, 5, 9 und 11, und er hätte gerne auch noch das Haus Nr. 1 dazugekauft, doch Joan Michael war schneller. Dies ärgerte Mathias sehr. Kein Wunder, dass sein wohlhabender Nachbar, der Schraudolph, Joan Michael von oben herab behandelte. Er bezeichnete ihn bei jeder Gelegenheit als Beattlar[59], bis es Joan Michael eines Tages im Spätherbst zu bunt wurde und er seinen Nachbarn verdrosch.

Als Joan Michael anschließend mit blutender Nase und aufgesprungenen Lippen heimkam und Johanna ihn so sah, schlug sie ihre Hände über dem Kopf zusammen und rief: „Um Himmels willen, was ist denn mit dir passiert?"

„Ich habe mich mit dem Schraudolph geprügelt. Er sieht noch schlimmer aus als ich." Dabei wischte er sich mit dem Hemdärmel das Blut von der Oberlippe. Johanna holte Wasser und wusch ihrem Mann die Wunde aus.

Die verabreichte Tracht Prügel veranlasste Schraudolph, den Joan Michael etwas vorsichtiger zu behandeln. Seit dieser Zeit sprach Schraudolph nicht mehr von „deam Beattlar", wenn die Rede vom Joan Michael war, sondern, respektvoller „vom Büür". So entstand der Hausname der Familie Kling.

Aufgrund des etwas späten Frühlings und des verregneten und

---

[59] Bettler

kalten Sommers gab es kaum Obst und wenig Heu. Auch das Vieh war, als es im Herbst ins Tal zurückkehrte, nicht so wohlgenährt wie in den vergangenen Jahren. Die Menschen und ihr Vieh mussten vor allem über den Winter wieder einmal fürchterlichen Hunger leiden.

In Oberstdorf wurde erstmals ein Gendarm eingestellt. Der Polizeikommandant war Regensberger Franz Xaver. Er hatte die Aufgabe, verdächtige Personen und fremde Bettler, die nicht mit landgerichtlichem Pass versehen waren, aus dem Ort zu verweisen. Ein paar Monate nach Amtseinführung starb der Polizeikommandant im Alter von nur 33 Jahren. Er war westlich vom Söllereck abgestürzt und starb nach zwei Stunden qualvoller Schmerzen.

Seit dem Krieg trafen sich die Schützen nur noch zur geselligen Zusammenkunft und zum Kartenspiel. Das sportliche Schießen am Schießstand wurde während des Krieges eingestellt. Danach hatte kaum mehr einer ein Gewehr und auch keine Lust mehr, mit einer Waffe umzugehen. Nun, da Friede herrschte, beschlossen die jungen Männer, mit den Schießübungen wieder anzufangen. Hannß, Johannes aus Reichenbach und selbst Joan Michael aus der Spielmannsau kamen zum ersten Schießabend ins Dorf. Sie stellten fest, dass ein Freund, der Geiger Gustl aus Tiefenbach, nicht anwesend war. Hannß war verwundert: „Den Gustl habe ich letzte Woche noch getroffen und er hat mir versprochen, dass er heute kommen wird."

„Das hätte ich auch von ihm erwartet. Er ist doch unser Schriftführer", antwortete Joan Michael.

Johannes war verwundert: „Habt ihr es noch gar nicht gehört? Der Bub vom Gustl, der Willibald, ist nachts in der Starzlach von einem Mautsoldaten erstochen worden. Er soll auf der Stelle tot gewesen sein."

„Was! Warum hat der Soldat den Buben getötet?" Dies konnte keiner von ihnen beantworten. Sie mutmaßten, dass Willibald vielleicht in der Nacht beim Wildern oder gar beim Schmuggeln erwischt wurde. Auch Gustl, der Vater des Getöteten, hat nie, nicht

einmal später mit seinen engsten Freunden, darüber gesprochen.
Joan Michael sagte zu Hannß: „Ich soll dich von Johanna grüßen und sie lässt fragen, wie es Christina geht. Meine verstorbene Mutter hatte ihr damals einen Johanniskrauttee empfohlen. Sie wollte vor ihrem Tod noch wissen, ob sich der Gemütszustand deiner Frau dadurch gebessert hat."
Hannß war gerührt über ihr Interesse: „Es war zwar kein Zaubermittel, aber ich finde, sie zeigt wieder etwas mehr Anteilnahme an unseren Kindern als vorher. "
„Dann hoffe ich, dass sich ihr Zustand weiterhin verbessert."
„Joan Michael, ich danke dir dafür."
Nun stellte sich Johannes zu den beiden: „Ich habe gehört, in Fischen sei kürzlich die Waffenschmiede bis auf die Grundmauern abgebrannt." Ein anderer wusste: „In Hindelang soll ein umherstreifender Bär einen Holzer angegriffen haben. Dieser konnte sich in letzter Minute auf einen Baum retten. Seitdem wird der Baum die ‚Bärentanne' genannt."
Hannß hatte auch noch eine Neuigkeit: „Im unteren Markt wird in der Schraudolphstraße ein Theater gebaut. Die Kosten belaufen sich auf über 1000 Gulden." Über diese Nachricht freuten sich alle Anwesenden: „So ein Bühnenstück wird für uns sicherlich eine freudige Ablenkung von der täglichen mühseligen Arbeit sein."

Gegen acht Uhr verabschiedete sich Johannes, da er noch an diesem Abend bis nach Reichenbach musste. „Pfiedena Gott miteinander. Noch eins, dass ich es nicht vergesse. Ihr habt bestimmt schon gehört, dass ich die Hanna Seelos heiraten werde. Dazu lade ich euch und natürlich eure Frauen in zwei Wochen zur Hochzeit ein. Es wäre nett, wenn ihr entweder Essen oder Trinken mitbringen würdet. Ansonsten wird es für mich schwer, das Geld dafür aufzutreiben." Joan Michael bedankte sich für die Einladung: „Ich hab mir gleich gedacht, dass es sich zwischen dir und Hanni um etwas Festes handelt, aber dass ihr so schnell heiratet, hätte ich nicht vermutet. Wo werdet ihr wohnen?"

„Hanna wird zu mir nach Reichenbach ziehen", antwortete Johannes voller Stolz.

1821 Buhl Johannes und Seelos Hanna, Reichenbach
Zwei Wochen später, im Jahre 1821, heirateten die beiden. Die Freunde, die zur Hochzeit kamen, brachten entweder einen selbst gebackenen Kuchen, Gemüse, ein Stück Fleisch, Kartoffeln, Bohnen oder Obst mit. Die Männer vom Schützenverein spendierten ein Fass Bier. Und diejenigen, die ein Musikinstrument hatten, brachten dies mit. Es war eine wunderschöne und sehr große Hochzeitsfeier. Es wurde getanzt, viel gelacht und die meisten Gäste waren mehr oder weniger beschwipst. Nur Joan Michaels Frau, die Johanna aus der Spielmannsau, trank nichts. Die Frauen hatten einen Blick dafür und tuschelten: „Bestimmt ist sie wieder schwanger." Hanna, die Braut, fragte klar heraus: „Johanna, bist du wieder guter Hoffnung?" Sie antwortete strahlend: „Ja, das bin ich. Wenn alles gut geht, wird mein Kind im Hochsommer kommen.
„Darauf stoßen wir mit einem Krug Bier an", sagte Hannß. Er war an diesem Tag besonders gut gelaunt, denn auch seine Christina war wieder fröhlicher und er hatte Hoffnung, dass sie wieder wie früher wird. An dieser Hochzeit hätte keiner gedacht, dass dem Brautpaar viel Kummer bevorstand.

Hindelang Hannß, Oberstdorf
Durch die bittere Not, den Hunger und die Trostlosigkeit suchten viele Hoffnung, Halt und Trost im Glauben. Hannß staunte über die vielen Wallfahrer, die inzwischen nach Maria Loretto kamen, und die vollen Kirchen, obwohl der Pfarrer wenig fesselnd predigte. Immer wieder kam es zu handfesten Schlägereien zwischen den Katholiken und denen mit neuen Glaubensrichtungen, die immer mehr wurden. Christina verstand dies nicht, denn alle glaubten doch an denselben Gott, den auch sie selbst immer wieder anflehte

und der sie wieder und wieder nicht erhört hatte. Nun kämpfte sie gegen ihre Trauer, Enttäuschung, Selbstvorwürfe, Verzweiflung und Angst. Sie versuchte, ihren Mann Hannß und ihre Kinder, die Maria, den Josephus und ihren Kleinsten, den Baptist, nicht mehr zu sehr in ihr Herz zu schließen. Sie begann mit Gott und dem Leben zu hadern und zog sich immer mehr in sich zurück. Sie ging nur noch selten zusammen mit Hannß und den Kindern in die Kirche. Immer mehr verfiel sie in diesen starren Dämmerzustand, in dem sie die Außenwelt kaum mehr wahrnahm. Die Blumen erschienen ihr nicht mehr bunt. Das Kinderlachen bereitete ihr keine Freude mehr und erreichte sie nicht. Die Sonnenstrahlen erwärmten sie nicht mehr. Es schien ihr alles leblos, kühl und dunkel zu sein. Ihre Innenwelt nahm immer mehr Gestalt an, indem sie ihren Gedanken aus alten vergangenen Tagen nachhing. Sie dachte an ihre toten Kinder, an die im Krieg gefallenen Soldaten, auch an Ignatius und das inzwischen verstorbene Maale oben auf Gerstruben. Sie lebte nicht mehr im Hier und Jetzt und hatte auch keine Zukunftsträume mehr.

Zwei Jahre nach der großen Hochzeitsfeier von Johannes und Hanna ist Christina mit erst 46 Jahren verstorben. Sie litt unter starker Schwermut, so dass sie im letzten Jahr ihr Bett kaum verlassen konnte. Weder der Johanniskrauttee noch etwas anderes hatten ihr geholfen. Vor lauter Schwäche entschlief sie dann.
Johanna sagte auf der Beerdigung zu Hannß, dem Witwer: „Ich habe die letzten Tage viel an dich gedacht und daran, welch großen Verlust du erlitten hast." Dann zögerte sie eine Weile. „Trotzdem gönne ich Christina, dass sie sterben durfte und jetzt ihren Frieden hat. Als ich sie das letzte Mal besucht habe, sagte sie zu mir, dass sie schon als junge Mutter ihr Leben schwer und als Last empfunden habe. Ich konnte es kaum glauben, weil sie doch so fröhlich schien."
Hannß nickte stumm und antwortete mit bebender Stimme: „Christina hat es lange vor uns verborgen und überspielt. Dann wieder wirkte sie so lustig und fast überdreht. Aber ich weiß, was

sie damit gemeint hat. Als sie tot auf ihrem Bett lag, sah sie so friedlich aus. So habe ich sie schon Jahre nicht mehr gesehen. Ich hielt lange ihre Hand und sagte zu ihr, dass sie jetzt erlöst ist und ihren Frieden hat, den sie immer ersehnt hatte. Ich legte ihr das Amulett der Mutter Gottes, das 's Maale ihr vor vielen Jahren zum Trost geschenkt hatte, um den Hals. Dies konnte Maria, meine Tochter, nicht verstehen, da sie es gerne behalten und getragen hätte. Aber ich habe es Christina mit ins Grab gegeben, da sie in ihrer Verzweiflung nicht zu Gott, sondern stets zur Mutter Gottes gebetet hat. Ich werde ihre früheren Lieblingsblumen, die Sonnenblumen, auf ihr Grab pflanzen. Die werden ihr Sonnenlicht und Helligkeit spenden."

Viele Nachbarn, Verwandte und Freunde kamen zum Begräbnis. Mehr als die Familie erwartet hatte. Sowohl die Zeremonie in der Kirche als auch der Leichenschmaus danach waren für Hannß ferne Unwirklichkeit. Er bekam kaum etwas davon mit. Selbst um seine Kinder, die Maria und den Josephus, konnte er sich nicht kümmern. Den 3-jährigen Baptist ließ er während der Beisetzung bei einer Nachbarin, die sich im letzten Jahr, als es seiner Frau sehr schlecht ging, schon viel um den Kleinen gekümmert hatte.

Als Hannß Wochen später durch Christinas angelegten Garten ging, fühlte er eine Sehnsucht nach ihr, aber keine allumfassende Trauer mehr. Er wusste, sie hat ihre Erlösung und die ewige Ruhe jetzt verdient. Auch er selbst konnte in sich wieder ein wenig Ruhe finden. Zuvor hatte er ständig in Angst um seine Frau gelebt. Nun wusste er, sie lag auf dem Friedhof in ihrem Grab und er brauchte sich keine Sorgen mehr um sie zu machen.

Für Hannß war es ein schweres Jahr. Er war froh, dass Maria, seine 16-jährige Tochter, sich des kleinen Bruders Baptist annahm, so dass er sich weiter um seine Schusterwerkstatt kümmern konnte. Die Fahrten zur Leinenschau konnte er nicht mehr durchführen, da seine Kinder ansonsten zu lange alleine gewesen wären.

Eines Tages, als Johanna aus der Spielmannsau sah, was Maria daheim alles für ihre Familie tat, sagte sie fürsorglich: „Mädchen, du darfst dich nicht für deinen Vater aufopfern. Es ist nicht recht,

wenn eine Tochter nach dem Tod der Mutter ihren Platz einnehmen soll. Du musst dein eigenes Leben führen. Eine Weile kann das in Ordnung sein, aber wenn der Vater eine Hausfrau braucht, die ihn versorgt, muss er sich wieder eine neue Frau nehmen."
Maria nahm sich die Worte zu Herzen und hat tatsächlich mit 18 Jahren sehr früh geheiratet. Ab diesem Tag war sie auf dem Hof des Vaters nicht mehr für die Hausarbeit und für ihren kleinen Bruder da.
Vier Jahre nach Christinas Tod hatte Hannß deshalb wieder geheiratet. Seine Frau war die 51-jährige ledige Braxmair Martina. Sie hatte bis zum Tode ihrer Eltern daheim bei ihrem Bruder den Wingkhl. Nun, als beide Eltern verstorben waren, musste sie ausziehen. Martina versprach Hannß, sich um seinen Sohn Baptist und den Haushalt zu kümmern. Er im Gegenzug bot ihr eine Unterkunft und wollte ihr ein guter Ehemann sein und sie ernähren. Am Anfang war es für beide eine reine Vernunftehe. Doch mit der Zeit gewöhnten sie sich aneinander und teilten schließlich das Schlafgemach. Schon bald hatte Martina ihren Stiefsohn lieb gewonnen wie ein eigenes Kind. Dieser wurde von ihr und Hannß als Nachzügler sehr verwöhnt. Für eigene Kinder war es für Martina aus Altergründen sowieso zu spät.
Der kleine Baptist glaubte immer noch ans Christkind. Martina schmückte für ihn einen schönen Tannenbaum, den Hannß aus dem Wald mitgebracht hatte. Sie hängte kleine rotbackige Äpfel und selbst gebackene Laible an die Äste. Als sie zur Bescherung miteinander in die Stube eintraten, roch es nach Tannengrün und Bienenwachs von der Kerze, die auf dem Tisch stand. Die Augen des Buben leuchteten hell im Kerzenschein. So einen schönen Baum hatte er noch nie zuvor gesehen, da seine Mutter vor lauter Schwermut in den letzten Jahren keinen Weihnachtsbaum mehr aufgestellt hatte. Jetzt erst wurde Hannß bewusst, dass auch Maria, Josephus und der kleine Baptist durch die Krankheit ihrer Mutter vieles zu entbehren hatten. Er nahm sich vor, alles für den Kleinen zu tun. Nach der Bescherung ging die Familie zusammen in die

Christmette, die in diesem Jahr zum ersten Mal nach 22 Jahren wieder um Mitternacht gefeiert wurde. Das fanden die Kirchgänger aus dem Dorf feierlicher als in den frühen Morgenstunden.
Mit der Zeit entwickelte sich Baptist zu einem gewissenhaften und besonnenen jungen Burschen. Er konnte vom Vater und seiner Stiefmutter vieles lernen.
Josephus, der Älteste, war sehr eifersüchtig. Er fand, dass sich Martina und Hannß viel mehr um den Kleinen kümmerten und ihm Liebe schenkten, die er selbst nie spüren durfte. Josephus heiratete dann auch, wie seine Schwester, schon sehr früh mit 19 Jahren und zog danach aus dem Haus.
1830 entwickelte sich im obersten Allgäu eine neue Stilrichtung der Bekleidung. Die Mode wurde vom Königlichen Hof mitgeprägt und vom Volk in einfacher Ausführung nachgeahmt. Beruf, Stand und Religion spielten dabei eine wichtige Rolle. Anfänglich wurde von der weiblichen Bevölkerung zu Festtagen ein burgunderrotes Schälkhle[60] zum schwarzen Rock getragen. Bald folgten Röcke in den Farben Blau, Grün, Burgunderrot und weiterhin im herkömmlichen Schwarz. Daraufhin trugen die Frauen gerne Rock und Oberteil in derselben Farbe. Passend dazu wählten sie ihre Schürzen. Vielfach fand man rote Mieder mit einfacher weißer Leinenbluse aus der Barockzeit. Später wurden die Blusen von denen, die es sich leisten konnten, mit Spitzenkragen bestückt. Zur Hochzeit wurde nicht selten von wohlhabenden Bürgerinnen und Bräuten ein schwarzes Biedermeier-Seidenkleid mit typischen Schinkenärmeln und einem bunten Mailänder Seidentuch getragen.

Zur täglichen Arbeit war diese Kleidung zu unbequem und auch zu wertvoll. Deshalb trugen die Frauen an Werktagen ihre einfache Kleidung. Der Rock war meist aus hellblauem Leinenstoff mit hellem Blumenmuster, das sie von Hand selbst mit ihrem Moodl auf den Stoff aufgedruckt hatten. Als Bluse diente das altdeutsche Hemd, das fast bis zu den Knien hinabreichte. Es war gleichzeitig der Unterrock. Auf dem Feld und bei der Arbeit trugen die Frauen

---

[60] kurzes, eng anliegendes Stoffjäckchen

ein leuchtend rotes Kopftuch, das hinten im Nacken zusammengebunden wurde.
Eine ähnliche Entwicklung war bei der Männertracht zu sehen. Anstelle des breitrandigen Hutes mit Band und Schnalle, den Zweispitz, trug der bessergestellte Herr einen niederen Zylinder mit eingeengtem Gupfe[61]. Die Kniebundhose wurde abgelöst von der langen Hose. Zur Arbeit trugen die Männer meist feste blaue Stoffhosen.

Kling Joan Michael und Rohrmoser Johanna, Spielmannsau

Johanna hatte sich nach dem Tod ihrer Schwiegermutter in der Spielmannsau besser eingelebt. Joan Michael kam es manchmal vor, als würde sie jetzt ausgeglichener und selbstsicherer durchs Leben gehen. Auf jeden Fall war sie viel zufriedener geworden und kaum mehr eifersüchtig. Vielleicht lag es auch ein wenig an seiner verstorbenen Mutter, weil sie bisher das Sagen im Haus hatte. Aber noch mehr vermutete er, dass die Arbeit mit den Kindern ihr Freude bereitete. Ihr dritter Säugling kam im Hochsommer zur Welt. Ihre Nachbarin, die Schraudolphin, war nach dem handfesten Streit der Männer eine gute Freundin von Johanna geworden und stand ihr während der Geburt und anschließend als Wochenpflegerin zur Seite. Joan Michael war stolz, denn nun hatte auch er nach zwei Mädchen endlich den ersehnten Stammhalter und Namensträger. Das neugeborene Buzele wurde auf den Namen Ulrich getauft.
Ein halbes Jahr nach Johanna schenkte auch Hanna Buhl in Reichenbach ihrem ersten Kind das Leben. Dem Säugling gaben sie den Namen Michl, nach Johannes' Freund, dem Joan Michael aus der Spielmannsau. Dadurch fühlte sich dieser sehr geehrt. Hanna und Johanna wurden beste Freundinnen. Die Spielmannsauer Johanna bekam zwei Jahre später wieder einen Sohn, den Hironymus, dann 1826 Seraphin und 1829 Agi. 1832 bekam sie Zwillinge, den Ludwig und den Max. Der Letztgeborene war nach sieben Wochen gestorben. Nun konnte Johanna ahnen, was ihre Freundin nach

---

[61] Oberteil des Hutes

jedem verstorbenen Kind Leidvolles durchmachen musste. Denn die Reichenbacher Hanna hatte inzwischen zehn Geburten hinter sich. Darunter waren acht Kinder sehr schnell nach der Geburt gestorben. Trotz ihrer Kümmernisse freute sie sich aufrichtig mit ihrer Freundin über deren gesunde Kinder.
Sie gab ihrer Freundin aus Reichenbach einen gut gemeinten Rat: „Quäle dich doch nicht weiter. Du darfst keine Kinder mehr bekommen. Du musst dich deinem Mann verweigern. Sollte dies nicht genügen, dann schlafe im Kinderzimmer bei den Kleinen. So kann und darf es mit dir nicht weitergehen. Irgendwann stirbt nicht nur das Kind, sondern auch du selbst, weil du völlig ausgezehrt bist."
Die Reichenbacher Hanna rechtfertigte sich: „Ich habe einen guten Ehegatten, und weil er mich gern hat, will er oft mit mir zusammen sein. Ich muss zugeben, ich bin froh, wenn er müde und erschöpft von der Arbeit in unser Bett kriecht und ich meine Ruhe habe. Aber wenn er es wünscht, will ich ihm zur Verfügung stehen. Es ist für uns Frauen unvermeidbar. Das gehört dazu. Männer brauchen das. Vielleicht muss ich für seine Liebe mit Leid und Tod bezahlen. Wenn dies der Preis dafür sein soll, dann werde ich ihn zahlen müssen", dabei hatte sie Tränen in den Augen.
„Nein, Hanna, das sind keine Pflichten, denn der Arzt und auch die Hebamme haben sich dir gegenüber warnend geäußert. Eine weitere Entbindung könnte dich dein Leben kosten." Doch trotz diesem Gespräch wurde Hanna zwei weitere Male schwanger. Sie trug ihre Säuglinge bis zum Schluss aus. Keines der beiden Kinder hat überlebt. Johanna konnte es nicht fassen und spürte, wie ärgerlich sie darüber wurde. Warum vermied Hanna diese Schwangerschaften nicht und wies ihren Mann zurück? Oder kann sie sich etwa selbst nicht beherrschen und gibt sich freiwillig ihrer Leidenschaft hin? Sie war sich bewusst, dass es sie nichts anging und dies nur die Angelegenheit von Hanna und Johannes war.
Im Spätherbst, als die Tage schon sehr kurz waren, 1 ½ Jahre nach der letzten Geburt Hannas, fragte die Spielmannsauer Johanna

den Johannes aus Reichenbach mit hartem Gesichtsausdruck und rauer, vorwurfsvoller Stimme: „Johannes, hat deine Frau schon wieder ein Kind von dir auszutragen?" Als sie seinen schuldbewussten Gesichtsausdruck sah, tat es ihr fast ein wenig leid, wie hart sie ihm diese Fragen gestellt hatte. Als er stumm nickte und reumütig auf den Boden starrte, sagte sie: „Wir können nur noch zu Gott beten, dass alles gut wird." Als Johannes mit seiner Angst und seinem schlechten Gewissen alleine auf dem Feld war, betete er: „Lieber Gott, bitte, bitte hilf", wusste aber nicht weiter. Von seinen Kindern hatte er immer verlangt, wöchentlich in die Kirche zu gehen. Auch er selbst wollte ein gutes Vorbild sein und ging deshalb fast jeden Sonntag zur heiligen Messe. Während seiner Arbeit dachte er über Gott und sein Leben nach und wurde sehr aufgewühlt: Ich weiß, es gibt Gott. Aber für mich ist es nicht leicht. Ich weiß nie, wo er sich im Moment aufhält und was er gerade sieht oder mit mir vorhat. Wir Menschen müssen uns ihm stets beugen und annehmen, was er uns auferlegt. Zu Hanna und mir ist er oftmals grausam und ungerecht, ansonsten würde er sich mehr um uns kümmern und wir bräuchten unsere Kinder nicht begraben. Aber so etwas darf ich nicht denken, das ist Gotteslästerung. Vielleicht werden wir wegen meiner Gedanken und Taten so oft von Gott gestraft?

Als Johannes über seinen Acker ging, kamen ihm die Worte seiner verstorbenen Mutter in den Sinn, von der er nie erfahren hatte, weshalb sie das Baugrundstück der Kirche geschenkt hatte: „Bub, du musst dir eins fürs Leben merken. Wenn du irgendwann einen Fehler begehst, den du danach bereust, achte darauf, dass der Pfarrer und die ständigen Kirchgänger davon niemals erfahren. Ich weiß, der Herrgott verzeiht uns, aber die Kirchenmänner nicht. Sie werden dir stets drohen und Vorhaltungen machen. Besonders wenn sie wissen, dass bei dir Geld oder sonst etwas zu holen ist. Die Pfarrer versprechen dir, mit Geld könntest du dich vom Fegefeuer und der Hölle freikaufen. Somit bezahlst du immer mehr und mehr, bis du vielleicht irgendwann bettelarm bist." Was wollte seine Mutter ihm damit sagen? Es war zu spät. Nun war sie tot und er konnte sie nicht mehr fragen. Früher hat ihn ihr Gerede über die Kirche nicht interessiert.

Hannas nächstes Kind, die Veronika, wurde ein halbes Jahr später geboren. Die Freude und die Hoffnung, dass dieses Buzele überleben würde, waren wieder da. Doch schon nach vier Monaten erlosch sie, als ob man eine Kerze ausgeblasen hätte. Veronika war ebenfalls gestorben. Seit Jahren ging Hanna am Heiligen Abend, bevor daheim die Bescherung war, alleine den weiten und beschwerlichen Weg hinauf auf die Schöllanger Burg. Sie legte ihren verstorbenen Kindern Tannenzweige auf ihre Gräber. Erst danach ging sie heim zu ihren lebenden Kindern und ihrem Mann.

Im August 1831 hatte es über mehrere Tage stark geregnet. Das Wasser in den Flüssen stieg immer mehr an. Die Stillach an der Zimmeroybrücke war ausgebrochen und das Wasser lief drei Tage lang durch das Riedbuindle über die Scheibenfelder bis nach Loretto zu den Kapellen. Beim Benefiziatenhaus überschwemmte das viele Wasser die Öschwiesen, bis es nach ein paar Tagen zurück ins Bachbett ging. Selbst als die Felder abgetrocknet waren, konnte man den ganzen Sommer über kein Heu machen. Das braune, erdige Wasser hinterließ eine Lehmschicht auf den Wiesen. Die Bauern wussten nicht, wie sie ihr Vieh durch den Winter bringen sollten. Einige brachten ihr Braunvieh nach dem Viehscheid zum Metzger. Lieber jetzt noch ordentlich Geld für ein kräftiges Rind bekommen, als dann, nach dem Winter, wenn sie wieder durch den Hunger abgemagert waren, den Verlust zu tragen. Selbst im nächsten Jahr, als wieder im Ösch Heu gemacht wurde, war es höchstens die Hälfte des Ertrages, den die Bauern gewohnt waren. Vom letzten Hochwasser her war der Boden zerstört und anschließend waren die Wiesen ausgetrocknet und dadurch hart und rot verbrannt. Joan Michael, der dort auch ein Feld zu bestellen hatte, sagte zu Georg aus Gerstruben: „Ihr da oben habt im Sommer gute Weiden fürs Vieh und seid uns gegenüber im Vorteil. Aber im Winter seid ihr so abgelegen und lebt wegen der Lawinen viel gefährlicher als wir. Anstatt des harten Winters haben wir im Tal die Überschwemmungen der Wiesen. Jetzt müssen wir nach dem Hochwasser wieder aufs Neue Felder roden und ansäen. So hat jeder seine eigenen Sorgen. Georg, ich denke, insgesamt gesehen habt ihr es trotzdem schwerer als wir."

Die Ernte war nach diesem verregneten Sommer eher mager. Äpfel und Birnen gab es fast keine. Der Flachsertrag war ganz schwach. Nur mit den Eardäpfln[62] konnten die Landwirte zufrieden sein.

Wenn die Bauern kein Geld mehr hatten, bekamen dies auch die Handwerker zu spüren. Hannß, der Schuhmacher, Johannes, der Weber, und auch der Metzger, der Bäcker und all die anderen beklagten, dass die Bevölkerung ihr bisschen Geld zusammenhielt und sich nichts Neues leistete. Die Not war im Allgemeinen sehr groß.

Die Familie Geiger vom Kühberg war am Freibergsee beim Hoibe an der sogenannten Blässe. Sie sahen, wie ein Mann, der schon von ferne einen verwirrten Eindruck machte, inmitten des Sees aus seinem Boot ins Wasser sprang. Es war der Gendarm Wagner, der von Unterjoch nach Oberstdorf kam und sich sogleich zum Freibergsee begab. Nachmittags um zwei Uhr fuhr er mit einem Boot mitten auf den See hinaus. Er hat sich zusammen mit seinem Gewehr und anderen Waffen ins Wasser gestürzt. Das Gewicht war schwer, so dass er sogleich damit unterging und ertrunken ist. Wagner war bis vor ein paar Jahren in Tiefenbach Brigadier, wurde aber wegen gewisser Umstände degradiert und nach Unterjoch strafversetzt. Er war so verzweifelt und schämte sich, so dass es ihn zu dieser Tat gedrängt hatte und er für sich selbst dieses elende Ende herbeiführte. Die Geigers, die dies mitansehen mussten, sagten: „Doch wollen wir kein Urteil fällen, denn Gott selbst wird ihn urteilen." Erst elf Tage später war der Leichnam des Gendarmen wieder aus dem Wasser hochgeschwemmt worden. Danach brachte man ihn hinunter ins Dorf und vergrub ihn sang- und klanglos im Friedhof ganz unten im Winkel bei der Zimmerhütte. In dieser elenden Zeit gab

---

[62] Kartoffeln

es nicht selten Selbstmorde aus Verzweiflung. Diese bedauernswerten Geschöpfe, die ihrem Leben selbst ein Ende bereiteten, durften nicht in gesegneter Erde auf dem Friedhof beigesetzt werden. Sie wurden außerhalb der Friedhofsmauer ohne Ansprache und Segen des Pfarrers vergraben.

Alois Brutscher, der Oberstdorfer Wagner und Hausschreiner, konnte seine Steuerschuld nicht mehr bezahlen und war 1837 für einige Monate im Zuchthaus. Drei Wochen bevor er entlassen worden wäre, war er dort gestorben. Dies empfanden seine Familie und seine Oberstdorfer Freunde als besonders tragisch, weil sich Alois so sehr auf seine Entlassung gefreut hatte. „Er wäre bestimmt lieber in Freiheit gestorben als im Zuchthaus", beklagten einige.

Auch Ignaz Huber war wegen Spielschulden eingesperrt worden und im Alter von 59 Jahren ebenfalls im Zuchthaus gestorben. Er war aus der Spielmannsau Haus Nr. 7. Dieses Anwesen wurde fünf Jahre nach Ignaz' Tod vom Nachbesitzer verkauft. Joan Michael Kling erwarb dieses Haus zu seinem Haus Nr. 1 dazu.
Die Oberstdorfer fragten sich, wieso diese beiden Einheimischen im Zuchthaus sterben mussten. Hatten sie etwa nicht genug zu essen und zu trinken?

Durch die immer wiederkehrenden Kriege und die dadurch eingeschleppten Viehkrankheiten wurde das Braunvieh im Allgäu auf wenige Kühe für den Eigenbedarf reduziert. Die Landwirte bauten wieder mehr Getreide und Flachs an. Als Johannes und Joan Michael bei einer gemeinsamen Bergtour zum ersten Mal auf dem Gipfel des Rubihorns saßen, konnten sie ihre Heimat von oben bewundern. Die warme Sonne schien ihnen wohltuend auf die vom Laufen verschwitzten Rücken. Die Landschaft kam ihnen vor, als würde der ganze Talkessel bis weit hinunter in die Dörfer vom wunderschönen Grün der Wiesen und vom kräftigen Blau des

Flachses gefärbt sein. Während sie von dieser wundervollen Aussicht so beeindruckt waren, begannen unten im Dorf die Kirchenglocken zu erklingen, um die im Tal gebliebenen Bewohner in die Kirche zu rufen. Die beiden saßen gerührt auf dem Gipfel und sahen, wie es sonst nur ein Adler konnte, dem Geschehen unten von Weitem zu. Joan Michael meinte: „Die Menschen sind von hier oben gesehen so klein und unscheinbar. Dabei kommen sie sich so wichtig vor. Sie erinnern mich an Ameisen. Sie stehen in der Früh auf und jeder macht sich an seine Arbeit. Dann am Abend schließen sie die Fensterläden und alles ist wieder ruhig. So geht es Tag für Tag und Jahr für Jahr, bis sie dann alt geworden sind und sterben müssen."
Johannes erwiderte: „Das alles funktioniert, solange Friede herrscht und niemand von außen den Ameisenhaufen durcheinanderbringt."
„Oh ja, das stimmt, denn wenn Naturgewalten wie Lawinen, Murenabgänge, Überschwemmungen uns erschüttern, dann sind dies bedrohliche Einflüsse für die Menschen und ihr Überleben."
Die beiden saßen eine ganze Weile stillschweigend und in Gedanken versunken da. Sie waren ergriffen von der Allmacht Gottes und was der Herr bei der Schöpfung hier in ihrer Heimat Wunderbares erschaffen hatte. Johannes unterbrach das Schweigen schließlich: „Diesen Moment hier oben werde ich mein Leben lang nicht mehr vergessen. So nahe wie auf dem Berggipfel des Rubihorns war ich Gott noch nie."

Durch den kargen Ackerboden und die kurze Vegetationszeit erzielten die Bauern über längere Zeit keine rentablen Erträge mehr. Carl Hirnbein, ein Großbauer von Weitnau, gab den Bauern bei einer Zusammenkunft einen gut gemeinten Rat. „Ihr müsst zu euren wenigen Kühen noch weitere dazukaufen, um dann die Milch an die Sennküchen liefern zu können, damit ihr Geld dafür bekommt. Ich selbst stelle in meiner eigenen Käserei Weichkäse her. Ihr werdet sehen, die Milchwirtschaft wird ein florierender neuer Wirtschaftszweig sein. Ich kann euch versprechen, wer auf meinen

Rat hört, wird nie wieder hungern müssen und die bisherige Armut gehört dann der Vergangenheit an." Die heimische Bevölkerung war zuerst skeptisch. Dann aber, ab dem Jahre 1840, stellten zuerst einige Oberstdorfer und in den drauffolgenden Jahren auch Johannes in Reichenbach und Joan Michael aus der Spielmannsau ihre Landwirtschaft auf mehr Grünlandwirtschaft um und vergrößerten ihren Betrieb. Sie kauften sich weitere Kühe und Rinder und bauten Stallungen an, damit sie von der Milchproduktion, vom Fleisch und von der Zucht leben konnten. Seit dieser Zeit lieferten die Bauern ihre hochwertige Milch, die zur Herstellung von Käse benötigt wurde, in den Sennküchen ab. Von der übrigen Milch stellten einige Landwirte weiterhin ihren eigenen Käse und auch Butter her, den sie zum Tausch oder für den eigenen Hausstand dringend brauchten. Alle Familienmitglieder, selbst die Mütter, mussten mithelfen, damit in den Sommermonaten die vielen Wiesen, Felder und Bergweiden gemäht werden konnten und somit für den Winter genug Heu zum Fressen fürs Vieh in der Scheune war. Die kleinsten Säuglinge wurden in einem Weidekorb in den Schatten gelegt und die etwas größeren Geschwister, die bereits laufen konnten, durften mit ihren kurzen Beinchen mittapsen.

Durch die Umstellung vom Flachsanbau hin zur Heuernte veränderte sich die Allgäuer Landschaft mehr, als es sich die Menschen damals vorstellen konnten. Als Johannes und Joan Michael fünf Jahre später wieder auf einem Berggipfel, dem Schattenberg, waren, konnten sie kaum glauben, was sie da sahen. Aus den damals noch überwiegend blauen Äckern war jetzt ein grünes Allgäu geworden. Die Farbe Blau war in der Landschaft bis auf wenige Ausnahmen kaum mehr zu sehen.

Carl Hirnbein und die Bauern legten neben ihrer Umstellung auf mehr Milchwirtschaft den Grundstein für einen neuen und vor allem wichtigen Wirtschaftsfaktor, die spätere touristische Erschließung des Allgäus.

Seitdem ist die Viehhaltung ein wichtiger Bestandteil für das Einkommen der Menschen im Allgäu geworden. Viele Tiere wurden gezüchtet und außer Landes verkauft. Auf manchen Alpen gab es über 200 Stück Jungvieh und bis zu 30 Stiere, die über die Sommermonate gemästet und dann verkauft wurden. Das wurde zu einem rentablen Geschäft für die Bauern. Das Braunvieh galt als das älteste und bodenständigste der gezüchteten Rassen und die Allgäuer Kühe hatten den Ruf, ein milchergiebiger Schlag zu sein. Auch die Langlebigkeit, die Gesundheit, die Fruchtbarkeit und vor allem die Genügsamkeit zeichnete das hiesige Braunvieh aus. Dessen Eigenschaften waren für die wirtschaftliche Rinderhaltung in der Alpenregion unbedingt erforderlich.

Raubtierausrottung
Der Jäger Schraudolph bot den Männern, die Interesse am Wild hatten und im Schützenverein waren, an, zusammen mit ihm eine Wald- und Bergbegehung zu machen, um ihnen Wildtiere und Vögel zu zeigen. Wer wollte, konnte am Samstag zur Mühlenbrücke kommen. Die jüngere Generation von Männern war begeistert von seinem Vorschlag. Baptist, der Kalkbrenner, Ulrich „dr Büür" aus der Spielmannsau, Michl Buhl, „dr Joval" aus Reichenbach und Geiger Pius vom Kühberg hatten gleich zugesagt. Am Samstag frühmorgens sah es aus, als müssten sie die Begehung wegen des schlechten Wetters absagen. Doch gegen zehn Uhr verzogen sich die Wolken und die Sonne kam hindurch. Die Burschen waren pünktlich am Treffpunkt. Es wurde so klar, dass das Grün der Buchen und des Grases wie frisch gewaschen aussah. Der Jäger sagte: „Nun setzt euch noch kurz hier auf den Boden. Ich will euch erst etwas über unsere Tierwelt hier in den Bergen erzählen. Außer den Hirschen, Rehen, den Steinböcken, der Gämsen und den Wildschweinen waren im letzten Jahrhundert auch Wölfe in unserer Gegend beheimatet. Zum Fang der gefürchteten Wölfe legte man Wolfsgruben an. Am auffallendsten sind die Erdlöcher

beim Burgstall am Fuße des Himmelschrofens südlich von Oberstdorf, die ich euch heute noch zeigen werde. Dort wurde man die Wölfe, die eine Gefahr für unser Wild und unsere Tierherden waren, durch Fang endgültig los. Bis vor wenigen Jahren waren auch Bären keine Seltenheit im Allgäu. Einige Flurnamen im Gemeindegebiet erinnern noch an das Tier im Pelz. Der Bärengang und das Bärenganger Tobel im Dietersbacher Tal, die Bärengänge an den Osthängen des Rappenalper Tales und das Bärenlauach der Alpe Giebel. Unter den Raubvögeln war der Steinadler am meisten gefürchtet, weil er besonders junge Lämmer und Kitze tötete und in seinen Horst verschleppte. Mehrere solcher Horste befanden sich in unserem Gebiet im Oytal, Birgsau, Rappenalptal und im Rohrmoos. Durch Abschießen und Ausnehmen der Adlerhorste an den steilen Felswänden setzten wir Menschen dem Adler stark zu. Das war auch gut so. Denn wir müssen an unser Vieh denken. Die kleineren Raubvögel sind Eule, Habicht „der Hennevogel", Sperber, Edelfalke und Bussard. Andere Raubtiere unserer Felder und Waldflure sind der Fuchs, Stein- und Edelmarder, der Dachs, Fischotter, der Iltis, der Biber und das Wiesel. Nun gibt es in der einheimischen Tierwelt auch noch das Murmeltier, den Alpenhasen, das Auer-, Birk- und Haselhuhn, den Reiher und verschiedene Wasservögel."
Nun wurden die Burschen ungeduldig und hörten nicht mehr genau zu, denn das meiste wussten sie schon. Jedoch der Jäger sprach unaufhaltsam weiter: „Fast noch schlimmer haust heute der Luchs. Zur Ausrottung wird ein hohes Fanggeld ausgesetzt. Ihr bekommt 75 Gulden für einen erlegten Luchs. Letzte Woche habe ich am Hirschsprung bei Tiefenbach durch ein Schlageisen einen Luchs gefangen."
Nach dieser langen Ansprache gingen alle zusammen mit dem Jäger zu Fuß zur Burgstallsteig, um die tiefen Wolfsgruben zu besichtigen. Der Jäger hatte da auch ein paar Fangeisen und Tellereisen deponiert, um ihnen diese zu zeigen. Baptist und Ulrich war bald klar: „Der Jäger sucht Gehilfen, die ihm bei der Ausrottung der Adler und der Luchse behilflich sein sollen."

Schraudolph erzählte weiter über die Schonzeit der Tiere und in welcher Zeit welches Tier gejagt werden darf. Am Schluss seiner Ansprache kamen strengere Worte: „Keinem von euch ist es erlaubt, ohne das Wissen eines Jägers zu jagen, Krücken oder Geweihe zu suchen. Alles, was ihr findet, müsst ihr beim zuständigen Jäger abliefern. Hat jemand von euch Interesse offiziell als Jagdgehilfe für mich zu arbeiten? Wenn ja, dann könnt ihr bei mir das Jagen und Fallenstellen lernen. Wie schon gesagt, ich setze für Luchs und Adler gutes Fanggeld aus." Die jungen Männer bedankten sich bei ihm für diesen lehrreichen Ausflug, verabschiedeten sich und gingen miteinander in Richtung Dorfmitte. Als sie außer Reichweite des Jägers waren, stellte Ulrich fest: „Es war schon interessant, aber Fallenstellen und die wehrlosen Tiere töten will ich nicht." Pius und Joseph Anton waren gleicher Meinung. Pius machte einen spontanen Vorschlag: „Kommt, wir gehen noch auf ein Bier zum Mohrenwirt." Ulrich hatte keine Zeit, da er heim in den Stall musste. Aber Joseph Anton, Michl und Baptist gingen zusammen mit Pius durch den oberen Markt den Dorfbach entlang bis zum Mohrenwirt. Als die vier gemütlich in der Gaststube vor einem Krug Bier beieinandersaßen, sagte Joseph Anton ganz klar und ehrlich, wie er immer war: „Ich weiß nicht recht, was ich vom Jäger Schraudolph halten soll. Ich glaube, er hat ziemlich dick aufgetragen, sein übliches Jägerlatein eben. Oben bei der Besichtigung an der Burgstallsteige bei der Schmolzgrube, ob die Erdvertiefungen wirklich Wolfsgruben waren, das bezweifle ich. Ich glaube, diese Löcher sind entstanden, als man im Jahre 1361 zu Zeiten der Herren zu Heimenhofen Steine ausgrub, um dort oben das Schloss zu erbauen." Baptist war verwundert: „Aber Joseph Anton, die Grundmauern von der ehemaligen Burg kann man noch erkennen, aber wenn du wirklich recht hast, wo sollen denn um Himmels willen die Steine von der verfallenen Ruine hingekommen sein?"
„Deine Frage ist wirklich berechtigt. Darüber habe ich mich zuerst auch gewundert und schon vor etlichen Jahren mit meinem Schwiegervater Hannß darüber gesprochen. Er wusste noch von seinem

Großvater, was damit geschehen war, und erzählte es mir: Als die Oberstdorfer unter der Herrschaft des Hochstifts Augsburg um 1650 die Marienkapelle zu Loretto erbauten, trugen sie die Steine vom damaligen Burgstallschlösschen ab und ließen sie den Hügel hinunterrollen, luden die schwere Fracht dann am Ried auf Wagen auf und fuhren sie direkt nach Loretto. Dort erbauten unsere Vorfahren von den Steinen des Burgstallschlösschens unsere wunderschöne Marienkapelle. Für die Kuppel der Kapelle gruben sie in einem Waldgebiet zwischen der Burgstallsteige und dem Moorweiher leichte Tuffsteine aus, die sie für die Decke benutzten."
Nun kam der Wirt an den Stammtisch und unterbrach die Unterhaltung: „Habt ihr schon gehört, der Prinzregent Luitpold hat in Bayern die Regentschaft übernommen. Ludwig II. ist wegen geistiger Umnachtung abgesetzt worden und ist drei Tage später im Juni 1886 unter mysteriösen Umständen im Starnberger See ertrunken. Das königliche Bezirksamt weist alle Bürgermeister an, bis auf weiteres dürfen keine Konzerte, Lustbarkeiten und Schauspiele abgehalten werden."
In dem Moment, beim Neun-Uhr-Schlagen der Kirchenglocke, erschraken die vier am Stammtisch. Sie hatten während ihrer Unterhaltung die Zeit total vergessen. „Gut, dass wir noch nicht verheiratet sind, eine Ehefrau würde bestimmt über unsere verspätete Heimkehr schimpfen. Mit unseren Müttern haben wir gelernt umzugehen." Die angeheiterte Männerrunde lachte über den Ausspruch von Joseph Anton. Pius war etwas ängstlicher: „Jetzt müssen wir aufpassen, dass uns der Nachtwächter nicht erwischt. Sonst kommt eine Beschwerde vom Bürgermeister, wegen Verstoßes gegen die guten Sitten zu uns heim." Die vier Burschen fanden diese Vorstellung aufgrund ihres leichten Rausches nochmals erheiternd. Tatsächlich erwischte der Nachtwächter zwei von den Spätheimkehrern. Michl und Joseph Anton hatten Glück und konnten ihm knapp in letzter Sekunde entkommen. Aber Baptist und Pius nahm er mit ins Rathaus und hat sie über Nacht ins Narrenhäusle eingesperrt. Dies fanden die beiden ganz und gar nicht mehr lustig und

es war ihnen eine unvergessliche Lehre. Sie nahmen sich vor, in Zukunft pünktlich um neun Uhr daheim zu sein. Beim nächsten Schießen erzählten sie Ulrich, Michl und Joseph Anton davon. Die drei lachten darüber. Pius drauf bedächtig: „Das behaltet ihr aber für euch, wenn das rauskommt, wäre es eine Schande für Baptist und mich und wir würden im ganzen Dorf verspottet werden."

Am Sonntag früh um sieben Uhr fand südlich vom Ort eine große Prozession durch den vorderen Ösch statt, wie man es sonst vom Fronleichnamstag kannte. Der Pfarrer ging mit seinem Kreuzpartikel durch die Wiesen, um diese zu segnen. Die vielen Einheimischen liefen singend und den Rosenkranz betend hinter ihm her, um auch Gott um seine Hilfe anzuflehen, damit nicht wie im letzten Jahr so viele Engerlinge ihre Ernte zerfräßen.

Danach gingen die Gläubigen hinter dem Pfarrer her. Sie liefen durch den Markt bei der unteren Färbe in den hinteren Ösch, um auch diesen zu segnen. Anschließend wurde in der Pfarrkirche eine heilige Messe gefeiert. Zuletzt gab es nochmals bei Loretto den Schlusssegen für die Wiesen, das Dorf, das Vieh und die Bewohner.

Klausentreiben

Das Klausentreiben war ein alter Brauch aus vorchristlichen Zeiten. Inzwischen war es Sitte, dass ausschließlich alteingesessene Oberstdorfer das Recht hatten, sich am Klausentag zu beteiligen. Dieses Privileg wurde von einer Generation zur nächsten Generation, also vom Großvater auf den Vater und später auf den Sohn weitergegeben. Die jungen unverheirateten Oberstdorfer Männer zogen mit lautem Lärm als Vorboten der zwölf Raunächte durch Oberstdorf, um böse Geister abzuschrecken. Dieser uralte Brauch fand am 6. Dezember, am Tag des heiligen St. Nikolaus, statt. Die mutigen Männer trafen sich bei Einbruch der Dunkelheit, um in einem größeren Rudel durch die Straßen und Gassen zu springen. Wie auch in den letzten Jahren waren Ulrich, Michl, Pius und Baptist mit dabei. Sie umhüllten, wie es üblich war, ihre

Oberkörper mit Tierfellen und trugen dazu entweder eine Lederoder eine dunkle Stoffhose. Sie waren vermummt, so dass sie keiner erkennen konnte. Der schönste Klausenkopf oder die Felle waren nicht das Wichtigste. Sie hatten Ketten, Schellen und Glocken dabei, um einen furchterregenden Lärm zu verursachen, der Vorrang vor dem Aussehen hatte. Ulrich trug auf seinem Kopf ein schwarzes Schaffell mit Stiergehörn, Pius ein Rehfell mit Kuhhörnern, Baptist ein Hirschfell mit Hirschgeweih und Michl ein weißes Lammfell mit einer Gamskrucke. Das Hirschgeweih und die Gamskrucke hatten sie selbst gefunden und sie wussten, eigentlich hätten sie es beim Jäger abgeben müssen. Aber am Klausentag drückten selbst die Jäger ein Auge zu. Um das Klausenrudel zusammenzuhalten, wurde von Baptist als Klausenführer das Bockshorn geblasen. An diesem Abend trauten sich weder Kinder noch junge Frauen und Mädchen auf die Gassen hinaus. In die Häuser, wo ledige Feela daheim waren, gingen die Klausen am liebsten. Sie schlugen mit ihren Ruten und Ochsenfieseln[63] auf diejenigen ein, die sie erwischen konnten. Manch Frau oder größerer Bube wurde von den Klausen mit kaltem Schnee eingerieben. Die vier vermummten Freunde gingen in guter Absicht zu Genovefa und ihren Schwestern Ludwina, Katharina und Rosalia. Das Haus lag ungefähr 200 Meter westlich der Pfarrkirche. Die Mädchen waren an diesem Abend nicht alleine, denn Genovefa hatte ihre Freundin, die Maria Kappeler, zu sich eingeladen. Die fünf jungen Mädchen standen im oberen Geschoß im dunklen Zimmer, hinter geschlossenem Fenster und sahen mit klopfenden Herzen und schweißnassen Händen heimlich dem Klausentreiben zu. Als die vier vermummten Gestalten laut schreiend und mit ihren Ruten kräftig an die Fensterläden und Tür schlugen, versteckten sich Genovefa und Maria unterm Bett. Genovefas Vater öffnete die Haustür und die wilden Klausen rannten laut grölend ins Haus. Sie waren ein wenig enttäuscht, als die Mädchen nicht aufzufinden waren. In der Stube saß nur die Mutter mit dem ältesten Sohn Franz, der wegen seiner Armverletzung in diesem Jahr selbst nicht am Klausentreiben teilnehmen konnte.

---

[63] Ochsenziemer, Schlagstock

Genovefas Vater, der Johann Baptist, schwindelte, um die Mädchen zu schonen: „Die Feela sind heute nicht da." Dafür spendierte er ein paar Flaschen Bier. Baptist gab Genovefas Vater zum Abschied ein gebackenes Khlöüsemänndle[64] und bat ihn, es Maria von ihm zu geben. Danach liefen sie wieder hinaus in die kalte, mondklare Nacht. Der Neuschnee knirschte unter ihren Füssen. In den dicken Felljacken und den schweren Schellen wurde ihnen trotz der Kälte von unter zehn Grad vom Laufen warm. Sie krempelten sich die Hemdärmel hoch. Um acht Uhr abends trafen sie sich mit weiteren acht Klausen, um zusammen ein größeres Rudel zu bilden, um dann gemeinsam durch die engen Gassen zu ziehen. Die zwölf vermummten Gestalten rannten durch die lange Schrofengasse, blieben dann stehen, um sich leise zu beraten, wie sie sich am besten an ein Haus heranschleichen konnten. Plötzlich entdeckten sie, dass ein dreizehnter „Khlöüs" unter ihnen war. Bei näherem Betrachten bemerkten sie zu ihrem Grauen, dass der Unbekannte keine Füße, sondern Klauenfüße einer Geiß, also eines Teufels, hatte. Vor lauter Furcht rannten die vermummten Männer auseinander und jeder, so schnell er laufen konnte, zu sich heim. Nur Michl von Reichenbach und Pius vom Kühberg rannten mit Baptist zusammen in den unteren Markt hinunter. Sie waren sehr erschrocken und fürchteten sich vor diesem bösen Geist. Sie nahmen sich vor, mit niemandem über diesen Vorfall zu reden, um die Bewohner im Ort nicht zu beunruhigen und ihnen Angst einzujagen.

1887 Anna
Anna legte das Buch zur Seite und fragte Genovefa: „Wie alt warst du damals an dem Klausentag, von dem wir soeben gelesen haben?"
„Ich war noch sehr jung. Ich glaube, ich war noch keine 20 Jahre alt. Wenn ich so an meine Kindheit zurückdenke, hatte es meine Mutter auch nicht leicht. Sie hat ebenfalls 14 Kinder geboren. Als dann meine ältere Schwester Theresia mit 15 Jahren an einer Blutkrankheit gestorben ist, war ich gerade mal 14 Jahre alt und meine Mutter

---
[64] Klausenmännle aus Hefeteig

schon wieder im 5. Monat schwanger. Auch dieses Kind, der Alois, ist nach vier Wochen gestorben. Danach kam noch Johanna und wurde auch nur elf Wochen alt. Überlebt haben nur Franz, der drei Jahre vor mir geboren wurde, Ludwina, die ein Jahr jünger ist, Katharina, die vier Jahre jünger ist, und Rosalia, die sechs Jahre jünger ist als ich. Und dann, elf Jahre nach mir, noch Joseph, der den Hof von unserem Vater übernommen hat, bei dem ich nach dem Tod meiner Eltern gelebt habe. Mein Vater war Lipp Johann Baptist und ist mit 63 Jahren gestorben. Fünf Jahre später folgte ihm meine Mutter, Barbara Lipp, geborene Seelos, die im Alter von 59 Jahren starb. Damals, als Mutter gestorben ist, war ich 33 Jahre und noch nicht verheiratet. Ich habe erst elf Jahre nach Mutters Tod meinen Ulrich geheiratet."

Anna fragte nachdenklich: „War die Hanna, von der wir gelesen haben, meine Großmutter, die nach Reichenbach geheiratet hat?"

„Ja, sie war deine Oma und auch die Schwester von Barbara, meiner Mutter. Somit ist Hanna meine Tante gewesen. Ihre Familie kam aus Ringang, einem Seitental bei Oberstdorf."

„Es ist unvorstellbar, was manche Menschen zu erdulden hatten. Genovefa, meinst du, mein Papa weiß das alles von früher noch?"

„Ich denke schon, denn er war der älteste von seinen Geschwistern. Er hat sicher vieles von diesem Leid mitbekommen."

„Aber warum spricht er nicht darüber? Er hat mir noch nie etwas davon erzählt", klagte Anna.

„Ich denke, er will nicht darüber reden. Männer tun sich dabei schwerer als die meisten Frauen. Seine Mutter musste dieses Leid durch die vielen Schwangerschaften, die schmerzhaften Geburten, die große Angst um ihr Neugeborenes und vor dem eigenen Tod ertragen. Es war besonders tragisch für deinen Vater, dass Sefa, seiner Frau, ein ähnliches Schicksal wie seiner eigenen Mutter widerfahren ist."

Genovefa sah diesen verwunderten Blick von Anna und sprach weiter: „Aber eins weiß ich genau, dein Vater hat deine Mutter über alles geliebt. Ich hoffe, du und Otto, ihr liebt euch genug, damit ihr euer Leben lang immer offen und ehrlich zueinander seid und euch gegenseitig respektiert. Dann wird eure Ehe wunderbar sein. Auch ich bin dankbar, dass ich Ulrich habe. Das Schlimmste, was einer Frau passieren kann, ist, wenn sie ohne Liebe verheiratet wird. Es gibt Zweckehen, diese werden rein aus Gründen der Vernunft geschlossen. Häufig kennt die Frau ihren Mann vor der Hochzeit noch gar nicht. Der Ehemann kann grob und rabiat sein und sich seine Frau Nacht für Nacht mit Gewalt gegen ihren Willen nehmen. Diese Frauen können kaum etwas dagegen unternehmen. Wenn eine misshandelte Frau jemandem erzählen würde, dass sie sich ihrem Mann nicht freiwillig im Ehebett hingibt, dann wäre sie als „schlechte Ehegattin" verrufen. Aus diesem Grund schweigt eine Frau lieber ihr Leben lang über die Qualen, denen sie ausgesetzt ist. Anna, du musst dir eins merken, was in den Schlafkammern der Verheirateten geschieht, das geht nur die beiden etwas an."

„Genovefa, ich bin dir so dankbar, dass wir offen miteinander reden können. Bisher warst du für mich wie eine zweite Mutter. Aber jetzt wirst du bald meine richtige Mutter, nein, meine Schwiegermutter sein. Ich finde es schön, dass Otto dich in Zukunft mit mir teilen will. Jetzt muss ich aber heim. Sag Otto einen lieben Gruß von mir. Am Abend kommt er noch bei mir daheim vorbei, dann wollen wir meinem Papa von unseren Heiratsplänen erzählen."

Genovefa war fassungslos: „Was! Der weiß es noch gar nicht? Dann wird es aber Zeit, bevor er es von anderen erfährt." Als Otto am Abend in Reichenbach war, stellten sie Michl vor vollendete Tatsachen und erzählten von ihrer bevorstehenden Hochzeit und danach baten sie um seine Zustimmung. Beide konnten spüren, dass es ihm ganz und gar nicht recht war und er sich um seine Tochter sorgte. Anna wurde jetzt klar, dass auch sie sich durch ihre Heirat der Gefahr aussetzte, Kinder zu gebären, die sterben könnten."

Am Abend, als sie sich von Otto verabschiedete, fragte er: „Anna, was ist mit dir? Du warst den ganzen Abend so schweigsam?"

„Otto, das hat nichts mit dir zu tun. Mir geht so vieles durch den Kopf." Anna fing zu schluchzen an: „Ich habe Angst, dass mir das gleiche Schicksal widerfährt wie meiner Großmutter und meiner Mutter. Ich vermute, sie waren häufig schwanger. Aber nur wenige ihrer Kinder haben überlebt."

Otto sagte liebevoll: „Anna, ich rate dir, lies in nächster Zeit nicht weiter im Ahnenbuch, wenn es dir Angst macht."

„Aber Otto, wenn ich nichts drüber weiß, bedeutet es doch nicht, dass es nicht gewesen ist. Ich will wissen, was in unserer Familie geschehen ist. Gerade heute hat mir Genovefa angedeutet, dass ich eine Zwillingsschwester, die Maria hieß, hatte. Otto glaube mir, dadurch eröffnet sich in mir eine ganz neue Denkweise. Ich fühlte mich manchmal einsam und hatte eine Sehnsucht nach etwas Unbekanntem, wusste aber nie genau nach was. Vielleicht vermisste ich meine verstorbene Schwester." Anna wurde bei diesem Gedanken ganz traurig und bekam feuchte Augen. „Es muss damals, als sie gestorben ist, ein fürchterliches Erlebnis für mich gewesen sein. Stell dir nur mal vor, ich war mit Maria ganz eng im Mutterleib zusammen und dann die ersten Monate und plötzlich fehlte sie an meiner Seite. Ich glaube, sie hinterließ eine Lücke, die ich bisher nie mehr füllen konnte. Als ich älter wurde und es verstanden hätte, hatte ich da kein Recht darauf, von meinen Eltern zu erfahren, dass ich eine Zwillingsschwester hatte, die gestorben ist? Ich glaube, ich habe tief innen immer schon so etwas geahnt und ich vermisste Maria, ohne zu wissen, dass es sie gab. Ich hätte gerne für meine Zwillingsschwester gebetet, und wenn ich einsam war, hätte ich mit ihr geredet und sie um Beistand gebeten. Aber diese Möglichkeit haben mir Papa und Mama durch ihr Schweigen genommen. Ich kann dir gar nicht beschreiben, wie enttäuscht und wütend ich auf die beiden bin. Ich fühle mich belogen und betrogen. Sie wissen gar nicht, was sie mir damit angetan haben."

Otto nahm Anna liebevoll in seine Arme und sie weinte sich an seiner Schulter aus. Nach einer Weile wischte er mit seinem Taschentuch Annas Tränen von ihren Wangen ab und versuchte, sie zu trösten: „Ich kann dich gut verstehen, aber versuche auch du, deine Eltern zu verstehen, vielleicht belastete es deine Mutter und deinen Vater, dass sie nicht darüber reden konnten? Maria war schließlich auch ihre Tochter, die sie geliebt und dann verloren haben."

Sie sah Otto verwundert an: „Ich kann so etwas nicht begreifen, wenn Menschen ihr Leid vor anderen verheimlichen und es verdrängen. Ich finde, dadurch machen sie alles noch viel schlimmer. Ich wäre gerne an Weihnachten mit Mama zusammen ans Grab meiner Geschwister gegangen und hätte auch für Maria eine Kerze angezündet. Sie gehört doch zu uns, auch wenn sie hier auf Erden nicht mehr körperlich unter uns weilt. Ich denke, Mama hatte es mit Papa auch nicht immer leicht. Ich kann mich noch gut daran erinnern, dass er immer wieder zu ihr sagte: ‚Wir müssen dankbar für unser Leben sein.' Wenn Probleme auf ihn zukamen, sprach er selten aus, was er dachte und fühlte. Heute ist mir klar geworden, Mama hatte viele Sorgen in ihrem Leben und wurde damit häufig alleine gelassen. Ich denke, mit der Zeit hat sie gelernt, uns Kinder nicht zu sehr in ihr Herz zu schließen, denn sie hatte ständig Angst, auch meine Brüder und mich noch zu verlieren. Vielleicht verfluchte meine Mutter ihr Schicksal sogar und ist vor lauter Kummer herzkrank geworden und dann gestorben."
„Anna, ich weiß, was du fühlst, und kann auch deine Angst verstehen. Aber schau, wir sprechen jetzt offen über alles. Es wird nie Geheimnisse zwischen uns geben. Außerdem gibt es viele Familien, deren Kinder überleben. Ich denke, wir beide werden auch dieses Glück zusammen haben. Falls das Schicksal anderes mit uns vorhat, so werde ich dir immer beistehen und wir werden uns gegenseitig trösten. Ich auf jeden Fall freue mich auf ein Leben mit dir."
„Danke Otto, ich bin so froh, dass es dich gibt." Dann gab Anna ihm einen langen, zärtlichen Kuss, wie sie es bisher noch nie getan hatte.

1887 Hochzeit von Otto Kling und Anna Buhl, Oberstdorf

An einem bewölkten Samstag im Oktober 1887 läuteten kurz vor elf Uhr die Glocken feierlich vom Kirchturm herab und verkündeten die Hochzeit von Anna und Otto. Dieser festliche Klang erfüllte den ganzen Talkessel weit über Oberstdorf hinaus. Der heiß ersehnte Tag für die beiden war nun endlich gekommen. Otto trug einen neuen schwarzen Anzug mit weißem Hemd und einer Fliege am Kragen. Er fertigte sich

extra für diesen Anlass ein Paar neue schwarze Jägerschuhe. Otto ließ sich seine Haare frisch schneiden und trug seit Kurzem einen kleinen Oberlippenbart. Anna, seine Braut, bestellte sich von Ottos Tante Katharina, die Schneiderin war, ein dunkles Kostüm, das ihr bis zu den Waden hinunter reichte. Vorne in der Mitte hatte das Oberteil eine Knopfleiste mit kleinen runden Silberknöpfen. Darunter trug sie eine wunderbare weiße Leinenbluse mit selbstgehäkeltem Spitzenkragen. Dieses Kleid konnte sie auch in Zukunft zu besseren Anlässen und am Sonntag zum Gottesdienst tragen.
Als Anna fertig angezogen war und ihre Haare mit einem Mittelscheitel nach hinten hochgesteckt hatte, befestigte Genovefa ihr den weißen Schleier im Haar. Danach übergab sie ihrer Schwiegertochter ein kleines Päckchen. Anna öffnete es und fand eine wunderschöne Silberbrosche darin. Erst als Anna das Schmuckstück in ihrer Hand hielt, sagte Genovefa: „Das ist ein Erbstück von meiner Mutter Barbara, Gott hab' sie selig. Da du meine einzige Schwiegertochter bist, wünsche ich mir, dass du sie in Zukunft tragen wirst. Meine Mutter würde sich auch darüber freuen." Genovefa nahm der Braut die Brosche wieder aus der Hand und befestigte diese an Annas Kragen. Sie bedankte sich herzlich bei Genovefa, weil sie wusste, was dieses Erbstück ihr bisher bedeutet hatte. Mathilde war eine der beiden Brautjungfern und steckte den Hochzeitsgästen die Myrtensträußchen am Revers an. Es kamen aus Reichenbach Annas Vater mit ihren Brüdern Michi, Seppi und Hansi mit seiner Frau Agnes. Zu Annas Überraschung brachten sie auch die Aloisia mit. Sie blühte an diesem Tag richtig auf und fühlte sich wohl unter den Festgästen. Aus Oberstdorf waren natürlich Ottos Eltern Ulrich und Genovefa dabei. Auch die Geschwister väterlicherseits, Tante Agnes, Agi, Onkel Hironymus, Seraphin und Ludwig waren eingeladen. Genovefas Bruder, der Joseph, kam mit seiner Frau Johanna und ihren Kindern. Ebenfalls waren ihre Schwestern Ludwina, Katharina und Rosalia dabei. Aber am allermeisten freute sich das Brautpaar über die Anwesenheit seiner Freunde Joseph Anton mit Annele, Martin mit Mathilde, Theresia und Paula mit ihrem neuen Freund, dem Hans. Mathilde nahm Anna nach dem festlichen Gottesdienst in

den Arm und sagte ganz aufrichtig: „Ich freue mich für dich. Du kriegst einen guten Mann. Im Gasthof zur Sonne fand die Hochzeitsfeier statt. Zu essen gab es zuerst eine Hochzeitssuppe, bestehend aus einer Fleischbrühe mit Flädle und Brätknödeln. Dann einen Sauerbraten mit sämiger Rotweinsoße, Spätzle und Blaukraut. Zum Nachtisch wurden Apfelküchle serviert. Zur Unterhaltung spielte keine Tanzmusik wie üblich, sondern eine gemütliche Oberstdorfer Hausmusik, weil Anna Otto zuliebe an ihrem eigenen Festtag lieber aufs Tanzen verzichten wollte. Aber dies störte keinen von den Festgästen. Nachmittags, bevor alle heimgingen, gab es noch Kaffee und selbst gebackenen Kuchen. Es war ein nettes, gemütliches Fest. Die Hochzeit wurde vom Michl, dem Brautvater, ausgerichtet und bezahlt. Dafür waren Otto und Anna wirklich dankbar, denn sie mussten in den letzten Wochen schon ein Schlafzimmer vom Schreiner Waibel herstellen lassen. Das viele Geld für das gute Essen und Trinken sowie die Kosten für die Musik hätten sie im Moment gar nicht selbst aufbringen können. Kurz nach fünf Uhr ging die Hochzeitsgesellschaft auseinander. Die meisten Gäste hatten eine Landwirtschaft und mussten heim in den Stall, um ihr Vieh zu versorgen. Anna und Otto wollten jetzt eine Weile für sich alleine sein und unternahmen einen Spaziergang nach Loretto. Anna legte in der Kapelle ihren Brautstrauß zu Ehren der heiligen Jungfrau Maria auf den Altar. Die beiden bedankten sich für diesen schönen Tag und baten Maria in einem Gebet, dass sie ihnen in ihrem zukünftigen Leben und in ihrer Ehe beistehen soll. Danach gingen sie beschwingt und glücklich bei leichter Dämmerung durch die Wiesen in Annas neues Zuhause. Auf einmal blieb sie stehen und fragte: „Otto, hast du gesehen, als ich Papa gute Nacht sagte und mich bei ihm bedankt habe, nahm er mich zum ersten Mal in meinem Leben in seine Arme und sagte mit feuchten Augen zu mir: Anna mein Kind, ich wünsche dir alles Gute und viel Glück in deinem Leben. Das war für mich heute das schönste Geschenk, das er mir machen konnte." Otto lächelte sie an, drückte seine junge Frau an sich und flüsterte ihr ins Ohr: „Das größte Geschenk für mich bist Du."
Als sie wieder daheim waren, aßen das Brautpaar und Genovefa und

Ulrich zusammen das Nachtessen. Genovefa sprach: „Wisst ihr was, im Buch geht es als nächstes um eine Jubelhochzeit in Oberstdorf. Ich würde euch diese Geschichte gerne zur Feier des Tages vorlesen." In dem Moment stand Ulrich auf und wollte soeben hinausgehen. Doch Genovefa hielt ihn am Arm fest und bat ihn: „Nein Ulrich, ich finde, diese Geschichte ist ein würdiger Abschluss für den heutigen Tag. Bitte bleib auch du ausnahmsweise diesmal bei uns sitzen und hör mit zu." Genovefa nahm das Buch ihrer Vorfahren, schlug es auf und fing zu lesen an.

Goldene Hochzeit in Oberstdorf
Im Jahre 1843 gab es in Oberstdorf eine Goldhochzeit. Kaum einer im Ort wusste, was dies zu bedeuten hatte, weil sich niemand daran erinnern konnte, dass dies schon einmal gefeiert wurde. Der Pfarrer Mayerhofer hatte die Kirchenbücher der letzten 150 Jahre durchgesehen und festgestellt, dass es hier wohl zum ersten Mal eine Goldene Hochzeit gab. Er verkündete: „Wir haben ein Jubeljahr oder noch besser zu verstehen, Xaveri Mayer und seine Hochzeiterin Maria Anna Waibel feiern ihre Jubelhochzeit. Beide waren gebürtig von Oberthingau. Sie haben vor 50 Jahren hier im Ort geheiratet und sind daraufhin ansässig geworden."
Der Pfarrer machte sich viel Mühe und organisierte ein großes Fest zu Ehren des Jubelpaares. Die ledigen Männer vom Schützenverein weckten mit Böllerschüssen um sechs Uhr in der Früh das ganze Dorf. Weil die Hochzeiter verarmt und hoch verschuldet und noch dazu in einer sehr schlechten Behausung im Haus Nr. 242 untergebracht waren, holte der Pfarrer sie um neun Uhr zusammen mit dem Herrn Kaplan und dem Benefiziat zum Pfarrhof ab. Die Brautleute hatten dort nochmals die Gelegenheit, ihre Beichte abzulegen. Danach frühstückten sie zusammen und tranken einen Kaffee. Um zehn Uhr gingen die drei geistlichen Herren und das Jubelpaar zusammen mit einer großen Festgesellschaft nach Loretto zum Gottesdienst. Bei der Festprozession liefen fünfundvierzig Jungfrauen mit

sehr feierlicher Bekleidung und Blumenkränzen auf dem Kopf, darunter Maria Kappeler, Mathilde Schratt, Genovefa Lipp und ihre Schwestern Ludwina und Katharina, Agnes und Agi Kling und die drei Geiger Feela vom Kühberg, voraus. Danach gingen die ledigen Burschen Pius Geiger, Baptist Hindelang, Ulrich Kling und Michl Buhl. Ihnen folgte Toni, der Sohn der Jubilare mit seiner Ehegattin Maria, der Tochter des Schraudolph aus der Spielmannsau, und den Kindern, den drei Enkelfeela und den vier Enkelbuebe. Anschließend gingen die übrigen Hochzeitsgäste beiderlei Geschlechts. Alle trugen ihre beste Festtagsbekleidung oder die Tracht. Als die Hochzeitsgesellschaft bei den Kapellen angekommen war, wurde die große Glocke geläutet. Die engsten Angehörigen, wie der Sohn und seine Frau mit den sieben Kindern und weitere zehn Verwandte hatten die Ehre, vorne in den Chorstühlen Platz zu nehmen. Das Jubelpaar kniete vor dem Hochaltar auf einem rot bezogenen Bänkchen. Der Pfarrer stand vor den Brautpersonen und fragte sie: „Willst du, so lange du lebst, der schon Versprochenen die Treue und Liebe halten, so sprich: Ja." Beide, die 75-jährige Braut und der 85-jährige Bräutigam, gaben sich wieder das Eheversprechen mit einem kräftigen „Ja." Danach wurde eine feierliche Messe gelesen; dazu durfte das Brautpaar auf einem rot bezogenen Sessel Platz nehmen. Während der Wandlung gingen ausgewählte Männer mit Körben bankweise herum und sammelten Geldgeschenke für die Brautleute. Dabei kamen 28 Gulden zusammen. Was die beiden insgesamt an diesem Tag bekamen, hat sich nicht herumgesprochen, aber nach der allgemeinen Aussage sollen es an die 100 Gulden gewesen sein.

Das Hochzeitsmahl hatten sie beim Gastgeber Sonnenwirt eingenommen. Nachher spielte Tanzmusik auf und das hochbetagte Jubelpaar selbst eröffnete die Brauttänze, wie es auch die jungen Brautpaare bei ihrer grünen Hochzeit machten.

An einem Tisch saßen die jungen Burschen, am Nebentisch die Jungfrauen, die die Prozession angeführt haben. An den übrigen Tischen waren Freunde und Bekannte verteilt. Die meisten von ihnen hatten selbst schon erwachsene Kinder. Wie auch Hindelang Hannß, Gustl Geiger und seine Frau Maria Anna, Joan Michael und Johanna aus der Spielmannsau, Johannes und die hochschwangere Hanna von Reichenbach, die Eltern von Michl Buhl und einige Gäste mehr.

Genovefa beendete für einen Augenblick das Vorlesen und sah vom Buch zu Anna auf und seufzte wehmütig: „Oh ja, die Hanna und der Johannes, von denen wir soeben gelesen haben, das waren deine Großeltern und der Michl dein Vater."
Otto rieb sich vergnügt die Hände, sah verschmitzt zu seinen Eltern über den Tisch und freute sich: „Und der Ulrich und die Genovefa, das seid ihr. Ich glaube, ab jetzt wird das Buch für mich auch interessant. Denn ich vermute, dass wir einiges über euch in jungen Jahren erfahren werden."
In dem Moment erstarrte Genovefas Gesichtsausdruck zu Eis und ihre Stimme wurde laut, blechern und fast panisch: „Nein, das werdet ihr nicht! Es wird noch Jahre dauern, bis ihr erfahrt, wie es mit Vater und mir begann." Sie sah dabei verunsichert zu Ulrich hinüber. Er wiederum beobachtete sie verstohlen und war gespannt, was seine Frau den jungen Leuten jetzt wohl erzählen wollte. Genovefa in ihrer Verunsicherung lenkte ab und nahm eiligst das Buch wieder zur Hand und las weiter über die Jubelhochzeit der Familie Mayer vor.

Bei der Jubelhochzeit 1843 wurde viel getrunken und gelacht. Nur Johannes Buhl brachte seine hochschwangere Frau gleich nach dem Essen heim, damit sie sich vor der zu erwartenden schweren Geburt schonen konnte. Ihm selbst war vor Kummer und Sorge um Hanna auch nicht zum Feiern zumute. Für alle anderen Anwesenden war es ein fröhlicher und gelungener Abend und sie konnten für ein paar Stunden ihre Nöte vergessen. An diesem besonderen Tag wurde sogar durch den Ortsvorsteher die Sperrstunde ausgesetzt.
Das Brautpaar verabschiedete sich um zehn Uhr. Es war erstaunlich, wie viel Energie und Durchhaltevermögen die beiden an diesem

anstrengenden Tag hatten. Als das Jubelpaar am Abend heimkam, war ihre Haustüre mit Kränzen aus Wiisdaas[65] geschmückt. Es blieb für alle, die an diesem Fest dabei waren, ein unvergesslicher Tag. Als die meisten dann nach Mitternacht heimgegangen waren, blieb aus der Jubelfamilie nur noch der Sohn Toni bei der ledigen Hochzeitsgesellschaft sitzen. Er feierte mit ihnen zusammen bis in die frühen Morgenstunden weiter. Am Schluss saßen Buebe und Feela gemischt an einem Tisch und hatten eine lustige Unterhaltung. Michl stellte grinsend fest: „Wenn uns der Herr Pfarrer so beieinander sehen könnte, das wäre wieder einmal ein Verstoß gegen die Regeln der guten Sitte." Über diesen spaßigen Ausspruch lachten die Jungspunde. Das Fest war für die jungen Menschen eine willkommene Ablenkung von der täglichen Arbeit. Dies tat der Dorfgemeinschaft gut und schweißte die Jugendlichen zusammen.

Otto wurde unbehaglich zumute, denn er wollte nicht, dass seine Mutter weiterlas und überlegte sich, wie er sie unterbrechen konnte. Ihm war klar, dass auf den nächsten Seiten wieder ein Kind von Annas Großmutter sterben würde. Heute, am Tag ihrer Hochzeit und vor allem vor ihrer ersten gemeinsamen Nacht, befürchtete er, dass Anna wieder diese heillose Angst vor einer Schwangerschaft erfasste. In dem Moment legte Genovefa unaufgefordert ihr Buch auf dem Stubentisch ab und sprach ganz feierlich:
„Liebe Anna, lieber Otto,
ich wollte euch heute die Geschichte von dem Jubelpaar vorlesen. Denn Papa und ich, wir wünschen euch beiden alles Glück dieser Welt und ihr sollt mindestens 50 Jahre zusammen verbringen dürfen. Dann wird in Oberstdorf wieder eine schöne Jubelhochzeit gefeiert werden." Ulrich öffnete eine Flasche Wein und alle stießen zusammen auf die gemeinsame Zukunft an. Danach gingen Anna und Otto in ihr Gaade, das gleich neben der Stube lag.
Vorsichtig begann Otto die Knöpfe an Annas Bluse zu öffnen. Mit einer raschen Bewegung hob er sie hoch und trug sie ins neue Ehebett.

---

[65] Zweige der Weißtanne

Sie schlang dabei ihre Arme um seinen Hals und zog ihn zu sich herab. Sie küssten und umarmten sich. Er befreite sich aus Annas Umarmung, setzte sich neben sie aufs Bett und begann, die Haken an ihrem Rock zu lösen. Sie öffnete ebenfalls seine Knöpfe am Hemd. Otto hatte sie bisher noch nie nackt gesehen und seine Hände und Lippen erforschten sanft ihren unbekannten Körper. Er zog langsam Annas Rock aus und sah sie nun nackt im Schein der Lampe vor sich liegen. Sie wunderte sich selbst, dass sie es ertrug und zuließ, von Otto so betrachtet zu werden.

Auch Anna hatte noch nie zuvor einen unbekleideten Mann gesehen und sah ihn interessiert an. Im flackernden Licht konnte sie an seinen Schläfen die pulsierenden Adern erkennen. Sein Gesicht war schmal und seine blauen Augen glänzten im Kerzenlicht. „Hast du Angst?", flüsterte er ihr sanft ins Ohr. „Nein", schwindelte sie, denn ihr Verlangen nach ihm war viel größer als die Furcht, die sie hatte. „Ich werde dir niemals wehtun", flüsterte er. Er liebkoste seine Frau. Sie leistete keinen Widerstand und ließ geschehen, dass sie eins wurden. Danach öffnete sie ihre Augen und war dankbar für das, was sie soeben erleben durfte. Eng umschlungen lagen sie eine ganze Weile beieinander und konnten wahrnehmen, wie sich Herzschlag und Atmung langsam wieder beruhigten. Als sie am Morgen aufwachte, lag Otto immer noch dicht neben ihr.

Genovefa und Ulrich waren in den letzten Tagen ins Obergeschoß hinaufgezogen. Hier hatten sie sich eine große Stube eingerichtet. Da der Raum genau über der bisherigen Stube lag, stand auch dort ein weißer Kachelofen, damit sie im Winter ihren eigenen Raum heizen konnten. Daneben ging es ebenfalls direkt in ihre Schlafkammer, ohne dass sie über den Flur mussten. Diese Räume waren nun der Alterssitz der beiden. Ulrich bestimmte: „Otto, du bist jetzt der junge Herr im Haus, deshalb bekommt ihr beiden die Schlafkammer unten neben der Stube. Wir wollen uns jetzt ein wenig mehr zurückziehen." Für das junge Paar war es eine große Freude, dass die Eltern ihnen dieses Vertrauen schenkten. Sie wollten es zuerst gar nicht annehmen, aber insgeheim waren die beiden froh, abends auch manchmal alleine zu sein. Anna hatte sich, wie erwartet, schnell im Haus ihrer Schwiegereltern eingelebt. Genovefa führte weiterhin den Haushalt. Aber Anna half ihr bei den schweren Arbeiten, wie dem wöchentlichen Waschen, dem Kochen, Einkochen und Dörren von Gemüse und Obst. Als der Winter kam, wurde ein Schaf geschlachtet und das Fleisch im Schnee vergraben, damit es haltbar wurde. Um die eigenen Räume kümmerte sich jede Hausfrau selbst. Anna ging weiterhin in die Fabrik, um Geld dazuzuverdienen. Otto richtete zusammen mit Ulrich im Erdgeschoss eine kleine Schusterwerkstatt ein. Er kündigte bei Schratt, seinem bisherigen Meister, und machte sich daheim als Schuhmachermeister selbstständig. Zum Glück hatte er von Anfang an genug Aufträge. Darüber waren alle aus der Familie froh, denn so hatten sie ihr sicheres Auskommen. Als Anna und Otto bereits fünf Monate verheiratet waren, blieben Annas unreine Tage aus. Am Abend, als die beiden alleine in der Küche saßen, erzählte sie Otto von ihrer Schwangerschaft. Jedoch bat sie ihn: „Dies möchte ich für die ersten Monate noch geheim halten, denn ich habe gehört, wenn man eine Schwangerschaft zu früh herumerzählt oder die Kinderwiege und die Säuglingsbekleidung zu früh besorgt, würde es kein Glück bringen." Otto akzeptierte ihren Wunsch und freute sich mit ihr auf den gemeinsamen Nachwuchs. Genovefa sah ihrer Schwiegertochter die Schwangerschaft bald an. Im Gesicht wurde sie rundlicher und ihre Brüste voller. Genovefa verriet Ulrich, als sie alleine in ihrer neuen Stube beieinandersaßen: „Ich glaube, die Anna ist guter Hoffnung. Falls ich recht habe, würde ich ihr gerne zur Geburt ihres ersten Kindes unser Ahnenbuch schenken." Ulrich sah seine Frau verwundert an. Sie aber sprach weiter, als hätte sie seinen Blick nicht bemerkt: „Ulrich, ich weiß gar nicht, wie ich anfangen soll. Mich bedrückt immer noch, dass Otto nichts von seinem verstorbenen Halbbruder weiß. Im Grunde bin ich immer schon der Auffassung, dass man Familiengeheimnisse nicht verbergen sollte. Dies habe ich so viele Jahre anderen gegenüber gepredigt und trotzdem habe ich Anton, meinen Erstgeborenen, mein Leben lang verschwiegen. Ich hatte bisher nie die Kraft und den Mut, zu meinem Fehler zu stehen.

Seit Sefas letzten Worten auf ihrem Sterbebett glaube ich, nein Ulrich, ich bin mir inzwischen sogar sicher, unser Schweigen wäre für unsere Nachkommenschaft nicht gut. Entweder könnten Annas und Ottos Kinder sterben. Oder es könnte sein, dass Otto, wie auch Anna wegen ihrer verstorbenen Zwillingsschwester, vielleicht etwas spürt, ohne zu wissen warum. Uns beiden, ich meine dir und mir, ist bewusst, wie dumm ich damals war, als ich mich so blind mit dem Walser eingelassen habe. Aber ich denke, jetzt ist es an der Zeit, dass mein verstorbenes Kind nicht länger unser Geheimnis bleiben darf. Ich würde es Otto gerne sagen, bevor er selbst Vater wird. Dann werden die beiden frei von allem Vergangenen ihre eigenen Kinder bekommen können. Ulrich, dies wäre mein Wunsch. Aber nur wenn du nichts dagegen hast." Genovefa bekam feuchte Augen und Ulrich konnte an ihrer Stimme hören, wie sich ihre Kehle zuschnürte. Sie sprach weiter: „Ulrich, ich meine, wenn es dich nicht zu sehr kränkt und du dich meiner nicht schämen musst. Ich wünsche mir, dass die Beziehung zwischen uns beiden und auch mit Otto so bleibt, wie sie immer war. Und ich hoffe inständig, dass mich Otto deswegen nicht verachten wird."

Ulrich nahm seine bald 70-jährige Frau liebevoll in seine Arme und sagte: „Genovefa, wie steht es in der Bibel geschrieben? Wer ohne Sünde ist, der werfe den ersten Stein. Du bist immer noch meine Kleine wie früher. Für mich wird sich dadurch nichts ändern. Ich stehe immer zu dir, egal, was du tust und sagst. Wir beide brauchen uns nicht zu schämen. Du warst und bist immer noch eine ganz besondere Frau. Eine bessere als dich hätte ich nie kriegen können. Ich habe keinen Tag mit dir bereut. Wenn du es Otto erzählen willst, tu es. Ich glaube nicht, dass er dich deswegen weniger gern hat als bisher. Und sollte es trotzdem sein, dann werde ich zu dir stehen." Die beiden hatten sich auch im hohen Alter immer noch so lieb und akzeptierten sich, so wie sie waren.

Am nächsten Tag musste Otto nach Langenwang zum Ochsenreuther, um ihm ein Paar neue Schuhe anzumessen. Ulrich begleitete seinen

Sohn. Die beiden Frauen waren alleine daheim. Da bat Anna ihre Schwiegermutter: „Hättest du etwas Zeit für mich, damit wir beim Lesen wieder etwas vorankommen."
Genovefa zögerte nachdenklich, so dass Anna ihre Gedanken lesen konnte und sagte: „Hab keine Sorge, mir ist klar, meine Oma wird auf den nächsten Seiten wieder ein weiteres Kind verlieren. Noch vor ein paar Wochen hat mich dies sehr geängstigt und auch traurig gemacht. Aber es nützt doch nichts, wenn ich es nur ahne und doch nichts Genaues darüber weiß. Ich will wissen, was damals geschah, und wie es mit meiner Familie weiterging." Anna lächelte etwas verlegen: „Vielleicht haben wir bald keine Zeit mehr zum Lesen."
Genovefa sah die Jüngere verständnisvoll an, fragte dann mit ruhiger, besonnener Stimme: „Ich ahne seit Wochen, was du mir jetzt sagen wirst. Also werde ich tatsächlich bald Großmama sein?"
Anna strahlte zufrieden: „Ja, das hoffen wir."
Genovefa stand auf und umarmte Anna liebevoll und gratulierte ihr zu ihrer Schwangerschaft. Danach nahm sie selbst das Buch zur Hand und begann Anna vorzulesen.

„Im Jahre 1844 ...

Anna unterbrach ihre Schwiegermutter noch mal. „Nein Genovefa, wir sind erst im Jahr 1843, du hast etwas übersprungen. Meine Oma hat damals nach der Jubelhochzeit ihr Kind bekommen."
„Du merkst wohl alles! Ich wollte dir in deinem Zustand dieses dunkle Kapitel ersparen. Aber wenn du drauf bestehst, dann will ich dir nichts verschweigen. Dir ist schon klar, wenn es dich wieder von Neuem beunruhigt, wird Otto böse auf mich sein."
Anna nickte: „Ich weiß, aber ich will für mich selbst entscheiden können. Es sind die Wurzeln meiner Familie und ich möchte wirklich wissen, was vor meiner Zeit geschah. Bitte lies ab dem Jahre 1843 vor."

1843 Buhl Johannes und Hanna, Reichenbach
Hanna hatte zwei Wochen nach der Jubelhochzeit ihr 14. Kind, einen Sohn, geboren. Die gesamte Familie und vor allem ihr Mann waren froh, dass sie die Geburt einigermaßen gut überstanden hatte. Denn vor Monaten rieten die Hebamme und selbst der Arzt ihr wegen des hohen Risikos von einer weiteren Geburt, an der sie höchstwahrscheinlich sterben würde, dringend ab. Doch nun, da sie es geschafft hatte, konnten alle hoffen, dass auch der Säugling überleben wird. Auch der inzwischen 21-jährige Sohn Michl war erleichtert, dass es seine Mutter trotz ihrer Schwäche wieder einmal hinter sich gebracht hatte. Aber wie aus heiterem Himmel, völlig unerwartet für alle, schlug das Schicksal wieder grausam zu und der noch nicht einmal zwei Wochen alte Baptist war plötzlich, wie schon neun seiner zuvor geborenen Geschwister, nach kurzer Zeit gestorben. Von Hannas und Johannes' Kindern überlebten nur Michl, der Älteste, dann Sepp, ihr achtes Kind Catharina und Olivia.

Die Jugend aus dem Dorf, Pius, Baptist, Ulrich, Michl und die ledigen Feela Maria, Mathilde und Genovefa trafen sich manchmal am Sonntag zu harmlosen gemeinsamen Spaziergängen. Genovefa brachte dieses Mal ihre Freundin Sefa mit. Baptist war nun ausgelernter Kalkbrenner und Bauer. Nach der gut bestandenen Gesellenprüfung lud er seine Freunde zum Sonnenwirt auf einen Krug Bier ein. In letzter Zeit war den Mädchen aufgefallen, dass sich Baptist und Maria meist nebeneinander setzten und viel zusammen tuschelten. Auch das Klausenmännle, das Baptist an Maria verschenkt hatte, hatte sie stutzig gemacht. Die Mädchen glaubten, es bahne sich zwischen den beiden mehr als nur eine normale Freundschaft an. Baptist war, entgegen seiner sonst ruppigen Art, zu Maria viel freundlicher. Jeder, der Augen im Kopf hatte, musste sehen, wie verliebt die beiden miteinander umgingen. Aber zu aller Überraschung erhob Baptist im Gasthof seinen Bierkrug und sprach: „Jetzt muss

ich eine wichtige Neuigkeit erzählen." Maria schmunzelte dabei etwas verlegen und sah hinunter auf den Tisch.
„Was gibt es denn? Wir wissen doch, dass du jetzt Kalkbrenner bist", sagte Ulrich vorschnell.
„Ja, das auch! Aber es gibt eine noch viel bessere Neuigkeit. Maria und ich werden im April dieses Jahres heiraten. Das wollten wir euch selbst sagen, bevor ihr es am Sonntag in der Kirche vom Pfarrer erfahren werdet." Diese Überraschung war ihnen gelungen. Allen am Tisch hatte es die Sprache verschlagen. Michl brach das Schweigen und meinte: „Warum habt ihr uns das denn nicht gleich gesagt?" Maria musste über seine Frage lachen und antwortete: „Wir haben es doch gerade eben erzählt. So und nun stoßen wir auf unsere Verlobung an."
Ulrich überlegte kurz und fragte dann: „Aber Baptist, du bist doch unser Klausenführer! Das heißt, du wirst in diesem Jahr am 6. Dezember nicht mehr dabei sein?"
„Ja, so ist es. Ich könnte mir vorstellen, dass es außer meinem Fernbleiben noch einen weiteren abschreckenden Grund für euch gibt, dass auch ihr in Zukunft nicht mehr am Klausentag teilnehmen wollt." Bei diesem Gedanken an den Teufel lief Ulrich ein kalter Schauer über seinen Rücken, so dass er leicht fröstelte. Erst dann antwortete er: „Wenn ich an den grausigen dreizehnten Klausen mit seinen Klauen denke, da kannst du wohl recht haben!" Die Mädchen verstanden nicht, was die Männer Rätselhaftes erzählten. Maria langweilte sich deshalb und wandte sich fragend an Ulrich: „Möchtest du mein Trauzeuge sein?" Ulrich freute sich über diese Ehre und sagte sogleich zu. Baptist war überrascht, dass Maria mit ihm nicht darüber gesprochen hatte. „Gut, wenn du meinen Freund Ulrich zum Trauzeugen nimmst, dann frage ich deine Freundin." Er sah zu Genovefa hinüber: „Möchtest du dafür meine Trauzeugin sein?" Auch sie bedankte sich und nahm freudig an. Baptist äußerte sich weiter: „Maria und ich wünschen uns eine richtige Hochzeit mit Brautstehlen und -tänzen und allem was so üblich ist. Pius und Michl, wollt ihr unsere Hochzeitsbrüder sein?" Maria sprach

drauf: „Sefa, dich hätte ich gerne als eine meiner Brautschwestern. Mathilde habe ich schon gefragt. Sie hat zugesagt. Sie näht mir auch mein Brautkleid." Pius und Michl witzelten: „Bei zwei so hübschen Tanzpartnerinnen kann man gar nicht nein sagen." Es wurde ein feucht- fröhlicher Abend. Beim Hinausgehen fragte Genovefa Maria. „Du wirst doch nicht etwa schwanger sein?"
„Nein, da kann ich dich beruhigen. Damit warten wir schon bis nach der Hochzeit." Genovefa war darüber sichtlich erleichtert.
Am Hochzeitsmorgen, früh um sechs Uhr, wurde vom Schützenverein mit der kleinen Kanone und drei Böllern angeschossen. Hannß, der Vater des Bräutigams, war der Einzige aus der Familie, der informiert und daher mit Biervorräten ausgerüstet war. Beim Erscheinen der Gäste war er bereits angezogen. Nach dem Schießen bat er Pius, Michl, Ulrich und einen Bekannten aus dem Walsertal, der zugesehen hatte, in die gute Stube. Baptist, der Bräutigam, wurde von den lautstarken Kanonenschlägen, bei denen sogar der Boden erzitterte, geweckt. Er sprang erschrocken aus seinem Bett und zog sich in Windeseile an. Während er die Treppe hinuntersprang, streifte er sich noch seine neu gestickten Hosenträger über die Schultern. Er freute sich wie ein Schneekönig, dass ihm seine Freunde diese große Ehre erwiesen hatten, ihn und das ganze Dorf an seinem Hochzeitstag durch Kanonen- und Salutschüsse zu wecken und somit den Tag freudig zu beginnen. Martina, Baptists Stiefmutter, brühte inzwischen Malzkaffee auf und sein Vater schnitt schon den Hochzeitszopf an, der eigentlich für den Nachmittag bestimmt war. Ulrich stellte dem Bräutigam seinen Begleiter Joachim Kessler aus dem Walsertal vor. Baptist begrüßte ihn und lud ihn ebenfalls zur Hochzeit ein. Die Männer saßen gemütlich und gut gelaunt bis fast halb elf Uhr zusammen. Dann schickte Hannß die Freunde seines Sohnes heim, da der Bräutigam um elf Uhr in der Kirche sein musste. Pius, Michl und Ulrich wünschten ihm Glück und verabschiedeten sich mit den Worten „Bis später in der Kirche." Der Vater hatte sich als Überraschung etwas Besonderes ausgedacht: Er lieh sich eine wunderschöne Hochzeitskutsche von Mathias Huber,

dem Schwiegervater seines ältesten Sohnes Josephus. Maria, die Schwester der beiden, schmückte die Kutsche mit roten und weißen Nelken. Die Pferde, die vorgespannt wurden, waren zwei herrliche schwarze Rappen. Sie waren frisch gestriegelt, ihr Schweif geflochten und ebenfalls mit Blumen geschmückt. Das Zaumzeug war mit silbernen, glänzenden Schnallen bestückt. Kurz vor elf Uhr fuhr Josephus, der die Kutsche lenkte, vor. Es war eine gelungene Überraschung. Baptist sah man die Freude an. Er stieg sofort in die mit weißen Decken ausgeschlagene Kutsche. Hannß begleitete seine Söhne und sie fuhren gemeinsam zu Maria Kappeler, der Braut, um sie abzuholen. Als Baptist seine zukünftige Frau aus dem Haus ihrer Eltern treten sah, zwinkerte er ihr liebevoll zu. Als sie in die Kutsche einstieg und neben ihm Platz nahm, machte sie einen tiefen Atemzug und fragte: „Baptist, bist du auch so aufgeregt wie ich?"
Er lächelte sie zufrieden an: „Ich glaube schon. Maria, du siehst heute wunderbar aus." Die Braut trug einen schwarzen langen Rock mit einem ganz schlichten dunklen Tuchoberteil, das weite Schinkenärmel hatte und mit einem kleinen Spitzenstehkragen besetzt war. Dazu trug sie einen duftigen weißen bodenlangen Schleier.
Nun ging die Kutschfahrt weiter bis zur Kirche. Maria freute sich über die romantische Fahrt.
Die Hochzeitsgäste waren schon in der Kirche, als das Brautpaar mit beiden Vätern und dem Kutscher vorfuhr. Die Kirchenorgel spielte, während das Paar vom Eingang bis zum Altar schritt. Maria und Baptist wurden vom Pfarrer Kaspar Mayerhofer begrüßt. Er zelebrierte eine sehr festliche Messe. Danach gratulierten auf dem Marktplatz die Hochzeitsgäste dem frischvermählten Ehepaar. Als die Hochzeitskutsche wieder vorfuhr, staunten die Besucher, wie schön diese geschmückt war. Als sie im Gasthof Löwen angekommen waren, wurde zu Mittag gegessen. Danach gab es Kaffee und selbst gebackenen Kuchen von den Hausfrauen aus dem Ort. Nun wurden die Hochzeitstänze nach altem Brauch aufgeführt. Das Brautpaar eröffnete die erste Tanzrunde alleine, dann kamen die beiden ausgewählten Brüder und Schwestern dazu. Nach jeder

Tanzrunde wurde ein Glas Wein getrunken und die Tanzpartner wechselten untereinander. Nach den nächsten drei Runden, als alle drei Männer einmal mit der Braut getanzt hatten, kamen noch die Trauzeugen Genovefa und Ulrich und die Eltern des Brautpaares, die Kappelers, wie auch Hannß mit seiner zweiten Frau Martina in die Tanzrunde. Anschließend wurde die Tanzfläche für alle Gäste freigegeben. Joachim ging rasch zum Brauttisch und bat die junge Genovefa zum Tanz.

Hindelang Hannß, Oberstdorf
1844 brach im unteren Markt ein großes Feuer aus, bei dem 27 Häuser abgebrannt sind. Hannß, dem vor vier Wochen seine zweite Frau Martina ganz plötzlich gestorben war, war ebenfalls bei den Löscharbeiten dabei. Als die gefährliche Brandbekämpfung erledigt war, setzten sich die Männer zu einer Brotzeit und auf ein Bier in der Schießhütte zusammen. Als Baptist am nächsten Morgen in den Stall kam, wunderte er sich, dass sein Vater immer noch nicht aufgestanden war. Er ging in Vaters Schlafzimmer und bemerkte, dass sein Bett unbenutzt war. Vor lauter Panik lief er sofort zur Schießstätte. Als er in die Nähe der Trettach kam, sah er von Weitem am Wegrand etwas liegen und dachte sich: „Könnte es ein menschlicher Körper sein? Hoffentlich ist es nicht mein Vater!" Doch er war es. Hannß lag tot auf der Straße. Auf dem Heimweg musste er wohl einen Herzinfarkt erlitten haben. Doktor Huber konnte nur noch seinen Tod feststellen. Er vermutete: „Es war bestimmt ein Sekundentod. Er selbst wird nichts davon mitbekommen haben." Dies war das Einzige, womit sich Baptist in dem Moment trösten konnte. Er trug zusammen mit seinem Bruder Josephus den Leichnam seines Vaters heim. Sie ließen sogleich ihre Schwester rufen, damit sie Vater waschen, umziehen und zur Aufbahrung herrichten konnte. Baptist wollte das seiner jungen Frau nicht zumuten, weil sie zu diesem Zeitpunkt bereits im sechsten Monat mit ihrem zweiten Kind schwanger war. Baptist

und Josephus stellten anschließend den leeren Sarg aufs Bett und betteten ihren Vater hinein. Die Schwester faltete dem verstorbenen Hannß die Hände wie zum Gebet und legte ihm seinen eigenen, schon stark abgewetzten Boodr[66] in den Sarg. Neben dem Bett stand ein kleines älteres Nachtkästchen. Darauf stellte Maria zwei silberne Kerzenleuchter und zündete weiße Kerzen an. Am drauffolgenden Tag kamen einige Nachbarn aus dem Dorf, um für den Verstorbenen einen Rosenkranz zu beten und sich zu verabschieden. Die meisten bedankten sich bei Josephus, Maria und Baptist dafür, was ihr verstorbener Vater vor Jahren in schlechten Zeiten für einen jeden von ihnen Gutes getan hatte, als er für sie zur Leinenschau nach Immenstadt gefahren war. Einer seiner Freunde sagte zu Baptist: „Dein Vater hat mir meine Schuhe geflickt und weil ich kein Geld hatte, verlangte er nur ein paar Eier dafür." Ein anderer bedankte sich: „ In unserer Not war er stets hilfsbereit und für uns da, obwohl er selbst mit eurer schwermütigen Mutter Christina ein schweres Kreuz zu tragen hatte." Bei der Beisetzung waren viele aus dem Ort anwesend. Auch seine Verwandten von Gerstruben kamen zur Beerdigung herab, obgleich es für sie aus Zeitgründen kaum möglich war. Denn oben im Bergdorf wurde eine große Säge gebaut, damit das Holz gleich an Ort und Stelle zu Brettern gesägt werden konnte. Der Pfarrer sprach in seiner Trauerrede: „Hannß' Leben erinnert mich an einen Baum. Er war tief verwurzelt in seiner Heimat, der sich durch die Gründung einer Familie und eines gut gehenden Geschäftes entfaltete. Dieser hat Früchte getragen, für unseren Ort selbst und sogar bis nach Immenstadt hinunter, vor allem aber für seine Nachkommen und deren Zukunft."

Hannß Freunde boten Baptist an: „Wenn du Hilfe brauchst, dann komm zu uns, wir sind deinem Vater vieles schuldig geblieben." Es tröstete Baptist zu wissen, dass er Freunde hatte, auf die er sich verlassen konnte. Zugleich war er zuversichtlich, weil er nicht alleine war, sondern auch Halt bei seiner Frau Maria haben würde.

---

[66] Rosenkranz

1845 Buhl Hanna, Reichenbach
Zwei Jahre nachdem Hanna ihr letztes Kind verloren hatte, war sie noch immer geschwächt. Trotzdem wurde sie zu ihrem größten Leidwesen wieder schwanger. Johannes und sie waren zutiefst betrübt darüber. Ihr Arzt redete mit Johannes und ordnete an: „Hanna darf dieses Kind nicht bekommen. Es wäre ihr sicherer Tod." Als sie Ende des dritten Monats war, bekam sie starke Wehen. Keiner konnte die einsetzende Blutung stillen und so ist sie mit 47 Jahren an einer Fehlgeburt gestorben.
Fünf Jahre nach ihrer Mutter ist Olivia, mit nur 13 Jahren an einer schweren fiebrigen Krankheit gestorben. Johannes waren von seinen 14 Kindern nur noch der inzwischen 29-jährige Michl, der 25-jährige Joseph und die 19-jährige Catharina geblieben.

Ein halbes Jahr nachdem Hanna in Reichenbach gestorben war, ist auch ihre Freundin, die Johanna aus der Spielmannsau, Joan Michaels Gattin, beerdigt worden. Seit Wochen hatte sie einen furchtbaren Husten, der einfach nicht weggehen wollte. Danach bekam sie hohes Fieber. Der Doktor Huber meinte, dass sie noch eine Lungenentzündung hinzubekommen habe. Sie machte kalte Wadenwickel und Brustumschläge mit heißen Kartoffeln gegen den Husten. Als sich ihr Zustand immer mehr und mehr verschlechterte, sagte der Arzt: „Versucht Umschläge mit brunnenkaltem Wasser zu machen." Aber auch das hat nicht gewirkt. Johanna ist am 11. Dezember 1845 mit nur 53 Jahren verstorben. Sie hinterließ neben ihren schon erwachsenen noch zwei unmündige Kinder, die 16-jährige Agi und den Ludwig mit 13 Jahren. Joan Michael war froh, dass sich seine älteste Tochter, die 26-jährige Agnes um die beiden Jüngsten kümmern konnte. Ulrich, Hironymus und Seraphin waren im Alter zwischen 19 und 23 Jahren. Sie konnten bereits als Landwirt und Weber mitarbeiten.
Sechs Jahre nachdem seine Frau verstorben war, kaufte Joan Michael Kling ein Anwesen in Oberstdorf, das Haus Nr. 295[67]. Allmählich wurden ihm die langen, kalten Wintermonate in der Spielmannsau

---
[67] spätere Wurzerstraße 4

zu anstrengend. Es war für ihn viel einfacher, im Dorf zu leben. Seit dem Tod seiner Frau fühlte Joan Michael sich im Tal sehr einsam. Seraphin, sein Sohn und Nagelschmied, kaufte ihm die Häuser Nr. 1 und Nr. 7 in der Spielmannsau für 600 Gulden ab. Dieser blieb mit Hironymus in der Spielmannsau wohnen. Ulrich, Agnes und die beiden Kleinen waren mit nach Oberstdorf umgesiedelt. Agnes war ledig, hatte aber im letzten Jahr ein uneheliches Kind, den Joseph, geboren. Als ihr Vater von der Schwangerschaft erfuhr, beschimpfte er seine Tochter furchtbar. So wütend hatte Ulrich seinen Vater noch nie zuvor schreien gehört. „Es ist eine Schande für die ganze Familie, so einen Balg aufzuziehen. Und nicht mal einen Vater hast du zu dem Kind!" Agnes weinte tagelang. Sie vertraute ihrem Bruder Ulrich an: „Wenn doch bloß Mutter noch da wäre. Sie wüsste mir bestimmt einen Rat." Manch ein böses Mundwerk mutmaßte: „Der Erzeuger des Kindes war bestimmt ein armer Knecht, sonst würde er Agnes beistehen." Ein anderer hatte da einen Verdacht: „Wenn ihr euch da nicht täuscht. Ein hoch angesehener, wahrscheinlich verheirateter Bürger wollte wohl seine Lust mit der jungen, unschuldigen Agnes befriedigen. Aber jetzt traut sich der ehrenwerte Mann, dieser Feigling, nicht, für seinen außerehelichen Bankert hinzustehen. Die Leidtragenden sind wie immer die Frau und ihre Herkunftsfamilie und das unschuldige Kind."
Als der Säugling geboren war, freute sich Joan Michael schließlich doch über sein erstes Enkelkind. Er sagte dann verständnisvoll zu seiner Tochter: „Wirst sehen, dein Kind wird eine Freude und ein Segen für unsere Familie sein. Wer sein Vater ist, das ist gar nicht so wichtig. Das Kind ist Gott sei Dank gesund und wir werden es zusammen schon groß kriegen. Ich will dir dabei helfen, dass ein guter Mensch aus ihm wird."
„Danke Vater, dass du mir wenigstens beistehst. Über Josephs Vater muss ich schweigen, aber vergessen kann ich ihn nie."
Einige Wochen nach dem Umzug von der Spielmannsau nach Oberstdorf lag der kleine Joseph am Morgen tot in seinem Bettchen. So ein plötzlicher Kindstod war sehr gefürchtet und kam

immer wieder vor. Für Agnes und selbst für Joan Michael war es nicht leicht, denn sie hatten sich inzwischen an das Buzele gewöhnt und es lieben gelernt. Wer der Vater vom kleinen Joseph war, darüber hat Agnes weder mit ihrem Vater noch mit ihren Brüdern gesprochen.

1848: In diesem Jahr kam das Wahlrecht ins Land. Das erste deutsche Parlament wurde gewählt. Die wahlberechtigten Personen mussten mindestens 21 Jahre alt und männlichen Geschlechts sein. Dies wurde damit begründet, dass angeblich nur die Mannsbilder sich für die Belange des Staates und der Gemeinde interessierten und diese Dinge deshalb auch von Frauen nicht beurteilt werden könnten. Die Wahl war auch an einen Zensus gebunden, der sich am Umfang des Besitzes oder am Einkommen maß, d.h. die Wahlberechtigten mussten eine Grund-, Haus-, Gewerbe- oder Einkommensteuer zahlen. Dies bedeutete, dass Kleinbegüterte, die keine Steuern entrichteten, auch nicht wahlberechtigt waren. Zu den Wahlfähigen zählten dagegen auch die Gemeinde- und Kirchendiener, Schullehrer, Geistliche und Beamte ohne Rücksicht auf Ansässigkeit oder Vermögen. Außerdem durften Wahlberechtigte nicht wegen Fälschung, Betruges, Diebstahls oder Unterschlagung vorbestraft sein. In der Märzrevolution kam es zu einem neuen Wahlgesetz am 4. Juni 1848. Wählen durfte nur, wer Steuern zahlte, die Wahl sollte gleich, geheim und indirekt sein.

1887 Genovefa und Anna, Oberstdorf
Während Genovefa ihr Buch ganz behutsam auf dem Tisch ablegte, sagte sie fast ein wenig feierlich: „So Anna, hier beenden wir das gemeinsame Lesen, denn nun beginnt meine eigene Geschichte, die ich nicht mehr mit dir zusammen lesen möchte. Ich habe dir und Rosalia vor Jahren schon angedeutet, dass ich schon einmal schwanger war, lange bevor ich Ulrich geheiratet habe.
Ich bin jetzt über 70 Jahre alt und lege nun mein Buch in die Truhe

und verschließe sie für immer. Ich habe im letzten Jahr Abend für Abend in der Dämmerung ins Buch geschrieben. Oft zündete ich dabei eine Kerze an, deren Flamme unruhig hin und her flackerte. Anschließend konnte ich im Dämmerlicht und Schattenspiel kaum noch etwas sehen und selbst meine Finger taten mir vom Schreiben weh. Jetzt habe ich alles, was mir wichtig erschien, bis zum heutigen Tag niedergeschrieben und ich denke, es ist jetzt genug für mich."
Bevor Anna etwas entgegnen konnte, kam Otto von Langenwang zurück. Genovefa bat ihn: „Otto, bitte setz dich einen Augenblick zu uns Frauen. Ich will euch etwas Wichtiges mitteilen."
Genovefa fiel es sichtlich schwer, mit Otto über ihre Vergangenheit zu reden. Sie versuchte, so ehrlich wie möglich zu sein, und erzählte ihm, dass sie vor seinem Vater schon mit einem anderen Mann zusammen war und er einen 19 Jahre älteren Stiefbruder, der Anton hieß, hätte.
Otto war mehr als erstaunt, dass seine Mutter vor Vater schon mit einem anderen Mann zusammen war. So etwas hätte er ihr niemals zugetraut und auch nicht vermutet. Otto konnte seiner Mutter ansehen, wie viel Überwindung sie es gekostet hatte, ihm dies zu gestehen. Deshalb fragte er trotz seines Interesses nicht, wer der Vater seines Stiefbruders war. Stattdessen nahm er sie liebevoll in seine Arme, drückte sie an sich und sagte: „Schade, Mama, dass Anton damals gestorben ist. Ich habe mir immer einen großen Bruder gewünscht."
Genovefa war gerührt und erleichtert über die Reaktion ihres Sohnes. Sie hatte Angst, dass er sich von ihr abwenden, sie beschimpfen oder, noch schlimmer, verurteilen würde. Aber nichts von alledem geschah. Ihr Sohn hatte sie sogar verständnisvoll umarmt.
In dem Augenblick betrat Ulrich die Stube. Als er seine Familie so beieinanderstehen sah, war ihm gleich klar, Genovefa hatte „ihr dunkles Geheimnis" offenbart und er sagte nur: „Genovefa glaub mir, es ist alles gut."
Genovefa war zu Tränen gerührt und sprach: „Ulrich hör zu, ich habe Anna gebeten, das Buch für uns weiterzuschreiben. Aber erst, wenn ich nicht mehr lebe, sollen sie Genaueres über uns beide erfahren. Deshalb lege ich die verschlossene Holzschatulle mit dem Buch in

meinen Kleiderschrank. Wenn ich einmal beerdigt bin und du auch einverstanden bist, dann dürfen Anna und Otto das Buch aus dem Schrank holen und auch unsere Lebensgeschichte lesen."
Genovefa wurde still und nachdenklich. Vor ihrem inneren Auge lief in wenigen Sekunden ihr Lebensfilm ab. Liebevoll schaute sie auf ihren Sohn und zu Anna hinüber und freute sich, dass die beiden erwachsen waren. Dann sprach sie weiter: „Die Jugend wird immer wieder dasselbe erleben und manche Generationen können ihr Leben mehr oder weniger genießen. Der Mensch bleibt, nur die Zeit und die Umgebung, in der er lebt, verändern sich. Glücklich dürfen sich euer Vater und ich schätzen, weil wir heute noch dabei sein dürfen und euer Glück miterleben. Ich will und darf in Zukunft nicht mehr die Belehrende sein, die sich mit einer weißen Weste als Vorbild hinstellt, so wie ich es bisher häufig getan habe. Damit ist jetzt endgültig Schluss. Ihr beide wisst jetzt, dass auch ich nicht immer nur die gute und makellose Mutter war." Im Raum wurde es ganz still. Alle drei dachten über die Worte der lebenserfahrenen Gattin und Mutter nach. Anna unterbrach das Schweigen in der Stube und sagte: „Genovefa, ich hoffe, du wirst noch viele Jahre bei uns leben. So lange schreibe ich alles auf Papier, so wie es damals der kleine Tobias auf Gerstruben auch getan hat. Und später, in einigen Jahren, werde ich dann die Ereignisse ins Buch übertragen."
Am Abend deckte Genovefa für Ulrich und sich in ihrer beheizten Stube den Tisch. Sie legte den selbst gebackenen Brotlaib auf einem Holzbrett und etwas Geräuchertes auf den Tisch. Als die beiden so gemütlich beieinandersaßen und Genovefa ein Stück Brot heruntersehnitt, machte sie eine angestrengte Miene. Dabei lächelte Ulrich ihr liebevoll zu: „Genovefa, ich bin stolz auf dich. Du hast heute Otto selbstlos und mutig die Wahrheit über dich erzählt."

Ulrich hatte inzwischen die Landwirtschaft ziemlich reduziert. Im Sommer trieb er sein Gåltvii[68], seine Schafe und Ziegen nach Dietersbach hinauf. Ottos Freund Joseph Anton war Zimmermann und nebenbei auch Schreiner. Manchmal half ihm Otto beim Holzfällen.

---

[68] Nicht Milch gebendes Jungvieh

Als Gegenleistung bekam er einiges an Brennholz für den Winter geschenkt. Obwohl es mit seinem Bein sehr mühevoll und manchmal auch schmerzhaft war, machte es Otto Freude. Joseph Anton schlug das Holz für seinen Eigenbedarf und zum Verkauf. Das Holz benutzte er als Baumaterial für Wände, Türen, Fenster, Dachstühle und für Schindeln und Låndra[69]. Das mindere Holz nahm er als Brennholz für den Winter und das feine, gleichmäßig gemaserte Holz für Betten, Truhen, Schränke, Tische und was alles gebraucht wurde. Die vielen Weidezäune, die aus Holz gemacht wurden, stellte Joseph Anton auch selbst her. Durch Ottos Mithilfe im Wald hatte Anna immer genügend Holz für den Kachelofen, damit es im Winter in ihrer Stube gemütlich warm war.

Seit Wochen hatte Anna ihren Vater Michl nicht mehr gesehen. Deshalb ging sie samstags zu ihm nach Reichenbach. Er saß vor dem Haus unter dem Ahornbaum auf seiner wackligen Gartenbank. Als sie ihn erblickte, war sie darüber erschrocken, wie alt er in letzter Zeit geworden war. Anna setzte sich neben ihn und erzählte, dass sie Anfang Oktober ein Kind bekommen wird. Daraufhin sprach er zum ersten Mal mit Anna über die Tragödie in seiner Familie. „Die Frauen, die ich am meisten geliebt habe, zuerst meine Mutter Johanna und später deine Mutter Sefa, haben einige Kinder verloren. Stell dir vor, deine Mutter hatte zehn Kindern das Leben geschenkt und außer dir sind mir nur deine drei Brüder, der Hansi, der Seppi und der Michi geblieben. Anna, du bedeutest mir alles. Du bist die einzige Tochter, die mir geblieben ist. Um dich mache ich mir verständlicherweise große Sorgen."
Anna nickte: „Papa, ich habe auch ein wenig Angst davor, aber ich hoffe sehr, dass die Heilige Jungfrau Maria dem Kind und mir beistehen wird. Wir können nichts tun. Wir müssen hoffen und beten. Denn Otto und ich, wir wünschen uns beide Kinder, damit unsere Liebe Früchte tragen und fortbestehen kann."
„Anna, mein Kind, ich kann euch gut verstehen. Deiner Mutter und mir ging es ebenso. Aber seid klüger und bekommt nicht so viele Kinder wie wir damals."
Als Anna sich am Abend von ihm verabschiedete, weinten beide. Vater

---
[69] lange Dachschindel

umarmte sie und wünschte ihr viel Glück. Auf dem Heimweg war ihr ganz seltsam zumute. So wie heute, hatte sie ihn noch nie zuvor erlebt. Sie machte sich Sorgen um ihn, wollte aber Otto nichts davon erzählen. Als sie durch Rubi kam, ging sie in die kleine Kapelle, um Gottes Gnaden zu erbitten. Dies gab ihr für diesen Moment wieder Hoffnung und Kraft. Sie spürte, wie sie der bevorstehenden Geburt wieder ruhig und zuversichtlich entgegensehen konnte. Anna wäre fast in die Dunkelheit gekommen. Sie war froh, dass es seit ein paar Wochen nachts eine Beleuchtung mit 16 Petroleumlaternen in Oberstdorf gab. Der Lampenanzünder war Josef Geiger. Er bekam pro Tag und Lampe 4 $\frac{1}{8}$ Pfennig. Adolf Rees, der Uhrenmacher, stieg täglich auf den Kirchturm, um für knapp 11 Pfennig die Kirchturmuhr aufzuziehen.

Martin, ein langjähriger Freund von Otto, kam in seine Schuhmacherwerkstatt, um sich neue Schuhe zu bestellen. Er erzählte, dass zwei Schulbuben in einer Hirtenhütte bei Schöllang das deponierte Schießpulver für den Fronleichnamstag gefunden hatten. Beim Entzünden ihres Fundes wurde ein Bub getötet und der andere erlitt schwere Verbrennungen. Otto ärgerte sich, dass das Schießpulver so leichtsinnig aufbewahrt und nicht vor den Kindern weggeschlossen worden war. Dieser Tod wäre zu vermeiden gewesen.
Martin sah sich in der Werkstatt um und sprach nebenbei weiter: „Ich habe gestern im Rathaus erfahren, dass sich im Moment im Ort an die 700 Gäste zur Erholung aufhalten sollen."
Otto wunderte dies kaum: „Es ist ja verständlich, dass alle hierher wollen, wo wir doch auf einem der schönsten Flecken der Erde wohnen. Bestimmt werden wir in Zukunft immer mehr Gäste bekommen. Ich könnte mir vorstellen, wenn auch wir, die Bauern und Handwerker, Gästezimmer in unsere Häuser einbauen würden, ließe sich damit zusätzlich Geld verdienen. Eine Nacht in Privatbetten kostet zwischen 60 Pfennig und einer Mark."
Martin stimmte ihm zu: „Ich finde das auch eine gute Idee, aber meine Kinder und im gleichen Haus die Hearelit[70], das wäre nicht passend. Außerdem wäre mein Haus dafür zu klein."

---

[70] Feriengäste

Otto war stolz und erzählte Martin, dass auch er bald Vater werden würde, und er hoffe, dass dieses Kind nicht das einzige bleiben wird. Aus diesem Grund kamen auch für ihn Gäste nicht in Frage.
Martin wechselte das Thema und erzählte weiter: „Du hast bestimmt schon von deinem ehemaligen Schuhmacherlehrling, dem 20-jährigen Ludwig Braxmair gehört."
„Nein, was gibt es? Was ist mit ihm ...?"
„Der Logeler aus Tiefenbach hat ihn gestern erstochen. Er ist tot."
„Aber warum, um Himmels willen?"
„Das weiß niemand."

Annas erstes Kind, Oberstdorf
Am 28. September 1888 wurde Annas erstes Kind geboren. Abends um elf Uhr bekam sie starke Bauchschmerzen. Anna quälte sich bis in die frühen Morgenstunden. Als die Wehen dann alle fünf Minuten einsetzten und immer stärker wurden, weckte Otto seine Mutter. Sie stellte sogleich Wasser in der Küche auf und richtete Tücher her. Genovefa bat Otto: „Geh doch lieber zur Hebamme, um sie zu holen. Wenn es zu Komplikationen kommt, ist mir die Verantwortung zu groß." Als Otto mit der Huberin, einer schon etwas älteren, aber resoluten Person, wieder zurückkam, war Genovefa bereits nervös. Sie war froh, dass Otto die Hebamme gleich mitgebracht hatte. Ungefähr eine Stunde nachdem die Huberin eingetroffen war, kamen schon die letzten Wehen und dann mit einem Aufschrei hatte Anna endlich ihr erstes Kind zur Welt gebracht. Es war ein kräftiges Mädchen, wie die Hebamme erleichtert feststellte. Die frisch gebackene Großmutter rief sogleich Otto in die Schlafkammer zu seiner Frau. Genovefa ging inzwischen in den Stall, um ihrem Mann die gute Nachricht zu überbringen. Auch Ulrich ließ daraufhin seine Arbeit liegen und kam mit ihr. Die große Erleichterung war in allen Gesichtern zu sehen. Otto sah in Annas Augen die Liebe zu ihrem neugeborenen Kind. Als die beiden frischgebackenen Großeltern eintraten, sagte Otto zu seinen Eltern: „Wir wollen unseren Säugling auf den Namen Josefa taufen

und werden sie Sefa, nach Annas verstorbener Mutter nennen." Genovefa freute sich sehr, dass alles gut gegangen war und dass ihr Enkelkind den Namen ihrer Freundin tragen wird. Die Kleine war eine gute Esserin und nahm in den folgenden Wochen an Gewicht zu. Am Tag war sie ein braver und zufriedener Säugling, aber gegen Abend in der Dämmerungszeit war sie unruhig und schrie manchmal zwei bis drei Stunden. Otto versuchte, Anna zu beruhigen, und tröstete sie: „Das Schreien braucht Sefa, damit sie für die Nacht müde wird und sich ihre Lungenflügel gut ausbilden können." Genovefa fand es eher ungewöhnlich, denn Otto war ein liebes, ruhiges Kind und hatte wenig geschrien. Etwas sorgenvoll fragte sie ihre Schwiegertochter: „Hat die Bäckersfrau Sefa schon einmal angesehen?"

„Nein, Genovefa. Warum fragst du das?"

„Du solltest dich und das Kind vor der hinkenden Resa in Acht nehmen. Ihr wird nachgesagt, dass sie den bösen Blick habe und andere Menschen beschwören kann. Wenn sie in einen Kinderwagen sieht, soll sie schon mehrere Kinder verhext haben. Diese Säuglinge sollen dann besonders weinerlich und unruhig sein. Manche von ihnen sollen sogar die Augen so verdreht haben, dass sie seitdem schielen." Anna war etwas beunruhigt. Aber die Resa, das wusste sie genau, hatte ihr Kind noch niemals zu Gesicht bekommen. Wenn am Abend dann Sefas Schreistunde vorbei war, schlief die Kleine wieder selig und zufrieden ein. Dies dauerte ungefähr zwölf Wochen und die gefürchteten, unruhigen Abendstunden legten sich von selbst wieder. Anna und Otto waren froh, dass sie ein gesundes Kind bekommen hatten. Genovefa kümmerte sich viel um die Kleine. Selbst Ulrich hatte große Freude an seinem Enkelkind. Als Annas Vater, der Michl, in Reichenbach von der Geburt erfuhr, kam er nach Oberstdorf, um die Kleine zu sehen. Er war überglücklich, dass alles gut gegangen war. Nach elf Monaten freute sich Genovefa, dass die kleine Enkelin schon ein paar Schritte an ihrer Hand gehen konnte.

1889 Lipp Genovefa, Oberstdorf
Eine Woche vor dem ersten Geburtstag der kleinen Sefa bekam Genovefa immer mehr Bauchschmerzen. Sie konnte kaum mehr etwas essen und fette Speisen bereiteten ihr große Übelkeit.
Sie vertraute sich in ihrem Kummer Otto an: „Wenn alte Menschen, wie dein Vater und ich, einmal sterben, ist das normal und der natürliche Lauf der Dinge. Wenn junge Leute oder gar Kinder plötzlich und unerwartet durch einen tragischen Unfall oder eine fürchterliche Krankheit gehen müssen, so kann man dies nicht einfach verstehen. Es ist wie bei einer Kerze. Wenn ein helles Licht plötzlich ausgeblasen wird und es dann dunkel ist, fällt es schwerer, als wenn ein schwaches flackerndes Licht bis zum Ende gebrannt hat und dann von selbst ausgeht. So wie bei mir, wenn ich bald sterbe. Ich bin kaum mehr zu gebrauchen, vieles wird mir beschwerlich und irgendwann werde ich euch zur Last fallen."
Otto nahm beide Hände seiner Mutter. Er sah die vielen Falten in ihrem Gesicht und versuchte, ihr zu widersprechen: „Aber Mutter, an einem schwachen Licht kann man ein weiteres anzünden, damit es wieder heller leuchtet."
„Ja, Otto, so ist es. Ihr habt inzwischen euer Kind, das auch von meinem Licht entzündet wurde. Ich habe mein Leben gelebt und spüre, dass ich bald gehen werde."
In der drauffolgenden Nacht plagte sie eine sehr starke Kolik, so dass Ulrich den Arzt holen musste. Der gab ihr etwas gegen die Schmerzen und Anna machte Genovefa feuchte Leibwickel. Aber auch dies alles half ihr kaum. Im Laufe des Vormittags am ersten Geburtstag ihrer Enkeltochter starb Genovefa unerwartet schnell.
Ulrich, Otto und Anna waren tief betroffen und erschüttert, wie plötzlich sie gestorben war. Sefas Geburtstag wurde daraufhin von allen vergessen und nicht gefeiert. Ein paar Tage später fand Ulrich in Genovefas Nachtkästchen ein Päckchen. Er machte es auf und es kam eine kleine Schmusekatze zum Vorschein. Diese sollte das Geburtstagsgeschenk von Genovefa an ihr Enkelkind Sefa sein. Er gab das Kätzchen sogleich der Kleinen zum Spielen. Sie lachte und

jauchzte vor Freude. Ulrich, Otto und Anna weinten vor Rührung. Ulrich meinte mit trauriger Stimme: „Wie hätte sich jetzt ihre Oma über das fröhliche Lachen gefreut? Aber es war ihr nicht mehr vergönnt, bei uns zu bleiben." Genovefa wurde in Oberstdorf beigesetzt. Einige bedankten sich bei Ulrich und Otto dafür, was für eine gute Seele von Mensch Genovefa war und was sie alles für sie getan hatte. Im Nachhinein konnten sie spüren, wie beliebt Genovefa war. Agnes, die Nachbarin, weinte am Grab bitterlich: „Wenn ich Probleme hatte, konnte ich immer zu ihr kommen. Genovefa hatte stets ein offenes Ohr und einen guten Ratschlag für mich. Sie wird mir sehr fehlen." Auch Aloisia kam mit ihrem Vater, dem Johann, zur Beisetzung. Anna freute sich, trotz dieses traurigen Anlasses, sie wieder einmal zu sehen. Als sie anschließend beim Leichenschmaus saßen, wollte Aloisia unbedingt mit Sefa im Kinderwagen spazieren gehen. Darüber war Anna wirklich froh, dann konnte die Kleine im Wagen schlafen und sie selbst in Ruhe etwas essen. Daheim hatte sie in den letzten Tagen kaum Appetit. Aber ihr war klar, wenn sie weiterhin stillen wollte, dann musste sie trotz ihres Kummers wieder vernünftig essen. Als Aloisia mit dem Kinderwagen zurückkam, erzählte sie Anna: „Als ich Genovefa das letzte Mal im Dorf gesehen habe, hat sie sich ganz innig von mir verabschiedet, mich an sich gedrückt und gesagt, sie wünsche mir für mein Leben alles Gute und wenn ich einmal traurig sei, sollte ich immer daran denken, dass ich bei ihr und auch bei dir immer willkommen bin. Sie wird mich hören und mir beistehen, egal ob sie noch lebt oder schon tot ist. Glaubst du, dass sie gewusst hat, dass sie so bald sterben wird?"

„Ja, Aloisia, ich glaube, sie hat es geahnt und konnte in den letzten Jahren so einiges klären, damit sie mit sich im Reinen war. Ich denke, sie war vorbereitet auf ihr Sterben. Wenn ich sie sehr vermisse und traurig bin, dann kommt mir manchmal der Gedanke, Genovefa hat es überstanden und geschafft. Ihren Tod, den starb sie nur einmal. Aber wir, die Zurückgebliebenen, müssen den Tod von ihr leben. Ohne sie wird es für Ulrich und auch für Otto und mich nicht einfach werden. Dies ist uns schon klar, aber es wird weitergehen müssen."

Noch am Abend nach der Beerdigung ging Ulrich ins Schlafzimmer an Genovefas Kleiderschrank und holte die Holzschatulle samt Buch heraus. „Schau Anna, dieses will ich dir jetzt geben. So hat es sich Genovefa gewünscht."
„Danke Ulrich, aber ich kann noch nicht darin lesen. Genovefa hat gesagt, jetzt beginne ihre Geschichte. Ich will erst ein paar Wochen oder vielleicht Monate warten und ihren Tod verarbeiten. Vielleicht kann ich es später lesen."
Nach Genovefas Tod waren innerhalb einer Woche noch weitere vier Personen in Oberstdorf im hohen Alter verstorben. Zusammengerechnet kamen die fünf Verstorbenen auf ein Alter von 369 Jahren. Der gute Ruf Oberstdorfs als gesunder Ort bestätigte sich. Der Altersschnitt, den die fünf Oberstdorfer erreichten, war 73,8 Jahre. Dies erschien weit und breit als große Sensation.
Anna konnte fast 20 Monate stillen. Darüber war sie froh, denn man sagte, so lange eine Frau stillt, könne sie keine Kinder empfangen.
Weit entfernte Verwandte von Otto und Anna waren Michael und Martina Berktold aus Gerstruben. Sie hatten das große Glück, auch ihre Goldene Hochzeit feiern zu können. Ihnen zu Ehren wurden einige Häuser bekränzt. Das Jubelpaar wurde mit Musik zur Kirche begleitet. Unter den 142 Hochzeitsgästen im Gasthof Hirschen waren die sechs Söhne der Eheleute.
An dieser Feier wurde erzählt, dass das zwei Jahre alte Töchterchen des Schuhmachers und Bergführers Moritz Math vor dem elterlichen Haus in den Dorfbach gefallen und ertrunken ist. Anna war tief betroffen über diese Nachricht und meinte dazu: „Es ist doch unglaublich, dass so ein romantisch dahinrauschendes Bächlein schon so vielen Kindern zum Verhängnis geworden ist."
Der Bürgermeister erzählte, dass eine Forderung nach einer Arbeitszeitverkürzung bei ihm eingegangen war. Der Bittsteller forderte für die Zukunft statt der bisherigen Sechstagewoche mit je zehn Stunden nunmehr einen Achtstundentag. Der Bürgermeister ärgerte sich: „Die Herabsetzung auf einen Achtstundenarbeitstag ist undiskutabel. Zehn Stunden kann jeder gut und gerne arbeiten. Dies wird keinem Schaden."

Michl Buhl kommt nach Oberstdorf
Annas Vater in Reichenbach hatte einen Schlaganfall erlitten. Deshalb bot Anna ihm an, er könne zu ihr nach Oberstdorf ziehen, damit sie sich um ihn kümmern kann. Ulrich und Otto waren damit einverstanden. Michl war froh, seiner Schwiegertochter nicht länger zur Last zu fallen und stimmte nach langem innerem Kampf dem Umzug zu. Als Otto seinen Schwiegervater mit dem Pferdefuhrwerk abholte, war dieser sehr traurig. Ihm war vollkommen bewusst, dass er sein Haus jetzt für immer verlassen musste. Auf der Heimfahrt trafen sie zufällig Joseph Anton, Ottos damaligen Freund. Er erzählte: „Das neue Schützenhaus ist jetzt ein richtiges Holzhaus und steht am Faltenbach. Kommt doch einfach, wenn ihr Lust habt, zum Stammtisch." Michl war früher so gerne unter den Schützen gewesen, wusste aber, dass er dort nicht mehr hingehen konnte. Otto versprach: „Irgendwann, wenn ich wieder mehr Zeit habe, lasse ich mich bei euch sehen."
2 ½ Jahre nach Sefa hatte Anna wieder ein Mädchen geboren, dem sie den Namen Vefa nach Genovefa gaben. Das war für Ulrich eine große Freude und er dankte seiner Schwiegertochter für diese Ehre. Als Anna wieder bei Kräften war, ging sie mit den Kindern nach Maria Loretto in die Kapelle, um der Heiligen Jungfrau Maria für ihre zwei gesunden Kinder zu danken.
Ihr Vater, der Michl, hatte inzwischen einen weiteren Schlaganfall erlitten. Er brauchte rund um die Uhr Pflege. Er musste gefüttert und gewaschen werden. Anna war froh, dass ihr Schwiegervater Ulrich oft an Michls Bett saß und ihm Geschichten von früher erzählte. In dieser Zeit konnte sie sich um die Mädchen kümmern. Auch Otto nahm ihr so manche Arbeit ab. Er tat es aber nur heimlich, wenn es die beiden Väter nicht sehen konnten. Es war nicht üblich, dass ein Mann sein Kind fütterte oder gar für die Frau den Mittagstisch abräumte. Das war reine Frauensache. Als Anna ihre zweite Schwangerschaft hinter sich hatte, passte ihr die schöne Festtagstracht nicht mehr. Sie hatte nach der Geburt mindestens eine Kleidergröße zugenommen.

Anna kaufte sich im Laden beim Kaufmann Gschwender Stoff für ein neues Mieder. Ihr schwarzes Samtleibchen nähte sie sich selbst. Der Schnitt war eine Mischung aus Miesbacher Tracht und hiesigem Werktagsdirndl. Die silberne Panzerkette mit Talern war der Kellnerinnen-Tracht und der Mode der Biedermeierzeit nachgemacht. Die Münzen waren Erinnerungstücke und Geschenke, die Anna schon seit Jahren sammelte.

Gerstruben wird verkauft
Im Februar 1892 kam Johann Übelhör, der Ortsgemeinde-Schriftführer und Kassier zu Otto in seine Schusterwerkstatt, um sich ein Paar neue Halbschuhe anfertigen zu lassen. Dabei erzählte er Otto in strengster Vertrautheit:
„Hast du schon gehört, dass der königliche Förster Schwarzkopf an Seine Kgl. Hoheit, den Prinzregenten Luitpold von Bayern, vergangenen Monat einen Brief wegen eines Verkaufsangebotes von Gerstruben schrieb?"
Otto war völlig überrascht: „Was sagst du da? Die Gerstruber wollen ihre Heimat an den Prinzregenten verkaufen?"
„Ja, ich weiß es genau, denn jedes Schreiben landet bei mir auf dem Schreibpult. Wenn es dich interessiert, ich habe den Brief zufällig dabei." Er wühlte in seiner Aktenmappe und nahm ein großes Blatt Papier heraus: „Hör zu, was unser Förster nach München zum Prinzregenten schreibt." Dann begann er, vorzulesen:
„Hochgeehrter Herr Geheimrat von Klug.
Es erschien vor einigen Tagen der Ökonom Adolf Berktold von Gerstruben mit der Anzeige, die Besitzer von Gerstruben seien gesinnt, ihre sämtlichen privaten und Gemeindebesitztümer samt der Gerstruber Sennalpe zu verkaufen und ersuchen, Seiner Königlichen Hoheit, dem Prinzregenten, die Forderung von 200.000 Mark bekanntzugeben.
Gez. königlicher Förster Schwarzkopf aus Oberstdorf."

„Und stell dir vor, schon drei Tage später kam ein Brief vom Geheimrat von Klug aus München zurück, in dem er Folgendes schrieb: „Habe Ihnen im allerhöchsten Auftrage Seiner Kgl. Hoheit, des Prinzregenten Luitpold von Bayern, zu eröffnen, dass auf Ihr fragliches Angebot unsererseits nicht reflektiert wird und Seine Königliche Hoheit allenfalls Teile der Gerstruberalpe zum annehmbaren Preis kaufen würde. Sein Hauptgewicht liegt zurzeit auf dem Kauf von Weideteilen der hinteren Seealpe. Er wünsche allerhöchst, dass hierbei mit der größten Verschwiegenheit und Vorsicht zu Werke gegangen wird."
Otto war mehr als erstaunt: „Aber warum schlägt der Prinzregent dieses Angebot zurück und will Gerstruben nicht kaufen?"
Übelhör antwortete ihm: „Ich kann ihn gut verstehen, denn die Preisvorstellung der Dorfbewohner aus Gerstruben ist ein überzogenes Angebot und selbst für den Prinzregenten viel zu hoch."
Otto wurde nun klar, warum einige der Gerstruber Bewohner in den letzten Monaten im Tal Häuser gebaut oder erworben hatten. Er sprach weiter zum Ortsgemeindeschreiber Übelhör: „Nun setz dich hin, ich will dir deine Füße ausmessen, damit die Schuhe dann auch passen." Anschließend ging er an eine Schublade und holte ein großes Stück gegerbte Rinderhaut hervor. „Sieh her, wäre dir dieses feste braune Leder für deine Schuhe recht?"
„Ja, Otto, mach wie du denkst, du verstehst von deinem Handwerk mehr als ich."
„In Ordnung, aber du musst Geduld haben, ich habe zuvor noch Bergschuhe, ein Paar feine Halbschuhe für unseren Herrn Lehrer und dann noch zwei feine Trachtenschuhe für Kiebergars Feela zu machen. Ich gebe dir dann Nachricht, wenn ich deine Schuhe fertig habe."
„Danke, es eilt nicht. Bis dann." Die beiden verabschiedeten sich und Otto blieb eine Weile nachdenklich in seiner Werkstatt stehen und sah dabei aus dem Fenster dem Ortsschreiber nach, dabei zündete er sich seine Tabakspfeife an. In dem Moment kam Anna zur Tür herein und brachte ihm eine Schüssel frischen Malzkaffee.

„Komm Anna, wir setzen uns kurz draußen auf die Gartenbank, ich will dir etwas erzählen." Daraufhin erzählte er Anna, was er gerade vom Gemeindekassier Übelhör erfahren hatte.

Die Dauersiedlung in Gerstruben mit ihren acht bestehenden Anwesen wurde aufgelöst und die noch übrigen Bewohner zogen ins Tal. Im Grunde wunderte sich niemand, da die Gerstruber stets mit der harten Natur zu kämpfen hatten. Immer wieder gab es Lawinen, die ihre Häuser beschädigt oder gar weggerissen haben. Die Bedingungen wurden durch die kurze Vegetationszeit, die kaum etwas außer Gerste gedeihen ließ, und den kargen Boden, der in harter Arbeit für den Lebensunterhalt bearbeitet werden musste, erschwert. Dies war seit Jahrhunderten ihr Los gewesen. Bessere Verdienstmöglichkeiten, die Nähe zu Ärzten, Hebammen, Geschäften und zur Schule für die Kinder ließen die jungen Familien ins Tal ziehen. Auf die Familien, die oben zurückblieben, kamen immer mehr Gemeinschaftsarbeiten zu. Der Unterhalt der Alphütten, der Wasserleitungen, des Sägewerkes, der Wege und Stege sowie das Erstellen der vielen Weidezäune und das Schneeräumen musste durch immer weniger Hände ausgeführt werden.
Kemptener Geschäftsleute erwarben inzwischen das südliche Bergdorf und fassten einen Plan. Sie wollten ein Kraftwerk bauen und das Wasser des Dietersbaches zu einem See anstauen. Gerstruben sollte in einem See versinken. Darüber regten sich die Bewohner von Oberstdorf auf und ihre Emotionen gingen hoch. Sie schimpften: „Wer braucht schon Strom? Das unheimliche Zeug, mit dem man Häuser anzünden und Mensch wie Vieh töten könnte?" Damit wollte niemand etwas zu tun haben.

Als der Ortsschreiber Übelhör nach ein paar Monaten seine neuen Schuhe abholen kam, hatte er wieder etwas Neues zu berichten:
„Hör zu Otto, was sich jetzt wieder ereignet hat, es kommt noch besser als letztes Mal. Unser königlicher Förster Schwarzkopf schrieb schon wieder nach München an den Prinzregenten

Luitpold. Der ehemalige Jagdaufseher Blattner will wegen seines vorgerückten Alters sein Gütle westlich der Lugenalpe und nördlich des Gerstruber Älpele verkaufen. Als Kaufliebhaber haben sich die Kemptener Gesellschafter, welche kürzlich Gerstruben gekauft haben, schon beworben, um einen zweiten Jagdbezirk zu bekommen. Hierfür verlangte Blattner die enorme Summe von 10.000 Mark mit der Bedingung, es ohne Einwilligung und Vorrecht des Prinzregenten an die Gesellschafter nicht abzugeben. Deshalb verlangte Blattner die hohe Summe, um es den Geschäftsleuten zu verleiden. Wenn es Seine Königliche Hoheit zu erwerben wünsche, verlange Blattner von ihm nur 6.000 Mark. Als Älpele zur Benutzung mit Vieh sei es ohnehin zu klein und eine Käserei mit Fremden zu betreiben, sei unrentabel, weil die Löhne zu hoch und die Milchpreise gegenwärtig zu niedrig seien. Es befindet sich auf der Alpe sehr viel Jungholz und es könnten noch weitere Bäume angepflanzt werden. Zudem wäre es ein geeignetes Jagdrevier. Die Nutzung als Grünfläche zum Mähen wäre auch möglich, man könne ungefähr zwei Fuhren Heu erzielen.
Falls der Prinzregent es zu kaufen wünsche, soll er sich möglichst bald entscheiden. Er schrieb weiter, der Blattner hat mit seinen 70 Jahren in letzter Zeit körperlich sehr nachgelassen und wenn er nicht mehr sein sollte, fragt er sich, ob seine Kinder auch so gesinnt sind wie er. Der Blattner will es noch zu Lebzeiten verkaufen, damit er allen seinen Kindern den gleichen Anteil hinterlassen kann. Nach seinem Tod würde es ansonsten an einen seiner Nachkommen fallen und dieser könnte es dann teurer verkaufen, als es im elterlichen Anschlag berechnet wurde. Die übrigen Kinder könnten hierdurch benachteiligt sein, was Blattner nicht will."
Otto hörte Übelhör eine Weile gespannt zu, unterbrach ihn dann aber doch: „Johann, hast du noch nicht gehört, der Prinzregent hat letzte Woche das Blattnersgündle zu beider Zufriedenheit gekauft."
„Was sagst du da? Das habe ich noch nicht erfahren. Na ja, bis es bei mir auf dem Schreibtisch landet, können Wochen vergehen. Nun zeig schon, weshalb ich da bin." Otto reichte ihm ein Paar

zwiegenähte feste Lederschuhe. Übelhör schlüpfte hinein und freute sich, wie gut sie passten. Er bezahlte und verabschiedete sich von Otto.

Ein paar Jahre nach der letzten Abwanderung aus Gerstruben gab es für die Einheimischen eine glückliche Fügung. Es fanden sich zu wenig Stromabnehmer, um das Kraftwerk rentabel zu machen. Deshalb fand der Bau des Staudammes nicht statt. Gerstruben blieb daher im Urzustand erhalten. Das Bauobjekt wurde für die Geschäftsleute uninteressant und sie verkauften das 5000 ha große Areal in Gerstruben als Jagd an den Herrn Baron Freiherr von Heyl zu Herrensheim, der schon in Hindelang das Retterschwanger Tal besaß. Dieses Jagdgebiet verkaufte er im Gegenzug an den Prinzregenten Luitpold.

Buhl Michl in Oberstdorf
Zwei Jahre nach seinem Schlaganfall, im Jahr 1892, verstarb Annas Vater Michl mit 71 Jahren. Es war für ihn eine Erlösung. Er konnte in den letzten Wochen nichts mehr schlucken. Zuvor ließ Anna noch den Pfarrer kommen, um ihm den Blasius-Segen zu spenden. Dem heiligen Blasius wurde nachgesagt, dass er Halsprobleme heilen konnte. Für Anna war es eine schwere Zeit. Ihr Vater wurde auf der Schöllanger Burg neben seiner Frau, der Sefa, beigesetzt. Die Beerdigung fand an einem heißen Augusttag bei 34 Grad Celsius statt. Die Familie lief hinter dem Sarg, der auf einem Pferdewagen gebunden war, den steilen Berg hinauf. Oben waren alle froh, dass es in der Burgkapelle kühl und frisch war. Anna kamen Gedanken wie damals vor vielen Jahren, als auch ihre Mutter hier beerdigt worden ist und ihr Bruder daheim so sehr geschrien hatte. Inzwischen war Michi ein erwachsener Mann geworden und hatte selbst schon eine Freundin. Aloisia bot sich an, während der Beisetzung bei Annas Kindern zu bleiben. Ulrich fühlte sich an diesem Morgen auch nicht wohl und war lieber daheim bei Aloisia und den Kleinen geblieben.

Als sie nach der Beisetzung wieder den Berg herunterliefen, fragte Otto seinen Schwager Michi: „Was ist denn mit den Wiesen geschehen? Die sehen ja ganz verwüstet aus."
„Vor ein paar Wochen war ein großes Unwetter in Rubi und Reichenbach. Es wurden dabei die Felder verwüstet und die Straße oberhalb der Säge der Familie Ernst unterspült. Die Wasserleitung zur Hammerschmiede, ein Obstgarten und ein Stadel wurden dabei weggerissen."
In diesem Jahr starb in Oberstdorf auch der älteste Bürger Josef Anton Besler mit 90 Jahren. Oberstdorf hatte inzwischen 1.958 Einwohner.

Nach Michls Tod erbte Annas älterer Bruder, der Hansi, das Haus und den Hof mit einem Feld, die beiden jüngeren Brüder Seppi und Michi die restlichen Äcker und Wiesen. Wogegen Anna nur zwei Wolldecken bekam. Über diese Ungerechtigkeit ihres Vaters war Anna zutiefst enttäuscht. Dennoch versuchte sie, ihm zu verzeihen. Sie nahm sich vor, nie mehr mit ihren Brüdern über diese Ungerechtigkeit zu reden.
Fünf Monate nachdem ihr Vater gestorben war, wurde Anna wieder schwanger. Inzwischen hatte sie nicht mehr so viel Angst vor der Geburt und um ihr Ungeborenes. Otto wünschte sich doch endlich einen Sohn. Die Geburt ging dieses Mal sehr schnell. Es war ein Bub, genau wie es sich Otto und Anna so sehr gewünscht hatten. Sie tauften ihn auf den Namen Joseph.
Wieder zwei Jahre später gebar sie eine Tochter. Anna war jetzt sicher, dass die Jungfrau Maria ihr bei den bisherigen Geburten beigestanden hatte. Deshalb wollte sie aus Dankbarkeit, dass dieses Kind nach der Mutter Gottes und auch nach ihrer verstorbenen Zwillingsschwester Maria genannt wird. Bevor Anna wieder ihre unreinen Tage bekam, war sie schon nach drei Monaten wieder in anderen Umständen. Sie wunderte sich, dass ihr Bauch schon wieder zunahm. Und wirklich, dieses Mal wurde ein Jahr nach Maria der Michael geboren.

Ulrich hatte in letzter Zeit körperlich sehr abgebaut. Anna dachte sich manchmal, dass ihm die Kinder zwar Freude machten, aber weil es ihm häufig zu viel wurde, verzog er sich dann in seine eigene Stube. Am Morgen des 27. November 1898 wollte Anna ihren Schwiegervater wecken. Als sie in seine Schlafkammer eintrat, lag er ruhig und friedlich in seinem Bett. Sein Gesicht war wachsweiß und Anna sah sofort, dass er tot war und rief: „Otto, Otto, komm schnell!" Er kam die Treppe heraufgeeilt und lief an Vaters Bett. Anna sagte ganz ruhig: „Otto, dein Vater ist tot."
Auch er sah sofort, was geschehen war: „Schau, wie friedlich er daliegt. Er sieht aus, als würde er schlafen. Ich denke er hat nicht gespürt, dass er sterben wird. Er ist mit 77 Jahren ruhig entschlafen. So hat er es sich immer gewünscht." Der Doktor meinte, das war ein Tod erster Klasse. Mit Ulrich starb auch der Hausname „bim Büür." Otto machte sich ein wenig Sorgen, weil Anna in acht Wochen wieder ein Kind erwartete. Hoffentlich hatte sie sich nicht zu sehr erschreckt, als sie Ulrich tot im Bett fand.

Anna und Aloisia, die Tochter ihrer verstorbenen Freundin Rosalia, Oberstdorf

Bei Ulrichs Beerdigung waren auch Aloisia und ihr Vater, der Johann, anwesend. Auf Otto wirkte Aloisia tatsächlich sehr traurig. Da hatte er einen großartigen Gedanken. Ein paar Tage nach der Beisetzung ging Otto zu seinem ehemaligen Freund Johann, um ihn zu fragen, ob seine Tochter Aloisia gegen Bezahlung für eine bestimmte Zeit zu ihnen als Haushaltshilfe kommen könnte. „Nach dem Tod meines Vaters ist es für Anna sehr beschwerlich, die tägliche Arbeit zu verrichten. Sie sollte sich bis zur Geburt unseres sechsten Kindes noch ein wenig schonen. Ich muss mich um die Werkstatt kümmern und die Stallarbeit für meinen Vater mitübernehmen, bis wir entschieden haben, ob wir die Landwirtschaft vielleicht aufgeben oder einen Knecht einstellen. Wir brauchen auf alle Fälle eine Hilfe. Könnte sich Aloisia vorübergehend mit um

den Haushalt und um die Kleinen, die Maria und den Michael, kümmern?"
Johann und Mina waren damit einverstanden. Als Aloisia und Anna davon erfuhren, freuten sich beide auf die gemeinsame Zeit. Zudem war Aloisia froh, von daheim und vor allem von ihrer Stiefmutter wegzukommen.
Ende Januar 1899 wurde Ludwig geboren. Auch dieses Mal ging zum Glück alles gut. Aloisia war auch gleich als Wochenpflegerin eine große Hilfe, so konnte sich Anna nach der Geburt noch fünf Tage im Bett erholen.
In dieser Zeit baute die Gemeinde ein Krankenhaus. Dies hielt die Bevölkerung für eine große Bereicherung. Wenn jemand sehr krank wurde und daheim keine Pflege bekommen konnte, dann war er dort gut aufgehoben. Im Notfall war auch schnell ein Doktor zur Stelle.

Als Ludwig acht Wochen alt war, hatte sich Anna wieder einigermaßen von den Strapazen der Schwangerschaft und der Geburt erholt. Aloisia war klar, dass sie bald wieder heim musste. Johann kam schneller als erwartet bei Aloisia vorbei und teilte ihr mit: „Wir haben eine neue Arbeitsstelle für dich in Wasach oberhalb von Tiefenbach gefunden. Dort kannst du in einer Gaststätte bedienen, um Geld zu verdienen." Aloisia war das sehr recht. Denn sie gestand Anna: „Manchmal möchte ich lieber sterben, als wieder zu meiner Stiefmutter heim."
Drei Monate später lud Otto Anna an ihrem Namenstag in den Gasthof Wasach ein. Er wollte dort für ein paar Stunden gemütlich mit seiner Frau ohne die Kinder essen und gleichzeitig nach Aloisia sehen. Die Kinder wurden in der Zwischenzeit von Geigers Tochter vom Kühberg behütet. Die Kindsmagd hatte Otto für seine Frau zum Namenstag organisiert. Als die beiden in den Gastraum eintraten, konnten sie gerade noch sehen, wie Aloisia einem jungen Mann ihre Hand zum Abschied reichte. Er flüsterte ihr dabei etwas ins Ohr. Darüber lächelte Aloisia verlegen, aber sehr zufrieden. Anna

sah Otto an und fragte ihn: „Hast du das auch gesehen? Ich glaube, die Kleine mag diesen Mann." Als Aloisia die beiden bemerkte, kam sie gleich auf sie zugelaufen und bot ihnen den schönsten Tisch am Fenster mit bester Aussicht auf Oberstdorf und sein Bergpanorama an. Draußen lag bestimmt schon ein halber Meter Schnee und die Sonne schien, was für diese Jahreszeit ungewöhnlich war. Aloisia sah an diesem Tag besonders nett aus. Sie trug ihre gelockten schwarzen Haare zu einem Pferdeschwanz nach hinten gebunden. Anna war bisher nie aufgefallen, dass sie so schöne dunkle Knopfaugen hatte. Otto bemerkte beiläufig: „So fröhlich und ausgeglichen habe ich Aloisia noch nie gesehen, sie hat so ein Leuchten in ihren Augen." Anna beobachtete die junge Frau und stellte ebenfalls zufrieden fest: „Ich glaube, die Arbeit hier oben gefällt ihr, sie wirkt auch gelöster und schlagfertiger als früher."
„Ja, ich finde, sie macht es auch recht gut."
Genau in dem Moment, als die beiden Aloisia zusahen, wie sie gefüllte Bierkrüge unter den jungen Männern verteilte, fasste ein frecher Bursche verstohlen an ihren Hintern, so dass sie erschrak. Anna und Otto waren zutiefst empört. Otto wollte schon aufspringen, um sich den frechen Kerl vorzunehmen. Aber schon schlug Aloisia ihm mit voller Wucht auf seine Finger und schrie: „Hör bloß auf, sonst sag ich es deiner Moni." Dem unverschämten Burschen war es furchtbar peinlich und seine Freunde lachten über ihn. Otto lächelte Anna spitzbübisch an: „Aloisia ist wirklich schlagfertig geworden. Aber weil sie so hübsch ist, ist es wichtig für sie. Sie wird sich noch oft wehren müssen." Als Aloisia die Speisekarte zu Anna und Otto an den Tisch brachte, war Otto neugierig und fragte: „Wer war denn der junge Mann, der sich vorhin von dir verabschiedet hat? Kann das der Franz Schwarz von Oberstdorf gewesen sein?" Aloisia begann zu strahlen und antwortete: „Ja, das war Franz. Er kommt häufig zu uns ins Gasthaus. Er ist Bauaufseher an der Illerverbauung und muss den Arbeitern immer den Lohn auszahlen."
Anna und Otto aßen eine dicke Gulaschsuppe mit viel Fleisch und

Fettaugen drauf. Anna war das Fleisch zu viel. Sie suchte ein paar Fleischstücke heraus und gab sie Otto. Er freute sich darüber. Als sie fertig gegessen hatten, erzählte Anna ihrem Mann, dass sie die Gewissheit hat, in ein paar Monaten wieder ein Kind zu bekommen. Bei den bisherigen Schwangerschaften hatte sich Anna stets gefreut, dass wieder ein Kind in ihr heranwuchs. Dieses Mal war sie ein wenig erschrocken: „Otto, es darf doch nicht sein. In zwölf Jahren habe ich sieben Kinder geboren. Ich will, dass dies mein letztes Kind ist." Sie fiel in eine leichte Schwermut und bekam Angst, ob sie das, was so in Zukunft auf sie zukam, noch alles schaffen konnte. Otto freute sich aber wieder auf das Kleine und tröstete Anna: „Wir schaffen das schon." Ein paar Tage später ging Anna nach Loretto, um zur Jungfrau Maria zu beten und sie wieder um ihre Hilfe zu bitten. In dieser Schwangerschaft fühlte sie sich nicht so wohl. Ständig war ihr übel und sie musste sich übergeben. Sie legte sich nachmittags, als ihre Jüngsten, der Ludwig und der Michael ihren Mittagsschlaf hielten, in die Stube.

Nun nahm sie zum ersten Mal, seit Genovefa gestorben ist, das Buch ihrer Vorfahren zur Hand und sah, dass Genovefa an sie selbst einen persönlichen Brief hineingelegt hatte. Sie war ganz aufgeregt und begann sogleich zu lesen:

Frühjahr 1888

Liebe Anna,

ich weiß, wenn du folgende Seiten liest, weile ich bereits nicht mehr unter euch.
Jetzt aber sitze ich hier und widme mich diesem Buch.
Es geht sehr zäh voran. Ich sitze einfach nur da und denke über mein Leben und das Leben meiner besten Freundin Sefa nach. Tränen laufen mir übers Gesicht. Im Gegensatz zu deiner Mutter, habe ich selbst zum Glück nur ein Kind verloren. Aber ich weiß, das ist genug, um zu ahnen, was sie jedes Mal durchgemacht hat. Anna, immer wenn deiner Mutter in Reichenbach ein Kind gestorben ist,

dann habe auch ich wieder von Neuem um meinen erstgeborenen Buben, den ich verschwiegen habe, im Stillen getrauert. Ich konnte mit niemandem darüber reden und habe mich geschämt, für das, was ich getan habe. Es war nicht recht, mich unverheiratet mit einem Mann einzulassen.

Aber am meisten Vorwürfe mache ich mir, weil ich, im dritten Monat schwanger, auf Befehl meiner Mutter Kräuter zur Abtreibung genommen habe. Ich hätte mich damals zur Wehr setzen müssen und die Einnahme verweigern sollen. Aber ich war zu folgsam und dumm und hatte nicht den Mut, hinzustehen und offen Nein zu sagen. Es war zwar keine Abtreibung, da ich mein Kind ausgetragen habe. Trotzdem habe ich das Gefühl, dass ich Anton durch die Kräuter getötet habe. Vielleicht war er dadurch geschwächt, so dass er gleich, nachdem er geboren war, gestorben ist. Oder wollte Gott mich deswegen bestrafen und hat mir mein unschuldiges Kind genommen. Ich denke, ich habe dadurch viel Schuld auf mich geladen.

Solange ich lebe, wollte ich dieses Geheimnis für mich behalten und hoffte, dass Otto dies nie erfahren würde. Doch deine Mutter bat mich auf ihrem Sterbebett, mit Dir und auch mit Otto darüber zu reden. Danach habe ich mir geschworen, dass ich alles dafür tun werde, damit ihr so etwas nicht durchmachen müsst. Ich glaube, dies ist mir gut gelungen. Rosalias Schwangerschaft hat mir wieder von Neuem die Augen geöffnet.

Liebe Anna, deine Mutter hat mir einmal anvertraut, dass sie glaubte, dass deine Großmutter Hanna bei ihrem letzten Kind keine Fehlgeburt hatte, sondern eine Abtreibung aus gesundheitlichen Gründen machen ließ. Wie hätte die arme Frau ahnen können, dass sie dabei selbst stirbt? Sicherlich hat dein Vater Michl mitbekommen, was damals mit seiner Mutter geschehen ist.

Heute frage ich mich, ob es im Leben meiner Mutter, Großmutter oder vielleicht Urgroßmutter ebenfalls solche Geheimnisse und

Schandtaten gab, die sie durch ihren Stolz und zum eigenen Schutz für sich behielten, wie auch ich es mein Leben lang tat.
Deine Mutter war eine weise Frau. Sie hat geahnt, dass diese „geheimen Schandtaten" ihrer Familie in der Vergangenheit kein Glück gebracht haben. Einige Frauen aus ihrer Ahnenreihe mussten Dinge tun, wofür sie sich schämten und lieber geschwiegen haben als darüber zu reden. Deshalb wurden sie ein Leben lang von Schuldgefühlen geplagt. Wir dürfen ihnen keine Vorwürfe machen, denn zu diesem Zeitpunkt konnten sie nicht anders handeln. Sie haben versucht, ihr Bestes zu geben.
Deine Mutter sagte auch zu mir: Einschneidende Ereignisse, wie bei uns, wo so viele Kinder gestorben sind, können sich dann wiederholen. Ich solle diesen Kreislauf in ihrer Familie unterbrechen, da ihr keine Zeit mehr geblieben ist, weil sie gestorben ist. Deshalb hat mich Deine Mutter gebeten, dass ich dir beistehen soll.
Aus diesem Grund habe ich mit Ulrichs Zustimmung Otto, kurz bevor ihr euer erstes Kind bekommen habt, den größten Fehler meines Lebens preisgegeben.

Liebe Anna, lieber Otto,
nun geht in Frieden in eure Häuslichkeit heim und habt ein schönes Leben zusammen.
Bedenkt immer, die Wahrheit liegt überall, sogar in den Steinen, alten Gemäuern, in den Jahreszeiten und vor allem in euren Herzen, in euch selbst.
Behaltet mich in Euren Herzen lieb.
Betet für alle Frauen, die Schuld auf sich geladen haben, und auch für mich arme Sünderin, damit der Herrgott uns vergeben mag.

Eure Euch bis in alle Zukunft liebende Mutter
Genovefa

Jetzt werde ich, wie ich euch versprochen habe, meine Geschichte ins Buch schreiben, auch wenn es mir noch so schwerfällt.

Ulrich hat mir vieles aus seinem Leben erzählt, was ich ebenfalls mit aufgenommen und hier eingetragen habe. Deshalb schreibe ich nicht in Ich-Form, sondern so, wie es seit Jahrhunderten im Buch üblich war.

1845 Genovefa und Joachim aus dem Walsertal
Auf der Hochzeitsfeier von Baptist und Maria holte Joachim Kessler, ein unbekannter Walser, Genovefa zum Tanzen. Er sah mit seinen dunklen Haaren und seinem glatt rasierten Gesicht sehr gepflegt aus. Er gefiel Genovefa auf Anhieb. Sie redeten und tanzten gerne miteinander. Ulrich gefiel dies ganz und gar nicht. Er dachte sich: „Ich habe Genovefa doch gern. Warum habe ich es ihr nie gezeigt? Was war ich nur für ein Esel? Sie war für mich so selbstverständlich und gehörte einfach zu uns. Aber jetzt, wo sie mit dem Walser tanzt, bin ich eifersüchtig auf ihn." Ulrich nahm allen Mut zusammen und forderte Genovefa schließlich doch zum Tanz auf. Er war enttäuscht, als er bemerkte, dass sie ständig nach Joachim Ausschau hielt. Als sich Baptist und Maria um zwölf Uhr verabschiedeten, begleiteten ihre Freunde das Brautpaar zu Fuß nach Hause. Danach gingen die meisten Hochzeitsgäste wieder zurück ins Gasthaus, um weiterzufeiern. Ulrich bemerkte, dass Joachim und Genovefa verschwunden waren. Er machte sich Sorgen und hoffte inständig, dass Genovefa nichts mit dem Walser anfing. Es war einigen bekannt, dass er ein Draufgänger und ein Weiberheld war. „Für so eine Liebschaft ist Genovefa zu schade", dachte sich Ulrich. Beim nächsten Zusammentreffen unter den Freunden war Genovefa nicht dabei. Ulrich fragte Sefa: „Wo ist denn Genovefa heute?" Sie lächelte verhalten: „Mit der kann man im Moment nichts anfangen. Die hat sich letzte Woche unsterblich in den Joachim verliebt. Sie ist jetzt lieber mit ihm zusammen als mit uns." Ulrich spürte, wie sich sein Herz zusammenzog. Ihm ging durch den Kopf: „Ich habe Genovefa für immer verloren." Ein paar Wochen später erzählte Sefa Ulrich: „Stell dir vor, der Joachim hat Genovefa so um den

Finger gewickelt. Sie hat sich völlig in ihn verguckt. Nichts außer ihm zählt mehr für sie. Ich habe sie vor Joachim gewarnt. Da hat sie ihn in Schutz genommen und sich mit mir gestritten. Daraufhin sagte sie wütend zu mir. Es sei zwischen ihr und Joachim schon zum Äußersten gekommen. Er würde sie so sehr lieben und würde, falls sie schwanger wird, zu ihr stehen und sie heiraten."
„Aber sie kennt ihn doch kaum! Warum ist sie auf einmal so naiv? Kann denn Liebe so blind machen?", entgegnete Ulrich und seine Stimme klang fast wütend.
Sefa spürte, wie sich Ulrich sorgte, und fragte ihn dann verunsichert: „Glaubst du, der Joachim meint es ehrlich mit ihr?"
Ulrich sah nachdenklich nach oben: „So gut kenne ich ihn auch wieder nicht. Ich habe ihm das Böllerschießen gezeigt. Aber soviel ich weiß, hat er keinen sonderlich guten Ruf. Ich habe im Walsertal mal gehört, dass er es mit den Weibern nicht so genau nehmen soll."
Als Ulrich Genovefa Wochen später zufällig im Dorf traf, betrachtete er sie mit misstrauischem Blick: „Warum kommst du nicht mehr zu unseren wöchentlichen Treffen?" Sie antwortete in einem ungewohnten und überheblichen Ton: „Ich habe keine Zeit mehr für euch, denn ich bin jetzt lieber mit Joachim zusammen."
„Genovefa, glaubst du, der Walser meint es ehrlich mit dir?"
„Ja, ich weiß das. Du bist der Erste, dem ich es erzähle. Stell dir vor, ich bin schwanger von ihm und du wirst sehen, bald werden wir heiraten."
Ulrich spürte einen Stich in seinem Herzen, er war wie gelähmt und als er sich wieder gefangen hatte, log er: „Das freut mich für dich. Ich wünsche dir alles Gute." Daraufhin verabschiedeten sich die beiden. Ulrich konnte in dieser Nacht nicht schlafen. Er ging gleich am nächsten Tag zu seinem Freund, dem Baptist, um ihm sein Leid zu klagen. Aber Baptist zeigte wenig Mitgefühl und meinte nur: „Ich weiß, die Genovefa hatte dich gern. Aber du hast ihr nie ein Zeichen gegeben, dass es dir auch so ging. Du ranntest mit geschlossenen Augen durch die Welt und hast nichts für eure Freundschaft getan. Nun ist es zu spät. Sie hat einen anderen, und

das musst du jetzt akzeptieren. Ich weiß, es ist bestimmt nicht leicht für dich, aber es gibt auch noch andere nette Feela im Dorf." Ulrich ließ seinen Kopf hängen und stammelte: „Aber keine gefällt mir wie Genovefa."
Baptist wurde etwas lauter: „Ich gebe dir jetzt einen gut gemeinten Rat als Freud. Lass die Finger von ihr. Sie wird dir nie mehr gehören." Baptist hatte anschließend noch eine gute Nachricht, er erzählte Ulrich, dass er bald Vater werden wird. Aber das interessierte Ulrich an diesem Tag ganz und gar nicht. Er ging, ohne ein weiteres Wort zu sagen, nach Hause.

Als Genovefa ihrem Freund Joachim die Nachricht ihrer Schwangerschaft mitteilte und ihn bat, doch bald zu heiraten, verlachte er sie: „Heiraten? Ich? Dich? Nie! Du bist doch eine arme Hirtentochter. Wenn ich heirate, muss diese Frau viel Geld und einen großen Hof haben. Sonst kriegt mich keine."
Sie schlug ihm wütend und verzweifelt ins Gesicht und schrie: „Du verdammter Lügner!"
„Was heißt Lügner?" Dabei lächelte er und sprach weiter: „ Du wirst den Balg schon alleine großkriegen. Rechne nicht mit mir."
Sie lief so schnell sie konnte nach Hause, warf sich aufs Bett und weinte den ganzen langen Tag in die Bettdecke hinein. Ihre Mutter kam besorgt zu ihr in die Kammer und fragte: „Genovefa, was ist mir dir? Hat Joachim etwas Unrechtes mit dir angestellt?"
„Ja Mama, er hat mich verführt und belogen. Ich bin schwanger von ihm." Dabei weinte sie bitterlich. Ihre Mutter war sichtlich empört und fragte: „Wird er dich heiraten?"
„Nein, nie, hat er gesagt. Er heiratet nur eine reiche Frau, keine arme Hirtentochter wie mich."
„Wie bringen wir das bloß deinem Vater bei? So eine Schande. Du und das Kind, ihr werdet es nicht leicht haben. In Oberstdorf wirst du deswegen verachtet werden. Du wirst nie mehr einen rechtschaffenen Mann bekommen." Mutter ging zusammen mit Genovefa zur Hebamme und bat diese um ihre Hilfe. Sie gab ihnen

Kräuter für einen Tee mit nach Hause und sagte: „Damit kann manchmal ein Kind vom Leib abgestoßen werden." Ihre Mutter zwang Genovefa, diesen dicken, dunklen Tee ohne Widerrede zu trinken, da sonst ihr Leben durch das Kind total zerstört wäre. Sie war folgsam wie fast immer und tat, was ihre Mutter verlangte. Sie trank den bitteren Tee mit Widerwillen, hatte das Gefühl, dass es nicht recht ist, was sie da tat. Aber sie trank und trank und weinte und schluckte und hustete, bis die Kanne leer war.

Aber das Kind wurde nicht abgestoßen und blieb am Leben. Mutter hatte noch eine weitere Idee. Sie zwang Genovefa, ihrem Vater beim Schlachten einer Geiß zu helfen. Sie gaben ihr den Bluteimer, um diesen zu rühren. Genovefa lief während dieser Arbeit wegen des Blutgeruchs mehrmals hinaus hinters Haus, um sich zu übergeben. Als Mutters Schwester, die Tante Afra, gestorben war, musste Genovefa mithelfen, die tote Tante zu waschen. Man sagte, es würde kein Glück bringen, wenn eine schwangere Frau eine Leiche anfassen musste. Mutter hatte die Hoffnung, dass ihr Enkelkind absterben würde, noch bevor die anderen von der Schwangerschaft etwas sehen konnten. Aber das Kind wuchs weiter und Genovefas Bauchumfang wurde immer größer, weshalb sich Genovefa kaum mehr auf der Straße und gar nicht mehr bei ihren Freunden sehen ließ. Nur Maria, die Frau vom Baptist, besuchte sie manchmal mit ihrem neugeborenen Säugling, dem kleinen Ludwig. Genovefa durfte ihr Kind mehrmals auf ihren Arm nehmen. Dadurch freute sie sich plötzlich auch auf ihr eigenes Kind und sagte: „Ich hoffe, ich werde mein Kind mit Mutters Hilfe groß kriegen. Wenn ich das Kind in mir spüre, ist es doch ein gutes Gefühl, so ein kleines Wesen in sich zu tragen." Maria erzählte Genovefa ungefähr zwei Wochen vor dem errechneten Geburtstermin: „Ich habe gehört, dass Joachim, der Vater deines Kindes, der ledige Bauerssohn von Riezlern-Straußenberg aus dem Kaiserreich Österreich gleichzeitig neben dir noch eine andere Frau geschwängert hat. Diese hat vor zwei Wochen einen Sohn bekommen. Sie gab ihrem Kind den Namen Joachim. Die Wüstnerin aus Riezlern will den Vater ihres

Kindes in ein paar Wochen heiraten. Sie besitzt zwei Häuser und soll sehr reich sein." Genovefa regte sich über diese Nachricht so sehr auf, dass sogleich ihre Wehen einsetzten. Es war eine furchtbar lange, schmerzhafte Geburt, die über 20 Stunden dauerte. Die Hebamme stemmte und drückte auf ihrem Bauch herum, bis Genovefa am Schluss keine Kraft mehr hatte. Beinahe wäre sie selbst dem Tod begegnet. Als das Kind geboren war, schrie es zuerst gar nicht. Dann hob die Hebamme das Kind an den Beinen hoch und schüttelte es. Nun war ein leises Wimmern zu hören. Die Hebamme sagte: „Ich muss es so schnell wie möglich taufen. Der Kleine wird nicht überleben. Wie soll er heißen?" Völlig entkräftet sagte Genovefa: „Ich wollte ihm den Namen Anton geben." So wurde das Kind in einer Nottaufe auf diesen Namen getauft. Danach legte die Hebamme den kleinen neugeborenen Anton seiner jungen Mutter an die Brust. Sie sah ihr Kind zum ersten Mal an und dachte: „Er ist so klein und süß. Er muss doch überleben." Aber nach einer halben Stunde war der kleine Anton gestorben. Als bei Genovefa die Milch einschoss, war das Kind bereits von seinem Großvater Johann Baptist und dem Pfarrer Stützle beerdigt worden.

Genovefa war sehr traurig. Sie fühlte sich schuldig und elend. Deshalb fragte sie die Hebamme: „Hoffentlich haben wir uns an dem Kind nicht versündigt, weil ich die Kräuter eingenommen habe." Die Hebamme beruhigte sie, dass dies nichts mit dem Tod des Kindes zu tun habe. Als Genovefa wieder bei Kräften war, ging sie, getrieben durch ihre Schuldgefühle zum Pfarrer Stützle, um ihm alles zu beichten. Der hochwürdige Pfarrer vergab ihr ihre Schuld und zur Buße musste sie drei Rosenkränze beten. Aber selbst die Absolution und die Freisprache durch den Pfarrer brachten Genovefa kaum eine Erlösung, so sehr grämte sie sich.

Noch Jahre später, wenn Genovefa ihre Freundinnen oder auch fremde junge Mütter sah, bewunderte sie diese, weil manche sogar mehrmals hintereinander ein Kind geboren hatten. Sie bewunderte, was diese Frauen alles mitmachen mussten. Insgeheim hatte sich Genovefa häufig gefragt, warum der Herrgott den Frauen auferlegt hat, solche fürchterliche Schmerzen zu erdulden. Und wie wenig von ihnen darüber geklagt und gesprochen wurde. Die meisten Frauen behielten dies tapfer für sich.

Seinerzeit hatte sich Genovefa damit abgefunden, nie mehr eigene Kinder zu bekommen. Darunter litt sie sehr. Erst ihr späterer Mann, der Ulrich, hat ihr darüber hinweggeholfen. Otto, ihr eheliches Kind, kam erst 19 Jahre nach Anton zur Welt. Er war für sie wie ein unerwartetes Himmelsgeschenk, mit dem sie nie mehr gerechnet hatte. Trotzdem dachte sie häufig an ihren Erstgeborenen, den kleinen Anton, zurück.

Genovefa wollte anfangs unbedingt den Vater ihres ungeborenen Kindes heiraten. Wenn sie jetzt, nach Jahren, zurückblickte, war sie froh und dankbar, dass es nicht so gekommen ist. Ulrich und sie selbst waren zufrieden miteinander. Er ist ein guter Mann, einen besseren hätte sie nie kriegen können. Ihr war klar, mit dem Vater ihres verstorbenen Kindes wäre sie niemals glücklich geworden. Sie wusste aber auch, man sollte Menschen nicht miteinander vergleichen. Als der Joachim, der Vater von Anton, gestorben war, erzählten sich die Leute im Walsertal, dass sein ehelicher Sohn, der auch Joachim hieß, an seinen Geldschrank gegangen ist und das ganze Geld an sich genommen hat, während der Vater noch warm in seinem Bett gelegen hatte. Bei denen daheim hatte sich alles immer nur ums Geld gedreht. Deshalb hatte Joachim auch die reiche Wüstnerin geehelicht, und nicht Genovefa, das arme Hirtenmädchen.

1902 Anna

Anna legte das Buch zur Seite und weinte bitterlich. Als Otto zur Tür herein kam und seine hochschwangere Frau so tränenüberstömt vor dem Buch sitzen sah, fragte er sich, was geschehen war. Nun las auch er den Brief seiner Mutter an Anna und das erste Kapitel über den kleinen Anton.

Während Otto las, saß Anna nur da und dachte über ihren Mann und ihre Schwiegereltern nach: „Was Genovefa damals mitgemacht hat, hat sie für ihr ganzes Leben geprägt. Man sagt im Leben so häufig dahin: ‚Nichts ist umsonst, alles hat einen Sinn.' Durch Krisen reifen Menschen. Genovefa und Ulrich waren ganz besondere Menschen. Auch der respektvolle Umgang und die Achtung, die die beiden voreinander hatten. Otto hatte großes Glück mit seinen Eltern. Er durfte in einer liebevollen familiären Beziehung aufwachsen. Aus diesem Grund hat er sich zu einem sanften, liebenswerten jungen Mann entwickelt, der im Umgang mit mir und den Kindern sehr einfühlsam ist. Er würde von mir nie mehr verlangen, als er selbst bereit ist zu geben. Ich bin so dankbar, dass ich ihn habe."

Als Otto dies gelesen hatte, war er ebenfalls erschüttert über das, was seine Mutter geschrieben hatte. Anna zeigte mit dem Finger auf die nächste Seite: „Schau Otto, was hier steht: Das Kapitel über den Walser haben deine Mutter und dein Vater zusammen geschrieben. Ich denke, sie brauchte Vaters Unterstützung dabei. Sie hatte ein furchtbar schlechtes Gewissen und Schuldgefühle Ulrich gegenüber. Sie fand es selbst viel schlimmer, als Ulrich und wir es empfunden haben. Dieses Ereignis war für sie sehr schmerzhaft und darüber hat sie sich ihr Leben lang gegrämt. Aber weil deine Eltern gemeinsam ins Buch geschrieben haben, hatte sie die Möglichkeit, es auch aus Vaters Blickwinkel zu betrachten. Sie mussten miteinander darüber reden und ihr wurde dabei klar, dass er ihr längst vergeben hatte. Nun konnte sie wieder Frieden in sich finden und war entlastet."
Otto nickte zustimmend und antwortete: „Ich glaube, sie hat in den letzten Jahren das Ziel gehabt, dies alles noch zu klären und in sich selbst Ordnung zu schaffen, um dann zur Ruhe zu kommen. Als sie dann alles geklärt hatte und mit den Einträgen im Buch für uns Nachkommen fertig war, konnte sie loslassen und ist in Frieden gestorben. Anna sah nachdenklich zum Herrgottswinkel auf das einzige Bild, das sie von Genovefa und Ulrich besaßen, und sagte mit bedächtiger Stimme: „Ja, das war bestimmt so. Aber auch deinen Vater bewundere ich sehr. Er muss sie sehr geliebt haben."

Otto sah ebenfalls das Bild an und sagte zu Anna: „Mutter hatte ein gutes Gespür für andere Menschen, denen sie häufig eine hilfreiche Stütze war. Aber für sich selbst konnte sie es nicht umsetzen. Stell dir vor, vor Jahren sagte sie zu mir: Wenn Menschen etwas zu ertragen haben, was sie belastet und sie nicht darüber reden können und dies gar verdrängen, werden sie kaum Frieden finden. Darum soll ich klüger sein als sie und in meinem Leben versuchen, tiefliegende Geschehnisse nicht für mich zu behalten, so dass sie im Verborgenen zu Geheimnissen werden. Ich sollte stets ehrlich und offen mit dir und unseren Kindern umgehen. Denn Kinder könnten häufig spüren, was mit ihren Eltern los ist. Mit solchen Geheimnissen können Nachkömmlinge konfrontiert werden, und nicht selten müssen sie ähnliche Dinge erfahren." Otto sah nachdenklich zu Anna hinüber: „Ja, so ungefähr sagte Mutter damals zu mir, und ich fragte nicht nach, was sie mir damit sagen wollte. Jetzt erst verstehe ich, was sie damit gemeint hat und warum sie uns von Anton, meinem Stiefbruder erzählte, noch bevor wir unser erstes Kind, die Sefa, bekamen."

Im drauffolgenden Juni bekam Anna ihr siebtes Kind, ein gesundes Mädchen, und gab ihm den Namen Babette. Nach 21 Monaten wurde dann noch Johann geboren. Zwei Jahre später kam dann Otto zur Welt, der den Namen seines Vaters bekam. Alle neun Kinder waren gesund. Darüber waren Otto und Anna dem Herrgott sehr dankbar, denn beide waren sich bewusst, dass dies keine Selbstverständlichkeit war.

Anna nahm eines Tages wieder das Buch von Genovefa in die Hand und las weiter, was die Generation ihrer Eltern und Schwiegereltern in jungen Jahren erleben durften.

1851 Oberstdorf

Als Baptist und Maria bereits Eltern von drei Kindern waren, hatten sich auch deren Freunde, der Pius Geiger und Mathilde Schratt, entschieden zu heiraten.

Und wieder ein Jahr später verkündeten Michl Buhl und Sefa Schöll sich ebenfalls zu binden. Ulrich sagte heiter: „Bei euch ist ja das Heiratsfieber ausgebrochen." Er war als guter Tänzer bekannt und deshalb bei allen Hochzeiten seiner Freunde bei den Brauttänzen aktiv. Genovefa wurde auch wieder eingeladen, aber sie entschied sich, nicht zu diesen Hochzeiten zu gehen, und blieb wie meist lieber alleine daheim. Ihre Mutter hatte ihr stets gut zugeredet, doch ohne Erfolg. Sie lebte seit der Schwangerschaft sehr zurückgezogen. Dafür besuchte sie manchmal ihren Cousin Michl und seine Frau Sefa in Reichenbach.

Michl traf sich alle zwei Wochen im Schützenhaus mit seinen Freunden. Der Schützenmeister stellte fest, dass sich 300 Mann aus verschiedenen Vereinen zu einem Freikorps zusammengeschlossen hatten. Diese hatten in mondheller Nacht exerziert. Der Wunsch nach Ausrüstung mit Gewehren wurde vom Sonthofener Landesrichter abgelehnt. Er war der Meinung, dass in Oberstdorf zu viele unruhige Köpfe seien. Ihnen Waffen zu geben, wäre eine unverantwortliche Torheit. Über diese Aussage regten sich die Männer von der Schützengesellschaft furchtbar auf: „Wie unverschämt diese Behauptung ist! Bei uns im Verein gibt es nur rechtschaffene Leute, andere würden wir gar nicht bei uns aufnehmen. Es gibt schon einige Hitzköpfe wie den Thaddä Blattner, aber er war und wird kein Mitglied im Verein." Daraufhin erzählte Pius: „Der Thaddä hat neulich mitten in der Nacht den 29-jährigen ledigen Tauscher Wilhelm aus Eifersucht wegen Maria, einer Bedienung vom Gasthof Mohren, mit einem Sabing[71] erschlagen. Der Thaddä wurde von Gendarmen aus Sonthofen festgenommen. Er konnte ihnen aber entwischen. Als er auf der Flucht war, kam er bei uns am Kühberg vorbei und wollte sich im Birkatsgündle im Oytal in der Höhle verstecken. Dort sitzt er wohl immer noch."

Der Gemeindejäger war an diesem Abend auch anwesend und mischte sich ins Gespräch ein: „Ich habe dem Thaddä schon mehrmals Essen hinaufgebracht, weil ich ihn mag und hoffe, dass die Gendarmen die Höhle nicht finden und der Thaddä nicht eingesperrt wird."

---

[71] Holzfällerwerkzeug

Der Jagdgehilfe Weber erzählte weiter: Jetzt macht sich der Tourismus auch bei uns im Gebirge bemerkbar. Bergführer begleiten ihre Gäste auf die Berge hinauf, dabei erschrecken sie unser Wild. Das passt uns Jägern ganz und gar nicht. Der Prinzregent Luitpold hat die Gemeindejagd im Bereich Oberstdorf gepachtet und hat vor, sich hier ein Jagdhaus zu erbauen. Dadurch wird es zur Herbstzeit zu einem regen Hofjagen in dem ansonsten stillen Ort kommen. Der Fürst von Wolfegg ist, wie auch ich vor Jahren, in die damals gegründete Allgäuer Jagdgesellschaft eingetreten. Ich habe zusammen mit ihm an der roten Wand im Rohrmoos einen Adlerhorst ausgehoben. Ich war vom Kamm der Wand an einem 90 Meter langen Seil in den Horst hinabgeklettert und konnte so den Adlerhorst leeren. Auch im Oytal an der Ochsengerenwand habe ich den letzten Adlerfang gemacht." Alle am Tisch hofften, dass es sich hierbei endlich um den letzten Adler handelte. Urban Jochum meldete sich nun zu Wort: „Ihr habt vom Klettern an den Wänden erzählt. Ich habe am Sonntag die Erstbesteigung auf die Trettachspitze gemacht." Seine Schützenbrüder waren begeistert und gratulierten Urban herzlich zu diesem großen Erfolg.
Die Männer erkannten, dass im sozialen Bereich immer neue Belastungen auf sie zukamen. Um die Bürger, die aus irgendeinem Grund verschuldet oder unverschuldet in Not gerieten, musste sich die Gemeinde kümmern. Diese Personen fielen auf Lebenszeit der Armenkasse zu. Es war für die Gemeinde ein großes Risiko, neue Dorfbewohner aufzunehmen. Deshalb war Haus- und Grundbesitz oder ein guter Leumund notwendig, um ansässig werden zu können. Ulrichs Freunde sahen sich weiterhin und halfen sich immer wieder gegenseitig aus. Michl war Weber und Landwirt, Baptist Kalkbrenner, Pius und Ulrich Landwirte.
Diese Männer trafen sich beim Hochwasser Anfang August, um der Gemeinde bei der großen Katastrophe beizustehen. Die Trettach hatte sehr viel Wasser und riss fast alle Brücken und Stege von der Spielmannsau bis zur Iller fort.
Oberhalb des Ortes beim Oybele hinter der oberen Mühle hatte

es in der Nacht die Säge vom Schmid samt Handwerkszeug fortgeschwemmt. Der Brunnen am Schattenberg war dadurch auch weggerissen worden. Eine Woche gab es im gesamten Ort keinen Tropfen Wasser mehr. Das Brunnenwasser mussten die Männer auf dem Rücken am Scheltenbrunnen oder bei Loretto holen. Es entstand ein hoher Schaden. Denn auch die gesamten vorderen und hinteren Wiesen wurden überschwemmt und dadurch wurde das Futter fürs Vieh knapp. Um die Schäden zu beheben, hatten die Bewohner viel Arbeit und große Mühe, abgesehen von den hohen Kosten, die entstanden waren.

1856 gab es in Oberstdorf über 30 Häuser, die zur Aufnahme von Fremden eingerichtet waren. Die Ziegenmolke der nahe gelegenen Alpen brachte den guten Ruf als Kurort. Die gute Höhenluft war für Lungenleiden sehr zu empfehlen.

1858 weilte König Max II. von Bayern in Oberstdorf. Er besuchte dabei den wunderschön gelegenen Freibergsee. Beim Heimgehen gegen den Renksteg wies er die Buben, die ihm wie immer gefolgt waren, an, die steilen Wiesenhalden in liegender Weise hinabzurollen. Sieger waren die beiden Buben, die als Erste unten ankamen. Max und Konrad erhielten als Gewinner vom König einen Kronenthaler als Geschenk.

Maria und Mathilde blieben weiterhin gute Freundinnen und trafen sich mit ihren Kindern, damit diese zusammen spielen konnten. Die Mütter tauschten Erfahrungen in der Kindererziehung aus. Sie teilten Kochrezepte und nähten zusammen Kinderkleidung. Sie gingen miteinander Kräuter sammeln, die zur Heilung von verschiedenen Krankheiten oder für wohlschmeckende Tees genutzt wurden. Im Herbst sammelten sie an einem Platz, den sie niemandem verrieten, Pilze. Die beiden luden häufig Genovefa und auch Sefa aus Reichenbach zu ihren Treffen ein. Aber Sefa sagte nach mehrmaligen Einladungen: „Ich kann nicht mehr wegen einer Stunde zu euch kommen. Der Aufwand und der weite Weg sind für mich zu viel. Außerdem kann ich meinen Schwiegervater nicht mehr so lange mit den Kindern alleine lassen. Das wird dem Johannes zu anstrengend. Er hat die Kinder gerne, aber ich will ihn nicht überstrapazieren. Ich habe hier zum Glück eine Freundin gefunden. Die Kreszenz, die vor Kurzem den Done aus Fischen geheiratet hat."

1858 Genovefa als Krankenpflegerin in Reichenbach

Genovefa ging wieder einmal nach Reichenbach, um Sefa, die Frau ihres Cousins und ihren Onkel Johannes zu besuchen. Ihm ging es in letzter Zeit nicht gut. Er hatte einen Schlaganfall und konnte kaum mehr reden. Eine Körperseite war gelähmt, weshalb er meist im Bett oder in der Stube auf der Gütsche lag. Sefa hatte seit der Hochzeit sechs Schwangerschaften und Geburten durchgemacht. Nur zwei ihrer Kinder überlebten. Johannes, ihr Schwiegervater, benötigte intensive Pflege. Sefa tat, was ihr möglich war, aber es wurde ihr einfach zu viel. Deshalb war Genovefa eine Zeit lang bei ihr geblieben und half ihr bei der Arbeit. Darüber waren Sefa und auch Johannes froh. Er hatte seine Nichte gern und konnte nie verstehen, dass der Walser sie damals mit dem Kind einfach im Stich gelassen hat und gleichzeitig eine andere Frau schwängerte. Vor Jahren hatte Johannes einmal zu Genovefa gesagt: „Wirst schon sehen, Glück bringt's dem Joachim keins." Als Genovefa in Reichenbach wohnte, bekam sie im Haus im ersten Stock eine eigene Kammer nach Osten. Am Morgen schien ihr die Sonne direkt ins Gesicht und sie freute sich auf den neuen Tag. Der 6-jährige Hansi und der 2-jährige Seppi weckten sie meist und krochen zu ihr unter die Decke. Sie erzählte den beiden Geschichten von einer goldenen Fee, die Zauberkräfte hat. Die Kinder hatten Genovefa liebgewonnen. Nachdem sie aufgestanden waren, machte sie den Buben das Frühstück, brachte Johannes sein Essen ans Bett und fütterte ihn geduldig. Inzwischen ging Sefa ihrem Mann Michl im Stall zur Hand. Wenn die Frauen in der Stube beim Flicken saßen, sangen sie miteinander fröhliche Lieder, die auch Johannes von früher kannte. Manchmal kam auch Kreszenz, Sefas Freundin, dazu, um mit ihnen zusammen zu singen. Den kranken Opa bedrückte es sehr, wenn seiner Schwiegertochter wieder ein Kind gestorben war. Er erinnerte sich an die Zeit zurück, als seine Frau Hanna ihre gemeinsamen Kinder verloren hatte. Er machte sich deswegen Gedanken und grübelte über vergangene Zeiten nach: „Was ist nur bei uns im Haus los, dass so viele Kinder sterben müssen? Werden wir bestraft? Aber wofür? Das Leben geht zu Ende und ich weiß es immer noch nicht. Vielleicht werde ich es im Jenseits einmal wissen. Angst vor dem Sterben habe ich nicht. Irgendwie freue ich mich, meine Hanna und die Kinder wieder zu treffen. Meine Großmutter, die Frau von Michael Buhl, hat vor vielen Jahren ein Grundstück für den Bau des Pfarrhofes an die Kirche gespendet. Warum haben wir trotzdem seit dieser Zeit in unserer Familie kein Glück mehr?" Genovefa goss Sefa und Kreszenz Tee nach und ging dann zu Johannes ans Bett und fragte: „Willst du auch einen Kräutertee?" Er schüttelte den Kopf und versuchte, etwas zu sagen. Genovefa konnte ihn nicht verstehen, sah aber, dass er kalten Schweiß auf seiner Stirn hatte. Sie rief sogleich Sefa. Aber auch sie konnte ihn nicht verstehen. Kreszenz verabschiedete sich und ging heim. Sefa und Genovefa blieben bei Johannes am Bett sitzen. Am Abend, als Michl heimkam und zu seinem Vater ans Bett ging, nahm er seine Hand und sagte: „Vater, wie können wir dir helfen?" Er lächelte seinen Sohn dankbar an und sein Kopf fiel zufrieden zur Seite. Johannes, der Weber, war tot. Er war mit 67 Jahren verstorben. Zur Beerdigung auf die Schöllanger Burg kamen trotz des Schneetreibens viele Freunde und deren Kinder. Danach gingen alle zusammen in den Gasthof in Reichenbach. Sefa und Michl bedankten sich nochmals bei Genovefa für das, was sie in den letzten Monaten alles für sie und für Johannes getan hatte. Ulrich, Baptist und Maria, Pius und seine Frau Mathilde, Done und Kreszenz aus Fischen saßen an einem Tisch. Ulrich hatte das Wort ergriffen: „Schade, dass so ein trauriger Anlass nötig war, um uns alle wieder zusammenzuführen."

Sie redeten über vergangene Tage und was einem jeden von ihnen im Alltag auferlegt worden war. Sie stellten fest, dass jeder sein eigenes Päckchen zu tragen hat. Auf einmal sagte Ulrich: „Weil ihr alle so jammert, machen wir jetzt einen Versuch. Ihr braucht dabei nichts zu tun, nur eure Vorstellungsgabe ist dabei gefordert. Stellt euch einmal vor, ein jeder von euch trägt einen vollgefüllten Rucksack, mit allem, was euch im Leben an Belastungen drückt. Ob Geldnöte, die Arbeit, euer Überlebenskampf oder Krankheiten, die vielleicht schon aufgetreten sind oder noch in euch schlummern, Ängste, Sorgen, einfach alles, was euch auf dem Rücken und den Schultern lastet. Manch einer von euch wird einen kleinen, leichten Rucksack tragen, ein anderer wiederum trägt schwer an seiner Last. Nun stellt euch draußen auf den Wiesen einen endlos langen Zaun vor und denkt euch, alle Menschen hängten dort ihren Rucksack hin. Schaut, wie viele Rucksäcke ihr seht. Es ist eine riesengroße lange Reihe. Du hast nun die Ehre, dir als Erster einen Rucksack auszusuchen, den du dann in Zukunft tragen müsstest." Ulrichs Freunde wurden ganz still und nachdenklich. Dann brach Ulrich das Schweigen, sah Baptist direkt an und sagte zu ihm: „Welchen Rucksack würdest du nehmen?" Baptist erschrak über diese Frage und zuckte mit den Schultern. Genovefa mischte sich ganz spontan ein und antwortete lachend: „Ich glaube, ich würde meinen eigenen nehmen, da weiß ich wenigstens, was ich habe."
Beim Abschied versprachen sie, sich in Zukunft häufiger zu treffen. Pius und Mathilde hatten inzwischen sechs gesunde Kinder. Baptist und Maria ebenfalls vier Söhne. Nur Ulrich und Genovefa waren trotz ihrer 40 Jahre noch unverheiratet.

Beim Abschiednehmen vertraute Ulrich seinem Freund Michl an: „Stell dir vor, ich habe Genovefa immer noch gerne. Sie tut mir leid und ich glaube, sie traut keinem Mann mehr." Michl erzählte, wie aufopfernd sie sich um seinen todkranken Vater und die Kinder gekümmert hat und sagte zu Ulrich: „Genovefa ist ein wunderbarer Mensch. Was damals geschah, das muss verziehen werden.

Sie hat ihr Leben lang für ihren Leichtsinn gebüßt. Wenn du sie gerne hast, dann vergib du ihr." Ulrich staunte über die Gedanken seines Freundes.

„Michl, du hast recht, so habe ich das noch gar nie gesehen. Warum sollen wir beide bis an unser Lebensende leiden?"

„Wenn ich dir einen gut gemeinten Rat geben darf, dann rede mit ihr. Aber lieber bald, verschiebe es nicht wieder auf später."

„Ja, diesen Fehler habe ich vor 20 Jahren schon einmal gemacht."

„Ich hoffe, daraus habt ihr beide etwas gelernt." Ulrich und Michl verabschiedeten sich voneinander. Anschließend ging Ulrich nochmals zu Genovefa ins Haus zurück und fragte sie: „Willst du mit mir zusammen nach Oberstdorf fahren? Kann ich dich mitnehmen?"

„Danke für dein Angebot, Ulrich, aber ich will noch ein paar Tage bei Sefa bleiben und das Zimmer vom Opa für einen der Buben fertig machen. Aber es würde mich freuen, wenn wir uns in Oberstdorf wieder einmal treffen könnten."

Ulrich lächelte zufrieden und verabschiedete sich mit den Worten: „Das hört sich gut an", dabei zwinkerte er Genovefa verschmitzt zu. Michl hatte dies gesehen und sagte zu seiner Frau: „Vielleicht ist es für die beiden doch noch nicht zu spät."

Sefa war erstaunt und fragte: „Meinst du Michl? Das würde mich für Genovefa besonders freuen." Er nahm Sefa in den Arm und sie gingen zusammen ins Haus.

Kling Ulrich und Lipp Genovefa, Oberstdorf

Keine drei Tage später begegnete Ulrich zufällig Genovefa, als sie ihren schweren, mit Kartoffeln beladenen Einkaufskorb am Arm nach Hause trug. Ulrich nahm ihr bereitwillig ihre Last ab und begleitete sie heim. Als sie an ihrem Elternhaus angekommen waren, herrschte ein verlegenes Schweigen zwischen den beiden. Ulrich übergab ihr den Korb, blickte ihr dabei in die Augen und fragte verunsichert: „Darf ich dich am Sonntagnachmittag ins Café Bergkristall einladen?"

„Gerne Ulrich, ich werde um zwei Uhr bei dir vorbeikommen. Ich freue mich darauf, und danke, dass du mir den schweren Korb abgenommen hast."

Als sie ins Haus ging, konnte sie Ulrichs Blick auf ihrem Rücken spüren, bis sie in der Haustür verschwand. Der von beiden heiß ersehnte Sonntag kam schnell und Genovefa klopfte pünktlich um zwei Uhr an Ulrichs Tür. Er bat sie nicht erst ins Haus, sondern kam heraus, um gleich mit ihr weiter zum Bergkristall zu gehen. Nachdem sie über die Schlechtenbrücke die Stillach überquert hatten, bogen sie nach links ab und liefen zusammen die steile Anhöhe hinauf. An einem wunderschönen Aussichtspunkt blieb Genovefa abrupt stehen und sah begeistert das wundervolle Bergpanorama an. Sie sagte zu Ulrich: „Es ist so ein klarer Tag. Man könnte meinen, die einzelnen Berge wären zum Fassen nah. Kannst du sehen, in was für einer schönen Gegend wir hier wohnen?" Ulrich freute sich über ihre Einstellung und antwortete ganz offen: „Nicht alle Menschen können die Natur so genießen und sie sehen wie wir. Mein Vater, meine Geschwister und ich schwärmen häufig über unsere wunderbare Landschaft, in der wir als Begnadete das Glück haben geboren zu sein. Schau Genovefa, oben in den Bergen gab es gestern noch mal ein wenig Neuschnee. Unten leuchten die blühenden Obstbäume und das helle Grün der Buchen und der Lärchen so wundervoll. Das saftige grüne Gras der Wiesen mit dem sonnigen Gelb des Löwenzahns, und darauf grast unser gutmütiges und von allen geschätztes Braunvieh. Inmitten dieser wunderbaren Gegend steht im Dorf unsere Pfarrkirche von all unseren kleinen Häusern eingebettet. Das macht für mich meine Heimat aus.

Und dann im Herbst erglühen unsere Berge im Abendrot. Ich dachte früher als Kind, dass der liebe Gott eine Lampe angezündet hat, damit für uns die Berge leuchten können."

„Ja, Ulrich, ich finde die vier Jahreszeiten auch wunderbar. Eine jede von ihnen hat ihren eigenen Reiz. Dass wir hier leben dürfen, ist schon ein besonderes Privileg, und ich denke, es prägt auch die Menschen hier im Gebirge. In der freien Natur kann ich Gott

im Innersten meines Herzens spüren und kann schweigend und ruhig seiner Stimme lauschen. Ich habe oft das Gefühl, wenn das Heilige zu sehr nach außen getragen wird, wie es die Menschen in der Kirche häufig tun und sich dabei selbst zur Schau stellen, dann verliert Gott an Kraft." Die beiden setzten sich für eine ganze Weile zusammen auf den Boden und genossen die Stille. Dann brach Ulrich das Schweigen und sagte: „Hier ist es so schön, da müssen wir doch einfach glücklich sein!"
Genovefa erwiderte mit trauriger Stimme: „Weißt du, dass ich heute zum ersten Mal wieder glücklich bin. Die Berge und die Aussicht habe ich in den letzten Jahren gar nicht mehr richtig genießen können." Als die beiden wieder aufgestanden waren, nahm Ulrich Genovefas Hand, sah ihr dabei direkt in die Augen und sagte: „Ich bin froh, dass ich mit dir heute zusammen sein darf, denn ich fühle mich mit dir sehr wohl." Genovefa spürte, wie ihr ganz warm ums Herz wurde. Oben im Café saßen sie eine ganze Weile, sprachen über vergangene Zeit und was sich in den letzten Jahren in den Familien zugetragen hatte. Als es bereits zu dämmern begann, machten sie sich wieder auf den Heimweg. Müde, aber frohen Mutes kamen sie dann ins Dorf zurück. Ulrich begleitete Genovefa heim bis zum Haus ihrer verstorbenen Eltern, das inzwischen ihrem Bruder Joseph gehörte. Als sie sich voneinander verabschiedeten, war beiden klar, dass sie sich wiedersehen wollten.

Vom Frühjahr bis zum Sommer wurde am Rauhen ein schönes neues Holzhaus für die Königliche Hoheit, den Prinzregenten Luitpold von Bayern, gebaut. Als Zimmermeister wurde Fidel Huber von Oberstdorf damit beauftragt. Als das Haus fertiggestellt war, kam Seine Majestät, König Maximilian II. von Bayern, und wohnte hier eine Nacht.
Leo Dorn, der spätere Adlerkönig, der zu dieser Zeit noch in Oberstdorf wohnte, wurde vom Prinzregenten Luitpold zum Oberjäger in Hindelang ernannt. Dieser stellte den Thaddä Blattner, der vor Jahren einen Oberstdorfer erschlagen hatte und sich vor den

Gendarmen versteckte, als Berufsjäger ein. Das Gelände bei der Höhle am Birkatsgündle wurde seitdem Blattners Gündle genannt. Dorn und Blattner wurden gute Freunde und bezwangen zusammen die Höfats von verschiedenen Seiten her.

Der Hirte Johann Georg aus Reichenbach, der auf der hinteren Seealpe mit seinem Vieh zur Sommerweide war, erzählte am Viehscheid: „Dieses Jahr habe ich keinen Kranz, da mir im August zwölf Pferde über die Seewände hinab ins Oytal abgestürzt sind. Der Schaden belief sich auf 2000 Gulden."

1860 Kling Joan Michael mit seinem Sohn Ulrich in Riezlern
Im Juli 1860 ging Ulrich zusammen mit seinem Vater Joan Michael aufs Älple, eine Alpe in Westegg in der Pfarrei Riezlern, um nach dem Vieh zu sehen. Ulrich gestand seinem Vater etwas verlegen, aber ganz ehrlich: „Ich habe Genovefa in den letzten Wochen zwei Mal getroffen. Ich sehe sie nach all den Jahren immer noch gern." Sein Vater war erstaunt, er wusste gar nicht, dass ihm die Genovefa gefiel. „Doch, Vater, schon bevor sie das Kind von Joachim bekam." Joan Michael wunderte sich: „Das ist doch schon Jahre her, da wird es aber Zeit. Ich habe immer geglaubt, dir gefällt keine Frau und du wirst einmal als Junggeselle sterben. Bub, mach endlich Nägel mit Köpfen."
„Vater, wenn du einverstanden bist und Genovefa auch ja sagt, dann will ich sie heiraten."
„Das ist das Vernünftigste, was ich je von dir gehört habe. Es würde mich freuen, wenn es der Genovefa auch so geht wie dir und sie dich nimmt."
„Das sind auch meine Sorgen. Hoffentlich wird sie meinen Heiratsplänen zustimmen und Ja sagen."
„Ich wünsche dir auf alle Fälle viel Glück. Ulrich, willst du sie in nächster Zeit mal in unser Haus einladen?"
„Danke Vater, das will ich lieber mit ihr unter vier Augen besprechen. Wenn alles klargeht, dann komme ich gerne auf dein Angebot zurück. Und noch etwas: Können wir, falls wir heiraten, zu dir ins

Haus ziehen? In Oberstdorf muss jeder, der beabsichtigt zu heiraten, eine eigene Wohnung mit Herdstelle nachweisen. Deshalb können wir nur mit deiner Hilfe heiraten." Joan Michael sagte zu seinem Sohn: „Ulrich, ich habe gehört, dass das Haus Nr. 303 mit einem Wurzgärtle und einer halben Holzlege westlich von unserem Haus verkauft werden soll."

Ulrich fragte seinen Vater interessiert: „Wem gehört das Haus und warum soll es verkauft werden?"

„Es gehört dem Kunstmaler Johann Baptist Schraudolph. Er wird nach Speyer gehen, um dort Fresken im Dom zu malen. Wenn wir zusammenlegen, könntest du sein Haus für dich und Genovefa erwerben."

„Vater, wenn das so hinhaut, wie du sagst, das wäre wunderbar!"

„Ich wünsche dir, dass alles so kommt, wie wir es besprochen haben, und auch Johanna, deine Mutter, würde sich mit dir freuen. Vielleicht kommen dann auch noch Kinder." Ulrich lächelte verunsichert und erwiderte verlegen: „Ich denke, dafür sind die Genovefa und ich schon zu alt. Das habe ich durch meine Enttäuschung und den daraus entstandenen Rückzug verhunzt."

„Wenn man einen Fehler gemacht hat, wie du es getan hast, ist es nie zu spät, einen neuen Anfang zu wagen. Wir Männer, und auch die Frauen, brauchen andere Menschen, die zueinanderstehen, um das Leben miteinander teilen zu können und Unterstützung zu haben. Wahre Freunde und Ehepartner sind Menschen, zu denen wir wirkliche Nähe herstellen können. Aber eins musst du wissen, der Aufbau einer echten Beziehung verlangt Zeit und Mühe, aber auch Achtung und Entgegenkommen von beiden Seiten."

„Danke Vater, mir ist jetzt viel leichter ums Herz. Ich bin froh, dass ich mit dir darüber reden konnte." Joan Michael hatte das Gefühl, seinem Sohn war eine große Last genommen worden und das gemeinsame Gespräch habe ihm gutgetan.

Mit dem Vieh war alles in Ordnung und die beiden setzten sich vor der Alphütte in die Sonne und machten zusammen Brotzeit. Als die beiden das Brot mit dem Käse und dem Geräucherten gegessen hatten, sagte Joan Michael zu seinem Sohn: „Weißt du was, Ulrich,

ich laufe schon langsam voraus, denn bergab kann ich mit meinem kranken Knie nicht mehr so schnell laufen wie früher. Komm du in ein paar Minuten nach, dann kann ich langsam in meinem Tempo gehen. Dies ist mir lieber."

„Gut, dann geh gemütlich vor, ich werde dich bald einholen."

Als Ulrich nach einer Weile fröhlich pfeifend und gut gelaunt seinem Vater folgte, bemerkte er schon aus der Ferne, dass etwas nicht stimmte. Sein Vater lag auf der Wiese und ein Stier stand mit seinem Vorderfuß scharrend neben ihm. Ulrich rannte so schnell er konnte, um den Stier zu vertreiben. Sein Vater lag auf dem Boden, Blut sickerte durch sein Hemd. Er riss es ihm vorsichtig vom Leib und sah eine riesige blutende Wunde. Er trug ihn zum Arzt nach Riezlern hinunter. Dieser konnte nur noch dessen Tod feststellen. Der Stier hatte den 69-jährigen Joan Michael erstochen. Das Brustbein wurde dabei eingestoßen und die Lunge und das Herz dabei so schwer verletzt, dass er nicht überlebte.

Bei der Beerdigung sah Genovefa Ulrich wieder. Sie gab ihm die Hand und kondolierte ihm am offenen Grabe seines Vaters. Ulrich konnte spüren, wie sie mit ihm trauerte. Am liebsten wäre er mit ihr zusammen vom Grab verschwunden, um alleine mit ihr in Ruhe und in der Stille über den toten Vater zu trauern. Dies wäre das Einzige gewesen, was ihn im Moment trösten könnte. Aber Ulrich wusste, heute war nicht der rechte Tag dafür.

Es vergingen die Tage und er hatte keine Zeit, sich mit Genovefa zu treffen. Er musste die Erbschaft seines Vaters mit den Geschwistern klären und auch die Arbeit vom Vater übernehmen.

Das gemeinsame Haus Nr. 295 erbten Agnes, Hironymus, Agi, Ludwig und Ulrich zu gleichen Teilen. Da Ulrich das Haus Nr. 303 kaufen wollte, zahlten ihm seine Geschwister seinen Anteil aus. Alle zusammen in einem Haus wäre auf Dauer sowieso nicht tragbar gewesen. So war das für alle Beteiligten die beste Lösung.

Beim Ausräumen von Vaters Gegenständen fand Ulrich das Buch seiner Ahnen samt Holztruhe unterm Bett. Er wunderte sich und fragte Agi: „Was ist denn das für ein Buch?"

„Ich weiß auch nicht genau. Vater hat manchmal darin gelesen. Wenn du willst, dann nimm es doch mit. Ich glaube Agnes interessiert es nicht und Hironymus und Ludwig sowieso nicht."
„Danke, ich werde es mitnehmen und irgendwann lesen." Er nahm das Buch an sich und brachte es in seine Schlafkammer, blätterte kurz darin und stellte fest, dass seine Großmutter Anastasia bis zu ihrem Tod im Jahre 1820 ins Buch geschrieben hatte. Danach legte er das alte Buch, ohne ihm weitere Beachtung zu schenken, in seine eigene Truhe und verschloss diese wieder.
Er ging zum Kunstmaler Schraudolph, um ihm das halbe Haus Nr. 303, das Wurzgärtle und die Holzlege abzukaufen. Über den Preis waren sie sich bald einig. Als er den Schlüssel bekam, ging er hin, um sich umzusehen. Die Möbel, die ihm gefielen, ließ er stehen und die unbrauchbar gewordenen Gegenstände zerhackte er hinterm Haus zu Brennholz. Agi half ihm dabei und putzte das Haus von oben bis unten, so dass alles sauber war. In der Stube sah es sehr dürftig aus. Aber für ihn war am wichtigsten, dass es sauber und ordentlich war. Auf dem Kachelofen stand noch ein alter Schmalztopf aus Ton. Diesen stellte Ulrich mit einer Leinendecke auf den Tisch. Am Abend ging er über die Wiesen zur Stillach und pflückte einen bunten Wiesenstrauß aus Margeriten und Trollblumen. Dazu brach er von einem Buchenast einen kleinen Zweig herunter, der in einem herrlichen Grün leuchtete. Er sah den Blumenstrauß an und war zufrieden mit sich. Für den nächsten Nachmittag hatte er sich mit Genovefa verabredet. Er holte sie von daheim ab. Genovefas Schwägerin, Hanni, öffnete die Haustür und machte ein erstauntes Gesicht, als sie Ulrich dort stehen sah. Genovefa freute sich, ihn zu sehen, und war gleichzeitig überrascht, wie ordentlich er sich heute hergerichtet hatte. Ulrich sagte: „Komm mit, ich will dir etwas zeigen." Sie war verwundert und fragte: „Wo willst du denn mit mir hin?" Hanni nickte ihr zu und sagte: „Ich denke, dem Ulrich kannst du vertrauen."
„Ja, das denke ich auch." Dabei lächelte Genovefa zustimmend ihren Verehrer an. Sie liefen gemeinsam in den unteren Markt hinunter

bis zu seinem Haus, das auf der rechten Straßenseite stand. Dort blieb Ulrich stehen und öffnete die Haustür. Sie gingen zusammen hinein und er führte sie von einem Zimmer ins nächste. Genovefa fand es seltsam, ein fremdes Haus anzusehen und fragte: „Was ist, wenn die Besitzer kommen?"
„Genovefa, wie findest du dieses Haus?"
„Es ist gemütlich und nett. Es sieht aus wie eine kleine Puppenstube. Mir gefällt es hier." Es bestand aus einer Küche, einer Wohnstube mit zwei Fenstern mit herrlich freier Sicht auf die noch schneebedeckten Berge. Einem Gang, der in eine weitere Kammer führte und auch eine Holztreppe nach oben hatte. Oben waren noch eine weitere Etage mit drei Schlafkammern und einem Dachboden. Als sie wieder im Erdgeschoss in der Stube waren, nahm Ulrich den Blumenstrauß in seine Hände und schaute sie direkt an. Als er aber von Heirat zu reden begann, war sie erstaunt und zugleich gerührt. Sie entgegnete mit unsicherer und trauriger Stimme: „Ulrich, du willst mich immer noch? Und damals mit ..." Sie schluckte die letzten Worte hinunter. Er nickte: „Ich weiß, was du mir sagen willst. Ich habe lange gebraucht und viel darüber nachgedacht. Ich hoffe, dass du mich auch ein wenig gern hast. Mir ist schon klar, es ist nicht die stürmische Liebe wie damals mit Joachim. Aber ich bin mir sicher, wir haben eine gute Basis für ein gemeinsames Leben, denn ich liebe dich und habe dich immer geliebt. Seit ich dich in Reichenbach wiedergesehen habe, ist mir klar geworden, dass ich nur dich mag und keine andere Frau. Die letzten 20 Jahre habe ich stets auf dich gehofft."
Genovefa weinte vor Freude. „Warum bist du nicht früher zu mir gekommen?"
„Das weiß ich selbst nicht. Ich glaube, ich hatte Angst, du könntest Nein sagen."
Da lächelte sie ihn an und fragte: „Was ist das für ein Häuschen? Warum hast du einen Schlüssel dafür?"
„Das wird unser Haus sein, wenn du mich zum Ehemann nimmst. Aber ich sage dir, es wird nicht leicht mit mir, denn ich bin ein

42-jähriger Junggeselle und habe bereits meine Eigenheiten. Aber ich verspreche dir, ich will versuchen, dir ein guter Ehemann zu sein."
Er schaute sie ängstlich aber voller Erwartung an und hoffte auf ihre Zustimmung.
Zaghaft antwortete Genovefa: „Ich habe damals vor 17 Jahren einen großen Fehler gemacht. Im Grunde habe ich gewusst, dass wir beide zusammengehören. Dann aber, als ich Joachim kennenlernte und er mir so geschmeichelt und viele Komplimente gemacht hat, hat mein Hirn ausgesetzt und ich bin vor lauter Dummheit auf ihn reingefallen. Wenn ich deinen Heiratsantrag annehme, so versprich mir, dass wir nie wieder über ihn reden werden."
Ulrich antwortete: „Nie wieder, das verspreche ich dir." Ulrich streckte seine Arme nach Genovefa aus. Sie lief ihm entgegen und sagte laut und deutlich: „Ja, ich will dich heiraten. Das habe ich mir immer in meinen geheimen Träumen gewünscht." Die beiden umarmten und küssten sich vorsichtig. Plötzlich sagte Genovefa: „Ulrich, ich bin schon 44 Jahre alt. Ich glaube, Gott wird uns keine Kinder mehr schenken." Er lächelte sie an und antwortete liebevoll: „Da kannst du recht haben. Ich habe dich und somit wird mein Leben auch ohne Kinder wunderbar sein. Das genügt mir."
„Du bist ein erstaunlicher Mann. Warum haben wir die letzten Jahre so vergeudet?"
Genovefa freute sich, jetzt endlich auch eine selbstständige Frau im eigenen Haushalt zu sein und nicht weiterhin bei ihrem Bruder und der Schwägerin wohnen zu müssen. Im neuen Haus fehlte noch einiges an Möbeln. Ulrich äußerte: „Wenn du und ich die Möbel, die wir besitzen, ins Haus stellen, dann wird es bestimmt schön gemütlich werden. Den Rest lassen wir uns von meinem Freund, dem Joseph Anton, der Schreiner ist, fertigen." Als Genovefa am Abend einschlief, träumte sie von dem wunderschönen Blumenstrauß, den Ulrich für sie gepflückt und für den sie sich nicht einmal bedankt hatte. „Ob wohl mein Vater für meine Mutter auch so etwas getan hat?" Beide waren sich einig, dass sie eine kleine Hochzeit nur mit den

Trauzeugen wollten. Da sie nach all den Jahren in Reichenbach wieder zusammengefunden haben, sollten Michl „dr Joval" und die Sefa ihre Trauzeugen sein. Sefa lieh Genovefa ihr Brautkleid, das sie nur ein wenig enger machen musste. Am Hochzeitstag ging das Brautpaar nach der schlichten kirchlichen Messe mit Michl und Sefa zusammen zum Mohrenwirt gleich neben der Kirche, um dort gemütlich zu essen. Die Geschwister von Ulrich und auch die von Genovefa bedauerten dies, aber respektierten ihren Wunsch. Sie schenkten ihnen zur Hochzeit: Geschirr, Kochtöpfe, Besteck, Bettdecken, einfach alles, was das Brautpaar für den neuen Haushalt noch benötigte. Genovefa hatte inzwischen ihre Aussteuer an ihre Geschwister abgegeben, da sie selbst nicht mehr damit gerechnet hatte, einen eigenen Hausstand zu gründen. Um vier Uhr verabschiedeten sich Sefa und Michl, da sie heim nach Reichenbach in den Stall mussten. Ulrich und Genovefa gingen zum ersten Mal als verheiratetes Paar ins eigene Heim. Sie saßen noch eine Weile gemütlich bei einem Glas Wein zusammen und Genovefa ging dann bei Anbruch der Dunkelheit ins gemeinsame Schlafzimmer. Sie zog ihr Nachthemd über, das sie bereits am Vormittag auf dem Ehebett ausgebreitet hatte. Ulrich blieb noch in der Stube und wollte bald nachkommen. Genovefa war sehr aufgeregt und ihr Herz klopfte bis zum Hals. Sie legte sich ins Bett und zog die Decke bis zum Kinn hoch. Voller Erwartung lag sie da und wartete auf Ulrich. Als sie ihn ins Schlafzimmer treten sah, errötete sie wie ein junges Mädchen und wandte ihren Blick ab. Es war ihr peinlich, ihre Nacktheit vor ihrem eigenen Mann zu zeigen. Als er vor ihr stand, sagte sie: „Lösch bitte das Licht und komm zu mir unter meine warme Decke."

„Auf diesen Moment habe ich mein ganzes Leben gewartet", flüsterte er voller Leidenschaft in ihr Ohr. Seine warmen Lippen berührten die ihren. Ulrich küsste ihren Hals, streichelte zärtlich über ihre Brüste den Körper entlang. Sie schloss ihre Augen, ließ es geschehen und gab sich seiner Leidenschaft hin. Genovefa wurde klar: „So fühlt es sich an, zu lieben und geliebt zu werden. Es ist wunderbar."

Am Morgen, als sie aufwachte, war sie sehr glücklich und es kam ihr in den Sinn: „Ich habe Ulrich immer schon gern gehabt. Und diese Liebe blieb all die Jahre hindurch bestehen. Damals hat mich der Joachim verführt und mir das Gefühl gegeben, mich zu lieben. Aber es war nur körperlich. Es hatte nichts mit Liebe zu tun. Heute weiß ich, mit Ulrich ist es die wahre Liebe, etwas ganz Besonderes. Auf ihn werde ich mich mein ganzes Leben lang verlassen können."
Als sie 15 Monate verheiratet waren, setzten ihre unreinen Tage aus. Sie vermutete, dass es mit ihren 45 Jahren am Alter lag. Vermutlich war sie schon in den Wechseljahren. Es machte ihr nichts weiter aus. Sie fand es in Ordnung, so wie es nun war. Nach ein paar Monaten konnte sie starke Darmbewegungen wahrnehmen und ging deshalb zu Doktor Groß. Er lächelte sie an und sagte beruhigend: „Es ist ein Kind in deinem Bauch und nicht die Darmbewegungen, die du wahrnimmst. Du bist bestimmt schon im 6. Monat. Ich denke, im Mai wird dein Kind kommen. Da du eine Spätgebärende bist, rate ich dir, so schnell wie möglich zur Hebamme zu gehen. Sie soll dich genauer untersuchen." Genovefa konnte es erst gar nicht glauben, aber die Hebamme bestätigte den Befund des Doktors. Sie riet: „Schone dich, du darfst nichts Schweres mehr tragen und lass die schwere Arbeit mit dem Waschbrett von jemand anderem machen. Dann kannst du Hoffnung haben, dass dein Kind gesund zur Welt kommen wird." Am Abend berichtete sie Ulrich davon. Er umarmte sie und freute sich unbeschreiblich über diese Nachricht. „Dann wird unsere Familie perfekt sein. Ich dachte schon, du nimmst in letzter Zeit immer mehr zu." Ulrich war ein liebevoller Mann. Er bestellte seine Schwester Agi, damit sie Genovefa bei der schweren Wascharbeit am Dorfbach zur Seite gehen konnte. Mathilde vom Kühberg brachte ihre Kindersachen für den Säugling zum Anziehen vorbei. Maria, Baptists Frau, lieh ihnen ihre Kinderwiege und sagte: „Ich bin zwar im gleichen Alter wie du, aber ich hoffe, dass ich sie nicht mehr brauche."
Genovefa vertraute ihrer Freundin an: „Ulrich hat die andere Hälfte unseres Hauses, das sich bisher im Besitz der Kunstmalerfamilie

Schraudolph befand, zu unserem halben Haus dazugekauft. Wenn wir die Schulden abbezahlt haben, dann gehört uns das ganze Anwesen. Auf dem Haus waren zwei Gemeinderechte, die haben wir noch dazubekommen." Mathilde freute sich mit Genovefa.
Einen Monat vor der Geburt war Genovefa bei der Hebamme. Der Muttermund war schon etwas geöffnet. „Du musst dich ins Bett legen. Dem Kind wird jeder weitere Tag, an dem du es noch austrägst, guttun." Obwohl es ihr schwerfiel, befolgte sie die Anordnung der Hebamme und legte sich daheim aufs Bett.

1865 Die Feuersbrunst in Oberstdorf
Die Sonne war für Anfang Mai schon ungewöhnlich warm. In der lauen Frühjahrsnacht vom 5. auf den 6. Mai 1865 blies ein anhaltender Föhnsturm. Die unnatürliche Wärme hatte die Holzhäuser ausgetrocknet und den Dächern, die mit Landern bedeckt waren, die letzte Feuchtigkeit entzogen. Die Obstbäume in den Gärten standen schon in voller Blüte. Seit Ende März war kein Tropfen Regen mehr gefallen. Alle warteten sehnsüchtig auf ein erfrischendes Gewitter zur Abkühlung. An diesem Abend hatte Genovefa für kurze Zeit ihr Bett verlassen und saß mit Ulrich vor ihrem Haus auf der Holzbank, da es abends etwas kühler wurde. Sie sahen inmitten der schmucken Holzhäuser zwischen den wunderbar blühenden Obstbäumen dem Sonnenuntergang zu. Genovefa strich sich über ihren dicken Bauch und sagte: „Unser Kind wird in einer wunderschönen Heimat aufwachsen."

Zu diesem Zeitpunkt hätte keiner gedacht, dass es Oberstdorf in dieser ursprünglichen Form morgen nicht mehr geben würde. Als die beiden dann um zehn Uhr zu Bett gingen, lag der Ort still und friedlich im Mondlicht. Als die meisten im Ort schliefen, bemerkte der Nachtwächter, dass der Wind gedreht hatte und es einen leichten Nordwind gab. Plötzlich um kurz nach zwei Uhr in der Nacht kam der Schreckensruf „Fuirioh"[72] durch die Bäckergasse.

---
[72] Es brennt!

Die Menschen wurden aus ihrem Schlaf gerissen und die angrenzenden Bewohner konnten sehen, wie aus dem Küchenfenster vom Haus Nr. 208, „Schratt Fronzens Hüs[73]", beim Pechsieder, das Feuer unter dem Vordach hervorflackerte. Das ausgedörrte Haus brannte wie Zunder. In wenigen Augenblicken stand das ganze Haus in Flammen. Ausgerechnet das nördlichste Haus von Oberstdorf und dies bei Nordwind. Ein Funke sprang auf die 14-Nothelfer-Kapelle über und zündete das Schindeldach an. Das Feuer nahm seinen Lauf in Richtung Süd-Ost. Bis die einzige Feuerspritze aus dem Rathaus herbeigeschafft wurde, brannten bereits fünf Häuser lichterloh. Genovefa blieb daheim im Haus und versuchte sich zu beruhigen. Ulrich lief mit seinem Feuereimer ins Dorf, um zu sehen, was geschehen war, und ob seine Hilfe gebraucht wurde. Auf der Straße rannten die Menschen in heller Aufregung mit Wassereimern und Feuerbesen umher. Sie bildeten eine Menschenkette zum Dorfbach, um Wasser zu den Brandstellen zu befördern.
Das Feuer verbreitete sich sehr rasch, so dass zehn Kälber, zwanzig Schafe, acht Geißen, acht Schweine und ein Pferd in ihren Stallungen verbrannten. Der Feuersturm blies gegen Süden und riss glühende Landern und andere brennende Gegenstände empor. Der Funkenflug erfasste immer wieder weitere Häuser. Die einzige Feuerspritze, die im Ort vorhanden war, wurde von einem glühenden Feuerball eingeschlossen und selbst ein Raub der Flammen. Unter der Anweisung der Zimmermeister Fidel und Leo Huber versuchte die Löschmannschaft, gefährdete Häuser einzureißen. Doch das Feuer war schneller. Die Retter mussten zurückweichen. In ihrem Eifer bemerkten die meisten nicht, dass ihr eigenes Haus bereits brannte. Dadurch konnten sie einige ihrer Haustiere und ihr gesamtes Bargeld nicht retten. Inzwischen ritten Brandmelder zu Pferd nach Fischen und Schöllang, um Hilfe zu holen. Die schickten wieder einen Reiter in die nächstliegende Gemeinde. Im Laufe des Morgens kamen die Feuerwehren mit ihren Spritzen aus Altstädten, Fischen, Sonthofen, Schöllang, Burgberg, Blaichach, Hindelang, Rettenberg, Immenstadt, Untermaiselstein und Tiefenbach.

---

[73] in der Nähe des späteren Bahnhofs

Auch Michl „dr Joval" aus Reichenbach und Done aus Fischen kamen noch während des Brandes nach Oberstdorf und halfen tatkräftig bei den Löscharbeiten mit. Als Michl Ulrich traf, fragte er ihn trotz der Aufregung und dem heillosen Durcheinander: „Hat Genovefa ihr Kind schon bekommen?"
„Nein, noch nicht, aber es kann nicht mehr lange dauern. Ich hoffe, dass das Kind noch ein paar Tage wartet, bis sich hier alles ein wenig beruhigt hat, falls das überhaupt möglich ist. Und bei euch? Bist du wieder Vater geworden? Kann ich dir gratulieren?"
„Nein, wir warten auch noch."
Genovefa blieb an diesem Tag aus Sicherheitsgründen daheim, obwohl es ihr schwerfiel. Sie sah den aufsteigenden Rauch und sie spürte einen beißenden brennenden Schmerz von Verbranntem in ihrer Nase, so dass sie stark husten musste. Sie konnte heute nicht im Bett bleiben. Der furchtbare Geruch zog sich trotz geschlossener Türen und Fenster bis zu ihr ins Haus. Genovefa machte sich große Sorgen um Ulrich und was im Ort wohl geschehen war. Mit der Zeit spürte sie die Wärme des Feuers und konnte draußen nichts mehr sehen. So dick wurden die Rauchschwaden. Sie hatte fürchterliche Angst, dass das Feuer im Laufe des Tages zu ihr vordringen würde. Sie setzte sich in die Stube und betete für Oberstdorf und seine Bewohner, das Vieh und die Häuser.
Mit dieser großen Hilfsmannschaft gelang es, im unteren Markt bei der heutigen Schraudolph-Straße das Feuer zu stoppen. Der bisher von Norden kommende Wind änderte die Richtung und der Feuerball ging auf die Kirche und das Rathaus zu. Fliegende Funken fraßen sich an der Turmspitze fest. Es sah aus wie eine züngelnde Schlange, die sich durch den schindelgedeckten Turm nach unten wand. Einige Menschen schrien mit lauter, angsterfüllter Stimme, wiederum andere verstummten vor Schreck, als die Kirchturmspitze krachend zusammenstürzte und die brennenden Glutreste hoch in die Luft flatterten. Um 5.10 Uhr blieb die Turmuhr stehen. Das war der Zeitpunkt, als sich die Kirchenglocken vom Balken des Glockenstuhls lösten und mit der Uhr in die Tiefe stürzten.

Jetzt erst wurde den Bewohnern das Ausmaß der Katastrophe klar. Der Mittelmarkt war vollständig abgebrannt. Er war ein rauchender Trümmerhaufen und im blauen Frühlingshimmel waren verkohlte Baumstümpfe zu sehen. An rußgeschwärzten Brunnensäulen sprudelte das klare Quellwasser auf die kläglichen Überreste verbrannter Brunnentröge. Die verängstigten Menschen suchten in den Schutthaufen nach Resten ihrer Habe. Schon von Weitem war eine dicke Rauchwolke zu sehen. Vom Ortseingang aus konnte man das südlichste Haus, das königliche Jagdhaus, erkennen. Die Häuser dazwischen waren nicht mehr da. Das alte Oberstdorf war tot. Von 316 Wohnhäusern waren 146 in Asche gelegt worden.

Die Hilfsmannschaften von Schöllang, Fischen und Tiefenbach blieben mit ihren Spritzen noch drei Tage, da man noch das neuerliche Aufflackern des Brandes fürchtete. Das größte Wunder in dieser Katastrophe war, dass dieser Brand kein Menschenleben gefordert hatte.

Ulrich gestand Genovefa später: „Während ich bei den Löscharbeiten mithalf, machte ich mir große Sorgen um dich, weil du ganz alleine daheim warst. Ich hatte Angst, dass du dich zu sehr aufregst und dadurch die Wehen zu früh einsetzen könnten. Denn ich habe gewusst, an diesem Tag könnte dir niemand beistehen, selbst die Hebamme Haneberg hätte ich in diesem Durcheinander nicht finden können. Das Haus der Hanebergs ist auch vollständig niedergebrannt."

Genovefa bat ihren Mann: „Frag doch die Hanebergin, ob sie nicht für ein paar Wochen bei uns oben in der kleinen Kammer wohnen will."

Als nach den Löscharbeiten Ulrich und Pius sahen, dass genau das Bildnis des heiligen Johannes Nepomuk auf dem Platz nächst der Kirche und der Seelenkapelle auf dem Friedhof unversehrt geblieben war, hielten sie dies für mehr als ein merkwürdiges Zeichen. Die Pfarrkirche, der Pfarrhof, die Schule und das Rathaus, sämtliche Wirtschaften, alle Krämerläden, der Bäcker, die Postexpedition und

die Apotheke waren in dieser Nacht der Wut des Feuers erlegen. Die Entstehung des Feuers wurde nie ganz geklärt, aber es wurde vermutet, dass Fahrlässigkeit daran schuld war.
Die meisten Menschen im Ort verloren ihre ganze Habe. Das Unglück ließ sich nicht in Worte fassen.
Die Seelenkapelle diente nun als Pfarrkirche. Nur am Sonntag wurde der Gottesdienst in der Lorettokapelle gehalten.
Genovefas Elternhaus, in dem ihr Bruder gewohnt hat, war auch dem Brand zum Opfer gefallen. Ulrichs Geschwister und auch Ulrich selbst hatten dagegen großes Glück. Die beiden Häuser waren im unteren Markt außerhalb der Brandstelle und konnten dank der Hilfsmannschaften gerettet werden.
In die rundumstehenden Häuser, die vom Brand verschont geblieben waren, wurden die Brandopfer, die alles verloren hatten, einquartiert. Ulrich bot seinem Schwager Joseph und der Schwägerin Hanni mit deren Kindern an, in das vor Kurzem gekaufte Hinterhaus einzuziehen. Über dieses Angebot war Joseph erst einmal froh. Auch die Hebamme bezog vorübergehend im oberen Stockwerk des Hauses der hochschwangeren Genovefa eine Schlafkammer.
Der Prinzregent Luitpold befand sich während des großen Brandes gerade in Oberstdorf im Warmatsgunder Tal zur Hahnenbalz. Als er vorzeitig von der Jagd zurückgekehrt war und die Tragik mit eigenen Augen sah, war er zutiefst betroffen. Er stellte spontan sein Jagdhaus den obdachlos Gewordenen zur Verfügung und übergab der Gemeinde 1300 Gulden aus seinem Privatvermögen als Zuschuss für den Wiederaufbau.

1865 Geburt Ottos, Oberstdorf
20 Tage nach dem schrecklichen Brand wurde Otto geboren. Genovefa war erstaunt, wie schnell die Geburt dieses Mal ging. Nachts um zwei Uhr wachte sie auf, weil sie einen Fruchtblasensprung hatte. Um vier Uhr setzten die ersten Wehen ein. Ulrich klopfte an der Tür der Hebamme, um sie zu wecken. Am 25. Mai

vormittags um 9.45 Uhr hat Genovefa ihr Kind geboren. Es war ein kräftiger, gesunder Bub mit blondem feinem Haar auf seinem Köpfchen und kleinen Falten auf der Stirn. „Der Säugling hat aber eine kräftige Stimme", sagte die Hanebergin und lächelte dabei zufrieden. Ulrich nahm seinen Sohn zum ersten Mal in die Arme. Die Hebamme hatte nicht erwartet, dass sich Genovefa als Spätgebärende und ihr Mann auch im reiferen Alter noch so über ein Kind freuen würden, und das trotz der Brandkatastrophe im Ort. Aber dies zeigte ihr, dass das Leben weitergehen wird. Ulrich gestand seiner Frau: „Heute bin ich ein glücklicher Mann und das verdanke ich dir."

Genovefa antwortete ihm: „Nein, wir beide müssen dankbar sein, dass der Herrgott uns in unserem doch hohen Alter noch ein gesundes Kind geschenkt hat. Außerdem sind wir beide die Eltern von Otto." Dabei lächelte sie ihn liebevoll an. Mittags ging Ulrich mit seinem neugeborenen Sohn auf dem Arm zum Pfarrer. Auf dem Weg dorthin war ihm eingefallen, dass er keine Taufpatin dabei hatte. Er traf Rosa Huber, die vor der Kirche Trümmer zusammenräumte und fragte sie: „Könntest du für ein paar Minuten mitkommen, um Taufpatin für den kleinen Otto zu sein?" Sie freute sich über diese Ehre und ging gleich mit Ulrich und dem Buzele zum abgebrannten Pfarrhof. Dort konnten sie den Pfarrer nicht auffinden. Rosa vermutete: „Der Pfarrer Heller könnte in der Kirche sein." Und so war es auch. Er stand stumm in seiner zerstörten Kirche. Der Pfarrer nahm einen Krug mit etwas Wasser aus dem Taufstein und die drei gingen zusammen mit dem Kind über den Friedhof in die Seelenkapelle. Pfarrer Heller taufte ohne viele Worte den Säugling auf den Namen Otto. Der Pfarrer sagte beim Abschied zu Ulrich: „In was für ein Elend ist dieses kleine unschuldige Würmchen geboren worden!" Ulrich bedankte sich beim Heller und auch bei Rosa, dass sie so schnell als Taufpatin eingesprungen war.

Das Schulhaus, der Pfarrhof und drei Bauernhäuser sowie verschiedene private Häuser und einige Scheunen wurden innerhalb von sechs Monaten noch vor dem Wintereinbruch aufgebaut. Die

Bürger halfen einander tatkräftig, damit zuerst das Vieh und dann die Bedürftigsten wieder untergebracht werden konnten.
Am 4. Dezember kam Rosa, das Dettle von Otto, und brachte ihm eine kleine Rassel mit den Worten: „Ich bin ‚'s Klousedettle' vom Otto." Es war üblich, dass eine Taufpatin zum Bärbeletag ihrem Patenkind, bis es aus der Schule kam, ein kleines Geschenk brachte. Aber in diesem Fall, bei Ottos Taufe, hatte niemand damit gerechnet, dass Rosa ein Geschenk bringen würde. Genovefa und Ulrich freuten sich besonders über die Anerkennung von Rosa. Denn sie merkten, wie wichtig ihr Otto geworden war.

Das Ahnenbuch übersteht den Brand
Ein umfangreicher Eingriff in das bisherige alte, gewachsene Wegenetz war der große Brand. Nicht alle Häuser konnten wieder aufgebaut werden. Einige wurden in ihrer Lage verschoben, wobei auch im unteren Markt in der Nähe von Ulrichs Haus die Quergassen begradigt wurden, damit trotz des noch geringen Verkehrsaufkommens die Wagen mit ihren Rössern besser hindurchfahren konnten.
In den ersten zwei Jahren nach dem Brand wurde mit Hilfe von Spenden und vieler Wohltäter, aber auch durch die eigene Arbeitskraft der Einwohner das meiste wieder aufgebaut. So wurden das Rathaus, die Wirtshäuser, die Krämerläden und die Wohnhäuser neu errichtet. Als Michl „dr Joval" aus Reichenbach bei Genovefa vorbeikam, stellte er fest: „Diejenigen, die während des Aufbaus nicht hier waren, würden sich nicht mehr auskennen. Vieles hat eine ganz andere Richtung bekommen, so dass der Ort jetzt mehr einer Stadt als einem Marktflecken gleicht."
Durch die Großbaustellen im Ort wurden 101 Häuser innerhalb kurzer Zeit wieder neu aufgebaut. In einige wurden gleich Gästezimmer für den Fremdenverkehr eingeplant.
Da nun mehr Gästebetten vorhanden waren, kamen auch vermehrt Fremde ins oberste Dorf, um sich hier zu erholen. Beim Brand

waren wertvolle Kleidungsstücke und Trachten in Schutt und Asche gelegt worden. Aus diesem Grund wurde bei den Gästen um eine Kleidersammlung für die Brandopfer gebeten, die kaum mehr etwas besaßen außer dem, was sie selbst auf dem Leib trugen oder inzwischen erbettelt hatten. Nach dieser Sammlung hielt der neue Zeitgeist und die städtische Mode Einzug im Ort und es kam zum ersten Mal modernere Kleidung ins südlichste Gebirgsdorf.

Auch Baptist Hindelang hatte durch den Brand sein Haus verloren. Ulrich war ihm und auch seinem Schwager Joseph beim Aufbau der Häuser behilflich. Als einige Monate seit dem Brand vergangen waren, trafen sich Sefa, Maria und Genovefa zum ersten Mal wieder. Maria, der alles abgebrannt war, trug eine moderne blau-rot gestreifte Bluse und einen blauen Rock. Sefa und Genovefa waren mehr als erstaunt über ihre Bekleidung.
Maria war deswegen etwas verlegen und sagte zu ihren Freundinnen: „Mein erster Gast war Herr Fabrikant Schneider aus Hamburg mit seiner Ehegattin Truthilde. Die Frau kam mit einem langen hellen zweiteiligen Kleid bei uns an. Sie trug einen hellen großen Hut dazu. Wenn ich die elegante Dame beobachtete, wie sie sich bewegte, fiel mir auf, dass sie so leicht lief, als schwebe sie über dem Boden und hatte dabei einen viel aufrechteren Gang als wir. Ihr Gesichtsausdruck war so fein und weich, sie war eine richtige Dame. Als der Herr Fabrikant Schneider mit unserem Jäger auf der Jagd unterwegs war, bin ich mit Frau Truthilde für ein paar Stunden alleine gewesen. Wir haben versucht, uns bei einer Tasse Tee zu unterhalten. Manche ihrer Worte konnte ich nicht verstehen, sie sprach so anders als wir. Aber stellt euch vor, sie sprach mich mit „Sie" und „Ihr" an. Die feine Fabrikantengattin fragte mich ganz offen und ehrlich, warum bei uns die Frauen so dunkle oder gar schwarze Kleidung trügen. Das mache uns doch viel älter als wir in Wirklichkeit sind. Warum wir uns wie alte Bauernweiber anzögen? Sie hat mich dann mit in ihre Kammer genommen und ihre Ledertruhe geöffnet. Sie nahm etwas heraus und sagte zu mir, ich

solle ihre bunte Bluse und den blauen Rock anprobieren. Ich zögerte zuerst, lächelte sie verlegen an und sagte dann zu ihr, dass ich mich nicht traue, so etwas anzuziehen. Wir beide verstanden uns gut, sie war sehr nett zu mir. Ich probierte es dann schließlich trotzdem an. Frau Schneider war begeistert und sagte zu mir, dass ich das gut tragen könne. Wenn ich ihr verspreche, dass ich es anziehe, dürfe ich es behalten. Ich hatte ja selbst keine Kleider mehr, nur was ihr beide mir in meiner Not gegeben habt. Und jetzt könnt ihr sehen, dass sie es mir geschenkt hat." Sefa und Genovefa bewunderten Marias neue Kleidung. Sie stellten alle drei fest, dass die Dame nicht ganz unrecht damit hatte. „Wir einheimischen Frauen richten uns, wenn überhaupt, nur an Sonn- und Festtagen schön her und ansonsten vernachlässigen wir häufig unser Aussehen. Gegen die Frauen der Gäste wirken wir häufig schwerfällig und manchmal sogar etwas trampelhaft."

Als sich Maria und Mathilde wieder einmal trafen, erzählte Maria von ihren Erfahrungen mit den Feriengästen: „Auch wenn unsere Männer zu uns sagen, wie unmöglich sich diese fremden Frauen herrichten, finden sie im Grunde die gepflegten weiblichen Hearesche[74] hübsch und so mancher Einheimische fühlt sich zu diesen Weibsbildern hingezogen. Ich könnte mir vorstellen, dass auch unsere Männer, wenn sie sich unbeobachtet fühlen, diesen Frauen heimlich nachschauen."
Mathilde machte einen Vorschlag: „Wir sollten halt auch mit der Zeit gehen und uns in Zukunft ein wenig mehr der Mode unserer Gäste anpassen oder zumindest versuchen, sauber und adrett zu sein."
Maria ärgerte sich: „Mancher junge Oberstdorfer denkt, die reichen und feinen Töchter der wohlhabenden Gäste seien etwas Besonderes. Was soll da in Zukunft aus unseren Mädchen werden?"
Mathilde begann amüsiert zu lachen: „Hast du auch gehört, der Max vom oberen Markt hat sich in so eine fremde Frau verguckt. Aber sie hat ihn mit ihrer Selbstsicherheit und der Art, wie sie spricht, so verschreckt, dass sie sich bald, noch bevor sie verheiratet waren,

---

[74] fremder Gast

wieder getrennt haben. Es waren zwei Welten, die aufeinandergetroffen sind. So wurden die beiden nicht vertraut miteinander."
Maria antwortete drauf: „Ja, das kommt auch vor, aber Franz von Kornau konnte nicht genug von so einem Weib bekommen und ist blindlings mit ihr in die Fremde gezogen. Aber es ist besser, dass er mit ihr fortgegangen ist, als dass so ein verwöhntes Töchterlein bei uns im Ort sesshaft würde."
Die jüngeren weiblichen Personen veränderten ihr Aussehen immer mehr. Sie bekamen Mut, auch ihr eigenes hochgestecktes Haar offen zu zeigen und trugen die Kopftücher nur noch gegen Kälte oder während der Arbeit. Auch die Stoffe wurden bunter getragen, was wiederum zum Ärgernis zwischen der jungen und der älteren Generation führte. Die reiferen Frauen aus dem Ort empfanden die Veränderung als unanständig und anstößig und ihnen missfielen die Kleidung und das Aussehen der Jugend.

Wochen nach dem Brand, nachdem Genovefa sich von der Geburt erholt hatte, gab ihr Ulrich das Ahnenbuch mit den Worten: „Wir hatten Glück, dass dieses Buch nicht beim Brand verloren ging."
„Was ist das?", fragte sie verwundert. Sie blätterte darin und stellte fest, dass das Buch schon über 250 Jahre alt war, aber seit 46 Jahren kein einziger Eintrag mehr gemacht worden war. „Damals war ich gerade zwei Jahre alt."
Ulrich sagte: „Ja, in diesem Jahr ist meine Großmutter Anastasia in der Spielmannsau gestorben. Sie hat bis zu ihrem Tod ihre Lebensgeschichte darin vermerkt."
Ich möchte mich bei den Älteren in Oberstdorf umhören und die Ereignisse der vergangenen 45 Jahre ins Buch nachtragen. Das will ich mit dir zusammen für Otto tun. Er soll doch später nachlesen können, wie elend zerstört Oberstdorf war, als er geboren wurde."
So setzten sich Ulrich und Genovefa Abend für Abend zusammen und trugen die schönen wie auch traurigen Ereignisse aus ihrer Vergangenheit und der Historie ihrer Eltern ins Buch ein.
Erst als ihre eigene Geschichte begann, hatte Ulrich keine Lust

mehr, wie er es ausdrückte. In Wirklichkeit hatte er damals, als er seiner Frau den Heiratsantrag machte, versprochen, nie mehr über Joachim zu reden. Und dieses Versprechen wollte er Genovefa gegenüber halten, damit sie sich nicht wieder von Neuem damit belastete. Somit legten sie das Buch wieder zur Seite.

Otto war der Sonnenschein und der ganze Stolz seiner Eltern und aus diesem Grund verwöhnten sie ihn sehr. Was für ihre Nachbarn in dieser Zeit nicht nachvollziehbar war.
Genovefa hatte insgeheim Angst, auch dieses Kind zu verlieren und deshalb behütete sie ihn wie ihren eigenen Augapfel. Otto bekam dies gut, denn er wuchs zu einem fröhlichen Burschen heran. Genovefa bedauerte oft, dass er so spät geboren wurde, so dass er keine seiner vier Großeltern mehr kennenlernen durfte, da sie schon lange verstorben waren. Weil er keine Geschwister hatte, war er meist nur mit seinen Eltern zusammen. Deshalb war Genovefa froh, wenn sie sich mit Sefa und deren Kindern in Reichenbach treffen konnten.

1865 Buhl Michl, genannt „dr Joval" und Schöll Sefa, Reichenbach
Sefa hatte bisher acht Kindern das Leben geschenkt. Es überlebten nur vier. Der Hansi, der Seppi und dann kamen noch die Zwillinge Anna und Maria zur Welt. Maria, die Kleinere der Zwillinge, starb mit nur sechs Monaten am Zahnfieber.
In ihrer Verzweiflung gestand Sefa ihrer engsten Vertrauten Genovefa: „Die kleine Anna ist seit dem Tod ihrer Zwillingsschwester sehr verändert und ist ein unruhiges und weinerliches Kind geworden. Sie war zwar noch klein, aber ich denke, sie vermisst Maria trotzdem." Genovefa war dies auch schon aufgefallen und auch sie bestätigte ihre Sorgen um Anna.
Sefa flüsterte eines Abends dem Michl, ihrem Mann, ins Ohr. „Ich denke, wir müssen für Anna noch ein Geschwisterchen haben. Sonst wächst sie so alleine mit ihren Brüdern Hansi und Seppi, die schon sechs und zehn Jahre alt sind, auf." Zweieinhalb Jahre nach

dem Tod von Maria wurde wieder ein kleines Mädchen geboren. Sie gaben dem Neugeborenen dem verstorbenen Kind zu Ehren wieder den Namen Maria. Auch ihr brachte dies kein Glück. Sie war schwächlich und die Freude nach der Geburt war sehr getrübt. Die Kleine konnte keine Milch zu sich nehmen. Das Stillen war für Mutter und Kind eine Qual. Sefa bekam eine Brustentzündung mit hohem Fieber. Sie machte Salbeiwickel, damit die Milch etwas zurückging. Tag und Nacht träufelten entweder Sefa oder ihre Freundin Kreszenz dem Säugling Milch ein. Aber die Kleine hat es trotz aller Mühe nicht geschafft. Sie ist dann nach vier Wochen ebenfalls gestorben.

Später erfuhr Sefa, dass auch Genovefa gleichzeitig ihren Buben, den Otto, geboren hat. Maria wurde am 24. Mai und Otto im Abstand von sieben Stunden am 25. Mai geboren. Wenn Genovefa Zeit gehabt hätte, wäre sie sofort nach Reichenbach gefahren, um sich um Sefa zu kümmern.

Seit dieser Geburt wies Sefa ihren Mann im Ehebett zurück. Er hoffte, dass sie, wie immer nach einiger Zeit, nachgab. Eines Nachts schlüpfte sie wieder zu ihm unter die Bettdecke. Verunsichert schaute er sie an und die beiden fielen sich wieder in die Arme. Sie liebkosten sich, bis sie in einer unendlichen Umarmung eins wurden. Nach Monaten wölbte sich ihr Bauch unter der Schürze hervor und alle um sie herum sahen, dass sich neuer Nachwuchs ankündigte. Fünf Jahre nach der kleinen Anna und Maria, den Zwillingsmädchen, hat Michi, der den Namen seines Vaters bekam, das Licht der Welt erblickt. Im Gegensatz zu den vorigen Geburten der Mädchen brachte er schon bei Geburt etwas mehr Gewicht auf die Waage. Er wog 3250 Gramm. Kaum hatte er die Welt erblickt, brüllte er in vollen Tönen. „Der weiß, was er will", sagte die Hebamme und legte den Neugeborenen in die Arme von Michl. Der setzte sich zu seiner Frau ans Bett. Wie immer nach einer Niederkunft galt die größte Sorge seiner Frau. Offensichtlich hatte sie auch dieses Mal alles gut überstanden. Ein Glücksgefühl überkam ihn beim Anblick des kleinen Säuglings mit seinen rabenschwarzen Haaren. Die

Geschwister durften herein und den kleinen Bruder willkommen heißen. Dem Hansi wäre es lieber, wenn Mutter jetzt ihr letztes Kind bekommen hätte. Michi blieb auch das Nesthäkchen. Anna liebte ihren kleinen Bruder abgöttisch. Sie verwöhnte und behütete ihn, als wäre er eine kleine Puppe.

Die Kinder von Hindelang Baptist und Maria sowie auch die von Geiger Pius und Mathilde waren schon viel älter als Otto. Deshalb war die Freundschaft nicht mehr so innig wie früher. Die älteste Tochter von Pius, die Anna, war inzwischen schon 18 Jahre alt. Sie kam eines Tages bei Genovefa vorbei und fragte: „Mama hat mir erzählt, dass du ein Ahnenbuch hast. Darf ich mal reinschauen? Weißt du, ich will für meine Familie auch so ein Buch anfangen." Als sie aber sah, wie weit dieses Buch schon zurückführte, verwarf sie ihr Vorhaben wieder. „Das dauert mir zu lange. Ich fange lieber ein Sterbebuch an, in das ich jeden Einheimischen, der in Oberstdorf stirbt, eintrage."

Genovefa ging von Zeit zu Zeit immer wieder gerne mit ihrem Buben nach Reichenbach. Da konnte Otto mit Michi spielen. Wenn dann Kreszenz mit ihrer Tochter dabei war, dann spielten auch die beiden Mädchen, die Anna und die Rosalia, gerne zusammen. Die Kinder versteckten sich dabei häufig. Sefa ermahnte sie: „Der Gaisalpbach hat momentan sehr viel Wasser. Passt auf, dass keiner von euch ins Wasser fällt." Vor Kurzem waren die Geschwister Berktold, die Martina und der Karl, im Alter von 12 und 13 Jahren bei Dienersberg oberhalb von Oberstdorf ertrunken. Die Kinder stammten aus dem Haus Nr. 240.
Sefa erzählte von weiteren gefährlichen Begebenheiten: „Stellt euch vor, der 22-jährige Aushilfslehrer vom Seppi, der Herr Ettensberger aus Oberstdorf, ist am Einödsberg tödlich abgestürzt. Einige Männer gehen in ihrer freien Zeit in die Berge, nur um auf den Gipfel zu kommen. Ganz ohne einen Grund. Sie Jagen nicht, machen dabei kein Heu und schauen auch nicht nach dem Vieh. Nein, sie gehen

einfach nur zum Vergnügen dort hinauf. Man könnte meinen, dass sie zu wenig Arbeit haben. Diese Bergmärsche sind doch eine unnütze Kraftverschwendung." Sefa und Kreszenz konnten dies nicht verstehen.

Genovefa widersprach ihren Freundinnen: „Doch, die Ruhe und die Stille in den Bergen ist so wunderbar. Ich kann diese Leute gut verstehen, wenn sie oben auf einem Gipfel angekommen sind und dann ins Tal hinab oder auf die vielen weit entfernten Berggipfel sehen. Ich glaube, in den Bergen sind wir Gott am nächsten, und das kann man bestimmt auch wahrnehmen. Ich finde, wenn die Menschen Lust dazu haben, sollten sie es auch tun."

Sefa erwiderte entrüstet: „Aber es ist doch sehr gefährlich. In letzter Zeit sind in Oberstdorf der Ignaz Erb in der Truppersoy, der Josef Walk auf dem Weg zum Traufberg, Johann Huber am Schattenberg, Bonifaz Jehle, der Senn von Einödsberg, und jetzt der Lehrer verunglückt. Man sieht, wie gefährlich die Berge für Wanderer sind. Meinst du, Gott will, dass wir die Ruhe dort oben stören?!"

Genovefa überlegte kurz und antwortete: „Ich glaube, Gott hat nichts dagegen. Er hat die Natur gemacht, damit wir sie genießen. Inzwischen gibt es bei uns im Ort schon Bergführer, die Gäste gegen Bezahlung den Berg hinaufführen."

Da so viele in den Bergen verunglückten, hat der Markt Oberstdorf in Verbindung mit der Sektion Immenstadt und Kempten eine Bergführerverordnung herausgebracht, darin stand: Die Bergführer verpflichten sich zum Rettungsdienst, wenn jemand in den Bergen verunglückt ist.

Kreszenz hatte auch noch eine Neuigkeit zu berichten: „Beim Klausenmarkt in Immenstadt wurde ein Tiger gezeigt. Der brach aus und flüchtete sich ins Gebirge Richtung Gunzesried. Er hat dort mehrere Rehe getötet. Ein Jäger konnte dann zum Glück den Tiger erlegen."

Sefa fragte: „Habt ihr schon gehört, dass wir einen neuen König haben? Michl hat gesagt, König Ludwig II. habe den bayerischen Thron bestiegen. Er soll ein richtiger Märchenkönig sein."

„Da können wir ja gespannt sein", meinten alle einstimmig. Genovefa war beeindruckt von der Tatkraft, die die Oberstdorfer mit dem Aufbau des Ortes leisteten: „Ein Jahr nach dem Brand hatten sie um die hundert Häuser wieder aufgebaut. Dies alles kam sehr teuer. Ulrich hat mir erzählt, zwei zöllige Läden kosteten 1 Gulden, 30 Kreuzer. Die Zimmerleute und Maurer haben einen Tageslohn von 1 Gulden. Es ist doch ein Wunder, dass keiner aufgibt. Alle helfen tatkräftig mit und jeder, der kann, beteiligt sich mit vollem Arbeitseinsatz beim Aufbau."
Sefa war ebenfalls beeindruckt und lobte: „Ihr Oberstdorfer seid wirklich zu bewundern und ihr leistet Übermenschliches in eurem Ort. Ihr habt die Pfarrkirche samt Turm in vier Jahren wieder aufgebaut. Die alten Mauern ohne den Chor blieben stehen. Das Holzwerk wurde hinaufgezogen und der Kirchenturm aufgerichtet. Vier Holzbretter waren sogar 100 Schuh lang. Am Abend um sechs Uhr ereignete sich dort ein großes Unglück. Durch das Einstürzen eines Gerüstes fielen elf Maurer aus beträchtlicher Höhe in den Innenraum der Kirche. Zwei Männer sind dabei ums Leben gekommen. Der Toni Jochum aus Vorarlberg und ein italienischer Maurergeselle, Jakob Destalt. Dieser war als Gastarbeiter aus Udine in Italien extra wegen des Kirchenbaus nach Oberstdorf gekommen. Er war Vater von sieben Kindern. Die anderen neun Handwerker hatten Glück im Unglück. Sie kamen mit Arm- und Beinbrüchen davon. Für einen von ihnen war es wie ein Wunder. Er blieb unversehrt und kam mit dem Schrecken davon. Später war dann bei den Verputzarbeiten am Turm ein Maurer vom Turm gestürzt, weil ein Seil riss. Er war sofort tot. Im November war der Kirchenbau vollendet. Das Allerheiligste, das seit dem Brand in Maria Loretto aufbewahrt wurde, wurde um acht Uhr von dort geholt. Es fand der erste festliche Gottesdienst mit Predigt in der neuen Pfarrkirche statt. Danach wurde die Glocke auf den Turm hinaufgezogen. In der Heiligen Nacht läutete sie zum ersten Mal. Auch die Orgel wurde wieder in die Pfarrkirche zurückgebracht."
Während Sefa, Kreszenz und Genovefa gemütlich bei einer Tasse

Holundertee und einem Stück Zopfbrot mit Früchtemarmelade zusammensaßen, schrie Sefa plötzlich ganz aufgeregt: „Seid still." Sie erhob ihren Zeigefinger und hielt ihn vor den Mund und sagte: „Pssst." Jetzt in der Stille konnten es auch Kreszenz und Genovefa hören. Ein Donnern und Toben war vor dem Haus zu hören. Sie rannten hinaus, um nach den Kindern zu sehen. Aber die liefen ihnen bereits erschreckt, aber gesund entgegen. Ein großer Bergsturz vom Rubihorn ging ins Tal in Richtung Rubi ab. Es war ein ungeheurer Wust von Steinen und Morast, der durch den Eubeltobel herabkam. Es hat gedonnert und gedröhnt, als ob die Welt unterginge. Die Frauen waren sehr beunruhigt. Michl „dr Joval" kam auch gleich aus dem Stall gerannt.

Sefa fragte ihn ganz aufgeregt: „Wenn der Berg kommt, hoffentlich werden dann nicht unsere Häuser weggerissen." Nach ein paar Minuten ließ das Donnern und Dröhnen wieder nach. Nun konnte Michl die drei Frauen etwas beruhigen. Als Genovefa mit Otto wieder heimfuhr, konnten sie das Geröll in den Viehweiden liegen sehen. Aber zum Glück war die Fahrstraße noch frei.

1870-1871 Deutsch-Französischer Krieg

Am 10. Juli 1870 erklärte Frankreich den Preußen den Krieg. Die meisten Mütter im Dorf hatten Angst, dass ihre Buben zum Militär einberufen werden. Es kam immer wieder eine Nachricht, dass ein junger Oberstdorfer im Krieg gefallen war. Otto war inzwischen 15 Jahre alt. Seiner Mutter war klar, wenn Otto ein gesundes Bein hätte, dann müsste er schon bald in den Krieg ziehen. Michi, sein Freund, war erst 13 Jahre alt. Vielleicht hatte auch er Glück, weil er noch zu jung war. Aber seine Brüder, der Hansi und der Seppi, mussten schon einrücken. Sefa machte sich große Sorgen und klagte: „Ich werde doch nicht noch ein Kind durch den Krieg verlieren?"

Jede Familie hatte mit ihrer eigenen Arbeit genug zu tun. Das Leben in Oberstdorf hatte sich seit dem Brand wieder normalisiert. Die

Frauen kümmerten sich überwiegend um die Wäsche, den Haushalt, wie das Kochen, Einkochen, Backen und vor allem um die Kinder. Wenn Zeit blieb, halfen sie ihren Männern im Stall und auf dem Feld. Wenn die Kinder groß genug waren, mussten auch sie bei der täglichen Arbeit anpacken. Viele im Ort waren hauptberuflich Handwerker. Die Landwirtschaft musste zusätzlich zu ihrer Arbeit getan werden. Dazu wurden dann häufig die Frauen eingespannt. Fast alle Hausbesitzer pflanzten für sich selbst ihr eigenes Getreide, Gemüse, Kräuter und Obst an. Sie hatten Braunvieh für Milch, Butter, Käse und nicht zuletzt auch für Fleisch und Wurst. Die größeren Bauern stellten ihren Käse selbst her. Die Frauen versorgten meist das Kleinvieh, wie Schafe, Ziegen und Hühner. Ulrich „dr Büür" war Landwirt und hatte zwölf Kühe im Stall, die jeden Tag zwei Mal gemolken werden mussten. Aus der Milch stellte er selbst Käse her. Er belieferte den Gasthof Mohren und den Sonnenwirt mit seiner Milch und dem Käse. Für ihn wirkte es sich positiv aus, dass der Fremdenverkehr zunahm. Dadurch konnte er an die Gaststätten mehr Milchprodukte verkaufen.

1873 ging Ulrich wie die meisten Bauern auf einen Vortrag von einem gewissen Herrn Wittmann, der den hiesigen Bauern Ratschläge für ihre Landwirtschaft machte: „Die Jungviehaufzucht wurde von euch allen in den letzten Jahren stark vernachlässigt. Ich rate euch, gebt das durch den Käseverkauf erwirtschaftete Geld wieder für Vieheinkäufe aus. Ihr müsst bei eurer Viehwirtschaft mehr an die Aufzucht denken. Das Allgäu ist mit seinem Alpenreichtum für die Viehzucht wie geschaffen." Daraufhin stellten viele Bauern um und begannen eine zielstrebige Zuchtarbeit. Im selben Jahr wurden beim Viehmarkt in Immenstadt 240.000 Gulden umgesetzt.
Ulrich ging mit Baptist für drei Tage zum „Bergheuen" auf Blattners Gündle. Sie nahmen ihre genagelten Schuhe mit, um auf dem steilen Gelände nicht abzurutschen. Außerdem benötigten sie eine Sense und zum Schärfen einen Wetzstein sowie ein Dengelgeschirr. Als Proviant packte Genovefa ihnen Makkaroninudeln,

Butterschmalz, Malzkaffee, Käse, Bauerngeräuchertes und Mehl für ein Kratzat und eine Decke für die Nacht ein. In manchem Jahr nahm Ulrich sogar seine Milch gebende Geiß mit hinauf.

Schwabenkinder

Im Frühjahr und im Herbst kamen wie jedes Jahr Gruppen armer Kinder mit Begleitern, die auf dem Weg vom Lechtal in Richtung Bodensee waren, vorbei. Sie blieben in Oberstdorf über Nacht. Die Form der Verteilung auf den Kindergesindemärkten war wie eine Art Versteigerung oder gar ein Sklavenmarkt und war eine besondere Härte im Schicksal der Kinder, die auch Schwabenkinder genannt wurden.

Die frühzeitige Trennung vom Elternhaus war für die sieben- bis vierzehnjährigen bäuerlichen Dienstboten meist hart. Fünf Monate waren die Eltern ihrer Sorgen wegen der Ernährung eines oder mehrerer Kinder enthoben. Manchmal bekamen ihre Kinder in der Fremde vielleicht auch noch ein wenig Geld, Schuhe, Kleidungsstücke und Lebensmittel als Lohn. In jedem Fall sorgten sie durch ihre Abwesenheit für eine Entlastung der bitterarmen kinderreichen Familien in den südlichen Alpentälern.

Einmal hat Genovefa mit so einem armen Tropf gesprochen. Der kleine Schwabenbub hat ihr erzählt, dass er im letzten Jahr häufig Ohrfeigen und Schläge vom Bauern bekam. Und einmal legte der ihn sogar übers Knie und schlug ihn ganz blau. Der Bub jammerte und sagte, dass er hinterher erhebliche Schwierigkeiten beim Sitzen hatte. Aber er sah ein, dass er von daheim weggehen musste, damit seine Mama und seine Geschwister nach Papas Tod nicht hungern mussten.

Genovefa war froh, dass es im Ort nicht notwendig war, die eigenen Kinder, wie auch Otto, über den Sommer nach Wangen, Isny oder an den Bodensee zu schicken, um dort zu arbeiten. Wenn hier wirklich große Not in einer Familie war, konnten die einheimischen Buben auch über den Sommer in die hiesigen Alpen gehen, um dort als Hirtenbüble zu arbeiten. Ansonsten hatten die Menschen genügend, wenn auch einfaches Essen.

Öffentliche Verkehrsmittel gab es nicht. Der Postwagen verkehrte erst seit 1850 und die Eisenbahn seit 1888. Die Kommunikation erfolgte durch Boten.

Die Oberstdorfer Schule hatte einen guten Ruf, der den benachbarten Schulen als aufmunterndes Beispiel dienen sollte. Die Lehrer beklagten sich trotzdem, dass der Schulbesuch sehr zu wünschen übrig ließ. Im armen Bergbauerndorf musste jeder im Familienverband mithelfen, um für den kargen Lebensunterhalt zu sorgen. Auf die Arbeit im Haus, im Stall oder auf dem Feld wurde von den Eltern mehr Wert gelegt als auf den täglichen Schulbesuch ihrer Kinder.
Die Oberstdorfer Schule war eine Pfarrschule. Es waren darin der Lehrer, der Herr Pfarrer und der Mesner, der des Lesens und Schreibens kundig war, tätig.

Otto ging gerne zur Schule. Sein Zeugnis nach dem 3. Schuljahr:
- Geistesgabe: vorzüglich
- Vaterlandskunde: gut
- Fleiß: gut
- Sittliches Betragen: vorzüglich
- Religiöse Kenntnisse: gut
- Lesen: gut
- Schön schreiben: gut
- Rechtschreibung: gut
- Rechnen: sehr gut
- Schulbesuch: ununterbrochen
- Gedächtnisübungen: gut

1902 Aloisia besucht Anna in Oberstdorf
Anna musste ihr Buch zur Seite legen, da Johann, ihr Kleinster, Hunger hatte und nach ihrer Brust schrie. Als sie ihn stillte und in sein Gesicht sah, wurde ihr ganz warm ums Herz. „Wie dankbar bin ich, dass ich acht gesunde und hübsche Kinder habe. Es ist nicht selbstverständlich und gerade in unserer Familie muss ich besonders dankbar dafür

sein." In dem Moment lächelte der Kleine seine Mama liebevoll an und strich mit seinen kleinen Fingerchen zart über Mamas Busen. „Ach wie würden sich mein Vater und meine Mutter über die Kinder freuen." Kurz danach klopfte es an der geschlossenen Haustür, worauf Anna aufschreckte und dem unerwarteten Besucher öffnete. Aloisia stand aufgeregt vor ihr, ohne ein Wort zu sagen. Anna konnte ihr ansehen, dass etwas nicht stimmte. So musste sie das Wort ergreifen: „Grüß dich Gott Aloisia. Was ist geschehen?"
„Papa und Stiefmama sagten zu mir, dass sie sich entschieden haben, dass ich über den Sommer nach Krumbach, in die Nähe vom Bodensee gehen muss, um dort im Gasthaus zum Bären als Bedienung zu arbeiten. Dort muss ich auch schlafen und bekomme kostenlos das Essen. Mein Zimmer sollen dann meine Geschwister, die Maria und Christina bekommen." Aloisia hatte Angst vor der Fremde. Auf der anderen Seite war sie froh, endlich von daheim wegzukommen. Sie vermutete: „Schlimmer als bei meiner Stiefmutter wird es hoffentlich nicht kommen."

Aloisia geht in die Fremde
Aloisa war mit ihren 21 Jahren zum ersten Mal alleine von Zuhause fort. Als sie das Gasthaus zum Bären betrat, kam Frau Ege, eine Wirtin im mittleren Alter, auf sie zu und fragte: „Was willst du bei uns?" „Meine Eltern schicken mich, ich soll zu euch in Dienst kommen und in der Gaststube bedienen."
Die Wirtin war sichtlich erfreut, nun endlich konnte sie selbst entlastet werden. „Ach, du bist die Aloisia. Dann komm doch gleich mit ins Nebenhaus. Dort zeige ich dir deine Schlafkammer."
Sie gingen durch den Schopf, am Stall vorbei, die steile Holztreppe nach oben. Neben dem Heustock war eine kleine aber saubere Kammer, an der es nichts auszusetzen gab. Es gab ein Bett, einen Waschtisch, einen Schemel mit einem Tischchen und einen schmalen, aber mit hübschen Schnitzereien verzierten Bauernschrank, in den sie ihre wenigen Sachen verstauen konnte. „Hier

ist dein Zimmer", sagte Frau Ege. Aloisia war froh, ein eigenes kleines Reich für sich zu haben. Sie hatte schon befürchtet, dass sie es mit den Kindern der Familie Ege teilen müsste. Sie vermutete, dass sie mit der Wirtin gut auskommen würde. „Am Abend um fünf Uhr essen wir zusammen im Nebenzimmer der Gaststube. Sei pünktlich, dann kannst du gleich heute Abend mit deiner Arbeit beginnen", sagte die Bärenwirtin. Aloisia blieb im Zimmer zurück und räumte ihre Reisetasche aus und legte ihre drei Garnituren von Kleidern und Wäsche, Schuhe und Strümpfe und ihre wenigen persönlichen Habseligkeiten in den Schrank. Anschließend ging sie hinunter. Aloisia war erstaunt. Sie durfte zusammen mit dem Ehepaar Ege und deren fünf Kindern im Alter zwischen fünf und dreizehn Jahren am Familientisch essen. Vor dem Essen wurde ebenfalls ein Tischgebet gesprochen, wie sie es von daheim gewohnt war. Die Wirtin stellte sie als neue Bedienung vor: „Das ist Aloisia, sie wird bei uns arbeiten." Herr Ege, der Wirt, war ein großer kräftiger Mann, aber nicht dick. Das gescheitelte pechschwarze Haar ging bis zu seinen Ohren und dann gleich über in seinen gepflegten Backenbart. Er lächelte Aloisia freundlich an: „Ich hoffe, du wirst fleißig und gehorsam sein."

„Ich werde mich bemühen, damit ihr mit mir zufrieden seid." In der Gaststube hatte sich Aloisia in kürzester Zeit gut eingearbeitet. Es machte ihr Freude und sie war bei den Wirtschaftsbesuchern beliebt und gerne gesehen. Inzwischen war eine recht hübsche junge Frau aus ihr geworden. Sie trug ihr Haar im Nacken zusammengebunden, geflochten und dann zu einem Knoten hochgesteckt. Sie wurde von einigen jungen Männern umschwärmt, die wegen Aloisia im Gasthof zum Stammgast wurden. Sie aber ließ alle abblitzen, weil sie an Franz daheim dachte, den sie in Wasach kennengelernt hatte. Nachts träumte sie von ihm und dachte an den Abschied, und wie sie ihn heimlich so manches Mal getroffen hatte, zurück. Er war 11 Jahre älter als sie, aber man sah ihm seine 32 Jahre nicht an. Aloisia hatte ihn sehr gern. Er war der einzige Grund, warum sie wieder in ihre Heimat zurückkehren wollte. Franz ging es ebenso.

Er hatte ihr beim Abschied gesagt: „Ich werde auf dich warten. Pass auf dich auf und denk immer daran, dass ich dich gern hab." Etwas verlegen hatte sie ihm geantwortet: „Du wirst sehen, wie schnell es Herbst ist und ich wieder bei dir bin."
Franz hatte erwidert: „Wenn du willst, würde ich dich gerne im nächsten Jahr heiraten. Dann kannst du immer bei mir bleiben und musst nicht wieder in die Fremde fortgehen."
Aloisia hatte ihn liebevoll angelächelt und geantwortet „Darüber reden wir im Herbst." Die beiden hatten sich herzlich umarmt und Aloisia hatte gespürt, wie Tränen in ihre Augen stiegen.

Nach einer Woche bekam Anna bereits den ersten Brief von Aloisia.
Liebe Anna,
bin gut in Krumbach angekommen. Als ich mich daheim verabschiedete, rief mir meine Stiefmutter nach: „Luise, mach uns keine Schande, wir wollen nichts über dich hören." Warum kann sie nicht einmal nett zu mir sein? Ich habe ihr doch nie etwas getan.
Liebe Grüße von
Aloisia

Als Aloisia im Gasthof im Weinkeller ein paar Flaschen holen musste, war der Wirt ebenfalls dort unten, um die Regale aufzufüllen. Er lächelte Aloisia an, indem er einen Mundwinkel nach oben zog und Aloisia dabei provozierend tief in die Augen sah. Beide griffen zufällig gleichzeitig nach dem Türgriff. Der Ege fasste dabei auf ihre Hand. Wie von Feuer gebrannt erschrak die junge Frau bei dieser Berührung. Sie schaute ihren Vorgesetzten erschrocken an. Er hielt ihre Hand fest und erwiderte ihren Blick lange. Dann ließ er ihre Hand los, öffnete die Tür und ging wieder hinauf. Seit dem zufälligen Zusammentreffen im Keller spürte Aloisia immer wieder den unangenehmen Blick des Gastwirts. Sie wich seinen Blicken verunsichert aus. Sie freute sich auf den Abend, auf ihr kleines, aber gemütliches Zimmer, in das sie sich zurückziehen konnte und in dem sie sich sicher fühlte. Sie spürte kaum Heimweh. Nur nach

Franz hatte sie große Sehnsucht. An ihn dachte sie ständig und nahm sich vor, wenn er ihr nochmals einen Heiratsantrag machte, dann wird sie ihn gerne annehmen. Dieses Wiedersehen sehnte sie an so manchen Tagen herbei.

Wenn Aloisia durch die Scheune oder in den Keller ging, um Vorräte zu holen, begegnete sie einige Male dem Bärenwirt. Manchmal hatte sie das ungute Gefühl, er würde ihr auflauern und auf sie warten. Sie wusste nicht warum, aber er war ihr unangenehm und sogar unheimlich. Als sie wieder einmal am Abend müde in ihre Kammer ging, kam der Bärenwirt hinter ihr her. Ohne ein Wort zu sagen, stellte er sich dicht vor sie und schaute sie an. Aloisia versuchte ihre Angst zu verbergen und bat: „Ich will in meine Kammer." Dabei wollte sie sich von ihm entfernen. Ege ging jedoch nicht auf ihre Worte ein. Er legte eine Hand auf ihren Hintern und flüsterte ihr ins Ohr: „Ich will dich."

Aloisia schrie erschrocken auf: „Nein!" Er fasste sie noch fester und presste seinen erregten Unterleib gegen den ihren. Aloisia war voller Furcht und schrie: „Hör auf, wenn jemand kommt."

„Da kommt niemand. Meine Frau und die Kinder schlafen schon fest." Ohne zu zögern, öffnete er ihre Kammertür und warf sie aufs Bett. Er schob ihren Rock bis zur Taille hoch. Sie versuchte sich zu wehren und wollte schreien, aber er drückte ihr den Stoff des Rockes in den Mund. Sie dachte, dass sie jetzt sterben wird. Er war schwer, als er sich auf sie wälzte und in sie eindrang. Sie spürte einen unheimlichen Schmerz. Sie erstarrte und bemerkte, wie sich ihr Geist von ihrem Körper trennte und ihn verließ. Sie konnte sich nicht mehr wehren und ließ es geschehen. Sie hatte das Gefühl, von oben herab diesem furchtbaren Geschehen zuzusehen. Sie dachte an Gott und bat ihn um Hilfe: „Bitte nimm mich jetzt sofort bei dir auf." Als der Ege aus dem Zimmer ging, drohte er: „Wenn du meiner Frau was sagst, dann wird sie dich als Hure vom Hof jagen." Aloisa hatte eine schwere Verletzung erlitten. Sie konnte die Blutung, die aus ihrem Unterleib floss, zuerst gar nicht stillen. Als es allmählich aufhörte, wusch sie das Blut samt Eges klebriger

Samenflüssigkeit weg und weinte die halbe Nacht hindurch, bis sie dann vor Erschöpfung endlich eingeschlafen war.

Am nächsten Morgen war sie total verstört aus ihrer Kammer gekommen und hatte furchtbare Angst, den Wirt wieder zu sehen. Sie wollte das alles nicht in ihr Bewusstsein hineinlassen. Wäre da nicht der Schmerz gewesen, hätte sie gedacht, dass es ein furchtbarer Albtraum gewesen war.

Am nächsten Tag fielen ihr das Sitzen und auch ihre Arbeit schwer. Sie musste sich sehr zusammenreißen, denn keiner durfte von diesem Vorfall etwas erfahren. Der Ege verlor kein Wort über das Geschehene und tat, als ob nichts zwischen ihnen passiert wäre. Seit diesem Tag kam er ihr nie wieder zu nahe.

Zwei Wochen später blieb ihre Monatsblutung aus. Es wurde ihr bald klar, dass sie schwanger vom Bärenwirt war. Als sie ganz sicher war, nahm sie allen Mut zusammen und ging zum Ege und sagte zu ihm: „Damals in der Nacht, … Herr Ege, ich bin schwanger." Er sah sie strafend an und schrie: „Du dumme Kuh, auch das noch. Pack sofort deine Sachen zusammen. Du bist verschwunden, noch bevor meine Frau aus Lindau zurück ist. Ansonsten …" Er erhob seine Hand gegen sie, als wollte er sie schlagen und unterbrach mitten im Satz. „Meine Frau darf nichts davon erfahren. Wenn du nicht sofort verschwindest, werde ich dir das Leben zur Hölle machen. Das schwöre ich dir." Aloisia zitterte am ganzen Körper, drehte sich um und rannte aus dem Zimmer. Erst in ihrer Kammer fing sie zu weinen an. Sie warf die wenigen Sachen, die ihr gehörten, in die Reisetasche und verließ ohne ein Wort des Abschieds das Haus. Viele Gedanken gingen ihr durch den Kopf: „Ich habe die Kinder und die Wirtin gerne gehabt und hätte mich auch von der Familie verabschieden wollen. Selbst die Kleinen lieben mich. Sie fragen bestimmt nach mir und werden mich vermissen. Aber das ist jetzt nicht mehr mein Problem. Der Bärenwirt wird eine böse Geschichte erfinden, warum ich so einfach verschwunden bin."

Plötzlich schoss ihr ein Gedanke durch den Kopf: „Wo soll ich jetzt hin? Heim zu Stiefmama und meinem Vater? Das kann und will ich

auf keinen Fall." In ihrer großen Verzweiflung kam ihr Anna in den Sinn. „Zu ihr werde ich gehen. Sie ist ein guter Mensch und nimmt mich bestimmt für eine Zeit lang bei sich auf, so hat sie es mir auf jeden Fall mehrmals angeboten und versprochen.
Anna erschrak, als sie Aloisia mit ihrer Reisetasche kommen sah. Sie war zwar gepflegt und sauber anzusehen, aber ihre Körperhaltung war gebeugt und ihr Gesichtsausdruck merkwürdig freudlos. Als sie sie genauer betrachtete, bemerkte sie, dass ihre Augen starr wirkten und sie ihr Strahlen verloren hatten. Aloisia fiel Anna, noch bevor sie etwas fragen konnte, um den Hals und weinte bitterlich an ihrer Schulter. Anna ließ sie eine Weile ausweinen. Dann sagte sie: „Aloisia, was ist mit dir geschehen? Was ist passiert? Willst du es mir erzählen? Komm, jetzt setz dich erst mal hin und trink einen Schluck Wasser." Sie trank das ganze Glas auf einmal aus und begann ziemlich verstört zu erzählen: „Der Bärenwirt, hat mich überfallen und gegen meinen Willen mit Gewalt … Und, und jetzt bekomme ich ein Kind von ihm. Als ich ihm von der Schwangerschaft erzählt habe, hat er mich rausgeworfen und gedroht. Er beschimpfte mich als Hure."
Anna war fassungslos und versuchte ruhig zu bleiben: „Aloisia, das bist du nicht. Du bist unschuldig. Du bist von ihm überfallen worden."
Aloisia schluchzte und sprach weiter: „Er hat mein Leben zerstört und alles kaputt gemacht", dabei senkte sie ihren Kopf und dachte an Franz, der für sie jetzt unerreichbar geworden war. Sie weinte und flehte: „Heim zu meiner Stiefmutter, das kann ich nicht. Sie wird mich deswegen totschlagen."
„Aloisia, jetzt bleib erst mal hier bei uns, bis wir beide klarer sehen." Mit einem unsicheren Gefühl nahm Anna die junge Frau bei sich auf. Sie war schockiert, was mit der Tochter ihrer verstorbenen Freundin Rosalia Furchtbares geschehen war und dachte: „Vielleicht kann Otto mit Aloisias Vater, dem Johann, darüber reden?"
In dieser Nacht wälzte sich Aloisia schlaflos in ihrem Bett hin und her. Sie fror und ihr Magen meldete sich, da sie seit heute Morgen

nichts mehr zu sich genommen hatte. Zu dumm, dass sie das Essen, das Anna für sie gerichtet hatte, abgelehnt hatte. Sie lauschte auf die Geräusche, das Knacken im Haus, und schlich auf Zehenspitzen hinunter in die Küche. Sie nahm sich ein Stück trockenes Brot und schlich wieder barfuß die Treppe hinauf in ihr Bett.

Franz und Aloisia, Oberstdorf
In diesen Jahren erlebte der Tourismus in Oberstdorf einen vehementen Aufschwung. Das Angebot an Quartieren für die Sommergäste konnte den anfallenden Bedarf nicht mehr decken. Deshalb wurden große Flächen verbaut. Die Bodenspekulation war ins Rollen gekommen, was die Gemeinde bewog, einen neuen Bebauungsplan zu erstellen.

Seit vier Monaten wohnte nun Aloisia bei Otto und seiner Familie. Anna redete der werdenden Mutter immer wieder gut zu und sagte: „Du musst dem Kind zuliebe versuchen, an etwas Schönes zu denken und guter Dinge sein. Sei ohne Sorge, und wenn die Wehen einsetzen, musst du mich nur sofort holen. Dann wird der Herr dir ein gesundes Kind schenken." Aloisia fragte Anna voller Sorge und gequält: „Glaubst du, dass das Kind von dieser bösen Art wie sein Vater sein wird?" Anna sah Aloisia irritiert an und wusste zuerst gar nicht, was sie auf diese Frage antworten sollte. Sie spürte die Vorbehalte, die Aloisia gegen ihr Kind hatte. „Aloisia, du hast doch die anderen Kinder vom Bärenwirt kennengelernt. Waren die auch wie ihr Vater?"
„Nein, das waren ganz liebe und folgsame Kinder, die hatte ich gern." Das war die richtige Antwort, die sich Aloisia selbst gegeben hat. Danach waren beide Frauen etwas beruhigter.

Als es so weit war, hat Otto die Hebamme geholt. Aber er verzog sich anschließend gleich wieder in seine Werkstatt. Aloisia hatte starke Schmerzen und die Angst während der Geburt wurde immer

größer. Die Hebamme und Anna blieben bei ihr. Sie tat sich schwer. Es war eine lange und schwere Entbindung. Als ihr Mädchen auf der Welt war, entwickelte Aloisia eine außergewöhnliche Zärtlichkeit für ihr Kind. Als Otto am Abend die Kleine zum ersten Mal sah, lag sie in der Wiege seiner eigenen Kinder. Sie war ein hübsches Kind mit etwas dunkler Haut und winzigen schwarzen Löckchen. Sie sah ganz anders aus als die Kinder von Anna und ihm. Anna sagte später zu Otto, als sie sicher war, dass Aloisia sie nicht hören konnte: „Wenn ich das Kind ansehe, frage auch ich mich, ob es wohl seinem Vater, diesem brutalen Vergewaltiger, ähnlich sieht. Die Kleine ist so ein friedliches, süßes, unschuldiges Kind."
Drei Tage später kam Franz mit dem Vorwand, sich ein Paar Schuhe anmessen zu lassen, zu Otto in die Werkstatt. Er fragte so nebenbei: „Ich habe gehört, die Aloisia wohnt bei euch und hätte ein Kind bekommen. Ist das wahr?" Otto kannte den Franz von damals aus der Gaststätte in Wasach und war sichtlich erstaunt über seine Frage. „Ja, das ist wahr. Sie hat ein Buzele bekommen. Aber warum interessiert dich das?"
„Ich habe Aloisia immer wieder nach Krumbach geschrieben. Nur die ersten Wochen kamen Briefe von ihr zurück. Danach hat sie mir auf meine Schreiben nicht mehr geantwortet. Ich habe daraufhin ihre Stiefmutter gefragt und sie sagte, dass Aloisia immer noch fort sei. Ich habe vermutet, dass sie dort bleiben und nie wieder zu mir zurückkehren würde. Und gestern habe ich erfahren, dass sie hier bei euch sein soll und ein Kind bekommen hat. Sie hat mir doch versprochen, sie kommt wieder zu mir zurück. Dann wollten wir doch miteinander über unsere Heirat reden."
Otto schaute Franz an und überlegte kurz, dann sagte er: „Weißt du was, der Aloisia geht es nach ihrer Geburt wieder recht gut. Ich glaube, das beredest du am besten mit ihr selbst. Komm mit mir nach oben." Otto klopfte an Aloisias Zimmertür und rief: „Darf ich reinkommen? Ich habe dir Besuch mitgebracht. Oder stillst du gerade?"
„Komm nur herein. Die Kleine schläft ganz selig." Otto öffnete ihre

Schlafzimmertür so weit, dass Franz sie im Bett liegen sah. Er war erschrocken, wie schmal sie im Gesicht geworden war. Ihre Augen blickten glanzlos.
Sie rief erschrocken aus: „Franz, was machst du denn hier?"
„Das frage ich dich. Ich habe so lange auf dich gewartet und du hast dich nicht mehr gemeldet. Was ist geschehen?"
Otto sagte: „Ich gehe wieder hinunter in meine Werkstatt. Aloisia, wenn du mich brauchst, dann rufe nach mir. Ich werde dich hören."
Aloisia erzählte ganz offen und ehrlich, was ihr geschehen war. Und dass der Bärenwirt sie dann aus dem Haus gejagt hatte.
„Franz, ich dachte mir, du willst mich mit einem fremden Kind nicht mehr."
„Aber Aloisia, ich habe dir doch gesagt, dass ich auf dich warte. Es war doch nicht deine Schuld, wie dir das Schicksal mitgespielt hat."
In dem Moment fing die Kleine in ihrem Bettchen zu weinen an. Franz sah sie an und fragte: „Darf ich sie auf meinen Arm nehmen? Wie heißt sie denn?"
„Ja, Franz, wenn du willst. Aber sei vorsichtig und halte ihr Köpfchen. Ich will sie Rosa nennen. Nach meiner leiblichen Mutter, die Rosalia hieß."
Er sah die kleine Rosa so liebevoll an, als wäre sie sein eigenes Kind. Dann lächelte Franz Aloisia an und fragte: „Aloisia, ich habe dich damals beim Abschied gefragt, ob du mich heiraten möchtest. Jetzt frage ich dich ein zweites Mal: Willst du meine Frau werden?"
„Ja Franz, ich würde dich gerne heiraten, aber ich habe jetzt ein Kind von einem anderen Mann. Ich habe oft an dich gedacht und dich sehr vermisst. Ich habe mir vorgenommen, mich bei dir zu melden. Aber als ich mehrmals in der Nähe deines Hauses war, lief ich immer wieder hierher zurück. Ich hab es nicht geschafft, mit meinem dicken Bauch vor dir zu stehen. So sehr schämte ich mich wegen der Schwangerschaft."
„Ich weiß, du hast jetzt ein Kind, aber ich verspreche dir hoch und heilig, dass ich die Rosa wie meine eigene Tochter behandeln werde. Wer weiß, wenn sie von mir wäre, ob sie auch so hübsch aussehen

würde." Dazu lächelte er etwas gezwungen. „Warum sollen wir allein durchs Leben gehen? Ich bin mir sicher, dass wir miteinander eine gute Zukunft haben können."
Sie fiel ihm weinend um den Hals. Als sie mit zitternder Stimme etwas von Dankbarkeit stammelte, entgegnete Franz: „Ich möchte nicht, dass du mir dankbar bist und dich mir gegenüber verpflichtet fühlst. Ich will, dass du mich lieb hast."
„Aber das tue ich doch und habe es, seit ich dich kenne, immer getan", erwiderte Aloisia. Nun hielten sich die beiden im Arm und Franz sagte zu ihr: „Ich bin mir sicher, alles wird gut werden."
Als Anna vom Bäcker zurück war, erzählte ihr Otto, dass Aloisia oben in ihrer Kammer Herrenbesuch hat. Sie war erstaunt darüber. Sie ging leise auf Zehenspitzen mit Otto hinauf und sie sahen, wie glücklich sich die beiden umarmten, und das neugeborene Kind mit dabei war. Als Aloisia Anna so lächelnd dastehen sah, sagte sie: „Stell dir vor, Franz ist zu mir gekommen. Er will mich und das Kind heiraten." Darüber mussten sie alle lachen. Franz machte einen vernünftigen Vorschlag: „Am besten wäre es, wir heiraten so schnell wie möglich. Dann würden alle annehmen, dass ich der Vater von der Kleinen bin. Sie soll auch von Anfang an meinen Namen tragen. Dies wäre für Rosa am besten, das weiß ich aus eigener Erfahrung." Die drei sahen ihn erstaunt an. Aloisia fragte neugierig: „Was hast du für eine Erfahrung gemacht?"
„Glaub mir, ich weiß, wovon ich rede. Denn ich war schon sechs Monate alt, als meine Mutter Philomena ihren Mann, den Schwarz Johann, geheiratet hat. Warum er nie beantragt hat, dass ich seinen Namen tragen darf, war und ist mir immer noch nicht bekannt. Ob er mein leiblicher Vater ist, bezweifle ich. Ich bekam aber nie eine Antwort von meinen Eltern, auch wenn ich danach fragte. In meiner Schulzeit habe ich häufig darunter gelitten. Meine Eltern und meine Geschwister hatten einen anderen Nachnamen als ich. Mit 20 Jahren habe ich den Namen Schwarz für mich beantragt. Deshalb ist es mir wichtig, dass wir schon in ein paar Wochen heiraten."
Zu dieser Zeit wurde über eine schwangere Braut, ein uneheliches

Kind oder eine Adoption häufig ein Leben lang geschwiegen. Die Mütter litten oftmals unter dem gesellschaftlichen Druck und den religiösen Grundsätzen. Franz nahm an, dass aus diesem Grund seine Mutter einen anderen Mann, aber nicht seinen leiblichen Vater, geheiratet hatte.

Franz sprach betroffen weiter: „Ich fühle mich heute nach so langer Zeit immer noch von meinen Eltern getäuscht und habe kein Vertrauen zu ihnen. Ich frage mich manchmal: Wenn sie mich wegen meinem Vater angelogen haben, möchte ich nicht wissen, was sie sonst alles vor mir verschwiegen und bei was sie mich vielleicht belogen haben?"

Aloisia zeigte Mitgefühl mit Franz und spürte, dass er damit recht hatte. Die junge Mutter war damit einverstanden, dass die Kleine seinen Namen tragen sollte. Auch sie wollte so schnell wie möglich heiraten.

Am Abend, als Anna und Otto alleine in der Stube saßen, sagte sie zu ihm: „Es sieht so selbstverständlich aus, dass die beiden schnell heiraten. Irgendwie kann ich es verstehen. Und trotzdem habe ich ein ungutes Gefühl, dass etwas dabei nicht stimmt. Die beiden merken in ihrer Not nicht, dass sie dem Kind gegenüber wieder ein Geheimnis haben und es wird doch ebenfalls, wie damals Franz, belogen?"

Otto sah seine Frau Anna verwundert an. „Da könntest du recht haben. So habe ich es noch gar nicht betrachtet. Ich denke, aus Liebe zu dem Kind und aus Schutz vor sich selbst und den anderen, die sie verurteilen würden, wollen sie die Wahrheit für sich behalten. Dieses Recht steht ihnen zu. Da es uns nicht betrifft, werden auch wir zwei darüber schweigen."

Aloisia hatte schon vor vielen Jahren, als sie noch minderjährig war, das Haus ihrer Großeltern mütterlicherseits von Done und Kreszenz in Fischen geerbt. Dort wollten Franz und Aloisia nach ihrer Heirat wohnen.

Aloisia ging zusammen mit Franz zu ihrem Vater und ihrer Stiefmutter Mina, um ihnen von ihren Hochzeitsplänen zu erzählen. Johann beschimpfte Franz fürchterlich: „Was hast du dir nur dabei gedacht, meiner erst 21-jährigen unschuldigen Tochter ein Kind anzuhängen. Jetzt muss ich, ob ich will oder nicht, meine Zustimmung zu eurer Heirat geben." Franz rechtfertigte sich nicht. Er nahm aus Liebe zu seiner zukünftigen Frau stillschweigend die Beschimpfung seines zukünftigen Schwiegervaters tapfer hin. Aloisia war dankbar und stolz auf Franz, dass er sie nicht verraten hatte.

Franz und Aloisia heiraten
Für den April 1903 bereiteten Franz und Aloisia eine kleine bescheidene Hochzeit in Schöllang vor. Ein großer Wunsch der Braut war, dass Anna und Otto die Trauzeugen sein sollten. In der Nacht vor der Hochzeit musste Aloisia daheim in Oberstdorf bei Johann und Mina wohnen, damit sie am Hochzeitstag vom Bräutigam zur Kirche abgeholt werden konnte. Am Tag ihrer Hochzeit sah Aloisia bildhübsch aus, in ihrem langen schwarzen Kleid und mit ihren dunklen Haaren. In ihre hochgesteckte Frisur ließ sie sich von einer Freundin Myrtenzweige stecken. Als ihre Stiefmutter dies sah, riss sie ihr die Myrte aus den Haaren: „Das dulde ich nicht, denn du bist keine Jungfrau mehr."
Die kirchliche Trauung fand in Schöllang in der Pfarrkirche St. Michael statt.
Die Trauzeugen Anna und Otto ließen sich vom Schreiner Huber eine Kinderwiege als Hochzeitsgeschenk fertigen. Sie gratulierten den beiden und freuten sich, dass sich nun das Leben von Aloisia zum Guten wenden wird und sie auch glücklich sein darf.
Nach der feierlichen Messe ging das Brautpaar zusammen mit den Gästen in den „Gasthof zum Hirschen", um zu feiern. Es gab Kaffee und Kuchen für Familienangehörige und Gäste. Annas Töchter, die Sefa und die Veva, waren inzwischen schon dreizehn und zehn Jahre alt und kümmerten sich an diesem Tag um den jüngsten

Bruder, den Hans, und um das neugeborene Kind der Brautleute, die Rosa.

Als sich Anna und Otto um fünf Uhr wegen ihrer Kinder und der Stallarbeit verabschiedeten, legte Anna der jungen Braut ein beiges Halstuch mit rotem Rosenmuster über die Schultern und sagte: „Dieses handbedruckte Wolltuch hat deine Mutter Rosalia vor über 20 Jahren meiner Schwiegermutter geschenkt. Sie sagte damals zu mir, dass sie Genovefa ihr ganzes Leben lang dankbar sei. Sie war eine Frau, der sie sich ganz und gar anvertrauen und mit der sie über alles reden konnte. Als sie unverheiratet schwanger wurde, war Genovefa der einzige Mensch, der sie in ihrer Notlage verstanden und nicht verurteilt hatte. Wenn sie nicht gewesen wäre, hätte sie nicht gewusst, ob sie die Kraft gehabt hätte, dich Aloisia, ihr über alles geliebtes Töchterchen, zu behalten und ohne Vater aufzuziehen.

Dieses Rosenhalstuch will ich dir heute schenken und du sollst es in Ehren tragen. Es soll dich dein Leben lang an zwei starke Frauen, deine Mutter Rosalia und eine weise Frau, die Genovefa, erinnern."

Anna und Aloisia nahmen sich herzlich, ohne ein weiteres Wort zu sagen, in die Arme, dabei hatten beide feuchte Augen. So verabschiedeten sie sich voneinander.

Am Abend wurden dann noch Freunde des Brautpaares zu Schweinsbratwürsten mit Kartoffelsalat eingeladen. Johann spendierte ein paar Flaschen Wein.

Um Mitternacht fuhren die beiden Jungvermählten mit einer Pferdekutsche zum ersten Mal in Aloisias eigenes Haus nach Fischen, um dort zu schlafen. Das Haus hatten sie in den letzten vier Wochen für sich hergerichtet. Franz trug seine junge Frau hinauf in ihre gemeinsame Schlafkammer und entkleidete sie. Aloisia spürte, wie Angst in ihr aufstieg. Franz hatte Verständnis für seine Frau und ging sehr rücksichtsvoll mit ihr um. Sie spürte gleich, dass Franz anders war als damals der Wirt. Sie ließ sich fallen und vertraute sich ihm ganz und gar an. Die Angst war vergessen und machte ihrer Leidenschaft Platz.

Franz war ein guter Vater, man konnte sich keinen besseren wünschen. Er gewann das Mädchen lieb, als wäre es sein eigen Fleisch und Blut. Die kleine Rosa wurde ein glückliches und fröhliches Kind.

Jahre später, als Mina auf ihrem Sterbebett lag, kam Johann zu Aloisia mit einer Bitte: „Mina hat mich gebeten, dich zu holen. Die Ärzte sagen, sie wird die nächsten Tage nicht überleben. Es sei nichts mehr zu machen. Aber Mina quält sich so sehr. Sie möchte unbedingt noch mit dir reden." Mit Widerwillen gehorchte Aloisia Stiefmutters letztem Wunsch und fuhr mit ihrem Vater zusammen nach Oberstdorf. Er setzte sich neben seine Frau aufs Bett und sagte: „Schau Mina, hier habe ich dir Aloisia mitgebracht."
Nun sprach Mina: „Ich bin so müde. Der Arzt meint, noch diese Woche werde ich sterben."
Aloisia war erschrocken, wie ihre Stiefmutter in letzter Zeit zusammengefallen war und fragte sie: „Hast du Schmerzen?"
„Nein, ich habe keine Schmerzen und der Arzt meint, es wird nicht wehtun. Ich werde dann im Schlaf hinübergehen. Aloisia, ich werde dann drüben deine Mutter treffen und ich will deshalb noch einiges mit dir und Johann klären."
Mina sprach weiter zu Johann: „Ich war schon damals, vor über 20 Jahren im Gasthof Mohren, als du Rosalia kennengelernt hast, furchtbar verliebt in dich. Du hattest an diesem Abend nur Augen für Rosalia. Mich hast du auf einmal gar nicht mehr wahrgenommen. Als du sie geheiratet hast, habe ich euch heimlich beobachtet. Als dann Rosalia tot war, war dies meine Gelegenheit, dich doch noch zu bekommen und ich dachte, ich habe es geschafft." Sie drehte ihren Kopf langsam zu Aloisia und sprach weiter.
„Du, Aloisia, warst mir immer im Weg. Ich kam nie darüber hinweg, dass ausgerechnet ich die Tochter Johanns großer Liebe aufziehen musste. Je älter du wurdest, umso mehr hast du mich an Rosalia erinnert. Mit der Zeit wurdest du ein Abbild von deiner Mutter. Dich, Aloisia, liebte Johann abgöttisch, mehr als meine

Kinder. Vor allem, wenn ich deine stillen, mitleidsvollen Blicke bemerkte und du mit Rosalias Augen auf den geliebten Vater blicktest und er dich dann in seine Arme genommen und an sich gedrückt hat. Je mehr er dich liebte, umso mehr wuchs meine Abneigung gegen dich. Es war Eifersucht von mir, pure Eifersucht." Mina bewegte ihren Kopf und sah wieder zu ihrem Mann: „Johann, du hast Aloisia so geliebt, ich denke, du hast nicht nur das Kind, sondern du hast auch Rosalia in dem Kind geliebt. Denn in ihr hat Rosalia weitergelebt und stand immer zwischen uns.

Aloisia, dabei hätte ich so stolz auf dich sein können. Du warst so hübsch und klug. Deine Lehrer meinten damals, du solltest auf eine höhere Schule gehen. Aber ich habe das abgelehnt. Du durftest nicht schlauer sein, als meine Kinder es waren." Mina sah Aloisia in die Augen: „An deiner Hochzeit war es furchtbar für mich. Rosalia hatte damals auch Myrtenzweige in ihren Haaren. Du sahst aus wie deine Mutter. Es kam mir vor, als würde Rosalia noch einmal Johann heiraten."

Johann hörte sich an, was seine Frau zu sagen hatte. Er wollte gar nicht glauben, was er da alles gehört hatte und fragte sich: „Warum habe ich das nie bemerkt?"

Johann schwieg. Es sollte niemand erfahren, dass nicht er Rosalias erste Liebe war. Er konnte auch in diesem Moment weder Mina noch Aloisia die Wahrheit über ihren wirklichen Vater erzählen. Er ließ beide im Glauben, Aloisia sei seine leibliche Tochter.

Ende

Epilog

Erst 40 Jahre später, als Aloisia selbst schon Witwe war und im Sterben lag, brach sie ihr Schweigen. Sie erzählte ihrer Tochter Rosa das Geheimnis über deren Herkunft. Sie nannte ihr den Namen und den Wohnort ihres leiblichen Vaters. Dieser war zu dem Zeitpunkt längst verstorben. Rosa wollte ihre Mutter vieles fragen, aber sie spürte, wie schwer ihr das Reden fiel und sagte nur: „Mutter, es ist schon gut. Ich habe das durch Andeutungen der Leute aus dem Dorf schon geahnt." Daraufhin ist Aloisia in Frieden von dieser Welt geschieden.

* * *

Ein Jeder von uns sollte versuchen, unseren Ahnen einen positiven Platz einzuräumen. Wir dürfen dabei nicht vergessen, dass wir sie respektieren, wertschätzen, achten und unseren Fokus überwiegend auf ihre Stärken, Fähigkeiten und deren enorme Überlebenskraft einstellen sollten.
Erst dann wird es unserer Generation möglich sein, zufrieden im Hier und Jetzt zu leben.

Worterklärungen zur Oberstdorfer Mundart

Baabl, Baabla (Mehrz.) Puppe zum Spielen

Bearghoibe Heumachen auf dem Berg

Beatnoggla Betschwestern

Beattlar Bettler

Boodr Rosenkranz

Boone Heuboden

Büür Bauer

Buurda Heubündel

Buzele Säugling

Daidda Vater

Dettle Taufpatin

Eardapfl Kartoffel

Feela Mädchen

fruind verwandt

Fuirioh Ausruf: Es brennt!

Gaade Elternschlafzimmer

Gåltvii nicht Milch gebendes Jungvieh

Gottsacker	Friedhof
Gütsche	schmale Liege in der Stube
Gupfe	Oberteil des Huts
Gwiirzgäärtle	Gemüse- und Gewürzgarten
haage	einzäunen
Hääs	Kleidung, Kostüm
Hearelit	Feriengäste
Hearesche	fremder Gast
Hiertebüe	Hirtenjunge
Hoizuug	Heu im Schnee abtransportieren
Holdrsaft	Holundersaft
Huigaarte	sich unterhalten
Huinze	Fichtenstange mit drei Querhölzern zum Trocknen von Gras
Iime	altes Hohlmaß für Getreide
Jäänar	Januar
Khappl	Kapelle
Khafeeschissl	Kaffeetasse
Khääskhnepfle	Käsespätzle
Khittl	Jacke

Khlöüsemänndle	Nikolaus aus Hefeteig
Khumpf	Holzbehälter für den Wetzstein
Laible	Kleingebäck, Plätzchen
Låndra	lange Dachschindeln (Legeschindeln)
Maale	Großmutter
Müesmeal	Hafermehl
Narrehiisle	Gefängniszelle
Oane	Ahorn
Ochsenfiesel	Ochsenziemer, Schlagstock
Reaf	Lastentrage für den Rücken
Roßbiß	übermütig ins Knie zwicken
Sabing	Holzfällerwerkzeug
Sakhmeassr	Taschenmesser
Schälkhle	kurzes, enganliegendes Stoffjäckchen
Schiiding	Glockenläuten beim Todesfall
Schinde	Scheune
Schittrhüüfe	süße Mehlspeise, Scheiterhaufen
Schoche	Heubündel, auf dem Kopf getragen
Schtüelfeschte	Ehevorbereitungsgespräch m. d. Pfarrer
Söhnerin	Schwiegertochter

Suuff	betrunkener Zustand
Tannenbart	Bartflechte an Tannen
Tobel	Schlucht
Weaftag	Werktag
Wiise	zur Geburt gratulieren
Wiissdaas	Tannenzweige der Weißtanne
Wingkhl	Wohnrecht auf Lebenszeit
Winterkhoze	Wintermantel aus Loden
Woarb	Sensenstiel
Wonnemonat	Mai
Zillschitt	Beim Einspänner das quere Waagscheid

Quellenverzeichnis

> Allgäuer Anzeigeblatt - Oberallgäuer Erzähler, 1978
> Behringer, Wolfgang - Chonrad Stöckhlin und die Nachtschar, Piper Verlag, ISBN 3-492-12095-4, 1994
> Berktold, Anton/Huber, Leo/Kappeler, Mathias - Gerstruben, Buchdruckerei Karl Hofmann Oberstdorf, 1977
> Bradshaw, John (*1933 Houston, ist ein US-amerikanischer Philosoph, Theologe, Psychologe und Autor) – Familiengeheimnisse. Warum es sich lohnt, ihnen auf die Spur zu kommen, Goldmann Verlag, 1999
> Bröll, Ludwig - Allg.Anzeigeblatt, 1994
> Geiger, Anna – Sterbedaten in Oberstdorf, ab 1850
> Haarmann, Claudia - Mütter sind auch Menschen, Orlanda Verlag, ISBN 978-3-936937-55-8, 2009
> Haneberg, Johannes – Chronik, 1791 bis 1843, Pfarrarchiv Fischen
> Kirchenbücher in Stein b. Immenstadt, Bistum Augsburg, usw.
> Kling, Meinhard - private Erzählungen und Chroniken
> Klingler, H. - Heimat und Fremdenblatt Nr. 20 zbd 30, 1926
> Math, Joseph Ignaz – 1834, Überarbeitet und ergänzt von Wilhelm Math, Chronik
> Original Briefe - Förster Schwarzkopf an den Prinzregent Luitpold, Eigenbesitz
> Sahlmann, Diedrich – Herausgegeben von der Katholischen Pfarrgemeinde, St. Johannes Baptist in Oberstdorf, 1999
> Schöll, Agnes – Schöllanger Familienblätter 1620-1875, im Auftrag der Kath. Pfarrgemeinde St. Michael Schöllang, 2007
> Schöllanger Chronik – Oberallgäuer Heimatblatt Beilage zum Allgäuer Anzeigeblatt, 1930, v.H. Meggle Sonthofen
> Auszug aus der Ortsgemeinde Rubi, GMO, Steiner, (im 14. Jahrhundert Rubin)
> Stützle, Johann Nepomuk – Pfarrer in Oberstdorf von 1848
> Verschönerungsverein Oberstdorf - Unser Oberstdorf, Blätter zur Oberstdorfer Heimatkunde

- > Viehzuchtgenossenschaft, Tiefenbach – 90 Jahre, Druckerei K. Hofmann, Oberstdorf
- > Wörterbuch der Oberstdorfer Mundart, „So seit ba bn iis", 2003, Verein Heimatmuseum Oberstdorf e.V.
- > Zirkel, Heinrich Bernhard – Geschichte des Marktes Oberstdorf, Teil 1, 1978
- > Zirkel, Heinrich Bernhard – Geschichte des Marktes Oberstdorf, Teil 2, 1974
- > Zirkel, Heinrich, Bernhard/Werner, Grundmann - Geschichte des Marktes Oberstdorf, Teil 3, 1976
- > Zirkel, Heinrich Bernhard/Werner, Grundmann - Geschichte des Marktes Oberstdorf, Teil 4, 1979
- > Zirkel George, Regine – unsere Heimatbeilage

Sollte ich eine Quelle vergessen haben, so geschah dies unabsichtlich.

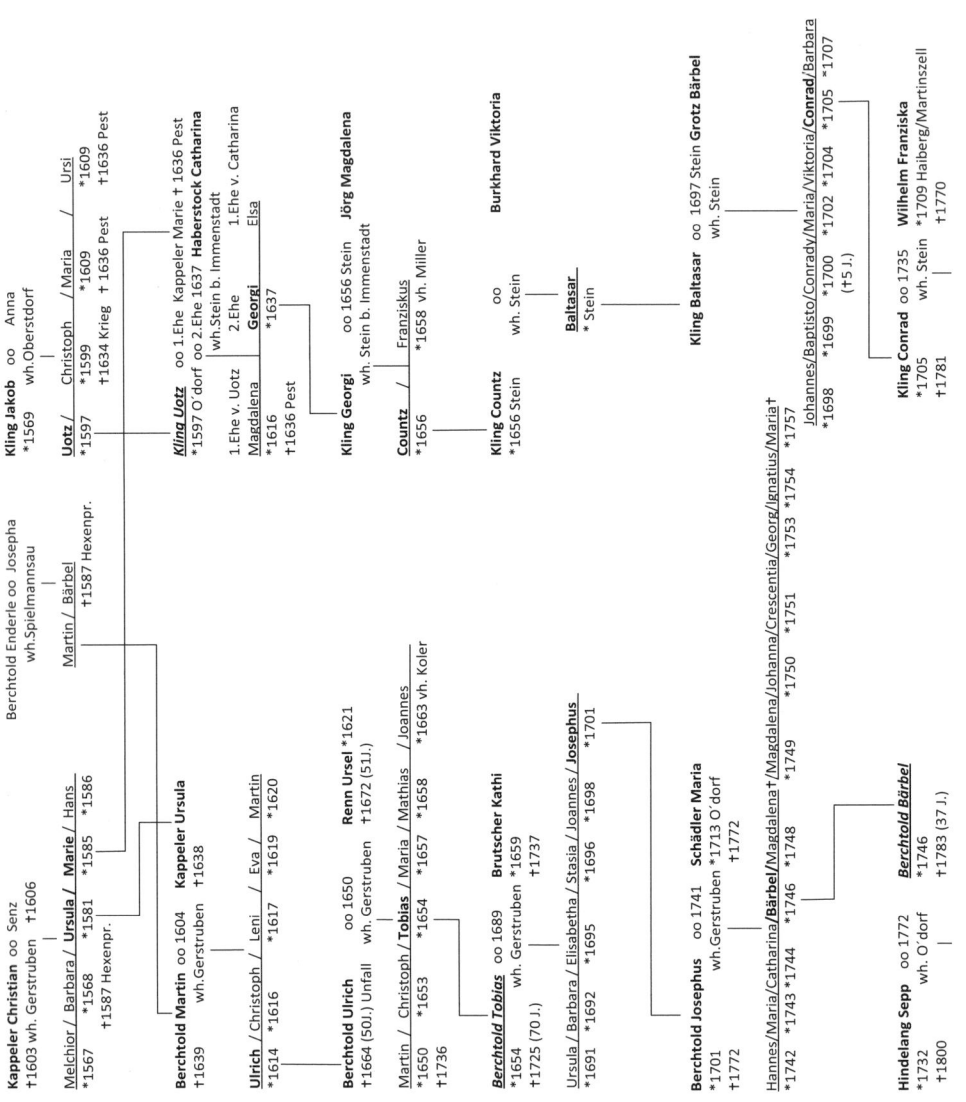

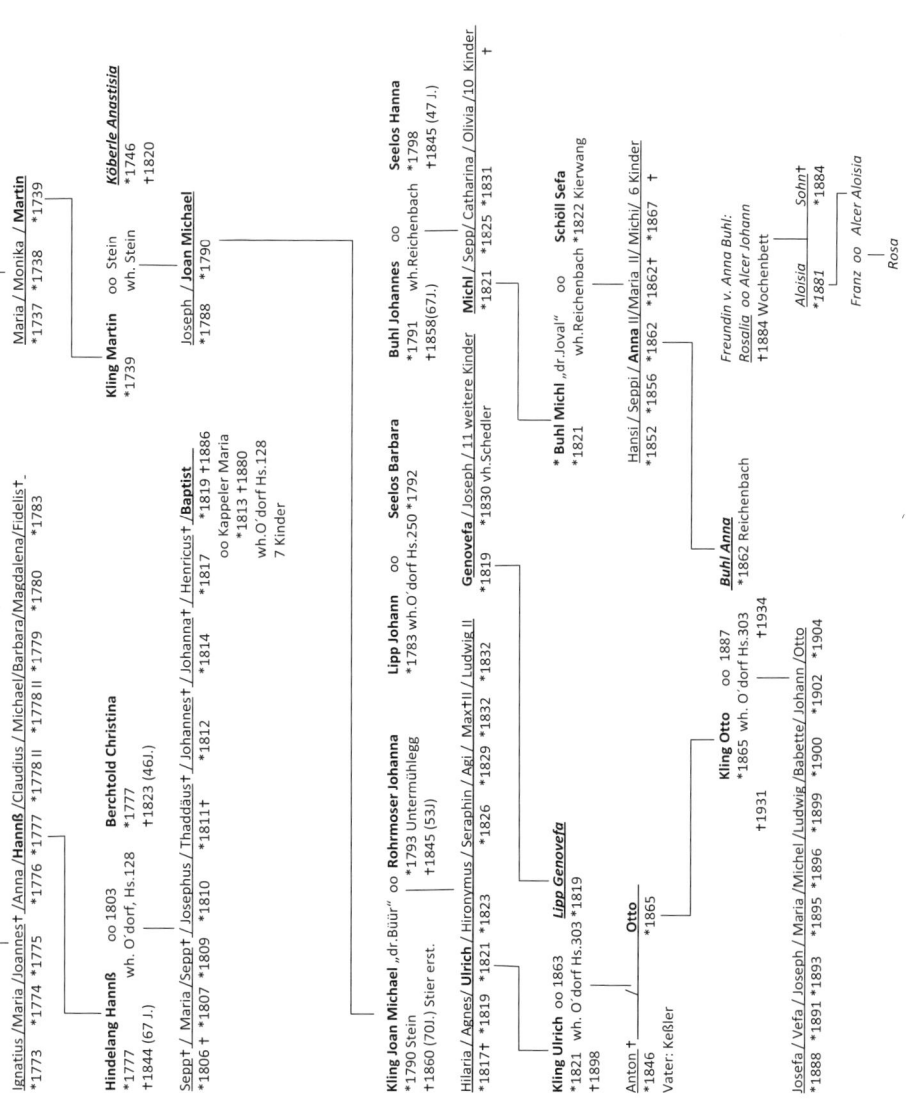

Inhalt

	Vorwort	7
1880	Reichenbach	9

Erster Teil

Uotz Kling von 1587 bis 1672

1587	Hexenverfolgung	18
1880	Buhl Anna und Lipp Genovefa	32
1600	Berchtold Martin und Kappeler Ursula, Gerstruben	34
	Kling Uotz und Kappeler Marie	43
1614	Im Jahre 1614 in Gerstruben	45
1615	Pfarrer Frey	46
1616	Kling Uotz und Kappeler Marie, Oberstdorf	49
	Uotz beginnt das Buch zu schreiben	52
1880	Anna und Genovefa	54
1620	Berchtold Ulrich, Gerstruben	55
	Der Kampf gegen die Pest, Oberstdorf	57
	Der Dreißigjährige Krieg	61
1634	Die Zeit der Pest	65
1881	Anna und Genovefa	74
1636	Uotz verlässt seine Heimat	76
	Ulrich übernimmt den Hof des Vaters, Gerstruben	93
1642	Uotz in Gerstruben	95
1645	Kling Georgi, Stein	99

1647	Schweden Martl	101
1650	Berchtold Ulrich und Renn Ursel, Gerstruben	106
1656	Kling Georgi und Jörg Magdalena, Stein	107
1657	Oberstdorf und Umgebung	112
1663	Uotz in Stein	113
	Kling Countz' Schulzeit in Stein	119
1665	Uotz' Tod in Stein	121
	Jagd und Wilderei	124
1881	Anna und Genovefa	126

Zweiter Teil
Tobias Berchtold schrieb das Buch von 1672 - 1725

1672	Ursel Berchtold, geb. Renn, Gerstruben	127
1685	Berchtold Tobias bei Georgi in Stein	128
1688	Brack Petrus, Oberstdorf	134
1689	Berchtold Tobias und Brutscher Kathi, Oberstdorf	136
1881	Genovefa und Anna über Rosalias Kind	140
1690	Jagd in Gerstruben	143
1691	Berchtold Tobias und Brutscher Kathi, Oberstdorf	145
	Mode und Tracht	149
1881	Genovefa und Kling Ulrich, Oberstdorf	158
1697	Kling Baltasar in Stein	159
1709	Tobias in Oberstdorf	164
	Petrus' Bracks Tochter Ursi, Oberstdorf	165
	Viehscheid	167
1724	Tobias' Besuch in Stein	168

1725	Berchtold Josephus, Oberstdorf	173
1741	Flachsanbau	181
1741	Berchtold Josephus und Schädler Maria, Oberstdorf	189
1758	Kling Conrad und Wilhelm Franziska	194
1771	Berchtold Josephus' Tochter Bärbel, Gerstruben	199
1882	Genovefa und Anna	203

Dritter Teil

Bärbel Berchtold, verh. Hindelang, schrieb das Buch rückwirkend von 1725-1772 und weiter von 1772 bis 1783, danach Anastasia Köberle, verh. Kling, von 1783 bis 1820

1772	Hindelang Sepp und Berchtold Bärbel	205
1792	Kling Martin und Köberle Anastasia, Stein	227
1794	Der Bote Kling Johann wird ermordet	231
1792	Krieg	235
	Der Landesfürst besucht Oberstdorf	239
1882	Genovefa und Anna	242
1801	Ende der Leibeigenschaft	256
1802	Kling Joan Michael als Hirtenbub in Gerstruben	257
	Hannß Hindelang u. Christina Berchtold, Gerstruben	260
1806	Königreich Bayern	265
1809	Krieg gegen die Franzosen	270
1882	Genovefa und Anna	282
1886	Anna und Genovefa	293
1816	Kling Joan Michael, Stein und Oberstdorf	293
	Kling Joan Michael und Rohrmoser Johanna, Spielmannsau	297

Vierter Teil

Genovefa Lipp vh. Kling schrieb rückwirkend von 1820 bis 1887

1820	Kling Joan Michael, Oberstdorf	303
1821	Buhl Johannes und Seelos Hanna, Reichenbach	306
	Hindelang Hannß, Oberstdorf	306
	Kling Joan Michael u. Rohrmoser Johanna, Spielmannsau	311
	Raubtierausrottung	319
	Klausentreiben	323
1887	Anna	325
1887	Hochzeit von Otto Kling und Anna Buhl, Oberstdorf	329
1843	Goldene Hochzeit in Oberstdorf	332
1843	Buhl Johannes und Hanna, Reichenbach	340
1844	Hindelang Hannß, Oberstdorf	344
1845	Buhl Hanna, Reichenbach	346
1887	Genovefa und Anna, Oberstdorf	348
1888	Annas erstes Kind, Oberstdorf	353
1889	Lipp Genovefa, Oberstdorf	355
	Michl Buhl kommt nach Oberstdorf	358
1892	Gerstruben wird verkauft	359
1892	Buhl Michl in Oberstdorf	363
1898	Anna und Aloisia, die Tochter ihrer verstorbenen Freundin Rosalia, Oberstdorf	365
1845	Genovefa und Joachim aus dem Walsertal	371
1902	Anna	376
1851	Oberstdorf	378
1858	Genovefa als Krankenpflegerin in Reichenbach	382
	Kling Ulrich und Lipp Genovefa, Oberstdorf	385

1860	Kling Joan Michael mit seinem Sohn Ulrich in Riezlern	388
1865	Die Feuersbrunst in Oberstdorf	396
1865	Geburt Ottos, Oberstdorf	400
	Das Ahnenbuch übersteht den Brand	402
1865	Buhl Michl, genannt „dr Joval" und Schöll Sefa	406
1870	Deutsch-Französischer Krieg	411
	Schwabenkinder	413
1902	Aloisia besucht Anna in Oberstdorf	414
	Aloisia geht in die Fremde	415
	Franz und Aloisia, Oberstdorf	421
	Franz und Aloisia heiraten	426

Epilog	430
Worterklärungen zur Obersdorfer Mundart	432
Quellenverzeichnis	436
Stammbaum	438
Inhaltsverzeichnis	440

Über die Autorin

Margitta Raps, geb. Kling, Jahrgang 1958, lebt mit ihrer Familie in Oberstdorf/Allgäu, dort, wo sie aufgewachsen ist. Durch Erzählungen ihrer Eltern und Großeltern sowie durch ihre damalige Arbeit im Einwohnermeldeamt hat sie sich schon früh mit Familientradition, Ahnenforschung und Brauchtum ihrer Heimat beschäftigt. Sie war schon als Kind im Trachtenverein aktiv und ist Mitglied im Heimatmuseumsverein. Für die „Königlich privilegierte Schützengesellschaft Oberstdorf 1557", in der sie ein langjähriges Mitglied ist, hat sie bereits zum 450. Vereinsjubiläum eine umfangreiche Chronik verfasst.

Durch ihre Ahnenforschung und das daraus entstandene Bestreben, mehr über ihre Altvorderen zu erfahren, entstand die Idee zu diesem Buch.

Die Autorin hat unter anderem auch die Wurzeln ihrer eigenen Familie zurückverfolgt bis ins Jahr 1587; schon damals waren Vorfahren ihrer Familie in Oberstdorf sesshaft.

Menschen, die mir geholfen haben, dieses Buch zu verwirklichen

Danken möchte ich meinem Vater Meinhard Kling für seine Briefe, Chroniken und sonstigen Unterlagen, die er mir jederzeit gerne zur Verfügung gestellt hat. Er vermittelte mir sein großes Wissen über unsere Heimat, erläuterte mir die geografischen Bezeichnungen und geschichtlichen Abläufe rund um Oberstdorf und erklärte mir die Bedeutung vieler Dialektworte.

Der gleiche Dank gilt auch meiner Tochter Katrin Kinzel, Lisa und Alfred Spötzl, die das Buch zuerst gelesen und mir zahlreiche Anregungen gegeben haben. Ohne sie wäre es mir nicht möglich gewesen, dieses Buch zu verwirklichen.

Ein großes Dankeschön möchte ich meinem Sohn Hannes Raps für seine stets spontane und geduldige Hilfe am Computer aussprechen.

Und nicht zuletzt danke ich meinem Mann Christian für seine Unterstützung und seinen Zuspruch.